蜀传奇 ③

五丁悲歌

黄剑华 著

成都时代出版社
CHENGDU TIMES PRESS

图书在版编目（CIP）数据

五丁悲歌 / 黄剑华著 . -- 成都：成都时代出版社，
2021.4
（古蜀传奇）
ISBN 978-7-5464-2714-0

Ⅰ . ①五… Ⅱ . ①黄… Ⅲ . ①长篇历史小说－中国－
当代 Ⅳ . ① I247.5

中国版本图书馆 CIP 数据核字（2020）第 223522 号

五丁悲歌
WUDING BEIGE

黄剑华　著

出 品 人　李若锋
责任编辑　李卫平
责任校对　李　佳
责任印制　张　露
封面设计　严春艳
装帧设计　成都九天众和
出版发行　成都时代出版社
电　　话　（028）86742352（编辑部）
　　　　　（028）86615250（发行部）
网　　址　www.chengdusd.com
印　　刷　河北文盛印刷有限公司
规　　格　145mm×210mm
印　　张　17.125
字　　数　480 千
版　　次　2021 年 4 月第 1 版
印　　次　2021 年 4 月第 1 次
书　　号　ISBN 978-7-5464-2714-0
定　　价　88.00 元

内容提要

　　在古蜀国的历史上，开明王朝国力强盛，文化灿烂，曾辉煌一时。

　　开明王朝传了十二代，延续的时间比较久长，留下了许多脍炙人口的传说。到了末代蜀王的时候，情况发生了很大的变化。北方的秦国，经过变法改革，已经日渐强盛。秦惠王秣马厉兵，对蜀国和巴国虎视眈眈。而蜀王则养尊处优，每天都喝着美酒，欣赏着音乐和歌舞，过着快乐而又奢靡的宫廷生活。蜀国君臣大都淡漠了忧患意识，忽略了日益迫近的强国威胁，忽视了面临的危险。

　　这天朝会，因为苴侯和皋通的进谏，蜀王决定招兵选将，来扩充军队，加强防务。五丁力士前来应招，展示了各自的神力，本领非凡，威猛超群。蜀王大为欣悦，将招募的新兵组建成五支部队，授予五丁力士统领。蜀国有了五丁力士，从此军事力量大为增强。不久，蜀王率兵北行狩猎，与秦惠王在山谷中相遇见面，五丁力士展露身手，拔树抛石，威震秦人，张扬了蜀国的威风，一时传为佳话。

　　蜀王比较好色，看到喜欢的女子，就会纳以为妃。武都少女小卉，有倾城倾国之貌，随父兄到蜀都贩卖山货。小卉女扮男装逛街时，被蜀王看见了，随即被带入宫中，成了爱妃。蜀王对小卉的专宠，引起了其他嫔妃的嫉妒，梅妃暗中用巫术使小卉水土不服，患病而亡。蜀王很恼怒，除掉了梅妃，关押了女巫。这时，巴王主动向蜀王联姻，却又将公主嫁给了楚王子。蜀王很生气，率兵进攻巴国。巴国将军巴蔓子向楚王求援，许诺给予三城，楚王派出援兵与战象，击退蜀兵，使巴国度过了危难。接下来楚王要求巴蔓子兑现诺言，割让三城。巴蔓子是巴国的忠勇之臣，当然不会将巴国领土拱手送给楚王，于是自刎以谢楚使。

秦惠王谋划攻蜀已非一日，回到秦都后，便与群臣密议，策划了石牛计与美人计，来诱使蜀王上当，欲借五丁之力开辟蜀道，然后伺机除掉五丁，为以后出兵攻蜀扫清障碍。秦王的阴谋，破绽很明显，蜀王却掉以轻心，真的中了圈套。

蜀王派遣五丁力士，去秦都搬运石牛。秦惠王设下诡计欲害五丁，被五丁识破，小心提防，未能得逞。秦惠王又送五位绝色美女给蜀王，蜀王再次派五丁力士去秦都迎娶五位秦女。归蜀途中，五丁力士在梓潼山谷遭到了秦军强弩伏击，壮烈遇难。五丁之死，犹如折断了蜀国的栋梁，开明王朝大厦失去了最有力的支撑，顿时变得岌岌可危。形势堪忧，而蜀王好色之心未减，在为王子选妃时，惊艳于大臣彭玉之女的美貌，竟然要自娶为妃，引发了新的宫廷矛盾。

蜀王由于受近臣江非的挑拨，疏远了苴侯，派他镇守葭萌。苴侯与巴王私下友好往来，以便联手抵御强秦。蜀王与巴王有仇，得知后，大为恼怒，率兵去打苴侯。苴侯避战，逃到了巴国。蜀王率兵再次进攻巴国，巴王和众臣商量对策，有人提议向秦王求援，巴王犹豫不决。秦惠王得知后，觉得机不可失，随即派遣司马错等人率领大军，向蜀国发起了突然进攻。蜀王仓促迎战，兵败而逃，在武阳被秦军追杀。苴侯在危急关头救援蜀王，与秦军激战，忠勇牺牲。太子与诸多大臣撤退到了白鹿山，战败而死。蜀国的王公贵族，都逃离了蜀都，流落到了西南各地。王子安阳率众数万，前往南中，远徙交阯，征服了雒王、雒侯，于此建国称王。后来遭到南越王的进攻，城破后再次率众远走，传说乘船出海了。

秦并巴蜀之后，张若将降秦的奸佞之臣江非斩首示众，以安抚蜀人。秦惠王将蜀王子封为蜀侯，又移民筑城，采用了很多策略，在化蜀归秦方面获得了成功。后来李冰担任蜀郡守，修筑了都江堰，使蜀地成了名副其实的天府之国。

第一章

晚秋之际，蜀国都城内熙熙攘攘，很是热闹。

今年蜀国的收成很好，五谷丰登，百业繁荣，也促进了商贸的活跃。从各地往来都城的人，比往常明显增多了。街道两边的店铺摆放着各种物品，供人挑选交易，饭铺与客栈人气尤其旺盛，川流不息。酿酒作坊的生意也特别好，特别是几家老作坊酿制的美酒，其味醇美，常常供不应求。如今粮食多了，酿酒业也就格外兴旺起来。来自各地的商贾与客人，到了蜀国都城，都要饮酒应酬。都城内的权贵们和有钱人家，每逢喜庆，也都要大宴宾客。因为饮酒之风昌盛，繁华的都城处处酒香飘溢，所以蜀国之都也就成了一座名闻遐迩的令人陶醉之城。

开明王住在豪华的王宫内，正在欣赏歌舞。宫殿里的一切都极尽奢华，从金光璀璨的王座，到柔软华丽的帷幕，都洋溢着浓郁的富贵之气。食物都放在精致的漆盒里，美酒也斟在精美的漆杯里，放置在名贵木材制作的几案上，供开明王随时享用。精巧的香炉里点燃了香料，淡雅的香味儿袅袅升起，在宽敞的宫殿里飘溢。宫女们站在左右，小心翼翼地侍候着。歌女和舞女都年少貌美，明眸皓齿，身穿艳服，歌喉婉转，舞姿蹁跹，令人赏心悦目。旁边有伴奏的乐师，使用各种乐器，演奏着美妙的音乐。开明王爱好音乐和歌舞，欣赏歌舞也就成了宫廷生活中必不可少的一项内容。宫廷中有御用的乐队和歌舞之女，都是从蜀国各地挑选出来的妙龄少女，经过了精心的训练，专门为蜀王表演。开明王自幼就很有音乐天赋，尤其喜欢音乐中的天籁之音，有时兴之所至，还会亲自作词谱曲。开明王还有很多嗜好，比如豢养良骥，收集各种精良的弓矢兵器，收藏制作精湛的黄金器皿，赏玩美玉雕琢的器物等等，诸如此类，不一而足。

开明王继承王位已经很多年了，如今年富力强，又是正值国力强盛之际，所以养尊处优，颐指气使，是一位喜欢享乐，尤其喜欢美酒与美色的君王。蜀国物产富庶，百姓安居乐业，开明王疏于政务，在宫廷中过着无忧无虑的快乐生活，似乎一切都在情理之中。蜀王如此享乐，自然是上行下效了。王室成员，也都生活奢华，沉湎于奢靡的风气之中。大臣们也不例外，讲究衣食住行，终日无所事事。权贵们闲来无事，常常会互相攀比，奢侈之风日益浓郁。国内各个阶层相安无事，众人对此也就习以为常了。除了个别有识之士，蜀国君臣都淡漠了忧患意识，忽略了日益迫近的强国威胁，忘掉了面临的危险……

开明王已经很久没有上朝了。这天，他心血来潮，在大殿召集王公大臣们，恢复了往常的朝会。开明王想通过大臣们了解一些最近的天下大势，同时问一问国内各个部族的情况，看看有没有什么军国大事需要处理。

王公大臣们像往常一样，恭敬地拜见了开明王，然后巧妙地说了一些赞誉之词。他们知道，朝会也就是走一个过程，通常都没有什么事情，只要开明王高兴，一会儿就散朝了，然后开明王回后宫休息，王公大臣们也各自打道回府，该干什么就干什么。这样平安无事的情形，已经很多年了，很少出现例外。

参加今天朝会的，还有王弟苴侯、太子春阳、王子安阳等人。

开明王的心情很好，坐在华贵的王座上，扫视着王公大臣，炯炯有神的目光中透着睿智，神情中略含威严。他问道：诸位爱卿，有没有什么新鲜的事儿？说来听听。

王公大臣们悄悄地交换着眼神，各自揣摩着开明王话中之意。

这时苴侯上前一步说：启禀大王，有位奇士，名叫皋通，周游天下，见多识广，最近来到蜀都，就住在客栈之中。大王能否召见？

开明王听了，大为好奇，问道：你见过此人吗？

苴侯说：前些天见过的，此人语出惊人，见解、抱负，都非同凡响。

开明王朗声说：有此奇士，岂能不见？当即传令召见。

王宫使者，快步而去。过了一会儿，使者独自回来了。

开明王问道：召见的人呢？

使者禀报说：启禀大王，皋通不愿奉诏觐见。

开明王有些不乐，面露愠色，问道：为何不愿奉诏？

使者答曰：皋通说他若进言，大王不一定能听，还是不见为好。

开明王有点恼怒了，又有点不解，哦了一声说：此话怎讲？

使者又说：小人也不明白，只有回宫向大王如实禀报。

开明王转过目光，问苴侯：你推荐的此人，怎么如此狂傲？

苴侯赶紧揖手施礼说：但凡奇士，多与常人不同。王兄请不要着急，待愚弟前去请他，一定带他前来面见大王。

开明王心想，皋通此人架子也未免太大了吧？竟然要王弟苴侯去请，也太抬高他的身价了吧？便说：此人不懂礼数，是否有点蔑视权贵？或者不见也罢。

苴侯说：此人确实很有见识的，大王若能听一听他之所言，或许有用呢。

开明王又加重了好奇心，点头说：那就烦劳王弟去请吧。

苴侯说：好的，愚弟这就去请他前来面见大王。

苴侯快步出了大殿，骑了马，匆匆前往客栈，去请皋通。

开明王一边耐着性子等候，一边想：苴侯会不会言过其实？市井之中难道也真的有什么奇士？如果皋通此人故弄玄虚，并无什么真本事，那就要惩治一下他的狂傲不逊了。开明王主意已定，坐在王座上闭目养神，等待苴侯带皋通来见。

大臣们也都待在大殿内，陪同开明王等候。

苴侯来到客栈，找到了皋通。在此之前，两人已见过几次面，聊过天，还一起饮酒谈笑，比较熟悉了。

苴侯施礼道：大王要见你呢，特来请你。

皋通揖手说：阁下客气了！刚才使者来过，我怕唐突，故而没有应诏。

苴侯说：大王很想听听你的高见，你满腹经纶，正好施展抱负啊。

皋通说：我若见大王，会危言耸听，大王会不高兴。

苴侯说：你有真知灼见，只要有利于蜀国，大王岂能不听？

皋通说：大王若能听取，有助于国运昌盛，当然最好了。

苴侯说：你不去面见大王，怎么能知道大王不听呢？

皋通沉默不语，显得有点犹豫。

苴侯又施礼说：大王还在宫中等着召见先生呢。先生不必多虑，就随我去面见大王吧。大王是很有雅量的君王，先生畅所欲言，定会获得大王赏识！

皋通想了想，颔首道：好吧，盛情难却，相信阁下所言，那就去面见大王吧。

苴侯深知皋通性情既通达又高傲，只能礼请不能强邀。此刻通过真诚邀请，皋通答应了，苴侯很是高兴。

苴侯随即和皋通离开客栈，骑马来到了王宫。两人下了马，一起走进了大殿。

开明王坐在金光璀璨的王座上，目光炯炯地打量着走进来的皋通。皋通中等身材，是一位留了胡须的中年人，身穿布衣，步履稳健，从容而来。除了清朗的面容和一双很有神采的目光，看不出有什么特殊之处。开明王心想：这就是苴侯向他推荐的天下奇士吗？看起来和普通人并无什么不同啊。

皋通第一次走进蜀国的王宫大殿，对王宫内的华贵奢侈视若无睹，扫视了一眼侍立在大殿内的诸多王公大臣们，随着苴侯，镇定自若地走到了王座前面，向开明王施礼拜见。

苴侯说：启禀大王，愚弟已将皋通请来了。

皋通说：在下布衣皋通，奉诏特来拜见大王！

开明王说：好啊，苴侯向本王推荐，说你是天下奇士呢。

皋通揖手说：奇士不敢当，皋通不过是一介布衣而已。

开明王说：听说你游历天下，见闻甚广，能说给本王听听吗？

皋通说：在下曾去过秦国，也去过其他几个诸侯之国，不敢说见闻广，只是略知一二而已。

开明王问：秦国和这些诸侯之国情形如何？

皋通说：秦国也有都城，不如蜀国繁华。诸侯之国则各有千秋。

开明王又问：秦国君臣的生活怎样？

皋通说：秦国比较简陋，没有蜀国富庶，也比不上蜀国舒适。

开明王微笑道：那还是蜀国好了，秦国不行。

皋通说：启禀大王，在下并不这样认为。

开明王诧异道：怎么？难道你是说蜀国不如秦国吗？

皋通说：非也，在下说的并非此意。

开明王问道：那你究竟是怎样看待蜀国与秦国的呢？

皋通说：蜀与秦相比，不是不如，而是前景堪忧。

开明王有点不乐：问道，此话怎讲？

皋通说：先请大王恕在下无罪，在下方敢坦言。

开明王说：你直言无妨，本王就是想听真话。

皋通揖手道：常言说，生于忧患死于安乐，自古天道如此。秦国因为简陋而倍加奋发，蜀国因为富庶而沉湎享乐，所以在下认为，秦国正在崛起，会更加强盛，而蜀国安于现状，前景堪忧。

开明王睁大了眼睛，看着皋通，觉得有点危言耸听，颇有不怿之色。

站在大殿内的王公大臣们也都瞅着皋通，觉得皋通不懂世故，怎么能在蜀王面前如此放肆说话？

皋通似乎猜出了开明王的心思，又揖手说：享乐实乃人之常情，本来无可厚非，但终日沉湎于此，消磨了英雄豪气，麻痹了斗志，松懈了防备，就会有莫大的危险。在下说的蜀国前景堪忧，并非仅仅由于享乐成风，奢靡成俗，而懈怠了对强敌的防范，其实也与当前的天下大势密切相关。

开明王立即问道：你说到天下大势，究竟如何？

皋通开门见山道：天下很大，列国众多。自从武王伐纣，建都立国以来，诸侯们都尊崇王室，相安无事。后来周王朝迁都，王室衰微，形势就大变了。诸侯们都各自称雄，相互角逐竞争，强国称王称霸，肆意欺负小国，天下大势如此，一言难尽。如今，强者日强，虎视眈眈，弱者积弊积弱，岌岌可危。蜀国位于华夏西南，地广土饶，物产富庶，山川险固，有遐迩闻名的繁华之都，又有富甲一方的丝绸与盐巴，人丁兴旺，商旅往来，资财充盈，天下瞩目。强国对蜀垂涎已久，危险正在日益迫近，而蜀国却置若罔闻，兵弱将寡，疏于防守。实际情形如此，故而令人忧虑啊！在下并非故作危言，而是出于坦诚，才冒死大胆进言。在下敬仰大王，爱护蜀国，拳拳之心，请大王明鉴！若再不警惕和振作，一旦强敌大兵临境，蜀国的后果就不堪设想了！

皋通说得言简意赅，王公大臣们听了都有振聋发聩之感，面露惊讶之色。

开明王听了，心中也是大为震动，忙问：你说的强敌，是指哪国？

皋通说：蜀国的形势，北有强秦，东有巴、楚。秦国多年来，不断发愤图强，招贤纳士，秣马厉兵，积蓄力量，已变得日益强悍。秦国虎狼之心，早有吞并蜀国，横扫天下的企图，蠢蠢欲动，一直在等待时机。所以蜀国最大的强敌，就是秦国了。至于巴、楚，巴国是友邦，楚国虽然也在崛起称雄，但对蜀国的威胁较小。故而蜀国目前首先要防备的，就是日渐强盛的秦国，威胁已迫在眉睫，必须抓紧准备，加强备战，巩固防守，切不可掉以轻心。如果麻痹大意，那就危险了！

开明王点头说：多谢先生提醒！北有强秦，确实不能不防啊！

一些王公大臣见开明王赞许皋通，也交头接耳，纷纷赞同。

开明王又倾身问道：先生认为，蜀国应该如何应对秦国呢？

皋通揖手说：大王睿智，要对付强秦，首先务必强兵。以蜀国兴旺的人丁和富足的财力，抓紧建立一支能征善战的军队，应该不成问题。其次要联络友邦，和巴国互为声援，共同抗秦，这也是形势所需，不可忽视。再者是务必加强边境防务，在秦、蜀边界驻扎兵力，严密扼守险要和关隘，这样就能有备无患，确保无虞了。

开明王频频颔首说：先生所言，切中要害，甚有道理！

皋通说：在下愚见，千虑一得吧，若承蒙大王采纳，则幸甚！

开明王说：今日聆听先生高论，真是茅塞顿开啊！

开明王当即颁令，重赐皋通，吩咐使者安排皋通住进官舍，以客卿之礼待之。

皋通拜谢了开明王，由使者护送出宫去了。

开明王结束了这次非同寻常的召见，大殿内顿时安静下来。

开明王坐在王座上，面露沉思之色，看着侍立的王公大臣们，问道：你们听了适才皋通所言，觉得怎样？

王公大臣们悄然交换着眼神，暗自琢磨，不敢贸然回答。

过了一会儿，大臣彭玉说：小臣觉得，皋通去过秦国，知道秦国的情形，也了解天下大势，说秦国虎狼之心，确实不得不防。

另一位大臣江非说：大王英明，国运昌盛，而皋通却说蜀国君臣因为享乐而前景堪忧，其言狂妄，有诽谤之嫌。所以小臣觉得，皋通此人，其言浮夸，对大王不敬，不可轻信，更不可重用。

苴侯瞅了一眼江非，知道江非惯于奉承开明王，是开明王比较喜欢的一位近臣，江非刚才所言明显又是在拍开明王的马屁了。苴侯不想和江非争辩，但是否采纳皋通的进言，事关蜀国安危，所以又不能不仗义而言。

苴侯斟酌了一下，随即说：大王明察万里，皋通忧国忧民，所言外防强秦，内修政务，其言坦诚，皆是出自肺腑之语。所以愚弟觉得，皋通的进言，若能采纳，对蜀国肯定大有益处，国运必然更加昌盛，则天下幸甚！

王子安阳也说：父王睿智，已经说了，皋通所言，切中要害，甚有道理。

大臣江非见苴侯和王子安阳如此表态，很明显是驳斥了他刚才的话，心中颇为不快。但苴侯和王子安阳的身份非同一般，属于王室显贵，江非只能巴结，自然不好再说什么。

开明王点头说：好啊，各抒己见，本王就是想听听你们的想法，兼听则明嘛。

开明王环顾诸臣，又询问了一下应敌之策，这才宣布退朝。

开明王回到后宫，仍在思量着皋通所言。

开明王已经很久没有听到这样言辞犀利的进言了，平常满耳都是王公大臣们的奉承话，听多了真的是误国误民啊。开明王很少想到蜀国面临的威胁，更没有想到秦国已经变得非常强悍，成为可怕的强敌。皋通的进言，如同向平静的湖中投了一块石头，顿时浪花四溅，使得开明王大为震惊。虽然开明王不太喜欢皋通对享乐与奢靡的批评，内心深处却又感到皋通讲得很有道理，不能不引起警惕。

开明王觉得，皋通进言中说到了强兵之策，确实是很重要的事情。蜀国不是没有军队，但兵力很弱。军中没有得力的将帅，边境也没有驻兵，这些都是实际情形。一旦秦国突然出兵攻打蜀国，蜀国势必难以抵挡，确实是非常危险可怕的。接下来怎么办呢？开明王思量了一番，心中便有了主意。事不宜迟，当机立断，那就先从扩大军队、招募人才着手吧。

开明王随即颁布了招兵选将的诏令，派出使者前往各处，遍告民众。

开明王为了激励士气，在诏令中明确宣布，当兵可以免除税赋，本领高强者，可选为将领，赐给良田和牛羊。十天之后，将在都城大校场公开招募和选拔，希望有志者踊跃报名，切勿错过为国尽职和效忠蜀王的良机。

消息很快向四处传播，人们奔走相告，从都城内外到边远村寨，蜀国的民众不久便都知道了这件事情。当兵任将，既然有这么多好处，激起的反应自然是分外热烈了。很多年轻人都想去试试运气，有本领的人更是跃跃欲试，期盼着到时施展身手，能获得开明王的赏识，成为令人羡慕的军中将领。

招募士兵进行了几天，然后是选拔将领，盼望的日子终于到了。

开明王委派苴侯，负责此事。当诸事齐备，即将举行之际，开明王又决定亲临观看，以助声威。

这天上午，天气晴朗，阳光灿烂，金风送爽。都城大校场内，旌旗招展，气氛热烈。大校场正面早已修筑了三层坚固的平台，最高一层的平台是为开明王准备的，已经摆放好了王座。苴侯在第二层平台上坐镇指挥，调度一切。太子春阳和王子安阳，以及一些王公大臣，已相继而至，也都坐在第二层平台上，准备陪同蜀王观看这次选将活动。第一层平台与台阶两侧，站立着众多侍卫。大校场的前面与周围，此时已聚集了许多前来观看热闹的民众，指指点点，兴高采烈，如同过节一般。新招募的士兵们，已在大校场内列队而立，等候检阅。其中有很多准备展现各自本事的竞选者，个个摩拳擦掌，跃跃欲试，只等传令召唤，便会大显身手，当众一较高下。那些技高一筹，最终胜出者，便会被提拔为将领。这样的机会，激励了所有的参赛者，也使得观看的人们深受感染。

当一切都已准备就绪的时候，开明王离开王宫，来到了大校场。开明王头戴金冠，身穿王服，腰佩宝剑，骑着高大的骏马，在一大群彪悍侍卫的前呼后拥中，威风凛凛，扬鞭催骑，骤然而至。苴侯和王公大臣们都站起身来，恭敬迎候。开明王在大校场正面平台前勒住坐骑，跳下马，拾阶而上，登上了最高一层平台，面南而坐。彪悍的宫廷侍卫紧随左右，分列于王座两侧。大校场中的士兵和周围看热闹的民众，都热切地仰望着开明王。平常日子开明王都深居宫中，普通民众难得一见。今日目睹了蜀王的威武风采，自然是倍感兴奋。

苴侯等开明王坐好后，用目光询问地看着开明王。开明王点头示意，可以开始了。苴侯随即传令，击鼓阅兵。

在激昂的鼓点声中，新招募的士兵排列成队，从大校场平台前走过，接受开明王的检阅。这些士兵，来自于蜀国各地，都是清一色的青壮年，虽然有高有矮，穿着服装不一，但都很健壮。开明王的诏令颁布之后，应召者甚多，这些都是在招募的时候挑选出来的汉子。这些新兵尚未进行训练，排列的队伍和行走的姿势都不齐整，却个个精神饱满，意气高昂。能在招募时被主持的官员选中，成为蜀王军队中的一员，享有很多优惠待遇，那是令人高兴的事情。等一会儿还要从这些新兵中选拔有本事的人，如果成为将领，那就分外荣耀了。被检阅的新兵们都为之昂首挺胸、目光热切，走起路来大步流星、虎虎生风，很有些雄壮的气势。

开明王坐在平台高处，居高临下，俯视着这些新兵，觉得颇为满意。

三通鼓罢，检阅已毕。新兵们站在大校场两侧，列队而立，等候选拔。

苴侯传下令来，先比赛射技。在百步开外，竖起了一排草靶，靶心系扎了白色丝绸。参赛者手持弓矢，各射三箭，三箭都射中靶心丝绸者为优胜。弓箭都是早已准备好的强弓利箭，一些自告奋勇的参赛者，依次上前，张弓搭箭，奋力而射。比赛结果，虽然有个别人射中了草靶，却没有一个射中靶心丝绸的。

　　开明王见状，不免有点失望。要做军中将领，射箭是必备特长。这些参赛者的射技怎么如此差劲呢？

　　接着比赛力气大小。大校场中间放置了一些厚薄不同的石盘，看谁能搬动和举起来，只有力量很强大的人才能举起最大的石盘。参赛者陆续上前，大多数只能搬动薄的石盘。有的将石盘搬到了胸口，却很难举过头顶。那几个特别厚重的石盘，通常需要两三个人合力才能移走，自然是无人能够单独搬动了。

　　开明王看了，又有点失望，这么多应召者中怎么一个大力士都没有呢？

　　第三项比赛是角斗。苴侯选派了两名侍卫，走到大校场中间，让应试者分为两组，分别上前较量。两名侍卫都是力大而又擅长搏击者，若有应试者能够击败侍卫，自然就是将领人选。可是比赛结果，侍卫始终占据上风，诸多应试者竟然没有一个是对手，有的一招就被击倒了。

　　开明王一边观看，一边微微皱了眉头。看来这些新兵都太普通了，偌大的蜀国难道就没有出类拔萃的人才吗？挑选将领竟然这么困难啊？开明王感到失望，不由得暗自叹息。

　　苴侯的心情也有点郁闷。三项比赛，应试者众多，却没有一个崭露头角，这真是千军易得，一将难求啊。

　　就在开明王和苴侯都深感失望之际，从外面来了五位大汉，穿过看热闹的人群，闯进了大校场。有人企图阻挡他们，被大汉用手轻轻一拨，就像扔稻草一样被推到了一边。看热闹的人群本来拥挤得像堵墙似的，由于五位大汉的到来而哗然分开了，引起了一阵不小的骚动。列队站立在大校场两侧的新兵们都扭头而观，坐在平台上的王公大臣们也都凝目而视。众人都有点纳闷，这五位不速之客，突然闯到大校场来干什么呢？

五位大汉，闯过人群，如入无人之境，大步朝着平台而来。

苴侯高声喝问：来者何人？意欲何为？

五位大汉走到平台前，朝着开明王和苴侯揖手施礼，朗声答曰：我们五兄弟，听说大王颁布了诏令，特地前来应召！

苴侯说：招募新兵的时间已过，你们来迟了！

五位大汉中的一个说：我们远啊，住在山里，要走好远的路呢！

大汉又说：路上我们还遇到了猛兽和怪蟒，又多走了很多弯路，所以今天才赶到都城啊。这不正好赶上比赛了嘛，不算晚啊！来得早不如来得巧呢，让我们也试试吧！

苴侯说：你们有什么本事？也想参加比赛吗？

五位大汉齐声说：我们有很多本领，来了，就是想要参赛啊！

苴侯打量着五位大汉，个个都身材健硕，说起话来声如洪钟，确实有点非同凡响。心想既然他们赶上了今日的选将比赛，让他们试试也好，看看他们是否真有什么本事吧。于是苴侯便点头同意了，传下令来，让五位大汉也参加三项比赛。

第一项比赛仍是射箭。五位大汉中的老大先射，拿起准备好的强弓利箭，刚刚一拉开，弓弦就被拉断了。连换了数张强弓，都被拉断了。

老大说：这弓箭不行，只能让小孩玩，还不如让我投矛呢！请给我五支长矛一用！

苴侯吩咐侍卫，取了五支长矛给他。老大手持长矛，轻舒猿臂，随即向百米外的草靶投了出去。五支长矛在空中呼啸而去，不偏不倚，相继扎在了五个草靶正中的丝绸上。站立在大校场两侧的新兵和观看的人群，都齐声喝彩。平台上的王公大臣们也都睁大了眼睛，对此大为惊叹。

老大对四位兄弟说，我已经投中了五支长矛，你们就不用投了吧。

四位兄弟说：这太简单了，不好玩！我们用石头就可以把靶子击倒！

四位大汉于是取了石块，朝百米外的草靶扔去，果然将草靶给击倒在地了。

新兵和人群看到几位大汉如此了得，又是喝彩声不断。

接着是第二项比赛，要搬动和举起石盘，来测试力气。老大走到石盘前，瞄了一眼，伸手就将最厚重的石盘拿了起来，掂量了一下，然后单手便将这个石盘举过了头顶。这个石盘重约千钧，要两三个人才能搬得动，老大拿起来竟然不费吹灰之力，就像一个玩具。老大觉得不过瘾，伸手将石盘抛给了四位兄弟，大声说：来吧，你们也一起玩一玩。老二上前，接住了抛过来的石盘。老大又拿起其他石盘，分别抛给了老三、老四、老五。几位兄弟都力大无穷，将石盘当作玩具，抛来抛去地玩了一会儿，这才将石盘又放在了地上。

站在大校场两侧的新兵和围观的人群都看得目瞪口呆。王公大臣们都啧啧称奇，苴侯也惊讶不已。坐在平台高处的开明王看到这番情景，心中既深感惊奇，又非常兴奋。这五位大汉，竟然有如此神力，真是匪夷所思！有此人才，足以担任蜀国的将领，真是天佑蜀国啊！

第三项角斗，苴侯选派的侍卫，岂是五位大汉的对手！

老大对苴侯说：请大人多派几个，一起与我较量，十个二十个都行！

苴侯想借此看看这几位大汉的身手，便选派了十名侍卫，一起上前与五位大汉中的老大较量。这十名侍卫都很彪悍，上前围住了老大。老大瞄了他们一眼，哈哈笑道：来吧！把你们所有的本事都拿出来哦！十名侍卫受命比试本事，自然是不遗余力，奋勇上前。老大站在原地，伸手略做抵挡，就像撸谷子似的，轻而易举便将十名彪悍侍卫都打翻在地了。

其他四位兄弟见状技痒，也都跃跃欲试，齐声对苴侯说：请大人多派些人来，较量起来才过瘾啊！让我们也试试吧！

苴侯此时已经明白，这五位大汉是天生神力，再多派一些侍卫与之较量，恐怕也都不是五位大汉的对手。便说：不用试了！请五位壮士报上名来！

老大面对平台，朝苴侯揖手说：我们五兄弟，是五胞胎。我是老大，名叫大牛，小名叫牛儿。二弟叫二牛，小名熊仔。三弟叫三牛，小名象崽。四弟叫四牛，小名豹娃。五弟叫五牛，小名叫虎儿。

苴侯问道：你们为何取名和牛有关呢？

大牛回答说：因为我们是牛年出生的啊。

苴侯又问道：你几个弟弟的小名，都与猛兽有关，这又是什么缘故？

大牛答曰：因为我们父亲是猎户，常年狩猎，喜欢猛兽啊。

苴侯哦了一声，点头说：原来如此。

大牛又说：父亲为我们取的小名，也与我们五兄弟的擅长有关。二弟有熊罴之力，所以叫熊仔。三弟有大象般的力气，所以叫象崽。四弟迅捷如豹，故而叫豹娃。五弟有猛虎的霸气和威风，故而叫虎儿。我呢，因为是老大，排行第一，所以父亲叫我大牛，力气不算最大，但打猎的时候，力搏犀象，赤手擒虎，却也不在话下。

苴侯听了，微笑道：你们的力气与神勇，适才已经看到了。此外还有什么本事？也说来听听！

大牛说：我们五兄弟，都是平凡人，最大的本事就是忠勇了！

苴侯笑道：你是个直率人！说得好啊！你们有什么打算吗？

大牛说：蜀王颁布诏令，招兵选将，我们都想为蜀王效力啊！

苴侯高兴地说：好啊！现在正是报效大王的好机会！

苴侯回头用眼光征询开明王。开明王此时格外兴奋，点头表示了首肯。

苴侯面朝众人，大声宣布说：大王举贤任能，招兵选将，言而有信！刚才五位好汉通过比赛，本领超群，已被选拔为将领了！向大王谢恩吧！

大牛五兄弟听了，都喜笑颜开，神情振奋，一起叩谢了开明王。

开明王心中大悦，当即颁布诏令，任命大牛五兄弟为蜀国的五丁力士，将招募的新兵组建成五支部队，授予五丁力士统领。又传令侍从，为五丁力士量身定做衣服、盔甲、兵器。给所有的新兵也都要配备衣甲、弓矢与武器。

开明王又吩咐屠牛宰羊，准备宴会，犒劳大臣和将领，以示庆贺。

这次招募新兵和选拔将领的活动，至此便圆满结束了。

开明王随即起身，在侍卫们的前呼后拥中，骑马返回了王宫。

苴侯和王公大臣们也离开了大校场，五丁力士随之而行，前去王宫赴宴。

看热闹的人群，意犹未尽，等到新兵也列队去了营房，这才纷纷散去。

人们津津乐道，开明王选拔了五丁力士，此事便迅速传播开来。

第二章

开明王招兵选将的消息，不久便传到了秦国都城，秦惠王也得知了。

秦惠王图谋攻取蜀国和巴国已非一日，为此已与谋臣们策划过多次。

自从秦惠王嬴驷继承王位以来，便很想有一番大的作为。秦国地处西北，偏离中原，与同时期的诸多邦国相比，本来是个弱小之国，经过数代人的发奋图强，才逐渐强大起来。特别是秦孝公的时候，举贤任能，励精图治，任用卫鞅为相，实行变法，使得国力大增。后来卫鞅因功封于商邑，故而又称为商鞅。卫鞅执行法律非常严峻，王子犯法，与庶人同罪，因此而使得秦国大治，家给人足，兵革强盛，秦人都效力于国，勇于公战而怯于私斗。那时秦惠王嬴驷尚是太子，由于触犯了法规，也不能幸免，被刑其傅公子虔，黥其师公孙贾，作为惩戒。公子虔和公孙贾的门徒们对此都耿耿于怀，等到秦孝公病故，秦惠王嬴驷即位后，便向秦惠王诬告卫鞅在暗中谋反。公子虔之徒说卫鞅欲反，不过是个借口，秦惠王有了这个理由，便派兵抓捕卫鞅，卫鞅逃到封地商邑发兵抵抗，兵败被杀后，又将其尸身车裂以徇，终于泄了私愤。卫鞅成了牺牲品，但变革使秦国受益，秦惠王当然是明白的。秦孝公时候的许多英明举措，秦惠王都继续实行，特别是在用人方面，秦惠王也不拘一格，唯才是举，大胆任用了魏人张仪为相，招纳了陈轸等人为谋士，聚集了司马错、都尉墨、田真黄等众多将领，可谓人才济济，气象旺盛。

秦惠王得知开明王招兵选将的消息后，觉得此事不可轻视，当即召集了众多谋臣和将领们，来到王宫大殿，共议此事。秦惠王的弟弟嬴疾，又名樗里子，是王室中的一位智多星，也应邀而至。还有太子嬴荡等人，也参与了商议。秦惠王坐在王榻锦席上，众人环立左右，殿外有众多侍卫守护，屏退了闲杂人员。因为事关大局，所议之事必须保密，故而分外森严。

秦惠王目光炯炯，问道：蜀王此举，尔等如何看待？

张仪说：据臣所知，蜀国乃偏远小国耳，蜀王胸无大志，耽于享乐，故不足为虑。此次突然招兵选将，似有所图。但积习已久，恐难一朝改变。大王不用担心，静观其变可也。

秦惠王觉得张仪的分析颇有道理，点头称是。又把目光转向其他大臣和将领，问道：你们有什么见解，也说给寡人听听。

谋臣陈轸说：蜀国自从开明称王以来，曾雄长僰僚，已历经数代，渐呈衰落之相。如今蜀王选将，力图振作，亦难改颓势。且其地广袤，物产富庶，有稻米鱼盐之饶。大王若能取蜀，得其财力兵源，则天下可定。

大将司马错说：小臣也认为，蜀国可图而取之也。

秦惠王点头说：寡人欲伐蜀，可惜时机未到。

将领都尉墨说：秦人善战，而蜀人柔弱，大王若下令伐之，取蜀易如反掌耳！

秦惠王说：依汝所言，我强敌弱是不错。但蜀道崎岖，易守难攻。况且这次蜀王选拔了五丁力士为将，让他们各自统领一军，据说这五丁力士个个都神勇非凡，力大无穷。如此情形，岂能轻易用兵？

众臣和将领们明白了秦惠王的意图与担忧，取蜀需有良策方可，一时却也想不出好的主意来，只有各自琢磨着，殿内顿时静了下来。

这时太子嬴荡说：启禀父王，我们秦国有任鄙、乌获、孟说，也都力能举鼎，个个都是勇冠三军的大力士。蜀国虽有五丁，也不过是草莽村夫，何足挂齿？

秦惠王沉吟道：寡人听说，五丁抛玩千钧石盘，如同游戏。投掷长矛，可以百步穿杨。如此神力，岂是普通力士所能做到的？

众臣听了，都有点惊讶。没想到秦惠王对蜀国的情况竟然了解得这么清楚！

太子嬴荡却有点不以为然，又不好同父王争辩，便忍住了不再吭声。

陈轸说：启禀大王，微臣也听说，据传有人向蜀王献策，蜀王才招兵选将。既然蜀王喜欢纳言，不妨投其所好，将计就计。大王伐蜀，就可徐而图之了。

秦惠王目光一亮，问道：如何用计？请详言。

陈轸说：微臣以为，蜀王容易轻信，大王可以用间，这是其一。五丁有勇无谋，可以设计除之，这是其二。蜀道虽然崎岖，但可以诱使蜀人开通道路，这是其三。只等时机成熟，大王便可发兵伐之。此乃取蜀之策耳。

秦惠王高兴地说：爱卿所言，甚合寡人之意！

陈轸揖手道：微臣一得之见，仅供参考。大王雄才大略，深谋远虑，谋划取蜀，运筹帷幄，必然成功，指日可待也！

秦惠王笑道：如此甚好！

张仪见秦惠王奖勉陈轸，心中颇有不乐。张仪知道陈轸很有见识，两人同为秦惠王谋臣，陈轸和他本有私谊，却常在秦惠王面前同他争宠，使得他经常感到不快。张仪很担心会因之而失去相位，故而不得不防，总是想方设法阻挠和抵制陈轸的谋划。这次当然也不例外，张仪略一思索，便有了主意。

张仪说：大王英明，蜀国不足虑也。秦兵优势，在于车战，蜀途坎坷，不利用车，只有待机图之。当前六国争雄，楚国和齐国势强，韩国和赵国也蠢蠢欲动，经常骚扰边境，窥觊我疆土，实乃心腹之患。周室衰弱，余威尚在。大王若能和齐国交好，牵制楚国，先谋取韩国，挟持周天子，号令天下，则王业可成。

秦惠王微笑道：取蜀，取韩，都是寡人所愿。

陈轸说：若论轻重缓急，应先取蜀，继而取巴。得巴、蜀则势力扩充，秦国更为强盛。此乃自强之道，先立于不败之地，然后东向用兵，出函谷而取天下，所向披靡，必然成就王业。

张仪说：秦兵若不能用车战攻蜀，难以施展所长。假如巴、蜀联手顽抗，山道崎岖运粮不便，秦兵一时恐难以得手。此时如果韩国与齐国、魏国、楚国联合乘虚攻秦，则函谷告急，腹背受敌，非万全之策耳。

秦惠王沉吟道：若能取蜀，则甚好。但能否速胜，未可知也。此乃寡人所虑，故而犹豫未决，尚需从长计议。

张仪见秦惠王如此表态，正和自己意见一致，暗自松了口气。

陈轸明白秦惠王的心思，知道秦惠王的最大心愿就是攻取巴、蜀。反正话已说透，无须力争，至于何时出兵，只有等秦惠王自己判断形势，做出决定了。

樗里子这时说：巴、蜀与韩、赵、魏、楚，迟早都是大王的囊中之物。

秦惠王瞩目问道：贤弟为何如此认为呢？

樗里子面露诙谐之色，笑一笑说：无他，天意若此耳！

秦惠王顾盼左右，拊掌大笑道：好啊！吉言！

大臣和将领们听了，也都面露笑容，表示赞同。

议事结束后，秦惠王增派了密探，乔装成商贩和手艺人之类，进入蜀国，深入了解蜀国的各种情形，对蜀王的动静也密切关注。凡是蜀国发生的重要事情，随时都会禀报秦惠王。在军事方面，秦惠王也加紧了布置，招募了新兵，扩大了军队的规模和数量，并加紧了训练。除了步兵与兵车的配合作战训练，还组建了骑兵，配置了长矛与大盾，制造了大量的弓箭，以备将来出兵时使用。秦惠王还派了使臣，出使楚国和齐国，与这两个大国建立友好关系，为将来发动战争预做铺垫，以便减少后顾之忧。

秦惠王紧锣密鼓，谋划攻取蜀国，为之做了精心准备。而从了解到的情况来看，蜀国也正在加紧布防，自从招兵选将之后，势力大增，在两国接壤之处筑营屯兵，锐气方涨，堪称劲敌。秦惠王虽然志存高远，想有一番轰轰烈烈的大作为，但时机尚未成熟，岂敢贸然发兵？只有耐着性子等待。

过了一些日子，秦惠王带着扈从人员，去上林苑校猎。

上林苑是秦国王室的园林，位于渭河之滨，南临终南山北麓，占地相当广阔。苑内丘陵起伏，林木茂盛，平川与河流交错，百兽栖息其中，是王室专用的射猎场所，普通百姓与寻常人家是不得入内的。上林苑内，在景色秀丽处还专门修建了好多处宫苑，专供王室使用。每年春秋两季，秦惠王便会来此射猎和休闲。随从秦惠王而来的，有大量的宫廷侍卫，有许多王室子弟，还有一些大臣和将领们。这次秦惠王前来，除了射猎，还要检阅一下战车、步兵与骑兵的训练。因为参与的人员众多，预先已做好了各项准备，故而声势浩大，场面颇为壮观。

秦惠王骑马站立在高岗上，彪悍的侍卫们环立于两侧，大臣们都随侍左右。高岗下面是平川，等待检阅的士兵已列阵以待。前面是战车，后面是步兵，两侧是骑兵。为首的将领们都身穿铠甲，士兵们皆身着皂衣和护甲。秦人崇尚黑色，从冠帽到衣甲一律是黑的，居高而眺，黑压压的一片，显得分外凝重。此时秋风吹来，旌旗招展，将领与士兵们都在等候王命，蓄势以待，军纪整肃，神情勇武，一种雄壮的气势，扑面而来。

秦惠王见秦兵人强马壮，军威如此雄伟，心中很是兴奋。他手持马鞭，指点着远近的山川说：寡人有此劲旅，将来逐鹿中原，大张旗鼓，何愁不胜！

随侍在秦惠王身边的大臣和将领们，听了此语，都大为振奋。

秦国中尉田真黄是秦惠王的一位爱将，平常负责京城的卫戍，秦惠王出巡时也由他安排护卫，深得秦惠王的信任。这次秋季校猎和检阅军队，也由他预作安排和直接指挥。田真黄这时征询说：启禀大王，军队人马都已准备就绪，只等大王下令，就可以演练和检阅了。

秦惠王说：好啊，那就传令开始吧！

田真黄遵命而行，随即擂鼓挥旗，调动人马，开始演练。

随着一声令下，排列成方阵的战车，首先开始驰逐。秦国的战车，用实木制作，由粗大的车辕、庞大的车轮、紧凑而坚固的车厢组成，关键部位用青铜片包裹，非常耐用，经得起长途奔驰和颠簸。战车由四匹马拉动，战车上站有三人，当发起进攻和交战时，一人负责驾驭车辆，一人手持弓弩射敌，一人持戟与敌人搏杀。这种三人组合，既可以进行远程攻击，又利于近战搏斗，非常灵活，也极其威猛。当数十辆乃至数百辆战车排列成战阵，一起发起攻击时，战马奔腾，车轮滚滚，速度极快，犹如山洪暴发，冲压而来，锐不可当，当时的六国军队均以步兵为主，面对秦兵战车的排山倒海之势，通常都会望风披靡，只能据险扼守，阻挡秦兵凶猛的攻势。

这次参加演练的数十辆战车，在平川上急速奔驰，顿时尘土飞扬，滚滚而前。步兵紧随其后，骑兵在两翼张开，真是气势如虎，蔚然壮观。

按照预先布置，参加演练的秦兵驰逐数里之后，便会折返回来。就在转弯之处，前面的一辆战车遇到了沟壑，因速度太快，回避不及，顿时倾覆。站在高岗上观看演练的众多大臣和将领，都惊讶地瞪大了眼睛。秦惠王的神情也一下凝重了，微微皱了眉头。田真黄镇定如常，继续挥旗擂鼓。演练仍在进行，紧随在后面的战车并没有因为这个意外而停顿，依然疾驰而过，一往无前。急速的鼓声就是命令，在冲锋陷阵的时候，无论发生什么事情，都难以阻挡秦兵锐利的攻势。

鼓声咚咚，奔驰的马蹄声好似狂风骤雨，由近而远，横扫秦川。

秦惠王目睹此景，很是感慨，真是军令如山啊！秦兵如此军纪严明，才能万众一心，勇猛无敌啊。

随着鼓角之声的召唤，演练的队伍折返回来了。急速的马蹄声和滚滚烟尘又由远而近，回到了原先驻扎之处。那辆战车倾覆后，三名士兵被摔伤了，又顽强地爬起来，驱赶四匹战马，将损坏的战车拉出了沟壑，也紧随在队伍后面回来了。

田真黄说：启禀大王，这次检阅，出了差错，责任在我，请大王惩罚！

秦惠王笑道：你有功呢，应该奖励啊！哪来什么差错？

田真黄揖手说：战车倾覆，就是差错啊，请大王责罚，以明军纪！

秦惠王说：一车虽覆，众车依然奋勇争先，军令整肃，势如虎贲，寡人深感欣慰！传令慰问伤者，赐肥羊美酒犒劳军士！

田真黄感激说：谢大王恩典！

命令立即传达了下去。聚集在平川上的秦兵部队发出了一片欢呼。

诸多将领和大臣们都深感振奋，面露欣喜之色。

秦惠王对陪侍在侧的张仪说：想起卿之所言，秦兵优势，在于车战，果然如此。如果不能用车战伐蜀，则难以施展长处，如何是好？

张仪说：大王英明，深谋远虑。如果取韩，则用我所长，攻敌所短，可速战而胜也！

司马错在旁边说：启禀大王，秦兵优势，既有兵车数千乘，又有良马万匹，步骑协同，长戟强弩，如虎添翼，实乃天下劲旅。即使不用兵车，只用步骑伐蜀，也可确保取胜！

秦惠王说：取韩，伐蜀，都是寡人所愿。今日校猎，待以后再从长计议吧！

检阅军队演练结束后，接着便是射猎了。

秦惠王骑着马，在众多侍卫的护卫下，扬鞭催骑，驰入了林中。大臣和将领们，也都骑马紧随于后。林中有鹿群、狐、兔之类，四处奔逃。秦惠王张弓搭箭，射中了一头大鹿。侍卫们呼喊包抄，大鹿惊恐奔逃，撞在了树上，栽倒在了树前。几名身手矫捷的侍卫，随即上前猎获了这头中箭负伤的大鹿。随侍于后的大臣们见此鹿肥壮，都齐声向秦惠王称贺。在秦人心目中，鹿肉乃天下鲜美之物，而鹿又奔跑极快，获之不易，所以射鹿便成了狩猎的重要对象，也成了展现射技的重要方式。秦王亲自射获大鹿，通常都被认为是大吉大利的象征。这次秦惠王一箭就射倒了如此肥壮的大鹿，当然要使人敬佩和赞叹了。

秦惠王哈哈大笑，环顾左右说：若韩、蜀皆如此鹿，则伐取甚易耳！

大臣和将领们见秦惠王高兴，也都喜笑颜开，称赞不已。

射猎到此便适可而止了，随后是宴飨。秦惠王率领随侍的大臣和将领们，来到了上林苑中的一处宫苑。这里早已备好宴席，专供秦惠王和大臣将领们饮酒聚谈，并有武士献艺助兴。为秦惠王表演武艺的，都是秦人中的佼佼者，个个身手矫捷，有舞剑、搏击、角觝之类。还有力士比赛举重，秦军中的三位大力士任鄙、乌获、孟说都出场了，各展身手，力气都大得惊人。特别是孟说，竟然单手就将一只大鼎举过了头顶，而且绕行一周，面不改色，令观赏者都惊叹不已。

秦惠王想起太子嬴荡所言，秦人中也有大力士，果然名不虚传。看了三位力士的举重比赛，秦惠王联想到蜀国五丁力士，虽然传说五丁力士更为神勇非凡，但秦国也是有大力士的啊！况且两国较量，最终取胜绝非靠匹夫之勇，而是要靠军纪严明、勇往直前的大军啊！此外，更要靠深远的谋划！这么一想，秦惠王不由得胆气倍增，豪情满怀，当即传令，赏赐了几位大力士，嘉勉了武艺高强的表演者。

就在秦惠王与大臣将领们欢聚之时，突然发生了意想不到的事情。

一位秦吏骑着快马，从远方连夜疾驰而来，驰入了上林苑，向秦惠王紧急报告：秦国地方官员发现蜀王亲率大军已威临边境，大有攻取秦国雍都之势。

秦惠王闻讯，大为惊讶。秦国正在商议如何伐蜀，没想到蜀王倒先发制人，竟然率领大军主动来进攻秦国了。这可是善者不来，来者不善啊！大臣和将领们听到这个消息，也深感意外，同时又有点振奋与欣喜。看来秦国与蜀国发生征战，已不可避免了。反正伐蜀之谋，筹划已久，现在箭在弦上，不得不发，也不是什么坏事啊。秦人天性好战，将领们其实都渴望着打仗呢，这不是机会来了吗？不由得个个摩拳擦掌，意气风发，只等秦惠王下令，便准备上阵应敌。

秦惠王并未急于下令，先和大臣们商议了一番，这才从容布置。

秦惠王一边派人继续打探敌情，一边调集军队，抓紧配备了粮秣辎重，并决定御驾亲征，前去和蜀王对阵。

开明王率领军队，北行狩猎，一直抵达了秦国的边境。

正是秋高气爽时节，山野里的枫叶变红了，放眼望去，层林似染，景色如绘。南归的鸿雁在空中悠然飞过，留下了阵阵清越的雁鸣。在这样的季节里，扬鞭纵马而驰，沐浴着艳阳与秋风，穿行于连绵的崇山峻岭之间，确实是很惬意的事情。

开明王很久没有这样率兵远行了。在他还是太子的时候，是比较喜欢骑马狩猎的。每年春秋两季，他都会带着卫队，骑马前去野外踏青游玩，或去山林里射猎。继承王位之后，这样的游玩与射猎就逐渐减少了。常年享受着尊贵而舒适的宫廷生活，使得开明王远离了山林，淡漠了对大好河山的印象。这次率军而行，年轻时的豪迈之情顿时又回到了胸中。沿途景色壮丽，使他大为兴奋，途中的鞍马劳顿也使他觉得有趣。跟随他远行狩猎的，有彪壮的王宫卫队，还有以五丁力士为将领的五支部队。在招兵选将之后，组建而成的这些军队，经过训练备战，已成为蜀国的劲旅。在长途行军中，五丁力士逢山开路，遇水搭桥，任何坎坷都如履平地，真的是神勇非凡。蜀人尚赤，同时也喜欢青、黑、黄、白等色，从将领服装到士兵穿着都以红色为主，各支队伍则用五色旗帜加以区别。开明王率军北行，一路上旌旗猎猎，军威雄壮，甚是壮观，沿途百姓都翘首观望。蜀王出兵的消息，在蜀国境内不胫而走，蜀国民众深感振奋。消息也传入了秦国，看到蜀军来势汹汹，咄咄逼人，边境附近的秦人纷纷躲避，驻扎在雍都等处的秦兵迅速关闭了城门，开始坚壁固守，一边防备蜀军的进攻，一边等待秦惠王援军的到来。

开明王虽然率军逼近了秦国的边境，其实并没有攻打秦国的打算。这次北行狩猎，主要是兴之所至，在招兵选将之后特意安排的一次行动。开明王想通过狩猎来检阅一下五丁力士的神勇本事，这样既能够向蜀国的臣民展现王者威仪，也可以向秦人耀武扬威，给予威慑。对于秦国这样的强敌，开明王觉得与其示弱，还不如示强和以攻为守更好，主动让秦人看看蜀军的强势，这样就足以使得秦人不能轻视蜀国，更不敢贸然来侵犯了。所以开明王大张旗鼓，特地扩大声势，其目的和用意便正在于此。

这天下午，开明王正在秦蜀交界的山谷中射猎，突然传来了鼓角之声。原来是秦惠王亲自率领秦军来了。开明王立即传令，列阵以待。秦军也扎住了阵脚，与蜀军迎面相对。两军都衣甲鲜明，旗鼓相当。秦军黑压压的一片，气势威武。蜀军旌旗招展，声威逼人。山谷中两军对阵，剑拔弩张，顿时杀气弥漫，一触即发。

秦惠王骑马走到秦军前面，将领们随侍左右，侍卫们持盾护卫。

开明王这时也骑马站在蜀军前面，身旁是五丁力士，身后是卫队和大军。

这是秦国和蜀国的君王初次峡谷相逢，场合特殊，地势逼仄，气氛异常紧张，双方都格外戒备，丝毫不敢掉以轻心。

秦惠王放眼眺望，看到开明王身穿王服，头戴王冠，英姿勃勃，意气昂扬；又看到站在开明王身边的五丁力士，身材高大，壮硕非凡，果然与常人不同；还有蜀军万人，衣甲鲜明，锐气方涨，不由得暗自叹了口气。秦惠王觉得蜀王并非平庸之辈，也没料到蜀军竟然如此强大，看来伐蜀之谋，确实得从长计议才行啊。

开明王也观察着秦军的情形，知道被秦军将领们簇拥着的那位主帅，必定就是秦惠王了。开明王看到秦惠王神色凝重，身边的将领们也都面无表情，沉默中隐藏着凶悍，确实和传说中的虎狼之辈别无二致。开明王觉得，面对秦军这样的强敌，确实不能掉以轻心啊。

秦惠王这时大声说：请问来者可是蜀王？

开明王高声回答：不错！想必你就是秦王了？

秦惠王说：寡人就是秦王！今日与蜀王相逢，幸会啊！

开明王哈哈大笑道：王者相逢，真是幸会！

秦惠王说：请问蜀王为何来此？

开明王说：秋高气爽，乘兴而来，狩猎而已！

秦惠王说：这次狩猎，可有收获？

开明王说：最大的收获，就是今日与秦王相会，可谓不虚此行了！

秦惠王笑道：哈哈，原来蜀王此行，是想和寡人见面啊？

开明王说：两国相邻，若能友好交往，岂不快哉？

秦惠王说：是啊，寡人也深有同感！

开明王哈哈笑道：今日和秦王相晤，一见如故，真的使人高兴！

秦惠王笑道：难得缘分如此！寡人准备了一点薄礼，请蜀王笑纳！

秦惠王随即吩咐侍从，给蜀王送去了一只装饰精美的木盒。

开明王示意侍卫，打开木盒，看到里面装着黄澄澄的金块，不由得笑了，觉得这个秦王真是大方，初次见面，就送金子给我！心想来而不往非礼也，也得回赠个礼物才好。可是送什么好呢？此次率军北行狩猎，并未准备礼品啊。心中略一琢磨，便有了主意。随即吩咐侍卫，用锦盒装了一套随军携带的陶制酒具，本是蜀王使用之物，每一件都制作得特别轻薄精美，权作礼品吧，于是给秦王送了过去。

开明王说：礼尚往来，一点礼物，可供鉴赏，也请秦王收下！

秦惠王高兴地说：好啊！随即让随从接受了蜀王的礼物。

两人又寒暄了几句，相晤颇为融洽。秦惠王即兴问道：寡人听说，蜀有五丁力士，个个力气都大得不得了，是否确实如此？能否见识一下？

开明王笑道：五丁力士，力大无穷，当然不是吹牛了。随即对身边的大牛说：秦王很好奇呢，你不妨给他露一手，显示一下神力！

大牛应声说：这有何难？那就让秦王看看！

大牛说罢，捋了衣袖，左右瞄了一眼，看到阵前峡谷旁有块巨石，便走上前去，略一用力，便将巨石撼倒了，双手随即抓住巨石举了起来。那块巨石，硕大如象，重逾千钧，大牛竟然轻而易举地就将巨石举过了头顶，其力气之大，真的是匪夷所思，常人难以想象。

大牛的几位弟弟，也看得心痒，便各展神力，徒手将峡谷旁的几棵大树连根拔了起来。这样的神力，显然比举起巨石更加厉害了。

秦惠王和秦军将领们，都看得目瞪口呆。秦人虽然也有力士，譬如任鄙、乌获、孟说，都力能举鼎，但与五丁力士相比，就相形见绌，只能算是幼儿玩的游戏了。

五丁力士展现了超人的神力，随即将巨石和几棵大树都抛向了峡谷。巨石撞击在崖壁上，轰隆一声，发出了巨响。秦惠王的战马受到惊吓，嘶鸣起来。侍从闻声而惊，慌乱中将蜀王回赠的礼物都掉在了地上，赶紧俯身捡了起来。秦军的将领们随着秦惠王连退数步，这才稳住阵脚。

开明王不由得哈哈大笑。五丁力士也纵声大笑，声震峡谷。

秦惠王振作精神，脸上也勉强浮了笑容，自语道：果然了不得！

开明王说：适才五丁力士献丑了，秦王不要见笑才好！

秦惠王说：耳听为虚眼见为实，五丁力士真的是好神力啊！

开明王和秦惠王都哈哈一笑，随即揖手施礼，相互告辞。

会面结束之后，秦惠王和开明王各自率军而返。

开明王骑马走在途中，想到秦惠王目睹五丁力士拔树移石，吓得心惊胆战的样子，不由得又放声笑了起来。跟随在身后的大牛问道：大王笑什么？开明王笑道：我笑秦王被你们的神力吓坏了！大牛说：哈哈，秦王好怂啊！如果大王下令，我们五弟当时就可以趁机将秦王拿下，横扫秦军了！开明王哈哈大笑道：那倒不必！秦王见面就送礼，本王对他也应该客气啊！只要他从今以后收敛了野心，不要侵犯蜀国，相互和睦交往，就可以了！大牛听了，点头说：大王说得对，小人明白了！

随同开明王北行狩猎的苴侯说：王兄远见卓识，这次与秦王相逢，气势上已经把他压住了！开明王笑道：就是要在气势上压住他啊！原来秦王也不过如此啊！

随行的其他几位大臣，也都纷纷称赞开明王这次率军北行，张扬了蜀国的威风，使得秦人从此不敢轻视蜀国，收获真的甚大啊。开明王越发高兴，有点心花怒放，随即传令扎营休息，准备宴席，犒劳随行的将士。

此时，秦惠王率军也走出了峡谷，正在返回秦国都城。行军途中休息的时候，秦惠王想起了蜀王赠送的礼物，吩咐侍从打开看看。侍从小心翼翼打开了锦盒，里面的陶制酒具，因为被摔过，已变成了碎土。秦惠王看了，双目怒睁，大为不快。侍从吓坏了，跪伏在地，面如土色，心中忐忑不已，不知如何解释才好。

秦惠王环顾左右，怒气冲冲，对随侍于侧的大臣与将领们说，蜀王竟敢如此戏弄寡人！送了一盒泥土当作礼物，真是岂有此理！

这时陈轸走上前一步，向秦惠王揖手施礼说：恭喜大王啊！

秦惠王怒道：寡人今日很不开心，你却恭喜，为什么？

陈轸说：启禀大王，蜀王送礼，物化为土，这是天意如此啊。

秦惠王仍不解，怒气未消，问道：何为天意？

陈轸说：土者地也，蜀王拱手送给大王，秦当得蜀矣！

秦惠王明白了陈轸说的天意，脸色一下就由阴转晴了，双目炯炯发亮。

司马错和一些将领们也揖手说：这是吉兆，恭喜大王啊！

秦惠王终于开怀大笑了，高兴地说：好啊，诚如众爱卿所言！既然天意如此，寡人就笑纳了！

侍从如释重负，赶紧收好锦盒，退到了一边。

大臣和将领们也都随之放声笑了起来。

秦惠王回到秦国都城后，休息了两天，又将大臣和将领们召集起来议事。

王宫大殿内屏退了侍从人员，因为商议的事情分外重要，大殿外面也增加了侍卫，戒备森严。秦惠王是善于用间的君王，派了很多密探到蜀国与其他诸侯国打探情报，同时也很警惕别国来秦国打探消息。所以每次密议或谋划大事的时候，都会严密防范，以防消息外泄。

秦惠王坐在锦席上，皱眉思索，脸色凝重。大臣和将领们侍立两侧，神情恭敬，屏息以待。大殿内气氛有些沉闷，众人都不知道秦惠王在想什么，不好贸然询问，也不便轻率发言，只有肃立静候了。

秦惠王思考了好一会儿儿，有些不乐地问：你们猜猜，寡人在想什么？

大臣和将领们观察着秦惠王恩威莫测的神态，猜不透秦惠王的心思，都不吭声。

秦惠王看着他们，情绪有些复杂，不由得叹了口气。

陈轸揖手施礼说：启禀大王，小臣冒昧猜测，大王是在担心五丁力士吧？

秦惠王坦然领首说：是啊！寡人为此忧患，已经数日。今天召集诸位，就是想和你们说说此事。秦惠王目光炯炯地扫视了众人一眼，又看着陈轸，问道：爱卿可知，寡人为何要担心五丁力士吗？

陈轸说：五丁神力非凡，如果蜀王派他们攻秦，大王担心难以抵挡。

秦惠王说：诚如爱卿所言，这正是寡人担忧的。如果五丁来犯，如何是好？

陈轸说：小臣以为，蜀王贪财好色，喜欢纵情享乐，大王若能投其所好，蜀王乐其所得，决不会派遣五丁前来攻秦的。故而不必担忧。

秦惠王点头说：寡人也看出来了，蜀王喜欢金子。依卿所言，赠送一些金子给蜀王，倒是很容易。但也只能相安一时啊，若五丁不除，终究后患无穷。

陈轸说：大王何不利用五丁，先为秦修通蜀道，然后再伺机除之呢。

秦惠王目光一亮，急忙问道：爱卿此言，是否有何妙策啊？

陈轸不慌不忙地说：启禀大王，小臣有连环计，不妨一试。

秦惠王俯身说：爱卿请讲，寡人愿闻其详！

陈轸上前一步，靠近秦惠王，低声说出了两条计谋。

秦惠王听了，甚为兴奋，哈哈大笑道：妙哉！妙哉！此计甚妙！就按爱卿所言，依计而行吧！

因为陈轸说话声音很低，秦惠王是听清楚了，众多大臣和将领们却听得模模糊糊，未知其详。究竟是什么妙计，便成了一个很大的悬念。

张仪站在众多大臣前边，倒是听清了一个大概，觉得陈轸所献计策，并没有什么奇妙，却得到了秦惠王的赞赏，心情颇为不怡。想到陈轸经常卖弄聪明，在秦惠王面前邀宠，心中就更加不快了。转念一想，又觉得陈轸有点故弄玄虚，打算以此诱惑蜀人，难道蜀王会上当吗？蜀王总不至于那么蠢笨吧？如果此计落空，那就要看陈轸的笑话了。但秦惠王既然发话了，就只有按照秦惠王的命令去做了，谁还能劝谏阻止呢？张仪思量于此，嘴角不由得浮出了一丝不易觉察的冷笑。

秦惠王注意到了张仪的神色，问道：丞相有何想法吗？

张仪一惊，赶紧揖手说：大王英明，此计甚妙！

秦惠王笑道：哈哈，那就去办吧！

议事结束，大臣和将领们各自散去。

秦惠王言出必行，随着王令的传达，连环妙计便开始执行了。

第三章

开明王北行狩猎、威震秦军的故事，在蜀国民众中广为流传。

蜀国都城近来更加热闹了，商贾往来，络绎不绝。但也有很多人从各地来到都城，并非为了做生意，或买卖什么东西，就是想看看传说中的五丁力士，究竟是什么样的神奇人物。民众口口相传，将五丁力士的故事说得很玄乎，力大能拔树移山，笑声能震动山岳，真的是天生奇人，成了蜀国自古以来最大的传奇。

在蜀国边界有个叫武都的地方，有一户人家，户主魏炎，常年经营山货买卖，以此获利，家境颇为殷实。其子魏安，从小便跟着他贩卖山货，经常往来各处村寨与城镇，成了他做生意的好帮手。其女小卉，也长大了，豆蔻年华，聪慧秀丽，在家闲居。今年又到了销售山货的时候，魏炎收集了很多山货，准备运到蜀国都城去贩卖。出发的时候，小卉缠着他，也要跟随同行。魏炎开始不同意，说你一个女孩子，抛头露面怎么好？而且途中风餐露宿很辛苦的，还是在家待着吧。小卉天生丽质，长得如同出水芙蓉一般，已经到了谈婚论嫁的年龄。按照习俗，这个年龄的女孩应该待在闺中，等候父母之命媒妁之言，然后找个门当户对的人嫁了，哪里还能到处去玩呢？小卉天性活泼，缠着父亲说，她早就听说蜀国都城繁花似锦，热闹得不得了，很想去看看，如果一辈子都待在这个小地方，不能出去走走看看，那活得多么无趣啊！魏炎宠爱女儿，将女儿视为掌上明珠，经不住女儿央求，便答应了，决定带上女儿一起去蜀都看看，满足一下小卉的心愿。但是考虑到在驮运山货的队伍中，有一位如花似玉的美女，太显眼太招摇，为了旅途安全，以防万一，魏炎特意让小卉穿了男装，打扮成了男孩子的模样，觉得这样就安然无恙了。魏炎的夫人还是不放心，也想随同女儿一块儿出远门，但家里也得有人照应，所以夫人还是留在了家中。

魏炎率着队伍出发了，他和儿子魏安、女儿小卉骑马而行，几名随从牵着十几匹马，驮运着山货，跟随在后面。夫人叮嘱再三，希望小卉一路平安，早点归来，这才挥手而别，依依不舍地目送他们远去。他们离开武都，翻山越岭，向南跋涉，走了好几天，终于来到了繁华的都城。小卉第一次跟随父兄出远门，看到什么都觉得新鲜，显得特别兴奋和高兴。以前待在家中，周围虽然青山绿水、环境宜人，毕竟是边远之地，太偏僻了，与人烟稠密的都城相比，真的是两重天地啊。

那是个阳光灿烂的下午，天气暖洋洋的，给人以舒适之感。一走进繁华的都城，小卉便睁大了眼睛，心中充满了好奇，左顾右盼，兴奋不已。哈哈，传说中的蜀国都城，果然非同寻常啊。

小卉骑在马上，对父亲说：蜀都真的好热闹啊！

魏炎说：是啊，蜀都是个繁华之都嘛。

小卉说：果然名不虚传呢！

魏安在旁边说：带你来此，就是想让你开开眼界。

小卉说：这么热闹繁华的地方，我们以后长期住在这里就好了。

魏安说：那也不难，赚了钱，买套房子就行的。

小卉问父亲：你会在蜀都买房子吗？

魏炎哈哈一笑说：生意还没开张呢，以后再说吧。

小卉也笑着说：我好喜欢这里，如果蜀都也有房子，以后我们就可以从武都搬到繁华的蜀都来住了。这么热闹的地方，真的比山里好玩多了。

魏安笑道：我们是来蜀都做生意的，卉儿却只想着好玩。

小卉嗔道：好玩才有趣啊，有什么错吗？

魏炎含笑说：都没错。我们要先安顿下来，等生意开张之后，你就可以好好逛一下蜀都了。

小卉点头说：好嘛，听从爹爹安排。

魏炎一行，风尘仆仆，来到蜀都，开始在城内寻找落脚之处。

魏炎对蜀都还是比较熟悉的，早年曾来过蜀国都城。但魏炎更多的时候则是去秦国做生意，因为武都离秦国的都城比较近，而离蜀都则比较远。长途贩运山货，会增加开支和成本，做生意的都要算账，会趋利而行。不过，在秦国做生意，要征收税赋，利润较薄。魏炎便想到蜀国的都城来试试运气，销售山货也许能赚得更多。看到蜀都繁花似锦，人气旺盛，魏炎也很高兴。俗话说，客走旺家门，做生意自然是人多才好赚钱。而且，蜀都的生活也比秦国舒适，如果生意兴旺，以后不妨在这里开个商铺，再买个宅院，全家人就可以长期住在蜀都了。以后让儿子或派人去武都收集山货，运到蜀都销售，生意有保障，生活也舒适，岂不两全其美？这么一想，魏炎便有些兴奋。

魏炎带着儿子和女儿在蜀都城内骑马而行，问了几处，转了几条街，都未找到闲置的商铺。便先找了一家客栈，只有暂时住下再说，然后再继续寻找和租用合适的铺面了。这么大的繁华都城，既然来此做生意，总会有办法的。

就在这个时候，熙熙攘攘的大街上突然人群涌动起来。有人在说：蜀王来了！蜀王要回宫了！居民们也都闻声走出宅院，在街道两边伫立观望。魏炎感到好奇，一打听，原来是开明王出城归来，经过大街，正回王宫呢。魏炎一行，此时也就不慌着进客栈了，便站在街边，同众人一起抬头观看，准备一睹蜀王风采。

正是傍晚时分，霞光灿烂。只见大队人马，旌旗招展，威武而来。前面有彪悍的侍卫开道，个个都是全副戎装，衣甲鲜明，骑着骏马，疾驰而过。开明王身穿华丽的王服，头戴金冠，骑马走在队伍中间，身后跟随着众多侍从，紧随着又是很多彪壮的侍卫，左右护卫，显得威风凛凛，气势非凡。王者出行，果然是好大的排场啊！开明王最近心情甚好，一副气宇轩昂的样子，目光炯炯有神，看到民众夹道观望，脸上油然露出了笑意。

小卉第一次看到这样宏大的场面，觉得异常兴奋和激动。此时站在客栈外面，为了看得清楚些，便仍旧骑在马上，目不转睛地看着由远而近的蜀王，蜀王在大队人马的前呼后拥中，显得好不威武。小卉心想，传说中的蜀王，原来就是这样的啊！今天终于目睹了蜀王的风采，不仅很威风，很排场，模样还十分俊朗，神采奕奕，果然是非凡人物啊！起初的好奇之心，顿时又多了几分敬仰之意。灿烂的晚霞，映照着繁华的蜀都，为热闹的场景增添了绚丽的气氛。小卉的眼睛亮亮的，明眸如星，脸庞也染上了霞光，红润起来。

开明王此时也看到了小卉，注意到了街边人群中有一位眉清目秀、容光焕发的美少年，竟然骑在马上，含情脉脉地看着自己，不由得微笑了一下。看到蜀王经过，而不下马，那是失敬之举。旁边有侍卫正要挥鞭呵斥，被开明王制止了。开明王心想，这位美少年也许是为了看得更真切，才骑在马上的吧，这当然是情有可原了。开明王骑马而过，经过小卉面前时，又多看了小卉两眼，觉得这位美少年水灵灵的模样，明眸皓齿，容颜如花，神情妩媚，真是可爱。

小卉看到了开明王的微笑，接触到了开明王炯亮的目光，一颗心咚咚地跳起来，双颊顿时飞起了红晕。开明王的目光仿佛具有神秘的磁性，吸引了小卉的视线。大队人马已经走过去了，渐渐走远了，小卉仍在眺望着开明王的背影。小卉有点发愣，直到听见父亲喊她，这才回过神来，嗯了一声，下了马，随着父兄进了客栈，安排房间住了下来。

魏炎在客栈住了几天，终于找到了一处铺面，谈妥了价钱，租用下来，开始销售山货。蜀都人多，繁华热闹，生意果然很兴旺。魏炎和儿子魏安每天忙着做生意，小卉不用操心这些事，比较空闲，便在城内走动，观赏市容。

小卉很喜欢这种无拘无束的生活，觉得很自在，心里充满了快乐。

开明王回到王宫后，临近黄昏，后妃们陪伴用膳。

华丽的王宫中，点亮了烛光，明亮如昼。开明王一边饮酒，一边欣赏歌舞。看到那些身段美妙、舞姿蹁跹、歌喉婉转、尽心表演的妙龄少女们，油然地想到了那位骑马的美少年。当时在大街上，民众如潮，夹道观望，那位美少年骑在马上，好似鹤立鸡群，显得特别亮眼。一位少年，容貌怎么会如此美艳呢？特别是开明王骑马经过面前时，接触到了那位美少年清澈如泉的目光，注意到了美少年双颊浮起的红晕，由此而留下了很深的印象。那如花的容颜，娇羞的眼神，分明是个少女啊，而且是位天姿国色的少女呢。也许是故意穿了男装，打扮成了少年的样子吧？开明王这么一想，心中便有些冲动。他觉得，虽然只看了几眼，却令人欣悦，不由自主地产生了喜欢。出于好奇，他想弄清真相。他相信自己的敏感，如果真的是位美女，那就应该纳入王宫才好啊。

开明王委派了一位侍从，第二天便去大街上寻找那位骑马的美少年。

那天夹道观望的民众很多，蜀王回宫之后，人群便散向了各处。蜀都很大，街道交错，人来人往，熙熙攘攘，要在城内找到那位不知姓名的美少年，可不是一件容易事。侍从在蜀都城内转悠了两天，找到了几位貌似者，带到王宫去见开明王。开明王一看，全都不对啊，一语不发，挥挥手，便让他们走了。侍从只有继续去寻找，接连几天，都毫无所获。那位美少年，消失了踪影，就像一朵被风吹走的流云，究竟飘向了何处，成了一个谜。

开明王有点郁闷，因为找不到那位美少年，使得他颇为不快。说不清是什么缘故，那位美少年的影子一直徘徊在开明王的心头，拂之不去，难以释怀。只是多看了两眼啊，竟然如此牵挂，真是奇怪啊。作为蜀王，又是在蜀都城内，按理说没有办不了的事啊。但在这件事情上，只能派人寻找，如果下令搜索未免小题大做了。开明王琢磨着，假如那位美少年还在蜀都城内的话，肯定还会露面的。如果已经离开了蜀都，去了外地，那就不好说了。也许冥冥之中，自有定数，反正继续寻找吧。

开明王的后宫嫔妃颇多，元妃彭氏，身居王后之位，生了太子和几位王子，如今已年老色衰，不再侍寝。平常主要由淑妃杨氏陪伴，但淑妃的年纪也有点大了。还有梅妃萧氏，体质较弱，常有小恙。开明王虽然有好几位后妃，却意犹未尽，常常难以尽兴。更何况开明王正值盛年，身体强健，喜欢享乐，这次因为牵挂着那位美少年，便又想到了纳妃的事。

淑妃见开明王闷闷不乐，小心地问道：大王为何不悦？

开明王哦了一声，依然是一副心不在焉的样子。

淑妃揣摩着，开明王喜欢新鲜玩意，所以她会经常变换花样讨好开明王。最近开明王饮的是新酿的酒，看的是新排演的歌舞，为什么还是不高兴呢？便试探着问：大王啊，是新酒味儿淡了？还是歌舞不佳？

开明王说：哦，哦，还可以吧。

淑妃看了看开明王恩威莫测的眼神，不明白开明王究竟在想什么。

开明王自语道：如果我要找一个人，怎样才能找到呢？

淑妃问：大王要找的是个什么人？

开明王说：一位骑马的少年。

淑妃说：大王派人就会找到的啊。

开明王说：可就是找不到啊。不知道去了哪儿。

淑妃好奇地问：大王要找这位少年干什么呢？

开明王沉吟道：那位少年明艳如仙，分明是位天赐佳人。

淑妃笑笑说：大王说的少年，原来是位天姿国色的美女啊。

开明王叹了口气说：要找到了，才知道究竟是不是呢。

淑妃此时已明白了开明王的心思，宽慰说：天下美女何其多也，大王有心寻找，哪里会找不到呢？

开明王看她一眼说：你为何赞同，却不劝阻呢？

淑妃说：只要大王喜欢，臣妾便会赞同。大王开心最重要啊。

开明王颔首说：哈哈，还是淑妃善解人意，懂得我心！

淑妃偎依在开明王身边说：臣妾就是希望大王每天都快乐嘛。

开明王微笑道：好啊，但愿天遂人愿。天天都快乐，当然最好了！

开明王和淑妃说说笑笑，心情愉悦，当晚便和淑妃一起睡了。

这样过了几天，开明王因为挂念着寻找美少年的事，始终无法释怀。这天午后，带着随从和侍卫，出了王宫，亲自在蜀都城内视察市容。蜀王每次出行，都会吸引民众，夹道仰望。这次也不例外，很多居民，都从家里涌了出来，还有店铺和客栈里的客人们也都闻声而出，站在街道两旁，瞻仰蜀王的风采和威仪。开明王心想，那位美少年如果还在城内，会不会又遇见呢？这是开明王的一个心愿，所以他在蜀都城内骑马而行，使他感兴趣的并非城市的繁华，而是那些喜欢热闹的民众。开明王炯亮的目光，依次从人群中扫过，搜索着那个令他梦魂牵绕、难以忘怀的明艳如仙的面容。

说来也巧，小卉那天下午正在逛街，遇上了蜀王视察，便也站在街旁观看。

天下的事情，真是无巧不成书。开明王前呼后拥，骑马经过，一眼便看到了小卉。在人群中，小卉的亮丽，就像沙砾中的金子一样闪闪发光。开明王大喜过望，马上勒住了坐骑，对侍从人员挥手示意说：请那位少年过来。

机警的侍卫立刻分开人群，将小卉带到了开明王面前。

开明王目不转睛地看着小卉，面露欣喜之色，笑道：哈哈，又看到你了。

小卉面对蜀王，满脸绯红，心中惶惑，不知所措。

开明王说：果然是位佳人啊，随我进宫吧！

小卉有些害怕，讷讷地问道：我冒犯大王了吗？

开明王说：你为什么要女扮男装呢？

小卉被开明王看穿了真相，心情紧张，不知如何回答才好。

开明王哈哈一笑，看到小卉娇羞心怯的模样，心中越发喜欢。便吩咐侍从让小卉骑了马，在侍卫们的簇拥下，跟在开明王的身边，随即返回了王宫。

大街上看热闹的民众，看到开明王将一位美少年带走了，都啧啧称奇。有的猜测，有的议论，有的当作了故事，口耳相传。过了好一会儿，人群这才渐渐散去了。大街依然上熙熙攘攘，人来人往，繁华的蜀都又恢复了往昔的情形。

开明王回到王宫后，在大殿上召见了小卉。

小卉第一次走进王宫，看到王宫中金碧辉煌的装饰与摆设，既好奇，又惶惑，左顾右盼，手足无措。她此时犹如迷路的小鹿，一颗心怦怦乱跳。在大街上仰望开明王的时候，心中充满了敬仰。而此时面对恩威莫测的开明王，小卉却有一种莫名的畏惧。她不知道蜀王为何要将她带进王宫，也不清楚蜀王会如何对待她。难道仅仅因为她女扮男装，蜀王就会惩罚她吗？小卉这么一想，便有些心绪复杂，忐忑不安了。她有一种预感，觉得进了王宫，就像落入了陷阱。接下来会怎么样呢？她好想脱身回到父兄身边啊。可是，蜀王会轻易放她出宫吗？唉！怎么办呢？就在她胡思乱想的时候，听到蜀王在问她话了。

开明王打量着她，和蔼地问道：你是何方人士？来蜀都多久了？

小卉如实回答，自己跟随父兄从武都而来，是到蜀都来贩卖山货的。

开明王说：哈哈，武都是个好地方啊，山川秀美，人杰地灵！

小卉听到开明王夸奖家乡，应道：大王也熟悉武都吗？

开明王微笑道：我率兵狩猎，经过武都的啊。

小卉想起了前些日子的传说，问道：就是大王威震秦王的那次狩猎吗？

开明王笑道：哈哈，是啊！你怎么知道的呢？

小卉说：我听说的，百姓都在盛传大王和五丁力士的故事呢。

开明王问道：百姓是怎么盛传的？

小卉说：传说五丁力士个个都力大无穷，大王放声一笑，吓得秦王面如土色。

开明王听了，开心笑道：哈哈，百姓们传播得这么绘声绘色吗？

小卉看见蜀王高兴，不由得也露出了笑容。小卉心想，和蜀王说话，其实也蛮有趣的啊。刚才的胆怯与拘谨，顿时自然了许多。小卉点头说：是啊，我听到百姓都是这样传说的呢。

开明王心中大悦，目不转睛地注视着小卉，秀丽的五官，清澈的眼神，虽然穿着男装，仍然艳丽非凡，光彩照人。小卉的身材也极好，玉颈丰胸，长腿细腰，丰满而又苗条。特别是浑身焕发出的清纯，如同出水芙蓉，亭亭玉立，真的是天生美人，令人赏心悦目啊。

小卉被蜀王看得不好意思了，低了头，避开了蜀王的目光。小卉又有些忐忑不安了，小声说：大王，您刚才已经问过话了，我也告诉你了，请放我出宫吧。

开明王微笑道：为什么要放你出宫呢？我要留你在宫中呢。

小卉说：我出来很久了，父兄会担心的啊。

开明王说：我派人去告诉你父亲就行了。

小卉说：可是，我还是想回去了。大王，请放我出宫吧。

开明王问道：你不喜欢王宫吗？王宫不好吗？

小卉说：王宫虽好，可不是我待的地方啊。

开明王笑道：我留你在宫中，王宫从此就属于你了。

小卉说：大王开玩笑呢。王宫是大王的，怎么会是我的呢？

开明王说：不是开玩笑，是真的。如果我真的把王宫给你了，你愿意留在宫中吗？

小卉想了想，摇头说：不行啊，不是我的，我不会要的。

开明王不由得笑了。他发觉小卉很单纯，可谓质朴如玉，纯洁无邪，心中越发喜欢小卉了。作为蜀国君王，开明王说的话，就是圣旨，举国上下无人不遵。像这样放下君王的威严，用平和的态度与商量的口吻同小卉说话，对于开明王来说，还是第一次呢。这也是因为开明王确实喜欢上了小卉，所以说话的声音也才会如此柔软，也才会有这么好的心情和耐心。

这时临近黄昏，已经快要到用膳的时候了。

开明王对小卉微笑道：那我请你吃饭可以吗？

小卉有些犹豫，觉得拒绝不好，答应也不好，不知如何应答才对。

开明王随即吩咐宫女，将小卉带入后宫，沐浴更衣。又传旨淑妃，负责指点小卉，传授一下宫廷礼仪和如何侍奉君王。

小卉进了宫廷，便身不由己了，由几名宫女侍候着，用香汤沐浴了，更换了漂亮的女装，然后带到了淑妃那儿。小卉心想，王宫里的规矩真是多啊，吃个晚饭，还要先洗澡，换衣服，真是太麻烦了。小卉恍若做梦，看到后宫的奢华舒适，感到说不出的惊讶。特别是宫室内飘溢着香艳的气息，沁人心脾，宫女们都穿着绫罗绸缎缝制的衣裙，所有的用具都极为讲究，还有众多的摆设，更是精致无比，令人叹为观止。小卉从没有想到会有这样的经历，就像梦游似的，神思恍惚，连走路都有点飘忽。

淑妃刚刚接了旨意，就看见小卉来了，眼前骤然一亮。由宫女们陪伴而来的这位少女，明眸皓齿，清纯秀丽，光彩照人，真的是美如天仙啊！淑妃想起了开明王对她说过的话，一下就明白了开明王的心思，果然是天赐佳人啊！

淑妃起身迎上前去，热情地拉住了小卉的手，微笑道：好漂亮的妹妹啊。

小卉觉得淑妃很亲切，却不知怎么称呼才好。有宫女小声提醒说：这是淑妃娘娘。小卉于是叫了一声：淑妃娘娘好！

淑妃赶紧说：喊我姐姐吧。这样才亲切。

小卉看到淑妃比自己大了很多，打扮得却很俏丽，因为猜不透年龄，也搞不懂辈分，只能客随主便了，便顺口说：淑妃姐姐好。

淑妃笑了，喜道：妹妹好可爱啊，恭喜妹妹了！

小卉不明白淑妃的话意，应道：姐姐为什么要恭喜我？

淑妃微笑道：大王好喜欢你呢，所以要恭喜妹妹了！

小卉还是不明白，就因为大王喜欢，也要恭喜吗？眼中露出了疑惑。

淑妃觉得小卉很单纯，似乎什么都还不懂，便拉着小卉的手，微笑着说：好妹妹，来，让姐姐告诉你，以后怎么侍奉大王。

小卉越发纳闷了，心想，我为什么要侍奉大王呢？难道我从此就永远留在宫中，而不能出宫回家了吗？

淑妃循循善诱，继续说：妹妹获得了大王的欢心，会成为大王最宠爱的爱妃，以后就会有享不尽的荣华富贵呢，妹妹的娘家也会成为蜀国的显贵。

小卉似懂非懂，问道：淑妃姐姐，什么是爱妃？

淑妃微笑道：就是大王最喜爱的妃子，称为爱妃了。

小卉问道：姐姐的意思，是说我也要成为大王的妃子吗？

淑妃说：是啊，大王将妹妹带回宫中，就是要纳你为妃啊。

小卉终于明白了，百姓称为娶妻，蜀王称为纳妃，都是同一个意思。原来蜀王将她带回王宫，就是为了要纳她为妃啊。

小卉的脸上顿时飞起了红云。她从没有想过会嫁给蜀王，更何况蜀王的岁数比她父亲好像还要大一些，而且蜀王已经有很多妃子了啊。但蜀王已经看中了她，带她入宫，决定要将她纳为王妃了。蜀王决定要做的事情，那是谁也不敢违抗的啊。小卉对此并不感到喜悦和高兴，只觉得实在是太突然，太意外了，感到很惊讶，也很无奈，心绪十分复杂。

淑妃说：祝贺妹妹了！妹妹好幸运呢，应该欢喜啊！

小卉先是有点羞涩，突然心情又有点难过，眼眶便湿润了，噙了泪花。

淑妃爱怜地将小卉拥在了怀中，关心地问道：妹妹怎么了？有什么心事，都告诉姐姐，让姐姐来替你分忧吧。淑妃又宽慰道：妹妹你能成为王妃，那是好大的福气啊！妹妹的命运这么好，天底下的姑娘都要羡慕你呢！

小卉不知说什么好，过了一会儿，情绪才渐渐平静下来。

这时有宫女前来传旨，开明王要她们前去共进晚膳。

淑妃带着小卉，来到了进膳的宫室。宽敞而华丽的宫室内，烛光照耀如昼。开明王坐在王座上，正等她们呢。开明王目不转睛地看着走进来的小卉，看到换了女装、身穿艳丽衣裙的小卉，飘然而来，如同天女下凡，是那么的漂亮，简直难以形容，开明王心中好生欢喜。小卉随着淑妃，由宫女们引伴着，被安排坐在了开明王的身边。众多的宫女与侍从们，小心翼翼地侍奉着蜀王。舞女和乐师都站在帷幕后面，静候蜀王的旨意。

丰盛的晚膳已经摆好了，香醇的美酒也斟好了，为进膳助兴的歌舞表演也开始了。酒香飘溢，轻歌曼舞，烛光照耀，氛围奢华。

小卉第一次经历这样的场面，又有了恍若梦境的感觉。王宫里的一切都格外讲究排场，连吃个晚饭都有这么多人侍奉，君王的奢侈真是难以想象啊。

开明王高兴地举起杯盏，对小卉说：今天是你入宫的第一天，值得庆贺啊，我先敬你一杯！来，喝酒吧！

小卉不敢接触开明王的目光，微垂着头，小声说：多谢大王……

淑妃鼓励说：恭喜妹妹，今晚是喜宴，妹妹陪大王多饮几杯。

小卉不敢抗旨，只有顺从着，陪着蜀王和淑妃，一起喝了几杯。

开明王看到小卉腼腆，笑道：你不要拘谨，从此以后你就是王宫里的人了。我该怎么称呼你才好呢？略做思索，又说：你秀外慧中，就赐封你为慧妃吧！

淑妃知道，从今以后，慧妃将会成为开明王的新宠，而她就要被冷落了。心中不免有些嫉妒，却又深感无奈。淑妃比较了解蜀王，毕竟懂得世故，又颇有心计，自然不会暴露内心的真实感受，便微笑着说：好啊，慧妃这个称号真的太好啦！恭喜大王！祝贺慧妃妹妹！大王以后有慧妃陪伴，一定会快乐如仙的啊！

开明王开心地笑着说：哈哈，天赐佳人，良辰美景，今天确实是个好日子！

开明王因为高兴，喝了很多美酒。小卉和淑妃也陪同着，饮了好多杯。

晚膳结束后，开明王将小卉带入了寝宫。小卉从此成了开明王宠爱的慧妃。

魏炎白天在店铺里经销山货，知道小卉外出逛街，去游览蜀都市容了，到了晚上还不见小卉回来，心中便担忧起来。于是派人沿街寻找，走遍了城内的各条街巷，却一无所获，哪里有小卉的身影呢？魏炎不晓得究竟发生了什么，但女儿确实是失踪了。魏炎经商多年，行走江湖，阅历丰富，但遇到这样的事情，还是大为烦恼，有些手足无措。儿子魏安对妹妹的不知去向，也很是担心。

就在魏炎焦灼不安的时候，开明王派出的王宫使者来到了店铺。

王宫使者询问：请问哪位是武都来的魏炎？

魏炎揖手说：就是在下，请问有何见教？

王宫使者赶紧施礼，恭敬地说：你是大王的贵宾，恭喜魏大人！

魏炎不解其故，问道：大王怎么知道在下？

王宫使者说：你的女儿已被大王接入宫中，赐封为慧妃了。

魏炎听了，惊讶不已。小卉白天外出逛街未归，原来被蜀王接进了王宫啊。这事发生得也太突然了吧？想到小卉女扮男装，竟然被蜀王看上了，也使得他颇为震惊。女儿随他从武都来此，只是为了领略一下蜀都的繁华，却突然成了蜀王的妃子，这可是从来没有想到过的事情啊！儿子魏安站在魏炎旁边，对此也深感意外。

王宫使者又说：恭喜魏大人啦！大王特地派小人传旨，免得国丈担忧。

魏炎愣了一会儿，回过神来，揖手说：小女能被大王看中，成为王妃，那是小女的造化，也是在下全家的荣幸啊。

王宫使者又说：大王传旨，魏大人有什么要求，尽可开口。

魏炎想了想说：百姓嫁女，皆有礼数，大王纳妃，也得有相应的礼仪吧？

王宫使者颔首说：那是当然了，请国丈放心，大王会有安排的。

王宫使者传旨已毕，随即返回了王宫。

魏炎送走了使者，和儿子魏安坐在店铺里，不由得深深地叹了口气。

魏安说：小卉怎么会突然就成了蜀王的王妃呢？实在太意外了！

魏炎叹息道：是啊，天有不测风云，人有旦夕祸福，确实太突然了，谁也没有料到。

魏安看到父亲脸色郁闷，问道：父亲大人对此好像有些闷闷不乐？

魏炎沉吟道：小卉成为王妃，我们也就和蜀王攀上了亲戚，按理说是难得的好事情，是权贵们求之不得的呢，应该感到庆幸才对。但我们是普通百姓，应该过普通的平安快乐日子才是最好的。现在和蜀王结了亲，富贵荣华会接踵而来，既感到幸运，也使人担忧啊。

魏安问道：既然有这么大的好处，父亲还担忧什么呢？

魏炎感叹说：我经商多年，从不贪图发横财，所以一直平安无事。小卉如今被封为王妃，魏氏将由此暴富，不见得就是好事情啊，故而有点担忧。

魏安说：但也不见得就是坏事情吧。富贵来了，你不想要也不行啊。

魏炎叹口气说：是啊，希望如此吧。不求大富大贵，但愿平安快乐就好！

魏炎毕竟是一位精明的经商之人，做生意谋求的就是获利。现在女儿成了王妃，眼看着大富大贵就要来了，内心深处当然还是高兴的。他对儿子说的担忧，其实也不过是一点淡淡的微妙之感，或者说有那么一点忧虑而已。

果然不出所料，好运就像刮风似的，说来就来了，你想挡都挡不住。开明王赐封小卉为慧妃之后，不久便赏赐了一所府邸给魏炎父子。之后，又陆续赏赐了许多金银珠宝与绫罗绸缎。魏炎经销的山货，也因人而贵，身价倍增，很快就销售一空。国丈经商，捧场者甚多，生意自然是越做越好，使得魏炎父子赚了很多钱。从此以后，荣华富贵源源而来，使得魏炎父子顺理成章进入了蜀国的贵族阶层，成了名副其实的新贵。

第四章

开明王将小卉视为天赐佳人，赐封慧妃，倍加宠爱。

小卉初入王宫，开始什么都不懂，过了一些日子，渐渐地就熟悉了后宫的奢华生活。小卉日常起居，有宫女们侍奉着，有内廷御用裁缝专门为她量身定制了许多衣服，都是选用精美的绫罗绸缎缝制而成，还有很多首饰供她佩戴，膳食也有御用厨师烹调供应，都是美味佳肴。小卉锦衣玉食，每天陪伴蜀王，虽然有享不尽的荣华富贵，内心却并不感到快乐。小卉从小在武都乡间长大，家中比较殷实，但与王宫相比，那是天壤之别。这种巨大的生活变化，一切发生得又是那么突然，使得小卉总觉得很不适应。她随同父兄来到蜀都才几天啊，就被蜀王从大街上带进了王宫，实在是太传奇了，恍恍惚惚就像做梦似的，也使她觉得很不踏实。

小卉情窦初开，就成了蜀王的爱妃，心理上毫无准备，一点都说不上喜欢，只有无奈和顺从，这也正是她不快乐的主要原因。但她知道，蜀王的旨意是决不能违抗的，所以内心即使苦闷，在蜀王面前也要强装欢颜，尽量做出一副喜悦和开心的样子。内宫人员众多，小卉却没有一个能说说知心话的朋友，更不能随便出宫，想见父兄也很难，这也常使她感到郁闷。蜀王有许多嫔妃，相互争宠，自从小卉入宫封为慧妃，成为蜀王的专宠，其他妃子自然就被冷落了。这些妃子心有不满，对小卉莫名地就有了嫉恨之意。小卉不清楚后宫的复杂，对此懵懵懂懂的，不知道潜在的矛盾，只是朦朦胧胧地感到后宫中的人对她似乎都有点冷淡，就连淑妃对她也不像初见面时那么客气和热情了。

开明王特别喜欢小卉，不仅由于小卉美貌如仙，还因为小卉天真无邪，清纯得就像一朵刚绽放的清水芙蓉，鲜嫩得犹如一支刚萌发的初春竹笋。小卉的娇羞腼腆，小卉的年少柔顺，小卉的毫无心机，小卉清澈的眼神和芬芳的气息，以及小卉清脆甜美的声音，都使开明王感到喜爱和高兴。开明王和小卉欢爱的时候，也使他体会到了一种莫大的快乐，这是他和淑妃以及其他嫔妃们在一起时从没有过的感觉。快乐不仅来自身体，还来自心理上的感受。那种开心之感，超越了寻常的快慰，就像轻柔的羽毛抚弄着他最痒痒的地方，使他感到了心灵上的愉悦。小卉会对他顺从微笑，却不会对他说奉承话，也不会向他讨要什么，这使开明王和小卉在一起时也觉得特别轻松。其他嫔妃都会拍他马屁，曲意逢迎，讨他欢喜，向他要奢侈品，并会讨要封赏。相比之下，小卉似乎一无所求，也显示了小卉的纯洁与可爱。正因为小卉单纯，不懂得主动开口索要赏赐，开明王却偏要多给小卉及其家人各种好处。他给魏炎父子赏赐了府邸与财物，不久又赏赐了园林与土地，还赏赐了一些奴仆，以彰显魏氏的荣耀。

开明王每天都和小卉观赏歌舞，饮酒作乐。那些宫廷歌舞都经过用心排练，表演得很是精彩。小卉开始觉得很新鲜，但每天都重复观看这些节目，便有些乏味了。就像山珍海味一样，天天都吃那几样，渐渐也就会厌烦的。开明王注意到了小卉近来神态的变化，有些无精打采的样子。小卉不善于掩饰，有什么心思，很容易就被蜀王看出来了。

开明王问道：爱妃不喜欢这些歌舞吗？

小卉说：只要大王喜欢就好啊。

开明王笑道：这些歌舞不新鲜了，以后再排演几个更好的，让你看。

小卉也微笑着，轻轻地嗯了一声。

开明王说：我要专门为你作一首好听的歌曲，你说好不好？

小卉柔声说：好啊，多谢大王。

开明王看着依偎在侧的小卉，说：你好像有些不开心。有什么心事吗？

小卉摇了摇头说：没什么心事啊，大王……

开明王端详着她说：你想说什么？告诉我吧。

小卉迟疑了一下，想了想说：就是好久没有看见父亲与兄长了，我会想他们。有时我也特别想念母亲，她现在还住在武都呢。

开明王微笑道：原来如此啊，爱妃何不早说呢。我这就传旨，明天就派人护送你去看望父兄吧。他们现在有了新的府邸，你去看看也好啊。以后我派人去武都，将你母亲也接到都城来住吧。

小卉有点欣喜，起身施礼道：多谢大王了。

开明王看到小卉脸上露出了笑容，也觉得高兴，随即传旨，派了宫女和侍卫，翌日便护送小卉前往国丈府邸，看望父兄。并派了使者，通知了魏炎，预先做好接待准备。

小卉是开明王的爱妃，出宫省亲，自然是分外排场。

开明王安排得很周全，除了护送的侍卫和陪伴服侍小卉的宫女，还准备了很多礼物，由马匹驮着，相随而行。省亲的队伍从王宫出来，都骑着马，服饰鲜丽，前呼后拥，前往国丈府邸。经过大街，又吸引了众多民众观望。居民们听说是王妃省亲，都争相一睹蜀王爱妃的芳颜，看到骑马而过的小卉，果然美艳异常，好似仙姬下凡，都啧啧称奇。魏炎和魏安父子得知小卉从王宫回来了，已在门口迎候。

宫女们侍候着穿着华丽的小卉，在府邸门口下了马，上前同父兄相见。护送的侍卫排列于两侧，后面是众多随从。魏炎纵使见多识广，看到这么大的排场，还是有点惊讶，蜀王的礼仪，果然是非同寻常啊。又看到小卉华丽的穿戴，衣裙都是名贵丝绸精心缝制的，佩戴的首饰也精致无比，显得格外雍容富贵，越发衬托了小卉非同凡俗的美丽，使得魏炎也颇为感叹。魏炎以前也给小卉添置过很多新衣服，但从来没有如此奢华过。小卉本是一位寻常民间少女，如今成了王妃，于是一切都变了。这可是从来没有想到过的，多么大的变化啊！

魏炎想到女儿是以王妃的身份回来省亲，这时岂敢怠慢，赶紧上前几步，魏安紧随其后，一起恭敬迎接小卉。

小卉看到父亲和兄长，心情热切，一下便湿润了眼眶。

魏炎挂念女儿，多日不见，今天见面了，本来是很高兴的。此时见小卉泪眼婆娑的样子，忙问：卉儿啊，你怎么了？

小卉用衣袖擦去眼角涌出的泪花，露出了笑容说：终于见到你们了。

魏安说：一别有好多天了，我们都挂念着你呢。

小卉说：我也天天都在想念你们啊。

魏炎关切地问：卉儿，你这些天在王宫里怎么样？

小卉说：嗯，王宫太奢华了，有点不习惯。

魏炎问：不开心吗？

小卉说：还好吧。

魏安在旁边问：那怎么一见面就掉泪啊？

小卉说：因为很久没见到你们了，高兴嘛。

魏炎笑着说：哦，今天见面了，高兴就好啊。

小卉随着父兄走进了国丈府邸，左顾右盼，对这所宽敞的院落与豪宅感到好奇。便问陪在旁边的魏安：哥，现在住着这么大的房子啊，这是租用的吗？魏安说：这是托你的福，蜀王赏赐的啊！小卉哦了一声，想起了蜀王对她说过的话，蜀王的恩典与豪爽果然非同寻常啊，心里既有点惊讶，又有点感动。

魏炎父子引领着小卉，走进了客堂，坐下后，宫女仍陪在小卉旁边。随从们将王宫带来的礼物也都拿了进来，呈献给了魏炎。

魏炎说：卉儿啊，你回来就好，不用带这么多东西的。

小卉说：这些都是大王传旨，特意准备了，孝敬你的啊。

魏炎感叹道：大王安排的真是周全啊。一边吩咐仆人，收下了礼物。

魏炎和小卉坐在客堂内，聊着家常。魏炎询问了小卉在宫廷里面的生活情形，小卉大致地描述了一下后宫的奢华，说到了歌舞宴会与蜀王的嗜好，还说到入宫后认识了淑妃，后来从宫女们口中得知蜀王还有其他很多嫔妃。但蜀王自从将小卉带回王宫、赐封为慧妃之后，便天天都和小卉在一起，如胶似漆，格外宠爱。小卉每天的生活，也就是陪伴蜀王，进膳侍寝，如此而已。虽然小卉说得很笼统，很简略，但魏炎对小卉的近况还是有了一个大致的了解。魏炎通过小卉的神情语气，感觉得到小卉的过于单纯，甚至有点懵懵懂懂的，对后宫的奢华生活还没有完全适应。这也难免吧，小卉毕竟年少，任何事情都有一个逐渐习惯的过程。

魏炎经商多年，老于人情世故。对于小卉突然成为蜀王之妃，开始的时候，感到实在太意外，既觉得幸运，又有些担忧。接着便获得了蜀王的诸多赏赐，因为小卉成了蜀王的爱妃，所以魏炎成了国丈，魏氏家族也成为蜀国的贵族。魏炎觉得，这一切似乎都是命中注定的，所有的大富大贵都应运而来，很快就心安理得，并习以为常了。这次小卉出宫省亲，父女相聚，魏炎询问了宫中的情况，觉得小卉年少幼稚，还是要叮嘱小卉几句才好。便说：卉儿啊，俗话说，伴君如伴虎，大王越是宠爱你，你越要小心翼翼，不要有疏忽和差错。

小卉有点不解，忽闪着明亮的眼睛问：为什么君王会像老虎呢？

魏炎说：因为君王恩威莫测，所以陪伴君王，要用心才行。

小卉又问：怎么用心呢？我啥都不懂。

魏炎斟酌着说：就是要知道君王的心思，让君王高兴。

小卉想了想说：我弄不懂大王心里想什么，但他挺高兴的。

魏炎点头说：那就好啊。凡事小心，总是无错。

小卉嗯了一声，说：大王说以后派人，将母亲也接到都城来住。

魏炎说：是吗？将你母亲接来同住，可以团聚，那也好啊。

魏安说：都城繁华，母亲若来了，可以好好享福了。

小卉和父亲、兄长聊着家常，无拘无束，轻松自如，很是开心。不知不觉，到了中午。魏炎预先已准备好了午宴，菜肴颇为丰盛。正在吃饭的时候，门口家丁禀报，有人送来了贺礼。然后又有送贺礼的来了，都是一些权贵人物听说蜀王爱妃省亲，特地派人送礼表示庆贺的。有人主动巴结国丈，魏炎当然是高兴的，便吩咐家丁全都收下。

小卉这次省亲，原来打算在家里住两天的。但蜀王每天都要慧妃陪伴侍寝，对宫女有过吩咐，到了下午，宫女提醒，应该启程回宫了。君命不可违，小卉只有告辞了父兄，离开国丈府邸，骑了马，由侍卫和宫女们护卫着，返回了王宫。

开明王白天在后宫独自无聊，又不想让其他嫔妃陪侍，等候慧妃省亲归来，都有点不耐烦了。转眼临近傍晚了，开明王正想派使者前去催促慧妃回宫，便看见小卉走了进来，不由得大喜。随即起身，将小卉拥入怀中，高兴地说：你回来啦，这次省亲，父兄都好吧？

小卉：父亲和兄长都很好啊，他们都感谢大王的恩赐。

开明王笑道：哈哈，那是应该的啊。你开心吗？

小卉说：只要大王高兴，我就很开心啊。

开明王欢喜地说：爱妃说得好啊！

这时到了用晚膳的时候，开明王和小卉相拥入座，一边欣赏歌舞，一边享用美酒佳肴。宫女们秉烛焚香，小心侍候。夜阑更深，开明王和小卉入寝宫休息。开明王因为高兴，多喝了几杯美酒，同小卉欢爱时也就特别的情深意浓。小卉因为有父亲的叮嘱，对开明王也是分外的温柔顺从，使得开明王如临妙境，快乐似仙，深为陶醉。

从此以后，开明王对小卉更是宠爱有加。开明王正值年富力强、精力旺盛之际，有此天赐佳人，相伴侍寝，贪婪欢乐，欲望如潮，迷恋至深，乐此不疲。开明王由于夜夜欢爱，通常白天起来较晚，自然疏于政务，对朝政过问得也越来越少了。君王从此不早朝，把军国大事都抛到了脑后。大臣们倒也乐得清闲，各自享乐，相安无事。后宫嫔妃们却心有不满，常怀嫉妒怨愤之情，于是钩心斗角也就在所难免了。

淑妃这些天被蜀王冷落了，心中闷闷不乐。

时光易逝，秋去冬来。淑妃计算着日子，已经两个多月了，蜀王都没有召唤她。以前她曾是蜀王的爱妃，后宫嫔妃虽多，蜀王却最喜欢宠幸她。现在蜀王有了新欢，专宠慧妃一人，其他嫔妃都被晾在了一边。后宫的宫室很多，淑妃独居冷清，闲得无聊，郁郁寡欢。蜀王每天在进膳的宫室中照样欣赏歌舞，畅饮美酒，寻欢作乐，却不再让淑妃陪伴了。淑妃每当听到传来的乐曲之声，便徒增烦恼。乐曲和歌声依然悠扬美妙，但陪伴蜀王欣赏的爱妃却不再是她了。

淑妃郁闷得久了，梳洗时面对铜镜，便发现自己有些憔悴。淑妃对镜端详了一会儿，回想起自己年轻时如花似玉的容颜，心中很是感慨。男人总是喜欢年轻美貌的少女，蜀王更是如此。自己刚被蜀王宠幸的时候，也同现在的慧妃相似，就像一朵刚绽放的玉兰花儿，丰润美丽，赏心悦目。岁月过得真是快啊，就像花儿注定要凋落一样，不知不觉人就变得有点老了。想到自己昔日娇嫩的容颜竟然憔悴了，淑妃便忍不住有些伤感。除了悄然流逝的时光，失去了阳光雨露的滋润，也是一个很关键的原因啊。淑妃这么回想着，感叹着，心情便有些复杂。

淑妃并不埋怨蜀王，但对这种长久的冷落又有点于心不甘。她知道，蜀王现在专宠慧妃，将她和后宫的其他嫔妃都晾在了一边，从此以后蜀王恐怕再也不会和她欢爱了。淑妃虽然比慧妃年长了许多，其实还在鲜花盛开之年，并未真的老啊，在她这样的岁数，尤其渴望床笫之乐，长久得不到男人的爱抚，使她的心理与肉体都备受煎熬。蜀王以前最喜欢和她共眠，除了她的善解人意，与她性欲旺盛也是有很大关系的。蜀王和她在一起时，她能使蜀王觉得特别快乐，所以蜀王那时乐此不疲，常让她侍寝。可是现在，后宫中有了一位比她更加年轻漂亮的慧妃，一下就取代了她的地位，成了蜀王最喜欢的爱妃。蜀王自从有了新欢，便淡忘了旧爱。唉！怎么办才好呢？她不甘心，却又无计可施，琢磨了很久，也想不出任何好的办法来。

就在淑妃独自烦恼之际，梅妃来看她了。她俩都有各自的宫室，都有宫女侍候，偶尔会串一下门。梅妃萧氏，和淑妃的关系还算融洽。现在两人都是独居无聊，梅妃便走到淑妃这儿，和她说话聊天来了。

梅妃说：淑妃妹妹，你在忙什么呢？

淑妃放下铜镜，微笑着说：梅妃姐姐，哪有什么忙的？都闲得发慌了。

梅妃一笑说：说得好夸张啊，清闲一点不好吗？

淑妃笑道：哈哈，清闲是好，但也使人烦恼啊。

梅妃端详了淑妃一会儿，带笑说：看妹妹的样子，心里是有点烦恼。

淑妃说：姐姐好眼力，什么都瞒不了你。

梅妃笑笑说：妹妹的心情，都在脸上显示出来了嘛。

淑妃叹口气说：唉，姐姐心里难道不烦恼吗？

梅妃说：独自一人时，烦恼总是难免的。

淑妃说：是啊，有时心生烦恼，却无计排遣，很是无奈。

梅妃说：大王现在专宠慧妃，你我一样，确实很无奈。

淑妃说：大王喜欢慧妃嘛，你我当然就清闲了。

梅妃问：你接触过慧妃，觉得慧妃如何？

淑妃说：年少貌美，天生的美人胎。大王得之，视为天赐佳人。

梅妃说：大王喜欢慧妃，仅仅是因为慧妃漂亮？

淑妃说：是啊，天生的漂亮，美艳如仙，大王能不喜欢吗？

梅妃说：慧妃初入宫时，大王传旨要你教她，你传授了什么诀窍，使她迷住了大王？

淑妃笑道：姐姐取笑了，我哪有什么诀窍可传授啊？

梅妃一笑说：大王天天和慧妃欢爱，而不知厌倦，其中难道没有奥妙吗？

淑妃说：即使有什么奥妙，也是你我不得而知的。

梅妃叹口气说：是啊，大王以前还会想起我们，现在是只宠慧妃了。

淑妃听出了梅妃话中的幽怨，可谓颇有同感。但私下里议论此事，一旦传入蜀王耳中，就不好了。便换了个话题，笑笑说，眼看着到春天了，春暖花开，花儿总是刚刚绽放的时候最新鲜最诱人了。我们约了去赏花吧。

梅妃心有感叹，点头说：新鲜的花儿当然最诱人了。好啊，选个阳光灿烂的日子吧，约了一块儿出去走走，总比闷在屋子里好。

梅妃和淑妃就这样聊着天，说着闲话。在蜀王的后宫嫔妃中，两人关系还算融洽，以前也曾争过宠，如今则同病相怜，都被蜀王冷落了，于是多了一些共同的话题。梅妃知道，君王喜新厌旧，这是天性，但也不能彻底忘了旧爱啊。蜀王以前宠爱淑妃的时候，还偶尔要召幸梅妃，喜欢变换一下口味。现在蜀王专宠慧妃一人，把其他嫔妃都给遗忘了。梅妃觉得，这个慧妃似乎有什么妖魅之术吧，迷惑了好色的蜀王，才使得蜀王如此神魂颠倒啊。梅妃失宠，心里一直不快，积压了许多幽怨。当然，梅妃也是不敢埋怨蜀王的，只能针对慧妃。她想，若想重新获得蜀王的宠幸，恐怕只有破解了慧妃的妖魅之术才行呢。

梅妃向淑妃透露了这个猜测，自己又拿不定主意，想和淑妃商量一个办法。

淑妃是个聪明人，明白了梅妃的想法，觉得有点好笑。慧妃不过是一个少女，就是凭着天生的美艳，才迷惑了蜀王啊。就算慧妃有什么妖魅之术，即使被梅妃破解了，蜀王也不一定宠幸梅妃啊。淑妃这么一想，当然不会参与此事了，便含糊其辞，虚与周旋，绕着圈儿和梅妃说一些不着边际的话儿。梅妃见淑妃不愿深谈，有点无奈，又坐了一会儿，便告辞回了自己的宫室。

梅妃自从失宠之后，便于心不甘。她琢磨着，后来终于有了主意。

苴侯闲居在家，觉得很无聊，便约了皋通，饮酒聊天。

皋通自从上次面见蜀王，说了一番振聋发聩的见解，一下引起了蜀王的重视，并获得了蜀王的礼遇，还是很高兴的。接着，蜀王便招兵选将，北行狩猎，五丁力士展露身手，威震秦人，皋通对此深感兴奋，觉得只要蜀王振作奋发，有所作为，蜀国就会兴旺起来。皋通本来的愿望，是想辅佐蜀王，施展平生才能，为蜀国做一番大事业的，但蜀王对皋通虽然优礼相待，却并未重用，使得皋通颇有失落之感。皋通有时便又萌生了退意，心想与其做一个蜀国王朝的闲人，还不如隐居自在呢。但因为都城里有一些意气相投的朋友，可以时常相聚，才没有离去。

皋通应邀来到苴侯府邸，揖手施礼，问道：阁下召唤，是否又有什么吩咐？

苴侯笑道：就是邀请你来饮酒而已，哪有什么吩咐。

皋通也笑曰：有酒喝当然好了，所以在下马上就来了！

苴侯说：多日未见，别来无恙？老兄最近怎样？

皋通说：什么事都没有啊，很清闲，经常睡懒觉。

苴侯哈哈笑道：你很会享清福啊。

皋通说：我本是闲云野鹤，还能做什么呢？

苴侯说：其实我知道你的本心，还是很想大有作为的。

皋通一笑说：我闲散惯了，哪能有什么作为。

苴侯说：足下可不是等闲之人啊，用则为虎也。

皋通自嘲曰：不用则为鼠矣，说到底，还是凡俗之人而已。

苴侯说：明珠终有闪光之时，岂是凡俗所能遮掩的？

皋通说：世事难料，风云变幻，人生无常，埋没也很常见，哪有什么都遂愿的。

苴侯说：说的也是啊，不如意的事情，总是比如意的事情多。

皋通笑道：喝酒吧，阁下邀约我来，不就是喝酒的吗？

苴侯大笑道：好啊，好啊！你看，刚才只顾着说话了。

苴侯随即吩咐府中仆人，拿出好酒，摆上佳肴，与皋通畅饮。

两人相对而坐，饮酒叙谈，很是欢洽。因为皋通多年行走天下，去过很多地方，见多识广，又很有学问和见地，苴侯也很有识见，都是性情中人，所以每次相聚都有说不完的话。这次也不例外，两人说了一些历年来的见闻轶事，渐渐地又聊到了秦蜀关系方面，这也是他们最关心的话题之一了。

苴侯曾随同蜀王北行狩猎，曾目睹了五丁力士展露神力，使得秦王惊吓不已。苴侯觉得，蜀王此举，在气势上压倒了秦王，故而秦人会收敛野心，不敢再轻易冒犯蜀国，从此可以相安无事。

皋通认为，蜀王得到了五丁力士，实乃天助蜀国，但也不能以此有恃无恐，对秦人还是不能掉以轻心的。

苴侯说：据我观之，秦王确实畏惧五丁呢。

皋通说：秦王虎狼之辈，图谋吞并蜀国，其心难测啊。

苴侯说：你的意思，是说秦王还是会继续图谋，有所策划吗？

皋通说：那是没有疑问的。秦王的野心，由来已久，不会因为蜀王有了五丁，而就此罢休的。

苴侯赞同说：此言有理，对秦王是不能掉以轻心。

皋通说：秦王野心勃勃，始终是蜀国的心腹大患。

苴侯问道：依先生所见，应该怎么防备秦王才好呢？

皋通说：秣马厉兵，养精蓄锐，保持警惕，以静待动吧。

苴侯说：目前大王也是这样做的，已经对秦王有所防范了。

皋通说：秦王暂时不会用兵，但是会用诡计。就怕大王松懈，不小心中了秦王的圈套。

苴侯又问道：依汝所见，秦王会使用什么诡计？

皋通说：现在尚难预测，但不外乎几种可能。比如投大王所好，麻痹大王以乘其隙，还有用间之类。秦人多诈，计谋深远，都是不得不防的。

苴侯感叹道：是啊，与秦王打交道，确实是要多个心眼才行。

两人一边饮酒，一边聊天，皋通的很多看法，都获得了苴侯的赞同。皋通觉得，秦蜀之间，迟早必有一战，是不可避免的。从秦王与蜀王的志向与抱负来看，蜀王没有攻秦之心，而秦王却有吞蜀之念，所以此战必然取决于秦王何时出兵攻蜀。一旦开战，敌我都会拼死相搏，至于胜负如何，既要看天时、地利，也要看人和与运气，还要看军队的实力与用兵者的智谋了。苴侯觉得，既然胜负难以预料，还是以避免开战为好。皋通说：那要看世事变化了。皋通又说：还看天意。苴侯问：你说的天意，是指什么？皋通说：常言不是说，人在做，天在看吗？做得对，做得好，就会得到神灵的护佑；如果做错了，就会适得其反。苴侯说：那还是人事，而非天意吧？皋通说：天意与人事，自然是相通的。苴侯想了想，叹了口气说：这太玄妙了，天意难测，人事易变，但愿秦蜀相安无事吧。

到了傍晚，酒喝多了，两人都有了醉意。皋通见天色已晚，告辞而归。

过了几天，苴侯觉得无聊，又想找皋通饮酒聊天。苴侯对皋通的一些预测，特别是皋通说的天意，琢磨不透其中的奥秘，所以很想再和皋通聊聊。苴侯派人去邀请皋通，回来禀报说，皋通身体不适，找个清净的地方养病呢。苴侯有点疑讶，皋通一直好好的，怎么突然就病了呢？便吩咐侍从准备了一些东西，打算抽空去探视一下。

这时王子安阳来了，专门来拜访苴侯。在蜀国王室中，苴侯和王子安阳的关系比较亲近，苴侯很高兴，立即吩咐设宴款待。

王子安阳施礼说：好久没见叔父了，特来拜望。

苴侯喜道：你来得好啊，我正想找人饮酒聊天呢。

王子安阳说：我也正想畅饮叔父的美酒呢。

苴侯笑曰：好啊，我这儿有新酿的好酒，今天就与你畅饮一番。

侍从摆上了美酒佳肴，苴侯和王子安阳相对而坐，一边饮酒，一边聊天。两人关系密切，平常来往较多，可谓无话不谈。今日也是如此，从天文、地理到古蜀轶事与当下传闻，两人聊的话题甚宽。聊了一会儿，苴侯联想到了和皋通的晤谈，关于天意和人事的微妙关系，自己在心中已经琢磨了几天，总觉得有点不得其解，便想和王子安阳也对此探讨一番。

王子安阳听了有点兴奋，推测说：皋通是位能人，所言一定有其深意。

苴侯说：我也是这样想的，觉得皋通所言，肯定有所指吧，当时问过他，他却说得有些含糊，显得颇为奥妙。所谓天意，不知究竟是指什么？

王子安阳说：据我推测，应该是关于世道兴衰吧？

苴侯想了想说：哦，也许是和世道兴衰有所关联吧。

王子安阳按照自己的思路，继续说：历代的兴衰，王朝的兴旺更替，可能都是有天意的。传说蚕丛王的时候，传授王位给了柏灌王，被鱼凫王取而代之，后来杜宇王又取代了鱼凫王，再后来就变成了开明王朝。可见冥冥之中，自有定数呢。

苴侯颔首说：是啊，历朝历代，盛极必衰，兴旺更替，好像是有定数呢，但也难以预料啊。

王子安阳说：是很难预料，纵使有些征兆，也常会被忽略的。

苴侯说：那天和皋通饮酒，总觉得他的话意味深长，似有所指。你说这个天意，究竟是指什么呢？

　　王子安阳思量着说：天意或许就是诸神对人世的安排吧？符合诸神的心意，就会获得诸神的关照和眷顾。触忤了诸神的意旨，就会遭到诸神的捉弄和惩罚。不知道皋通所言，是否就是这个意思？

　　苴侯说：好像大意如此吧，但总觉得有点缥缈了。特别是当今之世，秦蜀相争，将来情况如何，会有什么结局？如果其中也有天意的话，那么天意又是什么？都不得而知，令人质疑啊。皋通是个高人，对此或许已有所感应，却不明言，说得含含糊糊，故而令人费解。

　　王子安阳说：也许他也只是感应，所知有限，所以说不清楚。

　　苴侯说：但我却觉得，他应该是明白的，就是不愿深说。

　　王子安阳说：或许是他担心说错了，故而点到为止。

　　苴侯说：这倒是很可能的，高人不会把话说尽，会留余地。

　　王子安阳说：是的，皋通确实非常人也。我们何不去看看他？

　　苴侯点头说：我也正有此意，想同他再好好聊聊。

　　王子安阳说：好啊，何不现在就去呢？

　　苴侯本来就打算去看望一下皋通的，于是便吩咐侍从备马。两人此时酒也喝得差不多了，都乘着酒兴，一起动身，前往皋通住处。侍从们将准备好的礼品也带上了，跟随在后面。因为见面必定要饮酒，苴侯又特地吩咐侍从，携带了酒樽与食盒，带上了美酒佳肴。苴侯心思比较细腻，又比较了解皋通，这样安排当然是有道理的。

　　皋通这几天住在城外的一个小院内，看起来像个农舍，周围林木葱郁，没有车马喧闹，颇为清静，是他比较喜欢的别居之地。皋通有时厌烦了热闹，便走出繁华的都城，在这里小住一些日子，过一段如同隐居似的生活。

　　看到苴侯和王子安阳一起来访，皋通不敢怠慢，赶紧出来迎接。

苴侯下了马，走进院内，对皋通说：你这儿可是个好地方啊！

皋通揖手说：本想隐居几日，阁下怎么找到的？

苴侯笑道：那还不容易吗，你虽然住到了城外，却并未远离都城啊。

皋通也笑笑说：那倒也是，都城内外，莫非王土，都在阁下掌控之中。

苴侯说：言重了，其实还是打听了一下，然后就找到了。

王子安阳也向皋通施礼说：先生闲居于此，好逍遥啊。

皋通揖手道：王子光临，不胜荣幸。只是寒舍简陋，没有什么招待你们的。

苴侯说：我倒是带了些东西来的，不用先生费心。随即吩咐侍从，将带来的酒樽与食盒呈上，酒樽内有美酒，食盒内有佳肴。随从们就在堂屋内摆好了，打开酒樽与食盒，供他们享用。

皋通笑道：还是阁下想得周全啊，有酒有菜，如此甚好！

苴侯和王子安阳也相视而笑，和皋通相让着，分宾主坐了，开始饮酒叙谈。

皋通是个喜欢喝酒的人，连饮了几杯说：侯爷的酒，确实好啊。

苴侯笑曰：承蒙喜欢，开怀畅饮吧。

王子安阳说：先生游历天下，饮过的美酒很多，究竟是哪儿的酒最好呢？

皋通说：各有特色，很难一概而论。觉得除了蜀酒，巴国的清酒也甚好。

王子安阳说：听了先生所言，使我想起了以前听到的传说。好像在鱼凫王和廪君的时候，巴国的清酒就已经很有名了。

皋通说：是啊，巴人好饮，蜀人也好饮，故而巴蜀都善酿而出美酒。

苴侯说：我也知道这个传说，据说巴酒更胜于蜀酒，是否确实如此呢？

皋通说：阁下难道没有饮过巴酒吗？

苴侯说：也许饮过的，但并未在意，印象不深了。

皋通说：巴国乃蜀国近邻，向来友好，要饮巴酒还不容易吗？

苴侯说：嗯，巴蜀互为友邻，多年相安无事，但往来却也不多。

皋通说：巴蜀友好，各自为政嘛。如果联手对付强秦，对巴蜀都有好处。

苴侯说：说的对啊，以后和巴国的关系，应该加强才好呢。

王子安阳说：据说鱼凫王和廪君的时候，巴蜀曾相互联姻的。

皋通说：是啊，巴国公主嫁给了蜀国王子，曾传为美谈呢。联姻是好事，当今也是可以效法的。

王子安阳笑道：联姻就成了亲戚，好主意啊。

苴侯也笑曰：巴蜀成了儿女亲家，秦国恐怕就不愿意了。

皋通说：秦国虎视眈眈，肯定不会漠然置之。秦人多计，可能会搞阴谋。

苴侯说：上次和先生小聚，我们也聊过这个话题的。你觉得，秦蜀相峙，将来究竟会怎样呢？

皋通略做思索说：秦国会占上风，巴蜀前景堪忧。

苴侯问道：先生所言，是天意如此？还是形势使人担忧？

皋通说：天意幽深莫测，形势微妙难料，两者都是一言难尽。

王子安阳说：先生的意思，是对蜀国比较担忧了？

皋通说：如果实话实说，真的是很担忧。说不定哪天，秦国就会把蜀国吞并了。那时巴国唇亡齿寒，也就随之成了秦国的囊中之物。

王子安阳问：真的会发生这样的事情吗？

皋通说：说不清楚啊，目前还只是忧患而已。

王子安阳说：如果那样，国破家亡，后果就不堪设想了。如何才能预防呢？

皋通说：内则举贤任能，富国强兵；外则加强巴蜀联盟，携手抗秦；只有如此，方可立于不败之地，以求无虞。

苴侯颔首说：先生所言，实乃良策，说得好啊！

皋通笑道：都是饮酒引起的话题，难得一聚，还是喝酒吧！

苴侯也笑道：好啊，酒要喝，话也要说。开怀畅饮，高谈阔论，这样才痛快嘛！

王子安阳举杯说：和先生喝酒聊天，畅所欲言，聆听高论，确实难得。来，在下敬先生一杯！有些事情，心中常有疑惑，还要继续向先生请教呢。

皋通哈哈笑道：酒喝得高兴，话说得投机，那就好啊，不必客气。

苴侯和王子安阳轮流向皋通敬酒，三人相聚甚欢。聊的话题，范围也就更加宽泛了。他们饮酒到晚上，都有了醉意。苴侯和王子安阳这才向皋通告辞，相互揖手而别，踏着初春的月色，骑马回了都城。

第五章

开春了，阳光明媚，群芳争艳。又到了踏青赏花的时节。

开明王宠幸慧妃，天天在王宫享乐，每日都欣赏同样的歌舞、享用同样的美食，久了也会乏味和倦怠，便想在这春光灿烂的季节，带上爱妃一起出去走走，赏花踏青，调剂一下心情。这天晚宴时，开明王便对慧妃说了计划。

小卉自从被纳妃之后，天天在后宫陪伴君王，虽然过得舒适，却也单调烦闷。她自幼在乡野生活惯了，如今深居后宫，成了关进笼子的金丝雀，连父兄都难得见到，每日只能面对蜀王强颜欢笑，内心因而常有闷闷不乐之感。现在得知君王要带她外出游春，自然是分外高兴了。

蜀王准备游春，传令下去，很快就做好了一些隆重的安排。

首先是游春地点的选择，蜀王以前郊游经常变换地方，喜欢随心情变化而定。譬如有时蜀王要泛舟钓鱼，会在湖畔停留；有时要射猎，会骑马率众进入山林。这次蜀王要陪爱妃游春，自然是要选个环境优美、花木茂盛之处了。王宫侍从预先去查看了一番，选好了一处，并做好了布置。其次就是时间的选择了，特地挑选了一个黄道吉日，既利于出行，也便于游玩的好日子。再者就是随行人员，以及所需物品的安排了。经过侍从们的认真筹划，终于都布置好了。

这天上午，天气晴朗，艳阳和煦，春光如染。开明王和慧妃都骑了马，带着众多随从，侍卫们前呼后拥，离开王宫，出了都城，来到了郊外。开明王头戴金冠，身穿王服，骑着高头大马，显得分外矫健，一副气宇轩昂的模样。小卉穿着华丽的服装，越发衬托了妙曼的身段和红润的面容，显得更是娇媚如仙，身边跟着几名宫女，小心地伴随在她左右。郊外的阳光是如此的灿烂，很随意地照在身上，给人暖洋洋的感觉。轻柔的春风，由远处吹拂而来，也使人觉得舒适。他们骑马而行，放眼望去，远山如黛，林木葱郁，近处有清澈的河水流淌，草是绿的，花儿都开了，不时有鸟儿飞过，树木间传来了鸟儿的欢鸣之声，果然是鸟语花香。小卉骑在马上，陪伴在蜀王身边，沐浴着阳光春风，顾盼生辉，很是开心。开明王见爱妃喜悦，自然也是心情甚佳。

开明王和慧妃在侍卫们的护卫下，沿着河岸骑马而行，河畔的桃花梨花都开了，空气中弥漫着清芬的气息，草径柔软，马蹄轻盈，满目都是春光明媚的情景。他们走了一段路程，来到了王都郊外一处花草茂盛的地方。王宫随从已经预先在地势高敞之处搭建了宽敞的帐篷，做好了布置，还带来了美酒佳肴，供蜀王和爱妃在此休息享用。

开明王下了马，走到高敞之处，环目四顾。侍卫和随从们都散开了，警戒着四周，在旁边小心地侍候着。蜀王站在此处，居高瞭望，视野开阔，周围的花儿开得正艳，色彩缤纷，景观甚佳，颇有些豪情满怀之感。

小卉由宫女服侍着，也下了马，随之而行，陪伴在开明王身边。

开明王问道：爱妃觉得这里如何？

小卉含笑说：花儿都开了，春色如画，好美啊。

开明王说：是很美啊，喜欢吗？

小卉说：喜欢啊。这么漂亮的地方，真的好喜欢呢。

开明王半开玩笑半认真地说：爱妃如果喜欢这儿，干脆赐给爱妃吧。

小卉面露欣喜之色，问道：我喜欢的，大王就要赐给我吗？

开明王微笑道：当然啦，只要爱妃喜欢的，都赐给你啊。

小卉明眸如星，心情很是高兴，含笑说：那就多谢大王啦！

小卉眺望着周围的景色，又问道：大王，这是什么地方呢？是大王的园林吗？

开明王哦了一声，适才随口所言，主要是想讨得爱妃欢心，这时才突然想起来，此处好像并非王室园林，怎么能随意赐人呢？便转身询问随从：这是哪儿？

随从小心翼翼地回答说：启禀大王，这是大王的臣属之地。

开明王不由得皱了下眉头，这么一个风景如画的地方，怎么会是臣属之地呢？此地若是臣属所有，又怎么能赐给爱妃呢？想到刚才随口说过的话，岂不是成了一个玩笑？这么一想，心中顿时便有些不乐了。

随从见状，赶紧讨好地说：大王若有吩咐，小人立刻传旨。

开明王神色深沉，扫视着四周，若有所思，没有说话。陪侍在旁边的随从们看到蜀王不高兴了，心里都捏了一把汗，生怕蜀王发怒，谴责他们不会办事，安排不周，那就坏了。众人都小心翼翼，谁也不敢吭声，气氛顿时有些微妙，场面也显得有点尴尬。

小卉心思聪颖，这时偎依着蜀王，面含微笑，娇昵地说：大王，我们骑了好久的马，都累了，是否休息一下呀？

开明王回过神来，颔首说：好啊，那就休息一下吧。

由于小卉的一句话，气氛随之缓和了。随从们松了口气，小心地侍候着，将蜀王与慧妃引进了宽敞的帐篷，摆好了酒樽与食盒。美酒和佳肴都是精心准备好的，预先挑选好的几名歌舞宫女也来了，以便在蜀王饮酒时歌舞助兴。

开明王和爱妃这次踏青赏花，郊外春游，大臣们也都预先知道，做好了被召唤与陪同的准备。开明王和爱妃的对话，很快就传到了近臣江非的耳中。这片花木茂盛之处，正是江非的属地。当时王宫内侍为蜀王安排春游地点时，看到这儿花木多，便联系了江非，江非为了取悦蜀王，很爽快地就答应了。岂知弄巧成拙，蜀王欲将此地赐给爱妃，这可怎么办呢？江非心中甚是矛盾，皱着眉头琢磨了一会儿，心想凡是蜀王喜欢的，必欲得之而后快，自己岂能得罪蜀王？看来只能忍痛割爱了。又想到与其被动不如主动，反正这也是巴结蜀王的一个机会啊，于是便有了主意。

趁着蜀王饮酒高兴之时，江非到了帐篷外面，由王宫随从禀报，求见蜀王。

开明王本来只想和爱妃在一起快乐的，这时有人前来谒见，感到有点意外，难道有什么事吗？但江非毕竟是近臣，略做迟疑，便吩咐传见。

江非进了大帐，拜伏于地，恭敬地说：启禀大王，今日艳阳高照，龙凤呈祥，大王春游，天地作美，小臣有一点薄礼，要奉献给大王，以助大王雅兴，请大王笑纳。

开明王有点好奇，问道：什么薄礼啊？

江非说：就是此处属地，小臣作为薄礼，奉献给大王，希望大王喜欢。

开明王哦了一声，说：原来这儿是爱卿的属地啊？这儿花木茂盛景色甚佳，倒是蛮引人喜欢的。但我怎么能平白无故就接受爱卿的属地呢？

江非说：启禀大王，普天之下莫非王土，只要大王喜欢，那就是大王的了。

开明王听了，哈哈大笑道：爱卿所言，倒是有些道理。但还是有点不妥。

江非揣摩道：小臣驽钝，大王所谓不妥，是指什么？

开明王说：爱卿怎么知道我想要这块地方呢？

江非愣了一下，当然不敢说是王宫内侍告诉他的，只能编造一个理由。他略一琢磨，便有了主意，小心翼翼地说：启禀大王，小臣得知大王来此游春，便想将此属地奉献给大王，以表示小臣的一点心意。

开明王说：爱卿的心意甚好，此地位置颇佳，倒是可以修建一个园林呢。

江非俯首称贺道，大王修建园林，实乃英明之举啊。

开明王问：是吗？爱卿为何这样认为？

江非说：小臣听说，秦国有上林苑，专供秦王享用。蜀国地大物博，大王威震四海，当然也应该有个很大的园林才对啊。

开明王笑道：爱卿所言，甚有道理。秦国有的，蜀国岂能没有？

江非说：大王说得很对，蜀国比秦国富有，有个园林会更有面子啊。

开明王说：那就依卿所言，修建个园林吧。

江非连连点头说：大王高瞻远瞩，大王的旨意实在英明！

开明王面露喜色，吩咐说：爱卿热心，此事就委派爱卿办吧。

江非知道，为蜀王修建园林自然是好处多多，当即应承道：小臣遵命！

开明王要修建园林的事情，就这样定下来了。开明王本来是偕同爱妃到郊外踏青游春的，无意之中获得了近臣江非捐赠的一块属地，并听从了江非的奉承话，准备修建一个犹如秦国上林苑那样的大园林。江非也因此成了负责督办此事的钦差大臣，这是江非没有想到的，心中暗自窃喜，很是兴奋。

开明王这天的心情也异常高兴，和爱妃尽情游玩，到了傍晚，才返回了王宫。

很多人都关注着蜀王的举动，从后宫嫔妃，到朝中大臣，还有隐藏在民间的秦国密探，都特别注意蜀王的言行与动向。

淑妃杨氏与梅妃萧氏也知道了此事，还特别通过心腹宫女打听了蜀王偕同慧妃去郊外踏青游春的详细过程。两人对此都颇有想法，感受则各有不同。淑妃联想到以前自己陪伴蜀王的快乐，现在蜀王只宠爱慧妃，自己却冷冷清清，内心好不感叹。梅妃的心情更加不好，因为被蜀王冷落已久，胸中积存了很多的郁闷，如今看到慧妃年轻貌美，君王宠爱有加，更是增添了不快。当梅妃得知蜀王要建造园林并欲赐给慧妃，便有些恼怒甚至嫉恨起来。

恰巧这时梅妃的家人悄悄入宫来见梅妃，说大臣江非奉蜀王之命，督建王室园林，带人踏勘，传话出来，要将周边的很多土地都囊括进去。梅妃家人也有田土在那里，也是要被征用的。因为江非是打着蜀王的名义征用土地，谁也不敢阻挠，既无补偿也不能讲条件。家人为此很担忧，不想失去这块肥沃的良田，要梅妃想个主意，设法保全。梅妃很惊讶，她没有料到蜀王建造园林这件事情，竟然涉及了她娘家人的田土。她又能怎么办呢？她当然不能去对蜀王说啊，那会弄巧成拙的。梅妃琢磨着，这一切的起因，都是因为蜀王有了新宠慧妃的缘故啊。梅妃思量至此，更加深了对慧妃的嫉恨，觉得非要采取些手段来对付才行。

梅妃曾打探过慧妃的身世，得知慧妃是来自武都的一个女孩，女扮男装来到都城，遇到蜀王被接进王宫而成了蜀王的爱妃。梅妃心想，慧妃或许是使用某种妖媚之术迷惑了蜀王，如果破除了慧妃的妖媚之术，蜀王还会这般迷恋慧妃吗？梅妃觉得，慧妃由女化男，又由男变女，不就是妖术所致吗？自古山泽多精怪，慧妃会不会就是精怪所变呢？梅妃这么一琢磨，便滋生了想法，打算一定要想方设法破解了慧妃的妖媚之术才好。可是怎么破解呢？梅妃油然想到了巫师的法术，可以驱魔辟邪，还可以禳灾除难，岂不是可以试试吗。

梅妃很早就听说过神巫的故事，在古蜀蚕丛王与杜宇王的时候，神巫法术高明，都是很了不起的人物。后来神巫代代相传，到了开明王朝，蜀王好像不太重视神巫，因此和神巫的关系也比较微妙。如今最有本事的老神巫已经仙逝了，再传弟子也都隐居了。但梅妃知道，神巫在民间的信众很多，听说在都城郊外就隐居着一位女巫，经常为人施法禳灾，很是灵验。据传女巫早年曾侍奉过神巫，其本事便得之于神巫的密授，也算是神巫的嫡传弟子了。梅妃便想前去见见这位女巫，讨教一下破解妖媚之术的办法。

这天上午，梅妃带了两名心腹宫女，也以踏青游春的名义，悄然走出王宫，骑马来到了都城郊外。孟春季节，清风轻拂，春光明媚，景色如画。梅妃却无意赏春，一路匆匆而行，通过询问乡民，找到了女巫的住处。那是一处茅屋院落，周围林木掩映，曲径通幽，静静的，隐约有异香飘溢，显得非常神秘。梅妃和宫女下了马，走进了院落。

女巫已很老了，身穿素色衣衫，盘腿坐在香木座上，正在闭目养神。这时听到了款款而来的脚步声，霍然睁开眼睛，目光深邃，凝目注视着来人。

梅妃上前躬身施礼说：久闻神巫大名，今日特来拜见！

女巫欠身说：贵客临门，未能迎接，若有不周，还请见谅。

梅妃听了，有点惊讶，心想女巫果然不同凡响，初次见面她一眼就看出了自己的身份，眼光好毒啊。便又施礼说：冒昧登门，多有打扰，恭请神巫不吝赐教！

女巫说：贵客请上坐，有什么话，且请坦言，不必客气。

梅妃开门见山道：想请教神巫，有什么法子可破解妖媚之术？

女巫深深地看了梅妃一眼：贵客说的妖媚，是指什么？能否详言？

梅妃不便说实话，只能绕了个圈子说：就是有人用妖媚迷惑了主人……

女巫看到梅妃欲言又止的神态，已大致猜出了话意，指点说：这个简单，提醒主人多加注意就行了。

梅妃说：主人已深陷其中，难以自拔，须得破解才可。

女巫沉吟道：破解之法当然是有的，但贵客还是不用为好。

梅妃问：为什么呢？

女巫说：妖媚不祥，怕用之不当，反而适得其反。

梅妃恳请说：久闻神巫法术高明，特来求教，务请指点一二，不胜感激。说罢，便让随行的宫女将带来的礼物呈给了女巫。这是一个精致的漆盒，里面是一件名贵的金饰。梅妃又说：一点小礼物，请神巫笑纳。

女巫瞄了一眼漆盒与金饰，颔首说：贵客何必执意于此呢？

梅妃说：在下也是不得已，真的是诚心求教。

女巫说：方法倒是有，但担心泄露了，会对当事人不利。

梅妃说：神巫放心，请将方法密授于我吧，其他人都不会知道的。

女巫叹口气说：贵客如此执意，其实也不难，有三法可供贵客选择。

梅妃凑近了一点，躬身问：恭请神巫指点，是哪三法？

女巫说：一是祭祀，二是禳除，三是秘咒。

因为女巫说的过于笼统，梅妃似懂非懂，不由得问：在下驽钝，请神巫详细指点一下，应该如何做呢？

女巫略做思考，便附耳小声将三种法术如何操作告诉了梅妃。

梅妃听了，心中很是兴奋，拜谢道：太好了，多谢神巫啊！

女巫叮嘱说：贵客回去，切记法术玄妙，不可泄露，以免招致不测。

梅妃答应道：请神巫放心，我记住了，一定依法而用。

女巫又深深地看了梅妃一眼，不易觉察地摇了下头，随即闭目养神，不再说话。

梅妃告辞了女巫，带着两名宫女，离开院落，骑马返回了都城。

梅妃此行，觉得收获甚大，为之兴奋不已。梅妃回到王宫之后，便开始按照女巫传授的法术，尝试着破解慧妃的妖媚之术。女巫所谓的祭祀之法，需要祭坛、祭品，由巫师主持祭祀仪式，那要公开举行，当然是不行的；所谓禳除之法，也有相应的仪式，也是不易做到的。唯一可以做的，就是秘咒之法了，梅妃只需独自悄悄操作就行了。

梅妃取了泥土和水，捏了一个小泥人，又用丝绸剪裁了小衣服，做成了形似慧妃模样的泥偶，放在她居住宫室的隐秘处。然后削制了很多尖细的竹签，每天都将一支竹签插在泥偶的身上，并默念一遍女巫传授的咒语。为了加深竹签的功效，梅妃还忍痛咬破了自己的指尖，将血涂在竹签上。据说这样做，秘咒就会更加灵验了。

这样过了好多天，梅妃一边暗中使用秘咒，一边密切关注着蜀王和慧妃的动静。果不其然，秘咒产生了作用，慧妃周身不适，竟然病倒了。

开明王因为慧妃突然莫名其妙地得了怪异之病，心中很是烦恼。

这天傍晚，开明王和慧妃一起用晚膳的时候，小卉哎呀一声，觉得心口疼痛，不由得小声呻吟起来。开明王赶紧将小卉拥在怀里，关心地问道：爱妃怎么了？

小卉用手揉着胸口，喘气道：大王啊，好像有人在刺我这里，觉得很不舒服。

开明王诧异道：不会吧？谁敢对爱妃如此无礼呢？

小卉解开衣衫说：大王你看，都被刺出红点了。

开明王看了一眼，在慧妃娇嫩的胸口，果然有红点，如同刺痕。开明王纳闷不解，问道：爱妃一直伴随在我身边，怎么会被刺呢？疼吗？

小卉说：就是不舒服，心口隐隐发疼呢。

开明王说：好奇怪，这究竟是怎么回事啊？

小卉说：大王啊，我也不懂，就是感到难受。

开明王心疼地抱着慧妃，百般宽慰，却不起作用。小卉因为周身不适，心口隐疼，连精神也显得有点萎靡不振了。

开明王传旨召来御医，请御医诊治。御医当然不能去看慧妃的身体，只能隔了帷幕，听了病状，对此也难以做出判断。御医说不出究竟是什么病因，只能推测说，也许是邪祟所致吧。

开明王说：那就对症治疗吧，务必让慧妃尽快康复！

御医不敢怠慢，当即开了几味驱邪除祟的草药，请慧妃服用。

宫女熬好了药汁，服侍小卉喝了。御医开的草药有安神解毒的成分，小卉服用之后便迷迷糊糊地睡了。到了夜里，小卉的胸口又疼痛了，头也昏沉沉的，症状没有减轻，反而呕吐起来，将傍晚吃的佳肴、喝的药汁都吐了个精光。宫女们手忙脚乱，慌成一团。开明王见状，又心疼又着急，又传旨召来御医，继续诊治。

御医觉得此病十分怪异，不敢再胡乱开药了。当即跪奏说：启禀大王，慧妃娘娘被邪魔纠缠，非普通药力所能驱除。小人医术浅陋，有点无能为力，请大王恕罪。

开明王皱眉道：依汝所言，那如何是好？

御医俯伏于地，顿首道：小人不才，实在无能。请大王传旨，召请其他高明之士，或许会有良策妙方。只要驱除了邪魔，慧妃娘娘就会痊愈康复了。

开明王心中不乐，甚至有点恼怒，斥责道：如此推卸责任，养汝何用？随即传令，将御医先关押起来，如果慧妃的病状变得更加严重了，就要治御医的罪了。

小卉遭遇邪术侵害，胸口和周身都感到疼痛，终日昏昏沉沉，萎靡不振。这使得开明王大为焦急，派了王宫侍从，去都城内外寻找名医。并传旨，无论是谁，只要能治好慧妃的疾病，就给予重赏。这样过了几天，侍从们没有找到医术高明的名医，也无人主动接旨。小卉的病状却在渐渐加重，眼看着整个人儿都变憔悴了。

开明王有点焦虑，整天都觉得闷闷不乐。小卉在寝宫中昏睡，自然是不能陪伴蜀王了。宫女都小心翼翼，走路都踮着脚，说话也压低了嗓门，谁也不敢惊扰了慧妃，生怕惹恼了蜀王。平常欢快而又悠扬的歌舞也都停了，压抑的气氛笼罩着后宫，连辉煌的装饰与华丽的灯光也变得阴暗了。

又到了用晚膳的时候，开明王心绪烦闷，再好的美酒也觉得乏味，再可口的佳肴也引不起食欲。按照后宫的惯例，开明王每逢用膳，都是要有嫔妃陪侍的。此时慧妃患病，便由淑妃前来陪伴。淑妃难得又有了这样的机会，特意精心打扮了，沐浴之后，穿了轻软飘逸的粉色衣裙，戴了花香熏染的佩饰，衬托得丰满的身段凸凹有致，头发也仔细梳理了，显得格外的性感而又俏丽。淑妃款款而行，微笑着来到进膳的宫室，在开明王身边坐了下来。这时宫女们已经将晚膳摆好了，宫室内烛光明亮，照耀如昼。乐师与歌女舞女们也在堂下，等候召唤，以便歌舞助兴。开明王坐在那里，一副心不在焉的样子。

淑妃轻声细语说：大王，良辰美酒，该用膳了。

开明王叹口气说：美酒虽好，我却一点胃口都没有。

淑妃含笑说：大王健硕，及时行乐，我陪大王小饮几杯吧。

开明王说：慧妃病了，使得我心绪烦乱。

淑妃宽慰说：大王不要担心，人都会生病，过些日子就好了。

开明王说：慧妃的病很奇怪啊，宫中怎么会有邪祟侵扰呢？

淑妃说：会不会是春天容易得病，天气变化所致呢？

开明王说：症状不对啊，纳闷得很。

淑妃说：大王，让慧妃静养数日，病就好了。有我陪伴大王，大王开心才好。

开明王点头嗯了一声，却依然是一副闷闷不乐的神态。开明王情绪不佳，不愿欣赏歌舞，美酒也不想喝了，面对着满桌佳肴，吃了一点便放下了筷子。历来是充满笑声欢语的晚宴，就在沉闷的气氛中草草地结束了。

这天夜里由淑妃侍寝，淑妃渴望欢爱，欲望如潮。开明王却依然牵挂着慧妃，对淑妃丰腴的裸体毫无激情。开明王用手指按在淑妃的胸口说：慧妃说好像有人用什么尖利的东西刺她这儿，你说是不是很奇怪？

开明王又说：难道慧妃真的中了什么邪祟之术吗？淑妃有些发愣，不知如何回答是好。淑妃发觉，蜀王的心思都在慧妃身上，虽然此时和她同寝，却依然想着慧妃。淑妃深感失落，很是无奈。

第二天上午，开明王去看望了慧妃，然后去了王宫大殿，召见近臣。

淑妃独自待在自己的宫室内，有点无聊。这时梅妃来了，前来看她，和她说话。梅妃和她一见面，就带着笑说：妹妹昨夜好快乐。淑妃注意地看了梅妃一眼，发觉梅妃的眼神有点奇妙，笑容也有点诡异。淑妃哦了一声，问道：姐姐此话何意？梅妃含笑说：妹妹昨夜侍候君王，能不快乐吗？淑妃觉得有点纳闷，好像一举一动都被梅妃监视了似的。想到昨夜蜀王的淡漠，淑妃心中便有点不快。淑妃当然不会把真实的情形告诉梅妃，也不会将自己的感受表现出来，便含糊地笑笑。梅妃的神态显得有点好奇，又问道：君王和妹妹在一起，是否因为慧妃失宠了？淑妃说：我哪里知道，姐姐究竟想问什么？梅妃笑笑说：好久没和妹妹聊天了，我只是好奇而已，随便问问罢了。淑妃心想，梅妃干吗这么好奇呢？她又怎么知道慧妃失宠了呢？梅妃见淑妃不愿多说话，只待了一会儿，借口还有其他事呢，便起身走了。

淑妃仍想着梅妃的来访与说过的话儿，由此而想起了一件事情，前些天有宫女告诉她，梅妃曾悄然出宫，借口游春，实际上是去郊外见了女巫。那是梅妃的一位心腹宫女和另一位相好的宫女聊天时无意中说出来的，那位宫女又无意中告诉了淑妃身边的宫女，然后淑妃便知道了。淑妃以前也曾听说过关于隐居女巫的传闻，据说女巫擅长法术，颇有些神秘的本事，在民间信众甚多。淑妃觉得很奇怪，梅妃暗自去见女巫干什么呢？淑妃联想到了之前梅妃曾抱怨慧妃迷惑了蜀王，说要设法破解慧妃的妖媚之术，免得蜀王专宠慧妃。梅妃见女巫的目的，会不会与此有关呢？淑妃这么一琢磨，顿时疑窦丛生，怀疑慧妃突然得病，也许就是梅妃暗中搞了什么名堂吧？

淑妃越想越感到梅妃太可疑了，觉得梅妃此人，嫉妒心太强，其心难测，以后再和梅妃打交道，必须多加提防才行。淑妃又想，因为慧妃得病，蜀王现在寝食难安，要不要把这些告诉蜀王呢？但仔细想了想，又觉得这些都不过是自己的猜疑而已，万一弄错了呢？岂不无事找事？那就不好了。

淑妃虽然暂时不打算将这些告诉蜀王，但推测与猜疑却又排遣不去，成了纠缠自己的阴影。更烦恼的是，自从见过梅妃之后，淑妃还滋生了一个不祥的预感，如同雾霾一样飘浮在心中。唉，怎么办呢？

淑妃内心很矛盾，不由得深深叹了口气……

开明王在王宫大殿召见近臣，仍是为了给慧妃治病。

这次被召见的有江非、彭玉等人，苴侯也来了。这些都是开明王的亲信之臣，每逢遇到疑惑不解的事情时，开明王都会召见他们商量一下。这次慧妃患上了奇怪的疾病，御医束手无策，都城内外竟然找不到能医治的人，开明王真是伤透了脑筋。近臣们早已得知了此事，今日应召而来，都明白蜀王召见的目的。果不其然，蜀王不谈国事，一开口就说到了寻找良医的事情。

开明王说：近日慧妃得病，吾心忧虑，寝食难安，特此召见诸位。

近臣们拜见了蜀王之后，便侍立于两侧，都恭敬地望着蜀王。

开明王问道：汝等可知，哪里有医术高明的行医者？

近臣们沉默着，个个都谨言慎行，谁也不敢贸然进言。

开明王锁着眉头，扫视着这些近臣。平时他们都能说会道，现在最需要他们建言献策的时候，却一个个都不吭声了。开明王哼了一声，本来就很郁闷的神情，此时显得更为不乐了。

江非注意到了蜀王的神态变化，觉得沉默寡言是不行的，蜀王已经不高兴了。可是贸然开腔也不好啊，万一说错了话，岂不惹得蜀王更加恼怒吗？江非转动着脑筋，琢磨着如何应对蜀王，突然灵机一动，便有了主意。

江非上前一步，谦卑地施礼道：启禀大王，小臣有个想法，不知是否可行。

开明王睁大了眼睛，立即问道：是什么想法？说来听听！

江非说：启禀大王，都城现无良医，却有高人。皋通见多识广，对治愈慧妃娘娘的疾病，一定会有办法。

开明王听了，眼睛顿时一亮，点头说：对啊！我差点把他给忘了。

开明王随即吩咐宫廷侍从，立即骑马前去传旨，召见皋通。

苴侯听了江非所言，觉得江非的话中似乎另有深意，表面看是推荐了皋通，实际上则是嫁祸于人。如果皋通真的有本事治愈慧妃的疾病，江非会有推荐之功。假如皋通没有这方面的能耐呢，那蜀王怪罪的也只是皋通了。联想到以前江非对皋通的排挤，这次的用意也就格外玄妙了。江非真是一个很有心眼的圆滑之人啊！

苴侯见蜀王听从了江非所言，已派人传旨，不便劝谏，只能静观其变。

等了好一会儿，皋通终于随着宫廷侍从骑马来到大殿，拜见了蜀王。

开明王说：好久不见先生了，近来安好？

皋通施礼说：多谢大王关心，前些天偶患小恙，如今已好些了。

开明王说：今日请先生来，是有一件要紧的事情要请教先生。

皋通逊谢道：在下不才，敬请大王吩咐。

开明王说了慧妃患病，御医却无能为力，特地请教皋通，有无良策？

皋通在此之前其实就已听说了此事，适才被传旨召见的时候，也猜想着可能与此有关。果不其然，都在他的意料之中呢。但蜀王所问，非他所长，有点难办。他思索着，一时也没有什么好主意，只能问道：御医诊断慧妃娘娘究竟是何病因？

开明王说：御医推测可能遇到了邪祟，此言可信吗？

皋通想了想说：启禀大王，御医所言，可能有些道理。

开明王说：哦，御医用药无效，那又如何治疗呢？

皋通说：如果是邪祟所致，确实不能单靠用药，务必驱除邪祟方可。

开明王说：宫廷禁地，守卫甚严，邪祟从何而来？又如何驱除呢？

皋通说：启禀大王，在下听说，国之大事乃祭祀与兵戎。若能通过祭祀，获得诸神护佑，对驱除邪祟或许会有作用，大王可否一试？

开明王点头说：好啊，依卿所言，举行祭祀！

苴侯起初比较担心，皋通若无良策，可能会受到蜀王责备。此时见皋通建议祭祀，蜀王毫不迟疑地采纳了，略微松了口气。但转念细想，祭祀和治病似乎并无直接的关联，蜀王急切希望慧妃康复，祭祀是否有效？仍是很大的疑问。不过，苴侯深知皋通见多识广，建议祭祀肯定有他的道理。何况目前也没有其他良策，只有这样一试了。

这时江非说：启奏大王，小臣听说，国之祭祀，常由神巫主持。如今神巫早已归隐，祭祀如何举行呢？

开明王哦了一声，觉得江非所言，倒也是实情，确实是个问题，不由得皱了下眉。问道：诸位爱卿，有何高见？如何是好？

被召见的几位近臣恭立于侧，都沉默无语，不敢对此轻易发言。

开明王扫视着众人，心情有些不快。又问皋通曰：先生有什么主意吗？

皋通胸有成竹，揖手道：大王上膺天命，下统万民，如果亲自主持祭祀，祈祷诸神，驱除邪祟，效果一定比神巫更好。

开明王听了，皱着的眉头顿时舒展开来，又问苴侯道：贤弟以为如何？

苴侯说：愚弟赞同皋通所言，祭祀诸神乃国之大事，只有大王亲自主持，方能彰显其庄重。大王虔诚祈祷，定会获得上苍眷顾，吉星高照，红运昌盛，万事都会如意。

开明王心情大悦，又问江非：爱卿以为如何？

江非本来是想刁难皋通的，却被皋通轻易化解了，刚才又听了苴侯所言，看到蜀王大为赞同，此时赶紧见风转舵，称颂道：大王英明，威震四海，若亲自主持祭祀，当然是最好了！

开明王很高兴，随即传令，立即筹备，要举行一次隆重的祭祀。

因为祭祀活动乃王朝盛典，所以开明王又委派苴侯负责。这些年，凡是遇到什么重大事情，开明王都喜欢任用亲信之人。这次也不例外，仍由苴侯筹划督办，由此可见开明王对苴侯的信任和倚重。苴侯不负所望，调用人员，很快就筹办妥当了。由于这次祭祀非同寻常，故而做了一些特殊的布置，并特地选择了吉日良辰，使得即将举行的祭祀仪式充满了神秘的气氛。蜀国很久没有举行祭祀了，谁也不知道这次祭祀活动会给开明王朝带来什么？如果真的能驱除邪祟，那无论是对王朝贵族或是对蜀国民众来说，都是一件好事情。

王公大臣们已接到蜀王旨意，届时都要参加祭祀，无不翘首以待。

后宫嫔妃们也都知道了此事，各自猜测，反应不一，有的好奇，有的忧虑。

其中最为担心的，便是梅妃了……

第六章

　　盛大的祭祀活动就要开始了，场面隆重，气氛热烈。

　　举行祭祀，本是蜀国的悠久传统。在人们的记忆中，前代蜀王都喜欢祭祀，经常会举行各种形式的祭典。本朝蜀王嗜好歌舞与宫廷享乐，对祭祀与庆典好像不太热衷，开明王朝很久没有举行此类重大活动了。这次的祭祀比较特殊，要由蜀王亲自主持，故而有点非同寻常。筹办期间，消息已经广为传播，很多人都闻讯而来，怀着好奇，想看个稀罕。都城内外，人来人往，熙熙攘攘，除了本地民众，还来了很多外乡人，显得分外热闹。之前蜀王招兵选将的时候，也是如此，从各地来到都城的人很多，这次的情形似乎更要隆重些。祭坛就设立在大校场上，原来是阅兵选将的地方，现在变成了祭祀的场所。苴侯负责筹备此事，在选址与布置等方面，曾咨询了皋通的意见。按照皋通的说法，此处风水甚佳。蜀王曾于此选将，获得了五丁力士，实乃开明王朝的福地；如果在此举行祭祀，也将获得神灵护佑，肯定大有好处。苴侯听了此言，觉得很有道理，及时禀报了蜀王，得到了蜀王的赞同。苴侯随即调动人员，将原来阅兵用的坚固平台，经过改建，修筑成了高大壮观的祭台。祭祀活动中的其他诸多细节，也都已布置妥当，只等择日隆重举行了。

　　开明王已做好准备，选择好了吉日良辰，提前沐浴更衣，戴了金灿灿的王冠，穿了华丽的王服，时辰一到，便要登上祭坛，主持祭祀了。宫廷侍卫们也都布置好了，还调派了五丁力士，加强了戒备与护卫。奉旨参加祭祀的王公大臣们，也都穿戴齐整，先到大殿集中，然后随同蜀王，一起前往祭祀场所。

后宫嫔妃们不参加祭祀，但也都要沐浴焚香，以示虔诚和庆贺。蜀王传旨后宫，嫔妃们都遵循旨意做好了准备。梅妃也知道了这次即将举行的祭祀，将由蜀王亲自主持，并得知祭祀的目的是为了驱除邪祟。梅妃接旨后便有点忐忑不安，她没有料到，为了破除妖媚之术她去求教女巫，回宫后使用巫术竟然闹出了这么大的动静。她开始还有点暗自得意，此时已变成了担忧。蜀王举行的祭祀与她的巫术肯定是针锋相对的，接下来会发生什么情况呢？如果祭祀压住了巫术，那就会对她不利。万一蜀王发现了她的暗中所为，那就更糟了。梅妃这么一想，不仅担心败露了自己的所为，甚至有些害怕了。但事已至此，她只有硬着头皮继续使用巫术，一不做二不休，无论什么后果都不管了。

这时良辰已到，开明王骑着骏马，率领王公大臣们，离开王宫，来到了大校场。侍卫们前呼后拥，气势煊赫。参加这次祭祀活动的人很多，大校场的周围，已经挤满了前来看热闹的民众。五丁力士率领卫士，分列在祭台与台阶两侧。今天的天气特别好，晴空万里，城郭巍峨，远山如黛。灿烂的阳光，照耀着盛大的场面，春天的和风由东吹来，五色的旗幡随风招摇，人潮虽众，却秩序井然。开明王骑马而至，看到如此场面，颇有些兴奋。

开明王下了马，在万众瞩目中，沿着台阶，健步登上了祭坛。开明王站在高处，放眼望去，远眺群山逶迤，近观都城繁华，顿感神清气爽，心胸豁然开朗。这些天，因为慧妃遭遇邪祟侵扰，使得蜀王的心情大为郁闷，此时情绪发生了明显的变化，觉得这个祭坛果然有些神奇。冥冥之中，仿佛若有神助。如果通过祭祀，真的使慧妃痊愈了，那就太好了。蜀王这么一想，不由得大为兴奋。华丽的王服和金灿灿的王冠异常醒目，显得神采奕奕，格外引人注目。

祭祀开始了，祭品早已准备妥当，参加祭祀和围观的民众都翘首以待。开明王首先面向西方祭拜，那是蜀山方向，是蜀国的肇始之地；然后面向东南拜祭，那是荆楚方向，开明王朝高祖鳖灵就是从那里逆江而上辗转来到蜀国的。开明王接着祭拜了天地山川，然后便是献祭物品，默诵祝词，祷告诸神。这时鼓乐手们吹响了号角，预先安排好的香料也点燃了，氤氲的香味随着和风由祭坛向四周飘散，使得整个祭祀场所都笼罩在了缥缈而又神秘的氛围之中。

祭祀的最后一道仪式是宰杀牺牲，献祭神灵，称之为血祭。据说只有这样，才能表达虔诚，感动上苍，祭祀才会真正灵验。锋利的尖刀已经预先准备好了，要宰杀的牺牲是一头黑色的小羊，此时由两名王宫侍从牵上了祭坛。参加祭祀的百官和围观的民众都仰首观望，屏息以待。

开明王拿起了尖刀，灿烂的阳光照射在刀刃上，反射出耀眼的亮光。开明王身居尊贵的王位，享受着荣华富贵，还从未宰杀过牲畜。这次祭祀，为了驱除邪祟，让慧妃尽快康复，开明王义不容辞，只有亲自操刀了。小黑羊面对蜀王，竭力挣扎着，回避着闪亮的刀刃，发出了咩咩的叫声。小黑羊的叫声中有一种柔弱和哀伤，交织着求生和无奈。开明王精通音律，对各种天籁之音尤其敏感。他也看到了小黑羊那双怯弱无助的眼神，使得他心中不由得有点发软。纵使心存王者之仁，但祭祀的程序如此，必须宰杀牺牲，献祭诸神，这是不能改变的。这时鼓乐手们激情澎湃，鼓角声越发响亮起来，将祭祀的气氛推向了高潮。鼓乐催人，开明王不再犹豫了，将尖刀果断地朝着小黑羊的脖颈插了进去。顿时血光闪烁，鲜艳的羊血顺着刀刃迸流而出，宛如落地的殷红色花瓣，又好似断了线的珊瑚珠子，飘洒在了祭坛的地板上。开明王的手上，也沾上了几滴羊血。两名侍从踏着血迹，将小黑羊与祭品一起摆放在了祭台上。

开明王亲手宰羊之后，心中便有了一种奇妙的感觉。也许就是那几滴羊血，沾在手上，散发出了血腥之味，使他因之而有了一种心理感应。血祭果然有些神奇，似乎立刻产生了某种预兆。这时从远方突然传来了隐隐的响声，像是叹息，又好似哀鸣。因为近处有鼓角之声，故而听不真切，但站在祭坛高处的蜀王和参加祭祀的很多人都感觉到了。难道真的是神灵的回应吗？或者祭祀真的对驱除邪祟起了作用？这时风变得大了一点，五色的旗幡迎风飘扬，发出的猎猎之声是那么轻柔而又玄妙。可以望见远处天空中飘浮着薄云，在灿烂阳光的折射下，仿佛幻化出了海市蜃楼般的缥缈景象。

开明王纵目远眺，看到王宫方向有亮光闪动，像是铜镜反射阳光所致。接着有灰色的鸟儿飞了起来，似乎受到了号角之声和奇妙响声的惊动，忽高忽低地飞着，向着远处浅黛色的山林逃逸而去，然后便消失了。开明王心中一动，所见所闻，似是有意，又似无意，这究竟是什么征兆呢？一时琢磨不透，有些纳闷。听到的和看到的，也许只是偶然，但又恰巧是在献祭之后，也确实太巧合了。

整个祭祀活动的过程并不长，所有的仪式完成之后，盛大的祭祀便结束了。

开明王在众人仰视的目光中，健步走下了祭坛，随即骑马离开大校场，由众多侍卫前呼后拥着，迅速返回了王宫。

围观的民众目睹了蜀王非同凡响的风采，刚刚领略到祭祀带来的奇妙之感，祭祀便结束了。众人都有些意犹未尽，过了好一会儿，才陆续散去。

开明王回到王宫后，便立即去看望慧妃。这次祭祀，就是为了慧妃而举行的。开明王最关心的，就是慧妃是否康复了。

小卉躺在寝宫卧榻上，神情倦怠，昏昏欲睡。听到脚步声，她睁开了眼睛，想起身迎接蜀王，却又浑身软绵绵的，四肢乏力，起来不了，只能勉强露出了一点笑容，弱弱地叫了一声：大王……

开明王心疼地看着她，关切地问：我为爱妃举行了祭祀，祷告了诸神，爱妃感觉好些了吗？

小卉弱声说：刚才做梦了，梦见一个很凶的女人，拿着匕首，要刺我……

开明王哦了一声，颇感疑讶，问道：那个女人长得什么样？

小卉说：记不清了，穿着很华丽……

开明王问：那个女人在梦中刺中你了吗？

小卉喘气说：她刺我胸口了……

开明王解开小卉的胸衣，看了一下，在小卉柔嫩的双乳之间，果然有被刺的暗红痕迹。开明王感到纳闷，做梦被刺，也会真的留下痕迹吗？又问：后来呢？

小卉说：我疼得大叫一声，那个女人发抖了，跌倒在地，爬起来溜走了……

开明王觉得这个梦有点不可思议，慧妃梦中的那个凶恶女人，也许就是邪祟的化身吧？后来跌倒溜走了，也可能就是祭祀中祷告诸神，起了作用吧？只要驱除了邪祟，慧妃自然就会康复了啊。这么一想，开明王便有了些释然之感。

开明王将小卉搂在怀里，温存地说了一些宽慰之语，然后去了其他宫室。

开明王传旨召集了宫廷侍从，询问在举行祭祀的时候，王宫内发生了什么？他要弄清站在祭坛高处看到的情景究竟是怎么回事。侍从们说，王宫内很正常，好像没有发生什么意外的事情。开明王不相信，觉得肯定有事情发生过，要求侍从们事无巨细都要如实禀报，不得隐瞒。

这时有侍从说：梅妃突然病倒了。

开明王有点纳闷，慧妃的病尚未痊愈，怎么梅妃也病倒了呢？虽然梅妃已失宠颇久，但还是去看一看吧。随即带了几名内宫侍从，来到了梅妃住的宫室。

梅妃是在继续使用巫术时发生问题的，她想抢在蜀王祭祀之前彻底破除慧妃的妖媚，一边默念秘咒一边用尖利的竹刀去刺泥偶的胸口。但泥偶好像变得坚硬了，梅妃接连刺了几次，也无法刺入。她咬破指尖，将血涂在竹刀上，来加深秘咒的功力，用力乱扎了一阵，却仍然刺不进去。她又想到了一个办法，据说铜镜可以驱邪，便用铜镜采集阳光照射泥偶，一边继续默念秘咒，企图以此来加强巫术的功效，却依然无用。她因为用力过度，觉得手腕有点酸痛，手指也开始发抖，又觉得自己胸口也隐隐地发闷，甚至有点疼了起来。这个时候，蜀王正在举行祭祀祷告诸神，就在蜀王亲手操刀血祭之时，仿佛有一股神秘之力，自天而降，使得梅妃站立不稳，一下跌倒在地。梅妃的几名心腹宫女赶紧将她搀扶到卧榻上，躺下休息。梅妃喘息未定，蜀王已经回宫了。

当开明王来看她时，梅妃深感紧张和害怕。为什么蜀王一回宫就直奔她的宫室而来呢？梅妃有点措手不及。虽然蜀王此时尚不知真相，但梅妃觉得自己的阴谋已经暴露了，面对恩威莫测的蜀王，心如飘叶，慌乱不知所措。

开明王看到梅妃惶恐不安的样子，问道：这是为何？你怎么了？

梅妃回避着蜀王威严的目光，强撑起身，俯伏在榻上说：大王宽恕……

开明王目光炯炯地看着梅妃，问道：你说清楚，宽恕什么？

梅妃跪伏在卧榻上，不知说什么才好，心虚胆怯，哪里敢回答呢。

开明王扫视着梅妃身边的几位宫女，都低头屏息，谁也不敢吭声。

看着眼前的情形，开明王心中顿时起了疑惑。梅妃以前不是这样的，每次见他，都打扮得很妖冶，对他笑脸相迎。但他发现梅妃有小心眼，有时喜欢耍小聪明，后来便不太喜欢梅妃了。此时梅妃举止失措，似乎有什么事情瞒着他呢。开明王又觉得，梅妃的生病也有点奇怪，早不病晚不病，为什么在这个时候突然病了呢？

开明王打量着梅妃居住的宫室，等着梅妃回答。梅妃如果此时应对得当，事情也许就过去了。但梅妃慌乱过度，嗫嗫嚅嚅，不知所云，又不知随机应变，故而招致了蜀王的猜疑。蜀王等了一会儿，越发不耐烦了。梅妃也是合该出事，她跌倒之后，泥偶尚未收拾隐藏起来，这时候竟然被蜀王看到了。还有梅妃施展巫术用的竹签与竹刀，以及掉落在地上的铜镜，也进入了蜀王的视线。

开明王大为诧异，问道：这是何物？你在暗中做了什么？

梅妃心惊胆战，慌乱不已。几名宫女也多畏惧莫名，跪伏在地。

开明王吩咐侍从，收缴了泥偶与竹签竹刀，将梅妃身边的几名宫女带走审问。另外选派了两名后宫女仆，暂时照看和侍候梅妃，又吩咐将梅妃看押起来。

审问很快有了结果，几乎没费什么周折，梅妃的几名宫女就招供了，把梅妃近来所为与暗中使用巫术的来龙去脉都坦白供述了出来。开明王终于明白了真相，原来宫中出了邪祟，导致慧妃病倒，竟然是梅妃暗中所为啊。开明王先是惊讶，继而大为震怒。他没有想到，梅妃竟然如此阴险歹毒，胆大妄为，这不是找死吗？既然梅妃企图害我所爱，那就先把你给除掉了吧。开明王实在是太气愤了，这么一想，便有点怒不可遏，心中不由自主便起了杀机。随即传令将梅妃押进牢房，准备择日处决。

开明王余怒未消，又派人率兵前去寻找和抓捕女巫，觉得女巫之咎，也决不能轻易饶恕，必欲除之而后快。

到了进晚膳的时候，因为慧妃尚未痊愈，仍由淑妃陪伴蜀王。

开明王向淑妃说起了梅妃的事，问道：你之前知道这事吗？

淑妃有点紧张，小心翼翼地说：刚才听了大王所言，这事实在意外。

虽然淑妃此前对梅妃已有怀疑，但也只是猜测而已。她当然不能把这些和盘托出，对恩威莫测的蜀王务必慎言才行。之前她没有禀告蜀王，也是因为担心，万一引起蜀王对她也产生了猜疑，那就不好了。

开明王注视着她的表情反应，感慨道：是很意外啊，梅妃胆子不小，竟敢如此妄为！可谓肆无忌惮，真是不得了啊！

淑妃察言观色，宽慰道：大王息怒，不用这么生气。

开明王说：这事能不气愤吗？邪祟不除，后宫难安啊！

淑妃劝解说：梅妃一定是糊涂了，才犯下如此大错。

开明王说：这哪是糊涂，是蓄意为之，存心害人！

淑妃小声问：大王对梅妃能宽大为怀吗？

开明王说：梅妃犯上作乱，这是大忌，不能宽大，必须严惩！

淑妃见蜀王说得如此果决，知道事情严重了，梅妃的结局必然凶多吉少。按理说，这也是梅妃自作自受，咎由自取，怪不得别人。但联想到同是蜀王的嫔妃，梅妃侍寝蜀王很多年了，却落得如此下场，难免会有点兔死狐悲之感，淑妃的内心便有些忐忑和惆怅起来。

开明王看了一眼淑妃落寞的神态，问道：你想为她求情吗？

淑妃俯首说：大王英明，奴婢遵旨，唯命是从，岂敢胡言。

开明王点头说：好啊，难得你能如此明智。

淑妃暗自叹了口气，强颜欢笑，陪着蜀王饮酒进膳。

开明王又强调说：梅妃作乱，必须严惩，以儆效尤！除去邪祟，方能平安！

淑妃小心翼翼，只能迎合着蜀王的意思，轻轻嗯了一声。

开明王准备处决梅妃，后宫中的人都知道了，嫔妃和宫女们都惶惶不安。

苴侯和王子们也都得知了此事，感到非常意外，这是宫廷中从没有发生过的事情。虽然梅妃胡作非为，给予严惩也是罪有应得，但也不至于处决啊。苴侯担心，蜀王会因此背上残暴的恶名，一旦传出去，天下百姓都知道了，会有损蜀王的威望，那就不好了。苴侯便想，得找个机会，面见蜀王，劝解一下。王子安阳也有类似想法，但这是父王的宫闱之事，王子岂能随便劝谏？只有静观其变了。开明王身边的人，从亲属到侍从们，也都畏惧蜀王，谁也不敢进言。

梅妃被关押在王宫后门的牢房里，度日如年，心中甚是懊悔。牢房与宫室，不啻天壤之别，梅妃衣衫不整、形容憔悴，吃不下饭睡不好觉，仿佛变了个人。这天中午女仆给她端来了食案、食盒与美酒，放在了她的面前，对她说，请她好好吃饭，然后梳洗一下，换身衣服。梅妃心想，难道蜀王要召见她了吗？但直觉和预感告诉她，也许这就是她与蜀王的诀别了。梅妃悲由心生，哀伤不已，眼泪止不住便滚落下来。到了此时，梅妃才终于明白了自己的愚蠢，有些事情确实是自己过于想当然了，这是蜀王的宫闱，一切都是蜀王说了算啊，自己纵使机关算尽，结果却是搬起石头砸了自己的脚。梅妃后悔自己不该如此作孽，如今陷入了绝境，谁也救不了她了，真的是悔之晚矣。

梅妃不想饮美酒，也不想吃饭。她试探着问女仆：还能见大王吗？

女仆看看她，低声回答说：不知道呢，这要看大王的心情了。

梅妃暗自叹息，垂泪道：天要下雨，日要落山，如之奈何？

女仆侍候梅妃梳洗了，换了一套素洁的衣裳，让梅妃穿好了。

梅妃预感着，这或许就是行刑前的准备了。回想以前和君王的欢爱，一切都似过眼云烟，所有的荣华富贵转瞬即逝，就像做了一场春梦。其实她还不老，才到中年啊，她还不想死，但生与死都已由不得她了，全凭蜀王说了算。唉！她干吗要和蜀王的新欢争宠呢？好好活着不是很好吗？就因为一念之差，而导致了祸福殊异的不同结局，埋怨不了别人，只能怪自己心术不端，把事情想得太简单了啊。现在已经到了这步田地，已惹恼了蜀王，此时就是再面见蜀王，又能怎样？蜀王还能宽恕她吗？

梅妃沉湎在胡思乱想中，心境灰暗，万念俱灰，止不住泪流满面。

女仆没有劝解，也不再说什么，拿着梅妃换下的衣服，默默地走了。仿佛是无意的，却特地在食案上留下了一条白色的丝绸长巾，就放在酒壶与食盒旁边。

梅妃泪眼婆娑中，看到了食案上那条白色绸巾，又抬头看了一下屋梁，似乎明白了蜀王的用意，这岂不是要她自行了断吗？她想求生的念头，瞬间便成了泡影。她的手脚一阵阵发冷，止不住浑身都颤抖起来……

开明王举行祭祀之后，驱除了邪祟，颇感欣慰，但慧妃尚未康复，蜀王的心情仍有点郁闷。这天上午，开明王像往常那样，先去寝宫中看了卧榻休息的慧妃。小卉的精神状态似乎好了许多，却仍然浑身倦怠，四肢乏力，不能陪伴侍寝。开明王关心地问道：爱妃今天感觉怎样？小卉说：觉得轻松了一些，就是没有力气。开明王说：再好好休养几天，爱妃就康复啦。小卉柔声说：多谢大王关爱。

开明王想起了当初请御医给小卉看过病，御医诊断是邪祟所致，竟然是对的，可见御医不俗，确实有些本事。于是又对小卉说：我让御医再给你诊治一下，开点滋补药，做些调理吧，这样，爱妃很快就会好了。小卉轻轻地点了点头。开明王随即传旨，将关押的御医释放了，赐金以示安慰，请御医继续给小卉治病。御医经历了这番折腾，拜谢了蜀王的恩赐，自然是更加小心翼翼，如履薄冰，立即遵嘱给小卉开了一些名贵滋补药物，来改善小卉的虚弱。但御医并非神仙，再高明的医术也不能药到病除，任何病情的恢复都得有个较长的过程。小卉也不例外，邪祟虽除，却被害得失去了活力，此时卧病于榻，虚弱已久，就像一朵娇嫩而又憔悴的花儿。

开明王将软绵无力的小卉拥抱在怀里，心中说不出的爱怜，宽慰道：等爱妃康复如初了，就可以欣赏新的歌舞了，我特地为爱妃写了新曲，乐师与女伶们正在排练呢，你会喜欢这首新曲的。开明王性喜音乐和歌舞，一直想为心爱的慧妃写一首新曲。就在祭祀前夕，新曲终于写好了。此时将这事告诉了小卉，主要是想讨小卉的欢心，让小卉心情高兴，尽快康复起来。

小卉当然明白蜀王的美意，眼波盈盈，有点感动地嗯了一声。

开明王和小卉温存了一会儿，然后来到大殿，召见了苴侯。

苴侯本来就想面见蜀王，有话要说。此时匆匆而来，与蜀王施礼相见，恭敬地说：大王召见，愚弟奉命而来，恭候王兄吩咐。

开明王说：也没有什么特别的事，就是这次祭祀，皋通献策，很有成效。

苴侯说：大王亲自主持祭祀，感动了诸神，这是王兄的福气啊。

开明王说：贤弟筹办，诸事齐备，也是功不可没。

苴侯说：多谢王兄奖勉！

开明王称赞道：贤弟和皋通，都是有功之臣。

苴侯揖手说：王兄过奖了，我们都甘愿为大王效力！

开明王面露笑容曰：贤弟如此谦恭，实在难得，令人欣慰。

苴侯看到蜀王心情开朗，觉得这是进言的好机会，便说：其实这都是大王的功劳啊，因为王兄亲自献祭诸神，感动了天地，祭祀才如此卓有成效嘛。愚弟有个建议，也不知当不当说？

开明王问道：贤弟有什么建议？但言无妨。

苴侯说：愚弟在想，是否趁此机会，请王兄大赦天下，一是为了感谢诸神的眷顾，二是可以让百姓感恩戴德，普天同庆。

开明王哦了一声，说：贤弟此议甚好，很有道理。

苴侯说：大王英明，则国泰民安，天下幸甚。

开明王想了想，又若有所思地说：我明白贤弟的意思，大赦天下果然很好，但有些人与事情却是不能赦免的。

苴侯已晓得蜀王话中之意，却仍问道：王兄不愿赦免的是谁呢？

开明王说：贤弟大概已经知道了吧，梅妃暗自用巫蛊之术，妄行邪祟，犯上作乱，扰乱后宫，罪孽太重，就难以赦免。

苴侯见蜀王并不忌讳，主动说出了此事，便也趁机坦言道：愚弟已听说了此事，梅妃娘娘所为，确实犯了大忌，其罪难赦。大王无论怎么处罚，都不为过。但愚弟担心，假若惩处太重，传言出去，怕有损大王宽厚仁爱之名。所以，还是恳请大王三思，法外使仁，适当宽宥吧，可能会比较好。

苴侯一边委婉进言，一边注意观察着蜀王的神态反应。此时停顿了一下，又说：愚弟见识浅陋，所虑也不知对否？只有恳请王兄斟酌定夺了。

开明王的神情显得有点凝重，沉吟道：让我再想想吧。

苴侯琢磨不透蜀王的内心想法，反正已经进谏了，随即告辞。

开明王想严惩梅妃的念头，并没有因为苴侯的几句谏言而改变。蜀王想做的事情，通常是没人阻挡得了的。虽然苴侯所言，也不是没有道理，但也不能因此就轻饶了胡作非为的梅妃啊。苴侯的心思虽然善良，充满好意，却过于软弱了。作为君王，岂能像他这样优柔寡断？王者必须赏罚分明，才能张扬威福啊。蜀王这么一想，便打消了犹豫，觉得宫廷不能没有规矩，必须严惩，才能以儆效尤。还有那个女巫，害人不浅，也决不可轻饶。

开明王召来侍从，询问抓捕女巫的情况。侍从禀报：率兵去抓捕女巫的时候，女巫正在闭关修炼，这是个很老的女人，穿着黑色的衣服，步履蹒跚，需得两名护法弟子左右搀扶才能行走。现在已经将女巫与两名护法弟子押解回来，关在了王宫后面的牢房里。侍从又说：据称女巫自从闭关修炼以来，不饮不食已经很多天了，却依然脸色红润，女巫被逮捕时未做抗争，既无声辩，也不害怕，只是叹息道，天意难违啊！仿佛一切都在她意料之中似的。

开明王听了，有点纳闷，也有点好奇，这个老女巫，有何能耐，胆敢说这样的话？所言天意难违，究竟是什么意思呢？开明王便想见一下这个老女巫。按理说，蜀王想见什么人物，通常传旨召见就行了，但女巫年老蹒跚行走不便，也有点忌讳让她踏进华贵的大殿，蜀王便决定亲自去牢房看看。

开明王带了一群彪悍的侍卫，来到了王宫后面的牢房。这里是关押钦犯之地，牢房修筑得很坚固，把守得也格外严密。因为墙厚窗小，正面是牢固的栅栏，透进来的光亮有限，牢房里面阴沉沉的，显得有点昏暗。女巫与两名护法弟子就被关在这样的一间牢房里，女巫盘腿坐在草席上，仍然是一副闭目修炼的样子，两名护法弟子也坐在两侧，陪同修炼。

侍卫打开牢门，呵斥女巫道：大王来了，快快起来拜见！

女巫一副入定的样子，仿佛睡着了，充耳不闻，浑然未觉。

开明王制止了侍卫，打量着闭目盘腿而坐的女巫。这个女巫确实很老了，穿着一身灰黑色的衣服，微垂着头，眉毛与头发都已灰白，眼袋很大，嘴角耷拉，放在双膝上的两只手尽是皱纹，腰背也有些驼了，只有脸色看起来依然红润，与苍老的形态产生了反差，显得有点玄妙。蜀王威严的气场，凝聚在昏暗的牢房里，形成了巨大的压力，使得女巫不由自主地哆嗦了一下。过了一会儿，女巫终于睁开了眼睛，抬起头来，用暗淡的目光仰望着蜀王。

开明王问道：你就是那位传说中的神巫吗？

女巫说：在下并非神巫，神巫归隐已久，在下不过是神巫的弟子。

开明王说：听说你有很多法术，是否确实如此？

女巫说：在下平凡无奇，民间传闻，往往以讹传讹，不可听信。

开明王说：你知道这里是什么地方吗？

女巫说：这里是王宫囹圄吧？王宫乃富贵之地，果然与众不同。

开明王说：你可知为何来此吗？

女巫说：君王命令，谁敢不遵。在下能来此处，也是难得的福气。

开明王说：听说汝言天意难违，此话是什么意思？

女巫沉吟道：无他，只是略表感叹而已吧。

开明王问：你感叹什么呢？

女巫沉默了一会儿，轻描淡写地说：世事沧桑，旦夕祸福，如此而已。

开明王又问：你说的沧桑是指什么？祸福又是什么？

女巫说：国有兴衰，人有生死，世道循环，大抵如此。

开明王哦了一声，又问：你知道接下来会发生一些什么吗？

女巫说：天下事自有定数，日月交替，阴阳变化，在下驽钝，哪里会知道呢。

开明王听女巫这样说话，一时也不知继续问什么好了。

女巫又微垂着头，闭目养神，不再吭声。两名护法弟子，也始终沉默无语。

开明王通过这一番对话，觉得这个女巫果然有些与众不同。且不管女巫是否真的有什么法术，也不管她的本事究竟如何，仅从她的对答中就感到了其话中隐藏的玄妙。据说这个女巫在民间信众颇多，显然并非虚言。虽然女巫已经老态龙钟了，但说起话来条理分明，暗藏玄机，不可轻视啊。特别是，想到女巫竟然传授秘咒给梅妃，在后宫妄行巫蛊，滋生邪祟，害人不浅，更不可大意待之，也不能轻饶啊。

开明王打量着眼前这位老女巫，思考着处置之法。按照当初派人带兵抓捕女巫时的想法，对女巫犯下的罪孽，自然是要严惩的。但蜀王现在却又不急于处决女巫了，既然关进了牢房，她便插翅难逃，先囚禁着再说吧。至于以后如何惩处女巫，那就要看情形而定了。如果慧妃康复如初，也许就宽宥了女巫。假如慧妃发生了什么意外或不测，女巫就难辞其咎了。

开明王主意已定，命令对女巫严加看管，然后准备离开牢房。蜀王这时想到了软禁在另外一间牢房中的梅妃，是否也顺便看一下呢？但瞬间便打消了这个念头，因为蜀王只要一想到梅妃的犯上作乱，便心生厌恶，感到极其不快。如果梅妃哀泣求情，他会心软吗？蜀王觉得还是不见面为好吧，于是直接回到了王宫大殿。蜀王讨厌梅妃，可以暂时不惩处女巫，却不想宽待梅妃，也不想久拖不决。此时想了想，随即派了一名侍从，去看看梅妃现状如何。

过了一会儿，侍从便匆匆回来禀报，梅妃已经悬梁自尽了。

开明王知道这是必然的结果，梅妃的事情终于了断了。但听了侍从禀报，却仍有点惊讶，也有些惆怅。人世间的很多事情，大都比较复杂，人的心理也是如此。蜀王决意严惩梅妃，没有商量余地，但梅妃真的死了，却又涌起了很多复杂的感受。蜀王心想，梅妃自尽，也总算保全了她自己的一点面子吧。

开明王沉默地坐在王座上，本来还想召见几位近臣的，此时也兴趣索然，不想见了。看到蜀王郁闷而复杂的神情，侍从们都屏息以待，大殿里静悄悄的，谁也不敢贸然吭声。蜀王不知为何，颇有些思绪万千之感，过了好一会儿，这才恢复了平静，传旨说：将梅妃给葬了吧！又说：梅妃之死，以病故待之吧，其罪难赦，就不搞葬礼了。又加重语气说：此事不许外传，违者严惩！

侍从们小心地答应了，随即遵旨而行，当天便在开明王朝历代陵园的角落选了个位置，将梅妃悄然地安葬了。梅妃生前没有获得蜀王的宽恕，死后仍以王妃的身份被葬入王室陵园，也算是蜀王法外使仁，给予厚待了。

又到了蜀王饮酒进膳的时候，因为慧妃尚未痊愈，仍由淑妃陪伴。

犹如往常那样，开明王一边进膳饮酒，一边欣赏歌舞。舞女们身姿妙曼，轻歌曼舞，乐师们吹拉弹奏，曲调悠扬。淑妃陪伴于侧，强颜欢笑，此时油然想到了梅妃的自尽，以后每年的今日就是梅妃的忌日了。纵使面对着宫廷中的美酒佳肴和欢歌艳舞，却有一种忧伤徘徊在淑妃胸中，怎么也排遣不去。而此时的蜀王，却神情轻松，怡然自得，早已将梅妃之死抛在了脑后，仿佛陶醉在了美妙的歌舞与乐曲中。淑妃心中很是感慨，君王及时行乐，有了新欢，便忘了旧爱，而嫔妃的命运则轻若鸿毛，真的是人生如梦啊……

第七章

江非奉命为开明王督建园林，已经几个月了。

开明王心血来潮，要修建王室园林，给了江非负责操办的权力，并调拨了大量的人力物力，投入到了这件事情上。江非深知开明王的性情，历来喜欢讲究排场，对此也不会例外，自然是要大兴土木，弄得规模宏大、富丽堂皇，才符合蜀王的要求。其实除了人力物力，更重要的则是圈地。现在仅仅有了江非拱手献上的一块地方，肯定是不够的，还需要将周围的地方都囊括进来，占地更加广阔才行。江非了解蜀王的脾气，当然是要投蜀王所好，以此邀宠，来博取蜀王欢心。有了蜀王的信任和重用，他才会有更多的好处，所以江非操办此事可谓不遗余力。

江非派人排查了一下周围的属地，其中有几处是大臣的属地，还有一些是富户的地产，更多的则是百姓居住与耕作的田土了。督建王室园林，自然是要将这些地方都囊括进来的。因为涉及各个阶层，关系颇为复杂，要获取这些地方，可不是一件简单和容易的事情。江非明白，蜀王派他负责，赋予了他督办的权力，现在就看他如何施展能耐了。江非对此琢磨了一番，觉得办理此事的过程说难也不难，无非就是巧取豪夺了。反正是为蜀王效劳，奉命办事，谁敢不遵呢？

江非主意已定，首先去拜访了大臣彭玉。在开明王朝的众多朝臣之中，彭玉是颇有声望的一位大臣。彭玉是彭公之后，而彭公曾是鱼凫王的亲信之臣，后来彭族归顺了杜宇王，再后来彭族又拥戴开明王朝，可知彭氏和历代蜀王都关系密切，一直辅佐历朝君王，善于为官，仕途畅达。江非和彭玉都是开明王的大臣，在朝中共事很多年了，关系始终若即若离，既不疏远，也并非至交。这次江非督建王室园林，旁边就有一大片彭族的属地，如果能说服彭玉将此地捐献给开明王，那继续扩充其他地盘也就好办了。这是江非的如意谋划，结果如何，就要看他和彭玉的交谈了。

彭玉平常都在自己的府邸内闲居，安享荣华，与世无争，颇有先祖彭公之风。这天得知江非前来拜见，颇感意外，因为江非此人向来都是无事不登三宝殿的，突然来访，一定是有什么目的吧？彭玉想了一想，便大致明白了江非的来意。

彭玉在客堂迎接江非，施礼道：难得贵客临门，哪阵风把江大人给吹来了？

江非一边揖手施礼，一边笑道：是乘大王的雄风而来，专门来拜见彭大人。

彭玉听出了江非的话外之音，正色问道：江大人是奉大王之命而来吗？

江非笑笑说：非也，开玩笑呢，就是特地来拜望一下彭大人啊。

彭玉说：江大人王命在身，忙得很，哪有闲心来此啊？

江非说：再忙，和彭大人小聚一下，聊聊天还是很必要的。

彭玉说：哦哦，能和江大人小聚聊天，不胜荣幸。随即吩咐家中仆人，准备酒宴，款待贵客。

江非笑曰：彭大人客气了。也不推辞，便坐下了，继续和彭玉说话。

两人寒暄了几句，江非便步入正题，聊到了正在修建的王室园林。江非说：大王要修建一个很大的御苑，里面要有园林，要栽种天下名贵花木，要建亭阁别墅，以供大王登临赏玩，休闲娱乐。早就听说秦王有上林苑，蜀乃富庶大国，岂能没有王室园林？所以大王决心要建造御苑，也是理所当然的事情。

彭玉哦了一声，点一点头，表示了赞同之意，心里却有点不以为然。

江非又说：彭大人对这事当然早就知道了，在下奉命督办，正在努力为之。此事关系重大，也盼望得到彭大人的支持呢。

彭玉说：大王英明，知人善任，此事由江大人督办，很好啊。

江非面露笑容说：要为大王办好此事，也不是那么简单，困难很多。

彭玉说：江大人才能超群，有什么事会难住江大人呢？

江非说：御苑占地甚广，要征用很多臣民的属地，就有难处。

彭玉说：大王修建御苑，合理征地，臣民都会拥戴，有何难处？

江非说：如果臣民都拥戴，那当然好了。关键是愿不愿意被征用啊。

彭玉说：听江大人此话的意思，好像遇到了什么阻力？

江非笑笑说：在下已经将属地献给了大王，如果众人都能如此，就没有阻力了。

这时酒宴已经摆好了，彭玉向江非敬酒说：江大人对大王忠心耿耿，捐献属地，其心可嘉，值得敬佩。

江非饮酒道：多谢彭大人的美酒和勉励！盼望彭大人支持啊！

彭玉已经明白了江非的来意，江非的话说得委婉，但意思再明显不过了。彭玉知道，江非的那块属地实际面积并不大，捐献给蜀王对江非家族的私产并无多大影响。而彭族的属地乃祖传遗产，面积颇为广阔，历经数朝，都未易主，哪能轻易就捐给蜀王呢？这涉及了家族的祖传产业，绝非儿戏，岂能草率表态？更何况这也并非蜀王的旨意啊，只是江非的说辞而已。江非那样做，是为了讨好献媚，巴结蜀王。别人又何必仿效呢？所以彭玉一边客气敬酒，一边尽量多说客套话，与江非虚与周旋。

江非已经几番暗示和明说，见彭玉既不反对，也不明确表态，对于是否捐献属地，态度始终模棱两可。江非对此，心中很不满意，却也无可奈何。

江非酒量不大，多饮了几杯美酒，便有了醉意。彭玉继续殷勤劝酒，江非不胜酒力，这时只有趁醉告辞了。彭玉也不挽留，将江非送至府邸门外，揖手而别。

过了几天，江非反复琢磨着此事，仍有点耿耿于怀。江非觉得，彭玉老奸巨猾，虽然用美酒佳肴客气款待了他，却在捐献属地这件事上婉拒了他，实际上等于是不给他面子。江非当然不会就此罢手，如果此事不能搞定，那么其他诸多事情也就真的很难办了。他想，只有请蜀王颁旨了，看他们谁敢不买账？

说来也巧，开明王这天在王宫大殿召见了江非，当面询问建造御苑的进展。江非觉得这是一个好机会，正好借机启奏蜀王，于是便禀报了筹划中的圈地过程。

江非说：大王修建御苑，功在当代，利在千秋，实乃旷世佳话。小臣奉命督建以来，托大王的洪福，现在万事俱备，进展顺利，成效颇佳。小臣听说，秦国的上林苑占地甚广，大王的御苑当然不能小了，起码要比上林苑更大才好，这样在气势上才能超越秦王，充分彰显大王富有天下、威震四海的气概。

开明王很高兴，点头称赞道：爱卿所言甚佳，如此则甚好。

江非说：但也有点困难和麻烦，要请求大王颁旨解决。

开明王问道：有何难处？爱卿直言不妨。

江非说：启奏大王，就是御苑范围，尚需扩展。大王颁旨，就迎刃而解了。

开明王说：若占用臣民之地，总得有个理由。是否恰当？须有应对之策。

江非说：天下都是大王的江山，臣民拥戴大王，自然都会以大局为重。

开明王略做迟疑，颔首曰：好啊，依爱卿所奏，那就颁旨吧。

开明王随即颁布了一道旨令，王朝修建御苑，凡是范围内的臣民之地，都归御苑所有。要求臣民都恪守旨令，遵照执行，不得有误。

江非有了蜀王的旨令，圈地就名正言顺了，很快就大张旗鼓开始了行动。

随着御苑范围的逐渐扩展，许多臣民之地都被无偿征用了。因为有蜀王的旨令，谁也不敢违抗，表面上都顺从了，但心里面却都不服，由此而滋生了怨气。从道理上说，蜀王建造御苑，大家都不反对，也理应支持，但也不能借此侵占和掠夺臣民的土地与物产啊。特别是江非肆无忌惮的行为，更激起了臣民的怨恨。从王公大臣到民间富户以及普通百姓，都对此议论纷纷。怨气一旦多了，便有点义愤填膺，不知不觉便出现了民怨沸腾的趋势。

苴侯这些天听到了各种各样的反映，有些家族不愿失去祖传属地，找到苴侯，托他向蜀王求情。还有人直接向苴侯告状，控诉江非逼迫他们从祖居之地迁走。因为苴侯是蜀王之弟，深得蜀王信任和倚重，位高权重，又口碑甚好，所以大家都希望苴侯伸张正义，主持公道。苴侯起初有些纳闷不解，带着随从，穿了便装，到民间实地走访，当他得知真实情形之后，便深切地感到了事情的荒谬，觉得蜀王掠夺臣民土地建造御苑的做法，实在有点过分，势必会失去民心，带来很严重的后果。苴侯对此颇感惊讶，在他的印象中，蜀王还是比较豁达开明的，怎么会突然变得利令智昏了呢？略一琢磨，便觉得蜀王显然是受了近臣江非的蛊惑，才会有如此昏聩荒唐之举。苴侯知道，江非喜欢献媚蜀王，常在蜀王面前巧言令色吹捧拍马，属于奸佞之臣，而蜀王却又经常偏信江非，正是由于这样，才会出现如此的情形吧。圈地建造御苑之举，便正是蜀王听从了江非的提议啊。如今江非谗言误国，岂能坐视不管？这么一想，苴侯便有了挺身而出、义不容辞的决心。

苴侯经过思考，觉得应该劝谏蜀王，尽快改变这种不恰当的做法。

说来也很是凑巧，这天上午，开明王在王宫大殿召见了群臣。当时恰逢秦惠王派了一位使臣前来，向蜀王赠礼问好。两国交往，这是大事。蜀王便召集群臣，想听听众臣的意见，分析一下秦惠王的用意，商量一下应对之策。

开明王头戴金光璀璨的王冠，身穿华丽的王服，坐在王座上，对众臣说：秦王遣使来朝，意欲何为？诸爱卿有何高见，请畅所欲言。

众多大臣都恭敬地站在大殿内，面对恩威莫测的蜀王，都不吭声。

大殿内静静的，氛围显得有点微妙。众臣不敢贸然发言，一是因为秦国和蜀国虽然互为邻邦，却长期敌对很少来往，大家都不了解秦惠王遣使来朝的真实用意；二是因为蜀王最近的圈地建造御苑，很多人的属地都被侵占了，弄得心情不佳，胸怀怨气，也就什么都不想说了。

开明王用炯亮的目光扫视着众臣，神情有点威严，略含不快。

这时江非上前说：恭贺大王啊！自从大王率兵北行狩猎，耀武边疆，气势如虹，威震秦国，天下莫不敬仰。这次秦王遣派使者，就是因为敬畏大王的缘故，所以才遣使来朝，特意向大王请安呢。小臣以为，这是好事，彰显了大王的威风啊。

开明王听了，脸色顿时有了好转，颔首道：诸爱卿以为如何？

大臣们知道江非所言皆是空话，无非就是拍拍蜀王的马屁而已。而蜀王喜欢听奉承话，经常被江非蒙蔽，这次也不例外。众臣对此都很不以为然，却又不好驳斥江非，也不想扫了蜀王的兴致，所以仍都沉默着，不愿说话。

苴侯忍了一会儿，这时朗声说：启奏大王，愚弟以为，秦王并非等闲之辈，遣使来朝，定有图谋。表面是出于礼节，不远千里，来到蜀国向大王赠礼请安问好，而真实的目的，恐怕是来打探蜀国情况的，不能大意视之。

开明王哦了一声，正色问道：如此说来，秦王遣使，是别有用意了？

皋通也应召参加了朝会，这时揖手道：苴侯大人所言甚是！秦王乃虎狼之辈，对蜀国怀有非分之想，可谓由来已久，切不可对秦王掉以轻心。这次秦王遣使来朝，其目的绝非单纯问好，想借此试探大王态度，并打探我朝情况，才是其真实企图也。

开明王沉吟道：秦王狡猾，是不能大意。那如何应对呢？

皋通说：启奏大王，在下以为，有三策可以应对。一是客气款待秦使，这是两国交往的礼节，以示我朝愿意和秦王友好往来。二是安排五丁力士训练士兵，演练武艺，请秦使观看，以示我朝常备不懈，军力强悍。三是遣使回访，陪同秦使去秦国，正好借此机会了解一下秦朝的真实情形。所谓来而不往非礼也，即以其道反治其身是也。

苴侯赞同说：皋通所言，可谓洞察之见也，请大王采纳。

开明王点头说：先生高见，是很有道理。贤弟说的对，就以三策应对吧。

大臣们都点头称是，面露赞同之色。只有江非的神态有点晦涩，因为苴侯和皋通所言，等于是驳斥了他刚才对蜀王的阿谀之辞。现在蜀王已经表态了，他也就不好再说什么了。江非觉得，接下来，蜀王召见已毕，就该散朝了。

苴侯这时说：启奏大王，还有一件事情，愚弟不知应不应该讲。

开明王说：今日朝会，贤弟有什么事情，坦言无妨。

苴侯说：那愚弟就斗胆面奏大王了。近来有人建议大王建造御苑，乘机大肆侵占臣民属地，民间议论纷纷，对此怨气颇重。大王历来爱民，深受百姓拥戴。可是此人所为，却激起了民愤，损害了大王的威望。如今正值多事之秋，大王理当警惕，应以社稷百姓为重，及时纠正，改变事态，并颁诏天下，对为非作歹者严加惩戒，以正视听。

开明王问道：贤弟说的此人，是指谁？竟敢如此大胆？

苴侯凛然正气，指着江非说：没有别人，就是他了。

众人都盯着江非，神色愤然，纷纷说：苴侯说的对，请大王明察！

开明王哦了一声，看看苴侯和众臣，又看看江非，没有立刻表态。

江非大惊失色，没料到竟然遭到了苴侯的弹劾与众人的痛斥，扑通一声便跪在了蜀王面前，顿首道：小臣启奏大王，天下列国，君王都有各自的园林。秦王有上林苑，襟山带河，占地甚宽。蜀国地大物博，富强天下闻名，当然也应该有王室园林。大王建造御苑，本是天经地义的事情，实乃蜀国的千古美谈。小臣奉旨督建御苑，尽心尽力，所作所为，都是遵照大王的旨意，对大王忠心耿耿，剖肝沥胆，日月可鉴。小臣对大王一片赤诚，却没想到得罪了他人，这都是小臣的愚笨。适才听了苴侯大人所言，小臣这才恍然大悟，小臣督建御苑，竟然犯下了这么多过错。小臣对此不想辩解，一切都是小臣的罪过，恳请大王严惩小臣，以平息众怒吧。

大臣们刚才听了苴侯的面奏之辞，都很振奋，终于有人出面为大家说话了。对苴侯的弹劾都深表赞同，纷纷附和，对江非则怒目而视，面露鄙视之色。但江非也决不是一盏省油的灯，对蜀王的一番说辞，以退为进，使得大家反而不好继续斥责他了。这也正是江非的狡猾之处，他是摸透了蜀王脾性的，平时他打着蜀王旨意的旗号，为所欲为而不知收敛，这时他反复强调是秉旨办事，又为他提供了最好的理由，成了他的保护伞。他也知道大臣们的德行，如果这件事就算做错了，而根源在于蜀王啊，大臣们也就不好再说什么了吧。

开明王端坐在王座上，神色有点凝重。他觉得，自己显然将修建御苑之事想得过于简单了，现在才知道，任命江非督办此事，江非大肆圈地，确实做得有点过头了。但江非是为君王奉旨办事，并未借此谋取私利，这也是实情。何况江非还带头捐献了自家的属地呢，其心可鉴，忠诚可嘉。怎么办呢？目前御苑正在建造，已经初现规模，当然不能就此停工，也不能全盘否定。但江非圈地激起了众人怨愤，也不能漠然置之，总得有个妥善应对的做法才好。

开明王略一思索，便有了主意，对苴侯说：贤弟所奏，很是及时啊！我要免去江非之职，以示惩戒，你看如何？

苴侯揖手说：大王英明，从善如流，及时纠正，如此甚好。

开明王扫视了众臣一眼，又说：刚才皋通先生说了应对秦王的三策，其三是遣使回访。我想就派江非为特使吧，陪同秦使，前往秦国，好好打探一下秦朝的情况。也算给江非一个机会，以此来将功抵过吧。诸爱卿以为如何？

苴侯听了，觉得蜀王这个决定颇为巧妙，既贬斥了江非，也保护了江非，同时也借此平息了众人的怨愤之气。蜀王能当众纳谏，迅速做出裁决，来改变事态，不管怎么说，也实属不易。这也是蜀王的明智啊。苴侯这样一想，故而只能点头，对蜀王的决定表示赞同了。

大臣们对此也心知肚明，既然蜀王已经决定了，自然也不好再说什么了。

开明王见众臣没有什么不同之见，便说：那就这样确定了！

开明王又对江非说：等款待秦使之后，你就择日出发吧。这次派遣你为特使，责任重大，出使秦国，依计而行，不得有误！

江非猜到蜀王会袒护他的，却没料到蜀王会派遣他出使秦国，虽然不愿远行，却也不能改变了。江非心里很无奈，只能俯身拜奏道：小臣遵旨，奉命出使秦国，一定不辱使命！

开明王办好了这几件事情，随即便结束了朝会，起身回了后宫。

开明王新作的乐曲已经排练好了，侍从特地安排乐师与女伶们恭候待命，一边禀告了蜀王，请蜀王欣赏。这是蜀王专门为慧妃谱写的新曲，称为《东平之歌》，曲调悠扬，节奏奔放。演奏乐曲时，有歌唱与伴舞，歌舞中洋溢着诗情画意，令人联想到春光明媚、碧波流淌、鸟语花香的景色，婉转地抒发了蜀王的欢欣之情。

开明王自从将小卉接进王宫封为慧妃以来，便宠爱有加，情欲日浓，贪恋欢乐，如胶似漆。这首新曲便表达了开明王与爱妃的两情相悦，也是蜀王浪漫心境的生动写照。蜀王要把这首浪漫欢快的新曲献给小卉，他相信小卉听了一定会开心的，也想借此加快小卉的康复。蜀王随即传旨，让侍从们细心侍候，要和慧妃一起来欣赏这首新曲。

小卉依然虚弱，浑身软绵绵的，一点力气也没有。蜀王特地为小卉安排了舒适的软席和柔软的靠枕，使宫女搀扶小卉从寝宫出来，坐在欣赏歌舞的华丽宫室内，陪同蜀王观看演奏。小卉化了浓妆，穿了艳服，依偎在蜀王身边，看起来比前些日子是好多了，脸色与神态都有了朝气。侍从在旁边的雕花几案上摆好了酒杯，斟上了美酒，以便蜀王和慧妃欣赏歌舞时享用。蜀王与爱妃相拥相依，心中很是高兴，这时潇洒地挥了下手，演奏便开始了。

精心排练好的新曲《东平之歌》，果然音律不凡，优美动人。演奏的乐师和歌舞之女，都超水平发挥，将这首新曲的绝妙魅力表演到了极致。小卉从悠扬的乐曲中感受到了蜀王对她的浓厚之情，内心深为感动，不由自主地便湿润了眼眶。

开明王问道：爱妃喜欢这首《东平之歌》吗？

小卉说：大王的新曲，太好听了，我好喜欢呢。

开明王说：这是我特意为爱妃谱写的，就是希望爱妃喜欢。

小卉柔声问：为何叫作《东平之歌》呢？

开明王说：东平，就是东方升平，欣欣向荣，既是祝福，也是愿望。希望爱妃平安无忧，尽情享受歌舞快乐，故而名为《东平之歌》。

小卉动情地说，多谢大王美意，臣妾万分感激。

开明王面露笑容说，只要爱妃喜欢就好啊。佳曲润心，美意延年。我的本意，就是希望这首《东平之歌》，能给爱妃带来喜悦和快乐啊，能使爱妃尽快康复如初，和爱妃天天共享鱼水之欢，那就好啦。

小卉很是感动，偎依着蜀王，明眸含春，噙着泪光说：大王恩情，臣妾深铭于心，没齿不忘。

开明王伸手将小卉拥抱在怀里，心中充满了爱意，柔情绵绵地说：爱妃聪慧，懂得新曲，由此共鸣，深得我心也。

小卉靠在蜀王怀里，身子软软的，享受着蜀王的爱抚。

开明王很久没有和小卉欢爱了，此时欣赏着美妙的歌舞，饮了醇厚的美酒，怀里抱着柔软香艳的小卉，便有些情不自禁。晚宴之后，蜀王情浓难抑，吩咐宫女将小卉搀扶进了寝宫，当夜就由小卉侍寝。蜀王情欲似火，很是放纵。小卉尚未康复，浑身乏力，虚弱不堪，娇喘吁吁，被动迎合。小卉与蜀王欢爱之后，便如同大病了一场，一下就虚脱了。

小卉疲惫地躺在病榻上，宫女们尽心侍候着，休息了数日，病情没有减轻，反而渐渐加重了。御医细心诊治，开出的药方，也不起作用。小卉身子虚弱，连续吃药，喝多了煎熬的药汁，影响了胃口，吃不下饭菜，再好的美味佳肴也没了食欲。小卉对美妙的歌舞，由于重复演奏次数多了，也因此而心生厌倦，没有了兴趣。只要听到悠扬的歌声，小卉便会烦躁不安，神思恍惚，终日昏昏欲睡。

开明王担心着小卉的病情，想了很多办法，想使小卉康复起来，却没有什么效果。蜀王很无奈，一边吩咐御医抓紧诊治，一边增添了宫女日夜照顾服侍小卉。蜀王自己也常去陪伴小卉，除此之外，一时也不知怎么办才好了。

秦惠王派遣的使者张若，年纪轻轻，却深得秦惠王信任，是秦惠王比较倚重的一位心腹之士。这不仅因为张若办事踏实，忠心可嘉，更由于张若比较机敏，颇有韬略，所以秦惠王特意选派他出使蜀国，让他到蜀都面见蜀王，接触一下开明王朝的文武百官，实地深入了解一下蜀国的真实情形，以便修订和完善谋划，为以后攻取蜀国做好准备。秦惠王密谋取蜀，时日已久，最近紧锣密鼓，正在加快部署。派遣使者前往蜀国，也是其中很关键的一步棋。

张若当然明白秦惠王的意图，对此心领意会，奉命出使，一到蜀国，便开始了频繁的外交行动。他首先拜见了蜀王，然后主动拜访了很多蜀国大臣。他的拜访颇为巧妙，表面上只是一种礼节性的见面寒暄、相互认识一下而已，但实际上却通过这种方式知道了蜀国大臣们的个性特点，对蜀国大臣们的能耐和本事也有了大致的了解。张若还在蜀国都城内游览闲逛，对蜀国的民俗民风有了很多深入的感受，对蜀国的军力部署与防守情形也获得了许多重要情报。

蜀人好客，讲究礼数。开明王采纳了皋通的三条应对之策来接待秦使，却未限制张若的行动，对张若还是掉以轻心，客气有余，警惕不足。出于礼尚往来的考虑，开明王专门设宴款待了秦使张若。接着请张若观看了五丁力士的演习武艺。对于五丁力士的威名，张若早已如雷贯耳，此时目睹，果然好生了得。五丁力士个个力大无穷，抛石拔树，如玩游戏，百步外投掷长矛，百发百中，看得张若目瞪口呆。还有军队操练，蜀兵个个衣甲鲜亮，士气昂扬，也使张若感受很深。

到了礼送秦使返回的时候，也是蜀使出发的日子。江非拜辞了蜀王，然后便陪同张若，一起前往秦国。江非带了随从，还带了几十名士兵，以便保护长途行程中的安全。随行的马匹还驮载了绸缎，作为回赠秦王的礼物。当时秦蜀两国相安无事，沿途乡民各自耕作，隔境相望。他们中间要穿越崇山峻岭，常有野兽出没，带兵而行，有备无患，就可以确保无虞了。

张若与江非一路上骑马而行，每天住下后，便饮酒聊天。两人日渐熟悉，聊的话题多了，不知不觉就成了朋友。张若性格机警，因为江非年长，常以兄长待之，谦恭有礼，使得老于世故的江非对张若很有好感，谈话也就放松了戒备。言者无心，听者有意。张若得知江非是蜀王的亲信近臣，特意与江非结好，通过聊天交谈，了解到蜀王的很多宫廷内幕。张若觉得，这可能是他这次出使的最大收获了，进而想到秦王的谋划，正好利用江非此人来大做文章啊，于是对江非越发客气和恭敬。江非一路上被张若抬举和侍候着，有点得意扬扬，哪里会想到这些呢？

他们晓行夜宿，经过长途跋涉，终于来到了秦国都城。

秦惠王得知张若出使回来了，立即召见了张若。已是傍晚时分，张若来不及休息，迈着快步，匆匆走进王宫大殿，向秦惠王禀报了出使的详细经过。秦惠王听得很仔细，不时插话问一些细节，张若都一一作答。天色已经有些暗了，王宫侍从点亮了灯烛。秦惠王急切想知道开明王朝目前的真实状况，故而不厌其烦，问了又问。张若讲述了目睹的见闻，其中还涉及了蜀王的一些内幕，秦惠王听了很是兴奋。

秦惠王问道：你这次到了蜀都，觉得蜀王如何？

张若说：蜀都繁华，财富丰盈，蜀王是个喜欢享乐的君王。

秦惠王又问：蜀王朝中人才怎么样呢？

张若说：蜀中苴侯等人，颇有识见，不可轻视。更有五丁力士，勇武超群，天下无敌。军士衣甲鲜亮，经常列队操练，也是常备不懈。

秦惠王说：这么说，蜀王目前是无懈可击了？

张若说：据小臣观察，蜀王气数尚盛，未见什么大的破绽。

秦惠王叹息道：寡人欲取蜀，这如何是好？

张若说：启奏大王，但蜀王有好色之心，又喜欢财富，皆可利用。

秦惠王说：好色之心，人皆有之。喜欢财富，也是人之常情。蜀王对此，难道有什么与众不同吗？怎么利用呢？

张若说：蜀王好色，后宫争宠，此乃不祥之兆也。蜀王近来又大兴土木，建造御苑，占用了大片臣民之地，朝野内外都议论纷纷，颇有怨愤之意。

秦惠王说：蜀乃大国，这些都是不足挂齿的小事情啊。

张若说：事情虽小，若能巧妙利用，使其变生内乱，则图之可也。

秦惠王说：之前陈轸曾献妙计，甚合寡人之意，却未遇良机，难以实施。

张若说：此次蜀王遣使来秦，大王正好借机而行也。

秦惠王说：怎么借机？请爱卿详言。

张若说：蜀使江非，乃蜀王亲信近臣。据小臣所知，其人庸常之辈也，却常使蜀王对他偏信不疑。蜀王派他使秦，岂不是天赐良机吗？大王如利用此人，便可实施陈轸的妙计了。

秦惠王略一思索，便明白了张若的话意，不由得哈哈大笑道：好啊，天赐良机，当然是机不可失啊！

张若继续说：小臣觉得，蜀王会戒备秦人，却会相信近臣所言。只要江非中计，蜀王必然上当。而江非此人，特别喜好献媚蜀王。若能赠他厚礼，使他回去向蜀王表功，大王就好借机行事了。

秦惠王哦了一声，说：爱卿想得很周全，是否另有妙策？也说来听听。

张若揖手说：关键是先使鱼儿上钩，大王顺势而为，则大事可成也。

作为秦惠王的心腹之士，张若深知秦惠王图蜀的宏远谋划，若要实现，还有个较长的过程，其间还需要有一些具体的办法才行。张若这次奉命出使蜀国，根据实地观察与了解到的许多情况，一路上便设想了几条计谋与实施步骤。因为事关机密，张若这时请秦惠王屏退了左右侍从，才小声向秦惠王做了密奏。

秦惠王听了，频频颔首，觉得很好，张若的密奏与陈轸的妙计可谓不谋而合，而且更具有可操作性，自然是大为赞同。随即高兴地说：爱卿所言，思虑缜密，深得寡人之心也！那就依计而行，按爱卿说的操办吧！

张若又说：启奏大王，此事关系重大，必须使其深信不疑才好。

秦惠王笑道：那是当然，按部就班，只要逼真，他岂能不信？

张若俯身拜道：大王英明，此计若成，则天佑我大秦也！

秦惠王豪爽地大笑。随即传达旨令，对实施密计进行了周密部署。

第八章

　　江非第一次来到秦国都城，发觉这里也很繁华，却与蜀都不同。这里不仅城墙高大，车马众多，秦人的衣着、饮食、言谈、举止，以及与人交往的态度等等，都独具特色。秦国都城城门口有持戈的士兵，城墙上有巡逻的军士，城外的要道处也有岗哨，充分显示了秦人的常备不懈与尚武之风。都城内大街上的店铺很多，出售的大都是实用之物，而不像蜀都到处酒香飘溢。

　　秦惠王对蜀使江非给予了很好的接待，安排江非住在舒适的馆舍内，提供了好酒好饭，还安排了数名姿色出众的秦女侍候，馆舍里的秦人对江非都毕恭毕敬，有求必应，殷勤照顾，十分周到。江非对秦惠王的好客，觉得很受用，回想起皋通曾向蜀王说秦王是虎狼之辈，显然是夸大其词，有点危言耸听了。一个好客的礼仪之邦，怎么会对蜀国虎视眈眈呢？江非觉得，皋通是故作玄虚，以此想蒙蔽蜀王啊，回去一定要向蜀王好好说说，不能相信皋通的胡言乱语。

　　过了两天，秦惠王在王宫大殿接见了蜀使江非。

　　张若特地到馆舍来迎接江非，然后陪同江非，一起骑马离开馆舍，来到王宫，在丹陛前下了马。江非由秦王的侍从引领着，拾阶而上，走进了气势雄伟的大殿，依照外交礼仪，拜见了秦惠王。

　　秦王的宫殿没有蜀王的奢华，虽然规模宏大，却缺少华丽的装饰。秦惠王的王座没有涂金，毫无耀眼之感。秦惠王的穿着也相对简单，显得比较本色。特意安排的接见场面也并不隆重，只有秦惠王和一些文弱官员陪同，秦朝重要的文武大臣都没有出场，有意回避了这次接见，免得给江非留下人才济济的印象。大殿内外台阶左右也只站列着少许侍卫，特意减弱了往常戒备森严的气氛。但礼节却很周到，秦惠王的态度非常热情，陪同江非的张若也分外谦卑。这些都是秦惠王经过周密筹划，精心安排好的，故意示弱，要给江非造成秦朝不过是个软弱小国的错觉。江非对此，自然是毫不知情。

秦惠王慰劳说：阁下由蜀国远道而来，沿途崎岖，一路上辛苦啦。阁下奉蜀王之命，出使秦国，便是寡人的贵宾。秦都简陋，不如蜀都物产富裕。馆舍饮食，都很一般。唯恐招待不周，尚请阁下见谅。

江非没想到秦惠王竟然如此客气，当即施礼说：在下奉命出使，以结秦蜀之好，大王优礼相待，在下深表感激！

秦惠王说：秦使到了蜀国，承蒙蜀王盛情款待。阁下来此，理应厚待。礼尚往来嘛，这是应该的啊。

江非说：在下奉命带来了一点薄礼，略表蜀国对秦国的友好之意，请大王笑纳。随即向秦惠王献上了从蜀国带来的丝绸等礼品，并展示了一下丝绸的品种花色。

秦人喜欢丝绸，蜀王赠送秦王的都是丝绸中的贡品，质地非常精美。在场的秦朝文臣们见之，都眼睛发亮，赞叹不已。

秦惠王欣赏了展示的丝绸，也是喜不自禁，高兴地说：蜀王太客气了，不远千里，遣使赠送寡人这么贵重的礼物，豪爽之情，实在令人感动啊！寡人也准备了几件重要礼品，要赠给蜀王，以表达寡人对蜀王的谢忱和敬意。请阁下带回蜀国，恳请蜀王笑纳！

江非拜谢说：多谢大王美意！等了一会儿，并未见到秦惠王拿出什么礼物，心里又有点纳闷了，秦惠王要赠送蜀王的究竟是什么重要礼品呢？

张若在旁边小声对江非说：大王回赠蜀王的礼物很大，因为非常贵重，所以放在外面呢，等会儿我带你去看。

江非哦了一声，原来是这样啊。心里不免有点好奇，所谓贵重的大礼物，究竟是什么东西呢？竟然放在外面，而不当面交给蜀国使者？秦惠王和张若都不明说，似乎故意给了他一个悬念。江非琢磨了一会儿，仍然猜测不透。他只有耐着性子，心想等一会儿随着张若去看了，也就知道了。

秦惠王接见已毕，随即设宴款待江非。这是秦王之宴，规格很高。宴会上由张若和一些文臣陪同江非，一起畅饮美酒，席间有年轻美貌的秦女歌舞助兴。张若和文臣们都殷勤敬酒，江非连饮了几杯，不知不觉便有了醉意。

张若说：我们大王自从上次和蜀王见面晤谈，对蜀王很有好感，现在两国互派使者，以后更要经常相互往来才好。阁下这次奉命出使，来到秦国，大王非常高兴，将阁下待若上宾。等阁下返回蜀国时，一定要将我们大王的赤诚之意禀告蜀王。秦蜀和睦，结为友好邻邦，从此共同昌盛，拜托兄长了！

江非说：放心啦，秦王的一片美意，我会面奏蜀王的！

张若说：我受大王委托，再敬兄长一杯！

文臣们也纷纷向江非敬酒，称赞江非这次出使秦国，意义非凡，为秦蜀友好立下了汗马功劳。这些虽然都是应酬话，江非听了，心里却很受用，很是欣喜。

江非又连饮了几杯，已经有点不胜酒力了，揖手说：多谢诸位，在下酒力浅，不能再饮了。改日再聚吧。

张若见状，也不再劝酒了，随即陪同江非去看秦惠王赠送蜀王的重要礼物。

他们离开王宫，骑着马，出了秦国都城，来到了郊外一处草木茂盛风景秀美的地方。这里驻扎着百余名士兵，周围有栅栏，里面有帷棚，四周有岗哨，戒备颇严，闲杂人员不能轻易接近，显得颇为神秘。

张若吩咐士兵打开了帷棚，里面是五头硕大的石牛。这是秦人用五块巨石精心雕造而成的，形体比真牛还大。每一头都雕刻得惟妙惟肖，形神兼备，栩栩如生。张若对江非说：这就是我们大王赠送给蜀王的贵重礼物！

江非自语道：原来是五头石牛啊！心中不免有点纳闷，暗自想，这算什么贵重礼物啊，不过就是石头雕成的五头牛罢了。

张若似乎猜出了江非在想什么，解释说：这是五头神牛，并非凡俗之物。

江非问道：为何称为神牛？有何特别之处吗？

张若说：每天早晨，五牛皆泄金于后，故称为神牛。

江非好奇地问：你是说，这是五头会屙金子的石牛吗？

张若说：对啊，所以才叫神牛嘛。

江非将信将疑地说：五头石牛，怎么会屙金子？太不可思议了吧？

张若说：实不相瞒，确实如此呢。据小弟所知，金子有沙金和矿金，通常以矿金最为珍贵。矿金，就是石头里产出的金子啊。矿金质地精美，可做金冠金带金印，都是王者喜爱之物。这五头石牛，乃是天降神牛，我们大王得之，特意安排了养卒百人，精心侍候五头神牛，每日都有所得，迄今已获金颇多。

张若说罢，吩咐驻守的秦兵端出了几个漆盘，里面放着一些状若牛粪的金子，色泽金黄，灿灿发亮，请江非观看，说这就是五头神牛屙的金子了。江非心想，天下事无奇不有，石牛会屙金子，真的是匪夷所思啊。而张若说石头里产矿金，以及矿金的用途，倒也都是真的。那五头石牛所产，难道就是矿金了？江非见张若说得如此肯定，又亲眼看到了漆盘里的金子实物，想到一路上两人同行，张若始终诚恳待他，因此觉得张若不会诳他，相信张若所言应是实话。但江非琢磨了一下，心中仍有疑惑。

江非说：五牛如此奇妙，乃天下神物，珍贵无比，秦王为何要赠送给蜀王啊？

张若料到会有此问，笑笑说：因为蜀王向大王送了厚礼，大王性情豪爽，为了回赠蜀王，自然是要拿出特别贵重的礼物才行啊。秦国土薄物稀，当下也没有什么特别值钱的东西，大王便决定将此五头神牛慷慨相赠，来报答蜀王，以巩固秦蜀友好之情。这是我们大王的一片真心，满腔赤诚之意啊，务必请兄长告诉蜀王。

江非说：原来如此。心中终于释然了。

张若又说：小弟知道，蜀王正在修建御苑呢。这也实在是机缘凑巧，我们大王以五头神牛相赠，兄长将其运回蜀国，正好放置在蜀王的御苑之中，为蜀王的园林增光添彩，岂不美哉？

江非颔首道：对啊，御苑中添置了五头石牛，这倒是一个好景观呢。

张若恭维说：阁下使秦，将五头神牛带回蜀中，功莫大焉，必获蜀王欢心！

江非面露喜悦之色，揖手说：感激秦王慷慨，也多谢张兄美意！

张若微笑道：此乃秦蜀交往的佳话也，兄长不必客气。

江非心中很是高兴，觉得张若说的话，句句都很中听。如将五头石牛带回蜀国，为御苑增添景观，确实是个好主意啊。而且五头石牛每日早晨会屙金子，蜀王必定欣喜，还有比这更能讨好蜀王的事情吗？江非这么一想，真的是兴奋不已。

江非上前，仔细观看了五头石牛，雕刻得果然非常精美，每头都栩栩如生，心里越发喜欢。但随即又想到了一个问题，这五头石牛体量硕大，都奇重无比，怎么才能运回蜀国呢？从秦国都城到蜀都，中间隔着千山万水，沟壑纵横，山道崎岖，骑马或者徒步跋涉都很艰难，更不要说负重而行了。更何况是如此硕大沉重的五头石牛啊，要不远千里将它们搬运回去，真的有点难以想象，这又如何是好呢？

江非思量至此，不由得皱了皱眉头，摇摇头，对张若说：还是请张兄面奏秦王，这五牛我们不能要啊。

张若不解道：兄长何出此言？大王真心诚意所赠礼物，岂能不要？

江非说：却之不恭，受之有愧，主要是太麻烦了！

张若问道：有什么麻烦呢？

江非说：张兄有所不知，这么重的五头石牛，我如何运回去啊？

张若哈哈一笑说：此乃区区小事，岂能难倒阁下？蜀有五丁力士，都是天生神力，能拔树移山，抛石如丸，天下皆知。若请五丁力士出面，将五头神牛搬运回蜀国，不过是举手之劳也。

江非听了，颔首道：这倒是个好主意，要等我回去面奏蜀王才行。

张若说：蜀王对阁下言听计从，很容易就办好了。

江非说：多谢张兄吉言，但愿如此吧。

张若陪同江非观看了五头石牛，讲述了石牛的神奇，关于如何搬运也商量好了，这才离开帷棚，将江非送回馆舍休息。几名姿色出众的秦女，在馆舍中尽心侍候江非，对江非体贴入微，照顾得非常舒服，使江非充分体会了秦人的温柔与周到。

此后数日，张若又设私宴款待江非，畅饮美酒，相聚欢叙，并以珠宝相赠。两人称兄道弟，关系越发密切。秦人的可爱与友好，进一步加深了江非的好感，给江非留下了深刻印象。蜀王派遣江非使秦的目的，原来是要深入打探秦国真实情形的，却因之而被秦人巧妙地阻挠了。江非每天都沉湎在女色与美酒之中，其他心思也就淡漠了，不知不觉便忘掉了自己的使命，蜀王的叮嘱早已被抛在了脑后。

江非在秦都享受着各种快乐，简直有点乐不思蜀了。但奉旨出使，王命在身，完成了任务，终究还是要回去面见蜀王的。到了江非启程回蜀的日子，张若又设宴饯行，骑马相送十余里，叮嘱江非回到蜀国后，早点让五丁力士来秦都，将五头石牛尽快搬运回去。江非承诺一定会抓紧办好此事，请张若放心。张若颔首而笑，与江非互道珍重，两人这才揖手而别。

开明王并没有停止御苑的修建，在免去了江非之职，派其出使秦国后，继续圈地，进一步扩张了御苑的范围。蜀王要做的事情，谁也阻拦不了。大臣们的很多属地都被圈占了，心有不满，却无法改变，很是无奈。他们向苴侯申诉，希望苴侯为他们说话。苴侯又面见了蜀王，劝谏无用，也有点无可奈何。

御苑已经初具规模了，园林中汇集了各种奇花异草，还有从蜀国各地移栽来的名贵树木。在御苑中的风景秀丽之处，修建了许多楼亭馆舍。御苑里面有湖泊、河流，都加以疏导，有轻舟与画舫可供乘坐游玩。堤岸与道路也整修了，可以骑马而行，也可以漫步观景。御苑中还养了很多珍禽，羽毛斑斓，欢鸣声此起彼伏，在游览与观景时，由此而增添了许多情趣。

开明王的初衷，仍是为了讨慧妃的欢心。他知道小卉喜欢赏花，修建好了御苑，就可以陪伴小卉经常来此游玩了。小卉的病情拖延很久了，始终不见好转。蜀王想了很多办法，都没有什么效果，现在只有抓紧将御苑建好了，陪小卉来此散心修养，对小卉的康复或许会有好处。蜀王是真心宠爱小卉，对于蜀王来说，目前还有什么事情能比这个更重要呢？所以蜀王在建造御苑这件事情上，主意已定，谁也不能阻拦，对于苴侯等人的委婉劝谏，当然也是不会听的。

就在御苑主要景观大体建成的时候，江非从秦国回到了蜀都。

翌日上午，开明王在王宫大殿召见了江非。江非俯身施礼，恭敬地拜见蜀王，禀报了这次出使秦国的亲身经历，以及在秦国的所见所闻，然后便说到了五头石牛的事情。

江非绘声绘色地叙述了当时的情形，兴奋地说：小臣奉命出使秦国，向秦王赠送了丝绸等精美礼品，秦王对大王赠送的厚礼深为感激，亲口对小臣说，因为敬佩大王，所以特地将五头石牛赠送给大王。这五牛乃天降神物，每天早晨都会泄金于后，秦人称为神牛。秦王安排了养卒百人，侍候五牛，迄今已经获金颇多。

开明王将信将疑，问道：秦国怎么会有屙金子的石牛？这也太神奇了吧？难道是真的吗？

江非说：启奏大王，小臣开始也不相信，秦使张若陪同小臣看了石牛屙的金子，状若牛粪，真的是金子呢。小臣眼见为实，这才相信确有其事。张若也说，因为秦王真心敬佩大王，所以才将五头神牛慷慨相赠，以此回报大王，以结秦蜀之好。

开明王笑曰：果真如此吗？天下事真是无奇不有啊。

江非又说：秦王听说大王修建御苑，特地以五牛相赠，若将五牛放置在御苑之中，便成了一道难得的好景观，可供大王游览观赏，也是锦上添花的好事情啊。

开明王颔首说：如此说来，这倒真是秦王的一番美意呢。

江非说：大王说的对啊，秦王赠送五牛，确实是一番美意。

开明王说：好啊，爱卿使秦，功劳甚大。那就将此五牛，置于御苑中吧。

江非说：启奏大王，因为五头石牛硕大沉重，小臣力薄，无法带回。要请大王派遣五丁力士，前往秦都，才能将其运回。

开明王哦了一声，沉吟道：如此则劳师动众，是否太麻烦啦？

江非说：五丁力士，力大无比，威震天下。上次大王率军狩猎，与秦王在山谷中见面晤谈，五丁力士拔树抛石，使得秦人惊叹不已。这次大王如果派遣五丁力士，前往秦国都城，运回五头石牛，也是再次耀武扬威的好机会啊，必定会使秦人大为叹服，越发敬畏大王，从此不敢轻举妄动。

开明王颔首道：爱卿说得对，那就派遣五丁力士，去将五牛运回吧。

江非俯首拜谢道：大王英明，威名远扬。蜀国幸甚，天下幸甚！

开明王哈哈一笑，当即颁旨传令，派遣五丁力士择日出发，率兵前往秦都，要将五头巨大的石牛搬运回来。

过了两日，苴侯和王公大臣们都听说了这件事情，对此颇感惊奇。

这天下午临近傍晚时分，皋通骑马而来，进了苴侯府邸，拜见苴侯。在苴侯的印象中，平常都是苴侯邀请皋通，才来相聚，或是苴侯亲自前去看望皋通的。这次皋通主动而来，便显得有些非同寻常了。苴侯不敢怠慢，当即和皋通施礼相见，一边吩咐仆人拿出府中美酒，马上准备菜肴，好好款待皋通。

皋通略做寒暄，便开门见山道：在下听说大王派遣五丁力士，即将去秦国运回五头石牛，这究竟是真的还是假的？这事千万干不得啊。

苴侯说：大王已传旨了，确有其事。为何干不得呢？

皋通说：此乃秦王的大阴谋啊，欲借五丁之力，开通秦蜀通道。为以后秦人出兵攻蜀，预作谋划。秦王之心，不可测也。大王不能上这个当啊！

苴侯听了，心中不由得一惊，忙曰：先生眼力过人，洞悉一切，说的对啊！这确实是秦王设下的一个圈套，用五头石牛做香饵，诱使大王上钩呢。秦王太阴险了！

皋通继续说：秦蜀两国接壤之处，有峻岭沟壑，实乃蜀国的天然屏障。一旦五丁开通蜀道，则蜀国门户洞开也。秦王意欲攻蜀，谋划深远，此时派遣大军，辎重与后援都可由蜀道运送，便可长驱直入了。此事说透了，就是个大阴谋啊。

苴侯说：情形确实如此，先生分析入微，看得太透彻了！

皋通说：秦人奸诈，不可轻信。关键是要使大王明白才好。

苴侯说：大王应该是明白的，但有时会轻信近臣所言。这次就是听了江非的话，也未和大臣们商量，就草率下达了旨令。

皋通说：此事关系重大，涉及蜀国将来的安危存亡，丝毫大意不得啊。只有敬请苴侯大人，去劝谏大王了。

苴侯说：明日我就面见大王，条陈利害，争取让大王改变旨令。

皋通说：但愿大王醒悟吧。务必揭穿秦王的阴谋与奸诈！

苴侯说：大王乃明智之君，只要说透彻了，就会明白其中的玄机。

皋通揖手说：但愿如此，那就好了。否则的话，后患大矣。

这时美酒已经斟上了，菜肴也弄好了。苴侯请皋通入座，一起饮酒聊天。两人多日未聚，自然有很多话题要说。喝了几杯酒，两人又聊到了秦蜀关系上。苴侯觉得，明日劝谏蜀王，相信蜀王会改变旨令的。皋通却有点担忧，万一蜀王不听劝谏，固执己见，又如何是好呢？皋通因此觉得，还得考虑一个变通之法。对付秦人，不能仅有一招，需要深谋远虑，事事提防。只有小心应对，才能立于不败之地。

苴侯和皋通无话不谈，相聚甚欢。两人饮酒聊天，到了夜阑更深之际，皋通才辞去。

翌日上午，苴侯来到王宫，面见了蜀王。

苴侯委婉地向蜀王提到了五头石牛的事，直言不讳，说这是秦王的阴谋。

开明王问道：贤弟为何这样认为呢？

苴侯说：我听说，秦王赠送的五头石牛，每一头都比真牛还要巨大，重逾千钧，常人难以移动。五丁力士虽然力大无比，若要从秦都将五牛搬运到蜀都，长久负重而行，定会劳累不堪，必然耗尽体力。更何况路途遥远，秦蜀之间有崇山峻岭，沟壑阻隔，需要开山筑路，才能运回。秦王奸诈，图谋攻蜀，已非一日。显而易见，秦王欲用石牛之计，利用五丁的神力，帮其开通蜀道，并欲借此损害五丁力士也。

开明王听了，略做迟疑，笑道：秦王回赠礼物，也是人之常情，贤弟多虑了，不至于如此严重吧？

苴侯说：秦王赠送石牛，用意很深，其心阴险，请王兄明察，对秦王千万不能大意啊。

开明王说：不就是五头石牛吗？若不敢运回，岂不遭秦人嘲笑，说蜀人胆小？何况已经答应了秦王，也不能言而无信吧。

苴侯听出了蜀王的意思，显然不会改变已经下达的旨令了。想到皋通所言，果然被皋通料到了。明知这是秦王的诡计，蜀王却不以为然。苴侯不由暗自叹了口气，心中焦虑，这如何是好呢？

开明王大致猜出了苴侯的心思，笑笑说：贤弟不必担忧。这次江非出使秦国，秦王非常客气，召集了满朝文武接见江非，愿意与蜀长久友好。江非看到秦王朝中不过是些文弱之辈，并无能征善战之将。秦人亦不过如此耳，过分忧虑，实无必要。

苴侯说：秦王秣马厉兵，却故意示弱，其心叵测，不可轻信。

开明王说：这是江非亲眼所见，场面就是如此，秦王为何要假装呢？

苴侯说：这就是秦王的狡猾之处，王兄千万不要被秦王的假象蒙蔽了。

开明王一笑说，我不会被蒙蔽的。对秦人是要多加提防，但也不必过分畏惧。

苴侯无法说服蜀王，又不便争辩，一时无言以对，也不知说什么好了，心中很是无奈。

开明王不想多谈这件事情了，便换了话题，向苴侯提到了和巴国的联姻问题，想征询一下苴侯的意见。开明王说：最近巴国派来了使臣，是特地来提亲的，要把巴国的公主嫁给蜀国的王子，贤弟觉得这事如何应对才好？

苴侯说：巴蜀唇齿相依，两国联姻，有利于共同抗衡秦国，这是好事啊。

开明王说：可是最近巴国的士兵却西渡巴水，在我边界修筑营垒，巩固要隘，好像是在做打仗的准备。一边派使臣说要联姻，一边派兵准备开战，这很令人疑惑，究竟是怎么回事呢？

苴侯说：巴王派兵，巩固边防，应该是防范秦国吧。

开明王说：巴王是在巴蜀边境备战呀，怎么会是防范秦国呢？

苴侯说：巴蜀接壤，连绵南北，地域辽阔。秦兵曾侵犯过巴蜀边境，巴王针对秦国，在北面加强防范，这是很正常的事情啊。

开明王说：想到过去的时候，巴蜀之间，也曾有过纷争的。

苴侯说：好像在先祖开国之初，是有过一些纠葛的，后来就相安无事了。总的来说，巴蜀一直友好，很少有兵戎相争。这次，巴王派遣使臣，主动前来联姻，就表明了巴王的善意。

开明王说：但我觉得，巴蜀平常疏于往来，巴王怎么突然来提亲了呢？同时又在增兵设防，用意很深沉啊。总之，使人有点疑惑，对巴王不可深信。

苴侯说：秦王对巴蜀虎视眈眈，巴王来联姻，就是为了防御秦人，应该不会有其他什么目的吧。

开明王想了想，颔首道：嗯，理由倒是说得过去，但愿如此吧。

苴侯见蜀王这样表态，也随之点头，嗯了一声。苴侯和开明王既是亲兄弟，又是君臣关系，在王公大臣中，苴侯一直深得开明王的信任与倚重。两人虽然比较亲近，但有些话儿却也只能适可而止。苴侯觉得，自己这次关于搬运五头石牛的劝谏，便没有奏效；关于巴蜀关系的分析，似乎也没有得到蜀王的完全认可。苴侯知道自己的意见是对的，但蜀王不听，他也没有办法。看到蜀王一副不以为然的神态，苴侯颇为无奈，只有暗自叹息。这时面见已毕，苴侯便告辞了。

开明王虽然不听苴侯的劝谏，却也对搬运五头石牛之事产生了疑惑。

五丁力士已经遵旨做好了准备，就要择日出发了。开明王传令，又召见了江非。

开明王坐在大殿王座上，神态威严地问道：秦王以五头石牛相赠，有人说，这是一个阴谋。仔细想想，确实有很多疑问。你对此怎么看？

面对恩威莫测的蜀王，江非没想到会被如此责问，不由得有点慌乱。江非一边揣摩蜀王的话意，一边思量着对策，略一转念，心中便有了主意。他俯身拜奏道：大王英明，睿智过人。秦王此举，确实令人怀疑。小臣也曾当面责问过秦使张若，秦王为何要将五头神奇的石牛赠送给大王呢？五牛会屙金子，秦王应该自己留着，怎么舍得送人呢？张若说，因为大王向秦王赠送了厚礼，秦王认为只有以此相赠，才能回报大王，否则就会显得秦人太小气了。秦国物产少，除此之外也确实没有什么拿得出手的珍贵礼物了。小臣这次奉命使秦，和张若一路同行，据小臣对张若的了解，此人简朴，为人坦诚，喜欢实话实说，不会撒谎。推测张若说的应是真话，秦王即使狡诈，也不至于使用五头石牛搞什么阴谋啊。

开明王听了，不置可否，一副若有所思的神态。

江非继续琢磨着蜀王的心思，又说：虽然秦王是真心相赠，秦使张若说的也是实话，但此事令人心生疑窦，也是难免的。因为众人都说要提防秦人嘛，若有哪位大臣劝谏大王，肯定也是出于忠君爱国之心。不过，小臣觉得，大王再英明的决定，有时也会被人劝谏的，因为见仁见智，看法不同啊。更何况是秦蜀两国之间的交往呢。其实秦人也是平常人，向大王回赠礼品，也不过是常人之举啊，哪里会有那么深的阴谋呢？

开明王说：是有人劝谏了，诚如爱卿所言，在所难免啊。

江非说：大王从善如流，所以众臣言无所忌，动辄劝谏。但凡事大王做主啊，当机立断，岂能为浅陋之见干扰呢？

开明王说：有人劝谏，还是要听一听的。

江非是了解蜀王性情的，但此事却又摸不透蜀王的真实想法，心想只能换个说法来试试了，便用激将的语气说：启奏大王，两国交往，礼尚往来，如果不要这五头石牛，小臣担心秦王会因此而嘲笑我们蜀国，说我们言而无信，甚或会认为我们蔑视秦人，瞧不起他们回赠的礼物，势必影响秦蜀友好。小臣还担心，这个消息一旦传播出去，其他列国也会说我们蜀国胆小慎为，也许会影响大王的威望呢。

开明王哈哈一笑说，爱卿言之有理，形势微妙，确实要从大处着眼。

江非问道：大王的意思，是要派遣五丁力士，还是改变计划呢？

开明王慨然说：王者之言，岂能儿戏？我已下令，令出必行，怎会轻易改变？

江非终于松了口气，俯身而拜，称颂道：大王英明，派遣五丁力士，不仅运回石牛，更向秦人展现神力，必然威震海内，传为佳话，天下都会敬仰大王啊！

开明王很喜欢听江非说的这些奉承话，心中的一点犹豫，顿时都消失了，点头说：好啊！此事已定，传令五丁，大张旗鼓，扬我声威，择日出发！

江非见蜀王采纳了他的主张，可见蜀王对他还是非常信任的，心中既高兴，又得意。江非力主运回五头石牛，其目的主要是为了向蜀王邀功。而蜀王想的是搬运石牛，可以趁机向秦人炫耀五丁的神力，张扬蜀国的威风，赢得天下人的敬仰。江非懂得蜀王的性情与喜好，每句话都投其所好，所以深得蜀王欢心。蜀王觉得苴侯的劝谏，只不过是怀疑秦王在搞阴谋，江非所言则认为这事能扩大蜀王的威望，两者观点不同，各有侧重，权衡利弊，自然是江非占了上风。在派遣五丁力士去秦国搬运五头石牛这件大事上，蜀王最终还是听取了江非所言，而将苴侯的苦心劝谏抛掷到了一边。

蜀王令出必行，不久，五丁力士便奉命出发了。

苴侯和皋通等明智之士，深知此举的危害，却也只能扼腕叹息。

第九章

　　巴王想和蜀王联姻，派遣使者，专程来到蜀都谈论此事。

　　巴国创建之初，廪君曾和鱼凫王朝发生过征战，双方互有胜负，难分高下。后来巴蜀联姻，两国和睦相处，成了友好邻邦。时光易逝，朝代变迁，在杜宇王朝统治蜀国的时候，垦田灌溉，改良农具，扩大种植五谷，农业和牧业都很昌盛，巴国也仿而效之，大为受益。到了鳖灵建立开明王朝的时候，治理好了水灾，赢得了民众的拥戴，物产富庶，人丁兴旺，国力强盛，于是大力拓展疆域，曾东渡巴水，雄张僰僚。鳖灵的强势，使得巴蜀由此而发生摩擦，在边境归属方面发生争执，两国关系一度比较紧张。之后又经历了几个朝代，巴蜀才又恢复了和睦，依然是友好邻邦。现在的巴王，乃廪君的后裔子孙，统辖的区域未变，但国力却发展缓慢，颇为贫弱。巴王面临着北方的秦国和东方的楚国，这些年秦楚两国都不断扩张各自的势力，经常显示出咄咄逼人之势，有时还出兵侵扰巴国的边境，使得巴王很烦恼，心中颇有忧患之感。当今天下，弱肉强食，强者日趋嚣张，弱者随时都有被吞并的危险，巴王正是有感于此，所以采取了和蜀国联姻的方式，希望以此缔结巴蜀联盟，增强势力，来抗衡秦楚的侵扰。

　　开明王接待了巴王的使者，并设宴款待，显得很客气。但在是否联姻这件事情上，蜀王的态度却有点微妙，并没有立即给予明确答复，而是说要和王后、王子商量一下，然后再派使臣去面见巴王。两国的联姻，是一件非常重大的事情，当然不能草率而定，是要好好斟酌一番，蜀王说的也是实情。巴王的使者在蜀国都城待了几天，又拜望了苴侯和一些王公大臣，表达了巴王希望巴蜀联姻的诚恳之意，然后便辞行返回了巴国。

巴王听了使者的禀报，弄不清蜀王的真实意图。当即召见了大臣冉达、罗强，大将巴蔓子等人，来商议此事。冉达是巴王的智谋之士，罗强是板楯蛮首领罗蛮子之后，巴蔓子是负责巴国城防的统兵将领，都是深得巴王信任的心腹忠臣。在派遣使者之前，巴王就和他们商量过巴蜀联姻之事。

巴王说：蜀王模棱两可，尔等觉得其中是否有什么名堂？

冉达掐指分析说：联姻之事，蜀王犹豫未决，可能有几个原因。一是听说蜀王妃子颇多，后宫争宠，常有矛盾，挑选哪位王子迎娶我们巴国的公主，需要斟酌。二是获悉蜀王招兵买将，有五丁力士出山相助，个个都是天生异才，神勇无敌，使得秦王都为之忌惮，蜀王因此而趾高气扬，也是难免的。

巴王说：蜀王自从有了五丁力士，是不是有点瞧不起我们巴国了？

冉达说：还不至于瞧不起吧。但蜀王眼界高了，有点恃才傲物，喜欢摆个架子，那倒也是真的。

巴王说：蜀王如果不屑于和我们联姻，那我们也就不必强求了。

巴蔓子说：蜀王自大，傲视群雄，这可不是什么好兆头。

罗强有点激愤地说：蜀王有什么了不起啊？竟然目中无人！

冉达继续分析说：小臣认为，巴蜀自古邻邦，和则两利，战则两败。当前秦王觊觎巴蜀，虎视眈眈，野心难测，实乃我们的心腹大患。秦王若倾力来攻取巴国，以我们一己之力，势单力薄，恐怕很难抵挡。秦兵勇猛善战，军纪严明，如狼似虎，假如我们不幸战败，则巴国亡矣。巴国亡，则蜀国也危矣。反之也一样，蜀国亡也同样会危及巴国。由此可见，巴蜀携手抗秦，是大势所趋，乃当务之急，是不可忽视的大事情。如果联姻，则巴蜀结为亲家，互为声援，秦王就不敢贸然出兵了。所以此事，不能心急，还要继续进行，争取办成功了才好。

巴王点头说：爱卿言之有理，是要继续办理才好。

罗强说：办成了当然好啊，如果联姻不成，那又如何呢？

巴蔓子说：鄙意以为，既要争取联姻，也要设防，不能掉以轻心。

冉达不慌不忙地说：巴蜀两国，联姻成功了，关系更为密切，是为上策。假如不行，仍然友好，结为同盟，是为中策。如果互相冷漠，心怀敌意，那就是下策了。

巴王沉吟道：还是求其上策，避免下策吧。

冉达说：事在人为啊，小臣觉得，目前情形微妙，我们可以继续向蜀王表达诚意，以求加深友好。此外，听说蜀国的苴侯等人，都是明白局势和道理的贤达之臣，也可以同他们多交往，以促成巴蜀结盟。或者先等等，然后看形势而定。必要时，大王不妨再次派遣使臣，前往蜀国，面晤苴侯，游说蜀王。如此，则大事可成也。

巴王赞同说：好，爱卿的谋划甚合我意。我想届时就派爱卿前往蜀国吧，爱卿洞悉其中的关键诀窍，全权办理此事，必有可成。

冉达揖手施礼说：小臣遵旨，若出使蜀国，一定尽力而为。

巴王和几位大臣商议之后，主意已定，便着手准备，伺机而行。

苴侯这天邀请了王子安阳和皋通，在府邸饮酒小聚，一起商量关于五丁力士搬运石牛之事。五丁力士已经奉蜀王旨令，率领了一千士兵，从蜀都出发，前往秦国了。苴侯未能劝阻蜀王，心中对此深为不安，现在只能商量一下其他补救措施了。

苴侯说：五丁此行，要运回石牛，必然开通蜀道。此乃秦王梦寐以求，大王不察，轻率下令，不听劝谏，现在如何是好呢？

王子安阳说：这件事情，父王如此大意，实在不妥啊。

皋通感叹说：所谓谋事在人，成事在天。不该做的，却偏要发生，确实有点出乎意料。

苴侯说：先生智谋过人，曾言应做几手准备，现在事已如此，如何补救呢？

皋通沉吟道：也没有什么好的办法，只能让五丁力士运回石牛途中，又毁掉蜀道。但修蜀道很难，毁掉也不容易。何况五丁力士听命于大王，没有大王命令，也很不好办啊。

苴侯思量了片刻，说：先生所言，也可能是唯一的补救办法了。

王子安阳说：没有父王旨意，五丁力士怎么会毁掉蜀道呢？

苴侯说：此事关系到蜀国安危，不能束手无策，或许会有办法。

皋通说：办法倒是有一个，不知王子是否愿意一试？

王子安阳说：是什么办法，请先生告知。

皋通说：如果王子出面，去见五丁力士，吩咐他们返回时毁掉蜀道，并叮嘱此事务必保密，不准透露丝毫风声。相信五丁力士会听，此事或许会成。

苴侯点头说：是个办法！可以一试。

王子安阳说：如果五丁力士不听，怎么办呢？

皋通说：王子出面，身份特殊，五丁力士会以为你是奉大王之命而来，所以会听。

王子安阳说：如果父王得知我假传旨意，必然震怒，那就不好了。

皋通说：所以你对五丁力士要强调保密，不得泄露，可保无虞。

苴侯对王子安阳说：为了蜀国的安危，你可以按照先生所言，不妨一试。

王子安阳想了想说：好吧，事关大局，就是赴汤蹈火，在下也努力为之。

皋通说：五丁力士才出发不久，王子可借用出游射猎之名，骑快马迂回而行，赶上五丁力士。晤面时，请屏退左右，注意保密。

王子安阳说：好，我这就出发。

因为这次行动关系到蜀国将来的安危，事不宜迟，王子安阳当即便带着几名随从，携带了弓箭与腰刀，出了都城西门，然后绕道北行，追赶已经出发的五丁力士和随行队伍。

王子安阳一行快马加鞭，兼程而行。五丁力士率领着士兵，离开蜀都后，一路向北，前往秦国，行军速度也是比较快的。第二天下午，王子安阳终于追上了五丁力士。

王子安阳扬鞭催骑道：五丁力士，且请留步！

五丁力士闻声回首，看见王子安阳带着几名随从，纵骑而来，随即停了下来，列队休息，等候王子安阳。

王子安阳疾驰而至，勒住坐骑，与五丁力士施礼相见，说：你们走得好快！好不容易才追上你们！

大牛揖手说：我们兄弟五人，奉大王之命前往秦国，总得抓紧办好了此事，才不负大王重托。所以启程之后，便不敢耽搁。

王子安阳说：你们忠勇可嘉，勤于王事，令人赞叹！

大牛笑道：王子过奖了！为大王效力，是我们应该做的。

其他四位兄弟听了王子安阳的夸奖，也都面露笑容，分外高兴。

大牛问道：王子骑马赶来，是不是有什么吩咐啊？

王子安阳说：是啊，是有很重要的事情要和你们说。此事机密，请跟我来！

王子安阳下了马，与五丁力士走到路边的树林中，屏退左右，这才吩咐说：你们这次去秦国搬运石牛，可能要修筑蜀道才能将其运回。返回之时，务必将蜀道毁之，不能留给秦人使用。王子安阳又强调说：大王旨意，此事绝密，关系重大，你们务必做好，决不能掉以轻心，更不能告诉任何人。明白了吗？千万不可大意！

五丁力士凝神瞩目，仔细听了，都认为这是王子安阳特意赶来传达蜀王旨意，自然是深信不疑。又看到王子安阳神态严肃，反复叮嘱，更觉得此事确实关系重大，不能疏忽。于是都点头表态，记住了王子安阳的嘱托。

大牛揖手说：王子放心，我们一定遵照大王的旨意，做好此事！

其他四位兄弟也齐声答应说：谨遵王命！请王子放心！

王子安阳见五丁力士都听从了他的吩咐，并做了庄重承诺，终于松了口气。

王子安阳又嘱咐说：此去秦都，路途遥远，你们要多加小心。秦人狡猾，诡计甚多，你们也要提高警惕。到了秦都，不宜久待，速去速回吧。

五丁力士又齐声答应了，揖手施礼说：我们都记住了，请王子放心！

王子安阳此行的意图已经达到，随即与五丁力士告辞。五丁力士带着队伍，继续北行，往秦都而去。王子安阳骑了马，带着随从，由原路返回了蜀都。

过了两天，王子安阳去苴侯府邸，将详情告诉了苴侯。

苴侯正牵挂着此事，对此颇感欣慰，在对蜀王劝谏无效的情形下，终于采取了补救措施，这也实在是没有办法的办法了。当苴侯独自一人，重新掂量此事时，心中却仍感到不安，因为蜀道一旦修通，即使将某几处毁坏了，秦人也可以将其修复啊。另外换个角度思考，筑路不易，五丁力士纵使天生神力，也要耗神费力才能开通蜀道，而毁坏关键路段也是要耗费力气的啊，这对五丁力士的损害岂不是更大了吗？秦王以石牛相赠的企图，不就是想借用五丁之力开通蜀道，同时也借此消耗五丁的神力吗？这是秦王的一石两鸟之计，无论怎么补救，也是上当中计了啊。苴侯思虑于此，忧患意识便油然而生。秦王可谓阴谋深沉，蜀王对此却掉以轻心了。谁知道以后又会发生什么变故呢？唉！苴侯为之扼腕感慨，却深感无奈。即使是智谋之士，预感到了隐藏的不测，也只能顺势而为，有很多事情都是无法逆转和预料的啊。

这时，巴王派遣冉达为特使，再次出使蜀国。冉达到了蜀都，在客舍住下之后，便前来拜访苴侯。按照巴王和冉达的谋划，为了加强和蜀国的友好关系，以求实现巴蜀联姻，这次除了正式朝见蜀王，还要私下里多联系一下蜀国的王公大臣。而苴侯便是蜀国王公大臣中最为关键的人物了，这不仅因为苴侯是蜀王的亲兄弟，更重要的是苴侯对巴国一直比较友好，懂得巴蜀联手抗秦的重要意义。所以冉达要先拜见苴侯，谋求苴侯对巴蜀联姻的支持，这也是冉达使蜀的重要事务之一。

苴侯听说巴国使臣来访，当即开门迎客，热情地接待了冉达。

冉达施礼说：苴侯大人，久仰大名！在下巴人冉达，奉命出使，特来拜望！

苴侯知道冉达是巴王的重要谋臣，也揖手施礼说：久仰阁下英名，这次相见，可谓幸会。

冉达说：大人豁达谦和，使人如沐春风，与大人相晤，实乃在下的荣幸也。

苴侯面露微笑，寒暄已毕，随即问道：阁下这次由巴来蜀，还是为联姻而来吗？

冉达惊叹道：大人说得对呀，在下奉命出使，确实为了此事。

苴侯说：巴蜀联姻，堪称佳话。巴王美意，这是好事啊。

冉达说：大人高瞻远瞩，令人敬佩！巴蜀结为亲家，还望大人玉成呢！

苴侯说：上次贵国使者来蜀，就表达了巴王的联姻之意，大王对此是欢迎的。巴王这次又派阁下专程而来，拳拳之心，不厌其烦，令人感动啊。

冉达见苴侯坦诚相待，也就实话实说道：上次我们君王遣使来蜀，受到殷勤款待，深表感谢。但蜀王尚未明确答复，也使我们君王有点放心不下。请恕在下冒昧，大人觉得，巴蜀联姻之事，是否能成呢？

且侯略做迟疑，微笑道：俗话说好事不在忙上，大王尚在斟酌，考虑由哪位王子迎娶公主。巴蜀本是友好邻邦，联姻对两国都有利嘛。反正事在人为，相信应该能成吧。

冉达施礼说：有了大人这句话，在下就心定了。感激大人，玉成此事！

且侯问道：阁下这次出使来蜀，除了联姻，是否还有其他事情呢？

冉达说：巴蜀联姻是大事，在下奉命出使，主要是为此事而来。此外还想多结识一下蜀中的英雄豪杰，听听关于联盟抗秦的真知灼见。

且侯见冉达毫不隐晦，坦言相告，顿时多了几分好感。且侯笑笑说：这些年秦国对巴蜀虎视眈眈，所以抗秦也是巴蜀共同的一件大事情啊。我倒很想了解一下，你们对秦国如何防御？有什么好的主意？不妨说来听听。

冉达说：秦王觊觎巴蜀，派兵侵扰边境已经不止一次。据悉，秦王大肆扩充兵力，近来更是紧锣密鼓，暗中加紧备战，随时都会发起攻击。这些都是实情，并非无稽之谈。秦王野心勃勃，阴谋吞并巴蜀，蓄意已久，其企图已昭然若揭了。巴蜀唇齿相依，若联手抗秦，互为犄角，则声势强盛，秦王将不敢轻举妄动。若巴蜀各自为政，不相联合，秦王就有机可乘了。无论巴国的兵力，或是蜀国的兵力，如果单独相比，都势弱而不如秦国。秦人好战，兵革强悍，气焰嚣张，渴望扩张，与巴蜀迟早会有一战，已不可避免。如果秦王先攻巴，蜀漠然置之、坐视不救，秦王一旦得手，就会转身攻蜀，蜀亦危矣。反之也一样，秦王如果先攻蜀，得手就会攻巴，巴也难逃厄运。故而联手抗秦，对巴蜀都是生死攸关的大事情。从当下情形看，面对秦王威胁，巴蜀联手，已经刻不容缓了。

且侯点头说：阁下所言，见识超群，我对此也是深有同感！

冉达说：当下形势所迫，巴蜀联手抗秦，乃为上策。此事得到大人赞同，真的是太好了！

苴侯说：所谓天下英雄，所见略同吧。我们对此看法大体一致，目前形势确实如此，巴蜀联手抗秦，当然是最明智的做法了。但这件事情说起来简单，关键是具体怎么做，方能落到实处。

冉达揖手说：在下见识浅陋，愿听大人指教。

苴侯说：我也没有什么好的方略，先有了共识，然后从长计议吧。

冉达说：好的，愿与大人携手，从长谋划，以保巴蜀平安。

两人晤谈，从议论的话题到各自的见解，都深感投缘。苴侯性情豁达，喜欢结识贤者，广交天下英雄，与冉达虽然是初次见面，却颇有好感。而冉达觉得，苴侯在蜀国的王公大臣中卓有见识，待人诚恳，果然是一位值得信任者，在巴蜀联姻与联合抗秦等大事上都有共识，所以结识苴侯确实令人欣慰。冉达对苴侯滋生了敬佩感，言谈表情都十分恭敬。这次见面，两人推诚相待，相互欣赏，无话不谈，由此而结下了友谊。

苴侯设家宴款待了冉达，叙谈颇久。到了晚上，冉达才告辞，回客舍休息。

开明王得知巴王又派了使臣来蜀，按照惯例，先召集了王公大臣们来商议此事，然后决定如何接待巴国使者。苴侯和安阳王子，以及朝中的大臣们，都应召来到大殿，听候蜀王的吩咐，为蜀王献计献策。

开明王说：巴王频繁遣使，意欲何为？尔等有什么看法，都说来听听。

大臣彭玉说：巴王遣使，殷勤通好，有联姻结盟之意。小臣以为，这是一件好事。大王正好顺势而为，借此加强巴蜀友好，协同抗秦，利国利民。

江非说：启禀大王，小臣认为，大王雄才大略，威震天下，巴王想利用大王，通过联姻，获得好处，故而多次遣使来朝。这也是因为巴国势弱，蜀国强盛的缘故，所以巴王才会一而再，再而三地主动讨好大王。大王正好借此扩大威望和影响，可以友好对待巴王，但也不一定按巴王的意图办，应该让巴王凡事都听从大王才好。

开明王哦了一声，不置可否，用眼光扫视着其他大臣，吩咐道：你们有何高见，都说说吧。有不同议论也无妨，知无不言吧。

苴侯听了一些大臣的议论，觉得有必要说一下自己的看法，朗声道：巴蜀相邻，世代和睦。巴蜀若结为亲家，则关系更加密切，有利于联合抗秦，也有利于长治久安。巴王遣使，主动联姻，其心可嘉，善意感人，这是好事情啊。

彭玉和几位大臣都纷纷点头，对苴侯的见识表示赞同。

开明王说：看来诸位爱卿都无异议，好啊。

苴侯和大臣们看到蜀王面露笑意，对诸位的议论表达了赞许，都颇为高兴。

开明王听了诸位所言，心中却有自己的考虑。虽然大臣们都赞同巴蜀联姻，但对待巴国的态度还是略有区别的。蜀王觉得，江非讲的，似乎更接近他的想法，也更符合他的心意。对待巴王，当然应该友好，但巴王有所企图，也是不言而喻的。所以，不宜急着答复巴王，有意识地拖延一下，让巴王心里稍微有点着急，看看巴王会有什么表现，然后再答应巴王，也不算迟也。这样可以考验一下巴王的诚意，对增强蜀王的威望，当然也是有好处的。

开明王主意已定，有意拖延了两天，这才接见了巴国使臣冉达。

冉达拜见了蜀王，述说了巴王的问候与诚意，并特别表达了巴王对蜀王的敬重之心，希望巴蜀联姻，结为亲家，世代友好，巩固联盟，携手抗秦。冉达口才甚佳，举止洒脱，善于辩论，将联姻之事娓娓道来，说得绘声绘色，令人动容。

开明王听了，点头微笑，颇为赞许。连说了几声：好啊，好啊。

接见之后，蜀王设宴，如同上次招待巴国使者一样，热情款待了冉达。

冉达这次奉命出使的目的，一方面想促成巴蜀联姻，另一方面则想多接触一些蜀国的王公大臣。蜀王的礼节是周到的，却仍没有给予明确答复。这使得智谋过人的冉达也有点摸不清蜀王的真实底细了，不知道蜀王究竟是什么心思，玩的什么谋略？在接触蜀国王公大臣的过程中，冉达感觉着蜀国的大臣们对待巴国还是比较友好的，特别是苴侯态度明朗，使冉达深感欣慰。

冉达在蜀都又待了几天，拜访了蜀国的其他王公大臣，然后返回了巴国，向巴王做了禀报。巴王对巴蜀联姻之举，本想能够早点确定下来。接连两次遣使都无法落实，觉得很无奈。既然蜀王不着急，巴王也只有耐着性子，慢慢等候回音了。

世界上的事情，常常会阴差阳错，发生意想不到的变化。巴蜀联姻也正是这样，本来是一件顺理成章的好事，却因为拖延，在有意无意之间出现了新的插曲。巴蜀君王之间，也因之而导致了矛盾，引发了一系列变故。后来发生的许多故事，都是当初始料未及的，那是后话了。

开明王犹豫未决，也并非不愿和巴国联姻，关键是选择哪位王子迎娶巴国公主，有点拿不定主意。蜀王后宫嫔妃较多，所生王子也有好几位。太子春阳，是蜀王和王后所生，已娶有太子妃。王子安阳也是王后所生，也有了婚配。此外就是和淑妃生的王子夏阳了，已临近成婚年龄。还有几位小王子，是其他嫔妃所生，年龄尚幼，婚配尚早。按理说，如果重视巴蜀联姻，由太子春阳娶巴国公主，当然是最好的了。太子春阳作为王储，也是应该有正妃与嫔妃的，所以多娶也无妨。但还有其他尚未婚配的王子呢，不能只考虑太子，也应该考虑其他王子啊。蜀王迟疑了几天，心中斟酌，觉得只有王子夏阳迎娶巴国公主比较合适，便把想法和淑妃说了。

淑妃听了，心里当然很高兴。淑妃知道巴国是邻邦大国，虽然不懂得巴蜀联姻的深奥意义，但自己生的王子夏阳能娶巴国公主，那确实是非常荣耀的事情。有巴王做岳父，王子夏阳的地位在蜀王诸多王子中也就会名列前茅了。淑妃思量至此，便满口答应了，称赞蜀王想得周全，并催促蜀王尽快定下来，以后就选择吉日，为王子夏阳迎娶巴国公主，隆重地把婚礼给办了。

开明王见淑妃赞同此事，便不再犹豫了，准备派遣使者，去回复巴王。

自从梅妃暗中使用巫术扰乱后宫，暴露之后被蜀王关进牢房，不久悬梁自尽，嫔妃们都心怀忐忑，后宫的气氛也因之而比以往沉闷了许多。蜀王最宠爱的慧妃依然虚弱不堪，病情始终不见好转。这使得淑妃又有了侍寝的机会，可以经常陪伴蜀王了。淑妃对此感到很快乐，觉得这是老天对她的眷顾，真是人算不如天算啊。梅妃是机关算尽，结果却害了自家性命。慧妃是红颜薄命，虽然深得蜀王宠爱，却时间不长就疾病缠身。淑妃重获蜀王眷顾，心怀喜悦，却也不敢得意忘形。她深知蜀王的脾气和德行，君王的喜好历来都是多变的，说不清什么时候蜀王又突然不喜欢她了呢？所以她只能更加小心翼翼地侍候蜀王，表现得更加温顺，打扮得更为艳丽，凡事都用心讨好蜀王，不敢耍心眼，也不敢使性子。

开明王有淑妃陪伴，心里最喜欢的仍是慧妃。小卉病得很久了，蜀王想了很多办法，为小卉治疗，却见效甚微。如何才能使小卉康复呢？蜀王时常为之焦虑，却又深感无奈。小卉的病情，主要是虚弱，浑身软绵无力，容颜依然俏丽如仙。蜀王看到小卉的模样，心中便充满爱怜。在小卉刚入宫的时候，蜀王和她尽情欢爱，真的享尽了人间快乐。现在小卉却因病而不能侍寝了，上次病中欢爱，便差点要了小卉的性命。自从那夜小卉强作欢颜，在病中和蜀王欢享鱼水之乐，当天夜里病情便急剧加重，使得蜀王忧心如焚，从此和小卉在一起时便只有克制欲望。蜀王虽然不能和小卉有床第之乐，每天仍旧要去看望小卉，和小卉相拥而坐。小卉也特别喜欢和蜀王陪伴依偎，每逢此时，小卉清澈的眼眸中便会闪动着感激和欣喜。

开明王知道，自己是真心喜欢小卉，才会如此一往情深。自从继承王位以来，纳妃无数，后宫佳丽甚多，但像对小卉这样，先是满心喜欢，继而深情爱护，还是第一次。君王虽然可以随心所欲地拥有很多女人，但若真心爱上了一个女子，情形就不同了。蜀王对小卉的情感便正是如此，小卉确实是蜀王名副其实的爱妃。

开明王由于小卉病情难愈，又联想到了关押中的女巫，怀疑其中是否有着某种关联？起初小卉患病，是因为梅妃暗中使用巫术所致，现梅妃已除，但巫术的影响似乎并未破解。而巫术的根源则在女巫那里，解铃还须系铃人，若要彻底解除巫术，女巫似乎也有不可推卸的责任。蜀王于是派了一名亲信侍从，前去审问女巫。

女巫与两名弟子被关押在牢房里，已经好多天了。虽然身陷囹圄，失去了行动自由，女巫却很超然，终日打坐，沉默无语，如同闭关修炼一样。但女巫毕竟老了，透过牢房昏暗的亮光，可以看出女巫布满皱纹的面容已不再那么红润，神态落寞，脸色倦怠，比起先前明显憔悴了许多。蜀王的亲信侍从率领两名带刀侍卫，快步而至，吩咐狱卒打开沉重的牢门，开始提审女巫。听到沉寂中突兀而至的脚步声，女巫在昏昏欲睡中被惊醒，看到面前站立着威风凛凛的蜀王侍从，还有两名握刀而立的彪悍侍卫，不由得哆嗦了一下。

侍从用凌厉的目光注视着女巫，冷声问道：上次大王问你会几种法术，你尚未回答。这次大王派我再来问你，请你不要回避，如实答复吧。

女巫抬头望了一眼，又微闭了眼，小声说：吾已老朽矣，哪里懂什么法术？

侍从呵斥说：你是神巫之后，常年蛊惑信众，岂能不会法术？

女巫神色有点复杂，耷拉着眼皮，喃喃地说：实不相瞒，实话实说吧。先师神巫，确实是懂法术的，功夫深奥莫测，当初也曾想将法术传授于我，可惜在下天性愚钝，又浮躁浅陋，连皮毛都没学会，故而难以继承神巫的真传，说起来实在惭愧啊。岁月如流，神巫仙隐已久，如今在下也老朽了，这法术恐怕从此真的是要失传了。唉！女巫说罢，深深叹了口气。

侍从听了，似信非信，又喝问道：你曾教人巫术，妄行妖法，又做何解释？

女巫摇头说：在下与人为善，时常帮人驱祟避灾，常年淡泊隐居，不敢有丝毫邪念妄想，大人言重了！

侍从说：由于你传授巫术，招致邪祟，使人患病，难以痊愈，这又怎么说呢？

女巫叹息说：天有阴晴，月有圆缺，人吃五谷，岂能不患病？

侍从说：这病是因巫术所致，寻根溯源，罪责在汝，难辞其咎！

女巫知道辩解无用，便垂了头，心想自己犹如笼中之鸟，只有听凭处置了。

侍从目光凌厉、脸色威严，又冷冷地注视了女巫一会儿，这才说：汝之罪责，本该严惩。大王仁慈，想再给你个机会。若你能解除巫术之影响，使人痊愈，康复如初，大王便宽宥你的过错，对你既往不咎，放你回归山林。若你执迷不悟，不愿为大王效力，那就休怪大王对你不客气了。

女巫听了，心有所动，当即欠身说：在下甘愿为大王效力，听从大王吩咐。

侍从点头说：你能为大王效力，替大王解忧，那就好啊！大王也不会亏待你。

女巫问道：请问大人，刚才说的患病者是谁？情况如何？

侍从说：那是大王爱妃，因巫术而不适，患病颇久，虚弱未愈。

女巫心中暗自惊讶，想不到当初的一点疏忽，竟然卷入了宫廷争斗，导致了许多意外之事。现在蜀王要她为爱妃治病效力，女巫深知此事关系重大，弄不好惹怒了蜀王，就是人头落地的事了。但事已至此，也只能冒险一试了。

女巫略做迟疑，面对侍从，低声说：大王之事，在下义不容辞，定当尽力。但在下老朽矣，生怕心有余而力不足，万一效果不佳，尚祈请大人明鉴。

侍从说：只要你全力以赴为大王效力，后面的事情，再说吧！

因为女巫答应要为蜀王的爱妃治病，侍从特地吩咐狱卒善待女巫，然后便回到王宫，向蜀王如实做了禀报。

开明王听了，颇为兴奋，对于爱妃小卉的康复，觉得又有了新的希望。开明王随即传令，安排场所，选择时间，准备请女巫为小卉治病。

第十章

五丁力士率领一千士兵，一路北行，前往秦国。

蜀国和秦国之间，相隔着崇山峻岭，沟壑纵横，路径坎坷，小道难行。五丁力士从小狩猎，又是天生神力，穿山越岭如履平地，途中的天然险阻自然难不倒他们。因为有随行士兵和马匹，考虑到返回时要运载五头巨大的石牛，所以有些地方必须要开通道路。他们逢山开路，遇水搭桥，克服了种种险阻，很快便在秦蜀之间开通了蜀道。如果是普通之人，要在条件如此艰险的地方修筑道路与栈桥，那是非常困难的事情，穷年累月恐怕也难以实现。而对于五丁力士来说，筑路搭桥，不过是举手之劳而已，五人齐心合力，略略花费了一些精力和时间，轻松自如地就办成了。

正如皋通和苴侯所预料的，秦惠王向开明王赠送石牛的用意，便正是想借用五丁之力开通蜀道。秦惠王早就派遣了间谍在蜀国活动，沿途也安排了乔装成放牧砍柴采药的秦人，密切监视着五丁力士的行踪。秦惠王有一套密报系统，消息传送非常快捷。沿途的秦人密探将五丁力士开通蜀道的情况迅速报告了秦惠王，秦惠王闻讯大喜。蜀道一旦开通，以后派兵伐蜀就方便了。有了这条蜀道，秦国的兵马就可以长驱直入，直接攻打蜀都了。一旦开战，秦军的辎重，秦军的后援部队，就可以源源不断地通过蜀道到达前方。以秦人的强悍善战，蜀人是很难抵挡的。秦惠王觉得，这真是天佑大秦也，心里兴奋不已。

五丁力士风尘仆仆，穿山越岭，终于来到了秦都。秦人早就听说过五丁力士的神奇传闻，先前秦惠王与蜀王谷中相会，五丁力士展现神力，威震秦军的故事也传播甚广，在秦都可谓无人不知。现在得知五丁力士来了，秦国都城的民众心怀好奇，倾城而出，都想一睹为快，看看传说的五丁力士究竟是什么样的人物。一时间人群拥挤，熙熙攘攘，犹如过节似的，格外热闹。

　　秦惠王对如何接待五丁力士也早已有所谋划，从住宿和款待，举行赠送石牛仪式，到礼送五丁力士返回，都预先做好了妥善安排。按照秦惠王的周密筹划，仍由张若全权负责，来操办此事。表面看，秦国在礼仪方面考虑得非常周全，以此来表达对蜀国的友好，而实际上则暗藏玄机，设置了隐秘的圈套，五丁力士一不小心，就会落入巨大的陷阱。秦惠王和陈轸等谋士，曾多次密谋，不仅想借用五丁之力开通蜀道，更想趁机巧妙除掉五丁力士。秦惠王想伐蜀，五丁力士是最大的障碍。假若能灭此心腹大患，以后秦国出兵将势如破竹无人能挡，吞并蜀国也就不在话下了。

　　秦惠王的心机很深，这次更是老谋深算，因为知道张若机敏沉稳，所以向他暗授密计，要他相机行事，巧妙表演，一定要诱使五丁力士掉入圈套，使其身陷绝境，除之而后快。张若对此自然是心领神会，他在之前接待过蜀王的使臣江非，已经很有经验了。江非很狡猾，老于世故，都中计了；五丁力士不过是匹夫之勇，头脑简单，要使他们上当应该是比较容易的事情。这些都是秦惠王和张若等心腹谋士的如意算计。而对于秦惠王的连环阴谋，五丁力士是毫不知情的，对于面临的各种危险也毫无防备。接下来，好戏便开演了。

　　张若出使蜀国时曾见过五丁力士，这次奉命接待，对五丁力士格外客气。张若特地率领了几名官员在城门口迎接五丁力士的到来，大声说：诸位壮士，长途跋涉，辛苦啦！欢迎你们来到秦都啊！大王知道你们要来，特别安排了舒适的客舍，请你们入住呢。

五丁力士见到张若是熟人，颇为高兴。又看到秦国都城内外欢迎的民众甚多，好奇而又热情地迎接他们，因此而倍感兴奋。

大牛揖手施礼，朗声说：你不就是那位秦使吗？

张若点头说：正是在下，奉大王之命，迎候诸位壮士来临。

大牛笑了笑说：哈哈，大人费心了，多谢啊。

张若说：不用客气啊，现在就随我进城，先去馆舍住下吧。

大牛问道：我们有一千随行军士，也都住在馆舍里吗？

张若说：你们士兵人多，只有住在城外了，我们有营房，都安排好了。

大牛对此颇为警觉，摇头说：这样不行，军士岂能离开将帅？分开不妥，我们都住城外的营房吧！

张若说：士兵由百夫长率领，住在营房就行了。你们身为将帅，乃是大王的贵宾，住在营房太委屈了，还是入住馆舍吧。馆舍有娇娃美人，服务周全，会好好招待诸位壮士啊。

大牛说：不行，不行，我们还是和部下住在一起好了。

张若说：请诸位壮士入住馆舍，也是我们大王的一番美意啊。

大牛说：多谢秦王的盛情和美意！但也不必勉强，我们住营房也是一样的。

张若略做迟疑，点头说：好吧，那就悉听尊便，先去营房吧。

大牛笑道：好啊，大人费心了，多谢大人！

张若原来是想将五丁力士与随行士兵分别安排的，这样才便于行使密计。此时见五丁力士不同意分开，坚持要和士兵同住，为了不使五丁力士生疑，也只有答应了。于是张若引路，去了城外的营房，安排五丁力士和随行军士住下了。

秦惠王安排的此处营房，地理位置和环境都颇为特殊。离营房不远，有林木沟壑，还有乡民取水灌溉田地的井渠。这里的井都是深井，这里的沟壑也很陡峭。四周位置较高，地形似釜，而营房则位于中间的平地上，如同在釜底。数里之外，便是放置五头石牛的大棚了。这样的特别安排，当然是别有用意的。

张若安排五丁力士和随行士兵住下后，便请五丁力士去馆舍赴宴。对于这样的邀请，五丁力士当然是不会拒绝的，便骑了马，带了几名亲随士兵，进了秦都，来到了客舍。张若和陪同的官员在客舍迎候，与五丁力士施礼相见，然后分宾主就座。客舍中的仆人们都笑脸相迎，礼节格外周全。五丁力士很少经历这样的场面，觉得秦人真是好客，对张若也倍增好感。

宴会早已安排好了，有美酒佳肴，还有秦女歌舞助兴。

张若举杯，殷勤劝酒道：诸位壮士，今日相聚，请开怀畅饮！

大牛说：大人太客气了，我们初来乍到，为何如此盛情？

张若说：你们都是当今奇人啊，名震海内，令人敬仰，又是蜀王派来的贵客，对你们当然要倾心相待了。在下唯恐招待不周，还请诸位壮士不要见外才好！

大牛笑道：大人盛情，真的是太客气了，令人感激！

张若也笑着说：我们不说客气话，都放开肚量喝酒，难得欢聚，一醉方休！

五丁力士都是性情豪爽之人，对于喝酒，当然不会拒绝，高兴地应道：好啊，好啊，那就喝个痛快！

张若和陪同的官员轮番向五丁力士敬酒，先是小盏，后来换成了大碗。

五丁力士天生神力，酒量也非常惊人，来者不拒，开怀畅饮。

酒席上的酒很快就喝光了，张若吩咐馆舍里的仆人又抬了几坛酒出来，继续向五丁力士敬酒。这些都是秦人酿造的好酒，虽然比不上蜀酒醇美，却度数较高，喝多了便会使人醉倒。没有多久，这几坛酒也喝光了，五丁力士依然毫无醉意。张若不由得暗暗赞叹，五丁力士果然非同寻常，个个都是海量啊。

张若吩咐，继续拿酒出来，供五丁力士畅饮。馆舍里的仆人，于是又抬了几坛精心特制的美酒出来。这是特地给五丁力士准备的，每人面前都放了一坛美酒。

馆舍仆人，打开酒坛泥封，顿时酒香扑鼻，令人陶醉。

张若说：这是好酒啊，诸位壮士，天生海量，抱坛而饮，方才过瘾！

大牛豪气干云，朗声笑道：好啊，如此饮酒，才叫爽快！

就在大牛抱起酒坛，准备痛饮一番的时候，五丁力士中的老四豹娃急忙阻止道：大哥！且慢！此酒有异味，饮不得也！大牛听了，凑近坛口，仔细闻了一下，心有醒悟，随即放下了酒坛。

张若笑道：此酒封存久了，故而酒香浓烈，何来异味？

豹娃说：这是药酒！家父早年狩猎，曾巧用药酒，捕获猿猴，擒拿虎豹熊罴。酒中异味，如出一辙！

经过老四豹娃这么一提醒，五丁力士中的其他几位弟兄，也都觉察到了酒香中的异常。豹娃的嗅觉，自小就特别灵敏，记性也好。他们的老虎爸爸曾称呼豹娃是猎狗的鼻子，有些味道，别人毫无觉察，而豹娃则会比较在意。五丁力士小时候跟随老虎爸爸狩猎的时候，追踪的猎物偶尔不知去向，让豹娃辨别一下气味，就会重新找到猎物的踪迹。五丁力士各有所长，老四豹娃的灵敏嗅觉，也是一个了不起的特异本领。

五丁力士不再饮酒了，都虎视眈眈地注视着张若。

张若心中暗自惊讶不已，五丁力士果然是天生奇人，连药酒的异味都闻得出来啊。饮酒是秦惠王和谋士策划的连环妙计中的第一个环节，本来这几坛酒，就是特地给五丁力士准备的，只要他们饮下了坛中之酒，就会醉倒昏迷。一旦得手，五丁力士就会任人摆布，秦惠王就会派人将他们投入深井，然后用石块泥土填埋之。同时会出动车骑，包围那座形同釜底的营地，居高临下，发起突然攻击，将随同五丁力士来到秦国的一千蜀兵围而歼之。秦惠王对此设想得很周全，布置得也很巧妙，张若操办得也很到位，却没想到被五丁力士中的老四豹娃嗅出了酒中的异味，识破了圈套，秦惠王的第一招妙计也就落空了。

张若镇定自若地笑笑说：开玩笑了，开玩笑了，那就换酒来喝。

馆舍仆人全都看张若的眼色行事，随即上前，准备取走酒坛。

豹娃说：且慢！让我们看看饮了此酒之后会怎样？说着，抱起酒坛倒了一碗酒，对站在旁边的馆舍仆人说：你把这碗酒喝了吧！馆舍仆人有点发慌，连连后退。豹娃不容分说，一手抓住馆舍仆人，一手拿起酒碗，凑近馆舍仆人嘴边，强迫他喝酒。馆舍仆人挣脱不开，慌乱中被灌下了几口酒。此酒果然厉害，药力马上就发作了。这位馆舍仆人摇摇晃晃，走了几步，便栽倒在了地上。

张若随机应变，对豹娃笑道：哈哈，此人胆小，被你吓倒了。随即挥了下手，示意随从人员将这位馆舍仆人挽走了。其他陪同饮酒的官员，见状也都随口附和道：是啊，是啊，壮士太厉害了，哈哈！

五丁力士见张若说得轻松，语气诙谐，便也露出了笑意。

刚才紧张的气氛，顿时缓和下来。酒席上，众人都纵声而笑。

张若巧妙地化解了药酒引起的尴尬，表面轻松自如地笑着，心中却颇感遗憾。原来以为这个环节是稳操胜算的，哪知道天衣无缝的诡计竟然被识破，结果当然是落空了。一招不行，好在还有第二招呢。秦惠王的连环妙计，只要后面的计谋得手，五丁力士同样难逃厄运，效果也是一样的啊。

张若说：今日畅饮，美酒令人开颜。还有佳肴，要请诸位壮士品尝呢！

宴席前面歌舞助兴的秦女，这时换了一个节目。几名青春妙龄的秦女，衣着暴露，身段美妙，歌声婉转，在五丁力士面前轻歌曼舞，时而半裸旋转，时而挑逗欢笑，用尽手段来吸引五丁力士的眼球。就在眼花缭乱、令人痴迷的歌舞声中，馆舍仆人用托盘端上了佳肴，摆放在了五丁力士面前的席案上。

张若说：这是大王亲自射猎获得的鹿肉，精心烹制，请诸位壮士享用！

五丁力士饮酒之后，食欲大增，此时面对佳肴，自然是要大快朵颐的。大牛毫无疑心，正准备享用。豹娃却多了个心眼，嗅了一下面前的食盘，对大牛和几位兄弟说：且慢！这鹿肉有异味！不能吃！

大牛和几位兄弟闻言，都放下了杯箸。张若的心一下提到了嗓子眼，陪同的官员们也有些发愣。

豹娃扫视了一眼，说来凑巧，恰好门口卧着一只守门的狗。豹娃拿起食盘里的一块鹿肉，略一挥手，扔给了门口的卧犬。豹娃扔得很准，卧犬见肉到嘴边，张口咬住鹿肉，便吞了下去。众目睽睽之下，也就一眨眼的工夫，卧犬浑身颤抖，一声哀鸣，便呜呼哀哉了。

陪同宴会的官员们，看到这一幕，都目瞪口呆，不知如何是好。

大牛和几位兄弟也很惊讶，没想到鹿肉真的有毒啊！秦人这是居何用心？他们面对张若与在座的秦人，心怀戒备，按剑而坐，怒目瞪视。本来是欢快的宴会，此时气氛骤然而变，大有一触即发之势。

张若没有料到会这样，原来精心算计好的第二招，又落空了。此时如果五丁力士生气发作，在座的秦人都难逃一死。被灭掉的将不是五丁力士，而是在座的秦人了。以五丁力士的神勇，要对付他们就像掐死臭虫一般。张若思量至此，心中紧张不已。就在这千钧一发之际，他突然有了主意。

张若招手，将一名领头端送佳肴的馆舍仆人叫了过来，呵斥道：你好大的胆子，竟敢下毒，企图加害大王的贵宾！如此胆大妄为，罪不容赦！

这名馆舍仆人惊慌失措，张口结舌，面红耳赤，不敢吭声。

张若一副怒不可遏的样子，说着，拔出宝剑，当胸一剑，便将这名馆舍仆人刺倒在地。宝剑穿胸而过，顿时血流不止。歌舞助兴的秦女见状都吓坏了，发出惊叫，纷纷逃避了出去。其他几名馆舍仆人，都吓得跪在了地上。陪同的官员们，也都脸色大变。张若喝令随从，将被刺倒的和跪倒在地的馆舍仆人都拖了出去，等候处置。

五丁力士面对瞬间发生的这些情景，有点出乎意料，都看着张若。

张若插剑入鞘，对五丁力士欠身揖手说：诸位壮士，抱歉了，这些都是没有想到的，实在意外啊。这些小人，妄图破坏秦蜀友好，我会启奏大王，对他们严惩不贷！也怪我安排的不好啊，让你们受惊了。

五丁力士见张若如此表态，刚才的怒气便缓和下来，气氛顿时发生了转变。大牛不由得哈哈一笑，虽然觉得张若所言使人似信非信，但也不好再说什么了。事情至此，宴会随即结束。五丁力士起身告辞，离开馆舍，回到了营房休息。

秦惠王在营房周围数里之外早已集聚了大量战车，并埋伏了数千兵马，只等做掉了五丁力士，一声令下，就会发起突然攻击，将营房中的一千蜀兵悉数剿灭。秦惠王身居幕后，一直在密切关注着事态的发展。秦惠王接到了张若的迅速禀报，有点失望，也有点惆怅。因为宴会诡计未能得手，埋伏的秦兵这时也就不敢轻举妄动了。秦惠王和身边谋士，都深知五丁力士的厉害，个个都有拔树移山的神力，如果贸然出动战车和秦兵进攻，较量的结果将难以预料。秦惠王当然不会孤注一掷，轻易冒险，便悄然撤走了埋伏的兵马。

五丁力士对这些是毫不知情的。秦惠王当然也不会就此罢休。

过了一天，张若又要宴请五丁力士，遭到了婉拒。

五丁力士对于秦人的殷勤，已经心存戒备，不愿再参加什么宴会，也不想在秦都久待，只等秦人交付了石牛，就准备启程返回蜀国。五丁力士耐着性子，等了几天，终于到了交接仪式。

这天上午，张若和几名陪同的官员来到营房，由他引路，带领五丁力士来到了放置石牛的大棚。守护在这里的百余名秦兵，列队相迎，击鼓吹埙，将五头硕大的石牛，交付给了五丁力士。秦人事先已有布置，特地给五头石牛披红挂彩，以示吉庆。鼓声激昂，埙声低沉，仪式虽然简单，却也颇有些隆重的意味。

五丁力士打量着五头石牛，果然体形硕大，栩栩如生，堪称是神奇之物啊。

张若揖手施礼说：这五头神牛，每日泄金于后，实乃天降神物。为了秦蜀友好，我们大王以此作为珍贵礼物，慷慨赠予蜀王，赤诚之意，天人共鉴。我奉大王之命，现在就将这五头神牛交给诸位壮士了！

大牛说：好啊，多谢秦王美意！我们这就告辞，带着石牛起程回蜀了！

张若说：此行返蜀，路途漫长，那就辛苦诸位壮士了！

大牛说：不碍事！我们这次来到秦都，多谢大人热情款待啊！

张若说：难得相聚，终有一别。今日相送，来日再会吧。

大牛哈哈一笑道：好啊，好啊，但愿以后和大人还有见面的机会！

张若和大牛相互说了一些客气话，寒暄已毕，便真的到了分手的时候了。此时在场的秦兵和陪同的官员都看着五丁力士，且看他们如何搬运五头硕大的石牛。

五丁力士对此胸有成竹，几位兄弟早已摩拳擦掌，跃跃欲试。大牛此时做了个手势，上前一步，便将一头石牛抱了起来，转身大踏步地走了。几位兄弟也跨步上前，每人抱起一头石牛，或扛在肩上，或抱在胸前，跟随在大牛后面，随之而行。如此硕大沉重的五头石牛，被五丁力士抱着扛着，就像轻若无物似的，而且步履矫健，行走如风，真的是匪夷所思，超出了所有人的想象。

在场的秦人都目瞪口呆，惊讶万分，如果不是亲眼所见，谁也不敢相信这是真的。张若心中也是惊叹不已，五丁力士真是天生的神力啊！蜀王有了五丁力士，便有恃无恐，足以抵御秦国的千军万马了。假若五丁力士不除，秦王如要出兵伐蜀，那是一点胜算都没有的。张若思虑至此，不由得暗自叹息，看来秦王企图兼并蜀国的谋划，能否成功，尚是未知之数。这次精心设计的几招都落空了，所谓人算不如天算，如之奈何？由此联想到将来的局势发展，依然是个很大的悬念啊。

五丁力士抱着石牛，带着随行的士兵，已经走上了返蜀的道路。

张若和陪同的官员们，望着健步如飞、扬长而去的五丁力士，怅然了好一会儿，才散去。

五丁力士负重而行，走得久了，耗散神力，也会疲倦。

五头石牛实在是太重了，除了五丁力士能将石牛抱起来或扛着行走，其他人是毫无办法的。他们有随行的一千蜀兵，也无法代劳。

行走了一段路之后，他们想到了一个办法，就地砍伐了一些树木，将两根树干并拢，上面放置一头石牛，捆绑在一起，然后拖曳而行。他们行走在空旷的荒野里，这是一个不错的办法，可以由随行军士分组拖曳，使得五丁力士节省了许多力气。当他们进入峡谷，山路崎岖之时，就无法拖曳了，仍需要五丁力士抱着或扛着跋涉而行。在五丁力士前往秦国的时候，已经开通了简易的蜀道，却没有料到石牛如此硕大沉重，有些地方还需要重新开辟出宽阔一点的通道才行。特别是秦蜀之间，群山逶迤，地形复杂，沟壑纵横，溪涧众多，常常需要砍伐大树，用巨木铺架更加结实点的桥梁，方能通过。他们这样一路行走，筑路架桥，耗神费力，蜀道自然而然也就形成了。

这天下午，五丁力士穿越了秦蜀之间的一处峡谷，路径曲折难行，人困马乏，傍晚时分来到了谷口，准备扎营休息。这里的地形很奇特，像个弯曲的口袋。四周是悬崖峭壁，谷口有丛生的灌木，仅有一条逼仄的小道出入。林木之间有新搭建的棚屋，住着一老一少两户猎人。

居住于此的两户猎人，看到来了这么多人，好奇地前来探望。

五丁力士记得，由蜀国前往秦国的时候，也曾经过这里，好像并未看到棚屋。他们打量着两位猎人，年轻者身强力壮，颇为彪悍；年长者头发已经花白了，精神矍铄。两人都身穿布衣，腰间束带，裹着绑腿，都是一副比较地道的山中猎人打扮。

大牛问道：二位住在此处多久啦，在这里打猎吗？

年轻猎人回答说：是啊，我们是山中猎户，弄点猎物，聊以为生。

老猎人说：诸位好，你们就是传说中的五丁力士了吧？

大牛说：不错，就是我们五位兄弟。你都听到了一些什么传说？

老猎人恭敬地说：传说你们都是天生奇人，神勇非凡，都是真正的大英雄啊，令人敬佩不已！今日终于见到你们了，真是三生有幸啊！

大牛笑道：哈哈，过誉了！我们过去也打猎，也都是平凡之人啊。

老猎人揖手施礼说：在下对诸位壮士仰慕已久，今日得见，实在太巧了，也真的是太好了！恳请诸位壮士，到我们住处小酌，我们有新鲜猎物，款待诸位，聊表敬意！

年轻猎人也说：我们刚猎获的野猪野兔，可以炙烤了吃，其味鲜美。还有自家酿制的薄酒，可以畅饮，请诸位壮士赏脸！

五丁力士自幼跟随父亲打猎，对山中猎户本来就有一种天生好感，此时见两位猎人热情好客，心中高兴，便豪爽地答应了。于是便跟随着，来到了林中棚屋。棚屋比较简陋，果然挂着猎获的野猪野兔之类猎物呢。棚屋内外还堆放了很多干枯的树枝与柴木，可能是用来煮饭和冬天取暖用的吧。

两位猎人拿出了装在陶罐里的酒，用锅煮熟了野猪肉，又生起篝火，炙烤了野兔肉，殷勤款待五丁力士。大家一起大碗喝酒，大块吃肉，使五丁力士觉得很痛快，仿佛又回到了从前的丛林狩猎生活。听两位猎人说话，一半是秦腔，一半是蜀音，也颇为有趣。他们一边饮酒吃肉，一边闲话聊天，聊了许多狩猎的话题。五丁力士对两位猎人很有好感，聊的话题也都是他们感兴趣的，仿佛一下成了朋友。这样到了夜里，两位猎人让五丁力士就在棚屋住下，五丁力士也毫无疑心地答应了。已是深秋初冬时节，山谷里有寒风，棚屋里比外面暖和了许多，五丁力士觉得这当然是两位猎人的好意，而没有往其他方面多想。

五丁力士连日劳累，吃饱喝足，入夜之后，在棚屋里很快就睡着了。

后半夜的时候，棚屋外面堆放着的柴草突然燃起了火苗。山林间风助火势，瞬间就燃成了烈焰，将整座棚屋都包围在了熊熊的火光之中。露宿在峡谷内的军士，被火光惊醒，发出了惊呼，纷纷前去救火。但山道逼仄，军士们拥挤难行，自顾不暇，哪里还能去扑灭熊熊燃烧的烈火呢？眼看着飞腾的烈焰就要将棚屋给吞没了，五丁力士很可能就要葬身于火海之中了，军士们更加慌乱，惊呼声此起彼伏。

五丁力士毫无防备，尚在熟睡之中。烈焰如魔，席卷而来。就在这千钧一发之际，五丁力士终于惊醒了。大牛吼了一声，纵身跃起，破屋而出，就近拔了一颗青葱的树木，扑打燃烧的火焰。几位兄弟也都随之而出，拔树扑火。五丁力士力大无穷，挥舞树木就像手持扫帚似的，用横扫千军之势，扑打着猛烈的火势。棚屋瞬间便倒塌在了火焰中，周围燃烧的柴堆也都垮散了，火势很快被控制住了，没有蔓延开去。军士们也冲了过来，分散扑打着余火。转眼到了凌晨时分，山中突然下起了阵雨，将一些还在燃烧的小火苗也给浇灭了。一场可怕的火灾，终于转危为安。

晨曦中，五丁力士站在废墟旁，看到各自的衣服都弄破了，身上沾满了灰土，都是焦头烂额的样子，虽然平安无事，但回想起来，还真的有点惊心动魄。五丁力士这时想到了两位猎人，在周围寻找了一下，早已不知去向。五丁力士由此心生疑问，这场烈火来势凶猛，发生得太蹊跷了，会不会就是这两人放的火呢？联想到这座新搭建的棚屋，周围堆满了干燥的柴草，恰巧出现在他们必经之路上的露宿之处，难道仅仅是一个偶然的巧合吗？这两人又特意邀请五丁力士饮酒吃肉，请他们在棚屋中入睡，显而易见就是一个精心设计好了的陷阱和圈套，其目的就是想置五丁力士于死地啊。情况明摆着呢，头脑再简单，性情再粗疏，也会发现其中的蹊跷啊。

五丁力士这么一想，不由得心中发怒，便下令军士搜山，要把躲藏起来的那两位猎人找出来。军士们分散开来，在四周仔细搜查。不久，便在附近的一个山洞中找到了那位年长的猎人，带到了五丁力士面前。另一位年轻的猎人，则踪影全无，可能是身手矫健，已经快速逃走了。

大牛怒视着这位头发花白的老猎人，喝问道：你为何纵火？想烧死我们吗？

老猎人声音嘶哑，有些慌乱地说：壮士多疑了，小人再大的胆子，也不敢谋害诸位英雄啊！

大牛怒道：那你说，这场大火又是如何烧起来的？

老猎人辩解道：晚上吃烧烤，余烬未熄，可能引发了火灾……

大牛斥责道：休得撒谎！分明是你两人放火，否则怎么会四周一起燃烧呢？

老猎人说：因为山中有风，火借风势，请大人明鉴，小人说的都是实话……

大牛喝问道：如果不是你二人放的火，为何不救火，而藏身于山洞中呢？

老猎人说：小人害怕啊，太突然了，惊慌失措便躲进了山洞……

大牛余怒未消，呵斥道：你以为我会相信你说的这些谎话吗？你二人分明就是秦王的奸细，有意在途中谋害我们的！真是可恶，看我不一掌拍死了你！

老猎人神色惶恐，结结巴巴地说：小人敬仰诸位英雄，岂敢加害？今日遭遇大火，劫后余生，百口难辩。壮士若要泄愤，小人死在壮士掌下，也是难得的荣幸……

大牛的几位兄弟也都心怀痛恨，怒目而视，神情严厉，令人畏惧。

大牛又喝问道：你真的是山中猎人吗？家中还有什么人？

老猎人愈加慌乱，语无伦次地说：家中还有卧病在床的老妻……

大牛看着眼前这位惊恐失措的老猎人，想到小时跟随父亲打猎，父亲如今也是白发苍苍了，还有母亲也老了，不由得起了怜悯之心。大牛对这位老猎人的辩解，也是将信将疑，没法深究，便挥了下手，慨然说：看在都是猎户的缘分上，今日且饶过了你！你回家去吧！

　　老猎人跪拜道：多谢壮士宽宏大量，小人没齿难忘。说罢，朝着五丁力士跪地叩谢，然后爬起身来，沿着羊肠小径，朝着山林深处匆匆走了，很快便消失了踪影。

　　这时阵雨已歇，山林峡谷中薄雾缭绕，隐约传来了鸟鸣之声。大牛出于仁慈之念，放走了这位老猎人，想到这次奉命而行，竟然险象丛生，连续经历了几次劫难，心中很是感慨，不由得深深叹了口气。

　　五丁力士用雨水洗去了身上的灰烬尘土，踏上了归程。

　　在五丁力士搬运石牛的行程中，秦蜀之间是最艰险的路段。进入蜀国境内后，虽然仍有崇岭峻谷，却山色葱郁，地势就没有那么险恶了。行进途中，五丁力士还记得王子安阳临行时的吩咐，扛着石牛通过之后，便会命令随行的军士拆除桥梁。对开辟了的通道，也尽量加以毁坏。但漫长曲折的蜀道一旦形成，已经不易抹除，毁坏的只是个别地点与少量路段。

　　在此期间，秦惠王派遣的间谍，一直在蜀国境内频繁活动。沿途安排了乔装成放牧砍柴采药的秦人，依然密切监视着五丁力士的行踪。秦惠王还暗中布置了好几批人，打算在途中继续加害五丁力士，却找不到再次下手的机会。当秦惠王接到禀报，得悉五丁力士筑路通过之后又毁坏路段的消息之后，便意识到蜀人好像有所警觉，并加以防范了。不过，使用石牛之计，利用五丁力士开通了蜀道，蜀王已经上当了。蜀道虽然边修边毁，但将来要恢复蜀道交通，其实不会很难。有了这个基础，秦人要利用的话，当然就比较容易了。秦惠王知道此计已经成功了一大半，心中还是倍感兴奋的。但这次设下了很多阴谋手段，都未能除掉五丁力士，仍是秦惠王最大的遗憾。由此可见，若要实现秦惠王多年来雄心勃勃的宏大谋划，一举兼并蜀国，并不是一件很容易就能办成的事情，还要看他如何施展后面的连环妙计了。

且说五丁力士长途跋涉，负重远行，经历了千辛万苦，终于回到了蜀国。五丁力士派了军士，骑着快马先行，提前禀报了蜀王。又过了几天，五丁力士和随行军士，拖曳着五头石牛，到达了蜀都郊外，遵照蜀王的旨意，将五头石牛放置在新建成的王室园林内。

开明王接到禀报，得知五丁力士已将秦王赠送的五头石牛搬运回来了，非常高兴。随即召集了王公大臣和文武官员，率领着大队侍卫人马，前往王室园林观看。大家看到这五头石牛体型如此硕大，雕刻得栩栩如生，果然非同凡俗，都啧啧称奇。而五丁力士不远千里，竟然将这五头庞然大物搬运了回来，更是令人惊叹不已。王公大臣们都称赞五丁力士不负使命，立下了奇功。只有苴侯和王子安阳、皋通等人，对此看法不同，心存忧患，毫无喜悦之感。

开明王好奇地观赏着石牛，询问近臣江非：爱卿曾说，这五牛会屙金子？

江非恭敬地说：启奏大王，确实如此。小臣奉命使秦时，这是秦人对小臣所言，还向小臣出示了五牛屙的牛粪状的金子。这都是小臣亲耳所闻，亲目所见。

开明王哦了一声，向五丁力士问道：这一路上，五牛屙了金子吗？

大牛揖手施礼说：启奏大王，一路上我们兄弟搬运石牛，并没有看到五牛屙的金子。

五丁力士中的其他几位兄弟也齐声说：我们也没看到石牛屙什么金子！

开明王相信五丁力士讲的是实话，刚才所问，也只是好奇，并非怀疑五丁力士私藏了金子。蜀王看看石牛，又看了一眼江非，疑惑地说：这是怎么回事？五牛为何不屙金子了呢？

江非想了想，赶紧随机应变说：启奏大王，也可能是五牛离开了故土，水土不服的缘故吧？

开明王沉吟道：这么说，五牛到了蜀地，就不会再屙金子了？

江非说：启奏大王，其中必有玄机，调养一番，也许就正常了。

开明王点头说：那就依照爱卿所奏，放在园林里，好好照看，过些日子再说吧。

苴侯等人觉得江非所言，过于荒唐，因为碍于蜀王的面子，一时也不便驳斥，免得扫兴无趣。在场的诸多王公大臣，也觉得江非的说法有点强词夺理，五头石牛也会水土不服吗？这真的有点匪夷所思了。蜀王既然表态了，众臣只能遵旨而行，也就不好再说什么了。

从此以后，这五头石牛便放置在了王室园林内，遵照蜀王旨意专门安排了百余名蜀兵仔细看护。光阴似箭，一晃又过了很多天，这五头石牛被淋了几次雨，沾染了地上的湿气，下面都长了青苔，却再也不屙什么金子了。蜀王对此很失望，关心此事的王公大臣们也都颇为遗憾。大家这时才觉得，说石牛会屙金子，本来就是谎言，显然是遭了秦王的欺骗。于是有人便解嘲说：秦王无赖，乃北方牧犊儿也！放牛娃说的话儿，怎么能相信呢？这本是调侃之语，也表达了对秦王撒谎的轻蔑与讽刺。秦国的间谍，不久便将打探到的这些情况都传了回去。

秦惠王正同众多文武大臣们加紧谋划伐蜀之策，听说后没有生气，反而哈哈大笑道：蜀王竟敢骂寡人是牧犊儿？好啊，吾虽牧犊，当得蜀也！

第十一章

巴王希望巴蜀联姻，耐心等待蜀王的回音。这时楚王派来了使者。

巴国和楚国也是山水相连的邻邦，两国民众毗邻而居，常有商贾往来，水陆交通，颇为便利。巴国居于大江上游，楚国位于大江中游，疆域之间有逶迤峭拔的崇山峻岭，如同天然屏障。大江便从崇山峻岭中穿越而过，峡谷两岸，风光万千。自从廪君开国以来，巴国的井盐畅销各地，舟船时常顺江而下，商贸逐渐繁荣。巴人在楚地经商者颇多，楚人也常到巴国贩卖货物。交往多了，两国的民俗也会相互影响。巴人有能歌善舞之风，巴人的民歌在楚地就很流行。有次楚王出宫巡游，听到有人唱下里巴人，这本是巴国民间流行之歌，楚人合唱者竟然有数千人之多。还有巴人的尚武之风，对楚人也很有影响。楚人出行喜欢佩剑带刀，喜欢与人争勇较量本领，便与这种尚武之风的影响有着很大的关系。而楚人浓郁的崇巫之俗，对巴人或多或少也有浸染，在鬼神信仰方面有许多相似之处。

巴楚之间，当然也常闹矛盾，甚至发生过争战。很多年之前，楚国和巴国曾联合讨伐过申国，后来又联手灭掉了雍国，申与雍都是小邦之国，面对巴楚联盟自然是不堪一击的。伐申与灭雍取得胜利之后，巴楚都获得了很多好处，却也因之而产生了纷争。先是楚军惊扰巴军，然后巴军反击，打败了楚军。接着巴军继续进攻，楚军奋勇抵抗，又反败为胜，击退了巴军。经过这两次战役之后，巴国和楚国的关系便变得微妙起来，相互戒备，各自都在边境要隘之处驻军对峙。这次楚王派遣使者，主动来见巴王，便表达了修好之意，想改善两国的关系。

巴王在王宫大殿内接见了楚国使者，客气地问道：楚王近来可好？

楚国使者恭敬地施礼说：我们君王安好，特地派遣小臣，前来问候大王。

巴王说：多谢楚王关心，也请回复楚王，向他问好。

楚国使者说：听说贵国公主已到笄髻之年，我们王子也已弱冠，小臣奉命出使，特来提亲。楚国和巴国若能通婚联姻，则从此结为亲戚也。

巴王听了，有点意外。前不久才派使臣和蜀王商谈通婚之事，现在楚王又派使者来主动提亲了。通婚是好事，提亲也是美意。蜀与楚都是邻邦大国，若能联姻当然是再好不过的。可是到了笄髻之年的公主，只能选择蜀王子或楚王子中的一位。若嫁给蜀王子，就不能出嫁楚王子了。而如果答应楚王提亲，也就不能与蜀王联姻了。这究竟如何是好呢？此事当然不能草率，尚需从长计议。

巴王一时拿不定主意，笑道：好啊，辛苦你啦，先住下再说。

巴王随即吩咐王宫近臣，设宴款待楚国使者，并安排了最好的馆舍，请楚国使者入住休息。楚国使者见巴王没有立即答应，态度模棱两可，猜测巴王可能是要和王室成员商量一下再做决定吧。所以并不着急，也就客随主便，欣然下榻馆舍，耐心等待巴王给予答复。

接见仪式结束后，巴王便召集文武大臣，来商议此事。大臣们已经知道了楚使来意，对此各有所见，看法不一，颇有争论。巴王鼓励众臣畅所欲言，想多听听各种意见，便于权衡利弊，然后再做出决策也不迟。与邻邦大国联姻毕竟是一件举足轻重的大事情，所以巴王小心翼翼，特别慎重。

冉达说：启奏大王，在下认为，还是和蜀王联姻为好。我们已两次出使蜀国，主动向蜀王提亲，只等蜀王遣使，就要商议婚期了。

巴蔓子说：可是蜀王却迟迟不遣派使臣，由此可知蜀王并不重视我们的提亲啊，明显有轻慢之意。现在楚王主动遣使求婚，在下觉得，这是好事，可以应允。从此巴楚联姻，相互不再有争端，可以确保边境平安，也有利于两国和睦通商，何乐而不为呢？

冉达说：当今天下大势，秦王日益强势，对巴蜀虎视眈眈，已成心腹大患。巴与蜀联合抗秦，已刻不容缓，此乃第一要务。可见巴蜀联姻，既是大势所趋，也是确保国势平安的有效之策。此事千万不能草率，更开不得玩笑。我们既然已经向蜀王提亲了，就不能失信于人。所以我们还是按照原来的谋划办吧，坚持巴蜀联姻，乃是上策。

巴蔓子说：蜀王傲慢，我们也不能一厢情愿啊。还是巴楚联姻吧，没什么不好！

罗强说：蜀王目中无人，我们没必要巴结他。在下赞同巴蔓子所言，楚王主动遣使提亲，应该答应了才好。楚也是大国啊，国势兴盛不亚于蜀，如果巴楚联姻，有楚做后盾，我们也就不必畏惧秦王了。

冉达说：巴蜀联合抗秦，因为生死存亡涉及两国切身利益，才能全力以赴共同对敌。而楚国位于大江下游，秦若攻巴，楚无切肤之痛，是否出兵救援，未可知也。从天下大势来看，巴蜀联姻实在太重要了，乃当务之急。

罗强说：但也不能强人所难啊。蜀王傲视天下群雄，巴结也无用。

巴蔓子也说：蜀王无意联姻，何必强求？还是巴楚联姻妥当。

冉达与他们反复争论，却无法说服他们，心中颇有些无奈。他知道自己的看法是对的，却也不能驳倒罗强和巴蔓子等人的相反意见。看来，只有等巴王判断利弊，对这件联姻大事做定夺了。

巴王听了他们的争论，觉得众臣所言都有道理。相比较而言，冉达只是个人所见，罗强与巴蔓子等人的看法明显占了上风。虽然冉达眼光锐利，对局势常有真知灼见，可在联姻这件事情上，似乎有点一厢情愿了。巴王原来的意愿，也是希望和蜀王联姻的，蜀王却很傲慢，迟迟不派使臣来巴，所谓来而不往非礼也，如此态度是颇有点伤巴王自尊的。这次楚王遣使前来主动求婚，诚意可嘉，却之不恭，确实是可以考虑答应的。不论是结亲或联姻，都应该是男方主动，这才名正言顺嘛。更何况楚是邻邦大国，能来提亲，也是对巴王的尊重啊。巴王这么一想，便觉得罗强与巴蔓子言之有理，那就从实际出发，采纳他们的意见吧。

巴王不再迟疑了，对众臣说：蜀王无意联姻，而楚王遣使求婚，那就答应楚王吧。或许也是缘分如此也。

冉达心中有点发愣，没想到巴王会如此决定。他随即揖手劝谏说：启奏大王，巴蜀联姻，蜀王虽未明确表态，却也没有拒绝。若蜀王遣使前来商谈婚事，得知大王出尔反尔，将公主许嫁给了楚国王子，那又如何是好呢？

巴王听了，又有点犹豫起来，想了想说：那就再等三天。若三天之内，蜀王遣使来巴，那就依然巴蜀联姻。如果过了三天，蜀王仍旧毫无动静，那就答应楚王。

冉达觉得，巴王此言，也算是给足了他面子，可见巴王对他的意见还是充分尊重的。但以三天为期，颇有点赌一把的意味。大国联姻，应该深思熟虑，理性为佳，怎么能赌气使性子呢？不过，对楚使也不能不表态，对蜀王也不能一直等下去，总得有个时限才行。巴王如此决定，也是明智之举。冉达体谅到了巴王的苦衷，便不再继续劝谏，揖手施礼说：大王睿智！那就遵照大王的旨意办吧。

三天一晃就过去了，蜀王依然没有动静。而楚使仍在耐心等待。

巴王又召集了冉达和罗强、巴蔓子等文武大臣，再次商议联姻之事。

巴王说：诸位爱卿，联姻乃国家大事，或有天意在其中。三天之期已过，不见蜀使来巴，可见蜀王并不热衷此事。看来，那就只有巴楚结亲了。诸位爱卿，有何高见，仍请畅言。

罗强说：大王洞悉国情，决定巴楚联姻，实乃高明之举啊。

巴蔓子说：大王张弛有道，无愧于心，巴楚联姻，这是喜事，值得庆贺！

冉达心中很是遗憾，总觉得巴王这样决定不妥，也许会带来很多意想不到的麻烦，却又无力挽回。有些事情，想法虽好，却不一定能实现，甚至常常会事与愿违。或许真如巴王所说，婚姻要看缘分，其中自有天意吧。冉达的思绪有点复杂，不由得暗自叹了口气。

巴王看着冉达，问道：爱卿之意如何？但言无妨。

冉达知道多言无用，已经不想再说什么了。揖手道：小臣愚拙，听大王的。

巴王又用眼光询问地扫视其他大臣，众臣也都颔首表示赞同。巴王见众臣对巴楚联姻都不反对，心中颇为兴奋，终于拿定了主意。这件大事情，便敲定了。巴王随即传旨，安排了宴会，盛情款待楚使，答应了楚王的提亲。楚使很兴奋，向巴王表示感谢，准备启程回国，将这个好消息禀报楚王。

巴王随即委派巴蔓子为特使，陪同楚使一同前往楚国，去面见楚王，商谈婚期和迎娶之事。巴蔓子是力主巴楚联姻的，作为特使，自然会尽心尽力将这件事情办好。巴王这样安排，干脆利落，免得拖延，也是巴人的习性使然。楚王见巴王爽快，也大为欣喜。于是巴楚联姻大事，就此确定下来，送嫁与迎娶的所有细节也都商量好了。出于两国交往礼尚往来的惯例，楚王也礼节周到，盛情款待了巴蔓子，并赠送了很多礼物，作为聘礼。巴蔓子回到巴国，向巴王做了禀报，巴王深感欣慰。

又过了一些日子，巴国公主便出嫁到了楚国，成了楚王子的爱姬。

开明王因为慧妃生病，又因为新建王室园林等事，分散了心思，几乎淡忘了巴蜀联姻之事。淑妃却惦记着这件事情，好多次都想催问蜀王，又忍住了。这样过了好久，仍不见蜀王有什么动静，找了个机会，终于向蜀王问起了这件事情。

淑妃说：大王前些时说，要为王子夏阳迎娶巴国公主，何时办呢？

开明王哦了一声，说：此事不用着急，迟早都可以办的。

淑妃说：也不能拖延得太久，办喜事宜早不宜迟呢。

开明王颔首曰：爱妃说的也对，我这就遣使去见巴王，选个吉日，就让王子夏阳把巴国公主给迎娶了吧。

淑妃听了，高兴地说：巴蜀通婚，婚礼要筹办得隆重一些才好。

开明王说：王子大婚，当然是要办得喜气洋洋，举国欢庆嘛。

淑妃喜不自禁地说：大王英明，如此甚好！

开明王见淑妃喜悦，心中也颇为高兴。于是便遣派了使者，随即出使巴国，去见巴王，正式商谈蜀王子迎娶巴国公主的事情。

蜀使带着随从人员骑马而行，很快就来到了巴国。先在巴国都城馆舍住下，然后派人通报，准备面见巴王。

巴王听说蜀王的使者来了，是特地来商谈巴蜀联姻之事的，觉得十分尴尬。在等候蜀王遣使的时候，蜀王迟迟没有行动，如今公主已经嫁给了楚王子，蜀王却遣使来谈联姻了。这些都是没有想到的啊，此一时，彼一时，蜀王错过了时机，巴楚通婚已成既成事实，难以更改了。如果直截了当告诉蜀使，似乎又不妥。关键是现在如何向蜀王解释？总得找个巧妙一点的合情合理的理由才行。巴王拿不定主意，便又召集了文武大臣，来商量应对之策。

冉达说：不出所料，蜀王果然遣使来了，这事有点麻烦啊。

罗强说：蜀王早干啥去了？这会儿遣使来谈，太晚啦。

巴蔓子说：公主已经嫁给了楚王子，时过境迁，巴蜀联姻已经不可能了。

巴王说：事已如此，难以改变。现在如何应对蜀使呢？怎样回复蜀王比较妥当？诸位有何高见，请各抒己见吧。

冉达说：启奏大王，在下分析，蜀王对此事定会大为不快。

巴蔓子说：蜀王不快，也没办法啊，谁叫他如此拖延呢？

冉达说：巴蜀很可能会从此不和，也许还有其他麻烦，尚难以预料。

巴蔓子说：这事说清楚不就行了？蜀王不至于如此小心眼吧？

冉达说：蜀王为人自负，又刚愎任性，对此事定会生气，估计不会淡然置之。

巴王皱眉说：巴蜀联姻不成，若影响了两国和睦，这如何是好呢？

巴蔓子说：如果蜀王为此怄气，那也只有随他了。

罗强也说：蜀王傲慢，以后对他敬而远之不就可以了。

巴王想了想说：有没有其他什么好办法，能使巴蜀继续友好，而不伤和气呢？

冉达说：办法倒也是有的，大王可以选一位聪慧漂亮的宗室之女，封为公主，准备丰盛的嫁妆，嫁给蜀国王子。这样既可以继续巴蜀联姻，也能确保两国友好。但此事也有弊端，若蜀王得知真相，认为大王是以假代真，也可能会弄巧成拙，反而不妥。所以，这个办法还是要慎重，不能草率。

巴王开始听了眼睛一亮，接着又皱了眉头。心中觉得，冉达所言倒也确实是个办法，但冉达的担心也不能忽视。究竟如何是好呢？巴王犹豫难决，拿不定主意。众臣对此也七嘴八舌，毫无善策。看法与议论虽多，却都说不到点子上。商议了一会儿，决定还是采纳冉达的办法，只要严加保密，不妨一试。

蜀使住在巴国都城的馆舍内，等待巴王的接见。过了两天，闲着无聊，在都城内闲逛，品尝清酒，体察民情。蜀使的随从也出入店铺，顺便了解一下巴人的商贸情形。无意之中，蜀使听到了巴国公主已出嫁给楚王子的传闻。这样的王室喜事，在民间早已传播开来，已不是什么秘密。蜀使听了大为惊讶，巴王为什么会这样做呀？既然要和蜀王联姻，为何又将公主嫁给了楚王子呢？想到蜀王却蒙在鼓里，还遣使来谈什么联姻，真是荒谬呀！蜀使不想再傻等巴王接见了，便对馆舍内的接待官员说，请其禀报巴王，准备告辞回国了。馆舍官员不敢怠慢，立即如实上报。

巴王得知后，立即接见了蜀使。巴王客气地说：大使鞍马劳顿，辛苦啦。

蜀使上前拜见，施礼说：在下奉命出使，特来问候大王。

巴王说：多谢蜀王美意。蜀王遣使来巴，是为巴蜀联姻之事而来吧？

蜀使说：是的，在下奉命来见大王，正是为联姻而来。

巴王做欣喜状，高兴地说：好啊，公主嫁妆都已备办好了，就等蜀王子迎娶啦。

蜀使听了，大为诧异。巴国公主不是已经出嫁到楚国了吗？怎么又准备嫁给蜀王子呢？难道民间传闻是假？转念一想，也许巴国公主不止一位吧，于是便释然了。

巴王看到了蜀使脸上露出的疑惑，问道：大使若有什么要求，请坦言无妨。

蜀使说：大王款待周到，令人感激。联姻已定，在下就要回蜀了。

巴王说：好吧，大使回蜀后，请向蜀王致意。巴蜀联姻，实乃佳话。诸事齐备，择日就为王子和公主完婚吧。

巴王随即传旨，特地安排了丰盛的宴会，由众多大臣陪同，热情款待了蜀使。巴王又准备了一些礼品，赠给了蜀使。巴王刻意而为，希望给蜀使留下美好印象，在巴蜀联姻这件事情上，但愿蜀使能发挥好的作用，免得节外生枝。巴王的谋划和做法，还是比较老到和周全的。但事情的发展，却并非如他所愿。

蜀使回到蜀国后，便向蜀王如实做了禀报，说了巴王已为公主准备好嫁妆，只等蜀王子迎娶和完婚了。同时也向蜀王说了听到的传闻，关于巴楚通婚之事。蜀使乃蜀王的心腹亲信，自然会把了解到的所有情况都告诉蜀王。

开明王听了，大为疑惑。据他以往所知，巴王好像只有一位公主，岂能既与楚国通婚，又同时与蜀国联姻呢？难道巴王竟然有几位公主吗？或者其中另有隐情？蜀王还是比较精明的，略一琢磨，顿时起了疑心。便派了一些心腹之士，乔装成商人和乡民，前往巴国寻亲访友，仔细打探详情。巴王虽然采取了许多保密措施，但有些事情还是隐瞒不了的。诚如冉达所担忧的，巴王在封宗室之女为公主而继续和蜀王联姻这件事情上，真的是考虑不周，有点弄巧成拙。蜀王的细作，在巴国境内和都城待了一些日子，便深入了解到了很多情况，当然也得知了巴王准备嫁给蜀王子的这位公主，乃是宗室之女，而真正的公主已经出嫁给楚王子了。细作们随即将这些打探到的真实情况都禀报了蜀王。

开明王闻讯大怒，觉得巴王不仅出尔反尔，将本来主动许诺要和蜀王子结亲的公主悄然嫁给了楚王子，而且竟敢用另一位假公主来欺骗蜀王，真的是胆大包天。两国联姻，岂能如同儿戏？巴王如此妄为，那是不把蜀王放在眼里啊。说得严重点，岂不是有意在戏弄和侮辱蜀王吗？蜀王乃大国之君，当今雄主，岂能遭此欺诈？蜀王越想越气愤，是可忍孰不可忍啊。蜀王怒火攻心，当即便想出兵讨伐，非得教训一下巴王才行！

开明王在后宫和淑妃进膳时，淑妃也得知了此事。淑妃说：幸好大王察觉了，否则王子夏阳娶了个假的公主，岂不是天大的笑话吗？蜀王说：是啊，如果不察，一旦弄假成真，会被天下笑话。淑妃又说：这个巴王也真的是太不懂事了！怎么能蒙骗大王呢？蜀王发狠说：此事太荒唐，令人愤然啊！淑妃的话，有意无意之间，颇有点火上浇油的意味。使得蜀王怒气更盛，更加坚定了出兵攻巴的决心。

开明王开始调兵遣将，准备进攻巴国。

苴侯了解到情况后，对此深感意外，觉得事态很严重，便邀聚了王子安阳和皋通，一起来讨论和商量此事。

皋通说：假若巴蜀开战，必定两败俱伤，得利者将是秦王也。

苴侯说：是啊。巴蜀本是友邦，怎么能轻易打仗呢？

王子安阳说：父王决意发兵，这如何是好？

苴侯说：巴蜀之间，无论如何都是不应该打仗的。更何况这次也没有理由发兵啊！巴王曾两次遣使来蜀，意欲巴蜀联姻，用心良苦，诚意可嘉。巴王想加强巴蜀友好，联手抗秦，目的很清楚，应该不是假的。这次据说是巴王将公主嫁给了楚王子，而用宗室之女来和蜀王子结亲，使得大王震怒。猜测巴王所为，其中必有隐情与苦衷。大王以此和巴王翻脸，似乎有点小题大做了。

皋通说：如今已箭在弦上了，只有苴侯大人出面，看能否劝谏大王。

王子安阳说：父王虽然恼怒不已，若叔父出面劝谏，父王可能会听的。

苴侯说：我肯定会去面见大王，向大王分析其中的利害关系。如果大王听取劝谏，危机当然就化解了。但若大王不听，执意要开战，那又怎么办呢？这正是我为之担忧的。所以邀请你们，来商量一下，看看有没有补救之策？

皋通说：当前局势微妙，一切都难以意料。苴侯大人只有先劝谏了再说吧。

苴侯点头说：若别无良策，也只有这样了，我这就去试试吧。

王子安阳说：父王历来信任叔父，但愿能转危为安吧。

苴侯于是去见蜀王，准备劝谏蜀王息兵罢战。蜀王此时已传令五丁力士，调动了蜀国的几支大军，秣马厉兵，做好了出征的准备。并传旨亲信大臣江非，负责筹集粮秣军需，以保障后勤供应。蜀王决心已定，打算率军亲征，很快就要出兵讨伐巴国了。

开明王看到苴侯来了，未容苴侯开口，便先说：你来得正好，陪我出征吧!

苴侯故作不解，问道：大王为何突然要出征？发生了什么事情？

开明王说：巴王欺我太甚，我要率兵讨伐，给他个教训！

苴侯做出惊讶的样子，说：巴王遣使联姻，怎么又得罪了大王呢？

开明王有点愤慨地说：巴王小儿，先是主动许婚，却又将公主嫁给了楚王子，又用宗室女来冒充公主，妄想诈骗于我，真是欺人太甚！是可忍孰不可忍！

苴侯劝解说：大王息怒，这也不值得出兵动武啊。

开明王说：巴王胆大妄为，欺诈如同打脸，若不反击，岂不让人看笑话？

苴侯说：事情不会有那么严重吧？不妨先派遣使者，责问一下也好啊。

开明王说：我已派过使者，并派人打探清楚。这是巴王蓄谋为之，不可原谅，非得教训他一下不可了。只有兵临城下，才会使巴王小儿懂得，惹恼了大国君王会是什么结果！

苴侯说：巴蜀向来友好，若为一点小事撕破脸，似有不妥。

开明王说：两国交往，要以诚相待，而巴王用欺诈来侮辱我，岂是小事？

苴侯说：如今巴蜀的共同之敌是秦王，一旦巴蜀开战，可能会两败俱伤，秦王必然喜出望外，从中得利。打仗必然消耗国力，巴蜀弱，则秦愈强，这正是秦王求之不得的。万一秦王趁机出兵攻蜀，那如何是好呢？所以，愚弟恳请大王慎重，以抗秦大局为重，不宜轻率向巴国动武。

开明王说：我有五丁力士，天下无敌，怕他做什么？

苴侯说：前些时，五丁力士千里搬运石牛，已耗神费力，需要养精蓄锐才好。

开明王说：五丁力士神勇非凡，不用担心。我先教训一下巴王，再凯旋回师，然后好好休整也不迟。

苴侯说：假若巴王道歉，大王能否息兵，化干戈为玉帛呢？

开明王笑道：巴王小儿，刻意欺骗，即使道歉，也是缓兵之计，我不会上当！

苴侯说：大王一定要率兵出征吗？还是以抗秦大局为重，三思为好。

开明王说：我意已决，率军亲征，讨伐巴王，就这样定了！

苴侯反复劝谏，分析局势，条陈利弊，都无法说服蜀王。苴侯没想到蜀王会如此固执，只是因为生气，就要出兵讨伐巴王，而将其他一切都抛在了脑后。纵观天下大势，巴蜀友好，则相安无事；巴蜀动武，势必两伤，则秦获利。蜀王完全不考虑这些，只想图一时痛快，打算依仗五丁力士的神勇无敌，给巴王一个教训，未免太轻率了。蜀王以前还比较容易听取谏言，现在却刚愎自用，听不进不同意见了。苴侯很无奈，心中十分感慨，只有暗自叹息，却毫无办法阻止蜀王。

过了两天，开明王便亲率大军，东征巴国，开始讨伐巴王。

巴王得知蜀王率军亲征，已兵临边境，不由得大为惊慌。

巴王没有料到，联姻之事，竟然引起了这么大的麻烦。巴王本来是想加强巴蜀友好，共同联手抗秦的，结果却节外生枝，事与愿违，弄得两国竟然要打仗了。巴王不想和蜀王为敌，更不想相互厮杀。可是现在蜀王已经率领着大军，杀气腾腾地来到了巴国的家门口，这又如何是好呢？巴王立即召集文武大臣，赶紧商量对策。巴国的大臣们，也没有想到事情会发展到这个地步，都深感意外，不免有些紧张和慌乱。

巴王说：没有想到，蜀王竟然率兵而来，如之奈何？

罗强说：蜀王好猖狂啊，公然发兵犯境！事已至此，只有应战了。

巴蔓子说：怕他做什么，兵来将挡，水来土掩，蜀王犯境，击退他就是了。

冉达说：事情没有那么简单啊。蜀王有五丁力士，能拔树移山，神勇超人，一旦进攻，必然会所向披靡，我们将难以抵挡，局势危矣。

巴王叹息说：可惜当初未听爱卿之言，把好事弄糟了，现在如何应对才好呢？

冉达说：当今之策，一是备战，二是遣使议和，三是求援。

巴王欠身说：请爱卿细说，这三策如何使用？

冉达说：首先是举国备战，应对蜀王之兵，这是当务之急。巴国兵力虽弱，将士听命，尚可一战。在这生死存亡之际，当然不可束手待毙，是为第一策。第二策是派遣使者，携带礼物，去见蜀王，向蜀王解释缘由，诚恳致歉，争取和好。第三策是迅速派人向楚王求援，如今巴楚通婚已是亲戚，巴国有难，楚王岂能坐视不救？所以请楚王派军前来，作为后援，以便确保无虞。另外，还可派人秘密去见苴侯，请他从中斡旋。苴侯重视巴蜀友好，曾力主巴蜀联合抗秦，他若帮忙，或许会使蜀王退兵。当前局势异常复杂，唯有数策并举，方可化凶为吉。

巴王点头说：好啊，爱卿所言，洞若观火！诸位觉得如何？

巴国的文武大臣，此时也没有其他更好的主意，自然是深表赞同。

巴王谋划已定，于是迅速做出了布置，首先任命冉达为特使，去见蜀王，争取议和。在两国交战前夕，此行任务重大并有很大的风险，但除了冉达也没有更合适的人选了。冉达有见识，有辩才，又与苴侯交好，见了蜀王之后，还可以设法私下见苴侯，争取说服蜀王化干戈为玉帛，重新恢复巴蜀友好。其次是派遣巴蔓子去见楚王，请楚王派军队援助巴国。巴蔓子先前出使楚国，和楚王以及楚国的一些文武大臣都比较熟悉，这次奉命前去求援，当然也是最合适的人选了。再者就是号召军民，举国备战了。

因为战争已迫在眉睫，巴王一边紧急备战，从各处调集军队，迅速加强城防，一边派人了解前方情况，密切注视着蜀军的动向。巴国都城内外，顿时战云密布，气氛紧张，人心浮动。民众都惶惶不安，一些商家店铺已关门歇业，有的逃到了附近的山区避难。都城外面的乡民们，也开始坚壁清野，准备撤离。巴国现在有数座城池，最早的都城是廪君开国时定都的夷城。廪君之后，巴国的历代君王又相继修建了数座城池，并先后作为都城。巴王现在驻跸的新都城，临江依山而筑，地势颇为险要，规模比较宏大，有水陆码头出入，称为"江城"。江城的城墙虽然比较高大坚固，但也不是无懈可击，水陆码头较多就防不胜防。巴王除了集中兵力防守江城，又传令加强了别都巴子城和旧都夷城的防务。巴王担心，万一守不住现在的都城，便只有撤退到巴子城与夷城去了。

开明王率领军队，由五丁力士开道，轻而易举就越过了巴水。驻守在巴国边境的军队，虽然严阵以待，可是哪里是五丁力士的对手呢？略一交锋，便败下阵去。五丁力士挥戈而进，蜀兵旌旗遍野，声势浩大，巴人望风披靡。蜀王很兴奋，也很得意，五丁力士果然神勇无敌啊。蜀王心想，若以此推进，要攻占巴国都城，也是不费吹灰之力的一件小事而已。到了那时，且看巴王如何求饶吧！

这时冉达带着礼物，来见蜀王。蜀王扎营休息，在大帐内接见了冉达。

开明王说：阁下是巴王的使臣，这次来见，有什么话要说吗？

冉达揖手施礼说：在下奉巴王之命，特来迎候拜见大王。有清酒肥羊，犒劳将士，请大王笑纳。随即吩咐随从，将带来的礼品献给了蜀王。

开明王嘲笑道：巴王想得很周到啊，请我们喝酒吃肉，然后踏平江城吗？

冉达说：大王威武，令人敬佩。巴人并未得罪大王，不知大王为何要踏平江城？

开明王说：巴王欺诈于我，使得天下耻笑，故而率军前来雪耻也！

冉达说：大王言重了！巴王历来敬重大王，诚恳相待，怎么会欺诈大王呢？

开明王说：巴王遣使许婚，却又出尔反尔，将公主嫁给了楚王子，用假公主来冒名顶替，这岂不是欺诈吗？巴王如此妄为，侮辱大国君王，其罪难容！

冉达笑一笑说：大王误解了，且听在下解释。巴王本来就有两位公主，一位相貌平平，一位貌美聪慧。恰巧楚王遣使求婚，巴王便将相貌平平者嫁给了楚王子，而将貌美聪慧者许嫁给蜀王子。这也是巴王的一番美意，诚恳之心，天人共鉴。不知大王误听了什么传言，造成如此误会？

开明王听了，有点不以为然地说：休为巴王辩护，我早已打探清楚！

冉达说：巴蜀本是友好邻邦，假若秦王来犯，巴蜀联合抗秦，可确保无虞。一旦邻居翻脸结仇，必将仇者快而亲者痛也。大王乃英明之主，雄才大略天下共仰。与其巴蜀相斗，不如化干戈为玉帛也！请大王明鉴！

开明王哈哈大笑道：阁下善辩，说的道理倒是不错。不过，我还是去江城当面责问一下巴王才好！

冉达见蜀王固执己见，不愿息兵罢战，觉得很无奈。冉达有点感慨，遇到刚愎的君王，纵使口才再好，也是无能为力的。冉达只有告辞，离开了蜀王的大帐，设法见到了陪伴蜀王随军出征的苴侯。冉达上次出使蜀国，在苴侯府邸中相谈，甚为融洽。这次和苴侯见面，也是分外亲切。因为情况特殊，巴蜀两国兵戎相峙，两人略做寒暄，便谈到了最为关切的问题。

冉达揖手说：苴侯大人，巴蜀开战，秦国获利，此乃大忌也。

苴侯说：是啊，巴蜀如果打仗，必然两败俱伤。秦国乘虚而入，那就糟糕了。

冉达说：只有请苴侯大人费心斡旋了，说服蜀王，适可而止，尽快返回吧。

苴侯说：大王这次是真的恼怒了。我会继续劝说大王，但就怕大王不听，事情就会比较棘手。

冉达想了想说：我适才面见蜀王时，蜀王对我说要踏平江城。我想，因为蜀王有五丁力士，故有此言。苴侯大人假如劝阻不了蜀王，能否叮嘱五丁力士，佯败而退？五丁力士是苴侯大人亲自招募的，对大人的话应该会听。如此，则危机可解也！

苴侯点头说：阁下提醒得好，我也正有此意，可谓不谋而合！

冉达施礼叩谢道：但愿巴蜀重新和好！拜托苴侯大人了！

苴侯也施礼说：巴蜀和好，利国利民，本是我们的共同心愿。争取吧！

冉达随即告辞，返回了巴国都城，把情况禀报了巴王。冉达此行，与苴侯达成共识，应该是他最大的收获了。尽管做了最大努力，但结果如何，却很难预料。那边巴蔓子出使楚国求援，尚无回音，可能还在斡旋谈判之中。

蜀国大兵压境，局势扑朔迷离。巴王从各处调兵，固守都城，仍不免忧心忡忡。巴王也早听说过五丁力士的传说，万一都城被五丁力士攻破，那如何是好呢？这已成了巴王最为担心的事情。情形危急，迫在眉睫。接下来形势会如何发展，巴王觉得已无计可施，只有听天由命了。

第十二章

巴蔓子奉命出使楚国，拜见了楚王。

楚王和巴蔓子已经比较熟悉，知道巴蔓子既是巴国重要武将，又是巴王的亲信大臣。上次巴蔓子出使，来到楚国都城，商谈两国联姻之事，确定了楚王子迎娶巴国公主的日期与诸多细节，楚王曾热情款待，饮酒相聚，甚是欢洽。巴蔓子性情豪爽，好客善饮，酒量颇大，深得楚人好感。楚王对巴蔓子的印象很不错，觉得巴蔓子天性率真，为人实在，言谈举止不做雕饰，往往直抒胸臆，有时甚至有点粗鲁，却讨人喜欢，而不会生厌。因为巴楚结亲，过程十分爽快，也增添了楚王对巴国这位大臣的信任与好感。这次见到巴蔓子，自然是格外热情。

楚王说：阁下别来无恙，这次来楚，有何贵干？

巴蔓子揾手施礼说：在下奉命出使，是特地来向大王请求援兵的。

楚王有点惊讶地问道：发生了什么事情？为何求援？

巴蔓子说：蜀王听说巴楚联姻，大为恼怒，竟然出兵攻巴。这次蜀王出动了五丁力士，来势凶悍，情形危急，所以要请大王派遣援兵，增强防御，共同破敌。

楚王哦了一声说：这是真的吗？蜀王也太无理了吧？

巴蔓子说：蜀王狂傲，无理可喻。他要打仗，我们也只有应战了。

楚王说：巴蜀如果开战，阁下预测，胜负将会如何呢？

巴蔓子说：比较而言，蜀国要比巴国强势，蜀王又有五丁力士，所以气势汹汹，不可一世。但巴人忠勇，定会拼死抵抗，蜀王也占不了多少便宜。如果大王派兵增援，形势就会对巴国有利了。

楚王笑道：好啊，阁下实话实说，如此甚好！

巴蔓子说：当下形势非常急迫，请大王发兵救援！

楚王说：巴国有难，吾岂能坐视不救？好啊，好啊！

楚王随即传旨，准备了丰盛的宴会，热情款待巴蔓子。楚国的文武大臣，都应楚王之邀，陪同巴蔓子饮酒。宴席上，众人争相劝酒，有人说：你喝了这杯，大王就会派兵给你。巴蔓子说：好啊！举杯一饮而尽。又有人说：你再喝了这杯，大王会多派援兵。巴蔓子豪情满怀地说：好啊，说话算话！放开酒量，来者不拒，不由得喝了个酩酊大醉。楚王吩咐侍从，安排巴蔓子在馆舍休息。

过了一天，楚王又设宴款待巴蔓子。如是者数日，对巴蔓子热情有加，待若上宾。巴蔓子喝了很多美酒，充分感受到了楚王的热情和客气，却迟迟不见楚王发兵。巴蔓子心中纳闷，既然楚王答应了要出兵援助巴国，却毫无动静，楚王玩的究竟是什么花样啊？现在巴国的情形已经十分危急，哪里还能这样等下去呢？

于是巴蔓子前往楚国王宫，去见楚王。王宫侍者挡驾说：大王外出狩猎，尚未回宫，请大人在馆舍休息等候。巴蔓子说：请禀报大王，我有急事，已经等了好多天了！王宫侍者说：请大人少安毋躁，耐心等候，大王回宫后，就会接见大人的。巴蔓子无奈，只有在馆舍里继续等候。这样又过了几天，仍不见楚王召见，也毫无派遣援兵的动静。巴蔓子心中焦急，而且有点生气了，对馆舍里的接待官员说：请你告诉大王，若再不发兵援巴，我也无颜回国去见巴王，只有自刎于此了！说罢，拔出随身佩带的宝剑，朝着寒气逼人的锋刃吹了口气，脸色凝重，显得异常的悲愤。馆舍里的接待官员见状大惊，急忙好言劝慰，立刻骑马去了王宫，迅速做了禀报。

过了一会儿，接待官员回来了，对巴蔓子说：大王本来已下令出兵了，但将领们说，出兵要耗费粮秣军需，打仗还会有将士死伤，总得有个补偿保障才行啊，故而拖延了时间。大王就要回宫了，很快就会召见大人，请大人再稍微等一等。

巴蔓子这下才明白了其中的缘由，如果巴国不许诺报酬，楚王显然是不会出兵援助巴国的。说是将领们的要求，只是个托词罢了。当今天下，都讲实惠，谁会做没有报酬的事呢？楚人重利，如此要求，也很正常啊。在此关键时刻，能否得到外援，将决定巴国的生死存亡。怎么办呢？巴蔓子略一思索，便有了主意，对接待官员说：请禀告大王，如果出兵援巴，等打败蜀王之后，巴国将割让三城给楚国，以此作为酬谢！

接待官员一下睁大了眼睛，赶忙问道：大人此言当真？

巴蔓子说：在下以项上人头做担保，决不食言！

接待官员很快将巴蔓子的承诺报告了。楚王得知后，很是兴奋。楚王原来是想观望和拖延一下，如果蜀王攻势凌厉，很快就攻破了巴国都城的话，那楚王也就不用出兵救援巴国了。现在巴蔓子亲口答应，要割让三座城池，来换取楚王出兵援巴，这是多大的诱惑啊。巴国现在的主要城池共有五座，如果获得其中的三城，那就相当于巴国的一大半领土都属于楚国了。作为雄心勃勃的君王，面临这样的大好机会，怎能不动心呢？楚王本来还犹豫不决，现在当然不再迟疑了，终于下定了派兵救援巴国的决心。

翌日上午，楚王便又在王宫接见了巴蔓子。

楚王说：将军这几天休息得可好？

巴蔓子说：多谢大王盛情款待，可我住在馆舍，却度日如年！

楚王说：吾外出狩猎，吩咐他们热忱款待将军，本想让将军好好休息几天的。他们是否怠慢将军了？若招待不周，吾会处罚他们！

巴蔓子说：他们热情好客，并无怠慢。在下奉命出使，为求援而来，大王也答应了援巴，却迟迟不见发兵，因此焦急。

楚王说：吾已下令调兵，因为将领们意见不一，故而拖延了。

巴蔓子说：大王若出兵援巴，击败蜀军，巴国将赠送三城给大王，以表酬谢！

楚王笑道：将军此言，不是开玩笑吧？以三城相赠，岂是阁下能够做主的？

巴蔓子说：在下奉命出使，巴王授我全权，可以决定一切事宜。

楚王说：割让三城，并非小事啊，阁下不要信口开河，可是当真吗？

巴蔓子慨然说：千金一诺，肯定当真！我以人头担保，请大王立即发兵援巴！

楚王听了，慷慨击掌说：将军豪爽过人，真乃豪杰之士也！即日发兵，随同将军，救援巴国！

楚王立即传令，调动了楚国的两支精锐军队，由两位骁勇善战的猛将率领，随同巴蔓子出发，前去救援巴国。考虑到蜀王有五丁力士，楚王又特地调派了二十头战象，随军出征，以抵御五丁力士的神勇。楚国的这些战象，都经过训练，并在实战中发挥过巨大的作用。很多年前楚国和吴国交战，楚王在危急时候就曾驱象作战，将火炬系于象尾，使部下驱使战象奔袭吴军，吴军大溃而逃，楚军大获全胜。这次如果和蜀军作战，楚王也希望使用战象的猛悍，同样取得奇效。

巴蔓子得到了楚王的援军，当天便率军出发，驰援巴国。

巴国的形势，确实已经火烧眉毛，刻不容缓了。

开明王率领蜀军，逼近江城，扎下了营盘。蜀王骑着马，率领着大批彪悍侍卫，威风凛凛地站在高处观看了一下地形，然后吩咐五丁力士打造战具，准备攻城。蜀王这次是存了心要好好教训一下巴王了，只要攻进城去，巴王必然遭擒，那时当然就任凭蜀王责问和处置了。

看到蜀王兵临城下，军威雄壮，声势浩大，江城内的气氛真是紧张到了极点。巴王率领文武大臣，站在城墙上瞭望敌情，目睹蜀军锐气方张，特别是五丁力士耀武扬威，不由得大为惶恐。之前派冉达见蜀王，议和不成，派巴蔓子去见楚王求援，也不见回音，使得巴王甚是焦虑。既然没有更好的办法化解这场危机，只有拼死一战了。巴王传令，多准备滚石、檑木、火油、箭矢，严加防守，一旦蜀军攻城，便居高临下奋力击退。

开明王遥遥地看到了站在城墙上指指点点的巴王，心中颇为不爽，随即命令五丁力士小试锋芒，在开战之前，先给巴王一个下马威。五丁力士遵命而行，沿着大路来到了城门前。这是出入巴国都城的主要城门，守护城门的巴国士兵早已关闭城门，严阵以待。五丁力士就近拔起一棵大树，掰去了枝丫，抬着树干，向着城门奋力撞去。只听见轰隆一声巨响，坚固的城门顿时被撞破了，城墙也崩塌了一大块。五丁力士又举树撞击城墙，砖石纷纷坠落，泥土飞扬，摧枯拉朽一般，城墙又崩塌了好大一处。守城的巴国士兵大声惊呼，射箭抛石，奋勇抵抗。蜀王见状，便吩咐鸣金。五丁力士闻声而退，回头看到巴人惊恐万状，不由得放声大笑。

巴王目睹五丁力士具有如此神力，顿时目瞪口呆，脸色如土。五丁力士刚才就像闹着玩似的，不过略微展现了一下身手，就已经如此可怕，如果五丁力士和蜀军倾力攻城，江城哪里守得住啊？巴王越想越害怕，实在抵挡不了，那就只有逃跑了。

开明王震慑了巴王，先声夺人，颇为得意。因为攻城在即，随即下令杀猪宰羊，犒劳将士，激励士气。等五丁力士和全军将士们吃饱了喝足了，就要一鼓作气杀进城去了。蜀王觉得胜券在握，所以调兵遣将，格外从容。在大战来临之际，虽然厮杀尚未开始，两军之间却已战云密布，杀气弥漫。那种战前的紧张气氛，颇有令人窒息之感。

眼看着巴蜀之间的这场血腥之战一触即发，就在这时，天气突然发生了变化，天空阴沉，风云变幻，雷声大作，大雨如注。准备攻城开战的蜀军，顿时都撤回了营房避雨。

这场意想不到的大雨，断断续续，下了三天。仿佛是天意，如同当年神女在冥冥之中帮助廪君一样，在最危急的关头，这场大雨也给了巴王喘息之机。巴王这时接到了禀报，巴蔓子已说动楚王派兵援巴，正率军兼程赶来增援，还带来了二十头战象，以便抵御五丁力士。这使得巴王看到了转机，颇有绝境逢生之感，情绪大为振奋。巴国的将士们得知消息后，低落的士气也受到鼓舞，立刻变得高涨起来。

蜀军避雨休息，等候天晴。因为营房简易，雨下得大，积水流淌，营房内的地面也都渗进了水，于是蜀军吃饭睡觉都受到了影响，境况颇为尴尬。蜀王待在大帐内，听着外面的风雨声，觉得很无奈，百般无聊，心情有些不佳。他本想一鼓作气拿下江城的，可是天公不作美，纵使豪气万丈，也没有办法指挥天气，只能耐着性子等候。蜀王吩咐苴侯，代劳慰问一下将士。苴侯很爽快地答应了。

苴侯借机见了五丁力士，先慰劳，然后问道：如果开战，你们怎么做？

大牛豪情满怀地说：攻进城去，擒住巴王，交给大王发落啊。

苴侯说：以诸位的神力，要破城而入，是毫不费力的。但这样不行啊！

大牛不解，问道：为何不行？我们不能破城吗？

苴侯说：大王之意，只是想吓吓巴王，而并非灭掉巴国。

大牛说：那我们如何做呢？请苴侯大人指教！

苴侯说：常言道，得饶人处且饶人。诸位的神力，不必全部施展，适可而止就行了。

大牛还是有点懵懂，又问：我们如何才能做到适可而止呢？

苴侯说：就是做出很凶狠的样子，如同演戏一样，吓唬一下巴王，然后就可以退回了。攻城必然厮杀，将士会有死伤。你们不必倾力进攻，只有这样，及时退回，才能避免伤亡。

大牛点头说：我懂了，到时就按苴侯大人指教的做了。

苴侯说：好啊！又叮嘱道，此话绝密，不得向任何人透露！

大牛说：苴侯大人放心，我会守口保密的！

苴侯知道五丁力士天性耿直，答应了的事情，都会践约遵守。只要五丁力士不倾力攻城，江城便会安然无恙，巴王也就不会被擒。如此留下余地，将来巴蜀还可以修复裂痕，化解矛盾，重新和好。对于抵御秦国来说，巴蜀联合确实是非常重要的事情，所以苴侯必须努力为之。为了抗秦大局，苴侯可谓费尽了心力。此时听了大牛的应承，这才暗自松了口气。

三天之后，大雨渐停，却仍有阴雨，还在淅淅沥沥地下个不停。天地阴沉，河水上涨，江面变阔，浊流奔泻。巴国都城前面的壕沟，都灌满了浑浊的泥水，成了守卫都城的天然屏障，增加了蜀军攻城的难度。蜀王在等候雨停，巴王却不敢懈怠。被五丁力士撞破的城门与坍塌的城墙，经过冒雨抢修，已经修复了。巴王还调整了守城的兵力，特别加强了薄弱之处的防守。

就在蜀王很无奈地等候天气变晴的时候，王子安阳随着蜀军的辎重与运粮队伍来到了驻扎之处。王子安阳先和苴侯见面，急忙询问数日以来的情况。苴侯说了个大概，然后问道：你不在都城待着，却匆匆赶来，是否有什么事情？或有什么话儿要和我说？

王子安阳说：父王执意率军出发后，皋通和我都放心不下，担忧巴蜀开战，弄得两败俱伤，一发而不可收拾。皋通思量，现在形势急迫，如果叔父不能劝阻父王，不妨暗中叮嘱一下五丁力士，让他们适可而止，放过巴国。只要双方僵持不下，再伺机劝说父王，就有可能息兵罢战。我来此，也是想伺机进言，劝谏父王，争取让父王早点退兵，班师而回吧。

苴侯击掌笑道：这真是天下英雄所见略同也！可谓不谋而合！

苴侯随即告诉王子安阳说，他也正是这么考虑的，而且已经办了。

王子安阳也一笑说：叔父智谋过人，那就好啊！

且侯说：谋事在人吧。现在局势微妙，结果如何，尚难预料。

王子安阳说：皋通还有一言，也让我转告叔父。他说，如果能拖延战局，不要急着开战，情况还会有新的变化，或许不用劝谏，大王就会自己撤兵了。

且侯有点不解，问道：皋通的意思，是指什么变化呢？

王子安阳说：他没说，但暗示好像会有意想不到的变化。

且侯琢磨了一会儿，仍然没有猜透其中的玄机。但他深知皋通见多识广，智谋过人，既然预测情形会发生意外变化，肯定有他的道理。后来且侯突然想到了一件事情，心有所悟，这才会意一笑，点头嗯了一声。

天气终于放晴了，蜀军要准备攻城了。

开明王骑着马，带着大队侍卫，出了兵营，再次查看敌情。且侯和王子安阳，以及随军出征的一些大臣和武将，也骑马陪伴于侧。蜀王站在高敞处，眺望着严密设防的巴国都城，对且侯等人说：巴王小儿，不知天高地厚，等我拿下江城，且看他如何告饶吧。

且侯说：启禀大王，大雨之后，壕沟水深，攻城不易，不妨再等几日。

开明王不以为然地说：在吾眼中，江城已势如累卵，不堪一击，哪里还用得着等。

且侯说：现在攻城，将士难以前仆后继。再等几日，可减少伤亡。

开明王对五丁力士说：尔等以为如何，若现在攻城，可有困难？

大牛说：且侯大人说的对，我们兄弟可以攻城而入，但壕沟颇宽，现在灌满了水，将士们不易逾越，真的是个问题。

开明王沉吟道：那就再等两天吧，加紧准备战具，两天后开始攻城！

开明王的这个决定，使得攻城时间又推迟了两天。有些事情，一旦拖延，便会发生意想不到的变化。这两天对于巴国实在是太重要了，巴蔓子率着楚王派出的援军，终于风雨兼程地赶到了江城。巴王看到巴蔓子率领楚军已至，大为高兴。巴蔓子是巴王麾下的忠勇大将，这次在关键时候归来，为困境中的巴国增添了一支非常重要的有生力量，特别是带来了二十头战象，更使得巴王喜出望外。

巴王对巴蔓子说，蜀王就要攻城了，你看如何应战？

巴蔓子说：蜀王若攻城，请大王指挥众将正面抵御，我率本部将士与楚军从侧面出城，迂回反击蜀军，驱使战象冲锋陷阵，定能一举而将蜀王击败！

巴王说：蜀王有五丁力士，个个都神勇超人，你有把握将蜀王击败吗？

巴蔓子慨然说：五丁力士虽然力大无穷，但也是凡人啊。我方现在有二十头战象，都训练有素，勇悍无比，若出其不意地向蜀军发起猛烈攻击，定有奇效！五丁力士再厉害，也难以抵挡二十头战象啊，蜀王必退无疑！

巴王说：好吧，就照爱卿所言，依计而行，反击蜀王。

巴蔓子说：临战之前，请大王举行祭祀，激励士气。

巴王说：吾也正有此意。但愿廪君在天之灵，护佑巴人！杀敌卫国，大获全胜！

凡是遇到战事，或有重要的兵戎行动，巴王通常都要举行仪式，祭祀廪君，祈求护佑。这本是巴国的一个悠久传统，代代相传，奉行不悖。这次巴王也不例外，随即传令下去，召集文武大臣和众多将领，举行了一场隆重的祭祀活动。巴王亲自主持了祭祀，除了向廪君献祭三牲，还命令侍卫从牢中提了一名死囚，杀之以祭。这也是巴国一个比较特殊的习俗，因为传说廪君死后，魂魄化为了白虎，而白虎要饮人血，遂以人祠焉。巴人都非常信奉这个传说，将被杀者称为人牲，特地用其鲜血来祭祀廪君，相信这样才会特别灵验。巴王通过祭祀誓众，做好了迎战的准备。

蜀军这边也在加紧准备攻城，开明王因为江城壕沟水深，耽搁了战机，不久便想到了一个办法，下令士兵搜集了大量稻草，砍伐了很多树枝，并缝制小布袋装上沙土，准备用来抛填壕沟。这样在攻城开战的时候，由五丁力士施展神力破城而入，士兵们就能紧随其后冲锋陷阵了。两天之内，一切都已大致准备妥当，只等蜀王下令开战了。

这天上午，天气阴沉，乌云压城，又有点风雨欲来的样子。

开明王觉得不能再等了，如果再下雨，这个仗还怎么打呢？于是率领军队，出了营房，擂动战鼓，下令攻城。蜀军旌旗招展，军威雄壮。士兵们大声呐喊着，携带稻草、树枝、沙袋，冲上前去，开始抛填壕沟。这个办法果然非常有效，虽然无法将壕沟填平，却如同搭建了浮桥，可以蹚水而过了。五丁力士举着巨大的树干，越过壕堑，开始撞击城门城墙。顿时发出了巨响，土石崩裂，尘土飞扬。守城的巴国士兵们也高声呼喊，朝城下射箭，奋勇抵抗，并居高临下抛丢滚石檑木，打击攻城的蜀军士兵。巴王率将观战，也擂响了战鼓，来激励士气。一时间，巴蜀交战双方，战鼓声如同雷鸣，呐喊声此起彼伏，情形异常激烈，很有点惊心动魄的感觉。

五丁力士因为记着苴侯的嘱咐，攻城时并未使出全力，保留了很大的余地。如果五丁力士全力以赴，以他们的神力，要破城而入，其实是毫无悬念的。蜀王和巴王对此都并不知情，只有蜀国的苴侯和王子安阳、巴国的冉达，才心中明白究竟是怎么回事。正因为其中暗含玄机，所以双方表面看来攻防十分激烈，实际上却如同表演，形成了胶着状态。

这种情形持续了一会儿，攻城的蜀军还是明显占据了上风。在五丁力士的奋力撞击下，城墙开始崩塌了。蜀王见状，十分兴奋，更加用力擂鼓，督促五丁力士，希望一鼓作气攻进城去。巴王这边，也用劲擂鼓督战，催促巴蔓子出兵反击。鼓声阵阵，杀气弥漫，天空昏暗，情形紧张。巴蔓子早已做好准备，蓄势以待，这时打开另一边的城门，率军而出，驱使着二十头战象，迂回到蜀军侧面，出其不意地向攻城的蜀军发起了冲击。

开明王看到侧面突然出现了一支奇兵，同时打着巴国与楚国的旗号，前面是二十头庞然巨兽，后边是手持长矛巨盾的劲旅，猝然奔袭而来，不由得大吃一惊，急忙挥动旗帜，指挥五丁力士抵御。巴蔓子率领的这支奇兵来势迅猛，以迅雷不及掩耳之势冲到了蜀军阵前，拦腰冲击，蜀军抵挡不住，顿时大溃。

五丁力士看到这支巴楚联军，竟然以二十头战象为前驱，也大为惊讶。大牛高呼了一声，与几位兄弟放弃攻城，同时回身与奔袭者搏击。五丁力士果然神勇非凡，舞动树干，将一头战象撞翻在地。接着又撞倒了一头战象。巴楚联军的攻势，顿时小有受挫。站在城墙高处的巴王见状，继续播鼓催战。巴蔓子督促队伍，奋勇进攻，驱使战象群继续猛烈冲击蜀军。五丁力士纵使力大无穷，一时也难以抵挡这么多战象。这些训练有素的战象，汇聚在一起，列阵而进，奔跑起来犹如洪水激流，其势汹涌，挡者披靡。蜀军士兵从没见过这个阵势，慌乱不已，溃散而走。只有五丁力士仍顽强搏击，抵挡着象群的进攻，又击倒了几头战象。但象群的攻势仍然凶猛，不断地涌上前来，冲锋陷阵，毫不退缩，对五丁力士形成了围攻之势。五丁力士陷在了象阵里，左冲右突，惊险万状，看起来也有点招架不住了。蜀王担心五丁力士有闪失，急忙鸣金收兵。五丁力士闻声而退，冲出了象阵，护卫着蜀王和苴侯等王公大臣，向后撤退了数里，这才扎住阵脚。

巴蔓子率领巴楚联军，驱使战象击溃了蜀军之后，没有乘胜追击，而是及时退兵，撤回了江城，继续加强防守。巴蔓子善战，却不想逞强，毕竟是敌强我弱啊，不能轻率冒进，深知只要都城无虞，固若金汤，那就胜定了。这次巴蜀交战，本来蜀王势力强盛，却没有得到什么便宜，巴王势弱，却获得了意想不到的胜利。巴蜀双方，继续对峙，战局却由此而发生了微妙的变化。

开明王召集溃散的蜀军，重新扎营，集结备战，准备继续攻城。经历了这次失利之后，蜀军的士气已经没有先前那么高涨了，对巴楚联军与战象群仍心有余悸，虽然兵临城下，对巴国都城仍旧是包围和进攻的态势，心理上却产生了怯战的情绪。而在巴国守军方面，士气受到了初战告捷的激励，一下振奋起来，都城的防守也得到了加强，变得更加严密了。蜀王不甘失利，巴王蓄势以待，双方僵持不下。接下来怎么办呢？蜀王如果继续攻城，现在已经没有绝对获胜的把握了，但若就此作罢，又于心不甘。目前的情形，使得蜀王真的有点左右为难，是进亦难退亦难，简直是骑虎难下。更何况，蜀军远道而来，粮秣军需都要从蜀国长途运输供应，而巴国守军则以逸待劳，时日稍长，形势对蜀军就会更加不利了。

苴侯揆时度势，对蜀王进言道：大王啊，我军粮秣已不足三日，后方路遥，运输不便，不如先退，攻城之事，以后再说？

开明王皱眉说：我已派人催促江非运粮。巴王小儿，岂能轻易放过他？

苴侯劝谏说：巴王得楚王援助，防守严密，我军一时难以破城。不如以后再教训他吧，也不为迟。

开明王沉默不语，虽然明白苴侯说的有道理，但心理上却不愿接受。蜀王是个好强之人，又是个刚愎的君王，如果不打败巴王，他这次出征讨伐巴国岂不是无功而返？这叫他的脸面上怎么挂得住呢？

苴侯见蜀王不愿退兵，一时难以说服，也只有暗自叹息，无计可施。

就在这个时候，从蜀国都城来了急使。一名王宫侍从骑着快马，兼程赶来，向蜀王禀报，慧妃的病情突然加重，已经病危。慧妃在昏迷中仍念叨着大王，想再见大王一面。侍从因为一路疾驰，已经疲惫不堪，边说边喘气，显得分外紧张。

开明王闻讯大惊，心慌意乱，脸色都变了。小卉是他有生以来最喜欢的爱妃，如果慧妃病亡，岂不使他痛断肝肠？这如何是好啊！这个突然而至的噩耗，使得蜀王心绪焦急，方寸全乱了。蜀王牵挂着小卉的生死安危，哪里还有心情继续待在这里与巴王较劲呢，和巴王的恩怨此时已经变得不重要了，攻城之念已被置之度外，立即赶回去看望慧妃，才是他心中的头等大事啊。

开明王随即下令，即刻启程回国！这也正是将士们朝夕盼望的，终于息兵罢战了，蜀军立即遵令撤退，兼程赶路，很快就返回了蜀国。

巴王看到蜀王突然撤军走了，大为欣喜。当即设宴庆功，犒劳将士。

战事结束后，楚国援军在巴国都城受到了热情款待，又待了一些日子，然后便启程返回了楚国。楚王向率军的将领询问战况，将领如实做了禀报。楚王得知巴王利用战象击溃了蜀军，很是兴奋。楚国的战象，果然勇猛啊，虽然损折了数头，却挫败了五丁力士，可谓大获奇效。楚王觉得，这次援巴，解了江城之困，使巴国转危为安，这都是楚国援军的功劳啊。当初巴蔓子求援，许诺割让三城，现在击败了蜀军，应该是如约兑现诺言的时候了。楚王随即派遣了使者，前往巴国都城，与巴王交涉，要求割让三城给楚国。

巴王热情接待了楚使，听了楚使的要求，大为惊讶。巴王深感意外，竟然还有这样的事情？如果割让三城，相当于将巴国的大半疆域都拱手送给了楚王，这当然是不行的。可如果不同意割让三城，却有巴蔓子的承诺在前，这又如何是好呢？

巴王赶紧召见了巴蔓子，问道：爱卿赴楚求援，怎么能向楚王许诺割让三城呢？

巴蔓子说：启奏大王，这事也是出于无奈，不得已而为之啊。

巴王沉吟道：凡事有度，何为不得已？一定要割让三城呢？

巴蔓子揖手说：小臣奉命赴楚，向楚王请求援助，楚王很爽快，一口就答应了，却迟迟不发兵。小臣等了几日，终于得知，楚人贪利，若不许诺割让城池，以此作为交换，楚王是决不会发兵的。当时江城被困，势如危卵，蜀王即将破城，形势急迫万分，小臣迫不得已，想到成败在此一举，如果城破国亡，再多的城池又有什么用呢？于是向楚王慷慨许诺，只要击败蜀王，就割让三城给楚王，请求火速出兵援巴。楚王起初并不相信，小臣又以人头担保，楚王这才信了，当即下令出兵。小臣率领援军星夜赶回，协助大王，奋力出战，击退蜀军，破敌获胜，实在侥幸。这就是事情的经过，请大王明鉴！

巴王得知了求援的真实经过，终于明白了巴蔓子的苦衷，赞叹道：爱卿此番赴楚求援，不辞辛劳，煞费苦心，破敌救国，功莫大焉！

巴蔓子叩拜道：有大王的这句奖勉，吾心已足，可以告慰平生了！

巴王说：楚王遣使，要求割城，如何应对，爱卿可有善策？

巴蔓子说：大王不必担忧，这事是我许诺的，也由我来应对吧。

巴王见巴蔓子很有自信，点头道：好，此事就交给爱卿全权办理了。

巴蔓子于是邀见楚使，设宴款待，请楚使喝酒。楚使也正想面见巴蔓子呢，两人相聚饮酒，甚是欢洽。酒过三巡，巴蔓子对楚使说：大使这次来巴，是奉楚王之命，前来要求割城的吧？

楚使说：对啊，这是大人亲口向楚王承诺的。现已击败蜀军，理当兑现承诺了！

巴蔓子说：感激楚王，援巴破蜀！但巴国之城，不可得也！

楚使说：这是为何？大人难道说话不算话吗？

巴蔓子说：巴国之城，乃国之根本，岂可割让送人？

楚使说：大人当时面对大王，慨然许诺，信誓旦旦，曾以人头担保呢。

巴蔓子说：不错，在下确实以项上头颅担保。人头可得，巴国之城不可得也！

楚使说：大人开玩笑呢，此话怎么当得真？

巴蔓子从容说：一言千金，并无戏言。你我且豪饮一杯再说！

巴蔓子换了大杯，斟满酒，与楚使碰杯畅饮。巴蔓子豪爽过人，一连饮了三大杯，这才放下酒杯，吩咐侍从拿来了一个很大的锦盒，放在了楚使面前。楚使不解，看看打开的空锦盒，又看着巴蔓子，一脸疑惑。

巴蔓子纵声哈哈大笑，对楚使说：这个锦盒就是用来盛放我项上人头的。请大使呈献楚王，就说我巴蔓子感激楚王，兑现诺言了！

巴蔓子说罢，拔出寒光闪闪的宝剑，神色自若，满脸豪气，没有丝毫犹豫，挥剑自刎了。巴蔓子力大，宝剑又极其锋利，如此挥剑刎颈，项上人头便正好落在了打开的锦盒之中。巴蔓子伟岸的身躯依然站立着，满腔鲜血从颈项处喷出，洒落在了席前。过了好一会儿，巴蔓子的身躯才轰然倒地。

面对如此壮烈的情景，楚使目瞪口呆。在场的人，也都张口结舌，惊讶不已。过了片刻，巴蔓子的部下和侍从们，才从震惊中回过神来，不由得泪流满面，悲恸难已。侍从们一边收拾现场，一边派人禀报了巴王。

巴王得知巴蔓子刎颈以谢楚王，也是大为震撼，眼含热泪，不胜痛惜。巴王随即传旨，召集文武官员，吊唁巴蔓子，举行隆重的葬礼，并优厚抚恤巴蔓子家人。又尊重巴蔓子的意愿，请楚使携带锦盒，礼送出境，回国去见楚王。

楚使回到楚国后，立即向楚王如实禀报。楚王听了，也是分外震惊。当楚使打开锦盒，楚王看到锦盒中的巴蔓子人头，犹如生前，圆睁双目，豪气凛然一如既往，不由得心生敬佩，倍加感动。

楚王赞叹道：巴蔓子真是天下难得的忠勇之臣啊！如此壮烈，堪称千古英雄！获城易，得良将难。若有巴蔓子这样的良将忠臣，堪比千城，社稷无忧，何用城为！楚王所言，有感而发，对巴蔓子的敬佩之情，溢于言表，令人感慨，闻者无不动容。楚国的文武大臣们，曾和巴蔓子喝过酒，有感于巴蔓子的壮烈，也是敬佩不已。

楚王随即下令，以上卿之礼，厚葬巴蔓子的人头。消息传至巴国，巴王深感欣慰。自此之后，巴蔓子的人头与身躯便分葬于两处，各有墓冢。后人敬佩巴蔓子的忠烈，又立庙而祠。巴蔓子的故事在后世广为流传，至今脍炙人口，那是后话了。

第十三章

开明王牵挂着慧妃的病情，从巴国撤兵，兼程赶回了蜀国都城。

出征之前，开明王曾派侍从，传令安排女巫给慧妃治病。当时女巫也答应了，说尽量试试，却没有把握，生怕心有余而力不足。为了治好小卉的病，蜀王已不遗余力地想尽了各种办法，既然女巫愿意效力，蜀王当然要努力为之一试了。但没有想到的是，小卉的病经受不起法术的折腾，没有减轻，反而愈加沉重了。

其实女巫确实是尽了力的，想利用法术的力量，驱除小卉身体内的邪魔，使小卉恢复往昔的活泼和健康。女巫的法术，得之神巫嫡传。据传在先王的时代，神巫尚未隐居，曾备受尊崇。那时候神巫本领超凡，能沟通神灵，驱魔除祟，化凶为吉，护佑众生；还能呼唤风雨，遁走无形，指点迷津，预测兴衰。神巫为人治病，常有起死回生之妙。神巫不仅受到君王和王公大臣们的尊敬，也深为百姓和庶民们所崇拜。后来，神巫年纪大了，渐渐厌烦了尘世间的浮躁与喧闹，不告而辞，悄然远遁。神巫从此隐居在了西蜀某处神秘的山林里，不再过问世事，去过逍遥的神仙一般的日子了。不过，神巫的弟子较多，有些弟子仍经常出入山林，往来于乡镇与都城，有时仍在民间活动。女巫便是神巫的众多弟子之一，虽然属于嫡传，但在法术与诸多本领方面，却只学会了皮毛，而未能掌握精髓。所以女巫这次为小卉治病，勉强施展法术，而效果甚微。小卉久病体弱，折腾了几日，顿时就病危了。

开明王风尘仆仆，回到王宫，脱下戎装，换了常服，顾不得休息，立即去寝宫看望慧妃。小卉躺在病榻上，已经昏迷了几天，这时回光返照，仿佛知道蜀王来了，慢慢睁开了眼睛。小卉天生丽质，虽然病情严重，却依然美丽。几位侍候小卉的宫女，天天都为病中的小卉梳洗，细心化妆，以悦君王。蜀王看到小卉病中清瘦的模样，如同一朵绝世鲜花即将枯萎，心中疼惜，不由自主地湿润了眼眶。

小卉芳唇微动，喃喃而语，声音很轻。蜀王俯身倾听，听到小卉在说：大王，你去哪里了，我好想你……

开明王心中一热，抚摸着小卉的脸庞，凑近了说：爱妃啊，我回来了，在你身边呢。

小卉仰望着蜀王，清澈如水的目光显得有些迷茫，眼中慢慢溢出了泪光。昔日明眸如星，此时却神采暗淡，仿佛蒙上了一层薄雾，缥缈而又忧伤。小卉喃喃地说：大王啊，你把我带进宫来，这些日子和大王在一起真好，可惜不能继续陪伴大王了……

开明王安慰说：爱妃啊，不要担忧，我会不惜一切，一定要治好你的病。

小卉叹了口气说：感恩大王，我怕不行了，一点力气都没有了……

开明王说：爱妃不要泄气，以后的快乐日子还长呢。

小卉含泪说：我也想呢，愿和大王天长日久，可是邪魔无情，不让我享有……

开明王说：爱妃啊，我要驱除邪魔，一定要使你痊愈。

小卉喘息了一下，虚弱的声音中充满了眷恋之情，低声倾诉说：我知道大王爱我，大王对我情深义厚，可我不行了，只有来生再侍奉，陪伴大王了……

开明王心中发热，柔情涌动，伸手扶起小卉，将她拥在了怀里。

小卉依偎在蜀王怀抱里，唇边浮起了浅浅的微笑，脸色苍白，神情忧伤，眼中的泪光化为了泪水，滴落在了蜀王的手臂上。小卉已经到了生命的最后时刻，刚才强撑着病体，向蜀王倾吐了心声，说多了话儿，耗尽了力气，此时说话的声音越来越低。小卉的身体也变得越来越轻了，软绵绵的，轻飘飘的，就像化为了一根羽毛，就要随风飞走了。

开明王虽然在情感上和心理上不能接受，也不愿相信小卉已经难以治愈，但还是感觉到了小卉的虚弱和依恋，知道小卉即将病亡了，小卉年轻美丽而又脆弱的生命正在渐渐地离他而去。蜀王心中一千个舍不得，却又万般无奈。他无限爱怜地搂着小卉，问道：爱妃啊，你有什么话儿，有什么心事未了，都告诉我啊。

小卉喃喃道：我想起了在家乡的时候，好天真，好快乐，我喜欢家乡的水土……

开明王说：嗯，好啊。心想小卉久病不愈，难道是水土不服的原因吗？可是现在知道了，也晚了啊。唉，真是无法挽回的遗憾啊。

小卉的声音越来越弱了，又说：大王，请善待我的父兄和家人……

开明王答应说：爱妃放心吧，他们都会安享荣华。

小卉的脸上浮起了一丝笑意：谢大王……声音缥缈，渐渐闭上了眼睛。

时光在这一刻，显得格外的冷酷与无常。小卉偎依在蜀王怀里，就这样走了。小卉仿佛进入了梦乡，从此长眠，再也不会醒来。临终前那丝浅浅的微笑，含着忧伤，透着遗憾，就凝固在了俏丽而又苍白的脸庞上。小卉绝代芳华，如同一朵枯萎了的奇花异卉，虽然香消玉殒了，却仍旧美丽如斯，依然香艳如故。蜀王抱着小卉，心情哀伤，惆怅不已，久久不愿放下。感觉着小卉余温尚存的身体正在渐渐变冷，小卉美丽的生命真的好似化为了轻盈的羽毛，悄然随风飘逝了。过了好一会儿，泪水溢出了蜀王的眼眶。侍候小卉的宫女们，这时也都小声地哭了起来。哀伤的气氛如同雾岚一样，随着哭声，顿时弥漫开来。

时光仿佛凝固了，开明王心中充满了悲恸之情。又过了许久，开明王在侍从的劝导下，才终于放下了小卉，离开了寝宫。

由于小卉的病逝，使得开明王倍感悲恸。那份发自内心的哀伤，徘徊在胸中，久久不能平息，一连数日，寝食难安，闷闷不乐。

开明王准备好好安葬小卉，想起偕同小卉游春的情景，小卉最喜欢园林风光，便传令下去，就在新建成的王室园林中为小卉选址立冢，让自己最心疼的爱妃长眠于此，死后仍有名花异卉陪伴。开明王朝有专门的王室陵园，通常王妃去世了，都是葬在陵园里的。蜀王的这个特别安排，打破了王室的常规传统，对小卉真的是情深意长，可谓用心良苦了。

开明王想到小卉临终所言，怀念家乡的水土，觉得也要有所安排才好，便派遣五丁力士前往武都，搬运巨石和泥土，用泥土为小卉修建墓冢，将巨石放置在小卉墓冢的四周，以此来满足小卉的遗愿。武都位于蜀国北疆，路途颇为遥远，往返需要很多时日。五丁力士接到命令后，便遵旨而行，率领了一队士兵，带了一些马匹，前往武都，去完成蜀王布置的任务。要从武都搬运泥土，比较简单，让士兵挑担，或用马匹驮运就行了。比较困难的是搬运体量巨大的石头，士兵和马匹都无能为力，只有靠五丁力士的非凡神力，长途跋涉，负重而行了。五丁力士在武都开采了五块巨石，就像之前搬运五头石牛一样，历经千辛万苦，过了好多天，才运回了蜀国都城。

开明王在等待五丁力士返回的日子里，心情甚是不佳，想到起初小卉得病，是由于梅妃作祟，而女巫也难辞其咎。如今小卉已逝，女巫的罪责就更大了。开明王心中顿时便起了怒火，决定严惩女巫，以解心头之愤。开明王又琢磨着，如果用普通的刑罚对待女巫，或责令女巫自尽，那未免太便宜了这个罪魁祸首，一定要使其粉身碎骨、灰飞烟灭才行。于是便传令下去，安排刑场，火焚女巫，以此来告慰慧妃的在天之灵。

女巫自从小卉病故，就知道蜀王不会轻易饶恕她了。女巫被监禁在牢房里，这天看到送来的饭菜比往日丰盛，自知大限即将来临，便对看押的狱卒说，她想面见蜀王，还有些很重要的话儿，要对蜀王说一下。狱卒当即禀告上去，信息很快传给了王宫侍从，侍从又禀报了蜀王。蜀王得知后，觉得女巫已经死到临头了，还有什么话儿要说呢？听听也无妨，那就见一下吧。

开明王坐在大殿王座上，心情郁闷，神态严厉，一副恩威莫测的样子。侍卫们分列左右，气氛森严。女巫由两名女弟子搀扶着，步履蹒跚，来到大殿，拜见蜀王。

女巫施礼道：大王啊，天道无常，人命危浅，诸事难料啊。

开明王目光炯炯地盯着女巫，没听懂女巫话中之意，喝问道：你想说什么？

女巫的声音有点粗哑，又拜曰：我是特地来向大王请死，来辞行的。

开明王听了女巫所言，感到有点意外，又觉得有点好笑。这个可恨的女巫倒是知趣，竟然自己主动来请死了。不过她既然要死了，又怎么辞行呢？

开明王冷冷地问道：你想死？那不难。想辞行？不容易。

女巫说：在下当诛，罪不容赦，所以请大王赐死。身体死了，魂魄还是要归去的，故而要辞行。

开明王这下听清了，问道：你的魂魄，欲归于何处？

女巫说：归于神巫之所。

开明王问：神巫之所，又在何处？

女巫说：神巫隐于蜀山，乃天下灵秀之地，众巫所归之处也。

开明王知道神巫隐居已久，对神巫过去的故事还是听说过一些的，但也都是传说而已。如果神巫现在还活着的话，岂不是数百岁之人了？天底下难道真的有活得如此长久的人吗？又想到蜀山的范围甚为宽广，谁也不知神巫究竟隐于何处。现在女巫所言，也有些夸张和含糊，使人不得要领。她说灵魂要归去，也有点缥缈难解。

开明王又问道：人死之后，难道真的有魂魄吗？

女巫说：人乃父母精血与天地灵气凝聚而成，一旦死去，身体归于尘土，而灵气为魂魄，复归于天地也。

开明王说：天地何其大也，众巫为何又要归于神巫之所呢？

女巫说：天地有神灵，凡间有帝王百姓。众巫往来于神人之间，死后魂魄归去，犹如帝王有陵园，百姓有祖坟，各归其所也。

开明王问：那么帝王与百姓又会怎样呢？

女巫说：宿命不可违，只能顺其自然，各归于陵园与坟茔了。

开明王心想，这女巫明知就要被处死了，却面无惧色，仍侃侃而谈，也没有求饶的表示，果真有些不同。开明王用冷漠的目光扫视着女巫，琢磨着女巫的话中之意，又问道：你想和我说的就是这些吗？

女巫叹了口气说：天意难违，宿命如此，岂能强求？

开明王说：你有何要求？也不妨说来听听。

女巫抬起头，望着高坐在王座上神色威严的蜀王，恳请说：在下没有什么要求，只盼在大王赐死之日，请恩准在下，面朝蜀山，先祈祷神灵，然后从容受刑吧。

开明王双目如剑，注意到了女巫眼神的深处，似乎闪烁着某种神秘之光。两人的目光甫一接触，女巫便低头避了开去。开明王感到女巫的恳请有点奇怪，为何要先祈祷再受刑？究竟是什么用意呢？琢磨了一会儿，有点猜测不透。

女巫见蜀王沉默不语，不置可否，不由得叹了口气说：天道无常啊，诸事难料，就此告别，大王好自为之！

开明王听了，颇为不解，觉得女巫此话已反复说了几遍，难道有什么深意吗？说是诅咒，又不像。似乎有点告诫的意味，却又含糊其辞，使人莫测高深。开明王这时又想到了爱妃之死，全是由于女巫的装神弄鬼啊，心中本来就痛恨女巫，此刻更是愤然，也不再去细想了，便做了手势，让侍卫将女巫带了出去，押往了刑场。

女巫求见蜀王，其实还是抱有幻想，希望蜀王法外使仁，能够网开一面的。但女巫又不能自降身份，卑躬屈膝向蜀王求饶，万一求饶不成，岂不颜面尽失？故而女巫只能用玄妙之辞来暗示蜀王，但愿蜀王有所觉悟，能够宽宥待之。女巫很想告诉蜀王，人有生死，国有兴衰，蜀国不久的将来，很可能便有意想不到的劫难，利用法术也许还有禳解的希望，而如果戕害巫师，那就断绝了禳解的可能，对蜀国是很不利的啊。可是蜀王却毫无反应，不为所动。既然蜀王已经动了杀心，对巫师已经不再善待，女巫还能说什么呢？纵使提醒和告诫蜀王，蜀王也是不愿相信的，只会说她妖言惑众，更要加重她的罪责了。女巫暗自叹息，深感无奈，如今面临着极刑，就要被蜀王处死了，却也并未绝望，她还有神巫传授的隐遁法术，危急关头，可做最后的尝试。不过是否有效，女巫也不得而知，以前没有机会使用，现在也只有听天由命了。

刑场就安排在王城外面的岷江之畔，空地上已经架起了很大的柴堆，布置了警戒的士兵。蜀王要火焚女巫的消息，像风一样，传得极快，民众好奇，闻讯而至，周围顿时集聚了很多看热闹的人群。

王宫侍卫们将女巫押到刑场，将其反缚了双手，抬起来，放在了柴堆之上。

此时一切都已准备妥当，只等监刑官前来，下令举火，就要火焚女巫了。闻讯前来围观的民众仍在陆续赶来，越聚越多。警戒的士兵手持长矛，维持着秩序。女巫的两名女弟子也跟随而至，跪在了柴堆旁边的空地上，望着女巫，神情哀戚，眼含泪光，小声地哭了起来。只有女巫依然镇静如常，盘腿坐在柴堆上，面朝远方的蜀山，仰头向天，微闭着双目，遵照神巫传授之法，开始在心中默默祈祷。

开明王因为愤恨女巫，本来是要亲临现场的，想亲眼看着火焚女巫，以解心中之恨。但又觉得自己身为蜀王，岂能亲自监刑？况且这样也未免过于抬举了女巫，于是派遣江非作为监刑官，负责监督执行此事。江非立即遵命而行，骑着马，在几名随从人员的护卫下，出了都城，来到了江畔的刑场。

天色有些灰暗，岷江在低垂的云层下泛着波光，流淌的水声随风入耳，听起来仿佛是江神在叹息与絮语。放眼眺望远方，可以看到朦胧的浅黛色的山影，那就是雄峻而又广袤的蜀山了，此刻在淡淡的雾气中忽隐忽现。有灰色的鸟群，在远处的旷野与山林之间盘旋飞翔，好像神秘的精灵，在寻找和等候着什么。江畔的刑场就在这样的背景衬托下，显得格外突兀，颇有几分悲壮之感。

江非打量了一下柴堆与女巫，见女巫一副闭目入定的样子。作为蜀王的心腹近臣，他知道蜀王对女巫一定是痛恨至极，才会采用这种极端的惩罚手段来火焚女巫。按照惯例，行刑之前，要赐酒一碗，让受刑者饮酒后上路。江非命侍从倒了一碗酒，大声对女巫说：你喝酒吧！女巫不应。侍从于是将碗里的酒泼洒在了柴堆上。江非又大声问女巫：你还有什么话要说吗？女巫仍不吭声。江非于是下令举火。

侍从点燃了火把，将柴堆的四角都点燃了。火焰先是慢慢地燃烧，此时有风吹了过来，火借风势，越燃越旺，烟雾也升腾了起来。瞬息之间，女巫坐在柴堆上便已被火光与烟雾包围。女巫的两名女弟子见状，不由得放声而哭，随着哭声，烟雾迅速变浓，而女巫则随之隐入了烟雾之中。

这时发生了一个很奇特的现象，有一阵旋风从天而降，突然间给人以天昏地暗之感。旋风过后，灰暗的天色中，升起的烟雾仿佛变成了云团，随风飘向了远处的蜀山，如同海市蜃楼似的，瞬间就消散了。再看柴堆上火光中的女巫，已不知去向。连两名哭泣的女弟子，恍惚之间也失去了踪影。这一切都是在众目睽睽之下发生的，就像幻觉一样，令人不可思议。围观的人群啧啧称奇，惊叹不已。江非见状，也大为惊讶。因为是监刑官，这个奇异现象给江非内心带来的震惊之感，自然是分外强烈。江非以前曾听说过女巫会法术，火焚之际竟然能够遁走，如果不是亲眼所见，实在是使人难以置信啊。

柴堆随风燃烧，火光熊熊，很快就燃成了灰烬。天空此时飘起了雨点，围观的人群纷纷离去，四散躲雨。江非仍站在那里，出神地望着那堆灰烬，一副怅然若失的样子。他觉得此事太匪夷所思了，怎么向蜀王禀报呢？琢磨了好一会儿，心中仍拿不定主意。等到人群散尽，雨点渐渐大了，江非这才带着随从，骑上马，扬鞭催骑，一溜小跑着，回了王城。刚才喧闹的江畔，顿时又恢复了往昔的空旷。

开明王的消息还是很灵通的，很快就得知了火焚女巫时发生的异常现象。随即在王宫大殿召见了江非，问道：我听说，女巫随风而遁，究竟是真是假？

江非揣摩着蜀王的心思，心想蜀王派他担任监刑官，结果却让女巫遁走了，岂不是他的严重失职吗？蜀王又是如此痛恨女巫，如果要追究责任，因此而迁怒于他，那就不好办了啊。江非为此深为担心，思绪格外纠结，是否要如实禀报蜀王？还是对蜀王隐瞒实情才好呢？经过一番思量，江非觉得还是瞒哄过去方为上策。

江非此时恭敬地拜见了蜀王，小心翼翼地回答说：启禀大王，女巫已被火焚，随风飘走的只是烟雾而已。

开明王说：真的如此吗？众人所传，难道有误？

江非心想，反正蜀王没有亲临现场，怎么说全凭他了，于是语气更加坚决地说：启禀大王，女巫被反缚双手，在烈焰之中岂能遁走？况且四周都有士兵把守呢，女巫插翅难逃啊。民间常有好事者传播不实之言，故意混淆视听。所谓女巫随风而遁，纯属谎言，有人传播谣言，那是别有用心啊。大王不要相信，要警惕才好。

开明王见江非说得如此肯定，心中仍有点将信将疑。传言说女巫在火中遁走，确实太荒诞了啊。仔细想想，虽然有很多疑问难解，但蜀王还是愿意相信江非说的是实情。如果连身边亲信近臣的话都不信了，那么天底下还有谁的话能相信呢？蜀王这么一想，于是点头表示赞同，便不再深究此事的真假了。

开明王又问道：你说的传言者别有用心，是指什么？

江非察言观色，知道蜀王已经听信了他的话，终于松了一口气。此时见蜀王发问，于是又继续说：启禀大王，传播谣言者的用意，是想表达女巫有法术，连火焚都奈何不了她。这是妄图用谣言来赞扬女巫，借以讽刺大王惩罚女巫的英明决定啊。所以小臣认为，必须对这种谣言加以禁止，不能听之任之，应下令禁止传播谣言，对妄议者绝不姑息。

开明王听了，点头说：爱卿言之有理，禁止妄传，不准妄议！

江非暗自庆幸，蜀王对他的信任，使他深感振奋，立刻称颂道：大王英明！

开明王又说：为慧妃建墓之事，你也过问一下吧，务必建好，不得有误！

江非说：小臣遵命，一定全力以赴，精心修建，请大王放心。

开明王说：好啊，这事你要抓紧办好，不能耽误。

江非拜辞了蜀王，随即遵令而行，去督促办理为慧妃建墓的事了。

开明王还记得小卉仙逝前的嘱托，希望善待她的家人。蜀王特地派侍从慰问了小卉的父兄。

小卉的父亲魏炎和兄长魏安，自从小卉入宫成为蜀王的慧妃之后，便骤然富贵，在蜀都城内拥有了豪宅，成了新的贵族。家里的生意，也格外兴旺，销售的山货常常供不应求，雇佣的伙计和仆人一下增多了。这当然都是和蜀王攀亲的缘故，女儿成了蜀王的新宠，巴结的人犹如过江之鲫，每天都有客人往来，真的是门庭若市，应酬繁忙，好不热闹。但好景不长，祸福相倚，意想不到的变故也悄然而至。小卉天天在宫中陪伴蜀王，自从上次省亲之后，便深居后宫，很难再有见面的机会。不久便听说小卉身体欠安，略有不适。魏炎父子对此并未在意，觉得偶患小恙，也是常见之事，哪里料到小卉竟然病故了呢。

魏炎得悉噩耗，大为震惊。小卉是他的爱女，自幼娇惯，视若掌上明珠。小卉年轻，正是芬芳之季，青春美貌，如花似玉，怎么会一病不起呢？魏炎不由得悲从中来，伤心至极，难以形容。当初小卉失踪，突然入宫，先是意外，继而惊喜；如今小卉病故，也是过于突然，其中似乎隐藏着天大的疑问，这是魏炎感到震惊的主要原因之一。魏炎由此联想到家族的荣华富贵，因为小卉死了，也就随之失去了依靠，以后怎么办呢？是继续留在蜀都经商，还是返乡隐居去过田园生活？这便是魏炎感到震惊与焦虑并为之忐忑不安的原因之二了。

王宫侍从奉命慰问，待了一会儿便走了。魏炎随即按照家乡之俗，在府邸里给小卉摆上了祭祀的灵堂。葬礼已经由王宫在操办了，魏炎在府邸摆的只是一个象征的祭祀。消息很快传了出去，达官贵人们自然都知道了，前来吊唁的人却不多。世态炎凉，概莫能外啊。魏炎心绪低落，神情悲恸。仆人们都小心翼翼，整个府邸都笼罩在悲伤的气氛之中。

魏安也很难过，宽慰父亲说：小卉已逝，入土为安，父亲节哀吧。

魏炎落泪说：卉儿这么年轻就仙逝了，怎么能不伤心啊。

魏安说：人死不能复活，父亲还是要想开一点，不要伤心过度。

魏炎叹息道：生死有命，富贵在天。常言所说，果然不差。卉儿享有荣华富贵，这是她的造化，可惜天公不作美，繁华似梦，转瞬而逝，竟然如此短暂。唉！

魏安说：这些都是没有想到的啊，如果当初不让小卉随同来蜀都，也就什么事都没有了。

魏炎说：事情总是在发生之后才会清楚，当初谁能料到呢。

魏安说：是啊，谁也不能料事如神，小卉红颜早逝，真的令人倍感遗憾。

魏炎说：唉，我在想，办完卉儿的丧事之后，你要抽空回去一趟，看望你的母亲，把卉儿病故的事情也告诉她一声吧。

魏安说：当初小卉说，要将母亲从武都故里接来，一起在都城居住的。此事还没办成呢，小卉就病故了。如果母亲得知了，也会伤心欲绝的。

魏炎说：这事总不能瞒着你母亲，还是要让她知道的。你回去后，就陪伴你母亲待一些日子吧。

魏安说：好吧，我先把这儿的事情办妥了，然后就回武都去陪伴母亲，顺便也要安排采购山货了呢。

魏炎和魏安商量着，如何料理小卉的后事，以及生意上的诸多安排。按照魏炎的想法，小卉病故了，应该归葬故里才好。可是听说蜀王要在王宫园林里为小卉修建专门的陵墓，当然只能遵照蜀王的旨意了。后来蜀王派遣五丁力士去武都担土运石，路途遥远往返费时，过了好久，才终于办妥。

魏安等候了一些日子，这才返乡。母亲得知噩耗，果然伤心不已，因此大病一场。魏安一边照顾母亲，一边安排采购山货，运往都城。魏安牵挂着生意与买卖上的事情，本来是想早点回蜀都的，因母亲卧病于床，便留了下来。后来又接连发生了很多事情，都是意想不到的，这是后话了。

苴侯也听说了蜀王火焚女巫之事，对火焚时发生的奇异现象深感诧异。

过了几天，苴侯请客，约了皋通与王子安阳一起饮酒叙谈，便说到了此事。

苴侯说：传说神巫有很多法术，女巫之事，令人疑惑，难道真的能遁走吗？

王子安阳说：我也听说了，确实匪夷所思，使人难解啊。

皋通说：巫者通神之人也，修炼有素，掌握法术，本来就与众不同。传说神巫能遁走无形，还能呼风唤雨，可谓由来已久。故而前朝先王，都很尊崇神巫，对神巫恭敬有加，神巫也竭力辅佐，上下和衷共济，代代口耳相传，这是众所周知的。关于神巫的许多传说故事，也是众人耳熟能详的啊。所以蜀人信巫，是个传统，自古以来，就是如此。

王子安阳问：先生认为，神巫的法术真的灵验吗？

皋通说：有的时候很灵验，有的时候说不清楚。正如常言所说，信则灵吧。我记得，小的时候就听说过神巫的故事，要拜神巫为师，登堂入室之后，神巫才会传授法术。神巫对凡俗之人，当然是不会随便显露本事的，也不会轻易对人讲述法术，所以对其中的奥妙也就不得而知了。

苴侯说：那是很早的时候了吧？后来神巫就隐居了。

皋通说：是的，那时我还年少。

王子安阳说：女巫能在众目睽睽之下突然遁走，这也太神奇了吧？真的有点难以相信。

皋通说：是有点难以解释，不过，问题的要害并不在此。

苴侯问道：先生认为，这件事情的要害是什么？

皋通说：要害在于火焚女巫是个失策。神巫在民间的影响很大，神巫隐居之后，女巫作为神巫的嫡传弟子，也受到了百姓的崇奉。大王因为慧妃之死而痛恨女巫，故而下令严惩，竟然采取了火焚之法。其实隐忍一下，方为上策。尊崇和利用神巫，这是历代都奉行的策略，实乃高明之举。大王却反其道而行之，下令火焚女巫，以泄私愤，未免过于极端，使得大王有了残暴之名，会因此而失去民心的。

苴侯叹息说：是啊，先生所言，甚有道理。大王此举，未免太草率了。

王子安阳说：我也很担心，父王最近做的几件大事，都很不理智。先是掠地修建园林，继而起兵讨伐巴王，接着又火焚女巫，皆非善举啊。父王如此轻率，任意而为，如何是好？

苴侯说：我曾劝谏过大王，但大王听不进，不予采纳。有些事情，知其不妥，为之担忧，却无可奈何。

皋通说：这就是问题的要害了啊。大王率性而为，不听谏言，偏信小人，行事乖张，确实难以理喻，这可不是蜀国之福啊。这次女巫遁走的奇异之事，也有损大王的威望，不仅没有达到严惩女巫的目的，反而使得民间信巫之风更加昌盛了。现在大王又下令禁止传言，更让百姓对此议论纷纷，朝野都有看法，只会离心离德，这可不是什么好的兆头啊。

苴侯感叹说：大王也主要是听信了小人之言，才会如此举措失当。

王子安阳说：是啊，以前父王不是这样的，近来有点反常。

皋通说：任何朝代都有小人，就看如何对待了。王者要亲贤能，远小人，才是正道。如果王者偏信小人，又执迷不悟，那就比较麻烦了。

苴侯说：以后还是要继续劝谏大王，要大王疏远小人才对。

皋通说：大王若能纳谏，当然好了。但要大王疏远小人，恐怕不容易。

王子安阳问道：这又是为什么呢？

皋通说：因为小人都会揣摩大王的心思，投其所好，说大王最喜欢听的话儿。大王需要有人奉承和赞扬，这是人之常情，所以怎么会疏远小人呢？

王子安阳说：先生洞悉人情世故，说的倒也是真的。

苴侯面露忧色说：北有强秦，国有小人，如有不测，如何是好？

皋通说：强敌尚可御，小人最难防。故而兴衰变化，难以意料啊。

苴侯说：先生可有什么好的应对之策吗？

皋通说：凡事只能顺势而为，顺其自然吧。

苴侯想了想，又说，听说女巫向大王辞行，说了天意难违，此话有何深意吗？

皋通沉吟道：女巫之言，模棱两可，费人猜测，留了悬念，是有点玄妙。

苴侯也觉得女巫说的确实有些含糊而又玄妙，虽是很简单的一句话，却似乎有几重含义，让人琢磨不透。特别是女巫在临刑之际，反复说这几句话，似乎要向蜀王暗示什么。可究竟是什么意思，却又不得而知。苴侯对此是很有些疑惑的，不过，现在事情已经过去颇久了，若再深究也似乎没有什么必要，便换了另外的话题。

　　三人一边饮酒，一边继续谈论着最近发生的其他一些事情。三人都有忧国忧民之心，对蜀王的草率举措，都觉得不妥，却又无法劝阻，因而深感忧虑。但三人的担忧还是有区别的，苴侯担心的是小人得势会坏了朝政；王子安阳担心的是父王的轻率会失去民心；皋通担心的则是蜀国的兴衰，觉得蜀王喜欢率性而为，刚愎自用，缺乏远见，偏信奸佞之臣，这些行为一旦积累多了，就会使国势由盛转衰，一旦强秦犯境，那就不可收拾了，虽然目前还没有到那个地步，但端倪已显，已经不能掉以轻心，必须引起警惕了。

　　苴侯知道皋通是位很有见识的智者，当初向蜀王推荐皋通，也是希望皋通能为蜀国出谋划策，振兴朝政，匡扶社稷。苴侯喜欢和皋通饮酒交谈，两人推诚相交，相互敬重，可谓无话不谈。遇到疑难问题，苴侯也常向皋通讨教，所以私下里常有聚会。王子安阳和苴侯关系最为亲密，对皋通也是推崇有加，常会主动拜访苴侯和皋通，尤其喜欢这样的聚谈。这次三人小聚，饮酒聊天，由于女巫被焚之事而谈到了朝政与民心问题，进而引发了对国势发展与时局变化的忧患，不由得都有些感慨。

　　三人饮酒到夜阑更深，皋通和王子安阳才告辞，分别散去。

　　五丁力士去武都搬运泥土和石头，为慧妃建墓，费尽心力，千辛万苦，终于运回了蜀国都城。遵循蜀王的命令，在王室园林里风景最美的地方，盖地数亩，高达七丈，为妃作冢，精心修建了一座慧妃之墓。怀念家乡的小卉，生前水土不适，病故后也不能归葬故土，所以蜀王采用了这种特殊的方式，来表达自己对小卉的情深意切，也算是一种别出心裁的补偿了。

五丁力士还遵照蜀王的旨意，在慧妃墓前竖立了一块巨石，特地磨制成了圆镜的形状，平坦光洁，如同月轮。小卉生前喜欢使用铜镜，入宫之后，每次侍寝，都要对镜化妆，顾盼生色，容貌如仙，光彩照人。蜀王有时就坐在旁边，看着小卉在铜镜前梳理乌黑的头发，小卉飘柔润泽的乌发与光洁细腻的肌肤相互衬托，有淡雅的香泽气息扑鼻而来，光亮的镜中映照出小卉的绝代芳颜。面对着蜀王的注视，小卉会莞尔一笑，灿烂如花的笑容里略含娇羞，常使蜀王怦然心动。每逢此时，蜀王便会情不自禁。回想起来，留下的印象实在太深刻了。佳人已逝，从此幽明两界，过去的一切都成了梦幻，而当时的很多情景却依然烙印在蜀王心中难以忘怀。蜀王特地在小卉墓前竖立石镜，以寄托对小卉的缅怀与思念，其缘由便正在于此。

开明王住在豪华的王宫内，宫中有一座高达数层的楼阁，雕梁画栋，以珍珠为帘，被称为七宝楼。开明王想念小卉的时候，只要登高眺望，便可以看到远处的慧妃之墓了。因为墓冢修建得比较高旷，又有巨大的石镜作为标识，故而遥望也能一览无余。每逢月圆之夜，皎洁的月光映照在光滑的石镜上，会发出奇异的反光，光亮随月移动，显得极为玄妙，给人以无穷遐想。蜀王月夜眺望，看到了光亮的石镜，在那奇妙而又朦胧的光影中，仿佛显露出了小卉的笑颜，幻觉徘徊，缥缈如仙，使得蜀王怅然若失，心中充满了忧伤与思念之情。

开明王的情绪有些不佳，有很长一段时间，他的眼前与脑海里都是小卉的幻影。为了排遣自己的闷闷不乐，蜀王又开始谱写新曲了。他喜欢作曲，乐此不疲，此时也只有音乐能抚慰他忧伤的心灵了。音乐有时如同高山流水，有时好似春风化雨，常会给他带来感觉上的快慰，滋润寂寞的灵魂，抒发胸中的块垒。蜀王这次谱写的新曲，都表达了对小卉的感情，称之为《臾邪歌》与《陇归之曲》。宫中的歌女舞女与乐队接到蜀王的新曲后，从音乐演奏到歌舞表演，都做了精心排练。然后禀报蜀王，准备请蜀王欣赏。遵照蜀王的旨意，王宫侍从们特地将演奏的场所安排在了七宝楼的顶层楼阁内，打开了宽敞的阁窗，正对着远处的慧妃之墓，这样在演奏的时候，音乐之声就可以随风飘向远处，对小卉的在天之灵也是一个莫大的安慰啊。

开明王欣赏新曲的这天傍晚，正是深秋时节的十六之夜。侍从们在楼阁内摆好了美酒佳肴，点燃了兰麝之香，正值妙龄的歌女和舞女们都身穿精致而又轻柔的丝绸衣裙，乐师们手持各种乐器，做好了演奏的准备。蜀王由淑妃陪同，登上了楼阁。在温馨而缭绕的香气中，音乐声缓缓响起，如同清澈的泉水在山林间潺潺流淌，又好似轻云出岫随风飘浮，轻盈而抒情的旋律中交织着缠绵与忧伤，给人以莫名的惆怅之感。歌女演唱，歌声清越；舞女伴舞，舞姿蹁跹，都用心尽力，极为精妙。蜀王饮着美酒，欣赏着亲自谱写的新曲，虽然音乐与表演都极好，却并不感到高兴，神情依然显得低沉而又忧郁。

淑妃小心翼翼地陪侍着蜀王，称赞说：大王亲自谱写的新曲，太动人了。

开明王哦了一声，问道：你觉得此曲好听吗？

淑妃说：好听啊，此曲甚妙，有如梦似幻、缥缈似仙的意境呢。

开明王叹息道：意境虽好，佳人难觅。纵有良辰美景，也令人伤感啊。

淑妃宽慰说：大王意气恢宏，来日方长，天高地阔，何愁没有佳人陪伴。

开明王颔首说：此话倒是有些道理。就是慧妃仙逝了，一时难以割舍和放下。

淑妃说：大王富有天下，尊贵无比，向来潇洒自如，还是开心为好。

开明王知道淑妃是在宽慰他，他又何尝不想开心呢？但心中的忧郁却怎么也排解不了。自从慧妃生病与仙逝之后，蜀王的情绪就格外低沉，这当然是由于他特别喜欢小卉的缘故。他对小卉用情太深了，一旦失去，便难免悲伤啊。

　　开明王站起身来，走到楼阁轩窗前，眺望着远处的慧妃之墓。夜色已深，月光如水，景物朦胧，音乐似风，凉意袭人。蜀王思绪万千，不由得深深叹了口气。

第十四章

秦惠王得到细作禀报，得知了蜀王爱妃病故的消息。

蜀国境内，有秦惠王派遣的很多细作，有的乔装为商贩行旅，随时会把蜀国发生的各种事情传回秦都，向秦惠王如实禀报。蜀国商贸比较兴旺，商贩自由往来，蜀人习以为常，故而为秦人提供了便利。正因为有了这个严密而迅捷的密报系统，所以秦惠王的消息特别灵通，蜀王若有什么举动，秦惠王很快就知道了。秦惠王觉得，蜀王好色，这里面又有文章可做了。

秦惠王召集了几位大臣，来商议此事。陈轸、张若等人都是秦惠王的重要谋臣，还有丞相张仪、大将司马错等人，也应诏而至，齐聚在王宫大殿内，一块儿为秦惠王出谋划策。

秦惠王说：刚刚得悉，蜀王丧妃，闷闷不乐，尔等对此有何想法？

诸位大臣相互交换了一下目光，觉得秦惠王问得有点意外，怎么突然关心起了蜀王的丧妃之事呢？

陈轸反应很快，立刻明白了秦惠王的话意，拱手说：启奏大王，秦蜀目前尚是友好之邦，如今蜀王因为丧妃而闷闷不乐，大王何不借此机会，挑选几位美女赠送给蜀王呢？

秦惠王故作不解，问道：寡人为何要送美女给蜀王呢？爱卿此言，有何玄机吗？

陈轸说：因为蜀王好色，大王投其所好，多送几位绝色美女给蜀王，蜀王定会大喜过望。蜀王喜好享乐，如果耽于美色，就会疏于朝政，松懈了防守。以后大王伺机取蜀，就易如反掌了。

秦惠王微微颔首，表示赞同。又环顾其他几位大臣，问道：诸位爱卿，你们觉得呢？

张仪也拱手说：启禀大王，这确实是个良机啊。在下听说，蜀王好色，后宫佳丽颇多，赐封的嫔妃就有好几位。如果要送美女给蜀王，使得蜀王从此喜新厌旧，一定得挑选绝色美女，才能打动蜀王。在下还听说，蜀王朝中有几位能臣，不乏智谋之士，所以还得有人说动蜀王，不致为此生疑才好。其中微妙之处，都需仔细谋划，方有胜算。

秦惠王点头说：丞相所虑，颇为周详。如何策划，寡人想听听你们的高见。

张若说：启奏大王，蜀人崇尚五色，如果赠送五位美女给蜀王，蜀王一定大为开心。据在下所知，蜀王虽有能臣智士，却偏信近臣，有点刚愎自用。我们对此可以巧妙利用，只要蜀王高兴了，就会忘乎所以。在下觉得，大王不仅要赠送美女，还不妨多送车马嫁妆，诱使蜀王派遣五丁力士前来迎接，正好借此机会，再次开通蜀道。如此，则一举数得也。

司马错则有点不以为然，直抒己见说：在下以为，蜀王好色，不足为奇。因为有五丁力士，故而蜀王逞强好胜，逍遥享乐。由此可知，五丁力士才是大王的心腹之患，如果五丁不除，纵使蜀王沉湎美色，伐蜀也难以成功。

张若赞同说：司马大人所言甚是，蜀王好色享乐，正是有了五丁力士，才有恃无恐。五丁不仅力大无穷，而且异常机敏，要消灭五丁，并不容易。前次蜀王派五丁来搬运石牛，不就对其使用了连环数计吗，可惜皆未成功。不过，在下以为，若要先除五丁，机会总是有的，就看如何谋划和布置了。

司马错强调说：只要除掉五丁，其他事情就迎刃而解了。

陈轸说：兵法说，出其不意，攻其不备。蜀道千里，何愁不能用计。

司马错问道：先生妙计神算，计将安出？

陈轸笑了笑说：当然是用我所长，攻彼所短了。

司马错又问：我之长是什么？彼之短又是什么？

陈轸神色从容，屈指分析说：五丁的长处是力气，大秦的优势是利器。五丁虽有神力，也是凡胎肉身，不至于刀枪不入，难以抵挡强弩连发的攻击吧？如何避其长，击其短，其中大有诀窍，关键就在于发挥大秦的优势啊。愚意以为，在五丁远行疲惫，而又疏于防范之时，若能出其不意伏击而歼之，岂不妙哉？哈哈，这就是计谋的诀窍与关键之处了。

司马错的眼睛顿时一亮，揖手说：对啊，先生一针见血，果然切中要害！

张若听了，也赞曰：大秦强弩连发，势如排山倒海，岂能抵挡？果然妙计！

秦惠王听了，颇为兴奋，笑道：诸位爱卿所言，都有卓见，甚合寡人心意！

大臣们见秦惠王高兴，也都神情振奋。关于取蜀的方略，秦惠王和诸位大臣已经商议过很多次了，因为用兵的时机尚未成熟，所以一直在反复商讨。秦惠王对此不厌其烦，每次都和群臣分析形势，耐心听取群臣的议论，主要是出于慎重考虑，希望能一举而大获全胜，故而不能轻率。对于出兵攻取蜀国过程中的很多细节，秦惠王也和大臣们做了深入推敲。经过多次聚议，秦惠王如今已经成竹在胸，方略已定，就看后面的局势变化，只是一个等待时机的问题了。

接着，秦惠王又谈到了最近其他诸侯之国的形势变化，其中最重要的一个情况是，楚国和齐国正在密切往来，有相互联手结成同盟的趋势。楚国与齐国是两个实力比较强盛的邦国，其他诸侯之国都相对弱小。楚国与齐国一旦联盟，其他小国都会俯首追随，从而与秦国发生对峙，这对秦国当然是很不利的。另一个重要情况是，苏秦采用合纵之术，游说东方六国，一起联手抗秦，也正在紧锣密鼓的进行之中。这对秦国来说，将会是一个很大的潜在威胁。这两个情况，对于秦惠王谋划的取蜀方略，都会形成掣肘。秦惠王对此当然不会掉以轻心，也要和大臣们好好商量一下，采取巧妙的应对之策才行。

秦惠王说：辩士苏秦，前些年曾来秦游说寡人，说只要征召士民，扩充军队，按兵法训练，就能吞并天下，称帝而治。寡人觉得，羽翼未成，岂可高翔？其言夸张，未予采纳也。苏秦乃东返，去游说燕赵诸国，欲用合纵之术，联合攻秦，与寡人为敌矣。尔等以为，对此如何应对才好？

诸位大臣对于这个情况，当然都是知道的，只是没有重视而已。从兵力来说，六国弱，而秦国强，但若六国联合在一起，兵力就不可小觑了。如果以六国之兵一起来进攻秦国，就成了严重威胁。听秦惠王这么一说，众臣便觉得事态真的有点严重了。

司马错慨然说：请大王加强函谷等处关隘防守，蓄势以待，可保无虞。

陈轸说：以守待攻，非上策也。六国虽然合纵，却各怀利己之心，难以精诚合作。为今之计，应破其合纵，六国攻秦的威胁自然就瓦解了。

张若说：先生见识卓越，所言甚妙。苏秦善辩，游说六国，使诸侯听从了他的合纵之术。我们也可以加强和诸侯之国的往来啊，和他们分别缔结联盟，这样岂不就瓦解了六国的合纵吗？世上无难事，只怕有心人。事情都是相克相生的，凡是计谋，都有应对之策。合纵虽妙，破绽明显，也是不难破解的。

秦惠王点头说：诸位爱卿所言，皆有道理。对于六国合纵，寡人岂能听之任之？必须积极应对，方为善策啊。

秦惠王这时看着张仪，问道：丞相对此，可有什么高见？

张仪拱手说：启禀大王，在下以为，苏秦游说六国行合纵之术，在于防秦，而不至于攻秦也。苏秦虽然善辩多才，却不善于用兵，故而不必担忧也。

张仪早年曾和苏秦在齐国等地游学，后来又一起跟随鬼谷子学习阴符经。两人有同窗之谊，各有所长，相互当然是非常了解的。苏秦乃东周洛阳人，有兄弟苏代、苏厉，皆为游说之士。苏秦早年比较困顿，出游数年，毫无所获，回到洛阳故居，曾遭到了兄嫂妹妹与妻妾的窃笑。苏秦又发愤读书，每逢打瞌睡时，乃引锥自刺其股，如此刻苦学习数年，学问大进。于是再次出游，又去游说诸侯列国，以合纵并力抗秦，得到了诸侯们的响应，苏秦因此而成为从约长，并被聘任为六国的丞相。苏秦身佩六国相印，权势煊赫，经过洛阳前往赵国和燕国时，跟随的车骑辎重甚多，兄嫂俯伏迎接，侧目不敢仰视。苏秦自然是得意非常，乃散千金以赐宗族朋友。当苏秦已经显贵时，张仪还是一介布衣，曾去赵国求见苏秦，希望能得到故人的相助。苏秦故意慢待张仪，并对张仪说了一些嘲讽羞辱之言，张仪很受刺激，愤而西行，痛下决心，前往秦国，图谋发展。苏秦暗中派亲信门客带了金币车马，私下里随张仪同行，对张仪的活动与游说给予资助。当张仪得到秦惠王的重用，成为秦国客卿之后，苏秦的这位舍人向张仪辞别，并以实情相告，希望张仪做了秦国丞相之后不要出兵伐赵，免得破坏了苏秦的纵约。张仪终于明白了苏秦的良苦用心，原来是用激将之法鼓励他入秦啊，为之很是感慨。现在秦惠王针对苏秦，商议破解六国合纵的办法，张仪心中当然是有数的，一方面是各为其主，身为秦国丞相，当然要说出一个好的应对主意才行；一方面却又感念苏秦的厚谊，凡事都得留个余地，所以如何出谋划策，其中就有很多玄妙了。

秦惠王对张仪与苏秦的早年关系，当然也是略知一二的。听了张仪所言，沉吟道：苏秦用合纵之术，即使暂时不攻秦，却始终是个威胁。

寡人岂能高枕无忧？

张仪见秦惠王如此说了，就不能再简单敷衍了，于是略做斟酌，想了想说：启禀大王，愚臣以为，可用连横之法，破其合纵之术。

秦惠王问道：何为连横之法？

张仪说：就是针锋相对，苏秦合纵六国，大王也可以派遣使臣，分别联系诸侯各国，缔结同盟，此即为连横之法也。若以此抗衡，可确保无忧矣。

秦惠王点头说：以连横对付合纵，堪称妙策。若要联络诸侯，首选哪国？

张仪对此还没有想好，一边揣摩秦惠王的话意，一边暗自斟酌，显得有点迟疑。

陈轸这时说：启禀大王，诸侯六国，齐国与楚国乃为大邦，当为首选。

秦惠王说：据寡人所知，齐楚两国近来交往频繁，必有所谋，不可轻视。

张仪不愿让陈轸抢了风头，拱手说：大王所虑，远见卓识。齐楚若联手，将不利于秦。愚臣以为，齐楚各有所图，不妨投其所好，大王可派使臣分别游说，可以伺机用离间之法，使其相互猜疑，则纵约自解也。然后乘势而为，必有所得。

陈轸和张若，对此也是所见略同，在连横的策划方面可谓不谋而合。

秦惠王亦深表赞同，颔首说：好啊，依计而行，如此则甚妙也。

诸位大臣各抒己见，共商大计，仔细推敲了对策与计谋。经过缜密商议，秦惠王决定双管齐下，一方面厉兵秣马加强备战，由司马错、都尉墨等将领抓紧训练兵马，多准备强弩利器与粮草，为出兵攻取蜀国做好准备；同时由田真黄负责防务，加强对函谷关等要隘的驻兵防守，积极应对六国的威胁。另一方面准备分头派遣使臣，先重点联络楚国，继而联络其他诸侯国，伺机离间各诸侯国之间的关系，从中故意挑拨，来破坏六国的合纵，只要出现了纷争，秦人就有机可乘了。

秦惠王和大臣们谋划已定，于是派遣张若再次出使蜀国，专程前去向蜀王致意，表达要送五位美女给蜀王，并通过蜀王的近臣来运作此事，促成蜀王派五丁力士来秦都迎接五位美女。张若此行，除了面见蜀王，更重要的则是沿途考察，寻找合适的地段，暗中布置，设下陷阱，这才是通盘计划中最关键的环节。

秦惠王还同时派遣丞相张仪出使楚国，去面见楚王。秦惠王这次特地派张仪使楚，主要是张仪以前曾在楚国待过，熟悉楚王与楚国的大臣，对楚国的各种情况都比较了解。而且张仪的善辩之才，绝不亚于苏秦，又身为秦国丞相，身份比较特殊，足以代表秦王联楚的诚意，当然是使楚的最佳人选了。在秦惠王的战略谋划中，对楚国也是一直密切关注的。秦惠王深知楚亦是大国，和秦国的关系一直比较微妙，所以对楚要巧妙利用，方为上策。前些时细作向秦惠王禀报，蜀王率兵进攻巴国的时候，巴王派巴蔓子向楚王求援，楚王派出了援兵与战象，击退蜀军，由此而解了巴国都城之围。秦惠王得知此事之后，心中也颇有震动，觉得若要出兵伐蜀，必须通盘考虑，对巴楚也不能轻视啊。秦惠王派张仪使楚，不仅仅是为了用连横来破解苏秦的合纵，其实也是想了解一下楚王的态度，希望在出兵攻取蜀国之前，先加强和楚国的友好，以便解除掣肘之虑。这当然是一步比较深沉的妙棋，也是非常必要的一个战略配合。

张若遵照秦惠王的旨意，奉命出使蜀国，带着随从人员，踏上了行程。

这是张若第二次前往蜀国了，临行之前特地准备了许多礼品，供他到蜀国后活动使用。张若是心思缜密而又很会办事的有心人，前次出使蜀国时，除了面见蜀王，还相继拜访了诸多大臣，对蜀国朝廷的情形有了大致了解，并留下了彬彬有礼的友善印象。因为有了上次的铺垫和伏笔，所以这次张若出使蜀国，很自然受到了欢迎和友好接待，这样很多事情就比较好办了。

张若在秦蜀之间跋涉而行，经过五丁力士开辟的蜀道时，很是感慨。联想到五丁的神力，真的是匪夷所思，令人忌惮啊。因为有了这条蜀道，沿途的许多沟壑险阻，都化险为夷，行走起来便利多了。遗憾的是，在五丁力士搬运五头石牛返回时，又有意破坏了有些地段的道路。张若心想，只要蜀王派遣五丁力士前往秦都迎娶五位秦国美女，这些地段自然又会修复的。如果秦惠王多送车马嫁妆，五丁力士要迎接回蜀，那么蜀道必然要加宽，以后秦国大军攻蜀，就更加畅行无阻了。

张若特别留意蜀国境内的山川形势，对即将进入平原地区之前的几处险峻地方，尤其关注，在林中搭建帐篷野宿，盘桓了数日，勾画了密图，做了标识，这才继续前行。

张若来到了蜀都，在客舍住下。蜀国的都城，繁华热闹，熙熙攘攘，一如既往。与秦国的都城相比，蜀都确实是一座富裕的城市啊，店铺里出售的货物众多，商旅自由往来，市民百姓也都无拘无束。还有酿造作坊里飘溢出来的酒香，融化在了城市的繁华气息里，令人陶醉。这些都给了张若很深刻的印象，感到这里百姓的日子真的是比秦都舒适多了。同时又觉得这座偌大的都城，虽然繁华异常，却防守薄弱，只要秦国大军兵临城下，蜀国顷刻之间就会土崩瓦解。一旦获得了蜀国的土地与物产，秦国的实力就会大增。还有蜀国的人丁，也将成为秦国的子民。秦惠王的伐蜀大计，等到成功之后，继而威临华夏，天下诸侯之国就难以抗衡了啊，这才是真正的千秋伟业！张若思量至此，心中大为兴奋，在客舍稍事休息，当即便开始了行动。

张若首先拜访了蜀王的近臣江非，向江非赠送了一些贵重礼品。

江非很高兴，收下了礼品，问道：阁下别来无恙？这次来蜀，有何公干？

张若揖手施礼，谦恭地说：在下奉秦王之命，出使贵国，是来向蜀王献礼的。

江非说：秦王过于大方了吧？如此客气，又要向蜀王献什么礼啊？

张若说：秦王听说蜀王爱妃病故，蜀王郁郁寡欢，秦王想赠送五位美女给蜀王，略表宽慰。张若又加强了语气说，这五位美女，都是秦国的绝色少女，天姿国色，艳如仙姬，前来服侍蜀王，相信定能博取蜀王的欢颜。

江非愣了一下，不以为然地说：秦王的消息真是灵通啊，连我们大王爱妃病故之事都知道啦，而且如此关心。

张若一脸诚恳，解释说：此事传得很快呢，连秦国的百姓都听说了，秦王能不知道吗？秦王说，秦蜀友好，蜀王有忧，岂能熟视无睹？自当为蜀王排忧也，因此才挑选五位美女，要赠送给蜀王，这可是秦王的一片赤忱之意啊。

江非对此虽有疑问，却又觉得张若说的也是实情。蜀王爱妃之事，百姓好奇，相互传播，也是很正常的，由此引起了秦王的关注，也在情理之中。于是说：多谢秦王好意！

张若满脸含笑说：秦王还准备了车马礼物，作为陪嫁，要一起赠送给蜀王。

江非称谢说：秦王也太客气了吧，如此美意，实在难得啊！

张若谦恭地说：为了秦蜀友好，这也算不了什么，都是应该的。

江非说：秦王可谓用心良苦啊，阁下这次出使来蜀，就是为了此事吗？

张若说：是啊，在下奉命出使，就是为了向蜀王表达秦王的此番美意，请蜀王派人迎娶五位美女。当然，在下也可借此机会，来看望一下朋友了。今日刚到蜀都，就先来拜见江大人啦。

江非心想，张若想必是有求于他，才会这么殷勤，不妨试探一下，于是说：此事恐怕有点难办呢。

张若心中不由暗自惊讶，忙问：大人为何这么说呢？敬请指教！

江非看了张若一眼，不慌不忙地说：阁下还记得上次赠送石牛之事吧，大王派五丁力士将石牛搬运回蜀，却再也不见便金了，大王为此不乐，生气了很久呢。秦王这次又要送五位美女和车马嫁妆给大王，既然诚意相赠，阁下这次使蜀，为何不带来呢？却又要大王派人去迎接，如此大费周章，大王不一定会答应哦。

张若听了，揖手说：石牛便金，千真万确，至蜀而变，必有缘故，或是水土不适吧。秦王要赠送五位美女给蜀王，自然是要蜀王派人迎娶的嘛，王者纳妃，名正言顺，这样才符合礼仪啊。此乃天下美事，一定要请大人玉成呢。

江非见张若果然有求于他，心中颇为得意，却故意摇头说：如果大王不答应，在下也是没有办法的。

张若揖手恳请说，大人贤达，才干超群，深得蜀王倚重。办成此事，对大人来说，不过举手之拿而已，有何难哉。玉成秦蜀友好，蜀王欢喜，秦王高兴，大人功莫大焉。

江非哈哈笑道：阁下真是善言者也，太会说话了！

张若脸色分外诚恳，谦卑地说：在下说的，句句都是实话啊。这是两国交往的大事情，在下奉命出使，能力有限，生怕有所闪失，所以一定要仰仗大人，鼎力相助才好！

江非以前出使秦国，曾受到张若热情款待，对张若颇有好感。此时听张若这么奉承他，心中自然是高兴的。何况又接受了张若赠送的贵重礼品，于情于理都不便再推脱，便答应了张若的恳求。江非随即吩咐府邸中的仆人，准备酒席，款待张若。两人饮酒的时候，又说了往昔的交往与近来的许多日常事情，相聚融洽，晤谈甚欢。入夜之后，张若才告辞，去客舍休息。

张若预先做好了铺垫，过了一天，这才郑重其事地拜见蜀王。

开明王接见了秦使张若，得知秦惠王要赠送五位美女，心中甚是高兴。

开明王同时又觉得有点意外，故而没有立即表态。一边吩咐王宫侍从好好款待张若，一边暗自掂量，思考着此事。对于秦惠王的好意，蜀王虽然觉得开心，但还是很有些疑惑的。秦惠王为什么如此大方，竟然要以美女相赠，而且一次就要送五位美女呢？其中难道有什么阴谋吗？王宫侍从遵旨而行，将秦使张若送出王宫后，蜀王仍反复琢磨着此事，心中犹豫不决，拿不定主意。

这时江非来了，向蜀王禀报遵旨办理为慧妃建墓的事已经办妥了，此外关于善待慧妃家人的事，也遵循旨意做了一些很好的安排。蜀王听了，点点头，嗯了两声。蜀王此时心中想的，已不是慧妃之墓与魏氏家人的事了，而是秦惠王赠送的五位美女，是否派人前去迎娶。江非来得非常凑巧，特地在这个时候入宫面见蜀王，其实刚才的禀报只不过是一个铺垫，他所关注的也正是蜀王所想的事情。

江非一边察言观色，一边揣摩着蜀王的心思，小心翼翼地问道：大王是否有什么忧虑？小臣愿意为大王分忧解难，即使赴汤蹈火，也义不容辞。

开明王颔首道：爱卿忠心可嘉，令人欣慰！也没有什么忧虑，就是秦王遣使来朝，说要赠送五位美女给本王。秦王如此做法，颇有疑问，其中是否有诈？

江非揖手称贺说：恭喜大王啊！小臣觉得，这是秦王诚心巴结大王呢。小臣听说，秦女美艳，天下绝色，大王坦然接受，尽情享有，这是大王的福气啊。

开明王说：秦王为何不将绝色美女留在宫中自己享用，却要赠送本王呢？

江非说：这是秦王的一番美意嘛，既然以美女相赠，当然是要选绝色的少女了。

开明王面露喜色，笑道：爱卿觉得，秦王是诚意相赠吗？

江非说：秦王送美女，会有什么不良目的呢？秦王为了巴结大王，送金子，送美女，都是人之常情。大王为何怀疑呢？

开明王说：总觉得有点不妥，秦王为何要巴结本王？难道有什么企图吗？

江非说：秦王送礼给大王，送少了会说他小气，所以一次挑选五位美女相赠是很正常的。而且既然送了，当然要送最漂亮的了，还要送陪嫁礼物，都是好意。秦王的目的，无非就是秦蜀友好，让大王开心而已。

开明王说：秦王使者说要本王派人去迎娶，爱卿觉得派谁去比较合适？

江非说：当然是非五丁力士莫属了。秦蜀险阻颇多，只有五丁力士才能如履平地，迎娶秦国五位美女，长途护送，可确保万无一失。

开明王笑笑说：这么说，又要派五丁力士辛苦一趟了。

江非说：众臣和将士们为大王效力，五丁力士也不例外，都是应该的啊！

开明王觉得江非所言，句句都在理，心里很是受用，便不再犹豫，随即做出了决定，传令下去，派遣五丁力士择日启程，前往秦都迎娶五位秦国美女。

蜀国的大臣们都知道了这件事情。秦惠王派张若出使蜀国，要送五位美女给蜀王，蜀王欣然接受，要派遣五丁力士前去迎娶，这样的重大事情，按理说应该召集大臣们商议一下，然后做出决定也不迟啊。但蜀王却没有征求众臣的意见，便颁布了旨意。这自然引起了众臣的关注，对此议论纷纷，看法不一。苴侯和皋通等人也得知了此事，颇为惊讶，觉得蜀王如此轻易就答应了秦使，未免过于草率了，对秦惠王的别有用心怎么毫无警惕呢？

苴侯觉得此事关系重大，必须提醒和劝谏蜀王才好，于是便进宫拜见了蜀王。

开明王似乎猜出了苴侯的来意，主动说：秦王又派来了使臣，要加强秦蜀友好呢。以前你们都说秦王狼子野心，秦王却多次主动示好，这是为何？

苴侯揖手施礼说：王兄不要轻信秦王啊！秦王遣使来朝，表面示好，其实是暗藏阴谋呢。

开明王哦了一声，不以为然地笑笑说：贤弟觉得，秦王暗藏的是什么阴谋？

苴侯说：秦王上次送五头石牛，说是会便金的神牛，其实石牛哪里会屙金子呢？不就是谎言吗？秦王的阴谋很深沉，赠金是假，其目的就是想借五丁的神力筑路开道，将来为其所用，便于出兵侵蜀啊。

开明王略微愣了一下，沉吟道：这五头石牛来蜀之后，不再便金，有人说是水土不服的缘故。看来是个借口，确实有些疑问。

苴侯说：王兄明察秋毫，对秦王必须警惕才好！这次秦王又派了使者，以美女和车马礼物相赠，这是诱使王兄，欲再次借五丁神力拓展道路，为秦兵大举侵蜀做准备呢，王兄千万不可上当啊！

开明王不由得皱了下眉头，问道：情况有这么严重吗？

苴侯说：秦王诡计多端，谋划侵蜀，已非一日。如此连环用计，狼子野心，昭然若揭。请王兄明鉴！

开明王说：贤弟之意，对待秦王，应该如何应对呢？

苴侯说：愚意以为，理当婉言谢绝。同时加强防务，扼守险要，秣马厉兵，以备不虞。如此，则秦王无机可乘，可以确保万全。

开明王略做迟疑，点头说：贤弟言之有理，容我再斟酌一下吧。

苴侯见蜀王接受了自己的谏言，心里挺高兴，随即告辞，离开王宫，回了府邸。

开明王对苴侯的劝谏，一方面觉得有道理，一方面又感到有点危言耸听。特别是对秦王赠送五位秦国美女，内心深处还是很喜欢的。蜀王好色，何况是天下绝色美女，那是挡不住的巨大诱惑，岂能拒绝不要？对秦国的防备当然是要加强的，积极备战也是必需的，但欣然接受秦王赠送的五位美女并非表示自己就放松了对秦王的警惕啊。蜀王越是思量，就越是犹豫不决了。苴侯所言，虽是好意，却不懂蜀王的真实想法，更是背离了蜀王的性情与喜好。蜀王答应斟酌一下，并非就是采纳谏言，只是一个委婉的托词而已。

隔了一天，开明王在王宫中又召见了江非。

开明王对江非说：秦王赠送美女给本王，还是不接受为好吧。

江非一愣，忙问：大王已经传令五丁力士，就要前去迎娶五位美女了，为何又要改变主意呢？

开明王说：昨日苴侯进宫，劝谏本王，对秦王的阴谋诡计，不能掉以轻心啊。

江非明白了缘由，拱手道：大王啊，苴侯劝谏当然是有道理的，但苴侯未免过于小心了吧。秦蜀往来，互派使者，赠送礼物，这是很正常的啊。应该接受的礼物，怎么好拒绝呢？再说，大王已经下了命令，五丁都准备出发了。

开明王说：唉，凡事总是小心为好啊。

江非看出了蜀王的犹豫，劝解说：大王对秦王多加提防是应该的，但也要讲韬略，不用伤他面子。如果这次不要秦王赠送的五位美女，秦王会脸上无光，反而不好了呢。所以小臣觉得，大王不如坦然迎娶，同时也选派重臣，驻防北疆，使秦人无隙可乘，岂不两全其美吗。

开明王颔首道：爱卿所言，深得吾心。两全其美，当然是最好的啦！

江非揖手称赞说：大王英明，高瞻远瞩，深得百姓爱戴，真的是蜀国之福啊！

开明王听了这些奉承话，越发高兴，脸上顿时露出了笑意。问道：我应该选派哪位重臣去驻防北疆比较好呢？

江非察言观色，试探道：北疆乃蜀国重镇，当然是要选派大王最信任和最能干的重臣了。小臣以为，只有苴侯最适合了。

开明王沉吟道：苴侯辅佐本王，还是留在都城比较好吧？

江非说：苴侯经常劝谏大王，使大王不能随心所欲，大王对此从不烦恼吗？

开明王想了想，觉得确实如此，在很多事情上，苴侯都喜欢和他唱反调。比如上次出兵讨伐巴国，苴侯就竭力劝阻。这次秦王遣使来朝，要赠送五位秦国美女，苴侯也来劝谏，希望他不要派遣五丁力士前去迎娶。苴侯的劝阻，他起初还能听取，渐渐地便有点不以为然了，后来次数多了，便不想听了。特别是蜀王想做的一些重要事情，就更不想听苴侯的劝谏了。

江非注意着蜀王的神态反应，又小心翼翼地说：有一件事情，小臣不知道当不当禀报大王？

开明王说：是什么事情？爱卿知道的，都应该告诉本王啊。

江非躬身说：据小臣所知，苴侯经常和皋通等人私下聚会，议论朝政。

开明王有点警觉地问道：他们私下议论，都说些什么？

江非小声说：对大王的决策，他们常有不同意见，自然就要议论了。反正他们私下所言，都是大王不想听的，大王不问也罢。

开明王说：爱卿但说无妨。

江非说：说大王这样做不对，那样做也不对。

开明王心中顿时有些不快了，皱眉说：他们怎么能如此放肆呢？

江非说：大王若任命苴侯去镇守北疆，他们不便再私下聚会，岂不就平息了他们的议论吗？

开明王略做迟疑，点头说：这倒也是一个不错的办法呢。

江非说：大王知人善任，恩威并用，群臣感戴，这是大王的英明啊。

开明王觉得，江非说的关于苴侯和皋通等人私下议论朝政之事，他也早已有所耳闻，只是没有怎么在意而已。至于江非告发苴侯私下常说些不好听的话，也并非捏造，显然都是实有其事的。蜀王对苴侯便觉得有点不爽了，于是便听从了江非的建议，决定派遣苴侯去葭萌驻扎，镇守蜀国北疆，事情就这样确定了下来。

第十五章

张仪奉命出使，离开秦都，来到了楚国。

正是秋高气爽的时节，沿途山色斑斓。候鸟开始南归了，长空中有雁阵飞过，鸣声清越。张仪骑在马上，带着随行人员，一路行来，看到沿途熟悉的景观，心中很是感慨。回想当初，张仪与苏秦都在鬼谷子先生门下，学习阴符经，钻研韬略与纵横之术，学成之后，两人都施展各自的本事，分别去游说诸侯。苏秦去了北方，先去面见周显王、秦惠王，继而游说赵肃侯、燕文侯、韩宣王、魏襄王、齐宣王、楚威王，合纵抗秦，获得了赞同，苏秦因此为从约长，并相六国，还被赵肃侯封为了武安君。在此期间，张仪去了南方，先去游说楚王。当时楚国的丞相，担心张仪来争夺相位，便略施小计，召集了门客，约了张仪，一起饮酒。楚相在席间拿出了一件珍贵的玉璧，向众人展示，说此璧乃千年美玉精雕细琢而成，虽然不及和氏之璧，也是世间罕见的宝物，价值连城。众人传观，纷纷称奇，赞扬不已。酒席结束后，玉璧却不见了。如此珍贵之物，竟然不知去向，顿时引起了众人的猜测与议论。有门客告发说，张仪贫穷，贪利无行，盗取相君之璧者，除了张仪还会有谁呢？众人也随口附和，都怀疑是张仪盗取了玉璧。于是楚相命人抓了张仪，掠笞拷问，追问玉璧的下落。张仪没有盗窃，当然不会承认。楚相问不出个所以然，却借此羞辱了张仪，然后便将张仪释放了。张仪由此离开楚国，回家休养了好久，才恢复了元气。其妻当时在家一边照顾侍候他，一边又嘲笑说：看看你弄得遍体鳞伤，何苦来着？读书多了就不安分，如果不四处游说，安得此辱乎？张仪无言以对，只有自我调侃，对其妻说：你看看我的舌头还在不在？其妻笑曰：你的舌头当然在了。张仪说：那就行了。张仪后来入秦游说，凭三寸不烂之舌说动了秦惠王，终于获得了成功。光阴荏苒，转眼间好几年过去了。如今楚威王已故，楚怀王继位，先前的楚相也去国还乡。回想起当初在楚国的遭遇，张仪仍有点耿耿于怀，真的是往事如烟，不堪回首啊。彼一时此一时也，所谓世道循环，现在身份不同了，且看楚怀王如何接待自己吧。

张仪如今身为秦国丞相，奉命前往楚国，不仅仅是为了阻挠齐国与楚国的交往，更重要的是要通过游说来拉拢楚王，进而谋求缔结秦楚联盟。这是针对苏秦合纵之术采取的一个重要对策，也是秦惠王通盘谋划中很重要的一步棋。秦惠王一心要攻取蜀国，取蜀之后，接着就会攻取巴国，而巴与楚有联姻关系，所以预先就要做很多铺垫与布置。秦惠王用心良苦，真的是谋划深远。张仪对秦惠王的这些心思与意图当然是明白的，深知这次使命的重要，自然是全力以赴了。

楚怀王得知张仪来了，不敢怠慢，立即安排了最好的馆舍，请张仪住下，然后安排了盛宴，热情款待张仪。楚国虽然参加了合纵，与其他诸侯之国联合抗秦，但楚怀王对秦惠王还是心存敬畏的。这次秦惠王派遣丞相张仪出使楚国，规格很高，非同一般，楚怀王自然是要恭敬接待了。

张仪穿了华服，应邀赴宴，从容而至，拜见楚怀王。张仪当初落魄，何等寒酸，此刻身为大秦丞相，完全是一副器宇轩昂、旁若无人的模样了。参加宴会的楚国群臣，都注视着张仪，感受到了张仪的自信与淡定。张仪先向楚怀王施礼，朗声说：在下秦使张仪，奉命前来，特地向大王问好！然后又环顾左右，向陪宴的楚国群臣揖手说：诸位别来无恙，在下也向各位致意了！楚国群臣也纷纷揖手施礼，以示回敬。

楚怀王说：多谢秦王美意，也请阁下向秦王转致问候吧。

张仪说：秦国和楚国，世代交好，相互通婚，由来已久。这次秦王遣使，一是来问候大王，二是也有联姻之意。两国王室联姻，此乃千古佳话，天下传为美谈，不知大王意下如何？

楚怀王听了，哈哈一笑说：这当然是好事情啊！

对于张仪所说的秦楚联姻，确有其事，并非虚言。那还是楚平王的时候，为楚国的太子迎娶秦国的一位王室之女，楚平王得知这位秦女美艳非凡，便自娶为妃，然后为太子另外娶了一位。这个故事，天下皆晓。后来楚平王病逝，与秦女生的王子继承了王位，称为楚昭王。此后吴国与楚国争霸开战，吴王派兵攻入楚国时，楚昭王向秦国求救，秦王派遣战车劲兵救助楚国，这才得以解围。这段史实，楚怀王和群臣也是清楚的。正因为有这个渊源，所以张仪特意重提秦楚故事，将此作为开场白，一下就获得了楚怀王的好感。

楚怀王举杯说：欢迎阁下来楚国做客，谨以此薄酒，为阁下洗尘。

张仪称谢，举杯一饮而尽，豪爽一笑说：此酒甚美，令人舒畅，多谢大王！

陪宴的众臣也纷纷举杯，向张仪敬酒。张仪有豪气，放开酒量，来者不拒，在宴席上同楚国君臣谈笑风生，相聚颇欢。

酒过三巡，楚怀王说：阁下博学，见识超群。楚乃僻陋之国，孤陋寡闻，今日得与阁下相聚，聆听阁下诸多高论，实乃幸事。

张仪说：大王客气啦！大王虚怀若谷，从善如流，令人敬佩啊。

楚怀王很高兴，推诚相待说：阁下高见，何以教之？

张仪说：当前局势，错综复杂，在下倒是有点看法，大王想听真话吗？

楚怀王说：就是想听听阁下的真知灼见啊，请阁下不吝指教！

张仪拱手说：大王既然诚恳相邀，在下也就不妨畅所欲言了。如今大势，诸侯争雄，各展所长，为利所驱，互不服气。在下听说，齐国想和大王缔结盟约，实则是想利用大王也。与楚国相邻者，秦国也。与楚国世代友好者，亦是秦国也。大王若要缔结盟约，首先应该选择秦国，为何要舍近求远呢？

楚怀王听了，一时也不知如何回答才好。关于齐王遣使赴楚，欲同楚王结盟，这是前不久刚刚发生的事情。为了礼尚往来，楚王也派了使臣，去见齐国君臣，商谈此事。其实对于齐楚结盟这件事情，楚王还在考虑呢，是否答应齐王，尚未敲定，没想到这件事情张仪都知道了。

张仪注意地看了一下楚怀王的神态反应，继续说：秦王曾娶楚女为妃，两情相悦，甚为融洽，对楚国深有好感。这次特地派在下出使楚国，就是为了向大王诚恳表达友好之情。大王如果能闭关绝约，婉拒齐国，而和秦国结盟，在下将献商於之地六百里给大王，并挑选绝色秦女为大王箕帚之妾。秦楚友好，娶妇嫁女，长为兄弟之国。若能如此，则北弱齐国，而西益秦也。楚国从此兴旺，秦国也大有好处，此乃长治久安之策，再也没有比这更好的妙计了。

楚怀王将信将疑，笑道：阁下真的要献六百里商於之地和秦女给本王吗？

张仪说：在下并无戏言，只要大王婉拒齐国，而和秦国结盟，就照此办理！

楚怀王心想，齐国提出和楚国结盟，是没有什么好处的，而秦国却愿意赠送六百里商於之地来和楚国联盟，这样的好事，岂能放过？楚怀王不由得两眼放光，心中大悦，连声说：好啊，好啊，诚如阁下所言，如此则甚妙也！

张仪说：大王既然答应了在下，那就一言为定了！

楚怀王爽快地说：好啊，就照阁下说的办吧！

陪宴的群臣见楚怀王如此表态，也都相继表示赞同，纷纷向楚怀王称贺。

众人举杯饮酒，相互碰杯，称颂之词不绝于耳。欢声笑语，很有些兴高采烈的意味。宴席很丰盛，席间有楚女歌舞助兴，侍者殷勤侍候，主宾尽欢而散。

宴会结束后，张仪回馆舍休息。楚怀王也回了宫中，由夫人郑袖陪伴侍寝。

过了一天，楚国的屈原出使归来，听说了此事，立即求见楚怀王。

屈原是楚国的大臣，前些日奉楚怀王之命出使齐国，正在和齐国君臣商谈两国缔结盟约的事情。此时得知楚怀王答应了张仪，要和秦国结盟，对此颇为惊讶。楚怀王不久之前要联合齐国，现在却突然改变主意，要和秦惠王称兄道弟了，如此反复无常，而不仔细考虑其中的利害关系，屈原觉得楚怀王的做法未免太轻率了，一旦落空，便会得不偿失啊。屈原思虑至此，有点焦急，所以必须面见楚怀王，加以劝阻，晓以利害，使楚怀王改弦更张，回归正道。

楚怀王在宫中接见了屈原，问道：足下使齐，情况如何？

屈原拱手说：启禀大王，这次出使齐国，齐王优礼相待，对楚有厚望也。

楚怀王说：足下辛苦了，往返千里，旅途劳累，可回府好好休息几日。

屈原说：多谢大王慰劳！今日归来，微臣听说，秦王派张仪来楚，花言巧语游说大王。大王真的想与齐国绝交，而与秦王结盟吗？

楚怀王说：张仪愿以六百里商於之地给楚，与楚缔约交好，何乐而不为呢？

屈原说：在下认为，这不过是张仪的空头承诺啊，大王怎么能相信呢？

楚怀王说：张仪身为秦国丞相，岂能言而无信？

屈原说：秦国是争强好胜之邦，怎么会将六百里商於之地轻易送人呢？张仪乃辩士耳，善于巧言令色，所言不足信也。秦王派张仪使楚，目的就是想阻挠大王和齐王的交往。张仪的许诺，如同诱饵，一旦大王和齐王绝交，则必然见欺于张仪，肯定得不到秦国的商於之地。如此，则大王必怨之，就会同秦国交恶。这样一来，北绝齐交，西起秦患，楚国就会形势被动。假若齐国和秦国出兵进攻楚国，前后夹击，楚国孤立无援，那就危急了啊。大王对此，务必警惕，不要掉以轻心啊。

楚怀王听了，觉得屈原的分析与担忧有点危言耸听。楚怀王揆时度势，看法与屈原不同，总觉得目前形势不错，哪至于像屈原说的那么严重呢？何况张仪主动承诺要赠送六百里商於之地，信誓旦旦，言犹在耳，不像是儿戏之言啊，岂能拒绝？为什么不给他一个践约的机会呢？这么一想，楚怀王对屈原的劝谏，就有点不以为然了。

屈原见楚怀王沉默不语，又说：据在下所知，秦国君臣，雄心勃勃，时常密议，图谋深远。大王与秦国交往，务必小心为好。先前六国合纵，联手抗秦，就是为了防备秦国的扩张与入侵。如今秦王遣使，其用意就是想破坏合纵，明眼人观之，昭然若揭也。大王明智过人，切不要被张仪蒙蔽！

楚怀王说：爱卿所虑，居安思危，善莫大焉。不过，于今考虑，亦不妨先与秦交往，观其所为，再说下文。

屈原明白了楚怀王的意思，知道楚怀王还要继续同秦国交往，并不采纳他的意见，对此很是无奈。显而易见，楚怀王的想法，与他的忧虑是不同的。屈原心知多言无益，只有告辞了楚怀王，出了王宫，回府休息。

楚怀王不听屈原的劝谏，继续宴请张仪，置酒欢聚，一心想得到张仪许诺的六百里商於之地。这块地方先前曾属于楚人，后来为秦人所有，若能重新获得，当然是一件非常令人开心的事情。张仪算准了楚怀王的心思，被待若上宾，放开酒量，高高兴兴地喝了很多酒。

过了数日，张仪和楚怀王达成了协议，要启程回秦国了。楚怀王派遣了将军逢侯丑，带领了一些士兵，随同张仪，前往秦国，准备接受六百里商於之地。楚王在临行之前特地叮嘱了逢侯丑，要善待张仪，搞好关系，以便敦促张仪及时兑现承诺。逢侯丑是楚怀王的心腹之将，对楚怀王唯命是从，知道张仪喜欢饮酒，便携带了很多坛美酒，途中时常陪同张仪畅饮。张仪一路上都有好酒喝，当然很高兴，与楚将逢侯丑相处得很愉快，酒喝多了，便相互称兄道弟，使得逢侯丑对张仪大有好感。

经过长途跋涉，这天来到了秦国都城。入城前，张仪和逢侯丑又再次畅饮美酒，不觉有了醉意。张仪走路东倒西歪，一副脚步踉跄的样子。张仪酒喝多了，不便骑马，登车欲行。也不知什么缘故，驾车的辕马突然起步，张仪坐立未稳，竟然从车上跌落下来。这一跌摔得不轻，张仪灰头土脸，躺在地上动弹不得。随从们赶紧过来，有人拉住了辕马，将张仪搀扶起来，抬放在车里，然后护送着，回了丞相府邸。逢侯丑目睹了这一幕，觉得不过就是摔了一跤而已，对此也没怎么在意，随即被安排在秦都客舍住下，等候张仪交付商於之地。

张仪佯醉坠车，称病不出，在府中闭门休养。转眼之间，三个月过去了，逢侯丑等候得都不耐烦了，张仪却毫无动静。逢侯丑几次前往丞相府邸，求见张仪，都被府中侍卫挡住了，说丞相身体不适，不便见客。逢侯丑很无奈，只有继续耐着性子等候。楚怀王许久不见消息，也有点着急了，派人询问，逢侯丑只有如实禀报。

楚怀王揣摩其中缘故，心想张仪的用意，似乎在故意拖延，要等候楚国和齐国真的绝交了，才会赠地吧？楚怀王本来是想先拿到商於之地，然后再说和齐国绝交而和秦国结盟之事的。现在只有变换一下顺序了，于是便派人去见齐王，言语粗鲁，羞辱齐王，以示不敬。齐王很生气，当即撕碎了同楚国的符约。这样一来，齐楚之间便不再友好，而骤然交恶了。消息很快传到了秦国，秦国的君臣都知道了。

张仪得知楚国与齐国真的绝交了，很是兴奋，伤也好了，病也没了，又像往常一样上朝，开始接见宾客了。

楚将逢侯丑立刻求见张仪，对张仪说：我陪同丞相大人来秦，等候三个月了，请丞相大人交付商於之地吧！

张仪笑笑说：哦，好啊！我有封地六里，这就交付，请将军受之！

逢侯丑大为惊讶，责问道：在下亲耳所闻，丞相大人亲口对楚王承诺的，是要将六百里商於之地交付楚国，怎么会是六里封地呢？

张仪说：可是我只有六里封地啊，只能将此交付你了。六百里是不可能的。

逢侯丑责问道：你身为秦国丞相，怎么能言而无信呢？

张仪的态度也很强硬，蛮横地说：反正接不接受，都随你了！

逢侯丑见张仪突然变脸了，为之很是愤慨，却又无计可施，深感无奈。逢侯丑只有离开秦都，返回了楚国，将这些情况向楚怀王做了如实禀报。

楚怀王听了逢侯丑的禀报，得知逢侯丑此行徒劳无功，不仅六百里商於之地没有得到，张仪许诺要献给楚王的秦国美女也成了泡影，不由得心中大怒。作为一个大国之君，竟然被张仪如此欺骗，简直是天大的笑话啊。楚怀王越想越气，怒不可遏，当即调派了数万人的军队，命令楚国大将屈匄率领，由将领逢侯丑为先锋，准备讨伐秦国，向张仪兴师问罪。

楚国的群臣大都赞同楚怀王的决定，只有屈原觉得不妥。屈原当初就给楚怀王分析过利害关系，此时再次面见楚怀王，劝谏楚怀王不要轻易对秦国动武，还是暂时隐忍为好。屈原说：一旦出兵，两国交战，假若不能获胜，而齐国与秦国都来进攻楚国的话，楚国就会大受伤害，所谓小不忍则乱大谋也，所以不能草率用兵。

楚怀王不听，决意发兵。秦国当然也是早有防备的，扼守要隘，屯兵以待。

秦楚关系骤然紧张，双方都秣马厉兵，剑拔弩张，战争一触即发。

一场秦楚之间的武力较量，已不可避免，眼看着就要开战了。

秦惠王决定要赠送五位美女给蜀王，在秦都王宫中并无现成的人选，只有派人到都城以外去物色。秦惠王将这件事情交给了陈轸全权负责办理。

　　陈轸奉命而行，轻车简从，从秦国各地挑选绝色美女。因为是秦惠王的命令，陈轸所到之处，各地官吏都不敢怠慢，百姓也都不敢违抗。陈轸走了一些地方，终于在米脂等地选出了五名姿色出众的女子。米脂自古就是出产美女之地，这里的女子皮肤腻滑，面容姣好，身段曼妙，而且很有风韵，真的是名不虚传。

　　陈轸回到秦都后，向秦惠王做了禀报，并请秦惠王过目，当面审查美女，看看是否合适，以便做最后裁定。秦惠王当即答应了，觉得看一下也好，免得细节上出差错。向蜀王赠送绝色美女，这可是出兵伐蜀之前的一个大计谋，决不能有半点马虎和大意的。秦惠王为人精细，所以对此要亲自把关。

　　五位秦国美女，都身穿艳服，花枝招展，遵命依次步入大殿来见秦王。在此之前，陈轸已命人对她们传授了必要的礼仪，做了梳洗打扮，换了华丽的新装。这五位女子本来就天生丽质，又经过一番培训装扮，神采奕奕，顾盼之间，果然有倾城倾国之貌、沉鱼落雁之色。气氛严肃的王宫大殿内，来了这五位绝色美女，也似乎春色荡漾，风光明媚，连采光都骤然亮堂起来。

　　秦惠王见到如此美貌的五位绝色秦女，眼睛顿时一亮，不由得大为心动。

　　陈轸是明眼人，看到秦惠王的举止神态，立即猜到了秦惠王的心思。随即拱手说：启奏大王，这五位美人，都是天姿国色，大王若喜欢，皆可留在宫中，供奉大王享用。小臣可以再去民间挑选，然后再赠送蜀王不迟。

　　秦惠王先是点头，继而摇头，哈哈大笑说：天下美色，谁不喜欢？

寡人也难免俗啊！这五位美女，个个都漂亮非凡，果然是妙不可言！

陈轸说：恭喜大王，大王真的喜欢，那就请大王自己留用吧。

秦惠王一笑，正色说：此乃戏言耳，你真的希望寡人留用吗？

陈轸说：并非戏言，大王若喜欢，那就留在宫中吧。小臣再去挑选几个美女，这也不是什么难事。

秦惠王肃然说：寡人固然好色，但寡人不贪欲。佳人虽美，多则无益。还是江山社稷重要啊！这五位美女，都是为蜀王挑选的，还是赠送给蜀王吧！

陈轸听了，心中大为起敬，当即拜贺道：大王英明！小臣遵旨！

秦惠王吩咐说：张若传信曰，蜀王已答应派遣五丁力士前来迎娶。时不我待，机不可失。汝等抓紧准备，依计而行，不得有误！

陈轸答应了，随即去准备车马嫁妆。按照事先谋划，陈轸有意要将陪嫁之物弄得丰富些和隆重些，只等五丁力士来到秦国之后，便要将五位秦女连同车马嫁妆一起交付，让五丁力士迎娶回蜀。车马嫁妆多了，五丁力士自然要多费周章，只能拓宽蜀道，运回蜀国。与此同时，秦国大将司马错也遵照秦惠王的旨意，挑选了精兵锐卒，配备了强弓劲弩，加紧操练，做好了准备。只等五丁力士抵达秦都后，这支奇兵便会迅速行动，秘密潜入蜀国，在要害之处悄然设下埋伏，然后便要对返蜀的五丁力士痛下杀手。这些都是整个计谋中很重要的环节，一切都在紧锣密鼓地进行之中，而蜀王对此却是毫无所知。

秦惠王做好了这些布置之后，便耐着性子，只等蜀王上钩了。

这个时候，秦国与楚国、齐国之间的关系已经发生了微妙的变化。楚王因为受了张仪的欺骗而大怒，派兵讨伐张仪，已经逼近秦国边界。齐王因为受辱于楚王，同楚交恶，两国也兵戈相见。这种情形，为秦惠王带来了一些新的思考。

秦惠王召见陈轸，商量说：寡人想派足下出使齐国，联络齐王。如今楚王出兵，意欲攻我，若能说动齐王出兵击楚，就牵制了楚王，则楚兵不战自退，寡人可以坐收其利，岂不妙哉。足下以为如何？

陈轸说：大王深谋远虑，联络齐王势在必行。在下以为，目前当务之急，对齐楚仍要化敌为友，使齐楚既不结盟，又相安无事，这样对秦国最为有利，不至于对大王的伐蜀大计产生掣肘。一旦时机成熟，大王出兵伐蜀，犹如探囊取物也。

秦惠王想了想说：足下出使齐国，见机而行吧。

陈轸拱手说：在下明白，谨遵大王旨意。

秦惠王说：楚王这次出兵，气势汹汹，来者不善，恐怕不会善罢甘休。

陈轸说：楚王贪利，故为张仪利用，而绝齐连秦。楚王因得不到地而出兵，若大王能送地给楚王，楚王转怒而喜，自然就退兵了。

秦惠王说：这是张仪见楚王的说辞而已，寡人岂能将商於之地送给楚王？

陈轸说：大王不能送地，就要备战了。若送地给楚王，亦不过权宜之计，等待取蜀之后，国富兵强，要讨回商於之地，不过举手之劳而已。

秦惠王明白陈轸说的韬略，但还想再斟酌一下，沉吟道：容寡人思之。

陈轸说：也不妨先兵后礼，全凭大王定夺。

秦惠王额首道：好，足下先出使齐国吧！其他诸事，等足下回来再说。

陈轸领旨，随即告辞了秦惠王，略做准备，便离开秦都，去了齐国。

陈轸带了几名随从，轻车简从，前往齐国。秦与齐并不接壤，中间还相隔了其他几个诸侯国，各自独立，皆有军队，护卫着各自的城邑。

各国相互戒备，但并不限制商旅交通往来，对各国的使臣也是一律放行的。所以陈轸出了函谷关，一路东行，走了几天，比较顺畅地就来到了齐国。

齐王得知秦国的使臣来了，分外重视，安排在上等馆舍住下，又备办了盛宴，对陈轸优礼相待。齐国原来和秦国往来较少，对秦颇有敬畏之心。秦国自从卫鞅变法之后，日渐强盛，雄视六国，使得诸侯列国都感到了莫名的威胁和压力。齐国前些时和楚国往来，打算结成联盟，也主要是出于抗秦的考虑。可是情况变化很快，楚国竟然绝齐联秦了。现在秦王又突然派使者来齐国，弄得齐王很是困惑，猜不透秦王葫芦里究竟卖的什么药？虽然疑虑丛丛，但礼节却是必不可少的，何况齐国本来就是一个好客礼仪之邦，所以热情款待秦国来使也就是自然之举。

陈轸拜见了齐王，施礼说：在下奉秦王之命，特来向大王问好。

齐王说：阁下不远千里而来，秦王之意，只是问好吗？不会如此简单吧？

陈轸揖手说：在下实话实说吧，秦王遣使问好的意思，就是想同大王结盟修好啊。秦和齐，都是当今天下大国，两国若能友好往来，相安无事，互通有无，于国于民都是好事。大王以为如何？

齐王笑曰：阁下说的倒也是实话，此乃秦王善意，若真的能友好往来，当然很好啊。不过，如今正是多事之秋，诸侯各显其能，都想逞强称霸，若要相安无事，何其难也。

陈轸说：天下大势，诚如大王所言。不过事在人为，也不难啊。

齐王说：秦与齐交好，应该是对秦有利，对齐的好处，阁下以为是什么呢？

陈轸说：好处当然是互利的，齐与秦成了友邦，自然就会相互提携，和谐相处，各得其所。功在当代，利在千秋也。

齐王说：但愿如阁下所言吧。当下齐国就遇到了难题，秦国会帮忙吗？

陈轸问道：大王说的难题是什么？愿闻其详。

齐王说：楚王无礼，前些日派人辱骂本王，最近又派大将军昭阳率兵而来，意欲攻齐。楚兵犯境，开战在即。一旦厮杀，必有死伤。本王虽然不太想打这个仗，但迫于无奈，也只有倾力一战了。阁下对此，有什么好的主意吗？

陈轸说：自古善兵非好战，夫用兵之道，以不战而屈人之兵，方为善之善也。

齐王颔首说：此乃兵法中的上乘之道。眼下情形，如之奈何？

陈轸说：这有何难，待吾面见楚将昭阳，使其退兵就是了。

齐王睁大了眼睛，问道：此言当真？

陈轸一笑说：大王不必忧虑，在下明天就去见楚将昭阳，请他退兵。

齐王知道陈轸非等闲之辈，但对陈轸说得如此轻描淡写，还是将信将疑。便点头说：阁下非常人也，那就静候佳音了。

陈轸当然明白齐王的想法，哈哈一笑，酒宴之后，随即告辞，回馆舍休息。

第二天，陈轸来到楚军兵营，见到了楚国的大将军昭阳。

昭阳驻扎在齐国边界，正在大帐调集粮秣，准备进攻齐国。听说陈轸来了，当即传令接见。昭阳知道陈轸是秦王身边的一位著名谋士，以前陈轸游历楚国时两人也曾见过面的，此时陈轸突然来访，昭阳颇感诧异，觉得陈轸来此必有用意。

陈轸走进大帐，看见了身穿戎装的昭阳，施礼说：大将军别来无恙？

昭阳起身相迎，揖手说：一别多年，先生近来一切都好吧？

陈轸说：在下奉命出使，听说大将军率兵在此，机会难得，特来拜访老友。

昭阳说：确实难得啊，听说你为秦王效力，没想到又在这里见面了。

陈轸说：在下也听说大人战功卓著，已经是楚国的上柱国大将军了，恭喜大人啊！

昭阳笑笑说：就是打了几个胜仗罢了，阁下消息灵通啊。

陈轸说：大人实乃楚国之良将也，最近在襄陵又大败魏军，乘胜占领八邑，威震诸侯，真的是战功赫赫啊！在下听说，楚王论功封赏，已经擢任大人为令尹了吧。

昭阳笑曰：哈哈，阁下真的是消息灵通，什么都知道啊。

陈轸说：在下也只是略知一二罢了，楚国最高的爵位是什么？还得请教大人呢。如果打了大胜仗，按照楚国之法，破军杀将者何以贵之？楚王会如何封赏？

昭阳说：最高的爵位就是上柱国了，功高者封上爵执珪。

陈轸问道：还有比这更加贵显的爵位和官职吗？

昭阳说：若论实职，也就是令尹了吧。

陈轸说：现在大人已经是楚国的令尹了啊，位列群臣之首啦。

昭阳揖手让座，面露微笑，神态之中，颇有志满意得之色。

陈轸坐下后，问道：大人率兵驻扎于此，是要准备进攻齐国了吧？

昭阳说：阁下是明眼人，实不相瞒，是有此意。

陈轸摇了摇头，双眉微蹙，不以为然地叹了口气。

昭阳见状，有点不解，问道：阁下想说什么？但言无妨。

陈轸说：我突然想到了一个有趣的故事，大人是否想听听？

昭阳说：好啊，既然有趣，那就说来听听吧。

陈轸说：我有位朋友，有天赏了一卮酒给其舍人。此酒甚美，酒香扑鼻。舍人们相聚而议，相谓曰：你我数人共饮这一卮酒，不足过瘾，颇为无趣，不如搞个游戏比赛，请各自画地为蛇，先画成蛇者独饮此酒，如何？众人皆赞同，于是开始比赛画蛇。一人先画成，举酒而起，曰，汝等画得真是太慢了，让我给蛇添上足吧，也比你们画得快啊。等他给蛇添足时，另外一人也画好了蛇，当即夺过厄酒而饮之，对其曰，蛇固然无足，汝今为之足，那就不是蛇了啊。其人无语，这就是画蛇添足的教训啊。

昭阳听了，略有所思，面露沉疑之色，轻轻哦了一声。

陈轸话锋一转，接着说：大人相楚而攻魏，破军杀将，功莫大焉，如今已是楚国的上柱国大将军，身居令尹之高位，封爵执珪，冠之上不可以加矣。大人今又移兵而来，准备攻打齐国。如果进攻齐国而胜之，官爵也无法再增添了，只能止于此也。假若攻之不胜，就会身死爵夺，有毁于楚也。这同画蛇添足之说，又有什么两样呢？陈轸看了一下昭阳的神情，又加重语气说：在下以为，大人不如引兵而去，这样既保全了名节，也有利于维持楚国的胜势，齐国也会感激大人啊。此乃持满戒盈之术也，大人以为如何？

昭阳听了陈轸的这番分析说辞，很有些振聋发聩的感觉，当即揖手称谢说：阁下见识超人，此言甚善！

陈轸拊掌而笑曰：大人果然是明白人！哈哈！从善如流，令人钦佩！

昭阳也朗声而笑曰：先生使吾受益匪浅，今日相逢，实乃幸会！当即设宴款待了陈轸，两人饮酒相叙，尽欢而散。

此后不久，昭阳便传令部下，拔营撤军，引兵而去，很快就离开了齐国的边界，返回楚国去了。

陈轸回到齐国都城，休息了两天，又重新去见齐王。

齐王得到禀报，知道楚将昭阳已撤兵而去，不由得大喜过望。齐王由此而对陈轸刮目相待，格外敬佩。这次接见，自然是更加热情了，并特地准备了一份相当丰厚的礼金，赠送给了陈轸。

陈轸婉谢说：大王客气了，在下无功，岂敢受此厚礼？

齐王说：阁下谈笑风生，片言退敌，实乃当今奇人也！一点薄礼，聊表谢意，敬请笑纳。

陈轸见齐王是真心实意相赠，不便推辞，揖手说：既然是大王美意，却之不恭，那就多谢了！

齐王又吩咐设宴款待陈轸，并安排了歌舞助兴。席间叙谈，频频敬酒，甚是欢洽。齐王乘兴说：阁下足智多谋，才能超群，堪居相国之位，秦王得阁下辅佐，何其幸运也！

陈轸心想，齐王此言，颇有深意，揖手说：大王过奖了！

齐王说：秦王能有阁下这样的高才效力，真的令人羡慕啊！

陈轸不由得哈哈一笑曰：贤者在位，能者在职，各得其所吧。

齐王说：齐国乃礼仪之邦，希望阁下在这儿多住些日子才好啊。

陈轸原以为齐王爱才，适才话中暗示，也许会邀请他做齐相呢。现在听了齐王这句话，方知齐王并无此意。陈轸这次东行，实地观察，对齐国的富裕，对齐人喜欢商贸而不愿征战，感受颇深，觉得这里也并非是他足以施展才能的久待之地，便执杯在手，称谢说：在下奉命出使，为大王退敌，促成了齐秦之好，这就要告辞，返回秦国去了。

齐王说：欢迎阁下以后再来做客，无论何时，阁下都是齐国的贵宾！

陈轸见齐王说的都是客套话，并无诚心挽留之意，当然也只有真的告辞了。

宴会之后，陈轸便带着随从人员，离开了齐国都城，由原路而返，回秦国去见秦惠王，继续参与谋划攻取蜀国的大事情。

第十六章

蜀王听从江非之言，决定派遣苴侯去镇守北疆。

苴侯接到命令，很是诧异。苴侯不知道蜀王为何要做出这样一个决定，其中必有缘故。是因为他多次劝谏蜀王，招致了蜀王的不快吗？或者遭到了某个近臣的排挤？苴侯思量，一旦离开繁华的都城，前往偏僻的北疆，不仅仅会改变习以为常的舒适生活，更为重要的是将从此远离朝廷，也就意味着从今以后很多重要的国家大事，他都无权参与或过问了。想到这一点，苴侯的情绪便大为郁闷。唉！苴侯深深叹了口气，他很想当面去问问蜀王，为何如此决定？如今正值多事之秋，蜀王身边正需要忠心耿耿的大臣来辅佐呢，为何要将他调离朝廷呢？转念一想又觉得不妥，蜀王既然已经下达了命令，抗争蜀王的旨意，只能弄巧成拙啊。于是便收拾行装，挑选了随从人员，调集了随行的队伍，配备了相应的武器与辎重，准备赴任。

群臣也都知道了这件事情。皋通和王子安阳约了，来给苴侯饯行。

王子安阳：叔父此次北行，要多久才能回来呢？

苴侯说：大王旨意，命我驻守北疆，不是一天两天的事情。

王子安阳说：如果长久驻守，不能和叔父时常相聚，岂不遗憾？

苴侯说：相聚事小，王命难违，只能以大局为重。

王子安阳说：北疆偏僻，驻地简陋，叔父务必多加保重。

苴侯说：这些都不要紧，城寨可以修建，关隘可以加固，简陋可以改善的。关键是驻守之策，皋通先生对此可有什么好的主意？

皋通说：若能加强防御，预防强秦侵犯，苴侯大人坐镇北疆倒也不是什么坏事情。

苴侯说：大王命我前去镇守北疆，但配置的兵马有限。一旦强秦犯境，首当其冲，如之奈何？

皋通说：眼下局势，秦王还在等待机会，表面示好，暗藏诡计。大人此去，秣马厉兵，严加防备，实乃当务之急。必要时，也可征召士卒，就地筹粮，增强兵力。据在下所知，巴国在北疆也有布防，派驻有大臣和军队，大人可以和他们互通声气，联手抗秦。如此，则犄角相倚，相互呼应，共同御敌，可保无虞。

苴侯点头说：好，先生真知灼见，我也正是这么想的。

三人饮酒叙谈，说到了朝廷中的一些情况，对蜀王偏信近臣江非，喜欢听阿谀之词，而不想听大臣们的谏言，觉得很是不妥，却又颇感无奈。对蜀王派遣五丁力士前去秦国迎娶五位秦女，尚在进行之中，没有办法阻止，也深感忧虑。

苴侯说：五丁力士此去，要耗费精力，拓宽蜀道，以便迎娶秦女。显而易见，这都是秦王的诡计啊。

皋通说：秦王的谋划，恐怕不仅仅限于此。我很担心，秦王还会有其他圈套与陷阱。

苴侯问道：先生觉得，秦王会有什么陷阱与圈套？

皋通说：暂时还说不清楚，但我有预感，故而担忧。

苴侯哦了一声，说：我也有同感，秦王阴谋，令人忧虑。

皋通说：只有让五丁力士提高警惕，处处小心了。

王子安阳说：五丁力士出发已有数日，如何告诉他们呢？

苴侯说：在他们出发前，我去军营，曾告诫过他们，不能掉以轻心。

王子安阳说：还是叔父想得周到啊。

苴侯说：我叮嘱他们，回程时尽量毁掉蜀道，不给秦王留方便。

皋通说：这个告诫很重要，就怕他们疏忽。

王子安阳说：但愿五丁力士能遵嘱而行吧。

苴侯说：五丁力士不仅天生神勇，办事也还是比较可靠的。

皋通说：谋事在人，成事在天。大人恰在此时去坐镇北疆，也能遥相呼应，对五丁力士是个声援。

王子安阳说：是啊，叔父可以大张旗鼓，使秦王有所忌惮。

苴侯笑道：用不着虚张声势，秦王自然就知道了。

皋通说：大王爱妃病故，秦王很快就知道了，可见蜀中定有秦王奸细。

苴侯说：确实如此，秦王派遣入蜀的细作，很可能不在少数。

王子安阳说：那如何是好？对此岂能坐视不管？

苴侯说：细作藏于民间，与百姓混淆，不容易清查。

皋通说：国之安危，在于强盛。只要贤者在位能者在职，君臣同心，百姓拥戴，就能立于不败，不怕奸细刺探。

苴侯感慨道：是啊，但愿天佑我蜀，国泰民丰，长治久安吧！

皋通说：苴侯大人吉言，但愿如此吧！

王子安阳和皋通陪着苴侯，如同往常一样饮酒叙谈，到了晚上，这才辞去。明天苴侯要去向蜀王辞行，然后就要出发去北疆了。他们都知道，这次分别之后，就不太容易相聚了，故而都有些依依不舍。

苴侯离开蜀都，前往北疆，选择葭萌为镇守之地，驻扎下来。

葭萌是蜀国北疆的一处形胜之地，有白龙江环绕流过，群山逶迤，关隘险要，是蜀国前往秦陇的蜀道咽喉，进可攻，退可守，堪称是蜀国北面的大门与重镇。苴侯率兵驻扎于此，确实是一个较为明智的选择。这里既可以扼守险要，又可以从容回旋，把守住了此处，也就掌控了北疆局势。这里与蜀都的联络畅通无阻，便于调动兵马粮草，东面与巴国相邻，也可相互呼应。总之，葭萌在蜀国北部，真的是足以独当一面的战略要地。但这里人烟较为稀少，只有极少的住户与简陋的村舍，没有像样的府邸与馆驿，凡事都需从头张罗，诸多艰苦，困难很多，也是不言而喻的。

苴侯指挥随从与士卒，搭建了营房，以大帐暂时作为侯府，然后征召当地民众，开始修建城寨。并查看了周围的地形山势，在险要处布置了防守。所谓天下无难事，只怕有心人，过了些日子，新建的城寨便初具规模了。苴侯又征召了一些新兵，扩充了队伍。葭萌有了城寨和驻兵，周围的乡民们带了农产品来此出售和交易，自然而然地形成了集市，渐渐的人气就旺盛起来。

苴侯坐镇葭萌的消息，很快传到了巴国。

大臣冉达对巴王说：苴侯贤明，性情豁达，在下出使蜀国时，曾与苴侯畅谈，甚是融洽。现在苴侯镇守葭萌，独当一面，大王若派人问候，特地送礼犒劳，苴侯一定会很高兴。这是个机会，借此可以加强联络，促进巴蜀友好，有利于联合抗秦。

巴王说：爱卿此言，深得我意。我也正想请爱卿前去联络苴侯呢！

自从上次巴蜀相互争战，巴国借助楚国的援兵与战象，击退了围攻都城的蜀兵，一晃已经好久了。两国又回归了往常的状态，和平相处，相安无事，但巴蜀之间的关系却变得分外微妙。与蜀国发生矛盾乃至打仗，本非巴王的本意。现在若能借助苴侯，弥补巴蜀之间的裂痕，尽量修复两国的友好关系，正是巴王求之不得的好事情，何乐而不为呢。大臣冉达的建议，与巴王可谓不谋而合。既然君臣想法一致，巴王当即便派遣冉达前往葭萌，去拜访苴侯。

冉达奉命而行，携带了巴国酿造的美酒与礼物，还运载了数头猪羊，去见苴侯。之前冉达出使蜀都，曾拜访过苴侯，相互晤谈，达成了很多共识。虽然相聚的次数不多，也算是老朋友了。这次见面，故人重逢，自然是分外亲切。

苴侯在军营大帐接待了冉达，高兴地说：哈哈，是你啊，请上坐！

冉达揖手施礼说：苴侯大人别来无恙，在下奉巴王之命，特来拜望。

苴侯说：还好吧，想不到又在这里见面啦。

冉达说：葭萌山清水秀，是个好地方啊。

苴侯说：初来乍到，新建城池，尚在张罗。此处简陋，怕招待不周。

冉达说：大人坐镇于此，与巴相邻，以后能和大人时常相聚，令人高兴啊。

两人寒暄了几句，冉达呈上了带来的礼物和美酒，并将猪羊犒劳苴侯的部下。苴侯高兴地收下了礼物，随即吩咐侍从准备酒宴，款待冉达。

酒席很快就弄好了，两人继续饮酒叙谈，从巴蜀近况说到了联手抗秦，很多想法都是一致的，甚是相得。特别是在巴蜀两国的关系上，两人都觉得应该亲如兄弟才好。对于之前的巴蜀战争，也都觉得本来是不应该发生的，由于误会和一些偶然情况而导致的矛盾，引发了那么大的事情，真的是大可不必。

冉达回顾往事说：巴蜀联姻，亲如一家，这可是巴王的本意。哪知好事未成，竟然打了一仗，实在是出乎意料啊。

苴侯也颇为感慨，叹息说：就是兄弟之间，有时也会闹个纠纷。事情已经过去了，今后应该不会再发生了，恢复友好，和睦相处吧。

冉达说：是啊，是啊，巴蜀以和为贵，就会安定兴旺。

苴侯赞同说：面对强秦的觊觎，巴蜀和睦，联手防御，势在必行。

冉达说：大人高见，确实如此啊。这也是巴王所希望的啊。

苴侯举杯说：今日相聚，心情欢畅。等你回去，也请向巴王致意吧。

冉达说：好啊，多谢！巴王敬佩苴侯大人，曾对在下特别叮嘱，想邀请大人去巴都做客呢。

苴侯笑笑说：看情况了，等方便的时候再说吧。

冉达在葭萌待了两天，和苴侯一起登临了葭萌的形胜之处，观赏了山水风光，这才告辞，返回了巴国。

冉达将详情向巴王做了禀报，巴王得知苴侯重视巴蜀友好，非常高兴。此后又多次遣使拜访苴侯，经常赠送礼物和犒劳物品，以博取苴侯的好感。巴王的目的很明确，就是要保持频繁的往来，来加强和苴侯的联络，建立密切的关系。对于巴王的主动示好，苴侯也给予了积极回应，有时也会派人回访巴王。这样过了一些日子，巴王再次遣使，正式邀请苴侯，前往巴国都城做客。苴侯在葭萌营建城寨等事这时已告一段落，有了空闲，正想各处走动一下，便接受了巴王的邀请。

苴侯带了随从，离开葭萌，东渡巴水，前往巴国的首府江城。

巴王为了这次和苴侯的聚会，做了精心的准备。先是派了冉达，在巴水之滨迎候苴侯，然后巴王又亲自出城迎接苴侯。进出江城的道路都提前洒扫了，下榻的馆舍也布置好了，张灯结彩、喜气洋洋。迎接的场面颇为热闹，除了巴王与侍卫，还有一些随同而来的文武官员。江城内外还有很多看热闹的市民百姓，也在翘首以盼。

苴侯看到巴王如此盛情，很是高兴，揖手施礼说：大王太客气了！

巴王爽朗地说：欢迎苴侯，盼望已久啊！今日苴侯大驾光临，来此相聚，令人欢欣，不胜荣幸！

苴侯笑曰：感谢大王盛情邀请，近日有了空闲，特地来拜访大王。

巴王高兴地说：苴侯不远千里而来，旅途辛苦啦！随即陪同苴侯，在侍卫和随从官员们的簇拥中，并骑进了江城。

苴侯这是第二次来江城，上次是随蜀王征伐巴国兵临城下，这次是作为贵宾被隆重迎接入城，感受截然不同。江城临江依山，城墙坚固，规模宏大，不仅利于防守，同时还有水路码头，往来交通便利。城内的街巷随地势而建，房屋高低错落。巴王的王宫位于城内上方开阔处，远不如蜀王的宫殿那么华丽辉煌，看起来却也相当壮观，颇有气势。馆舍离王宫不远，环境清雅，专门用来接待贵宾。苴侯被巴王迎接入城，安排在馆舍住下后，稍事休息，便应邀去王宫赴宴了。

巴王用精心酿制的清酒与丰盛的宴席款待苴侯，并特地安排了舞蹈助兴。清酒醇美，早在廪君时代就已享有盛名了。巴人的舞蹈也很有特色，动作刚劲，豪情奔放，与蜀王宫中的欢乐歌舞风格不同，充分展现了巴人的粗犷性格与勇武之风。

巴王举杯敬酒说：一直想和苴侯相聚，今天终于如愿以偿，真的使人高兴啊！这一杯薄酒，聊表心意，特地为苴侯洗尘接风！

苴侯也端起酒盏，答谢说：巴国的美酒，自古以来就是真正的好酒。巴人的歌舞，也是名闻遐迩。今日与大王相聚，一起共饮美酒，尽情欣赏歌舞，令人开心啊。感谢大王啦！

参加宴会的巴国文武官员们，也都纷纷举杯，向苴侯表示欢迎和敬意。

众人都饮了杯中之酒，宴席上的气氛很是融洽。酒过三巡，巴王和苴侯谈笑风生，开始是寒暄与闲聊，接着便说到了共同关注的一些事情。

巴王说：近日听说，秦王要赠送五位美女给蜀王，不知是否确有其事？

苴侯说：是的，秦王确有此意。

巴王说：我还听说，蜀王已经派人去接这五位秦国美女了？

苴侯对这个话题很敏感，不想深谈，却也不便否认，颔首说：嗯，是的。

巴王说：秦王这是什么用意呢？想使蜀王高兴，然后结成联盟吗？

苴侯说：秦王的用意，比较微妙，费人猜思。

巴王说：秦王如果打算和蜀王联盟，那就是针对巴国了。

苴侯问道：大王为何这样说呢？

巴王说：因为秦巴两国一直有疆域之争，前些时蜀与巴打了一仗，秦王是否想利用这个机会，主动讨好蜀王，然后一起来对付巴国呢？

苴侯明白了巴王的话中之意，坦然说：秦王不仅和巴国争夺疆域，对蜀国也有觊觎之心。秦王的野心，由来已久，世人皆知。巴蜀乃友好邻邦，理应联手抗秦，此乃正道也。大王不必担心，我们要做的事情是防御秦王，蜀王即使接受了秦女，也不会和秦王联盟来对付巴国的。

巴王说：诚如阁下所言，果真如此，那就好了！

苴侯说：常言说，立国安邦，都要以大局为重的。不用担忧吧。

巴王说：苴侯贤明，见识超群，令人敬佩啊。以后巴蜀携手，相互兴旺平安，要多多仰仗阁下了。

苴侯说：只要力所能及，有利于巴蜀和睦，就在所不辞。

巴王听了，倍感兴奋，又举杯敬酒说：好啊，今日和苴侯相聚，真的是天遂人意，从此和衷共济，实在太好了！

苴侯洞悉了巴王的心思，也爽快地说：哈哈，我也深有同感啊！

巴王和苴侯因为话语投机，很多见解与想法都比较一致，自然是格外开心，大有相见恨晚之感。两人畅怀饮酒，观赏歌舞，十分尽兴。到了夜晚，才送苴侯去馆舍休息。

此后数日，巴王天天以盛宴美酒，款待苴侯。馆舍内还特地安排了几位姿色出众善解人意的侍女，对苴侯侍候得非常周到。巴王的好客，清酒的醇美，馆舍的舒适，使苴侯延迟了归期，又多待了数日，才向巴王告辞，带着随从，返回了葭萌。

这个时候，五丁力士奉蜀王之令，正在前往秦都的途中。

开明王听信了江非的话，派遣五丁力士前往秦都，迎娶五位秦国美女，已经有一些日子了。此事说起来很简单，但实际上却有很多麻烦，最主要的问题就是交通。秦蜀之间，山水相隔，千里迢迢，路途颇为遥远。上次五丁力士搬运五头石牛，已经耗神费力，千辛万苦才完成任务。因为有王子安阳的叮嘱，他们由秦返蜀时又尽量毁掉了开辟的蜀道。这次去秦都，又要重修蜀道，确实是非常折腾人的事情。特别是秦国大使张若告诉他们，秦王准备了车辆和丰厚的陪嫁礼物，五位秦国美女是要坐车而行的，要将她们迎娶回蜀，势必拓宽蜀道才行。这样自然就要多花费力气，去的时候就要安排妥当，逢山开路遇水搭桥，要克服很多困难才行。

秦使张若面见他们的时候，是由蜀王的亲信大臣江非陪同的。正值他们出发之际，江非受蜀王委派，送他们出城，在城外请他们喝壮行酒，为他们饯别。张若当时就站在江非的旁边。

江非传达蜀王的旨意说：汝等此行，要早去早回，尽快将五位秦女迎娶回来，免得大王牵挂。江非又特地叮嘱说：秦王的陪嫁之物，也要悉数带回才好。

大牛问道：不知秦王有些什么陪嫁之物？

江非对张若说：请你和他们说说吧，秦王有何礼物，免得有误。

张若说：秦王敬重蜀王，挑选的五位美女都是天姿国色。按照习俗，出嫁都是要乘车而行的，秦王特地准备了车辆，一人一辆，还有备用车辆，就有十多辆了。陪嫁的东西也很多，从穿着衣裳到日常盥洗用品，都备齐了。

大牛说：知道了，我们如数运回就是了。

张若说：为了一路平安，不出意外，你们去的时候就要预做准备了。

大牛问道：要预做什么准备？

张若说：主要是车辆行驶，得确保安全。

大牛说：大使的意思，是要我们先辟路，后迎娶了？

张若说：这样当然是最好了。

江非说：你们去的时候，就预做准备，回来时就方便了。

大牛说：好吧，我们一定尽心尽力，不负王命。

江非说：大王信任你们，一定要将五位秦女好好地迎娶回来，不能有丝毫差池。大王命我于此摆酒，特地为你们壮行！喝了这碗酒，你们就出发，一路顺风！等你们回来时，再畅饮庆祝之酒！

大牛和几位兄弟郑重地答应了嘱托，举碗饮了饯行酒。然后便率领随行士兵，离开蜀都，踏上了征程。

五丁力士忠于王事，晓行夜宿，一路上尽量拓宽蜀道。秦蜀之间，险阻甚多，有些地方悬崖峭壁，山道崎岖，跋涉起来格外艰辛，要开道筑路更是困难重重。由于要预先开辟和拓宽道路，五丁力士的行进速度便慢了下来，携带的粮食很快就吃完了。他们在偏僻的崇山峻岭，很难征集到食粮，如果派人回蜀都运粮，似乎远了些。随行的士兵天天都要吃饭的啊，怎么办呢？大牛和几位兄弟商量办法，很自然地想到了苴侯，当时苴侯已经镇守葭萌。蜀都太远了，葭萌倒是比较近啊。五丁力士于是派人前往葭萌求援，请求苴侯接济粮食。

苴侯正在葭萌修建城寨，扩充队伍，加强防守，在粮食储备和军需方面也不宽裕，颇有捉襟见肘之感。接到五丁力士的禀报，当然不能坐视不管。如果将仅有的粮食拿给五丁力士，葭萌的驻军又怎么办呢？苴侯有些为难，思考再三，觉得只有让五丁力士到葭萌暂住一些日子，然后设法筹粮，再说后面的安排。从当时的情况来看，苴侯揆时度势，这无疑是一个比较明智的决定。

五丁力士接到苴侯的命令，便率领随行士兵，来到葭萌，暂作修整。

苴侯吩咐手下，一边从当地尽量筹集粮食，一边设法从其他地方调集军需，并派人向巴王借粮。当时巴王和苴侯正值往来频繁、关系密切之际，苴侯借粮，巴王当然不会拒绝，很爽快地就答应了。

巴王派使者告诉苴侯，很快就运粮过来。同时也告诉了苴侯一个很重要的情报，说秦王和楚王就要打仗了，很可能还会引发其他变故，请苴侯多加注意。

五 丁 悲 歌 | 245

其实苴侯已经得到了这个消息，葭萌经常有商旅往来，常会带来各种信息。苴侯开始觉得有些传言不过是道听途说而已，对此并未放在心上，现在得到了巴王的情报，立刻引起了重视。苴侯思量，如果秦国与楚国真的打起仗来，就无暇顾及蜀国了，其实对蜀国来说也不是什么坏事。而巴王担心有其他变故，指的又是什么呢？苴侯一时猜不透巴王的想法，觉得如果能和皋通聊一下的话，对此自然就一清二楚了，可是皋通待在蜀都呢，隔得远了，不能时常相聚，确实是颇为遗憾的。

苴侯虽然无法预见今后的局势变化，却觉得这是一个可以利用的机会，正好借筹粮为理由，将五丁力士留驻在葭萌，暂时不必去迎娶秦国的五位美女了。苴侯始终认为，这是秦王的阴谋。苴侯为此曾劝阻过蜀王，可是蜀王不听。现在有了借口和理由，不如先拖延着，大可不必急于去办此事，等过些日子，看看后面的情形变化再说怎么应对吧。

苴侯主意已定，便对大牛说：葭萌是个小地方，修建城寨之后，目前人多粮少，正在想办法筹办粮草呢。你们辛苦了，就在这里多住些日子吧。

大牛说：启禀大人，王命在身，我们岂敢偷闲？在这里待久了好不好啊？

苴侯说：欲速不达嘛，不用着急，听我的，少安毋躁。

大牛历来尊崇苴侯，揖手说：好吧，我们听大人的。

五丁力士不仅需要军粮，因为连续奔波疲惫异常，也正想借此好好休息一些日子，以便恢复精力，自然是听从了苴侯的吩咐和安排。

于是，五丁力士便改变了行程，暂时留在了葭萌。

秦惠王已选好美女，备好嫁妆，等候五丁力士的到来。

已经过了预计的时间，五丁力士却迟迟不到。秦惠王等得有些不耐烦了，派了细作，前往打探，不久便得到了禀报，原来五丁力士被苴侯留驻了葭萌，很可能不再来秦国了。秦惠王有点出乎意料，这可是没有估计到的变化啊。

与此同时，楚王派出的兵马已经开始围攻秦国的边关。秦楚关系日益紧张，大战一触即发。秦惠王即使不想和楚王开战，也不得不改变主意了。情形明摆着，秦楚相争，必有一战，已经无法再拖延下去了。于是秦惠王又召集了文武大臣，再次运筹帷幄，商议对策。

陈轸出使齐国之后，已回到秦都，对秦惠王说：启奏大王，在下奉命出使，见了齐王，齐王很客气。齐人喜欢经商，不喜征伐，故而不愿同楚开战。在下只能顺势而为，说退了楚将昭阳，使得齐王倍加感激大王。齐王承诺，愿意和秦互通商贸，世代友好。

秦惠王说：这样也好，只是齐王袖手旁观，不能牵制楚王之兵了。

张仪说：启奏大王，这次楚王出兵，其责在我，不敢推卸。当初为了齐楚绝盟，以利相诱，说动楚王，果然如愿。哪知楚王未能得地，竟然翻脸，出兵犯境，始料未及。

秦惠王说：不要紧，水来土掩，兵来将挡。

田真黄说：楚王之兵，来势汹汹，已兵临城下，与之决战，不能再拖了。

秦惠王说：楚王想打仗，寡人就和他较量一下好了。

陈轸说：启奏大王，在下认为，当前仍以取蜀为主，不宜和楚王开战。楚人重利，若能划地给楚王，楚兵必退。等到取蜀之后，大王势力强盛，顺势东进，要取回给楚之地，不过举手之劳。

司马错说：大王谋划取蜀，亦非一日。当下五丁留驻葭萌，迟迟不来，妙计难施，如之奈何？

陈轸说：张若尚在蜀，大王不妨传信给他，设法催促五丁上路。张若一定会有办法的，稍等时日，就可以按计而行了。

司马错说：如此甚好，大王以为如何？

秦惠王说：嗯，寡人这就派人传信给张若吧。

田真黄说：启奏大王，眼下当务之急，乃是御敌，而非攻取蜀国。

若划地给楚王，未免丧了我大秦志气，而长了楚王威风，在下以为似有不妥。我等备战，士气高涨，不如先灭了楚王来犯之兵，哪里用得着划地给楚王呢？

秦惠王略做迟疑，问道：如与楚开战，你有几分把握？

田真黄说：以秦击楚，如石压卵也，不会给楚喘息之机，即可灭之。

秦惠王又向司马错询问：汝久经沙场，以为如何？

司马错说：我军以逸待劳，要等楚兵已疲，然后全力击之，才可大获全胜。

秦惠王又问道：楚兵犯境，来了多少兵力？是否侦探清楚了？

田真黄说：启奏大王，楚兵前锋约两万余人，已犯境入侵。在下遵循大王旨意，调兵应战，我军正面防守之兵有十多万人，正严阵以待。楚兵后续与辎重尚有六万人，与前锋遥相呼应。我军两翼已调集十余万人，埋伏于隐蔽之处，对远道而来之楚兵已形成夹击之势，只等大王下令，即可奋勇出击。我大秦二十万精锐之师，以雷霆万钧之势，击其八万疲惫之兵，已稳操胜算！

秦惠王目光炯炯，点头说：好！对司马错说：为确保胜算，你也率兵参战吧！

司马错揖手说：若大王决心开战，在下义不容辞，听从大王调遣！

秦惠王又环顾左右，询问众臣曰：汝等还有什么高见，直言无妨。

文武大臣们见秦惠王与楚开战的决心已定，也就只能遵从了。

楚怀王因为受到张仪的欺骗，愤懑难忍，故而调兵遣将，兴师问罪。

楚怀王将这件事情想得比较简单，以为派出数万大军，直捣秦国关阙，大兵压境，秦王或者划地给楚，或者惩治张仪，二者必得其一。大将屈匄率领的楚兵有五万之众，先锋逢侯丑的队伍有两万人，加上运输辎重军需的人马，共计有八万人左右。在楚国的将领中，屈匄勇猛，是善战之将。楚王派他领兵出征秦国，就是希望他能给秦王一个下马威，让秦王与张仪知道，欺骗楚王会招致什么结果。这当然是楚怀王的一厢情愿，两国交战，胜负难料，瞬息万变的情形远没有他想象的那么简单。

这天上午，楚怀王和屈原等大臣在王宫大殿内议事。恰巧屈匄派人来朝禀报前方战况，说楚兵英勇无敌，已攻入秦国境内，所向披靡。楚怀王听了，很是高兴，笑曰：好啊，商於之地，迟早是我的！

屈原说：启奏大王，和秦开战，不是好事情啊。

楚怀王说：若秦人守信，何须如此麻烦！我本来也是不想打仗的。

屈原说：张仪诈楚，失信于大王，大王据理责备之，可以秣马厉兵，而不宜轻易开战。秦王有虎狼之心，如果草率攻秦，假若遭秦反噬，如何是好？是微臣深为担忧也，请大王三思！

楚怀王不以为然地说：秦人失信，故而进兵，只等拿下商於之地，就可凯旋了。

屈原说：大王出兵攻秦，破关而入，秦王对此岂会坐视不管？小胜不足喜，深入险地，其厄难卜，请大王冷静，务必慎重啊！

楚怀王笑笑说：我八万之众，小试牛刀之利也。先乘胜拿下商於之地再说！

屈原又劝谏道：启奏大王，秦王阴柔，其心难测。据悉秦王已调集重兵布防，秦兵向来善战，这次边关失守，似有故意诱我军深入之嫌。现在屈匄轻率进兵，假若遭秦兵从两侧夹击反扑，我军一旦被断了粮草与退路，那就危险了！请大王传令屈匄，及时退兵吧！

楚怀王说：爱卿多虑了！现在还不是退兵的时候。

屈原见楚怀王不愿采纳谏言，心中很是无奈。他深知楚兵已蹈险地，正面临不测之危，虽然担心不已，却也没有其他办法可施，只能叹息而退，静观其变了。

其他诸臣，对此则有点模棱两可，觉得与秦开战，是有点轻率了，确实不应该轻视秦王，但也不至于像屈原说的那么严重吧。反正派兵是楚怀王决定的，楚怀王一心要拿下商於之地，不达目的是决不会罢休的，朝中众臣也就只能听从楚怀王的旨意。

　　楚怀王不听屈原之言，对形势判断比较乐观。按照前方传回的信息，楚兵节节获胜，战况十分有利。楚怀王接到捷报，当然很高兴。其实，楚怀王的目的，只是想要商於之地，同时也是为了发泄一下对张仪诈楚的气愤。他没有料到的是，情形并不像他想象的那么简单，战场局势瞬息万变，屈匄率领数万楚兵攻入秦国境内后，不久便被秦兵抄了后路，陷入了秦国大军的重围之中。

　　形势顿时发生了急剧的变化，屈匄势孤力薄，派人突围向楚怀王紧急求援。楚怀王得到禀报，这才发觉情况不妙，一边匆匆调兵驰援，一边急忙下令要屈匄率兵后撤。但已错失良机，此时撤兵哪里还来得及呢？楚怀王的旨令尚未传到，秦楚之间的一场大战，已经骤然展开。

　　正如屈原所预测的，楚兵陷入重围，遭到了秦军凶狠而又血腥的屠戮。

第十七章

秦楚之间的这场大规模决战，终于不可避免地打了起来。

楚兵之前的破关而入，其实只是小游戏，这次才是真正的生死鏖战。

秦惠王决定进行这次大战，为此而调集了足够的兵力。其中田真黄率领的军队，有十多万人，由战车、骑兵、步兵组成，配备着强弩、长矛、巨盾，经过严格训练，战斗力极其强悍，是秦国的王牌主力。其次是司马错率领的数万秦兵，以步兵与骑兵配合，久经沙场，骁勇善战，尤其擅长野战，也是秦国的劲旅。加上原来镇守边关的部队，加起来共有二十多万人，以此来围歼进入秦国境内的数万楚兵，在兵力上已经占了绝对优势。秦军号令森严，在武器的配置与将士们的战斗力方面，也远远强于楚兵。更何况，楚兵是远道而来，轻率冒进，秦军是以逸待劳，严阵以待，这仗不用打就已知道胜负了。谋划和掌控整个战局的秦惠王，对此当然是洞若观火，而盲目乐观的楚怀王则茫然无知。率兵攻秦的屈匄，也被秦兵示弱的假象蒙在了鼓里。

当楚将逢侯丑率领前锋队伍破关之后，乘胜追击溃退的秦兵，双方又打了几次小仗。这支秦兵一边抵抗，一边沿着丹江河谷向商於之地败逃，一路上丢盔弃甲，颇有些不堪一击的样子。前锋捷报频传，屈匄率领的楚军大队人马，也紧随于后，希望一鼓作气拿下商於之地。楚将逢侯丑率领前锋部队连战皆胜，十分得意，轻敌冒进，不久便进入了秦军的伏击圈，立刻被切断了退路，遭到了秦军的包围。早就埋伏于此的秦军主力，从丹江河谷的两侧蜂拥而出，驾着战车，步骑配合，向这支楚军的前锋队伍展开了猛烈的攻击。先前败退的秦兵，完成了诱敌深入的任务，此时也重整旗鼓，反扑回来，勇猛地参与了对楚兵的进攻。

正是中午时分，天气有点阴沉。狭长的丹江河谷地带，战云密布，尘土飞扬，战鼓声与厮杀声此起彼伏。秦军越来越多，挥舞着的刀剑闪烁着寒光，锋利的戈矛杀气逼人，秦军的战车与骑兵如同奔泻的洪水，朝着陷入重围惊慌失措的楚兵席卷而来。楚兵长途行军，早已人困马乏，突然遭到迎头痛击，猝不及防，顿时乱成一团。面对着秦军排山倒海的攻势，楚兵哪里抵挡得住呢？双方一交战，楚兵便乱了阵脚，如同炸了窝的鸟兽一般，惊慌失措，溃散而逃。逢侯丑率着心腹亲兵拼死抵挡，被秦军里三层外三层地围在了中间。秦军的长矛，毫不留情地刺杀着负隅顽抗的楚兵，对那些奔逃的楚兵也绝不放过。到处都是凶狠的刺杀与斩首，河谷里横七竖八地躺着楚兵的尸体，鲜血染红了沙土与河水，空气里弥漫着浓重的血腥味。

这场力量悬殊的激战，很快就由双方的交锋，变成了秦军对楚兵的屠宰。田真黄指挥的秦军，一开战便露出了虎狼之师的狰狞面目，以迅雷不及掩耳之势，对楚兵的这支先遣部队先断其后路，然后切割夹击，围而歼之。秦军速战速决，在兵力上占据了绝对优势，在气势上犹如泰山压顶，战斗不到两个时辰便结束了。秦军很残酷，连降兵都杀掉了，对伤者也弃而不顾。田真黄必须这么做，因为更大的战斗还在后面，歼灭了逢侯丑率领的楚兵前锋之后，紧接着就要围歼屈匄率领的楚兵主力了。这时前面哨兵已经传来消息，楚国大将屈匄率领着大队人马，也都进入了河谷地带，正兼程赶来救援前锋。田真黄立即传令，鸣金收兵，将秦军撤回了河谷两侧，向下游迂回，隐蔽埋伏，等候来敌，准备进行下一场规模更大的决战。

司马错率领的数万秦军，没有参加第一场决战，这时已经从间道行军，悄悄地绕到了楚兵主力的后面，阻断了楚兵的退路。当屈匄率领着大队人马向丹阳河谷推进的时候，司马错率领秦军也随之而进，尾随其后，步步紧逼，随时准备发起进攻。这是一个老谋深算的围歼部署，将屈匄视若肥硕的麋鹿，现在麋鹿已进入了预先布置好的猎场，田真黄和司马错率领的虎狼之师，正虎视眈眈，注视着楚兵的动向，很快就要动手发起攻击了。

屈匄作为楚国的一员大将，虽然有善战之名，却比较粗心大意。这次奉命率兵攻秦，开始颇为顺手，使他因此而误判了形势，企图一鼓作气尽快拿下商於之地，确实有点轻敌了。当他进入丹江河谷之后，得知前锋被歼，后路被断，这才恍然大悟，知道自己中计了。屈匄久经战阵，还是颇有经验的，他立刻传令收缩队伍，占据险要，就地筑垒，严阵以待，准备和秦军作战。

秦军早已做好了严密部署，重兵密集，胜券在握，却并没有立刻展开进攻，而是先切断了楚兵退路，形成了合围。然后调集了战车与强弩巨盾，布置在河谷的开阔地带，严防楚兵突围逃走，这是明显要将来犯楚兵全歼的架势。大战在即，秦军气势如虎，声威逼人，楚兵已成了陷阱中的困兽。

楚兵这时还有数万人，龟缩在狭长的丹江河谷里，扎营而驻。晚上望去，两边尽是秦军的篝火，鼓角之声相闻，声势极其浩大。屈匄这才知道自己已陷入重围，处境十分危急，一边派人深夜突围去向楚怀王求援，一边准备拼死一战。楚兵的辎重粮草，在主力后面，由后卫部队押运，行动较为迟缓，此时已被秦军切割，与主力失去了呼应，变成了秦军的囊中之物。屈匄发觉后，越发觉得不妙，如果失去粮草辎重，楚兵还怎么坚守待援呢？只有坐以待毙了。屈匄立即派兵反扑，欲图接应后勤人马，夺回粮草辎重。但楚兵多次冲锋，都遭到秦军铁甲战车与长矛巨盾的阻挡，被秦军强弩射回。

这个时候，司马错指挥秦军，已经收拾了屈匄的后卫队伍，几乎不费吹灰之力，就缴获了楚兵的辎重粮草。然后与田真黄的大军配合，将屈匄主力人马压缩在狭长的河谷内，彻底阻断了楚兵的退路。这使得楚兵大为惊慌，秦军则士气高涨，大军云集，前后包围，楚兵已无路可逃。

田真黄和司马错都很沉得住气，只是重重围困，并不急于动手。屈匄失掉了粮草，欲逃不得，欲战不能，面临着坐以待毙的困顿，真的是痛苦到了极点。这样过了两天，楚兵无粮可食，军心动摇，形势更加岌岌可危。到了晚上，秦军四处发射火箭，擂鼓呐喊，骚扰楚兵，使得重围中的楚兵更加惊慌失措，斗志瓦解，士气低落，濒临崩溃。又过了一天，屈匄深陷绝境，迟迟不见楚怀王的援兵到来，已无法在河谷中再坚持下去了，决定再次突围。屈匄率领的楚兵尚有几万人，拼死一战，或许能够侥幸求生，总比束手待毙好啊。于是屈匄传令，杀了战马，饱食将士，挑选了一批敢死之士作为前锋，召集了精锐组成数支突击队伍，开始向丹江河谷下游方向突围。屈匄亲自督战，命令前锋和突击部队冲锋陷阵，其余人马也随之蜂拥而上，后退者斩无赦。战斗从中午打响，楚兵困兽犹斗，为了突围求生，发起了一波又一波的冲锋，攻势相当凶猛。

聚集在丹江河谷下游的秦军，是司马错的部队，在秦军中是名副其实的善战之师。为了围歼楚兵，已经挖了壕沟，调集了战车、巨盾和长矛强弩，布置了战阵，阻止楚兵逃窜。当冲锋的楚兵涌上来时，司马错擂响了战鼓，强弩齐射，箭矢如雨，楚兵成批地栽倒在河谷里。后面的楚兵又连续冲锋，遭到了秦军强弩、巨盾、长矛的阻挡，始终无法打开缺口。屈匄督战，杀了几个退却的士兵，也毫无作用。这时在楚兵的后面，也响起了战鼓声和厮杀声，那是田真黄指挥秦军主力从河谷上游和两侧向楚兵发起了攻击，来配合司马错的狙击。屈匄突围失利，首尾被攻，只有将几支部队收缩在一起，据垒而守，以求自保。秦军乘势推进，收紧了包围圈，犹如铜墙铁壁一般。楚兵的处境，越加危急了。

屈匄真的是有点绝望了，思量再三，为了避免全军覆灭，只有向秦军投降。到了傍晚，屈匄派人前往秦军营中，投递了降书。

　　田真黄和司马错相聚密议，答应了屈匄的求降，要求楚兵第二天全部解除武装，将刀剑弓矢集中放到阵前，由秦军派战车收缴后，然后列队放行。屈匄信以为真，同意照办。当晚召集手下将领，下了弃械投降的命令。楚兵此时在绝境中看到了生还的希望，个个归心似箭，如果能投降免死，自然都遵令而行。

　　翌日上午，楚兵如约将武器都堆放在了阵前，秦军果然派人派车收缴了武器，然后命令楚兵离开营垒，列队而行。铠甲鲜亮的秦军部队，刀剑在手，骑着战马，驾着战车，排列在两侧，虎视眈眈地注视着被解除了武装的楚兵。当楚兵行进到开阔地带的时候，战鼓之声骤然响起，秦军突然向这些投降的楚兵发起了攻击。秦军凶悍无比，手无寸铁的楚兵顿时成了任人宰割的牺牲。屈匄大惊失色，没想到秦军如此不守信义，对降兵也要痛下杀手。屈匄呼喊手下将士，抢夺武器，奋起反抗。不肯束手就死的楚兵，四散奔逃，杀气弥漫的河谷里顿时乱成了一锅粥。秦军战车与骑兵纵横奔驰，对溃逃的楚兵进行了疯狂的砍杀。屈匄在混乱中夺取了长矛和战马，带着一些心腹之士，拼死相搏，边战边退。屈匄的本领还是相当高强的，将一些阻挡和追击的秦军将士刺倒在地，夺路而逃。这时司马错率领着一支精锐人马，呼啸而来，直取屈匄。两人交锋，只有一个回合，司马错就将惊慌失措的屈匄斩于马下。楚兵见主帅已死，其余顽抗者也就土崩瓦解了。这场力量悬殊的围剿，顷刻之间就结束了。

　　司马错和田真黄指挥秦军，先后两战，歼灭楚兵八万人，并趁势挥师进军，夺取了汉中之地。秦军大获全胜，加强了边关与要隘的防守，几位将帅这才凯旋。

　　楚怀王很快就得知了屈匄全军覆灭的消息，没有料到派兵攻秦竟然是这么一个结果，深为震惊，同时也更加恼怒了。楚怀王觉得，这是屈匄过于轻敌，犯了骄兵必败的忌讳，而导致了这场失败。楚怀王当然不会就此罢休，他派大将军昭阳率领大军前去救援，此时已在途中。为了报复张仪诈楚的耻辱，也为了替屈匄报仇雪恨，楚怀王又增派了十万人马，统归昭阳指挥，再次前去与秦军决战。昭阳多谋善战，为楚国征战多年，屡建奇功，这次担任主帅，楚怀王相信他一定会不负所望。

秦惠王一直密切关注着战况，当时接到田真黄与司马错送来的捷报，自然是大为欣喜。秦惠王高兴的，并不是一举歼灭了楚兵八万人，而是通过这次狙击与围剿，验证了秦军的谋划与善战，也向诸侯六国透露了秦军的强悍与骁勇，由此告诫他们不得轻易侵犯秦国边境。当田真黄与司马错等将凯旋后，秦惠王立即在秦都王宫设宴，为他们庆功，给予了嘉奖。之后不久，秦惠王又接到边境告急，得知了楚国大将昭阳率领大军前来，再次要攻打秦国的消息。楚军来势汹汹，秦惠王对此不敢掉以轻心，迅速调兵遣将，布置了优势兵力，准备与楚军交战，并立即召集群臣，商议应对之策。

田真黄说：启奏大王，楚兵不识趣，若敢再次犯境，灭了他就是了。

秦惠王说：爱卿忠勇可嘉，但寡人听说，楚国昭阳不是个好对付的角色，非屈匄可比，不可轻敌。

田真黄说：昭阳虽然狡猾，但楚兵远道而来，疲惫怯战；我军以逸待劳，锐气正盛，已稳操胜券。我军只要掌握时机，以秦之长，攻楚之短，昭阳不足虑也！

秦惠王点头，表示赞许。又环顾左右，问道：诸位都说说各自的想法，你们有何高见？

陈轸上前一步，揖手说：启奏大王，小臣以为，纵观当今大势，取蜀实乃第一要务。而与楚交战，并非当务之急。审时度势，小臣窃以为，大王应与楚王修好，而不宜继续开战了，免得失去了取蜀的大好时机。

司马错这时也说：启奏大王，秦军击楚，已大战告捷，应见好而收。适才陈轸先生所言有理，当前确实要以取蜀为要务，此事谋划已久，不能耽搁了。

田真黄说：楚国的大将军昭阳有能攻善战之名，这次率领重兵而来，为了邀功，他若倾力攻我，岂能不战？

陈轸说：昭阳已位极人臣，胜了对他无益，败了他会遭到惩戒削除爵位，所以他不会轻易邀功，而会明哲保身的。只需修书一封，告诉昭阳，大王已调集百万大军，准备与他拼死决战，他肯定会知难而退，绝不会贸然进攻的。

司马错说：在下赞同此言，先生说得很有道理。我军挟大胜之威，只要大王派人送去书信，向昭阳晓示利害，宣扬我军之强盛和勇猛，估计他会按兵不动的。

陈轸说：昭阳不会轻易开战，楚王也无可奈何，所谓将在外君命有所不受嘛。此时大王派使者与楚王修好，正是好时机也。此事办妥，就可以全力以赴，继续谋划取蜀了。

秦惠王颔首道：嗯，所言有理，甚合寡人之意。

参加议事的文武大臣们见秦惠王表明了态度，也纷纷表示赞同。

田真黄等将领，虽然很想继续打仗，但在战略方面，自然都要以秦惠王的旨意为重。还有张仪等人，在秦楚关系，以及取蜀的时机与策略等方面，虽然各有见解，此时也不便表达什么异议了。

秦惠王主意已定，想了想，又问道：秦楚刚刚打了仗，若要和楚王修好，诸位爱卿，有什么妙策吗？

陈轸揖手说：启奏大王，楚王欲得商於之地，大王若能将此地暂时给予楚王，并将这次夺取的汉中之地还给楚王，自然就和好如初了。此乃权宜之计也，等到取蜀之后，大王要取回此地，不过举手之劳而已。

秦惠王说：好，先予之，后取之。如此甚妙！那就依计而行吧。

秦惠王写了书信，派人送给昭阳，说要倾国之力与之决战，来向他晓示厉害。陈轸也修书一封，再次提醒昭阳要注意持满戒盈之术。昭阳是明白人，果然如同陈轸分析的那样，在秦楚边境驻扎下来之后，由于顾忌秦军的强悍，便按兵不动，不敢轻易向秦军开战了。

秦惠王随即派出了一位能言善辩的使者，前往楚国，去见楚怀王。

楚怀王在楚都王宫接见了秦国使者。

秦楚交战，两国的关系虽然极其紧张，但并未断绝正常的遣使往来。秦国使者持节进宫，恭敬地拜见了楚怀王，说了秦惠王要将商於之地送给楚怀王，并将汉中之地也还给楚怀王，希望秦楚从此和好如初。楚怀王听了，颇感意外，问道：这真的是秦王之意吗？

秦国使者说：千真万确，这确实是秦王的诚意。秦楚世代友好，秦王不愿和大王打仗，只想友好相处。

楚怀王说：既然要友好相待，为何杀我大将屈匄？还杀了我数万人马？

秦国使者说：兵来将挡，水来土掩，此乃人之常情，也是国之惯例也。屈匄破关犯境，秦军不得已，才奋起反击。屈匄兵败被杀，也是天意如此吧，还请大王见谅。

楚怀王说：照汝所言，就这样算了？这么严重的事情，岂能轻易了结？

秦国使者说：秦王慷慨，愿将商於之地送给大王，聊做补偿吧。

楚怀王说：屈匄乃我爱将，我数万将士捐躯疆场，哪是此地所能补偿的？

秦国使者说：还有汉中之地，也一并还给大王，请大王释怀。

楚怀王说：汉中之地，本来就是楚国之疆土，理所当然应该还给我啊。秦王轻描淡写，吾又岂能释怀？

秦国使者说：请问大王之意，那又该如何补偿大王？大王怎样才能释怀呢？

楚怀王说：此事起因，乃张仪欺诈，天下耻笑，人神共愤，是可忍孰不可忍。吾愿得张仪，不愿得商於之地也！

秦国使者说：在下这就回去，将大王愤慨之意，禀报秦王！

楚怀王本来也是随口而言，说的不过是一句气话，张仪是秦国的丞相，要辅佐秦惠王处理秦国的日常政务与军国大事，秦惠王怎么会将张仪交给楚王来处置呢？楚怀王这样说，当然是要刁难一下秦惠王，借此发泄心中的怨愤之气罢了。秦国使者却当了真，随即告辞，离开楚都，立即返回了秦国，如实向秦惠王做了禀报。

秦惠王和张仪等大臣正在王宫商议事情呢，听了使者禀报，颇有点意外。

秦惠王说：楚王一心想要商於之地，现在却不要地了，这不正常啊！如之奈何？

张仪说：启奏大王，楚王不要地而要臣，这事很好办啊，臣这就赴楚去见楚王。

秦惠王说：楚王之意，是要加害于汝。爱卿赴楚，岂不是主动去送死吗？那怎么行呢？

张仪说：若能以臣之身，保全商於之地，有利于大秦，这是好事啊，在下何乐而不为呢？何况以我大秦之强盛，有大王做臣后盾，楚王不至于轻易就杀臣的。

秦惠王说：寡人不愿因为区区商於之地而害了爱卿。

张仪说：形势如此，在下赴楚，去见楚王，势在必行。请大王允准！

秦惠王见张仪态度很坚决，叹了口气说：既然爱卿决意赴楚，那就赐爱卿白璧一双、黄金百两，去楚之后，见机行事吧。

张仪叩谢说：多谢大王厚恩！在下肝脑涂地，心所甘也！

秦惠王知道张仪才能非凡，辩才超群，这次毫不犹豫地请求去见楚王，显然是已经有了主意吧，便顺水推舟，答应了奏请。秦惠王当即传旨，再次派张仪出使楚国。张仪随即辞行，带了随从和礼物，持节启程前往楚国，去见楚怀王。张仪当然清楚这次赴楚的风险，但若不去，反而会使秦惠王和楚怀王都看轻了自己，还不如主动请缨以行呢。更何况，对于楚怀王优柔善变的性格和楚国的一些宫廷内幕，张仪还是比较熟悉的，他心中有数，已经算计好了，有了应对的妙策。

张仪带了几名随从和礼物，与经常往来于南北各地做生意的商贩同行，毫不声张地来到了楚都，当天先悄然登门拜见了靳尚。靳尚是楚怀王身边的一位亲信大臣，虽然资质平庸没有什么才能，却深得楚怀王的信任，与楚怀王爱姬郑袖的关系也比较密切。张仪与靳尚相识颇早，私交不错，这次突然来访，使得靳尚深感意外。

靳尚见到张仪，面露诧异之色，问道：你怎么来了？

张仪说：我奉秦王之命使楚，带来白璧一双、黄金百两，献给仁兄，请笑纳。随即吩咐随从拿出礼物，呈给了靳尚。

靳尚看到了晶莹的白璧与灿烂的黄金，不由得眼睛发亮，喜形于色，拱手道：如此贵重之礼，在下怎么好意思接受呢？

张仪说：一点薄礼，聊表心意而已。你我至交，不必客气。

靳尚连忙点头说：好吧，立刻收下了白璧与黄金。这两样东西都是他平生喜爱之物，当然不会拒绝了。靳尚伸手拿起了白璧，左右交换着，仔细欣赏了一会儿，赞叹道：果真是白璧无瑕，玉质与雕工都精美无比，不错，真的不错，确实是好东西啊！靳尚越是赏玩越感到兴奋，一副爱不释手的样子。

张仪微笑道：此乃秦王宫中之物，价值连城，秦王赐我，以示奖励。我知道仁兄爱玉，所以借使楚之机，特地携来赠给仁兄。

靳尚喜不自禁地说：秦王以此宝物赐你，足见秦王对阁下的倚重。阁下又转赠予我，如此深情厚谊，在下何以为报？

张仪揖手说：秦王想和楚王联姻和好，不愿打仗。故而遣派在下再次使楚，当面向楚王表达和好与联姻之意。在下驽钝，才疏学浅，若要不负王命，务必请仁兄多多帮忙才好啊。

靳尚叹了口气说：阁下来得不是时候，楚王恼怒阁下，恐怕对阁下不利啊。

张仪说：我也知道啊，楚王不悦，于我不利。但秦王派我使楚，我岂能不来？常言说得好，两国交战，不斩来使嘛。如果楚王意气用事，拿我泄愤，不给秦王面子，秦王一旦生气，也意气用事，派百万大军前来攻楚，于楚于秦都不好啊。窃以为楚王乃豁达明智之君，心眼不至于这么小吧。只有秦楚和好，化干戈为玉帛，才能两全其美啊。

靳尚说：这倒也是，形势如此，楚王当然是明白事理的君王。

张仪说：当今多事之秋，还得仰仗仁兄，方能诸事平安顺畅。在下生死不要紧，关键还是国家之安危最重要。所以在见楚王之前，特地到府上拜见仁兄，恳请仁兄鼎力相助，以玉成秦楚和好。

靳尚说：阁下所言有理，我会努力为之，尽量确保阁下安然无虞。

张仪揖手说：那就多谢仁兄了！随即施礼告辞。

第二天，张仪前往楚宫，持节去拜见楚怀王。楚怀王果然正在气头上，得知张仪自己送上门来，不由得咬牙切齿道：来得好啊，此人无赖，胆敢诈楚，我正要拿他项上人头祭奠阵亡将士呢！楚怀王不愿召见张仪，随即传令将张仪捆了，准备问斩。众臣见楚怀王动怒，因为事出有因，谁也不敢劝阻，也不好说什么。靳尚见状，这时上前一步，揖手说：恭喜大王，终于如愿以偿，拿获了张仪。楚怀王哈哈一笑，慨然说：欺诈者必遭天谴，天意如此吧。靳尚察言观色，这时又小声提醒道：启奏大王，张仪乃秦王大臣，这次他奉命出使来楚，请大王先慎重待之，然后怎么处置全凭大王，也不迟也。楚怀王听了，也觉得立刻斩了张仪，似有不妥，便吩咐王宫侍卫，先将张仪关进牢房，囚禁起来再说。

靳尚见楚怀王不问青红皂白先关押了张仪，接下来将会如何处置张仪，谁也说不清楚，只能看楚怀王的心情了。靳尚这么一琢磨，不由得暗暗担忧。如果楚怀王一时冲动真的杀了张仪，必然惹恼秦王，秦王以此为由出动大军来攻楚，那就不好办了。靳尚深知楚怀王性情多变，喜怒无常，对此不敢掉以轻心，自己现在又无法劝解楚怀王，等到散朝之后，立刻悄悄去见了郑袖。

　　郑袖入宫之初曾得到靳尚相助，对靳尚一直心存感激。那时南后是王后，郑袖只是楚怀王喜欢的一位妃子。而楚怀王好色，宫中佳丽很多，特别是魏王赠送了一位绝色美人，成了楚怀王的新宠，郑袖很担心自己失宠，为此特地请教靳尚。靳尚说：与其争宠，不如让她自己犯错，使得大王更加宠你，方为上策。郑袖天资聪颖，对此心领神会，开始和魏美人姐妹相待，将自己最好的首饰、服装、日常用具都送给魏美人，可谓呵护备至。有时两人一起陪伴楚怀王的时候，郑袖会主动让魏美人侍寝。楚怀王问郑袖：爱妃不嫉妒吗？郑袖说：魏美人天姿国色，大王宠爱她很正常啊，何况我也真的很喜欢她呢。只要大王开心，我为何要嫉妒呢？楚怀王赞叹说：爱妃如此贤淑，实在难得啊！魏美人对郑袖也很信任，亲密无间，言听计从。过了一些日子，郑袖对魏美人说：大王爱你，却好像不太喜欢你高挺的鼻子，以后你见到大王要掩口而笑，这样才会更讨大王的欢心。魏美人信以为真，以后每次被召幸，见到楚怀王时就用衣袖掩上鼻子。楚怀王颇为诧异，有次私下向郑袖询问其中原因。郑袖欲言又止，做出迟疑状：我也不太清楚，不好乱说。楚怀王追问道：你不必隐瞒，你和她关系亲密，一定知道其中缘故，必须把原因告诉我啊。郑袖说：也许是她讨厌闻到大王身上的气味吧？楚怀王问道：我身上有什么气味使她如此讨厌呢？郑袖说：我觉得大王的气味很好闻，而她好像觉得大王的气味是臭的吧，因为鼻子不同啊。楚怀王听了，心中很是不快，愤然说：她既然香臭不分，要这个鼻子有何用？那应该割掉她的鼻子！过了一天，楚怀王召幸，魏美人又掩鼻而至，楚怀王勃然大怒，便真的传令侍卫拔刀割掉了魏美人的鼻子。从此之后，郑袖便专宠后宫，成了楚怀王最宠爱的夫人。

郑袖的容颜和身段都很漂亮，此时穿了华丽的服装，浓妆艳抹，与靳尚施礼相见，恭敬地问道：好久不见先生了，近来可好？两人略做寒暄，郑袖觉得靳尚必然是有事而来，于是又主动问道：最近是否发生什么事情了？敬请先生指教。

靳尚揖手说：实不相瞒，秦王派张仪使楚，被大王关进了牢狱。

郑袖哦了一声，问道：大王为何要关押张仪呢？

靳尚说：张仪前次使楚，说要将商於之地赠送大王，还要将秦王宫中几位能歌善舞的绝色美女献给大王，说是为了秦楚联姻，这也是秦王的目的。大王当时很高兴，曾盛情款待张仪。后来因为张仪没有兑现诺言，所以大王十分不乐。这次张仪又奉命使楚，大王便将他关押了起来。大王的意思，也许是要迫使张仪兑现诺言吧？听说秦国的几位美女都是绝代芳华，而且才艺超群。如果秦王为了救助张仪，真的将几位绝色美女送给了大王，大王天天欣赏歌舞，沉迷美色，从此不理朝政，那就不好了啊。

郑袖如今年纪渐长，最忌惮楚宫中有人与她争宠。听了靳尚所言，心中不由得紧张起来，微微地皱了眉头，问道：那如何是好呢？

靳尚又说，还有一种可能，假如秦王迟迟不送美女，大王因为恼怒而杀了张仪，秦王岂会善罢甘休？秦王一旦派遣大军攻楚，那就更糟了。

郑袖面露忧虑之色，问道：那怎么办呢？请先生教我。

靳尚说：大王爱听夫人的话，你劝劝大王，放了张仪，这事就化解了。张仪也会感激夫人，不将秦国美女送给大王，也就避免了以后和夫人争宠。

郑袖点头说：嗯，多谢先生告知，我试试看吧。

靳尚将此事托付了郑袖，知道郑袖会努力去办的，随即告退。

郑袖派心腹宫女先去了解了一下情况，果然如同靳尚说的那样，楚怀王真的是将张仪关押在了牢房之中。郑袖琢磨了一番，觉得靳尚所言确实非同小可。她深知楚王好色，如果秦王送几位绝色美女给楚王，以解张仪之囚，一旦楚王有了新宠，必然冷落于她，那如何是好？郑袖皱眉而思，终于有了主意。到了晚上，楚怀王回到后宫，郑袖陪伴侍寝，格外殷勤温顺。等到楚怀王情浓销魂之时，郑袖柔情的明眸中突然涌出了泪花。楚怀王关心地问道：夫人怎么啦？为何掉泪啊？

郑袖依偎在楚怀王胸前，娇声说：因为担心王子，故而落泪。

楚怀王大为不解，询问道：王子好好的，夫人为何要担心？

郑袖说：我担心秦王出动大军攻楚，一旦烽火连天，难免玉石俱焚。为了避免成为秦王的牺牲，请大王让我们母子迁徙到江南去吧。

楚怀王说：当今国泰民安，一切都好好的，夫人何出此言？

郑袖说：听说大王关了张仪，要杀他。张仪是秦王的丞相，奉命出使，大王不以礼相待，还取他性命，秦王得知，必然生气，很可能会出动大军攻楚的。所以我很担心，这才恳求大王让我们母子提前避祸。

楚怀王恍然大悟说：原来如此，那我放了张仪，不就行了吗？

郑袖称颂道：这是大王的英明，大王对张仪以礼相待，对秦对楚都好啊。

楚怀王点头说：夫人贤淑，说得有理，那就照夫人说的办吧。

楚怀王听从了郑袖的建议，第二天便释放了张仪，并按照礼节，在王宫客气地接见了张仪，进行了开诚布公的晤谈。张仪对此早在意料之中，显得十分从容。

张仪揖手施礼说：在下奉秦王之命使楚，仍是为了缔结秦楚友好，多谢大王厚待。秦国和楚国，如同兄弟，有时亲兄弟也免不了要吵嘴和打架的，但兄弟始终还是兄弟。秦王本想送地给大王的，可是大王慷慨，推辞不要，秦王很受感动，特此派臣前来见大王，向大王当面称谢。

楚怀王听了，有点不以为然，却也不好说什么，只能沉默以对。

张仪又说，秦王想和大王相互嫁女娶妇，成为昆弟之国。秦宫有绝色美女，能歌善舞，秦王早就想送给大王，博取大王的欢心。因为前些时秦楚不和，耽搁了此事。如今冰释前嫌，秦楚重归于好，在下回去，就立即办理此事，大王以为如何？

楚怀王哦了一声，不置可否。楚怀王虽然好色，但此刻兴趣却不在于此。

楚怀王很想了解一下秦王的真实意图，却又不便直接询问张仪。楚怀王已经有了秦人不可信的印象，现在对秦王与张仪的话都不太相信。秦王想和好，也许又暗藏着什么玄机。楚怀王的心里，对此颇为怀疑，虽然按照礼节接见了张仪，气氛却有些微妙。

张仪察言观色，见好而收，随即告退。张仪多才善辩，为人比较机警，知道楚国并非久待之地，因为担心楚怀王喜怒无常，害怕情况有变，所以当天便离开了楚都，带着随从，骑着快马，兼程而行，匆匆返回了秦国。

情况也正如张仪预料的那样，第二天楚怀王听了屈原的劝谏，说张仪反复无常，欺诈大王，使得天下都嘲笑和轻视了大王，大王何不诛之，以正视听呢？楚怀王顿时便有些后悔，觉得真不该这么轻易就放走了张仪，随即又派人去抓张仪。哪知道张仪早已走了，已经追不上了。

楚怀王没有得到商於之地，还损兵折将，又被张仪轻易脱身而去，弄得心情很是不爽。他想借重大将军昭阳，重振楚国的威风，昭阳却屯兵边境，与秦军相互对峙，不愿开战。过了些日子，昭阳便以粮草供应等事宜为理由，率兵撤回了楚国。

秦楚之间的矛盾与纷争，至此便偃旗息鼓，暂时归于了平静。

第十八章

葭萌这个地方，经过苴侯精心营建，很快成了一座初具规模的城邑。

苴侯奉命镇守蜀国北疆，葭萌是坐镇之地，先建了府邸、馆舍、营垒，接着又修筑了城墙，还拓展了道路与交通，加强了几处要隘的驻扎和防守。如果同以前相比，现在这里真的是大不相同了，不仅多了许多建筑，还增添了人口，使得原先的荒僻之地变成了一个新兴的城邑。虽然规模尚小，但只要继续经营，就会逐渐兴旺和繁华起来的。

苴侯留五丁力士在葭萌住下，一晃已经好多天了。五丁力士本来是奉命要去秦国都城迎娶五位秦女的，由于沿途修路，耽搁了行军的速度，随军携带的粮食吃光了，只能到葭萌休整就食。因为调集粮草，以及向巴王借粮，都需要时间才能办好，所以五丁力士就留在了葭萌，暂时也不急于去秦都了。五丁力士住下后，也没闲着，率领部下士兵，帮苴侯筑墙建城，发挥了极大的作用。苴侯经营葭萌，能在短时间内初具规模，这与五丁力士施展神力协助修建，还是有很大关系的。

在此期间，苴侯得到消息，秦国与楚国要打仗了，巴王也向苴侯通风报信，要苴侯加强戒备，预防有不测之事发生。苴侯分析，目前最主要的事情，就是防备秦军乘机偷袭葭萌。恰巧五丁力士就在葭萌，所以苴侯特地挽留五丁力士多住些日子，以便加快对葭萌的布防与经营。果不其然，秦楚之间真的开战了。苴侯起初认为，秦楚两国打仗，犹如狮虎相搏，总是要两败俱伤的，这样自然就消耗了秦国的实力，对蜀国未尝不是一件好事情。接着便获得了各种传闻，得知秦军先败后胜，歼灭了楚兵八万人，使得苴侯颇为震惊。看来秦国的强悍，比他想象的还要厉害啊。

苴侯很自然联想到了蜀国北疆的防守，假若秦国出兵来攻，单靠自己的力量恐怕是很难抵挡的，必须与巴国联手抗秦才行。正是出于这个考虑，苴侯与巴王一直保持着密切的联络。巴王对此也是所见略同，不仅借粮给苴侯，还经常向苴侯赠送牛羊美酒，来犒劳苴侯麾下的将士们，以便加深同苴侯的友好关系。苴侯也常派使者问候巴王，互通信息，往来频繁，双方关系日益密切。

这个时候，张若还在蜀都小住，他对江非等人宣称，因为太喜欢这里的富庶繁华和悠闲舒适了，所以要多待一些日子。张若说的不过是些口水话，其真实目的，则是要深入了解蜀国的各种情况，为将来秦军攻取蜀国之后如何掌控局势预做准备。不久，张若便接到了秦惠王派人传达的口信，说迟迟不见五丁力士前去迎娶五位美女，久候不至，不知什么缘故，命令张若设法催促。张若赶紧通过秦人细作打探，很快就得知了五丁力士留在葭萌的消息。

张若去见江非，说了此事，问道：五丁不去秦都，留在了葭萌，这是为何？

江非也颇感诧异，摇头说：不会吧？五丁留在葭萌干什么呢？

张若说：情况确实如此。难道是蜀王不想迎娶五位美女了？

江非说：这肯定不是大王的旨意，大王欲娶秦女，还在翘首以盼呢。

张若说：秦王已经备好嫁妆，五丁却迟迟不至，其中必有缘故啊。

江非想了想，若有所思道：难道是苴侯在其中作梗吗？

张若说：此事若泡汤，秦王不乐，蜀王不悦，秦蜀从此不友好，那麻烦就大了。

江非说：事情还不至于如此严重吧？阁下不必担忧，待我去面见了大王再说。

张若揖手说：此事关系秦蜀友好，务必以大局为重，那就多多仰仗大人了。

江非随即去见蜀王，禀报说：五丁力士奉大王旨意，去秦都迎娶五位美女，却留在了葭萌，不再继续北行。小臣得知，秦王早已准备好了嫁妆，迟迟不见大王遣使迎娶，已派人传信来催问了。

开明王问道：五丁为何留在葭萌？为何迟迟不行？这究竟是怎么回事啊？

江非说：葭萌是苴侯镇守之地，可能是苴侯将五丁留了下来吧。

开明王皱了眉头说：苴侯这样做，意欲何为？

江非说：苴侯经常犯颜直谏，喜欢和大王唱反调。小臣冒昧猜测，苴侯这次也是想阻挠大王吧，才故意不让五丁北行。

开明王不乐道：难道他想阻挠我迎娶五位秦女吗？

江非说：小臣听说，苴侯之前就劝谏过大王的，这次又私自将五丁留在了葭萌，显然就是不想让大王迎娶秦国的五位美女，大王说的对啊。

开明王心中愈加不快了，皱眉道：此事是我做主，与他何干？竟敢抗旨！

江非说：启奏大王，苴侯也许自以为是好意，所以才抗旨不遵吧。

开明王怒冲冲地哼了一声，脸色很是不快。

江非又说：就算苴侯是好意，也不能抗旨和犯上啊！

开明王怒道：我要传令苴侯回都城，当面责备和惩罚之，以儆效尤！

江非劝谏说：大王不必为此事生气。小臣以为，大王不如传令五丁，先抓紧去秦都，将秦国的五位美女迎娶回来。先将此事办妥了，以后再追究苴侯抗旨不遵的过错也不迟啊。

开明王觉得有理，领首说：爱卿此言甚佳，好啊！

开明王立即派人前往葭萌，传旨五丁力士，催促启程，命令他们尽快赶赴秦国都城，迎娶五位秦女，不得有误。

江非回到府邸，便将面见蜀王的经过告诉了张若。张若一直暗自担心，这才松了口气，称赞江非说：大人识大体，顾大局，把这事办成了，有利于秦蜀世代友好，大人乃是蜀国的第一大功臣，真的是善莫大焉！江非听了，乐滋滋的，故作谦虚地说：秦王赠送五位美女给蜀王，这本来就是一件好事情嘛，实乃千古美谈，当然要把它办成了才好啊。张若很高兴，再次揖手施礼，恭敬地说：大人见识高明，忠君爱国，实在令人敬佩啊！江非大为得意，不由得哈哈大笑。

张若诸事皆已办妥，已到了回国的时候，随即告辞，启程离开了蜀都。

五丁力士很快就接到了蜀王的命令，不敢违抗，只有遵旨而行。

苴侯当然也只能遵从蜀王的旨意，为五丁力士准备好了途中所需的粮食和其他物品，送他们上路。分手在即，颇有依依惜别之意。在五丁力士离开葭萌出发之前，苴侯特地设了酒宴，为五丁力士饯行。

苴侯说：当今多事之秋，本想留你们在葭萌多住些日子的，唉！还是不得不分别了，早去早回吧。

大牛说：我们兄弟五人，感谢大人殷勤款待。王命在身，只有向大人告辞了。

苴侯嘱咐说：秦人虎狼之心，诡计多端，此去秦都，你们务必小心，不可大意。

大牛揖手说：大人的叮嘱，我们记住了！对待秦人，决不敢掉以轻心！

苴侯说：你们是蜀国的栋梁之材，国之安危，民之所望，千万珍重，好自为之。

大牛感激道：大人教诲，铭记在心！也请大人多保重！

苴侯突然觉得，本来是饯行饮酒，互道珍重的，此刻却似乎有了些诀别的意味，心中不由得冒出了几分伤感。他捧起酒罐，亲手给五丁力士的碗内重新斟满了佳酿美酒，语重心长地说：来来，共饮此酒，希望你们一路平安啊！

五丁力士端起酒碗，一饮而尽，然后便告辞北行，启程走了。

苴侯站在葭萌的关隘险要处，望着五丁力士健步而行，率领士兵渐渐远去的身影，心情有点沉闷，又有点惆怅。说不清是什么原因，苴侯的心中隐隐约约有点担忧，好像有一种凶多吉少的预感。秦蜀之间明争暗斗，五丁力士此去秦都为蜀王迎娶五位秦女，接下来究竟会发生什么，谁也无法预测。唉！苴侯叹了口气，虽然忧虑重重，却又无可奈何，除了感慨，也只能听之由之，静观其变。

秦惠王接到细作禀报，得知蜀王传令五丁力士继续北行，前来秦都迎娶五位美女，已经离开葭萌了。用美人计诱惑蜀王，设下连环陷阱，这是秦惠王和大臣们谋划已久的一条妙计，如今好戏就要开场了，不由得大为兴奋。

秦惠王召集陈轸与司马错等人，又仔细商量了其中的步骤与细节。张若在蜀国境内了解到的情况，以及亲手描绘的地形图等，此时已派亲信送到了秦都王宫中，交给了秦惠王。秦惠王与谋臣们都如获至宝，有了这些情报，后面的安排会更为周密，妙计的实施也就更有把握了。

这个时候，张仪已从楚国巧妙脱身，返回了秦都。楚国大将军昭阳不久也撤兵而去，秦楚息兵罢战，暂时相安无事。秦惠王知道，一旦摆脱了楚国的掣肘，就可以全力以赴谋划取蜀了，对此也倍感高兴。

秦惠王得知张仪安然而归，随即召见了张仪，询问了使楚的经过。

张仪说：臣奉命出使楚国，楚王因为打了败仗，损兵折将，心烦意乱，开始对臣颇为无礼。这时有楚臣劝谏楚王说，不能因此得罪了秦国啊，假如秦王派遣大军前来讨伐楚国，那怎么办呢？楚王慑于大王的威严，立刻改变了态度，对臣以礼相待，恭敬有加，在楚宫郑重接见，与臣叙礼晤谈。

秦惠王问道：楚王和你谈了些什么？

张仪说：楚王称赞大王知人善任，感叹说很多人才都跑到秦国去了。

秦惠王笑笑说：得人者兴旺，寡人唯才是举，这是个很浅显的道理啊。

张仪说：这是大王的豁达英明啊，楚王就缺少大王的襟怀，所以贤能之士都离开楚国，跑到秦国来了。

秦惠王笑曰：楚王的话意，是不是有点遗憾啊？

张仪说：是啊，楚王也曾想招纳天下贤士，有人也想到楚国去做官的。

秦惠王说：楚王有此想法，也很正常，可惜做得不好。

张仪说：当初我和陈轸，就都去过楚国，后来又都离开了。

秦惠王问：如果楚王善待你们，是不是就成了楚王的大臣了？

张仪说：楚王喜用亲近，大王好用贤能，所以臣愿意为大王效力！

秦惠王笑道：哈哈，爱卿说的倒也是实情！

张仪身为秦国丞相，深知秦惠王的性格与韬略，自从入秦以来，便施展才能，倾力辅佐，秦惠王对他还是比较信任的。但伴君如伴虎，张仪两次使楚，都引起了一些麻烦，回到秦国之后，觉得打了胜仗与得地其实都无所谓，这乃是秦王与众将的功劳，对他来说，如何巩固丞相的权位，才是当务之急。所以张仪要热忱地赞美秦惠王几句，巧妙地奉承一下，以博取秦惠王的欢心。果不其然，秦惠王听了，确实很高兴。有的时候，张仪会为争宠而暗藏心机，为了预防竞争对手而煞费苦心。张仪最担心的，就是陈轸了。因为陈轸深得秦惠王信任，谋略与才干都不在他之下，最近更是过从甚密，秦惠王频繁召见陈轸密议大事，说不定什么时候陈轸就取代了他的相位，所以他不得不防啊。最巧妙的做法，当然就是破坏或者减弱秦惠王对陈轸的信任了，这次由楚返秦，和秦惠王聊起的这个话题，便为他提供了一个契机。

张仪见秦惠王面有喜悦之色，又说：陈轸不然，以后可能还会去楚国的。

秦惠王好奇地问道：这是为何？陈轸欲去楚国，有什么原因吗？

张仪说：陈轸想去楚国谋取高官厚爵与钱财，如果离秦而去，也不奇怪啊。

秦惠王说：贤者在位，能者在职，各得其所。难道寡人薄待他了吗？

张仪说：陈轸重币，恃才傲物，也许觉得楚王会更加厚待于他吧。

秦惠王沉吟道：哦，原来是这样啊。

听了张仪的随口而言，秦惠王有点将信将疑。张仪虽然说得轻描淡写，秦惠王却分外警觉。在秦国的谋臣中间，秦惠王很欣赏陈轸的才干与见识，也很信任陈轸，经常与陈轸商讨密谋国家大事，而且赏赐有加，对待陈轸也算不薄。如果陈轸真的要离开秦国，去为楚王效力的话，对秦国可不是一件好事情。因为很多军国大事陈轸都参与谋划了，很多计谋韬略与重大决策无所不晓，了解的秦国秘密实在太多了，一旦为敌所用，必然对秦国不利，那如何是好呢？

看到秦惠王面露沉思不怡之色，张仪见好而收，便知趣地告辞了。

过了几天，秦惠王单独召见陈轸，商议关于攻取蜀国的一些事情。秦惠王这次私下召见，当然是别有用意的，聊了几句，便问到了当年陈轸去楚国谋职的事情。

秦惠王说：寡人听说，爱卿想去楚国做大官，有这事吗？

陈轸略微愣了一下，马上点头说：有啊，当初我是想去楚国做官的。

秦惠王问道：爱卿真的有这个想法啊，现在还想去楚国吗？

陈轸坦然而言：启禀大王，确实是有过这个想法的。

秦惠王见陈轸并不隐瞒，不由得叹息道：张仪没说假话，果真如此啊。

陈轸立刻明白了事情的原委，揖手道：启禀大王，我的想法，非独张仪知之也，行道之士也尽知之矣。诚如圣贤所言，良禽择木而栖，贤臣择主而事，这是自古以来的传统，常人皆知的道理啊。古人还说，忠孝乃立身之本，也是千古不易之理。过去常言，伍子胥忠于其君，曾参孝于其亲，都是广为传颂的佳话。臣读史明理，熟悉这些故事，也深知处世立身之大义。臣若不忠于大王，楚王知之也不一定能重用在下。而假若忠且见弃，臣也就不得不去楚国了。若不去楚，臣又能去哪里呢？臣说的这些，也都是实话，恭请大王明鉴！

秦惠王微微一笑曰：爱卿说的没错，君臣相得，何必见异思迁呢。

陈轸恭敬施礼，俯身而拜说：多谢大王厚爱，食君之禄，自当忠君之事。

秦惠王爱才，对陈轸的坦诚与效忠，也深以为然，遂善待之。

开明王住在华丽的王宫中，享受着各种奢侈，内心却并不快乐。

自从慧妃病故之后，开明王便闷闷不乐。现在经常陪伴蜀王的淑妃，比较善解人意，毕竟岁数大了，没有了当初的娇艳与芬芳，难以赏心悦目。开明王很怀念和慧妃在一起的日子，有时欣赏《东平之歌》，便会想到那些风和日丽、春光明媚的时刻，回忆起种种眷恋与快乐。有时听宫中乐师与歌女演奏《奥邪歌》与《陇归之曲》，又会情不自禁黯然神伤。

开明王喜欢音乐与歌舞，但再好的表演也似乎难以排遣心中的惆怅。

淑妃见蜀王经常郁郁寡欢，关心地问：大王有什么不开心的事吗？

开明王说：有时想起了慧妃，难免烦恼。

淑妃说：慧妃仙逝，不能复生。大王还是要以江山社稷为重，不宜如此伤感。

开明王叹息道：是啊，有时候就是情绪不佳而已。

淑妃又试探着问：大王考虑过选美吗？

开明王说：爱妃的意思，是让我派人去民间挑选美色吗？

淑妃说：大王为蜀国君王，富有天下，只要大王开心，有何不可？

开明王微笑道：难得爱妃如此通达。最近秦王要送五位美女给本王，据称都是人间绝色，皆有倾城倾国之貌，我已派五丁力士前去迎娶，且等来了再说。

淑妃做喜悦状，奉承说：恭喜大王，以后若有五位绝色美女天天陪伴大王，大王就不会郁闷了。

开明王哈哈一笑说：但愿如此吧。爱妃贤淑，知我者爱妃也！

淑妃见蜀王高兴，便换了话题说：臣妾有时也想到王子夏阳的婚姻，不知大王有何考虑？

开明王说：之前与巴王联姻未成，只有另外选择了。

淑妃说：王子夏阳长大了，婚姻之事，全凭大王定夺。

开明王的后宫嫔妃多，生的王子也多，夏阳是他和淑妃所生，青春年少，风华正茂，是他比较宠爱的王子。当初曾考虑与巴王联姻，因巴王用宗室之女替代公主，被蜀国使者察觉了，激起了蜀王的愤怒，由此而导致了巴蜀之战。此事过去已久，王子夏阳的婚姻拖延至今，确实是应该给予考虑和安排了。蜀王掂量着，略做思考，既然和邻邦王国联姻不成，那就不必舍近求远，不妨从蜀国的名门望族中挑选一位亲家了，或者娶个大臣的女儿也是可以的吧？蜀王便把这个想法和淑妃说了。

淑妃问：大王觉得，哪位大臣的女儿比较合适呢？

开明王说：大臣很多啊，当然是要挑选一下了。

淑妃试探着说：听说大臣彭玉之女，聪慧漂亮，正值芳华，大王是否得知？

开明王好奇地问道：是吗？爱妃是怎么听到的啊？

淑妃说：臣妾还不是操心王子夏阳的婚姻嘛，有所风闻，打听过的。

开明王笑曰：好嘛，果真如此，倒也不错。等我询问一下再说吧。

淑妃依偎在开明王身边，温柔地微笑道：有大王关心，这事就好办了。

开明王平常对王子们的事情，通常都是置之度外，操心不多，这次因为淑妃的提醒，才对王子夏阳的婚姻之事格外重视起来。过了两天，便派人了解，大臣彭玉果然有一位女儿，相貌甚佳，玉洁冰清，性情温顺，玲珑聪慧，如果娶做王子夏阳之妃，倒也是不错的人选。开明王将了解到的情况和淑妃说了，淑妃便催促蜀王将这事抓紧确定下来。开明王觉得倒也无妨，口头答应了，说还是要按规矩办才好。所谓规矩，也就是礼仪了。民间百姓嫁女娶妇，都要讲究礼节，王室子女的婚姻当然要更为重视相关的礼仪规矩了。淑妃很高兴，开始热心张罗。王子夏阳听母妃说了此事，得知彭玉之女长得漂亮，貌美如花，心中自然喜欢，也就盼着成亲了。

王子选妃成婚，是一件大事情，尚未最后确定，消息已经传播出去了，大臣们差不多都知道了。众所周知，一旦和蜀王联姻，就成了王亲国戚，家族的地位就会更为显贵，所以家中有待嫁女儿的大臣们，都心怀奢望，有所企盼。有的还暗中活动，议论纷纷，都热切关注着此事的进展。

开明王想找一位能干的亲信大臣来办理此事，便召见了江非。

开明王说：王子夏阳，近日准备选妃成婚了。

江非称颂说：祝贺大王，这是喜事啊。

开明王说：是喜事，得按礼仪来办。

江非问：王子夏阳之妃，是否已经有了人选？

开明王说：听说大臣彭玉之女，聪慧端庄，相貌甚佳，可以选择。

江非不由愣了一下，他与彭玉的关系一直比较微妙，自从上次为蜀王圈地建造园林的事情之后，两人矛盾加深，彼此心照不宣。如果彭玉和蜀王成了亲家，那彭氏家族的地位就会更加尊贵了，对他肯定不利。江非心中暗生嫉妒，赶紧拱手施礼说：启奏大王，小臣得悉，众臣也有貌美如花之女，都想攀龙附凤呢。

　　开明王问：爱卿之意，要挑选哪位大臣之女，比较恰当呢？

　　江非说：当然是要挑选最好的，才能和王子夏阳般配啊。

　　开明王沉吟道：既然众臣皆有貌美之女，这又如何挑选才好啊？

　　江非说：启奏大王，可以先列出合适的选妃名单，然后请大王亲自审查，也可请王妃和王子夏阳陪侍大王过目，挑选其中最佳者。这样比较公平，君臣都满意，天下百姓也会称颂大王的圣明，自然就是两全其美了。

　　开明王想了想，点头说：爱卿所言，甚合吾意，就请爱卿来操办此事吧。

　　江非施礼道：小臣遵旨！随即告辞，出了王宫，很快就向诸多大臣们传达了开明王的旨意，开始办理为王子夏阳选妃之事。

　　遵照开明王的任命，江非成了负责督办王子选妃与成婚的钦命大臣。江非向蜀王提出选妃的主意，听起来冠冕堂皇，是为了王子夏阳能挑选到一位最般配的大臣之女，实质上则另有深意。江非不仅想以此来阻挠彭玉与蜀王结亲，而且想通过操控此事来谋取更多的权力与好处。

　　开明王的旨意传达之后，想和蜀王攀亲的大臣们，果然是大有人在。那些天，江非的府邸人来人往，热闹非常。那些心怀希望的大臣们，纷纷主动前来拜见，想方设法巴结江非，渴望尽快有个结果。江非张罗着，却一点也不着急，把王子选妃这事弄成了一个诱人而又热闹的游戏，最终花落谁家，则成了一个很大的悬念。当然也有个别大臣，对此事并不热衷，甚至置之度外的。彭玉便很洒脱，超然待之，不管不问。江非见状，正中下怀，不由得暗暗窃喜。

淑妃与王子夏阳也知道了蜀王的旨意，本来说好要娶大臣彭玉之女的，现在却要从众多大臣之女中挑选一个了，都颇感意外。但想想这样安排也未尝不好，假若能挑选一位比彭玉之女更好的，岂不是好事情吗？不过，究竟哪位大臣的女儿最好，一时也弄不清楚，颇有点吊人胃口。

这样过了一些日子，终于到了为王子夏阳选妃的时候。地点就安排在华丽的王宫大殿内，由开明王和淑妃亲自过目挑选。

开明王坐在金碧辉煌的王座上，淑妃陪伴于侧，王子夏阳也到场了，坐在母妃的侧面。王宫大殿通常都是君臣议事的场所，这次特地用来为王子夏阳选妃，足见蜀王对此事的重视。列入选妃名单的大臣之女有十多位，已提前做好了准备，在宫女的引导下，依次进入了大殿。陪伴而来的大臣家人，只能在大殿外面等候。这些大臣之女，正值豆蔻年华，有胖的，也有瘦的，都盛装打扮，穿着华丽的服饰。虽然都是出生于官宦之家，但进入宫廷却是第一次，看到大殿内富丽堂皇的摆设与蜀王煊赫的气势，不由得便有些紧张和怯场，有的忐忑，有的羞怯，还有的连走路的姿势与神色表情都不自然了。

开明王注视着这些走进来的大臣之女，虽然长相都不丑，穿着打扮也格外讲究，但却没有一个貌美如花的，也没有清雅脱俗的，都显得太普通了。淑妃的感觉也是如此，这些大臣之女，看起来确实很一般，特别是神态都有点不自然，怎么连一个出类拔萃的都没有呢？王子夏阳看着这些待选之女，尽管花枝招展，却没有一个能使他眼睛一亮，竟然毫无喜欢的感觉，心中有点失望，不由得暗自叹了口气。

待选的大臣之女向蜀王跪拜施礼，然后列队而立，听候旨意。

开明王悄然问淑妃：你觉得如何？淑妃小声说：怎么没见大臣彭玉之女呢？好像不在其列。开明王知道淑妃曾打听过彭玉之女的长相，便嗯了一声，又问道：你看了这些女子，其中有没有中意的？淑妃含蓄地说：臣妾觉得，还是要见一下彭玉之女，比较一下，才好决定吧。开明王想了想，觉得淑妃说的也有道理，又瞟了一眼王子夏阳，脸上的表情好像有点失望。开明王思量，任命江非督办此事时曾特地提到了彭玉之女，可是江非为何不让彭玉之女参加选妃呢？难道其中有什么缘故吗？这事似乎有点蹊跷，心中不由起了疑窦。蜀王略一沉吟，便吩咐这些待选之女都退了下去。

江非这时走进大殿，拜见了开明王，恭敬地说：请大王颁布旨意。

开明王问道：待选的众臣之女，就是这些了吗？

江非察言观色，小心翼翼地回答说：启禀大王，诸位大臣之女参选的就是这些了，大王看了，觉得怎样？

开明王不置可否，又追问道：彭玉之女，好像不在其列？

江非愣了一下，只有随机应变，答曰：好像身体不适，故而未来参选。

开明王说，不是说好了要一起挑选的嘛，是偶患小恙吗？

江非见蜀王如此追问，只能含糊其辞回答说：启禀大王，好像是这样。

开明王吩咐说：那就等一等吧，等彭玉之女康复了再说。

江非施礼说：小臣遵旨。随即告辞出宫，回了府邸。

江非煞费苦心经办的选妃之事，因为在参选名单中排除了彭玉之女，没有讨到蜀王的赏识，反而弄巧成拙，引起了蜀王的不悦，这使得江非很有些尴尬与失落。江非在家里反复琢磨着，看来蜀王与淑妃，以及王子夏阳都已将彭玉之女作为首选了，自己当然不能违抗啊。怎么办呢？江非本来是想阻挠彭玉与蜀王结亲的，现在阴谋落空，只有换个思路了，逼迫着他不得不主动去巴结彭玉。江非惯于见风使舵，这么一想，心中便有了主意。

江非第二天便前往彭玉府邸，主动登门拜访。

彭玉颇感诧异，揖手施礼道：哪阵风把江大人给吹来了？

江非脸上堆着笑容，一边揖手还礼，一边谦恭地说：当然是好风啦，王恩浩荡，在下是特地前来恭贺大人呢。

彭玉语含调侃说：江大人公务繁忙，竟然有空，来我这儿逗乐说笑了。

江非恭敬地说：不是逗乐，也不是说笑，确实有件重要的事情，来祝贺大人。

彭玉说：我近日闲居，家里都是些鸡毛蒜皮的小事，哪有什么值得祝贺的？

江非说：大王要为王子夏阳选妃，这是不是大事？

彭玉问道：这当然是朝廷大事，江大人此话何意？

江非说：对啊，所以在下特地恭贺大人！

彭玉故作不解说：江大人这话，真把我给说糊涂了。

江非笑笑说：大王为王子夏阳选妃，大人的女儿是首选之人啊。

彭玉摇头说：大人开玩笑了，小女笨拙，怎么能做王子夏阳之妃呢？

江非问：难道大人不想和大王结为亲家吗？

彭玉做沉思状，正色说：想是一回事，合不合适又是一回事。

江非笑道：难得大人如此明智，大王敬重大人，也是理所当然。

彭玉揖手称谢说：江大人过奖了。

江非说：大王有旨，要选大人的女儿为王子夏阳之妃，所以恭喜，恭喜啊！

彭玉对此事，其实早已风闻了一些传言，却没放在心上，总觉得可能性很小，所以也没当一回事。此时听江非这么一说，方知并非虚言。他的一个女儿，乳名瑶儿，正值二八芳龄，已到了谈婚论嫁的时候，之前也曾有人前来说媒。此女如花似玉，聪慧过人，他视若掌上明珠，总想找个门当户对的乘龙快婿，故而颇为挑剔，不愿轻易答应。没想到蜀王竟然也得知了，要选此女为王子夏阳之妃。若真的和蜀王结为亲家，那算是高攀了，当然是一件令人高兴的好事情了。彭玉这么一想，心情顿时变得愉快起来，脸上也就浮起了微笑，又揖手施礼说：多谢江大人告知，大王洪恩，令在下深为感戴！

江非见彭玉高兴，对蜀王的旨意感恩戴德，知道自己在蜀王那儿已经可以交差了，而且还讨好了彭玉，可谓两全其美，也颇感欣慰。原来两人的关系比较微妙，江非本意是不愿让彭玉和蜀王结亲的，可是阻挠不成，只有改变策略了，先奉承和巴结一下，以后再见机行事吧。江非隐藏了自己的心机，见风使舵，巧妙为之，果然很有成效。

彭玉老于世故，城府也是很深的，对江非历来貌合神离，有所提防。因为两人长期共事于当朝，虽然老是意见相左，经常势若水火，面子上还是要过得去的。这次又是江非主动登门来访，只能虚与周旋，客气待之了。彭玉是官宦世家，明白凡事只能顺势而为的道理，关于女儿出嫁给王子夏阳这件事情，既然是蜀王的旨意，当然也只有遵循了。于是吩咐家人备宴，以礼相待，热情款待江非。两人饮酒叙旧，关系顿时变得融洽了许多。往昔的疏远与矛盾，喝了酒，谈笑之间，仿佛都随风而散了。

江非回去后，隔了一天，便进宫去见蜀王，禀报说：彭玉之女已经康复了。

开明王把这个消息告诉了淑妃，淑妃听了很高兴，催促蜀王安排见面。

继续为王子夏阳选妃，依然在王宫大殿进行。在淑妃的张罗下，特地安排了一个吉日，仍由淑妃和王子夏阳陪同蜀王一起过目挑选。这次为王子夏阳选妃，场面比前些时更为隆重，不仅彭玉之女到场了，其他众臣之女也再次参加了。因为有了上次面见蜀王的经验，众臣之女的穿着装扮与神态表情都大为改观，一个个都换了新装，靓丽可人，给人耳目一新之感。

先由众臣之女出场，表现得都很自然，个个都从容大方，不再像上次那样怯场了。走起路来，都婀娜多姿，各显风采。这使得蜀王和淑妃都颇为赞许，看起来顺眼，自然也就增添了好感。但这些不过是前奏，走个过场而已。轮到彭玉之女上场了，这才是选妃的压轴之戏。

当彭玉之女从殿外款款而至，迈着玉步走进来的时候，金碧辉煌的大殿内静悄悄的，所有人都屏息以待。彭玉之女光彩照人，如同皓月初升，又好似仙姬下凡，果然非同凡俗。彭玉之女的身段和容颜，都美到极致，一下就吸引了所有人的眼球。

开明王骤然见之，不由得眼睛放光，心头大为震动。他没料到，彭玉之女竟然和当初的小卉颇为相像，都是含苞待放的绝妙年龄，都是国色天香、花容月貌。他将小卉封为慧妃，宠爱备至，给他带来了极大的快乐。慧妃病故之后，他怅然若失，常为伤感烦恼所困。看到眼前的彭玉之女，立刻心跳加速，很有些目瞪口呆的感觉，难道是慧妃又复活了吗？天底下竟然有如此巧合的事情？

淑妃注意到了蜀王闪亮的眼神与异样的神态，心中暗暗吃惊。她深知蜀王的好色，这次可是为王子夏阳选妃啊，千万不要闹出笑话。于是温柔地拉了一下蜀王的衣袖，含蓄地问道：大王喜欢吗？彭玉之女确实很漂亮啊，臣妾没有说错吧，就将彭玉之女选作王子夏阳之妃吧，大王觉得如何？

开明王回过神来，点了点头说：好啊，此女貌若天仙，果然十分出众！

淑妃说：那就请大王颁布旨意，择日就为王子夏阳迎娶彭玉之女吧。

开明王说：嗯。等选择好了吉日良辰，再颁布也不迟。

淑妃对王子夏阳说：还不快快谢过父王。

王子夏阳刚才看到彭玉之女，也是目迷神摇，心中好生喜欢。此时被母妃提醒，如同醍醐灌顶，赶紧对蜀王俯身拜谢说：真心感谢父王，玉成这件好事！父恩如山，儿臣深为感戴！

开明王颔首表示赞许，哈哈一笑，随即退朝。

彭玉之女和其他众臣之女也都回了各自的家中，等候旨意。

蜀王为王子夏阳选妃之事，终于告一段落。淑妃对此还是比较满意的，但心中也未免有点担忧，在蜀王没有明确颁布旨意之前，她还是有点害怕发生其他什么变化。淑妃自己也弄不明白是什么缘故，似乎有个奇怪的预感，总是拂之不去。天下的事情，有时也真的说不清楚，很难预料其过程与结果。后来发生的故事，便果然如此。

第十九章

秦惠王已经做好了周密的布置，等候五丁力士的到来。

五丁力士离开葭萌之后，继续向北而行。因为奉蜀王之命，要迎娶五位秦女，回蜀国时有车马嫁妆，所以必须提前沿途扩展道路。他们披荆斩棘，历经艰辛，由蜀道抵达秦川，终于来到了秦国的都城。

又是初秋时节，天高气爽，群山叠翠，层林尽染。如同上次一样，秦惠王安排了一个很隆重的欢迎仪式。秦人久闻五丁力士的大名，都城内外的居民都想看看这五位名震天下的大力士，夹道围观，万众瞩目，场面空前热闹。

张若这时已经回到了秦都，遵照秦惠王的旨意，仍由他负责接待五丁力士。

五丁力士与张若已经打过几次交道，双方都比较熟悉。张若这次对五丁力士尤为热情，先将随同而来的士兵们安排在城外营房驻扎，然后陪伴五丁力士骑马入城，穿过迎接和围观的人群，在热闹的气氛中，来到了城内最好的驿馆，安排在上等客舍休息赴宴。五丁力士看到这样的欢迎场面，颇为振奋，却也不敢掉以轻心。张若已经在驿馆内准备好了丰盛的宴席，客气地款待五丁力士。侍者已提前摆好了精致的杯盏，事先安排好了助兴的女优与乐师，作陪的官吏们此时也都已到场，恭候五丁力士的光临。

张若在宴席上谈笑风生，对五丁力士说：你们是天下闻名的壮士，喝酒要用大碗，哪能用这些小杯盏呢？吩咐侍者立即将酒席上的杯盏换成了酒碗。张若捧着硕大的酒罐，亲自为五丁力士斟酒，给自己的碗里也斟满了酒，然后端起酒碗说：你们不远千里，来到秦都，再次相聚，令人高兴啊。来来，饮了这第一碗美酒，为你们洗尘接风了！

五丁力士看着张若，心存警惕，也端起了酒碗，却并不饮酒。上次酒中有毒，他们还记忆犹新，生怕又中了圈套。张若见状，豪爽地哈哈一笑，先仰头饮了自己碗中的酒，然后用催促的目光看着五丁力士，笑曰：真的是美酒呢！蜀国有佳酿，我们秦国也同样有款待嘉宾的好酒啊！请诸位饮了此酒，看看酒味如何？五丁力士打消了疑虑，这才举起酒碗，也饮了碗中之酒。张若所言不虚，果然是佳酿美酒，其味甘美醇厚，确实不比蜀酒逊色。

张若又捧起酒罐，接连为他们斟酒，说：你们跋山涉水来到秦都，为蜀王迎娶五位美女，这碗是慰劳酒。在下奉我们大王旨意，真心慰劳你们开山辟路，劳苦功高！说罢，饮了碗里的酒。五丁力士也举碗，将碗中的酒喝了。

张若继续为他们斟酒，再次举起酒碗说：这第三碗是祝福酒了，祝福我们秦国的五位美女去蜀国享乐，也祝福蜀王快乐无疆！说罢，又将碗里的酒一饮而尽。五丁力士也随之饮了碗中之酒。

酒过三巡，女优开始表演歌舞，乐师吹埙弹琴伴奏，为众人助兴。

秦人的器乐与歌舞，都很有特色，为宴会增添了欢乐的气氛，令人陶醉。陪宴的官吏们，这时也纷纷举碗，开始向五丁力士敬酒。五丁力士个个都是好酒量，却异常克制，不敢开怀畅饮。秦人越是热情，就越使得他们心生警惕。临行前，苴侯提醒过他们，说秦人诡计多端，要他们多加小心。他们上次来秦都搬运五头石牛，就经历了几番不测之险，差点遭算计。这次当然更不能掉以轻心了，对秦人务必多加提防才行。

张若见五丁力士巍然端坐，神色严肃，格外戒备，便问道：诸位壮士，今日难得相聚，你们怎么不开怀饮酒，也不举箸呢？是因为酒不好，还是菜肴不佳？我让侍者重新换过如何？

大牛说：酒是佳酿，菜肴也甚是美味可口。已经很好，不必麻烦了。

张若说：诸位何不多多饮酒，多多吃菜？

大牛说：凡事都要适可而止，不敢贪杯。

张若笑曰：款待贵宾，自然是要尽欢而散才好。在下生怕款待不周啊！

大牛拱手说：盛情难却，多谢大人，已经招待得很好啦。

张若又说：诸位觉得音乐如何？歌舞还好看吧？都是特地准备的。

大牛说：好看，也好听，但比不上我们大王谱的曲。

张若笑了笑说：哈哈，是吗？

大牛说：我们大王谱的曲，犹如天籁之音，堪比仙曲。

张若出使蜀国时，在蜀都就已经听说过蜀王为爱妃谱曲的事，点头说：蜀王多才艺，擅长音乐，确实不简单啊。这次五位美女出嫁蜀王，我们大王就特地准备了各种乐器，作为陪嫁之物，献给蜀王享乐使用。

大牛揖手称谢道：秦王客气了！我们大王有乐师，不差乐器啊。

张若：好东西都是多多益善嘛，乐器也是这样，秦女喜欢秦乐，所以要带上乐器做陪嫁。

大牛说：好吧。我们奉命前来迎娶五位秦女，请问大人，何时动身呢？

张若说：你们劳累辛苦了，在秦都多休息几天再说，不着急。

大牛说：王命在身，不敢久待，请大人安排，尽快启程吧。

张若说：好啊，等举行了送嫁仪式，就可以启程了。

这时歌女唱罢一曲，舞女与乐师都暂时退了下去。

大牛说：今日承蒙大人盛情款待，吃得好，喝得好，深表感谢！我们就此告辞，先回营房休息了。

张若说：你们就在这里住下吧，这也是我们大王的旨意啊。

大牛婉拒道：不行啊，将帅岂能抛下军士独住馆舍？

张若见五丁力士态度坚决，不愿留宿于此，无法勉强，只有送他们离开馆舍，出城回了驻扎的营房。

如同上次五丁力士来秦都搬运石牛时一样，如果五丁力士留住在馆舍内，那就正中秦人下怀了。为了除掉五丁力士，秦惠王和谋士们费尽心机，布置了很多圈套。他们这次为五丁力士准备了迷魂药，准备放在平常的饮食内给五丁力士食之。迷魂药同毒药不同，无色无味，很难察觉，每次少放一点，只要多服用几次，一旦药性发作，就会神智错乱。五丁力士服用了一定的药量之后，就会听人摆布，那时要收拾五丁力士就容易了。不过，五丁力士还是相当机警的，不住馆舍而住营房，使得秦人无机可乘，只有另想办法了。

五丁力士和随行的士兵住在秦都城外营房内，休息了几天，等候秦人举办送嫁的仪式。却迟迟不见秦人动静，五丁力士不愿久等，只有催问张若了。

张若说：每年的秋狩时节到了，等到秋狩之后，再举办送嫁也不迟。

大牛问道：什么是秋狩？还要等多久啊？

张若说：秋狩时节，也就是我们大王率众打猎啊，通常要几天吧。

大牛说：原来如此，秋天率众打猎，秦王好兴致啊！那我们再等几天吧。

张若说：大王邀请你们几位壮士一起参加秋狩呢。

大牛沉吟道：这是你们君臣之事啊，我们怎么好参加呢？不合适吧？

张若说：听说你们都是狩猎的好手，乘此机会，显示你们的本事，岂不快哉！

五丁力士的父亲本来就是山中猎户，兄弟五人从小跟随父亲打猎，后来蜀王招兵选将，他们赴蜀都应征而成了蜀王的将领。从那以后，他们已经很久没有打猎了，此时面对张若的邀请，难免心动。张若在蜀都的时候，已经了解到了这些内情，适才所言，当然是有意投其所好了。

　　张若察言观色，又激将说，秦川的猎物很多啊，难道不想试试你们的身手？

　　五丁力士听张若这么一说，便不再迟疑，随即爽快地答应了。大牛说：好吧，那就客随主便，我们也好见识一下，看看秦王是怎么狩猎的。

　　到了狩猎的这天，五丁力士如约而至，场面果然非同凡响，十分壮观。

　　秦惠王骑着骏马，带着扈从人员，来到了上林苑，准备进行射猎。大队的宫廷侍卫前呼后拥，一些王室子弟和将领们紧随其后。一年一度的秋狩，是秦惠王比较喜欢的一项大型活动，其目的并不单纯在于射猎，更重要的则是检阅将领与王室子弟们的武艺，以此来弘扬秦人的尚武之风。这次因为邀请了五丁力士参加，除了常规的射猎，还特地安排了斗兽与比武。在射猎场所附近，已经悄然布置了铁甲骑兵与强弩战车，皆是秦军最精锐的人马，随时听从召唤，只要秦惠王一声令下，就会如潮水般涌出，以排山倒海之势冲锋陷阵。秦惠王的心机很深，常在蜀人面前示弱，以此来麻痹蜀王，这次当然也不例外，骑兵与战车都在隐秘处待命，不到万不得已不会轻易出动，如此布置只是一个预防措施而已。

　　秦惠王骑马站在高岗上，眺望着周围的平川与林木。负责卫戍的田真黄禀报说：一切都已准备妥当。秦惠王点点头，挥鞭示意，身旁的侍卫吹响了号角，射猎正式开始了。这时有数头肥硕的麋鹿，从丛林中奔出，向着平川纵深处逃逸。远处有旌旗麾动，一小队人马抄了过去，麋鹿遭遇拦截，于是折返奔逃。

秦惠王环顾左右，问道：谁去拿头彩？

秦太子嬴荡跃马而出，大声说：儿臣愿往！

嬴荡执弓在手，从高岗纵骑驰下，力士任鄙、乌获、孟说等人骑马跟随在后面，朝着麋鹿疾驰而去。急促的马蹄声如同鼓点，振动着众人的心弦，大家都热切地观望着。眨眼之间，嬴荡已经接近了奔逃的麋鹿，只见他张弓搭箭，略一瞄准，箭已射出，为首最硕壮的麋鹿应弦而倒。观者不由得齐声喝彩。乌获马快，抓起了射倒的麋鹿，搭在了马背上。三位力士跟随着嬴荡，见好而收，策骑而返。

张若陪同五丁力士，也都骑马站在高岗上，观看着眼前的射猎场面。

大牛问：这位射鹿的是你们秦国什么人啊？

张若说：乃是我们秦国的太子嬴荡，箭术还可以吧？

大牛说：哦，是太子啊，喜欢骑马射鹿，确实不简单呢。

张若说：听说你们诸位壮士的箭术也好生了得，何不也去展示一下身手？

大牛说：我们不喜欢用箭，也很少射鹿。还是不献丑了吧。

张若问道：那你们用什么打猎？为何不射鹿？

大牛说：我们打猎，可以使用棍棒、木叉和刀矛啊，有时也喜欢徒手搏击猛兽。我们通常不去猎杀那些驯良的鸟兽。

张若笑曰：秦人喜欢逐鹿天下，每次秋狩都会射鹿，然后满载而归。不像你们，本领超群，专门猎获猛兽。

大牛说：大人过奖，我们也没有什么本事，不过是喜欢不同，各有所好。

张若和五丁力士正谈笑着，这时丛林中又有野猪窜了出来，领头的野猪壮硕如虎，受了惊吓与刺激，露着獠牙，气势狂躁，率领着野猪群，朝着人群奔突而来。护卫秦惠王的侍卫们立刻紧张起来，上前数步，各持盾矛，严阵以待，以防备遭到野猪的冲袭。张若对五丁力士说：猛兽真的来了！请诸位壮士出手吧！大牛哈哈一笑，点头说：来得好啊，那我们就不客气啦！

对于五丁力士来说，要收拾眼前的野猪群，那不过是小菜一碟的事儿。

大牛顺手从身边的侍卫手中取了一支长矛，挺身而出，大步流星，朝着狂奔而来的野猪群迎了上去。熊仔、象崽、豹娃、虎儿四位兄弟，也各持长矛，紧随其后。说时迟那时快，距离野猪群尚有百步之遥，大牛已挥动手臂，将长矛投了出去。长矛呼啸着，不偏不倚，一下就穿透了领头野猪的颈部，强劲的力道势不可挡，将其牢牢地扎在了地上。硕壮的野猪狂嚎了一声，便呜呼哀哉了。四位兄弟也没闲着，也投出了手中长矛，将其他几头大野猪击翻在地。剩下的小野猪，四散逃逸，一哄而散。也就是一眨眼的工夫，五丁力士射猎野猪，已经轻松结束了。在场的秦国君臣，看到这一幕，都有点目瞪口呆。传说中五丁力士的神力，果然是名不虚传啊。

这时已临近中午，秦惠王率领众臣与王室子弟，前往行宫午宴。

秦人在上林苑行宫已特地安排了斗兽的场地，高处为看台，低处为虎圈。看台供人观赏，虎圈用粗壮的木栅栏围之，是斗兽的地方。按照秦惠王的旨意，午宴之前，要先观赏斗兽，以此助兴。

张若对五丁力士说：听说诸位壮士能赤手擒虎，令人久仰啊！

大牛说：赤手擒虎，不足为奇，没有什么了不得啊。

张若说：诸位壮士能否一展身手？大王很想一睹为快呢！

大牛说：这不过是打猎的小手段，没有什么值得炫耀的啊。

张若说：不必谦虚，这真的是了不起的本事呢，不妨一试，也好让我们开开眼界啊。

大牛经不得张若激将，刚才猎杀野猪的余兴尚浓，便问道：虎在何处？

张若说：虎在笼中，请入圈中，擒之如何？

这时果然传来了虎啸之声，大牛大为振奋，天生的打猎性情，顿时豪气满怀，热血澎湃。大牛撸起了袖子，对张若说：那我就献丑了！说罢，便纵身进了虎圈。秦惠王坐在看台上，王室子弟和众臣陪侍于左右，侍卫们前后护卫，居高临下，聚众而观。有人打开了虎笼，一只斑斓猛虎，顺着通道，窜进了虎圈。此虎威猛异常，因为关了几天，饿得久了，此刻看到圈中有活物，本能驱使，张牙舞爪，凶相毕露，立即凶狠地朝着大牛扑了过来。看台上的众人，都屏住呼吸，睁大了眼睛，看着虎圈中人虎相搏的场面，好戏终于开场了。

大牛面对饥饿的猛虎，神闲气定，不是退避，而是大步迎了上去。在猛虎跃起，临空扑来的间不容发之际，大牛略一侧身，便避开了虎爪，使得猛虎扑空了。就在猛虎前腿落地的一刹那，大牛迅速转身，伸手一把抓住了虎颈，将虎头按在了地上。大牛力大如山，任凭猛虎咆哮挣扎，却无法挣脱。看台上的众人看到这一幕，不由得啧啧称奇。才一个回合啊，大牛几乎不费吹灰之力，就将这只斑斓猛虎给制服了。但这只是斗兽的序幕，真正激烈的场面还在后面呢。随着秦惠王的示意，其他的虎笼也全都打开了，共有十余只饥饿的猛虎，顿时都窜进了虎圈。这是秦人早就布置好的，是有意考验五丁力士的一个精心策划，也是堂而皇之陷害五丁力士的一个阴谋。如果五丁力士斗兽获胜，众人可以哈哈一笑。假若五丁力士被饿虎吃了，那就正中下怀，而这正是秦人盼望的结果啊。

大牛虽有神力，但面对这么多的凶悍猛虎，要赤手博之，也谈何容易。

熊仔、象崽、豹娃、虎儿四位兄弟，见状颇为惊讶，此时都挺身而起，准备援助大牛。虎圈内，情形危急，气氛紧张。看台上，秦人却有点幸灾乐祸，颇为兴奋。

这时饥饿的群虎已向大牛步步逼近，虎视眈眈，凶恶逼人。大牛沉着如常，并无丝毫畏怯。他将擒住的那只斑斓猛虎抡了起来，击退了逼近的几只大虎，然后扔向了虎群。大牛强劲的气势，使得虎群稍停了一下，又向大牛围逼过来。大牛与群虎对峙，觉得自己赤手难搏众虎，便向后撤步，靠近了虎圈栅栏。群虎见大牛后退，气焰顿时大为嚣张，相互咆哮着，围绕着大牛，发疯似的左右跑动。饿虎扑食本是天性，这时狂性发作，又群起攻之，朝大牛猛扑过来。大牛无法退避，已到了最危急的关头。只见他伸手抓住栅栏，略一使劲，便拔了一根坚实的木桩，拿在手中，就像使用棍棒一样随意挥舞，横扫群虎。木桩又粗又长，大牛抡起来呼呼生风，为首的几只大虎，一下被击倒在地，有的挣扎咆哮，有的被打断了骨头，顿时动弹不得。大牛如同天神，吓得其他大虎四处奔窜，纷纷夺路而逃，有些从栅栏空隙处窜出了虎圈，企图趁机逃逸，其中有几只竟然冲向了看台。正在观赏斗兽的秦人大为惊慌，一片混乱。这可是秦惠王与臣僚们没有料到的变化啊，侍卫们蜂拥而前，手持戈矛，赶紧护驾。

就在这危急关头，熊仔、象崽、豹娃、虎儿四位兄弟，已经纵身跃出，也各自拔了一根木桩，将窜出来的大虎赶进了虎圈，就像玩游戏一样，一边逗弄着这群饥饿的猛虎，一边奋力击之。以五丁力士的神力，群虎虽然凶猛，却经不住木桩的锤击，转眼之间，都被击倒在地。五丁力士轻松搏击群虎，那种摧枯拉朽的气势，使得在场的秦人都目瞪口呆。张若也是好半天才回过神来，不知说什么才好。

斗兽结束了，午宴随即开始。因为是秦王之宴，美酒佳肴，格外丰盛。

酒席上，秦国的三位大力士任鄙、乌获、孟说自告奋勇，要为秦惠王举鼎助兴。鼎是国之重器，乃是执掌王权宴飨上帝号令天下的象征，在殷王朝和周王朝都是天子御用，诸侯不得染指的。秦国自从变法图强，变得强盛起来之后，也仿照周天子的御用模式，采用精铜铸造了数只大鼎。如今已完成了三只，其他的还在继续铸造。这几只大鼎，体形硕大，鼎面有饕餮图像，鼎脚有云纹，成型之后经过打磨，精美异常，令人赞叹。秦国铸鼎，按理说属于僭越之举，但如今周王朝已经衰落，秦惠王有意为之，欲取代周王朝而统领天下，秦国的文武大臣当然都明白此事的象征意义。这次秋狩午宴，没有安排歌舞，力士主动举鼎，来展示秦人举重若轻的本领，当然也是为了讨好秦惠王，以博取秦惠王的高兴。

任鄙、乌获、孟说三人是秦国的著名大力士，果然名不虚传，都长得虎背熊腰，气力非凡。三只新铸好的大鼎，已由众多工匠们运来，摆放在了席前空地上。这三只大鼎，体型从矮往高依次递增，小的有半人高，大的齐胸，最大的那只高过人的肩部。任鄙、乌获、孟说三人走到鼎前，绕鼎一周，打量了一下，决定从易往难，先举矮的大鼎。此鼎虽矮，却也相当沉重，他们依次表演，都相继举了起来。接着举第二只大鼎，此鼎硕大，已非一人之力所能举起，任鄙和乌获两人合力，才勉强举起。最后是举第三只大鼎了，此鼎更为庞大沉重，绝非两人之力所能胜任，三人抓住鼎脚协同用劲，费尽了吃奶的力气，才终于举了起来。在场的秦人都击掌助兴，为之欢呼。秦惠王也频频颔首，以表称赞。三位力士放下大鼎，向秦惠王揖手称谢，然后昂首挺胸走向一侧，颇有点志得意满的气概。

五丁力士观看了这场表演，觉得如同儿戏，不屑地哼了一声。

张若说：这三人乃是我们秦国的力士，诸位看了，觉得如何？

大牛说：哈哈，不好意思，这种玩法，不敢恭维啊。

张若说：我知道诸位神力非凡，不妨上去试试，也好让我们开开眼界。

大牛摇头说：算了吧，我们还是不献丑了，免得扫兴啊。

张若说：不用客气，大王和大臣们真的想看看你们的神力呢。

五丁力士扫了一眼，看到秦惠王与众臣果然在瞅着他们呢，又看到秦国的三位力士，那副得意的神态，很受刺激，加上张若的再三邀请，颇有点激将的意味。大牛看到熊仔、象崽、豹娃、虎儿四位兄弟都跃跃欲试，便对张若说：好吧，那我们就试试吧，看能否举得起这几只大鼎。

大牛离席而起，走到了席前空阔处。熊仔、象崽、豹娃、虎儿四位兄弟也随之起身，走到了三只大鼎前。秦惠王和在场的秦人，都目不转睛地看着他们。

大牛伸出右手，抓住了那只矮鼎的鼎脚，很轻松便举了起来。然后对四位兄弟说，来来，你们也玩一下吧。说着，便将矮鼎抛给了熊仔。熊仔也是单手接鼎，很随意地举了几下，又相继抛给了象崽、豹娃、虎儿。这只矮鼎在他们手中，就像一件玩具似的，抛来抛去，毫不费力，看得秦人目瞪口呆。

接着，大牛走到第二只大鼎前，也是单手抓住鼎脚，轻而易举地便举过了头顶。熊仔、象崽、豹娃、虎儿四位兄弟走过来，也是单手就举起了此鼎。

然后是第三只大鼎了，大牛打量了一下，见此鼎硕大沉重，便用双手抓住鼎脚，略一用力，便举了起来。大牛走了两步，准备将此鼎抛给熊仔，也许是两手用力过度，此鼎突然从中间裂开了，断裂成了两半。大牛两手各持半鼎，左右看了看，觉得此鼎太不结实了，轻蔑地哼了一声，便顺手抛在了地上。残鼎砸在地上，发出了沉闷而破碎的响声，腾起了一大片灰尘。在场的秦人看到大牛手裂大鼎，大为震惊。秦惠王惊讶得脸色都变了。张若和其他众臣也十分吃惊，都瞠目结舌，愣在了那里。

大牛拍了拍手，面朝秦惠王，揖手说：这鼎不结实，不小心弄坏了！献丑啦！

秦惠王回过神来，自我解嘲说：哈哈！铸鼎如此不堪，实乃匠人之过！随即传令，将那些铸造大鼎的匠人们都拉出去斩首示众。

彪悍的侍卫们立即遵令而行，将运鼎而来的那些匠人们都拉出去砍了头。

五丁悲歌 | 293

五丁力士看到这个情景，颇有些惊讶。大牛对张若说：匠人们铸造的鼎不结实，重新铸一个不就行了吗？干吗要将这些匠人都拉出去砍头啊？

张若哦了一声，解释说：铸鼎不堪，那是欺君之罪，当然要砍头了。

五丁力士听了，方知秦人法规的严厉，略有小过，都是要严惩不贷的。因为一个破鼎，竟然当众砍了那么多匠人的头，真是不可思议。秦王也未免太严厉了吧？五丁力士心想，反正这些都是秦人的事儿，与自己又有什么关系呢？看着玩吧，最多笑笑而已，当然也无须再说什么了。

这时候午宴开始了，气氛颇有些沉闷。因为五丁展现神力，使得秦人脸上无光，真的是大为扫兴。特别是那只庞然大鼎，是秦惠王执掌王权号令天下的象征，竟然被大牛用手撕裂成了两半，真的是匪夷所思，太不吉利了啊。秦惠王郁郁寡欢，众臣侍宴，都沉默无语。虽然美酒佳肴，很是丰盛，众人却索然无味。过了一会儿，午宴便匆匆地结束了。

五丁力士宴会之后，便骑马回了驻扎的营地。

秦惠王对陪侍的众臣说：五丁如此神力，实乃寡人之心腹大患也！

众臣看到秦惠王目光沉郁，满面怒容，都肃然而立，不敢说话。

秦惠王叹了口气，又说：五丁不除，寡人寝食难安啊！

陈轸这时上前一步说：启奏大王，五丁这次必然凶多吉少。

秦惠王问：为什么？爱卿有什么说法吗？

陈轸说：五丁者，与鼎谐音，裂鼎实乃五丁的不祥之兆啊，此乃天意也。

秦惠王听了，脸色顿时有所缓和，颔首说：既然天意如此，但愿如卿所言。

张若这时也上前说：启禀大王，这次谋划周密，都已布置好了，五丁难逃此劫。

秦惠王哈哈一笑，说：好吧，尔等谨慎为之，全力以赴，不得有误！

张若和司马错等大臣、将领都齐声说：臣等遵旨！请大王放心！

秦惠王终于转怒为喜，乘舆离开上林苑，回了秦都王宫。

张若和众臣也随驾回城，随即遵旨而行，开始了后面的秘密行动。

秦人为五位美女出嫁蜀国，举办了一个隆重的欢送仪式。

从王宫到出行的西南城门都张灯结彩，在前往蜀道的路口，还专门搭建了一个彩门。陪嫁的马车有二十多辆，都是崭新的车辆，拉车的骏马也刷洗得油光水滑。车上装满了嫁妆，从衣物到用具和乐器，都用彩带捆绑了装载得满满当当。前面有五辆是秦女乘坐的车，车篷都装饰得很华丽，连辕马都戴了花，显得喜气洋洋。秦都的百姓好奇地聚集在街道两边，夹道观看，场面热闹，更增添了气氛的热烈。

张若被秦惠王任命为送嫁的使臣，配置了随员与一些精锐卫士，全程护送五位秦国美女，陪同五丁力士前往蜀国。这种排场与安排，表达了秦人的礼节，看起来冠冕堂皇，实际上则暗藏了周密的谋划。张若作为使臣，一路上可以正面周旋，途中随时可以传送消息，和预先埋伏的秦兵紧密配合，以确保阴谋的实施，又能使五丁力士不至于生疑。秦王的阴谋与苦心，可谓老谋深算，真的是用尽了心机。

五丁力士虽然对秦人高度戒备，始终保持着警惕，但对秦王的阴谋却毫无所知，一直被蒙在鼓里。自从来到秦都之后，他们耐心地等待了好多天，今天终于要启程回蜀国了，五丁力士和率领的士兵们都颇为兴奋。他们不习惯这里的生活，都想早点回到熟悉的环境中去，已经有点归心似箭了。

出嫁的马车列队而行，出了秦都西南城门，来到了送别的彩门前。

陈轸受秦惠王委派，向五丁力士敬酒送行。秦人用大碗斟满了酒，递给五丁力士。陈轸说：请饮了这碗壮行美酒，祝诸位壮士一路顺风！

五丁力士举碗欲饮，这时空中传来了雁鸣之声，一群南归的鸿雁正从头顶飞过，有秽物落在了大牛的酒碗之中。大牛一愣，心有所悟，随即将酒泼洒在了彩门前的路上。熊仔、象崽、豹娃、虎儿四位兄弟见状，也都仿而效之，将酒泼在了地上。

陈轸问道：壮士为何不饮了此酒？

大牛说：既然是壮行之酒，理当献祭给行路神灵，这是我们蜀人的习俗啊。

陈轸说：第一碗酒献祭路神，请壮士饮了第二碗酒，以壮行色吧！

大牛说：不必了！这酒还是不饮为好啊。

陈轸说：我们秦人的习俗，凡是出征或远行，是要饮了酒才上路的。

大牛说：那就请张大人饮了吧！

陈轸存心想请五丁力士饮此壮行之酒，却无法勉强。他瞟了一眼站在旁边的张若，张若哈哈一笑说：饮也好，不饮也好，那就随意了吧！

按照预先谋划，这酒当然是大有名堂的，张若和陈轸都心知肚明。假若五丁力士饮了酒，迷魂药慢慢发挥作用，就要听凭他们摆布了。他们见五丁力士不饮酒，暂时无计可施，颇为无奈。他们当然不会就此作罢，反正此去蜀国，路途遥远，途中时日较长，只有在途中寻找机会，见机行事了。

陈轸也笑笑说：好吧！你是秦使，此去蜀国，重任在肩，就看你的了！

张若说：在下明白！随即向陈轸揖手作别，传令出发，踏上了赴蜀的行程。

五丁力士率领士兵在前面引路开道，后面是乘坐着五位秦国美女和装载着大量嫁妆的豪华车队，然后是秦使张若的随行护送人员。一行人浩浩荡荡，离开秦都，向南而行。不久便走进了山区，放眼望去，群山逶迤，连绵不绝。因为道路崎岖，车辆众多，每天走上几十里路，便人困马乏，就要扎营休息了。这样走了很多天，才来到秦蜀边界，终于进入了蜀道。

第二十章

蜀王宫中，近来烦心的事情不少。

首先是开明王得知了且侯和巴王经常交往的消息，心中大为不乐。自从上次开明王率兵出征巴国，不胜而返，始终耿耿于怀，从此视巴王为敌，可以说是结下了不解的梁子。且侯私下与巴王交好，犯了蜀王的大忌，对此当然是很不高兴了。

开明王不乐的另一件事情，是为王子夏阳选妃引起的。大臣彭玉之女的绝代美丽，和当初的小卉极为相似，使得开明王想起了病故的慧妃，心中闷闷不乐，大为惆怅。开明王如今身边没有满意的女色，这是他常常深感不快的最主要原因。据说秦王赠送的五位美女，都是人间绝色，美艳得不得了，开明王对此深信不疑，一直垂涎以待。可是自从派遣五丁力士前往秦国迎娶，已经过了好几个月了，却迟迟不见归来，也使开明王颇为郁闷。蜀王的情绪不佳，有点喜怒无常，好几次莫名其妙地对着宫女与侍从大发雷霆，明显地影响了宫廷气氛，使得王宫中的妃子、宫女、侍从们都小心翼翼，连走路都踮着脚尖，生怕做错了什么，免得遭到惩责。

近臣江非也注意到了蜀王情绪的反常，几次面见蜀王，都格外小心。

这天开明王传旨，又在宫中召见了江非。蜀王坐在王座上，一副心事重重、闷闷不乐的样子。

江非见蜀王满腹心事、沉默不语，不由得暗自揣摩，一边猜测着蜀王的想法，一边试探着问道：启奏大王，之前苴侯将五丁留驻在葭萌，耽搁了迎娶五位秦国美女，大王还是因为这个不高兴吗？

开明王哦了一声，答非所问道：你说什么？葭萌怎么了？

江非说：小臣适才说，苴侯违背旨意，使得大王不快。

开明王说：苴侯胆子大啊，最近竟然和巴王时常往来呢。

江非竖起了耳朵，附和说：苴侯私下与巴王交往，胆子确实有点大啊。

开明王面露怒色说：巴王乃吾之仇敌，苴侯竟敢私下通敌！

江非说：是啊，这就是苴侯的不对了。

开明王怒道：此事不能姑息，爱卿觉得，如何处置为好？

江非想了想说：小臣觉得，大王不妨先传旨责问一下，看苴侯如何回答，再说下文吧。如果苴侯知错而改，大王可以既往不咎。假若苴侯执迷不悟，大王再责罚也不迟。

开明王略做思索，点头说：好吧，先传旨责问。

江非恭维说：大王英明，真乃雄才大略，这是蜀国臣民的福气啊！

开明王脸色缓和下来，问道：五丁此去已久，何时回来呢？

江非说：小臣得悉，五丁迎娶秦女，已在返蜀途中，再过些日子，就到蜀都了。

开明王嗯了一声，仿佛在想什么，又有点走神了，依然是一副沉思的样子。

江非小心地问道：大王要小臣做什么？请示大王旨意。

开明王叹了口气说：哦，我想起了慧妃，怎么也不能忘掉她。唉……

江非知道慧妃曾是蜀王最喜欢的爱妃，但慧妃已逝，一切都成往事。现在蜀王又提慧妃，好像有什么缘故啊。他揣摩了一番，又试探着问道：大王为何又想起慧妃呢？

开明王说：那天王子选妃，使我想起了往事啊。

江非是个聪明人，略一思量，便明白了其中缘故。那天为王子夏阳选妃，蜀王见到了大臣彭玉之女，其玉容美貌，窈窕身材，长得确实和慧妃非常相像，难怪蜀王要想起慧妃呢。江非接着又琢磨，蜀王说这句话是什么意思呢？难道蜀王也看中了彭玉之女吗？江非思量至此，不由得一个激灵，心中立刻有了主意。

江非说：启奏大王，普天之下莫非王土，率土之滨莫非王臣，只要是大王喜欢的，便都是大王的。

开明王问道：嗯，爱卿的意思，是指什么？

江非说：大王那天选妃，如果真心喜欢，就纳入后宫吧，替代慧妃，岂不完美？

开明王眼睛一亮，随即摇头说：不妥，不妥，这怎么可以呢？

江非说：大王天下至尊，想做什么都可以啊，这事全凭大王定夺。

开明王沉吟道：那天是为王子选妃，并非是为了本王，所以不妥。

江非说：天下事皆可变通，大王看中了，当然要先由大王享有。大王可以传旨为王子再选一个，那不就两全其美了吗？

开明王想了想说：爱卿所言，虽然有点道理，但还是不妥。

江非已经猜透了蜀王的心思，又摇唇鼓舌说：大王不必犹豫，这是上天的安排，大王应该享有，实乃天经地义。大王喜欢的花儿，择而取之，不过举手之劳也。如果不摘取，花儿被别人采了，岂不遗憾？

开明王听了，大为心动，却仍犹豫不决，摇头说：此事不急，容后再议。

江非察言观色，不便继续多言，随即拜辞出宫。适才建议，虽然未被蜀王采纳，但江非已经明白了蜀王的欲望，为此很是兴奋。蜀王原来是为了这个事情，才特地召见他啊。蜀王可能就是想听听他的意见吧？这可是奉承蜀王、邀宠获利的又一个大好机会啊。江非心想，蜀王既然动心了，这事自然就是要他来承办了。江非对蜀王的旨意，历来都是心领神会的，这次当然也不例外。接下来，就看他如何为蜀王操办了，反正这事不算复杂，只要蜀王下旨，很容易就办妥了啊。

开明王意欲纳娶彭玉之女为妃的传言，不久便流传开来。

王子夏阳听到了这个传言，有点难以置信，随即告诉了母亲。淑妃听了，大为诧异，却又觉得违背常理，故而似信非信，宽慰说：传言不可信，这是不可能的。

王子夏阳说：那天父王召见江非，就谈了此事啊。

淑妃说：大王召见近臣，商谈国事，不会谈这个的。

王子夏阳说：据王宫侍从说，父王确实说到了选妃之事。

淑妃说：大王是为你选妃，这事由江非承办，召见说到此事也正常嘛。

王子夏阳说：既然父王为儿臣选妃，为何迟迟不颁布旨意呢？可见父王是另有想法，才会这样的吧？

淑妃说：你是大王最疼爱的王子，不要这样去乱猜，更不能乱说。

王子夏阳见母亲这样叮嘱，虽然心存疑惑，也只能点头答应了，不再去猜测。

王子安阳也得知了蜀王召见江非的谈话，对此颇为惊讶，往深处想想，更是心怀忧虑，深感不安。这天约了皋通，一起饮酒聊天。苴侯在蜀都的时候，他们聚会比较多。自从苴侯派驻葭萌镇守北疆，他们见面就少了。

皋通揖手施礼说：许久没见面了，殿下别来无恙？

王子安阳说：还好啊。先生也一切都好吧？

皋通说：终日闲居，无所事事，自得其乐吧。

王子安阳说：近来难得一聚，好久没和先生一起喝酒了。

皋通说：今日幸会，和殿下畅饮美酒，那是何其逍遥快乐的好事啊。

王子安阳说：先生客气了，一是想和先生饮酒，二是有事要向先生请教呢。

皋通说：不必客套，殿下有什么事情尽管说，坦言无妨。

王子安阳吩咐侍从摆好了酒宴，先向皋通敬酒，接连饮了几杯，这才渐渐说到了正题上。王子安阳说：叔父苴侯镇守北疆，和巴王交往颇多，最近父王得知了，很不高兴，脸露怒容。我很担心父王与叔父因此不和，先生对此有无善策？

皋通想了想说：苴侯和巴王交往，是为了联合抗秦，没有什么错啊。但大王不喜欢巴王，对巴王成见很深。这事恐怕暂时说服不了大王，只能请苴侯稍加注意，减少同巴王的来往，免得惹恼了大王。

王子安阳说：先生说的对，我只有传信给叔父，请他多注意了。

皋通说：苴侯深明大义，乃当今贤臣，大王却不信任，这有点遗憾。

王子安阳说：父王比较相信近臣江非，常常召见江非议事。

皋通说：江非巴结大王，喜欢献媚，是个奸佞之臣。大王信赖这样的奸臣，常常会被蒙蔽，迟早会出事的。

王子安阳说：是啊。最近发生的一件事情，就有点莫名其妙。

皋通说：是什么事情？

王子安阳说：前些时，父王为王子夏阳选妃，看中了大臣彭玉之女。此女美艳，江非竟然讨好父王，奏请父王自己纳娶为妃。这岂不是胡言乱语吗？

皋通诧异道：竟然有这样的事？大王应该严惩江非，杀他的头！

王子安阳说：父王没有听从他的胡言，但也没有责备之意。

皋通说：江非此言，表面是讨好大王，实际上是扰乱了伦常，妖孽当斩啊！伦常一旦乱了，就会邪祟当道。如今贤能被贬，奸臣妖言惑主，这些都是乱政之象、不祥之兆啊。

王子安阳说：我也想到了这点，确实有点忧心忡忡。当此之时，如何是好呢？

皋通说：关键还是在于大王啊，若能亲贤臣，远小人，择善而从之，则国泰民安。如果反其道而行之，必然导致国运衰退，乱象丛生，那就不好办啦。

王子安阳说：父王以前不是这样的，对于谏言，闻过则喜，从善如流，现在却听不进忠良的谏言了。父王开始喜欢奸臣与小人了，真的有点变了。

皋通说：大王安享荣华富贵久了，忘记了天下并不太平。现在北有强秦，虎视眈眈，吞蜀之心，路人皆知；身边有小人，献媚乱政，排挤忠良。大王若不醒悟，危险迫在眉睫，蜀国危矣！

王子安阳叹了口气说：我要当面劝谏父王，但愿父王能改弦更张。

皋通说：尽力为之吧，但愿能如你所愿。就怕大王听不进啊。

王子安阳和皋通饮酒晤谈，两人都为国事担心，说到忧虑之处，都叹息不已。

过了两天，王子安阳找了个机会，面见父王，坦言劝谏，希望父王远离小人奸臣，不要被奸臣的妖言迷惑了。哪知开明王听了，大为不快，脸露怒容，不仅不采纳谏言，反而将王子安阳训斥了一顿。

开明王斥责道：你懂什么？难道谁是忠良谁是奸臣我都分辨不清了？哪来的妖言？你不要夸大其词，不懂的事情就别信口开河，不要乱说一气！

王子安阳见父王动怒，不敢争辩，叩拜说：孩儿无知，本是好意，请父王息怒。

开明王哼了一声，挥挥衣袖，将王子安阳打发走了。

事情果然如同皋通预测的那样，蜀王如今真的是变了，喜怒无常、刚愎自用，根本听不进谏言。王子安阳对此无可奈何，只有心怀忧虑，暗自叹息而退。

五丁力士长途跋涉，带领着秦国送嫁五位秦女的车队，踏上了漫长的蜀道。

因为是大队人马行进，又有众多豪华的马车，对很多路段都要不断地整治，才能顺利通过。之前的开山辟路，还是有很多不尽人意之处。为了保障车队的安全行进，五丁力士在前面负责开路引道，真的是耗神费力，异常辛苦。但王命在身，也只有勉为其难，尽力为之。

这天下午，五丁力士率领着车队与人马来到了一个地方，远处青山叠翠，近处树木掩映，风景甚美，道路却被大石阻断了。五丁力士记得，来的时候是没有这块大石的，可能是从山上滚落下来的吧。五丁力士吩咐队伍停下来，休息打尖，他们前去查看路况，清除大石。这块大石巨大无比，横亘在道路中间，阻断了南北通行。大牛和四位兄弟看了地形，决定以五人之力，同心协力将其移除。大石沉重如山，但还是被他们推动了，移到了一旁。

这时他们看见，在大石的南面路边，坐着一位老婆婆，有两位女孩左右陪伴着。老婆婆看起来很老了，满面皱纹，拄着拐杖，坐在路边石块上，正闭目养神呢。这位老婆婆不是别人，正是从蜀都火焚烈焰中遁走的女巫。她运用神巫传授的遁法，脱身之后，便带着两位女弟子，时而云游各处，时而隐居山林，这次途经此地，恰巧遇到了五丁力士，也是无巧不成书吧。女巫对蜀王没有好感，甚至有点耿耿于怀，而对蜀国面临的巨大危机，也有点幸灾乐祸。女巫凭借法力，已经预感到某些事情很快就要发生了。女巫早就听说了蜀王派遣五丁力士迎娶秦国五位美女的事，坐在这里，就是想亲眼一见秦女的芳颜，也想看看五丁的神力。这时听到大石移动的动静，女巫不由得赞叹道：五丁名不虚传，果然力大无比啊。又喃喃自语道：唉！可惜天意如此，世道难料，变化无常，何必枉费心机啊。

大牛走近了几步，端详着女巫，好奇地问道：婆婆从何处而来？为何在此？

女巫微微睁开了眼睛，看了大牛一眼说：从远方而来，去该去之处。

大牛又问：请教婆婆，适才听见婆婆所言，天意与心机，是什么意思？

女巫答非所问道：心有所动，偶尔为之，天意难测，不可泄露。

大牛继续问：婆婆是隐世高人吗？说的这些话，高深莫测，我一句都听不懂。

女巫自语道：世道循环，沧海桑田，好事难全，祸福相依，如之奈何？

大牛听不懂女巫的话中深意，只觉得眼前这位老婆婆有点神秘莫测，又看到老婆婆满脸褶子，一副老态龙钟的样子，心中颇有怜悯之意，便关心地问道：婆婆还没有吃饭吧，等一会我请婆婆吃东西。又说：婆婆需要什么，尽管开口，我们兄弟五人一定尽力帮忙。

女巫脸上露出了一丝笑意，环顾左右说：行路难，食为天，遇到好人了。

大牛打量着女巫，慨然说：婆婆出门在外，行走不便，我送匹马给婆婆吧。

女巫点头说：如此美意，受之有愧。无力回报，如何是好？

大牛说：一点小小的心意，不必回报。说罢，便吩咐士兵牵来了一匹坐骑，送给了女巫。又吩咐士兵埋锅造饭，好好款待女巫和两位女弟子。

女巫见五丁力士仗义助人，如此慷慨大方，心中大为感动，叹了口气说：壮士豪气，令人敬佩。可惜蜀王不会用人，唉！

大牛听了，倍感好奇，问道：你是说蜀王吗？婆婆见过蜀王吗？

女巫不置可否，沉吟不语。大牛见状，也就不便继续追问了。

过了一会儿，士兵野炊，做好了饭菜。大牛吩咐端过来，就在路边席地而坐，请女巫和两名女弟子用餐。女巫见五丁力士待人热情，真诚感人，不由得暗自赞叹，更加深了对五丁力士的好感。女巫本来是过客，巧遇而已，看看热闹就罢了，此时却冒出了帮五丁力士解危的念头，也算是对五丁善意的回报吧。

这时秦国的车队人马，也已备好了食物。张若派人过来，请五丁力士过去，有话要说。五丁力士随即走了过去，看见张若的随从已在路边摆好了香案，五位秦国美女都下了车，侍立于侧。五丁力士有点不解，秦人名堂多，这是要做什么呢？

张若说：此行长途跋涉，道路崎岖，壮士辛苦了！五位秦女得知现在已进入蜀境，颇有惆怅之感，想置酒拜辞故乡。也要向壮士敬酒，以示慰劳。

大牛心想，辞别故乡，那是人之常情，便点头说：悉听尊便，你们随意。

张若挥手示意，五位秦国美女面朝北方，焚香而拜。这五位美女，果然个个都是天姿国色，抬手举足之间，都显示出她们超群的艳丽。五位美女朝北方拜辞之后，斟了五大碗美酒，转身面朝五丁力士，恭敬含笑，神情妩媚，眼波如秋水，用柔美的嗓音齐声说：请壮士饮酒！

五丁力士面对五位绝色美女，又闻到了扑鼻的酒香，颇有却之不恭之感。

张若说：这是她们的一点心意，向你们敬酒以表谢忱，你们不用客气。

美色加美酒，确实是难以抵挡的诱惑。五丁力士便接了酒碗，准备喝了这五碗美酒。这时他们听到了女巫的喊声：壮士且慢！他们转身望去，只见女巫站起了身，手持拐杖，蹒跚而行，朝他们走了过来。

女巫说：闻到酒香了，我来求碗酒喝！

大牛迎上一步，将酒碗递给了女巫。

女巫接过酒碗，凑到嘴边，用鼻子闻了闻，小饮了一口，咂咂嘴，然后仰起脖子，将碗里的酒一饮而尽。女巫又要了熊仔、象崽、豹娃、虎儿四位兄弟的酒碗，也接连喝光了碗中的酒。众人看到一位满脸皱纹的老婆婆，连饮五大碗酒，竟然如此好酒量，不由得啧啧称奇。女巫将酒碗还给五丁力士，用衣袖抹了抹嘴说：哈哈，很久没有这么喝酒了，这次真的是过了酒瘾啦！

大牛称赞说：婆婆好酒量啊！这酒还行吧？

女巫摇头说：这酒啊，名堂深着呢！我替你们喝了，也算是缘分。

大牛琢磨着女巫的话，笑笑说：难得相逢，当然是缘分啊。

女巫说：美色销魂，美酒伤神，世道险恶，不可妄饮，前途莫测，好自为之吧！

张若站在旁边，警觉地瞅着女巫，忍不住呵斥道：何处巫婆，来此抢酒喝，还胡言乱语，真是无礼啊！卫士们，将她给我拿下！

张若身边的侍卫们，听到命令，立即上前，准备擒拿女巫。

大牛立刻伸手阻止，对侍卫们大声说：不要胡来！这位婆婆是我们的客人，理应尊重，休得无礼！熊仔、象崽、豹娃、虎儿四位兄弟，这时也瞪圆了眼睛，对张若与侍卫们横眉而视。

张若的侍卫们见状，自然不敢动粗，只能退后数步，屏息以待。

女巫扫了张若一眼，久经风霜的脸上浮起了一丝笑意，略含嘲讽说：这位大人，好心机，了不得，哈哈！果然是位人物啊！却也不必来势汹汹，如此咄咄逼人嘛！

张若听了，越发觉得这位巫婆不简单，但又不知说什么好。

张若很想继续向五丁力士劝酒，这些都是原先谋划好的步骤啊。可是好戏又被巫婆打断了，只有悻悻然暂时作罢，耐心等待后面的机会了。

女巫用拐杖拄地，用力顿了数下，发出了奇妙的咚咚响声。以拐杖之力，敲打地面如同击鼓，真的有点匪夷所思。响声使人发愣，像是警示，又像是告诫。女巫对五丁力士说：多谢慷慨之情！壮士豪迈，行路艰难，此去还是少饮为妙，不可大意啊。但愿诸位能化险为夷，平安而归，就此告辞啦！

女巫拄杖走路，刚才多饮了酒，一副头重脚轻、东倒西歪的样子。

两名女弟子牵过马来，上前将女巫扶上了坐骑。一行三人，沿着小道，向着重峦叠嶂的群山深处而去。在众人的注视下，仿佛足不沾尘，眨眼之间，便飘然而逝，不见了踪影。

张若与随行的秦人都颇为惊讶，啧啧称奇，同时也有点庆幸。这个半路出现的巫婆似乎有意和他们作对，张若生怕巫婆坏了他们的大事，刚才一颗心都跳到了嗓子眼，现在巫婆终于走了，这才松了口气。

五丁力士也有点纳闷，觉得这位老婆婆与众不同，说话神秘，行踪莫测，难道真的是一位隐世高人吗？这时豹娃突然想到了一件事情，对大牛说：大哥啊，还记得女巫的事情吗？大牛说：你是说那年被大王火焚的女巫吗？豹娃说：听说火点燃之后，女巫在火中便突然不见了。这位婆婆，好像就是那位女巫啊。大牛说：可是江大人说，女巫是被烧化了。豹娃说：江大人的话，不可信，民间都说女巫遁走了。大牛说：如果女巫还活着，她来这里干什么呢？豹娃说：也许是路过此处，恰巧碰上了咱们吧。熊仔和象崽说：听说女巫法术高强，也不知是真是假？豹娃说：没有法术，岂能从火中脱身？熊仔和象崽说，那倒是，今天看她能连喝五大碗酒，就非同一般啊。虎儿说：她这么老了，还在山林行走，确实有些本事，但她说的话儿，却让人琢磨不透。大牛说：如果再遇见的话，倒是可以问问她的，就知道她的来意了。豹娃说：谁知道还能不能遇见她呢？

五丁力士猜测着这位老婆婆的身份，很可能就是那位神秘的女巫了。

五丁力士虽然猜到了女巫的身份，却不明白女巫的来意。对女巫的举止言谈，也深感疑惑。女巫为何出现在这里？女巫为什么要说些疯疯癫癫的话？女巫干吗要抢他们的酒喝？这些都使他们感到困惑，百思不得其解。至于以后是否还会遇见女巫，那是谁也说不清楚的事情了。

女巫的出现，确实是一个很大的玄机。可惜五丁力士不懂女巫话中的玄妙，没有省悟女巫对他们的告诫和警示。他们移开了挡路的巨石，当天便扎营于此，一宿无话。翌日上路，继续前行。

　　且说苴侯镇守葭萌，密切关注着秦蜀之间的动静。这天他突然接到了王子安阳派人送来的密信，说父王因为苴侯与巴王私自来往而大为恼怒，提醒他多加注意，小心为好。这当然是王子安阳的好意，及时通报朝廷消息，使苴侯了解自己微妙的处境，便于斡旋和防患于未然。

　　苴侯知道，蜀王与巴王有矛盾，以前曾率兵出征，进攻巴国，结果无功而返。此事已经过去很久了，蜀王却仍耿耿于怀。若从大局而言，蜀国与巴国唇齿相依，必须联手抗秦，方能确保无虞。这不仅是战略所需，更是长治久安之策啊。可是蜀王却执意将巴王视为仇敌，而对心怀叵测的秦王却缺少警惕，这岂不是太糊涂了吗？哪里是国家之福啊？苴侯在蜀都时，曾不止一次向蜀王进谏过此事，希望蜀王能够联巴抗秦，蜀王开始还听得进，后来就不想听了。蜀王的这个变化，究竟是怎么形成的呢？苴侯一直没有弄明白。蜀王早年比较开明，有很多发愤图强的举措，可是这几年却像中了邪，有点刚愎自用，有点善恶不分了。苴侯忠心爱国，只想忠言匡救，不想明哲保身，可是毫无用处。接下来怎么办呢？苴侯为之反复思量，绞尽脑汁却想不出什么好的办法来，只能心怀忧虑，暗自叹息。

　　巴王这段时间，经常派使者来葭萌，向苴侯赠送巴国清酒和各种土特产，有时还赠送猪羊和家禽之类。虽然不是什么名贵东西，却很实在，表达了巴王的友好之情。苴侯一直认为，巴蜀之间，如同邻居，和睦相处，时常往来，关系融洽，这其实是好事情。巴王的想法也是如此，可谓不谋而合。若从国力与抵抗秦国威胁的角度来思考问题，巴国更需要这种联合，所以巴王主动结交苴侯，也是情理之中的事情。苴侯视巴王为睦邻，相互友好交往，当然是要礼尚往来的，有时也会派亲信前往巴国都城问候巴王。这样时间略长，便有了情分，关系也就越加亲密了。自从苴侯接到王子安阳的密信之后，得知了蜀王的态度，使得他颇感为难。他不能得罪蜀王，但权衡当前形势，当然也不会断绝同巴王的往来。苴侯受命于蜀王，坐镇葭萌，目的是为了防御秦国，而并非是同巴国为敌啊。苴侯这么一想，便暂时抛开了心中的纠结，心里也就坦然了。反正将在外君命有所不受，该干啥还是干啥吧。

苴侯还是比较自信的，并不担心蜀王的恼怒与责备。其实他这时候比较关心的是前往秦国迎娶美女的五丁力士，按时间计算，五丁力士应该是在返蜀的途中了。苴侯深知秦王阴险，觉得秦王先向蜀王赠送石牛然后又赠送美女都是圈套，很担心五丁力士会遭到秦人算计。虽然五丁力士神勇超群，但秦人的阴谋也是防不胜防的啊。苴侯一边派人打探信息，一边做好了接应的准备。苴侯无法阻止蜀王迎娶秦国美女，现在希望只要能确保五丁力士一行安然回到蜀都，也就是万幸了。

葭萌是蜀国北疆重镇，苴侯来此镇守之后，便加强了对边境的防守。但两国接壤，边界较长，并不限制山民与商贩等人员往来。过去往来秦蜀之间，都是一些荒僻之路，山重水复，沟壑纵横，地形复杂，崎岖难行，加之途中人烟稀少，常有野兽出没，除了猎户、樵夫、采药的山民，日常跋涉行走的人并不多。自从前些时为了运送石牛与这次为了迎娶秦女，五丁力士开辟整修了蜀道，通行自然就方便了许多。最近一段时间，由秦来蜀的商贩和行旅突然多了起来。甚至来了几支商队，带着马匹货物，都是精壮汉子，通过关隘时很豪爽地向守关的蜀兵赠送了美酒与羊腿。蜀兵高兴地收下了礼物，很友好地将他们放行了。另外还有一些行商，他们不走蜀道，却选择了荒野小路昼夜兼程悄然而行。苴侯得知后，觉得最近络绎不绝来了这么多秦人，好像有点不对劲，虽然表面看起来都是些做生意的商贩，但行为举止颇令人生疑，不由得引起了警觉。苴侯传令部下，以后再遇到过往的秦人，都要仔细盘查，不能掉以轻心，同时还派出了小部队，巡逻边境，加强布防。

这样过了几天，五丁力士带着迎娶与送嫁的队伍到达了葭萌，过了关隘之后，没有入城，就在蜀道旁选择了一个地方扎营休息。苴侯原想请五丁力士与随行队伍到葭萌城内住两天的，但张若不同意，生怕精明的苴侯会破坏了秦人周密的安排，拒绝进城，坚持在路边扎营，而且不愿久待，休息一晚第二天就要继续上路。张若是秦王特派的大使，负责送嫁五位秦女给蜀王，在扎营与行程安排上，五丁力士不便与之争执，只有赞同。苴侯得知后，也只有迁就。

苴侯当天设宴款待五丁力士和张若一行，张若对此没有拒绝，欣然赴约。

看到五丁力士健步而至，苴侯高兴地说：又见面啦，欢迎平安归来！

五丁力士见到苴侯，也很兴奋，一起恭敬地向苴侯揖手施礼。

大牛说：托大人的洪福，此行差强人意，总算没出什么差错，还算顺利。

苴侯微笑道：此行艰险，平安是福，真的是辛苦你们了。

大牛说：为蜀王和苴侯大人效力，辛劳不算什么，都是我们应该做的。

这时张若走上前来，与苴侯施礼相见。以前张若出使蜀国，在蜀都曾与苴侯见过面的，两人并不陌生，也算是熟人了。比较而言，张若对蜀国君臣的情况做过深入打探，对苴侯了解得更多一点，而苴侯对张若的底细却所知甚少，只知道张若是秦王的特派使臣而已。

张若寒暄道：感谢大人盛情款待，幸会！幸会！

苴侯也拱手施礼，朗声说：难得你几次出使来蜀，来回奔波，费心费力。这次又率人送嫁，一路辛劳，实在难得啊。

张若笑了笑，客气地说：多谢大人夸奖鼓励。秦王真心想和蜀王交好，派遣小臣出使蜀国，在下奉命而行，这点辛劳不算什么。

宴席已经准备好了，苴侯邀请他们入席就座。酒过三巡，苴侯注视着张若，问道：在下听说，五位秦女，都是天下绝色，秦王为何要将她们赠送给蜀王呢？

张若注意到了苴侯逼视的目光，镇定自若地说：我们秦国自古多豪侠，出美女。秦王自从前些年和蜀王峡谷相逢，互赠礼物，相约为友好邻邦，便真心实意敬重蜀王，将蜀王视为英明君王和值得交往的好友。所以秦王多次遣使赴蜀，都是为了密切秦蜀的关系，而别无他意。前些日子，秦王得知蜀王爱妃病故了，便决定赠送五位美女给蜀王，以解蜀王之忧，让蜀王开心快乐。秦王之举，实乃好意，都是出自对蜀王的关心和友情啊。

　　苴侯听了，觉得张若能言善辩，讲的似乎都是实情，但是直觉又感到张若的话全都不可信。苴侯若有所思，面露微笑说：依汝所言，秦王真的是太关心蜀王了，竟然一次送五位绝色美女给蜀王，如此慷慨大方，自古未有，实在难得啊。秦王之意，是想让蜀王从此沉湎美色吗？

　　张若哈哈一笑说：送人礼物，自然是多多益善，而且要送最好的，何况是君王送礼呢。蜀王喜欢美女，秦王送五位美女给蜀王，也不算多啊。秦王之意，只是想让蜀王开心而已。

　　苴侯说：常言道，来而不往非礼也，秦王又想得到什么呢？

　　张若笑曰：秦王只想和蜀王做朋友，和睦相处啊。

　　苴侯见张若说得冠冕堂皇，何况迎娶送嫁已成事实，一时也就不好再说什么了，便举杯祝酒：但愿如此吧，若能两国和睦，化干戈为玉帛，百姓安居乐业，实乃天下共愿。

　　张若点头说：大人说的对啊，和睦相处，贤明之言也！

　　张若表现得很乖巧，同苴侯接连喝了几杯酒，换了话题，连声称赞此酒甚佳，难得喝到这样的好酒。苴侯又向五丁力士与张若敬酒，开怀畅饮，多饮了几杯。张若见苴侯兴致正好，宴席上的气氛也正热烈，便话锋一转说：在下久仰苴侯大人豁达英明，令人敬佩啊！这次奉命送嫁，随行带了几坛美酒，呈上一坛给大人，借此机会畅饮一番，共享喜庆吧！随即示意随从，献上了特意带来的一坛美酒。

　　苴侯不想要秦人的礼物，但对美酒还是喜欢的，何况是秦人陪嫁的喜酒，没有理由拒绝，便额首收下了。

张若说：今日幸会，难得相聚啊，美酒当饮，请大人和诸位共饮喜酒吧！说着，便起身打开了赠送的酒坛，给苴侯与五丁力士斟满了酒杯。张若自己的杯中，却仍用苴侯待客之酒给斟上了。张若举杯说：来，来，我们共饮此杯，祝愿蜀王开心！也祝诸位快乐！随即将杯中的酒一饮而尽。

苴侯见张若豪爽，便也端起杯子，饮了杯中之酒。

五丁力士见苴侯饮了，自然也就跟着饮了此酒。

苴侯虽然谨慎，对张若颇为提防，却未料到此酒有诈，并不知晓酒中暗藏的玄机。张若一直想诱使五丁力士饮下此酒，沿途用尽心机，迟迟未能得手，没料到竟然在苴侯的欢迎宴会上得逞了。张若利用了苴侯的疏忽大意，心中窃喜，兴奋不已，便又起身给苴侯与五丁力士斟酒，而给自己斟的仍是苴侯待客之酒。

苴侯自然注意到了这个细节，敏锐地问道：你为何不饮这个喜酒呢？

张若说：秦酒，在下经常喝，大人的美酒却不容易喝到，而且酒味如此醇美，令人陶醉啊，所以在下想要多饮几杯大人的美酒呢。来来，请大人和诸位再饮了此杯！

苴侯见张若如此解释，也是比较合情合理的，便不再追问。

酒喝多了，众人便都有了醉意。张若见好而收，随即告辞。苴侯起身送客，宴会也就散了。张若带着随从骑马而去，五丁力士也随后返回了扎营驻地。

苴侯饮了秦人的美酒，此时醉意醺醺，有点头重脚轻，在室内走路也是东倒西歪的样子。苴侯自晾酒量不浅，也算是善饮之人，以往经常饮酒从不这样的，觉得自己这次真的是喝多了。客人已去，苴侯感到真的醉了，便斜靠在榻上闭目养神。

这时有侍从前来向他禀报，说巡逻队在蜀国的边境发现了异常情况，有一处山民聚居的地方，十几户山民不分男女老幼全被杀害了。此处有荒僻小路，是由秦入蜀的必经之途。巡逻队查看了被害现场的情况，这些山民显然是被快刀长矛所杀，还有逃往山坡时被弩箭射杀的。是谁这么凶残呢？强盗与山贼也不会这样灭绝人性啊。按常理推测，只有一种可能，那就是遭到了秦人的偷袭。进而分析，秦人为什么要如此残忍地杀害这些手无寸铁的山民呢？难道是怕山民走漏风声，才这样杀人灭口？而秦人偷袭得手之后，又去了哪里呢？一连串的疑问，使人倍感困惑。

苴侯听了，有点惊讶。但他醉意朦胧，只听到山民被害，却没有听清楚其中的详细内容，便问侍从究竟发生了什么事？侍从又仔细述说了一遍。苴侯闭目而听，这时酒力发作，醉意越发浓重了，神志也有点迷糊了。苴侯躺在榻上，面前仿佛出现了某种幻觉，喃喃自语，语音含糊，谁也听不清他说了些什么。苴侯侧着身，打起了呼噜，一会儿便进入了梦乡。

侍从们虽然着急，却也没有办法，只有小心侍候着，等苴侯醒来再说了。

第二十一章

　　苴侯昏睡了两天，这才终于醒了。

　　侍从赶紧将发生的事情，重新向苴侯做了禀报。苴侯听了，大为震惊，觉得此事非同小可，很可能隐藏着一个惊天大阴谋。秦人心狠手辣，将十几户与世无争的山民赶尽杀绝，绝不会平白无故为之，冷静分析，只有一个理由，那就是为了保密啊。按常理推测，秦人应该是派遣了一支小股精锐人马，潜入了蜀国境内。他们的目的，究竟是什么呢？

　　苴侯仔细一想，觉得无非两种可能：第一种可能就是秦人企图前后夹击，采用包抄袭击之术，来攻取葭萌，可是秦人并未出动大军前来进攻，悄然进入蜀国境内的秦兵也不知了去向。第二种可能就是秦人要搞秘密偷袭，企图出其不意攻击蜀国境内的某个地方，这个地方当然不会是人烟稠密驻军很多的蜀国都城，那又会是哪里呢？在葭萌与蜀都之间，还有哪儿是关系到大局安危的要害之地呢？

　　苴侯仍有点昏沉，吩咐侍从取水洗了脸，振作精神，继续琢磨着。这时想到了秦使张若呈献的喜酒，觉得很不对劲，似乎掺进了迷魂之药，才使人神志不清，竟然昏睡了两天。苴侯一下联想到了五丁力士，这次迎娶秦女正在前往蜀都的途中，两天前也饮了此酒，万一迷迷糊糊，岂不任人摆布吗？秦人很可能是想伏击五丁力士，企图对五丁力士痛下杀手吧？苴侯思量至此，不由得霍然大惊。

苴侯跳了起来，立即传令，派了一名能干的部将，率领百余名精悍士兵，骑着快马，前去追赶五丁力士，尽快将面临的危险告诉五丁力士，要五丁力士务必谨慎小心提防秦人阴谋，同时也告诫五丁力士途中千万不能再饮张若的酒了。万一有什么意外，派去的这些人马也好有个接应。

　　部将接令，率领士兵，立刻就出发了。他们快马加鞭，兼程倍道而行，沿着蜀道追赶五丁力士。时间已隔了两天，他们哪里能很快就追上呢？

　　苴侯的预感和分析是对的，措施也很果断。但还是晚了一步。

　　世事难料，祸福无常，要发生的事情，终于还是发生了。

　　那天宴会之后，五丁力士翌日上午便离开葭萌，再次出发了。

　　五丁力士率领娶亲队伍，沿着蜀道，继续由北向南而行。按照行程计算，再有几天，就要回到蜀都了。前面虽然还有好几处峻岭峡谷，但最艰辛崎岖的路段已经安然而过，接下来的路程已经没有什么危险了，心情自然就彻底放松了。

　　宴会上饮了张若的喜酒，五丁力士也有头重脚轻之感，回到营地昏睡了一夜，第二天醒来仍有些迷糊。但五丁力士天生异禀，毕竟不同于常人，具有超强的体能，饮了迷魂酒之后仍保持着相对的清醒。这使得张若很是惊讶，看来酒力还是有限，若要使五丁力士就范，还要继续设法让五丁力士多饮此酒才行。

　　队伍缓缓而行，离秦人埋伏的地点越发近了。路上遇到一些商贩，其中有秦人乔装的细作，向张若传递了信息。张若得知，司马错率领的一支精锐人马，已经潜入蜀境，提前数日埋伏在了梓潼的峡谷中，设下了圈套和陷阱，布置好了强弩劲矢。这都是预先谋划好的，张若先前曾沿途踏勘了好多地方，才选择了这个特殊的设伏地点，随后禀报秦王，和司马错、陈轸等人做了详细筹划，终于付诸实施。张若知道，这个计划非常周密，蜀人毫无觉察，五丁力士迄今也是被蒙在鼓里的；同时也深知这个计划能否得逞现在还很难说，因为五丁力士绝非常人，情况随时都会发生变化，秦人稍有不慎，可能就前功尽弃了，所以张若一点也不敢掉以轻心。

五丁力士率领迎亲蜀兵走在前面，秦人的车队及护送人员紧随其后，又走了一天，快要临近梓潼峡谷了。只要过了这儿，继续南行，就是平畴沃野，离蜀都也就不远了。五丁力士自从奉命出使以来，历经了各种艰辛与困难，很快任务就要完成了，这时已经松弛了心情，也放松了警惕。

下午天色变阴了，眼看着就要下雨的样子。队伍这时来到一处地方，张若说：看样子快要下雨了，连日长途跋涉，大伙儿都累了，这儿山清水秀，景色甚佳，今天就在这儿早点扎营休息吧。

五丁力士也感到有点疲乏，看看天色，阴云笼罩，山雨欲来，便同意了。

队伍随即停驻下来，安置了车马，扎营休息。前面不远便是峡谷，悬崖峭壁，林木掩映，薄雾缭绕，寂静无声，在阴霾的天色下，显得颇有些神秘。驻营的附近，有清澈的溪水，流淌在山石间，发出了弹琴似的叮咚声。士兵和随从人员，取了溪水，埋锅造饭。五位秦女，一路行来，风尘仆仆，今日看到溪水清澈，便结伴去溪畔梳洗。

张若准备好了酒菜，请五丁力士饮酒。又安排侍从，犒劳随行的蜀兵。

张若神色殷勤，对五丁力士说：就要到蜀都了，诸位壮士辛苦了！

大牛欣然说：我们奉蜀王旨意，辛苦一点算不了什么，终于顺利归来了。

张若称赞说：一路同行，跋山涉水，逢险化夷，多亏了诸位壮士啊。

大牛说：哈哈，大人过奖了！吃苦耐劳，也是理所当然的。

张若说：今日和诸位壮士再畅饮一番吧，聊表在下谢意！

大牛说：王命在身，酒就不喝了吧，今日好好休息，明日还要继续赶路。

张若揖手施礼，恭敬地说：在下敬佩诸位壮士，等到了蜀都，完成任务，就要与诸位壮士分手告别了，可能就没办法再这样畅饮美酒啦。所以今日相聚饮酒，也是难得的一次机会啊。

张若此时显得格外虔诚，又恳求说：诸位壮士，神勇过人，又忠于王命，令人无比敬佩啊。今日饮酒，真的是想好好感谢诸位壮士。这次奉命送嫁，路上千难万险，若不是诸位壮士逢山开路遇河搭桥，岂能平安抵达？在下是真心感谢诸位啊！

五丁力士见张若神态热情，又说得如此坦诚恳切，美意动人，不便扫兴，便答应了。张若十分高兴，吩咐侍从，摆好了酒碗与菜肴，与五丁力士相对而坐。侍从捧出了携带的几坛美酒，放在了五丁力士面前，又拿出一坛酒放在了张若身边。侍从打开了五丁力士面前的酒坛，先给五丁力士斟满了酒碗。然后打开了张若身边的酒坛，也给张若斟上了。一人一坛，如此斟酒，当然是有讲究的。虽然是一模一样的酒坛，上面却有暗记，给五丁力士喝的是迷魂酒，张若自己喝的却是普通酒。张若与侍从心知肚明，五丁力士却被蒙在了鼓里。

张若端起酒碗，向五丁力士敬酒。五丁力士此时已放松了警惕，因为就要回到蜀都了，又看到张若一副格外虔诚与恭敬有加的样子，况且在苴侯的欢迎宴会上也饮过此酒的，不疑有诈，便放开酒量，连饮了数碗。

秦人特意配制的迷魂酒，无色无味，喝起来醇美，与普通酒没有什么差别，酒中却暗藏玄机，大有名堂。若是普通人，饮上一碗就会出现幻觉，再多饮一点就会神志不清了。五丁力士非同凡俗，连饮数碗，竟然没事一样。张若见状，不由得暗暗称奇，一边谈笑观察，一边继续劝酒。五丁力士真的是大意了，对此毫无提防，又饮了几碗。张若知道，再过一会儿，五丁力士喝下的这些酒就要起作用了，那时就要听人摆布了。

临近傍晚，天色越发阴沉，山林间起了风，就要下雨了。

这时外面传来了呼喊声，有侍从急匆匆地跑了进来，向张若和五丁力士禀报说：大事不好！五位秦女刚才在溪畔梳洗，遇到大蛇了！

他们闻讯而出，随着侍从，急忙来到了溪畔。只见溪畔有散落的几件衣巾，五位秦女却不见了踪影。

张若忙问：怎么回事？五位秦女何在？

侍从答曰：刚才还在呢，众人混乱奔走，转眼不知去向，难道被大蛇卷走了？

张若惊讶地问：这还得了？大蛇在哪里？

侍从叫来了几名神色慌张的秦兵，七嘴八舌说：大蛇游动神速，看到进了峡谷。

五丁力士听了，也大为焦急。如果五位秦女出了差错，这可不得了啊。他们回到蜀都，怎么向蜀王交代呢？

大牛忙问：是什么大蛇？真的卷走了秦女？你们看清了吗？

侍从与秦兵纷纷说：很大的蛇啊，如同蛟龙，不知是从哪儿来的，突然出现在溪畔，目如巨铃，吐着血红的信子，发出嘶嘶的响声，吓得众人四处奔逃。当时一片混乱，然后秦女和大蛇就不见了。

大牛又问：你们真的看见，大蛇是往峡谷里去了吗？

侍从与秦兵连声说：是啊，真的啊，前面峡谷可能就是大蛇的藏身之地吧。

大牛哦了一声，对张若说：没想到啊，竟然发生这样的事情！

张若紧张地看着大牛，问道：实在是太意外，太突然了！如之奈何？

这时峡谷里随风传来了隐隐约约的秦女呼救声。五丁力士竖起了耳朵，虽然听不真切，但确实是有呼救声。五丁力士猜测，看来众人所言非虚，秦女似乎真的是在峡谷里呢。

张若说：听到动静了吗？大蛇真的进了峡谷啊，秦女好像在呼救呢。

大牛撸起袖子说：什么大蛇，如此猖狂？等我们去捉住这条大蛇再说！

张若说：那就仰仗诸位壮士了！你们快去捉住大蛇，一定要救出秦女啊！

大牛慨然道：秦女岂能出事？我们就是赴汤蹈火，也要倾力营救！

熊仔、象崽、豹娃、虎儿四位兄弟也摩拳擦掌，准备前去捉拿大蛇，救出秦女。

五丁力士虽然觉得这件事情过于突然，而且十分蹊跷，却并未意识到其中有诈，更没有料到这原本就是秦人设计好的一个巨大阴谋。因为王命在身，救人心切，五丁力士也顾不得多想了，仗着个个身怀神力，没有召集士兵，也没有携带武器，便赤手空拳，朝着前面迷雾缭绕的峡谷匆匆地赶了过去。

山雨欲来，冷风一吹，酒劲上涌，刚才喝下的数碗迷魂酒，这时真的开始起作用了。五丁力士头重脚轻，相信了秦人的描述，眼前出现了幻觉，仿佛看到一条庞然巨蟒，就在前面若隐若现地晃动。前面似乎不远，隐隐约约又传来了秦女的呼救声。五丁力士跌跌撞撞，追逐着大蛇的影子，寻找着秦女的呼救声，走进峡谷，进入了秦人的伏击圈。

司马错率领着一支精悍秦兵，早已埋伏在峡谷中，设下了陷阱，布置好了强弩劲矢。司马错是秦国良将，骁勇善战，精于用兵，他率领着这支小部队数日前悄然进入了蜀国境内，下令将沿途遇到的蜀人全都杀了，严防走漏风声。这次突袭，事关大局，志在必得，故而心狠手辣，采取了很多断然的措施。秦人的算计，确实严密，不出所料，五丁力士果然上当了，毫无防备地走进了秦人的伏击圈。等五丁力士走得再近一点，攻击就要开始了。

在埋伏的秦兵中，有先前乔装猎户放火焚烧五丁力士的两位秦人。那位年长的秦人，曾被五丁力士抓住后又释放了，此时对年轻者说：五丁不是恶人，乃是善良的豪杰之士，今日要射杀五丁，真的有点于心不忍啊。年轻者说：你若不杀五丁，秦王就要杀你了。军令如山，谁敢违抗？年长者叹了口气说：世事如此，你我只有遵命而行了。唉！为了秦王大业，五丁这次恐怕在劫难逃了。

五丁力士在峡谷中继续前行，寻找着大蛇与失踪的秦女，离秦人布置好的陷阱越来越近了。由于吹多了冷风，使得他们又恢复了一些清醒，幻觉也变得模糊了。

豹娃这时说：大哥，我觉得今儿有点不对啊，这大蛇究竟在哪儿啊？

大牛此刻也颇感疑惑，左右顾盼说：再往前看看，搜寻一下吧。

豹娃说：大哥啊，这儿的气味好奇怪，林子里妖氛甚重，好像躲着很多人呢。

大牛问：是秦女在林子里吗？闻到大蛇的气味了吗？

豹娃又嗅了嗅说：没有大蛇的腥味啊，只闻到了风中飘来了阵阵汗臭味。

在五位兄弟中，豹娃比较敏感，嗅觉特别发达。在这傍晚时分，他很明显地感觉到了某种危险的气息。听豹娃这么一说，大牛和熊仔、象崽、虎儿也都觉得这个阴霾缭绕的峡谷里面有点异样，步伐顿时慢了下来。他们一边行走，一边朝四面打量。但由于迷魂酒的作用，还是影响了他们的直觉和反应，虽然感觉到了林子里藏着人，也敏感到了混杂在阴霾中的妖氛与杀气，却并未真正意识到面临着的巨大危险。埋伏在前面的秦人，看到五丁力士迟疑不决，有点停步不前的样子，于是又传来了秦女虚弱而又急迫的呼救声，比刚才听得更为真切了，诱使五丁力士继续向前搜寻。五丁力士又往前走了一会儿，果然看到了五位秦女，衣衫凌乱，花容狼狈，正被绑在林子前面挣扎呼救呢。这个现象很奇怪，疑点重重，破绽甚多，却没有引起他们的戒备与警惕。五丁力士这时救人心切，已经顾不了许多，只是加快步伐，赶紧前去解救秦女。埋伏的秦人张弓搭箭，屏息以待，一触即发。

五丁力士越走越近了，已经面临陷阱，终于进入了强弩的射程之内。

司马错看得真切，一声令下，吹响了号角。埋伏的秦兵立刻发动了攻击，顿时强弩齐发，劲矢如雨，射向了毫无防备的五丁力士。司马错率领的这支精锐秦兵经过严格训练，久经战阵，善于野战，这次伏击，势在必得。他们使用的强弩力道甚大，足以射穿数张牛皮，又是近距离齐射，可以不断地连发，射出的箭矢犹如发飙的蜂群，从前面与左右两边铺天盖地呼啸而至。五丁力士来不及躲闪，已经身中数箭。这个时候，五丁力士才如梦初醒，方知中了秦人的埋伏。

大牛吼了一声，伸手拔了一棵树，用力挥舞，抵挡着从四周射来的箭雨。

熊仔、象崽、豹娃、虎儿四位兄弟也都拔树抵抗，大吼着，冲向了伏击的秦兵。

秦兵继续射箭，强弩连发。五丁力士身陷重围，如同箭靶，刹那间胳膊上腿上胸腹间都扎满了箭矢，几乎成了刺猬。但五丁力士依然神勇，赛似超人，拔树作为武器，奋力挥舞，吼声如雷，冲向敌阵，横扫伏兵，锐不可当。埋伏在左右两边的秦兵，遭到五丁力士的奋勇反击，就像被扫帚驱赶的蝼蚁，瞬间就溃散了。而埋伏在正面的秦兵，继续用强弩朝着五丁力士狂射。

大牛吼道：秦人可恶！设下毒计，害我兄弟！与他们拼了吧！

熊仔、象崽、豹娃、虎儿四位兄弟也随之大吼道：秦人恶毒！拼了啊！

大牛和几位兄弟遭到突然袭击，刹那间都身负重伤，知道不可幸免，此时已抱定了同归于尽的念头。他们冒着箭雨大呼而前，对这些可恶的秦兵拼命反击，反正多杀几个就赚了，唯一的遗憾就是不能完成王命了。秦人的强弩朝着他们继续狂射，五丁力士身上被射中的箭矢越来越多，鲜血流淌，加上迷魂酒的作用，弄得神志迷糊，浑身乏力，此时已快不行了。但他们天性勇猛，继续挥舞树干，鼓足了最后的力气，不顾一切地冲向了正面的秦兵。埋伏在峡谷丛林中的秦人，看到五丁力士如此拼命，也都紧张万分，深感惊恐。

五丁力士冲锋陷阵，气势如虹，就要接近正面伏兵之际，突然轰隆一声巨响，地面坍塌了，五丁力士一下掉进了很深的大坑。这是秦人预先布置好的大陷阱，下面插满了尖利的竹矛。五丁力士一掉下去，便被竹矛穿透身躯，动弹不得。大牛在生命的最后一刻，看了一下同时罹难的几位兄弟，叹息道：可惜啊，我们兄弟辜负了苴侯与蜀王，竟然丧命于这群秦贼鼠辈之手！熊仔、象崽、豹娃、虎儿四位兄弟此时也耗尽了力气，相顾落泪，叹息说：王命难违，遭到这帮秦贼陷害，于心不甘啊……大牛此时想起了女巫的话，终于有点明白话中之意了，挣扎着说：有心诛秦，无力回天，好在我们兄弟生死与共，这也是天意如此吧……

五位秦女也未能幸免于难，她们在这场伏击中被作为诱饵，缚在陷阱前面，用呼救声引诱五丁力士上当，此时在混乱中逃避不及，也一起掉进了陷阱，成了秦王阴谋的牺牲品。

埋伏在周围的秦兵，这时一拥而上，为了灭掉五丁力士，哪里还顾得上救出五位绝色秦女呢？他们朝着大坑中继续狂射箭矢，过了片刻，直到坑中没有了动静，这才停止射击。

五丁力士就这样遭到了秦人的算计与伏击，在梓潼的山谷里壮烈牺牲了。

五位天姿国色的秦女，在秦人残忍的箭矢下，也悲壮而死，殉葬在了山谷里。

在这个异常惨烈与悲愤的时刻，天空阴云密布，突然间大雨如注，天地山川万物都笼罩在了雨幕之中。好像隐约有雷声在响，苍天也似乎流泪了，用倾盆之雨来表示难以形容的悲伤与痛惜。

司马错命令秦兵，冒着大雨，迅速打扫了战场，清除了伏击的痕迹，将阵亡的秦兵也丢进了大坑，然后用树枝与石块填平了大坑。半夜时分，大雨引发了滑坡，附近的山崖突然崩塌了，覆盖在了五丁力士壮烈牺牲之处。

张若待在峡谷外面，一直关注着伏击的进展，得知袭击得手，五丁已死，这才如释重负，兴奋不已。到了夜里，张若冒雨与司马错见了面，以手加额道：没想到这么顺利，一举射杀了五丁，真是天意啊！只是可惜了五位秦女啊！

司马错说：只要灭了五丁，五位秦女何足惜也。

张若说：大人所言甚是，只要杀掉五丁，美女之殉，不足惜矣。

司马错说：大功终于告成，我立即返秦。蜀王那边如何应对，就交给你了。

张若说：大人放心，蜀王很容易应付，我自有办法。

司马错领首说：好！我回去禀奏秦王，这次灭掉五丁，你是首功。

张若揖手说：不敢当，大人才是首功。在下只是配合大人而已。

司马错见张若谦虚，也就不再多说。两人商量已定，互道珍重，随即分头行动。司马错率领这支精锐秦兵，连夜撤走，仍旧经由荒僻小道，悄然返回了秦国。张若留了下来，处理善后事宜，负责应对蜀王。

天亮之后，雨停了。张若召集随从与蜀兵，面对五丁力士葬身之处，做了祭奠。

张若对众人说：昨夜大雨滂沱，突然有大蛇作祟，卷走了秦女。五丁壮士冒雨追赶大蛇，大蛇逃进了山穴。五丁壮士抓住蛇尾，往外拖拽，用力过猛，山崖崩塌，压死了大蛇，五丁壮士也壮烈而死。五位秦女也同时遇难了。呜呼哀哉！没有想到竟然发生了这样的事情，实在意外，令人悲痛啊！

跟随五丁力士迎亲的蜀兵，昨天扎营之后便被张若安排了犒劳，由张若的随行侍卫将他们堵在了营房内喝酒吃肉，接着便在营房中休息了，外面的风雨声掩盖了峡谷中的动静，他们对傍晚与夜里发生的事情并不知情。此时方知五丁力士已经遇难了，都倍感诧异，惊讶不已。队伍没有了主将，便失去了主心骨，一时也不知如何是好。他们对张若的说法，将信将疑，但也无可奈何，只有回去如实禀报蜀王了。为了纪念五丁力士，随行的蜀兵就地刻了一块石碑，竖立在了山崖崩塌之处。

张若又做出一副伤心不已的样子，对众人说：五丁壮士实乃天生奇人，神勇之名，天下皆晓。我对五丁壮士极为敬佩，这次一路相伴而行，成为好友，何其难得啊。五丁壮士逢山开路遇水搭桥，英雄气概，何其壮哉，真的是前无古人后无来者，令人难忘啊！昨夜五丁不幸遇难，壮士已死，何其恸哉！今日郑重祭奠，聊表怀念之心。五丁故事，从此之后，必将扬名青史，千古流芳！呜呼哀哉，伏唯尚飨！

张若这一番说辞，讲得情真意切，主要是说给蜀兵听的，希望他们信以为真，然后借他们的口，回去传给蜀王，免得蜀王和众臣生疑。张若心机颇深，虽然暗中设计害了五丁，口头却对五丁力士颂扬有加。张若这样做，也是为后面的其他行动，预先埋下了一个伏笔。灭掉五丁只是第一步，只要蜀王松懈了警惕，不加戒备，疏于防范，秦王就可以继续实施计谋，伺机出动大军，攻取蜀国了。

祭奠之后，张若率众离开了梓潼峡谷，继续南行，去了蜀都。

翌日下午，苴侯派出的人马来到了这里，看到了竖立的石碑，大为吃惊。他们搜寻峡谷，查看踪迹，在草丛里捡到了几支秦人的箭矢。他们不清楚究竟发生了什么事情，只知道五丁已死，随即返回了葭萌，将看到的情况禀报了苴侯。

到了傍晚时分，女巫和两名女弟子经过梓潼峡谷，也看到了石碑。

女巫愣了一会儿，不胜感慨，浩然长叹道：可惜了，英雄已死，呜呼，天意难违啊！这也是蜀王的报应吧！

开明王深居王宫，颇为无聊，对迎娶的五位秦女，心中充满了盼望。

按时间算，五丁与迎亲队伍进入蜀境已数日，就快要到蜀都了。王宫内张灯结彩，准备好了美酒佳肴，寝宫也布置一新，已经做好了迎接秦女的安排。开明王有时会登临高楼，凭栏远眺，盼望着秦女的到来。开明王想象着秦女的美艳，想到以后有五位秦国美女陪伴自己，可以纵情寻欢作乐了，为之很是兴奋。淑妃在这件事情上，虽然知道蜀王有了新欢，自己从此就要失宠了，但因为关心王子夏阳的婚姻，觉得蜀王一旦有了五位秦女就会乐在其中，王子夏阳娶大臣彭玉之女也就可以顺理成章，所以态度比较明智，不仅毫无妒忌之意，还帮着蜀王张罗喜宴，为蜀王热心操办迎娶秦女。后宫中的其他嫔妃，慑于蜀王的淫威，谁也不敢忤逆，也都顺从着蜀王。蜀王很快就要纳五位秦女为妃了，从此又要天天做新郎，当然很高兴，穿了王服新衣，一副神清气爽、精神焕发的样子。

就在这种喜气洋洋的气氛中，开明王突然接到禀报，得知五丁力士在回蜀都途中经过梓潼，因为拽大蛇导致山崩而被压死了。这个消息如同晴天霹雳，使得蜀王大为震惊。蜀王不相信会发生这样的事情，急忙派人前去查询，又派了亲信侍从去了解详细情况。过了两天，侍从向他禀报，五丁力士确实遇难了，葬身在了梓潼的峡谷中，秦王赠送的五位绝色美女也在山崩中死于非命。蜀王听了，方知消息并非虚传，顿时神色落寞，心中五味杂陈，一时不知说什么才好。五丁力士意外之死，使蜀王很是痛惜。特别是五位秦国美女也殉难了，更让蜀王伤心不已。

消息迅速传开，大臣都知道了，民众也议论纷纷。

这时秦使张若已到蜀都，在驿馆住下之后，先去拜访了大臣江非。

江非已经听说了发生的事情，见到张若，急忙问道：究竟是怎么回事啊？

张若先向江非赠送了从秦国带来的玉帛和一些礼物，然后深深叹了口气说：在下奉命送嫁，陪同五丁壮士，自秦至蜀，历经千辛万苦，眼看就要到蜀都了，哪知道竟然发生了意想不到的变故。车马行至梓潼，大蛇挡道作祟，五丁拽蛇，用力过猛，山谷崩塌，将五丁和秦女都埋在了谷中。这事真的是太突然了，谁也没有料到啊，唉！

江非颇为惊讶，似信非信，询问道：五丁力士遇难，五位秦女也死于非命，你们却安然无恙，怎么会这样呢？

张若做出十分坦诚的样子，解释说：一路上都是五丁壮士前面开道，五位秦女所乘之车紧随其后而行，这天灾突然降临，故而难逃厄运。我们因为走在后面，才得以幸免于难，实在是侥幸啊。

江非摇头说：还是有点难以置信，这事怎么向蜀王交代呢？

张若说：这事令人悲恸，只有恭请蜀王节哀顺变了。

江非说：蜀王盼望秦女到来，如今必然大失所望，如何是好？

张若说：先请大人劝慰蜀王吧。等我回去，奏过秦王，再挑选几位绝色美女，遣使送给蜀王，你看好不好？

江非沉吟道：这倒是个办法，看来也只有这样了。

张若揖手说：秦蜀友好，不能因为此事伤了和气啊，全都仰仗大人了。

江非收了张若的礼物，又听了张若的奉承话，自然会替张若斡旋此事，便点头答应道：我尽力而为吧。张若对此当然心知肚明，深知江非是蜀王的亲信近臣，只要好好利用江非帮着说话，自然就大事化小、小事化了了。张若与江非私下商量好了应对蜀王的办法，随即揖手告辞。

过了一天，江非主动去王宫拜见蜀王。

开明王对五丁力士与五位秦女之死，既伤心又遗憾，数日来情绪分外低落。此时见到江非，叹了口气说：你可知道？五丁死了，秦女也死了。怎么会发生这样的事情啊？

江非恭敬地叩拜施礼，然后察言观色，注意到了蜀王哀伤的神情，劝慰说：大王啊，天有不测风云，人有旦夕祸福，请大王宽怀节哀。

开明王双眉微皱，沉吟道：这事太意外了，其中疑点甚多啊。

江非小心翼翼地问：大王的意思，是怀疑什么？

开明王说：五丁力士神勇过人，怎么会突然遇难呢？

江非说：启奏大王，迎亲的蜀兵已回到都城，秦使也随同而至，都说事情发生得确实太突然了，如果五丁力士不去拽大蛇，山崖也不会崩塌。可是五丁力士的神力实在是太大了啊，那天又特别莽撞，弄得山崩地裂，连紧随其后的五位秦女也被埋在了山谷之中。

开明王摇头说：唉！从没听说梓潼有大蛇啊，这事实在奇怪！

江非说：大王明鉴，蜀地自古藏龙卧虎，以前就有传说大蛇作祟，这次恰巧被五丁力士遇见了。因为五丁逞强，故而发生了这次意想不到的变故。

开明王说：我还是不太相信，怎么会发生这样的事情？

江非说：这事确实太意外了，谁也没有想到啊，可是却真的发生了呢。

开明王叹息说：唉！你刚才说秦使已到了都城，他们怎么又安然无恙呢？

江非说：启奏大王，小臣问了秦使，秦使说他们走在后面，才侥幸逃过了此劫。

开明王皱眉问道：你相信秦使说的这些话吗？

江非猜测着蜀王的心思，谦恭地表白说：小臣开始也有怀疑，反复追问秦使，让他叙述了详情。从这件事情发生的经过来看，确实是一场意外变故。小臣还问了回来的迎亲蜀兵，也是这样说的。

开明王虽然疑虑重重，但对近臣江非还是比较信任的，便含糊地哦了一声。

江非见蜀王沉默不语，又说：以小臣之见，秦使所言，都是实情。

开明王若有所思，又问：秦使还说了什么？

江非说：他们目睹山崖崩塌，当时大为惊恐，慌忙逃离了险境，很是狼狈。秦使因为是奉命送嫁，带来了秦王陪嫁之物，要呈献给大王呢。

开明王摇头说：秦女都殉难了，还要陪嫁之物何用？

江非说：秦使说等回去奏过秦王，再选几位绝色秦女送到蜀国，献给大王。

开明王说：那是后话了，远水难解近渴。如今秦女已亡，睹物徒生伤感。

江非附和说：大王说的对，秦女已亡，要物何用。那怎么处理这些东西呢？

开明王略做思索说：此事你来办理，就用来祭祀秦女吧。

江非答应道：小臣领旨！随即遵照蜀王的旨意，安排了一个盛大的祭祀活动。

开明王好大喜功，喜欢排场，又爱好美色和音乐，江非深知蜀王的心理、嗜好，所以在王室园林内修筑了一个很大的祭坛，布置了华丽的祭祀场面，准备好了祭品，还特别安排了祭祀的音乐。到了举行祭祀仪式的这天，蜀王亲临祭坛，众臣也都随同前往。蜀王对尚未见面的五位秦女表达了思念与遗憾，同时也对遇难的五丁力士表示了哀悼。祭祀的音乐渲染了哀伤的气氛，使得蜀王很是伤感，不由得湿润了眼眶，随即传旨将梓潼山崩之处命名为五丁冢，亦称五妇冢，以示纪念。祭祀之后，便将秦女的陪嫁之物，埋在了祭坛的旁边。后来有好事者，将蜀王登临过的祭坛称为望妇堠与思妻台，那是后话了。

秦使张若也参加了这次祭祀，拜见了蜀王。蜀王情绪不佳，礼节性地接见之后，便骑马回了王宫。张若在蜀都待了数日，然后便返回了秦国。

第二十二章

苴侯得知五丁力士已死，先是震惊，继而悲恸，伤心难以言表。

这几天，关于五丁力士的死因，各种消息纷至沓来，既有来自蜀都的信息，也有民间的传闻。苴侯不相信这是个意外变故，觉得五丁力士拽大蛇导致山崩之说，显然是秦人捏造的谎言。派出的部将在梓潼山谷里捡到了秦人的箭矢，就说明五丁力士很可能是在这里遭遇了秦人的暗算与陷害啊。但是山崖崩塌，埋葬了五丁，又似乎太巧合了吧？难道冥冥之中，真的是天意如此吗？

苴侯深知，五丁之死对蜀国来说，真的是非常严重的损失。五丁的神力，天下无双，使得秦人深为忌惮，虽然早就企图吞并蜀国，却不敢轻举妄动。现在没有了五丁力士，秦人也就没有了顾忌，随时都可能入侵蜀国了。秦兵强悍，如狼似虎，而蜀兵较弱，缺少猛将。一旦秦国的大军来犯，那就麻烦了啊。唉！思量至此，苴侯不由得忧虑重重，感慨万千。

苴侯想到了王子安阳与皋通，如果此时在一起，商量一下以后的应对之策，该多好啊。可惜他们在蜀都，而他在葭萌，分隔两地，相见不易，如何是好？没有蜀王的旨意，他又不能擅自回蜀都。目前能做的，也就是书信往来了。苴侯于是派了一名亲信侍从，带上捡到的秦人箭矢，骑马前往蜀都，去见王子安阳和皋通，把他了解的情况与忧虑告诉他们，然后听听他们的想法。

王子安阳在蜀都接到了苴侯的书信，看到了送来的秦人箭矢，随即请皋通来府邸相晤。皋通很快就来了，与王子安阳施礼相见。

王子安阳说：先生知否，五丁遇难了，太悲恸了啊。

皋通说：我已听说了，这事非同小可啊，令人震惊，也使人伤心。

王子安阳说：这事太突然了，为之深感疑惑，有点难以置信。

皋通叹了口气，不胜感慨地说：五丁乃蜀之猛将，国之栋梁。蜀国好比大厦，如今栋梁已折，大厦危矣。

王子安阳说：苴侯派人送来了捡到的箭矢，请先生看看。

皋通接过箭矢，仔细看了说：这是秦人用的弩箭啊，于何处捡来？

王子安阳说：据来人所言，是在梓潼山谷中五丁遇难的地方捡到的。

皋通推测说：秦人善战，喜用强弩连射，箭矢如雨，挡者披靡，故而攻无不克。五丁力士归蜀途中，可能是在此处遭遇了秦人的伏击。

王子安阳说：以五丁的神力和勇猛，不至于轻易被射杀吧？

皋通说：王子有所不知，强弩的厉害，是在于力道格外强劲，又是连贯射出。一旦千弩齐发，任何肉躯之身都难以抵挡。五丁力士非等闲之辈，回到蜀国境内，也许是大意了，遭到了秦人的算计。秦人狡诈，很可能还使用了其他计谋，终于得手，造成了五丁之死。

王子安阳说：秦王派出的使者，在出事之后，依然来到都城，胆子何其大也。

皋通说：秦使的目的，是想让大王信以为真，不加追究，松懈警惕。过不了多久，秦人就会出其不意，发兵攻蜀了。

王子安阳说：父王如果将秦使关起来，使其供出实情，就真相大白了。

皋通说：秦蜀交往，这样做似有不妥。但秦使肯定知道详情，而且参与了谋害五丁，这是毫无疑问的。

王子安阳说：如果我去对父王说，先将秦使扣押起来，等弄清情况再说，这样如何？

皋通说：这样做当然可以，但大王不一定会采纳你的谏言。

王子安阳说：我要试试，这么大的事，无论如何不能轻易放过秦使。

有话则长无话则短，王子安阳与皋通晤谈之后，便去面见开明王，直言不讳地说了自己的想法。不出皋通所料，蜀王不接受王子安阳的建议。蜀王说：秦王遣使，送嫁来蜀，自当以礼相待，岂能粗暴关押？王子安阳劝谏说：五丁力士死得蹊跷，其中必有隐情，只有审问秦使，才能弄清真相，请父王明鉴！蜀王说：五丁意外遇难，已是不幸，关押审问秦使又有何用？不能因此而添乱。王子安阳说：秦人狡诈，只有弄清真相，才能知己知彼，防患于未然，请父王定夺！蜀王摇头说：此事不妥，毋庸再议。王子安阳没有办法说服父王，只有拜辞而退。

王子安阳对五丁之死耿耿于怀，极想弄清其中的真相以解心中之惑，觉得这样轻易放过秦使，于心不甘。这时得知，秦使张若并未久待，已经离开蜀都，启程返秦了。王子安阳心怀忧愤，于是便想了一个办法，挑选了一批精悍武士，化妆成了狩猎的队伍，尾随秦使而行，在途中出其不意抓捕了秦使。

王子安阳决定亲自审问秦使，当武士们将秦使带到面前时，王子安阳发现此人并非张若。秦使张若数次奉命出使来蜀，王子安阳在蜀都曾与张若见过面的，怎么突然换了个人呢？经过审问得知，张若吩咐手下一名亲信侍从以秦使之名走大路从容而行，张若本人则带了心腹侍卫随着商队走小道兼程而归，已经返回秦国了。张若显然是料到了可能出现的变故，所以采用了这个办法，金蝉脱壳，扬长而去了。

王子安阳审问此人，关于五丁之死的真相。此人矢口否认秦人使用了计谋，咬定说五丁力士是拽大蛇山崩而死。王子安阳不相信他说的这些，随即使用了严刑逼问，但此人很顽固，坚不吐实。到了夜里，张若的这位侍从熬不过酷刑折磨，终于承认五丁力士是被埋伏的秦人用连弩射杀的，但随即又否认了供状，自我了断，咬舌而死。王子安阳终于明白了真相，浩然叹息，随即吩咐埋葬了此人，凭吊了壮烈牺牲的五丁力士，然后返回了蜀都。

开明王郁郁寡欢，因为五丁力士与秦女之死，连日来情绪低落。

这几年，开明王经历了几次比较大的事情，心态也随之大起大落，脾气与性格也都发生了变化。前些年征讨巴王，无功而返，这是开明王很不高兴的一件事，而更不开心的则是慧妃病故了。现在，五丁力士又突然遇难了，迎娶至蜀的五位秦国美女也死了，更使得蜀王大为不快。相比较而言，蜀王对五丁之死只感到痛惜，而对失去了五位秦国美女，则深感遗憾，难以释怀。蜀王好色，尤其喜欢绝色美女。慧妃是蜀王最喜欢的爱妃了，一旦失去，从此再无惬意之人陪伴。五位秦女，据说皆有倾城倾国之貌，使得蜀王充满期盼，可谓吊足了蜀王的胃口，可是也如同镜花水月，梓潼遇难，香消玉殒。如今幻梦破灭，蜀王的心情怎么能好呢？

开明王由于心绪不佳，惰于朝政，很久没有召集群臣议事了。朝臣们也都习惯了过富裕悠闲的日子，喜欢无所事事，既无近忧，亦无远虑，宁愿闲得无聊，也极少有人主动关心国家大事，更不用说贸然进谏了。这天蜀王心血来潮，又召见了近臣江非。现在蜀王身边，能够商量事儿的，也就是善于逢迎的江非了。

江非奉命来到王宫，恭敬地拜见了蜀王。

开明王坐在王座上，看了看江非，本来有事想说，却又欲言而止。

江非小心翼翼地观察着蜀王的神态，见蜀王闷闷不乐，心中猜测了一下，试探地说：启奏大王，近日秋高气爽，园林景色甚佳，大王何不游园散心，以解忧劳？

开明王哦了一声，沉吟道：园林虽好，慧妃不在了，岂不睹物伤情？

江非反应还是比较快的，一下猜出了蜀王的心思，赶紧说：启奏大王，慧妃虽然不在了，但天下佳丽美色很多啊，任凭大王挑选，可以随意享有。小臣觉得，有人可以替代慧妃，每天陪伴大王。请大王不要郁闷，应该开心才好。

开明王叹了口气说：慧妃天下绝色，清纯聪慧，谁又能替代慧妃呢？

江非说：启奏大王，彭玉之女，如花似玉，美貌如仙，就可以替代慧妃啊。

开明王听了，不由得眼睛发亮。这事江非已经鼓动过一次了，因为当时蜀王要迎娶五位绝色秦女，而彭玉之女原来是为王子夏阳挑选的婚配对象，所以便搁下了这个提议。现在江非又旧话重提，搔到了蜀王的痒处，使得蜀王大为心动。蜀王召见江非，其实也是有商量此事的用意。江非善于察言观色，擅长逢迎上意，所以赢得了蜀王的信任，在这件事情上自然也是深得蜀王之心，可谓一拍即合。

江非见蜀王不语，等于是默认赞同了，便拱手称贺说：小臣恭喜大王！彭玉之女聪慧漂亮，实乃天姿绝色，若传旨迎娶入宫，由她来陪伴大王，替代了慧妃，那就好比是神仙伴侣，大王定会快乐无比。

开明王若有所思地说：爱卿所言甚佳，若依此办理，是否妥当？

江非说：大王是蜀国之主，乃当今圣上，为国为民，日夜操劳，理当享乐。纳娶大臣之女为妃，自古至今，本是帝王的惯例。只要大王喜欢，有何不可？大王开心，众臣也高兴，天下百姓都要传为美谈，举国欢庆呢。

开明王心情大悦，江非的这些话，句句都说到了蜀王的心坎里。但蜀王还是有点犹豫，这事并非那么简单，毕竟涉及王子夏阳的婚配问题。蜀王如果纳娶彭玉之女为妃，总归会留下夺媳的话柄，如何才能两全其美呢？

江非果然聪明，见蜀王面露犹豫之色，很容易就猜出了其中的缘故，便又说：启奏大王，这确实是一件大好的事情。大王喜欢彭玉之女，当机立断，纳娶为妃，实乃天经地义，无须迟疑。蜀国的江山社稷和众臣百姓，都是大王的，大王的话便是圣旨，谁敢不遵？只要是大王喜欢的，就应该由大王优先享有。至于王子的婚配之事，王子还年轻，可以另选他人，以后再说也不迟。

开明王见江非把话说透了，心中大为赞许，颔首说：好啊，这事你来操办吧。

江非拱手施礼，高兴地说：小臣遵旨，先恭喜大王了！这就去安排礼仪。

开明王在江非的鼓动下，终于决定要纳娶大臣彭玉之女为妃了。江非告辞出宫，随即遵照蜀王的吩咐，开始操办蜀王纳妃的相关礼仪活动。蜀王纳妃，说起来简单，其实整个过程还是有点复杂的。首先是要通知女方父母，做好嫁女入宫的准备；其次是要举办一个仪式，因为蜀王喜欢排场，这样的喜庆仪式自然是要安排得华丽而又隆重才好。接着按照礼仪程序，蜀王要派遣使臣先送彩礼给女方父母，然后再派迎亲队伍将女方迎娶入宫。

第二天，江非去拜见了彭玉，传达了蜀王的旨意，向彭玉称贺道喜。

彭玉听了，很是惊讶，甚至有点震惊，沉吟道：大人上次来寒舍，不是说为王子夏阳选妃吗？怎么突然变成了大王纳妃呢？

江非含笑拱手说：大王纳妃不是比王子纳妃更好吗？从此安享荣华富贵，这是难得的福气啊，很多人都求之不得呢。在下恭喜大人了！

彭玉说：大王已经有很多嫔妃了。小女年幼，与大王不般配啊。

江非说：大王看中了大人的女儿，这是福气，也是缘分啊。真的是可喜可贺呢！

彭玉不以为然地说：天下皆知，王子选妃，这样突然改变了，究竟好不好？

江非嘿嘿一笑，提高了声音说：这有什么不好呢？大王已经决定纳娶大人的女儿为妃了，特命小臣传达旨意，大人岂能抗旨不遵？

　　彭玉不宜觉察地叹了口气，自语道：唉，大王的旨意，谁敢不遵啊？

　　江非微笑道：大人是明白人，遵旨而行，皆大欢喜，小人再次恭喜大人了！

　　江非又正色说：大王很快就要派人送彩礼来了，接着就要迎娶大人的女儿入宫，请大人做好准备吧。说罢，又再次向彭玉施礼称贺，然后告辞而去。

　　彭玉知道，江非是代表蜀王来的，表面上向他客气地恭喜，实则是向他传达了蜀王的命令。身为蜀国大臣，他当然不敢违抗蜀王的旨意，接下来只有遵旨照办了。但彭玉心中却深为反感，觉得蜀王太好色了，本来是为王子选妃的，竟然要夺王子所爱，变为自己纳妃了。此事哄传出去，必然成为天下笑谈，蜀王的这种做法，真的是大为不妥啊。彭玉对此虽然有很强烈的抵触情绪，却又无可奈何，深知蜀王一旦决定要做的事情，朝臣们是无法阻挡和改变的。先前蜀王为了修建园林，而强行夺取众臣的属地，现在因为好色，又要强行纳娶大臣之女为妃。唉！蜀王无道，如之奈何？身为朝臣，只能遵旨而行，真的是身不由己啊。彭玉暗自嗟叹，思量了一番，觉得只有将此事告诉女儿，让女儿做好出嫁入宫的准备了。

　　前些日子，为王子选妃，彭玉之女瑶儿一枝独秀，艳压群芳，成了不二人选。当时，瑶儿在殿堂中匆匆走过，大着胆子，抬眼看到了坐在王座上的蜀王和陪坐的淑妃，也看见了旁边的年轻王子夏阳。觉得蜀王很威严，恩威莫测，淑妃雍容华贵，王子夏阳相貌颇为英俊，显得有点拘谨。瑶儿感觉到了蜀王、淑妃与王子夏阳三人异样而发亮的目光，凭直觉知道自己已被选中了，不由得双颊飞起了红云，一颗心咚咚咚地跳得像擂鼓。瑶儿回到家中，回味着王子夏阳专注的神态与钟情的目光，便有点激动，想到以后要成为王子夏阳之妃了，心中犹如春水荡漾，对以后的快乐生活充满了憧憬。瑶儿做梦也没有想到，情况却突然发生了变化。

当彭玉将蜀王的旨意告诉瑶儿后，瑶儿如闻惊雷，一时目瞪口呆，脸色发白，不知说什么才好。不是说好了要嫁给王子夏阳的吗，怎么突然变成了这样啊？想到蜀王年纪已老，宫中嫔妃众多，自己豆蔻年华，岂能嫁给这样一位纵欲无度的老头？而且早就听说嫔妃们钩心斗角，后宫中危机四伏，一旦入宫，说不准哪天就把自己给坑害了。蜀王先前纳娶入宫的慧妃，在宫中没有多久便香消玉殒，不就是前车之鉴吗？瑶儿越想越怕，周身发冷，不由得泪流满面。

彭玉见状，心疼地问道：瑶儿怎么哭了？

瑶儿流泪道：爹爹啊，此事断然不能答应啊。

彭玉说：这是大王的旨意，怎么能拒绝呢？只能照办。

瑶儿说：不是说好了要许配给王子的吗，为什么要嫁给蜀王啊？

彭玉说：大王看中了你，说要纳你为妃，旨意已下，没法改变了。

瑶儿流泪摇头说：此事不妥，孩儿害怕，不想入宫，不愿做蜀王之妃。

彭玉宽慰说：大王纳你为妃，会对你宠爱有加，不用担忧害怕。

瑶儿说：王宫似牢笼，伴君如伴虎，孩儿不愿过那种提心吊胆的日子。

彭玉说：瑶儿啊，如果违抗大王的旨意，那是大罪呢，这是不行的。

瑶儿泣道：反正孩儿不愿意啊，我真的不想入宫，不愿做蜀王之妃啊。

彭玉看着满面泪水、忧伤不已的瑶儿，心中很是无奈。但情况明摆着，蜀王的旨意是无法违抗的，只有遵旨照办，除此别无良策。彭玉现在能做的，就是开导劝解，希望能说服瑶儿。但瑶儿有自己的想法和主意，任凭彭玉如何劝说，只是流泪，不愿答应。彭玉暗自叹息，只有稍缓时日，慢慢劝导了。

秦惠王在王宫中召见文武大臣，共议伐蜀大计。

应召来到秦王宫中的，文臣有张仪、陈轸、张若，武将有司马错、田真黄、都尉墨等人，都是秦惠王信任和倚重的重要人物。前些时巧设妙计，灭掉了五丁力士，司马错与张若都立了大功，参与谋划的众臣也都获得了奖励。秦惠王为之大喜，很是振奋，觉得已经到了大举进攻、吞并蜀国的时候了。但秦惠王沉稳多谋，每逢大事，总是再三斟酌，三思而行。像攻取蜀国这样的大事，自然是要召集众臣，反复商量，妥善谋划才行。按照秦惠王的习惯，深知庙算的重要，只有运筹帷幄，才能决胜千里。假若没有绝对把握，那就不能轻易冒险了。

秦惠王说：五丁已死，寡人欲出兵伐蜀，众爱卿以为如何？

司马错说：蜀国没有了五丁，如同折断了梁柱。大王遣将率兵伐之，必胜无疑。

陈轸上前说：启奏大王，五丁虽死，蜀国兵力尚强。假若此时出兵伐之，蜀国肯定奋力抵抗。虽然我强敌弱，大秦必然获胜，但杀敌一千，自伤八百，得不偿失。而且危急之际，蜀国会与巴国结盟抗秦，巴人勇武善战，如果蜀人与之联手，那就不好了。此外西南广袤，部族众多，还有蛮夷賨僰之属，也会追随蜀国，互为声援，派兵相助，这样就会增加取蜀的难度。大王出兵取蜀，利于速决，而不宜久战，一旦相持不下，蜀道崎岖运输不便，兵力与粮草都会发生问题。六国蠢蠢欲动，如果趁机来犯，则局势危矣。由此观之，小臣以为，此时还不是出兵的最佳时机。

秦惠王沉吟道：机不可失，若此时不出兵，那何时才能取蜀呢？

陈轸说：小臣以为，取蜀只是早晚而已，请大王蓄势以待，不要着急。目前有三策，可先行之。请稍缓时日，待时机成熟，大王取蜀不过举手之劳也。

秦惠王欠身问道：何谓三策？愿闻其详。

陈轸说：请大王选派得力能干之人，前往蛮夷僰僚之地，离间他们与蜀国的关系，设法挑起部族骚乱，以分蜀王之兵，此为其一。请大王遣使去巴国，与巴王结亲，拉拢巴王疏远蜀国，尽量加深巴蜀的矛盾与仇恨，此为其二。请大王在蜀国用间，设计引起内乱，此为其三也。三策并用，蜀国必乱，大王此时发兵取蜀，必然势若破竹，大获全胜矣。

秦惠王听了，大为欣喜，笑道：爱卿所言，三策甚妙，深合寡人之意。

众臣也都觉得陈轸的献策很好，纷纷点头，表示赞同。

张若对陈轸所言颇有共鸣，拱手说：启奏大王，陈轸先生说的三策，确实很妙。据小臣所知，蜀王好色，贪图享乐，疏远贤能而亲近佞臣，蜀国上下，离心离德，已呈衰败之象。此时用间，使其内乱，断其外援，剪其羽翼，再出大军讨伐之，实乃万全之策。大王乘机取蜀，犹如探囊取物也。

秦惠王哈哈一笑，环顾左右，向张仪和司马错等大臣问道：你们意下如何？有何高见，也请畅所欲言。

张仪在伐蜀问题上，与司马错、陈轸等人的看法不一致，一直是主张先取韩、挟天子以令诸侯的。因为秦惠王赞同司马错与陈轸的意见，制定了暂不伐韩而先取蜀的战略，张仪只有附和赞成，也参与了攻取蜀国的谋划。此时见陈轸献策，又抢了风头，心中有点不爽，却也只能捧场，而不便反对，随即揖手说：大王只有耐心等候时机，所谓欲速不达，如此则稳操胜算矣。

司马错说：启奏大王，臣等秣马厉兵，蓄势以待，随时听从大王调遣。

秦惠王颔首道：好啊，寡人欲伐蜀，并不急于一时，那就依计而行吧！

秦国君臣谋划取蜀，策略已定，接下来又商量了如何用间与派遣人员的事宜。张若向秦惠王推荐，手下有位叫李冰的年轻人，通晓天文地理，非常能干，可以派遣去僰僚之地，离间西南夷各部族与蜀王的关系，挑起纷争，扰乱后方，以分蜀王之兵。陈轸也推荐了一位使臣，前往巴国，拉拢巴王，与秦结亲，以防止巴蜀联手结盟抗秦。秦惠王欣然采纳，当即传旨，派遣前往，抓紧办理。又传令潜伏在蜀国境内的细作们，散布各种谣言，以蛊惑人心，挑拨蜀王与王公大臣们的关系，伺机制造乱象，使得蜀国百姓人心惶惶，利用各种机会，引起蜀国内乱。

秦惠王又吩咐司马错等将帅，在全国征召兵员，扩充兵力，打造兵器，加强训练，筹集粮草，做好了随时派遣大军出征的准备。秦惠王谋划取蜀，老谋深算，步步紧逼，已经箭在弦上，蓄势欲发，现在只是等待一个最佳时机的问题了。

开明王对蜀国面临的危急状况，浑然不觉，依然沉湎在享乐与酒色之中。

江非负责筹办的纳妃礼仪，正在紧锣密鼓进行之中。蜀王派出使者，已经将彩礼送到了大臣彭玉的府邸中，接下来就是选择一个吉日良辰，将彭玉之女瑶儿迎娶入宫，成为蜀王的爱妃，陪伴蜀王了。

开明王听从了江非的鼓动，决定纳娶彭玉之女为妃，虽然决心已定，却仍有顾虑。对于王子夏阳的婚配，也得妥善安排才好。于是过了两天，开明王便和淑妃谈到了此事。

淑妃很惊讶，问道：大王，这是谁的主意啊？

开明王说：慧妃仙逝之后，江非诸臣便一直奏劝我纳妃。

淑妃说：大王纳妃，天下美女何其多也，为什么要纳娶彭玉之女啊？

开明王说：彭玉之女与慧妃长得很像，吾欲纳娶为妃，有什么不妥吗？

淑妃说：大臣彭玉之女已选为王子夏阳之妃，大王若纳娶之，岂不乱了伦常？传出去，天下百姓都会议论，对大王不利，有损大王的恩威，此事不可行啊。

开明王不悦道：此事我说了算，有何不行？汝休得乱言，不要阻挠！

淑妃说：大王如果执意为之，臣妾也阻拦不了。那王子夏阳的婚事又怎么办？

开明王说：王子年轻，不用着急，以后可以另选王公大臣之女为妃。

淑妃叹息说：唉，大王为何要听信江非之言？这样做，真的不妥啊！

开明王见淑妃反复劝阻，心中大为不快，哼了一声，拂袖而去。

淑妃知道蜀王好色，但没想到会发生这样的事。关于蜀王欲纳娶彭玉之女为妃，以前只是传闻，现在变成真的了，这是淑妃始料不及的，为此感到异常震惊。本来说好了是为王子夏阳选妃，彭玉之女是王子夏阳的婚配对象啊，蜀王因为垂涎彭玉之女的美艳，竟然好色到了夺媳的程度，要自己纳娶为妃了，如此利令智昏，真的是有点不可理喻了。

淑妃平常温和，却也有刚烈的时候。淑妃想到这事明显伤害了王子夏阳，不仅传出去不利于蜀王的声誉，而且对以后的宫廷生活也必然大有影响，自己却又无法劝谏和阻止蜀王，心中便烦闷、恼怒不已。而这件事情，与江非的奏劝，当然大有关系，罪魁祸首就是江非这个小人。淑妃思量至此，越想越气，随即换了行装，带了几名宫女和侍卫，骑着马，出了王宫，前往江非的官邸，去见江非。

江非得知淑妃来了，慌忙迎接，躬身施礼道：小臣恭迎淑妃娘娘！大驾光临，蓬荜生辉，不胜荣幸！

淑妃骑在马上，用马鞭指着江非责问道：是你鼓捣大王纳娶彭玉之女为妃的吧?

江非猜测着淑妃的来意,弯着腰,谦卑地说:回禀娘娘,大王英明非凡,小臣不敢鼓捣,凡事从未造次,都是遵旨而行啊。

淑妃责骂道:你有什么不敢的,挑唆大王,遭天下议论,居心不良,意欲何为?

江非低头拱手说:淑妃娘娘言重了,小臣忠于大王,披肝沥胆,日月可鉴。

淑妃怒道:你休得巧言令色!你蛊惑大王,无事生非,扰乱王族,破坏伦常,其心可诛,罪莫大焉!

江非有点慌乱了,赶紧叩拜辩解道:小臣不敢,请淑妃娘娘息怒。

淑妃狠狠责骂了江非,以此来宣泄心中的愤怒。此时见江非俯伏在地,一副奴颜婢膝的样子,声称所做的一切都是为了效忠蜀王,气更是不打一处来。淑妃很想用马鞭抽打江非一顿,以解心中之恨,但骑在马上又打不着。淑妃扬了扬鞭子,打在了马屁股上,坐骑奋蹄而嘶,差点踩翻了江非,把江非脸都吓白了。淑妃瞅着江非,怒目而视,哼了一声,随即勒转马首,气呼呼地回了王宫。

江非被淑妃痛骂了一顿,愣在那里,站在府邸门口望着淑妃恼怒而去的身影,心里七上八下,不知如何是好。他鼓动蜀王纳娶彭玉之女为妃,本意是为了逢迎巴结蜀王,以便邀宠获利,却没想到得罪了淑妃。他知道淑妃在王宫中的地位,是蜀王比较信任的爱妃,如果淑妃在蜀王面前说他的坏话,那他就糟了。这可怎么办呢?江非抓耳搔腮,反复思量,琢磨着应对之策,一时毫无主意,惶惶不已。

淑妃回到王宫,虽然去痛骂了江非一顿,却不能解决问题,心情很是不爽。这时王子夏阳来了,问道:听说父王要纳娶彭玉之女为妃了,这可是真的?淑妃不能隐瞒,只有点了点头,含糊地嗯了一声。王子夏阳恼怒地说:父王无道,为什么要这样做啊?淑妃小声劝道:也不能全怪你父王,这是佞臣挑唆,才这样的。王子夏阳恨恨地说:是哪位佞臣？如此缺德，恨煞我也！淑妃不想火上浇油，不便说出江非的名字，一时沉默无语，也不知说什么才好。王子夏阳打听过消息，已经猜到了是谁，狠声说：我听说江非在为父王筹办此事，应该就是这位奸佞小人了！杀了他，方解我恨！淑妃以为王子夏阳说的是气话，并未当真，摇了摇头，小声劝解道：你少说两句吧，免得你父王听到了不高兴。王子夏阳嘟囔着说：父王这样做，大家都不会高兴，迟早会出事的！淑妃劝慰：不要这样说话，免得惹你父王生气。王子夏阳满腹怨怒，气愤难消，哼了一声，悻悻然回了自己的宫室。

王子夏阳神情沮丧，怎么也平静不了内心的怨恨。他当时看到彭玉之女时便动了真情，热切地盼望着早日完婚，可是这件好事却犹如昙花一现，哪里料到情况竟会如此变化呢。王子夏阳自从得知父王要纳娶彭玉之女为妃，便深受打击。彭玉之女貌美清纯，本来是为自己选的啊，竟然被父王夺取了，那种失落与愤懑的感觉，纠结在胸中，使得他万念俱灰，痛不欲生。王子夏阳觉得，这就像做了一场春梦，醒来什么都没了，美好的愿望一下破灭了，连自杀的心都有了。

接连几天，王子夏阳不吃不喝，披散了头发，独自睡在榻上，什么人都不愿搭理，好像大病了一场。淑妃见状，自然是说不出的担心和焦虑，可是除了劝解，也别无他法。这时王宫里张灯结彩，眼看着蜀王纳妃的喜庆日子就要到了。

这天晚上，王子夏阳饿得难受，终于起来，吃肉饮酒，借酒浇愁。他渐渐有了醉意，便换了装束，佩了宝剑，然后骑马出了王宫。外面灯火阑珊，王城内酒肆商铺都已打烊，街道上行人渐渐少了。已是深秋时节，天气已有凉意。王子夏阳满腹惆怅，仗着酒劲，策马而行，附近不远处就是大臣们的府邸所在了。不知不觉便来到了大臣彭玉的府邸前，王子夏阳很想叩门而入，去见见彭玉之女。但此时唐突相见又能怎样？难道与彭玉之女一起远走高飞吗？即使远走，离开蜀都，又能去哪里呢？蜀国虽大，却是父王的天下啊。唉！王子夏阳不由得深深叹了口气，抬头遥望，一弯新月，遥挂树梢，繁星似河，天地无比广阔，心境却像夜空一般暗淡，真的是不胜感慨，令人怅然不已。他在彭府大门前面站了一会儿，然后勒转马首，继续前行，来到了江非的官邸。一想到此事的起因，都是由于江非撺掇蜀王所致，王子夏阳心中的怒火便又冒了起来，他举起马鞭，用力敲响了关闭的府门。守门者认得是王子夏阳，立刻通报进去。

江非得知王子夏阳来了，不敢怠慢，赶紧从内堂出来拜见，揖手施礼说：王子黄夜来访，有何见教？

王子夏阳并不说话，下了马，仗剑进府，只是冷冷地打量着江非。

江非被瞅得心里发毛，觉得王子夏阳来意不善，顿时心生戒备，不由得往后退了两步。他联想到前几天淑妃的责骂，大致猜出了王子夏阳的恼怒缘由，于是主动挑明了此事，解释说：王子如果为选妃之事而来，那是大王的旨意啊，小臣不过是秉旨而行，敬请王子鉴谅。

王子夏阳神色恼怒，对江非怒目而视，讥讽道：你好聪明啊！

场面有点尴尬。江非忐忑不安，做出一副十分无辜的样子，一边小声辩解，一边向王子夏阳拱手施礼，再次表示了歉意。

王子夏阳目光似剑地瞅着他，冰冷着脸，鼻孔里轻蔑地哼了一声。

江非更加小心翼翼地说：王子不必生气，这事真的与小臣没有什么关系。

王子夏阳冷笑道：休得狡辩，都是你挑唆父王，破坏伦常！杀了你这奸佞小人，方解我心头之恨！说着便跨步上前，拔出宝剑，当胸一剑，将江非刺倒在地。

江府陪侍在侧的仆人们见状大惊，赶紧冲上来救护江非。江非虽然有戒备，却躲闪不及，猝不及防挨了一剑，顿时鲜血流淌，庆幸并未刺中要害，倒地之后连滚带爬，慌忙逃避。王子夏阳挥剑而进，又连刺数下，都被仆人阻挡了。这时有家丁持械涌出，挡住了王子夏阳，将江非护在了身后。

王子夏阳见家丁人多势众，已无法杀掉江非，便放声哈哈大笑，用剑指着江非骂道：奸佞小人，暂且留下你的狗命，等老子以后再来找你算账！随即转身离开江府，骑上马，挥了挥鞭子，扬长而去。

江府的仆人与家丁们岂敢阻拦王子，眼睁睁地看着他走了。家眷从内室慌乱涌出，七手八脚地为江非包扎伤口，一边为江非更换衣服，一边派人去喊医生来治伤。江府里面，乱成了一团。这事不胫而走，很快就传了出去。

开明王得知了这件事情，为之深感意外。当即派人召见江非，询问缘由。

江非由随从搀扶着，来到王宫大殿，拜伏于地，叩头说：小臣罪该万死，请大王下令杀了小臣，以平息王子夏阳的愤怒吧。

开明王俯身问道：爱卿做了什么事？怎么冒犯了夏阳？请说实情，但言无妨。

江非抬头说：启奏大王，是因为小臣遵旨为大王筹办纳娶彭玉之女为妃之事，不知为何惹恼了王子夏阳，对小臣心怀愤怒，说要杀了小臣方才解恨。大王啊，小臣对大王赤胆忠心，只知道对大王效忠，没想到得罪了王子夏阳。如果是小臣做错了，那就恳请大王杀了小臣吧！若能平息王子夏阳的怨怒，使得大王也高兴，小臣万死不辞。说罢，又跪伏在地上连连叩头。

开明王听了，心中大为不悦，冷冷地哼了一声，说：他太无礼！怎么敢这样！

江非察言观色，又火上浇油说：大王纳妃，天经地义。没想到王子夏阳对小臣恨之入骨，不杀小臣，不能平息他心中之恨。大王圣明，恳请大王，严惩小臣吧！

开明王慰劳说：这哪是你的错，都是他的不对！恼羞成怒的开明王当即传令，将王子夏阳抓了，关进了牢房，等候处罚。然后吩咐江非，纳妃之事，继续进行，仍由江非负责筹办，让他先回府疗伤，然后抓紧办理，不得有误。

江非心中暗喜：拜辞了蜀王，随即奉旨而行，继续筹办纳妃之事。

淑妃得知王子夏阳刺杀江非未果，被蜀王关押在了牢中，不由得大吃一惊。淑妃害怕蜀王喜怒无常，如果严惩王子夏阳，那如何是好啊？淑妃没料到纳妃之事引发了宫廷矛盾，父子彻底翻脸，竟然闹到了这个地步，心中深为担忧，真是说不出的苦恼。

淑妃想找个机会，奉劝蜀王，哪料到蜀王对她态度大变，她也被软禁起来。

第二十三章

开明王身边缺少年轻妃子，对貌美如仙的彭玉之女垂涎以待。

瑶儿却不想入宫，不愿成为年老好色的蜀王之妃，心情纠结，终日以泪洗面，以致花容憔悴，又再次卧病于榻。蜀王纳妃的大喜日子日益临近了，彭玉看到爱女这副模样，焦虑不已，又担忧蜀王责怪，无法解释，难辞其咎，内心压力如山，几天之内竟然愁白了头发。

江非被王子夏阳刺伤后，休养了几天，伤势已无大碍。这天江非又来到彭玉府邸，彭玉恭敬相迎，请其登堂入座。两人略做寒暄，江非便传达蜀王旨意，说：已确定了迎娶瑶儿入宫的日子，特地前来告知，再次恭喜了。

彭玉忧心忡忡，面露难色，施礼道：小女不慎染疾，病情有点严重，现在卧榻疗养，能否稍缓时日？等小女痊愈之后，再入宫侍奉大王。

江非皱了眉头说：这是大王决定了的吉日良辰，怎么能随意改动？

彭玉恳请说：小女患病，实在无奈，只有请大人面奏大王，暂缓入宫吧。

江非面露不悦，责问道：听汝之言，是要违抗大王旨意，不愿让你女儿入宫了？

彭玉揖手说：大人误解了，在下岂敢抗旨。确实是小女有病，要等痊愈了才好入宫。现在卧病于榻，怎么能侍奉大王呢？实情如此，所以想请大王重新选择一个吉日。恳请大人通融，禀奏大王，获得允准，不胜感激。

江非沉吟道：既然大人开口恳请，在下当然要尽量帮大人斡旋了。不过，你也知道大王的脾气，如果大王不乐意，那就不好改变了，还是要遵旨照办才好。愚意以为，大人也不妨亲自去面见大王，如实启奏，但愿大王能恩准你的请求。

彭玉俯身施礼，再次揖手称谢。江非离座起身，随即告辞而去。

在蜀王纳妃这件事情上，彭玉知道江非并不是个善茬儿，早已风闻就是江非鼓动蜀王纳妃的，并已得知蜀王不惜惩罚王子夏阳而继续重用江非来筹办此事。彭玉是蜀国资深大臣，深知江非的德行，只会逢迎蜀王，习惯在蜀王面前献媚，从来没有向蜀王出过什么好主意，更不会劝谏蜀王了。适才江非态度含糊，话说得模棱两可，彭玉便知道江非是决不会帮忙说话的，当然更不会在暂缓纳妃这件事上去劝谏蜀王了。如果按照蜀王已定的吉日，将卧病在榻的瑶儿娶进王宫，瑶儿不能使蜀王快乐，却会因此而病情加重，肯定凶多吉少啊。这如何是好呢？彭玉思量至此，内心非常矛盾，不由得倍感焦虑。他既不能抗旨不遵，又一心要保护爱女，真的是万般无奈啊。势不得已，只有硬着头皮，自己出面去求见蜀王了。

彭玉下了决心，来到王宫，拜见蜀王，行了大礼，跪伏于地。

开明王见状，颇为诧异，问道：你的头发怎么白了？快请起来说话。

彭玉叩拜说：启奏大王，小女患病，人命危浅，微臣忧虑过度，所以白了头发。

开明王惊讶地说：前些时宫中选美，召见众臣之女，见到瑶儿，面色红润，青春焕发，犹如仙姬下凡，有大富大贵之相，吾欲将瑶儿封为贵妃，佳期将至，怎么突然就病了呢？

彭玉拜奏道：感谢大王看中了小女，能和大王结亲，那是彭氏家族的荣耀啊。常言说，好事多磨。人吃五谷，寒暑变化，难免生病。小女突然患病，也是有点偶然，没有料到病情会如此严重。现在只有恳请大王，稍缓时日，等到小女康复之后，再行大礼，入宫侍奉大王。微臣冒死叩见，恳请大王恩准，不胜感激！

开明王将信将疑，沉吟道：吾派御医前去诊治吧，先看了瑶儿的病情再说。随即传令，派遣了王宫中的御医，前往彭玉府邸，为瑶儿诊断病情。

彭玉觉得，看来蜀王是不太相信他说的话啊。彭玉见蜀王把话说到了这个份上，当然只有遵旨而行。随即拜辞出宫，陪同御医，骑马回到府中，为瑶儿诊断病情。这位御医的医术，确实是比较高明的，经过仔细诊断，发现瑶儿虽然病情颇重，不过是忧愁过度，郁结于心，导致气血不畅，周身不适，四肢无力，显得十分憔悴而已，只要及时医治，并无大碍。御医立即开了药方，嘱咐了如何服用与调理事项。彭玉不敢怠慢，放下了大臣贵族的身份，态度恭敬地陪同着御医，慷慨地赠送了礼金，感激御医帮忙诊断开药，又恳请御医在蜀王面前善言，使瑶儿暂缓入宫，能够好好休养康复。御医接收了礼金，点头应诺，然后离开了彭府。

御医是明白人，敬重彭玉的声望，对彭玉的谦恭与礼遇也颇为感动，回到王宫之后，便含蓄地禀报了蜀王。御医说：彭玉之女确实病得不轻啊，连走路的力气都没有了，目前卧病于榻，需要好好地治疗，然后休养一些日子，待其康复之后，才好入宫侍奉大王。开明王问道：要休养多久才能康复呢？御医说：启禀大王，彭女之病需要细心治疗，大约一个多月就能痊愈，再善加调理，静心休养一个月左右，自然就康复如初了。那时大王再娶她入宫，自然大吉大利，肯定快乐无比。

开明王听了，很是无奈，看来只有推迟佳期了，心情大为烦恼。

这个时候，蜀王虽然尚未纳妃，消息却已传播了出去。王公大臣们私下里议论纷纷，觉得蜀王的做法有悖伦常，不应该听信江非的妖言，更不应该偏袒江非，而将王子夏阳关押在牢房中，更是大为不妥。尽管大臣们对此事很有看法，却习惯了明哲保身，谁也不敢出面去劝谏蜀王，都怕万一惹恼了蜀王，岂不是给自己增加麻烦吗？与此同时，民间也传出了各种说法，流言蜚语，添油加醋，如同雾霾，由蜀都向四处弥漫。乱七八糟的议论多了，自然就扰乱了人心，给人以乱象丛生之感。没有人将这些议论与流言告诉蜀王，但对宫廷生活依然产生了很大的影响。

开明王也感觉到了情况的变化与气氛的压抑，总觉得近来发生的各种事情都不顺心，各种烦恼，纷至沓来，令人不快。自从慧妃病逝之后，蜀王对宫中的其他嫔妃兴趣索然，唯一能陪伴他的就是善解人意的淑妃。现在淑妃也被他软禁了，身边没有了赏心悦目的美色，也没有了可以坦诚说话之人，蜀王难免寂寞，经常莫名其妙地生气，变得愈加喜怒无常。王宫中的侍从们都不敢轻易说话，宫女们都踮着脚尖走路，小心翼翼地侍候蜀王，生怕做错了事情，遭到蜀王的惩罚。

且不说蜀王宫中矛盾重重，王都内外流言四起，蜀国周边也接连发生了一些事情。没有多久，传来了僰僚之地发生骚乱的消息。一些偏远部族，相互起兵争夺地盘，劫掠往来的行旅与商人，严重影响了蜀国西南边境的安宁。

在蜀国北疆，苴侯与巴王仍旧交往如昔，经常相互应酬，没有丝毫收敛。

这些消息陆续传来，都禀报给了蜀王。几件事情搅和在一起，犹如火上浇油，使得蜀王更加焦躁，恼怒不已。蜀王心情本来就不佳，现在变得更容易生气了。时局变化，诸事难料，怎么来处置这些情况呢？蜀王心烦意乱，刚愎自用，没有召集文武大臣一起来商议应对之策，只单独召见了近臣江非。

江非应召来到王宫，拜见了蜀王，听了蜀王的询问，恭敬地说：

启奏大王，近来边境不安，实乃多事之秋也。小臣觉得，燄僚之地相互争执，以前就偶尔发生，犹如邻居顽童打架，闹着玩的，要不了多久便又相安无事了，不足虑也。对于苴侯与巴王，倒是不能掉以轻心，大王要提高警惕才好。

开明王微皱了眉头说：爱卿所言，甚合吾意。巴王小儿，常令吾不快。

江非又说：小臣听到消息，据说苴侯要带兵回来劝谏大王，这事有点麻烦呢。

开明王问道：他想干吗？带兵回来要做什么？

江非说：小臣推测，他是反对大王纳妃的。他与王子夏阳关系甚好，听说大王关押了王子夏阳，所以要带兵回来劝谏大王，估计是想以此要挟大王呢。

开明王有点惊讶，发怒道：他这是想犯上作乱吗？

江非摇唇鼓舌，继续说：启奏大王，苴侯喜欢与大王唱反调，经常议论大王，反对大王已经不止一次了。他在葭萌，经营地盘，勾结巴王，壮大自己，可见他的野心很大啊。这次他要带兵劝谏大王，借机发难，有所图谋，也是难免的。其心叵测，大王要小心才好啊。

开明王听了，更加恼怒，气呼呼地说：用不着他来劝谏，看我怎么收拾他！

江非察言观色，又添油加醋地说：大王以前对他，真的是很客气了。大王派他镇守葭萌，他却私下与巴王交好，传旨给他，他也不听，真的是没把大王放在眼里呢。他结交巴王，就是想利用巴王作为后盾，支持他图谋不轨啊。他的野心和意图很清楚，就像秃子头上的虱子，明摆着呢。

开明王越发愤怒，恨声说：哼！不用他来，等我率兵前去，先责问他私通巴王之过，再治他犯上作乱之罪，看他如何解释！

江非故作惊讶，问道：大王真的要率兵前去向苴侯问罪吗？

开明王皱了皱眉头，冲动地说：是啊，吾意已决，难道有什么不妥吗？

江非叩拜说：大王此举，足以向天下展现大王的恩威，这是大王的英明啊！

开明王点头嗯了一声，因为涉及王位与政权，无论如何也是不能掉以轻心的，当然要先发制人了。蜀王这次又听信了江非的妄言，当即决定亲自率兵前去，先问罪苴侯，然后讨伐巴王。除了江非的奉承与鼓动，没有任何人劝谏蜀王。于是，这事就这样冲动而又草率地确定了。

王子安阳得知了此事，不由得大吃一惊。

他觉得，蜀王近来所作所为，实在难以理喻。先是贬斥苴侯，派去镇守北疆；然后派遣五丁力士去迎娶秦女，导致了五丁的悲壮遇难；接着又欲纳娶彭玉之女为妃，引发了宫廷矛盾，继而关押了王子夏阳，软禁了淑妃；现在又要率兵去征讨苴侯与巴王了。这些事情，都很糟糕。特别是现在，蜀王竟然要出兵去打苴侯，实在是太过荒唐，如何是好啊？

王子安阳不敢贸然去劝阻蜀王，先派了一名机智的心腹之士，赶紧骑着快马，连夜出发，前往葭萌，告诉苴侯，预做防备。他希望苴侯不要与蜀王打仗，只能退让，设法妥协，毕竟是君臣与兄弟关系，都是自家人，凡事和为贵啊。一旦相互开战，势必两败俱伤，必然是亲者痛仇者快啊。假若真的发生了这样的事情，那就实在是太糟糕了。他向苴侯通风报信，目的就是想让苴侯顾全大局，千万不要手足相残。但他也明白，问题的关键还在于蜀王，只有使蜀王改变了错误的决定，才能转危为安。可是蜀王如今正在火头上，不会听劝谏的，怎么办呢？

王子安阳心情焦虑，自然又想到了足智多谋的皋通，只有请他来商议了。

皋通应邀而至，同王子安阳施礼相见。听了所述，揖手说：近来发生了这么多匪夷所思之事，真的令人惊叹不已。究其原因，都是大王偏信奸佞之臣所致。大王若不改弦更张，长此以往，蜀国危矣。

王子安阳说：当务之急，乃是劝阻父王出兵，先生有什么好办法吗？

皋通说：大王疏远贤能，亲近小人与奸臣，恐怕很难听得进劝谏之言。

王子安阳说：父王要征讨苴侯，这于情于理都说不过去啊。

皋通说：大王意气用事，此举实在荒唐，有悖常理。

王子安阳说：如果大臣们都向父王进言劝谏，能否阻止呢？

皋通说，大臣们明哲保身，尸位素餐，对大王的所作所为已经习以为常了，恐怕不会劝谏的。之前大王派遣五丁搬运石牛，圈地建造园林，轻率出兵征伐巴王，又派五丁迎娶秦女，又欲纳彭玉之女为妃，诸多荒诞之事，都无人劝阻。这次估计也一样，大臣们都保持沉默，不会吭气，谁也不愿得罪大王。何况，即使有人出面劝谏，大王也不会听的。

王子安阳说：唉，情况确实如此，无人出面劝谏父王，怎么办呢？

皋通说：大王出兵征讨苴侯，实乃昏聩之举。如果兄弟之间真的打起仗来，必然给强敌以可乘之机，会给蜀国造成极大的危害啊。

王子安阳说：这也正是我最担心的，我已派人告诉苴侯，希望他和父王妥协。

皋通说：如果大王得知你向苴侯通风报信了，大王会很不高兴。

王子安阳说：我是为了蜀国的安危考虑，希望上下同心，不能手足相残啊。

皋通说：大王不会这样想，大王刚愎任性，你也要小心才好。

王子安阳沉吟道：我也有点担心，那如何是好呢？

皋通想了想说：我倒是有一个办法，让你脱离旋涡，不妨一试。

王子安阳揖手说：在下驽钝，请先生教我，不胜感激！

皋通说：最近僰僚之地，骚乱频频发生，危及蜀国南疆安稳。殿下不妨奏告大王，请求率兵前往，平定骚乱，和睦南夷。这样对蜀国有利，殿下也脱离了蜀都是非之地，先求自安，然后静观其变，再做长远谋划，可以确保无虞。

王子安阳听了，豁然开悟道：好啊，多谢先生指点，此计甚妙！

皋通又叮嘱说：大王可能不愿分兵给你，你带自己的部下去就可以了。离开蜀都，到了青衣江畔，先驻扎下来，可以招兵买马，训练部众，蓄势以待。这样，只要有了回旋余地，事情就好办了。

王子安阳拜谢道：多谢了！等我驻兵南疆，届时恭请先生同往，希望经常聆听先生的真知灼见，若蒙允准，则不胜感激！

皋通颔首说：嗯，看时局变化，到时再说吧。

两人商量已定，王子安阳设宴款待，和皋通相聚饮酒，尽欢而散。

第二天，王子安阳去见蜀王。不出所料，蜀王知道王子安阳与苴侯的关系比较亲密，怀疑他是来为苴侯求情，阻挠出兵的，故而没有什么好脸色。

开明王一见面就虎着脸问道：你是有事而来吧？是想为苴侯说话吗？

王子安阳说：启奏父王，儿臣得悉，近日僰僚骚乱，扰我边境，儿臣想为父王分担忧劳，率兵前往平定。儿臣是为此事而来，特地拜见父王，恳请父王允准。

开明王有点出乎意外，想了想，点头说：僰僚之乱，虽不足虑也，却也不能掉以轻心啊。你能去平定骚乱，替我分忧，当然好了。

王子安阳说：父王说的对！多谢父王恩准，儿臣这就遵旨前往，去平定骚乱。

开明王说：可是我不能派兵给你啊。我率大军，要去北疆呢。

王子安阳说：启奏父王，不要父王分兵，儿臣带自己的部下去就可以了。

开明王询问：你的部下有多少人？你有把握平定僰僚之乱吗？

王子安阳说：启奏父王，儿臣的部下不足千人，但只要前去，依仗父王的威望，就能使僰僚不敢轻举妄动。这样也可以免除父王的后顾之忧。

开明王听了，觉得有理，便答应了，随即决定派遣王子安阳前去南疆平息骚乱。

王子安阳向蜀王告辞，回府后便召集部众，配备了铠甲马匹与刀剑戈矛弓箭等兵器，筹集了粮秣军需，重新编组了队伍，不久便誓师出发了。

王子安阳率领的这支部队，人数虽然不多，却是很有战斗力的精锐人马。他们全副武装，旗帜鲜明地开赴蜀国的南疆，颇有先声夺人的气势。驻扎下来后，随即招募士兵，很快将队伍扩大到了数千人。青衣江畔乃蚕丛后裔故地，散居在西南夷地区的蜀人亦较多，这时也陆续投奔而来，加入到王子安阳队伍中，使得人数不断增加，逐渐发展成为一支万余人的军队。僰僚之地的土著部族，慑于蜀军的声威，自然不敢轻举妄动，先前的骚乱也就渐渐平息了下来。

王子安阳在蜀国南疆筑营扎寨，控扼了险关要隘，派人安抚诸夷，获得了西南夷诸多部族首领的拥戴。蜀国南疆从此也就成了王子安阳掌控的势力范围，此举也使他远离了蜀都，摆脱了许多是非之争。等到安定下来，王子安阳派人去蜀都，将夫人与女儿接来同住，府中的一些家丁与奴仆也随同而至。王子安阳又派人去见皋通，诚心邀请皋通前来相聚，希望能得到皋通的辅佐。此后不久，皋通果然来了。

皋通的到来，使得王子安阳有了智囊，从此帮他分析局势，运筹帷幄，谋划诸多军政大事，都棋高一着，得心应手。皋通还借鉴秦弩，研制出了一种可以连发的神弩，不仅射程远，而且力道更为强劲。王子安阳使用神弩，掌握了强弩连射的绝技，武力大增，更是如虎添翼。

此时，蜀王已率兵前往葭萌，开始向苴侯问罪，并要讨伐巴王。

蜀国北疆的战争一触即发，由此引发的乱象与变故，也就不可避免了。

苴侯接到王子安阳的报信，得知蜀王要率兵前来问罪，心中大为吃惊，但仍有点将信将疑。他觉得，无论如何，蜀王也没有理由来与亲兄弟打仗啊。何况，他镇守葭萌，增强了蜀国北疆的防守，做了许多利国利民的事情，是蜀国有功之臣，蜀王凭什么要向他问罪呢？难道仅仅因为他与巴王的交往，就成了莫大的罪状？蜀国与巴国联手，有利于防御秦国的侵略，稍有头脑的人都会明白这个道理，蜀王究竟是怎么想的啊？苴侯想不通其中的缘故，心里纳闷得很。苴侯推测，很可能是蜀王听信了奸佞小人的挑拨离间吧？但是蜀王怎么连起码的判断都没有了呢？蜀王竟然糊涂与昏聩到了如此不可理喻的地步？苴侯很是感慨，蜀王太荒唐了，怎么办呢？至于如何应对蜀王的这次疯狂行为，苴侯绞尽脑汁也想不出对策。

过了几天，蜀王果然率兵前来问罪了。苴侯有点慌了，他不想与蜀王开战，当然也不能贸然去见蜀王，怕遭不测。苴侯分析，目前蜀王是不会听他解释的，而以他镇守葭萌的兵力，要抵抗蜀王的大军，也是不现实的。况且他与蜀王既是君臣，又是亲兄弟，怎么能自相残杀呢？既然不能打仗又无法和好，三十六计走为上，唯一的选择，只有逃亡了。蜀王气势汹汹而来，只有先避其锋芒，以后等蜀王冷静了，再想办法劝谏吧。

苴侯率领部众，就在蜀王兵临城下的时候，撤离了葭萌，连夜逃往了巴国。

开明王不费吹灰之力，就轻而易举地占领了葭萌。随即派兵，四处搜查，得知苴侯去和巴王会合了，大为震怒。他最痛恨的就是巴王啊，如今苴侯不来负荆认罪，反而去投奔了巴王，这还了得？蜀王当即下令，调动人马，准备进攻巴国。

且说巴王得知苴侯逃亡，投奔江城而来，马上率领众臣迎接，安排苴侯在王宫附近的馆舍住下，然后设宴款待。巴王与众臣都很敬重苴侯，这不仅因为苴侯贤明豁达，卓有见识，而且很有战略眼光，也很有人情味。在巴蜀两国的关系上，巴王一直想和蜀国联盟结亲，可是蜀王却霸道蛮横、目中无人，只有苴侯最为通情达理。这也是巴王看重苴侯，与苴侯私下交往比较密切的重要原因。当然更重要的则是苴侯的人格魅力，与苴侯相处，轻松随意，使人常有如沐春风的亲切之感，故而巴国君臣都比较喜欢苴侯。巴王特地拿出了窖藏多年的佳酿清酒，吩咐厨师准备了丰盛的筵席，召集了众臣陪宴，为苴侯洗尘接风。

巴王在宴会上向苴侯敬酒说：欢迎苴侯，很久没有这样喝酒啦。今日欢聚，开怀畅饮，一醉方休！

苴侯揖手说：形势变化，仓促而来，承蒙大王盛情相待，在下不胜感激。

巴王含笑说：你和我是多年老友了，推诚相交，情同手足，不用客气。

苴侯说：没有想到会发生这样的变化，可能要叨扰大王，在江城住些日子呢。

巴王说：正想和你好好相聚呢，苴侯瞧得起我，在此长住，那是我的荣幸。

苴侯说：大王诚挚待我，情谊深厚，令在下好生感动。

巴王哈哈一笑，举杯说：不说这些客套话了，对酒当歌，先饮了此杯！

苴侯也举起酒杯，和巴王同时饮了杯中之酒。这时有乐师奏乐，歌姬舞女从两侧幕后鱼贯而出，来到席前，轻歌曼舞，为巴王与苴侯助兴。巴人舞蹈，刚中带柔，歌曲奔放，节奏明快，为宴会增添了欢快热烈的气氛。

巴国参加宴会的众臣也纷纷举杯，向苴侯敬酒。冉达等人与苴侯本来就很友好，关系颇为密切，这时也敬酒叙旧，态度热情，诚挚感人。苴侯和他们一起饮酒，在这样的气氛下，美酒怡人，又有歌舞助兴，暂时也就不再去想那些乱七八糟令人不快的事情了。苴侯来者不拒，直到喝得酩酊大醉，才告退离席，由随从扶着去馆舍休息。

苴侯从葭萌逃亡而来，暂时住在巴国首府江城的馆舍里，虽然受到了巴国君臣的热情款待，却无法消除他对蜀国局势的忧虑。苴侯觉得自己的身份与以前已经有所不同，他现在成了流亡者，与部众的吃住开销，以及军需粮秣等等，都要靠巴王提供了。虽然巴王对他很客气，也很大方，但时间长了总不是个办法。寄人篱下之感油然而生，徘徊于胸中，使得苴侯颇为纠结。

随同苴侯而来的部众被安排驻扎在城郊营房里，苴侯身边只有几名随从，也使得苴侯有被隔离的感觉，觉得巴王对他还是有所提防的。苴侯猜测，巴王可能怀疑他为何突然率众而来，担心他用苦肉计与反间计吧。为了防备他出其不意夺取江城，所以要将他与部众分隔开来。当然这只不过是一种猜测罢了，巴王也许并非如此小心眼吧？苴侯思量至此，不由得暗自苦笑。反正时势如此，现在万般无奈，他客居巴国，只能听从巴王的安排，还是少安毋躁，看后面情况变化，再说下文了。

这时发生了一件事情，秦惠王派遣了使者，来到江城，拜见巴王。

秦使对巴王说：秦国与巴国是友好邻邦，秦王想和巴王结为亲家，所以特地遣小臣前来联络。秦王还准备了一点薄礼，请巴王笑纳。说罢，便将带来的秦国玉璧与黄金，以及一些土特产，呈献给了巴王。

巴王接受了礼物，对秦使以礼相待，客气地询问：秦巴两国，本来就是山水毗连的邻邦，秦王的想法，是如何结为亲家呢？

秦使说：秦国多美人，秦王想挑选几位绝色女子，献给大王为妃，博取大王欢心，以结秦巴之好。

巴王笑道：难得秦王有如此美意，哈哈，真的有点出人意料啊！

巴王对秦使说的倒也是实话，没有料到秦王遣使前来，竟然是为了这件事情。巴王没有当面答应，也没有婉言拒绝。巴王安排秦使到馆舍住下后，随即召集群臣，商议此事。大臣们也感到有点意外，对此议论纷纷，各有见解，看法不一。

大臣冉达说：秦王多诈，不可轻信。前些时，秦王曾遣使去见蜀王，说要送五位绝色美女给蜀王。蜀王好色，派五丁力士前往秦都迎娶，返蜀途中，突然遭遇山崩，压死了五丁力士与五位秦女。此事发生之后，传言很多，大都认为其中隐藏着一个惊天大阴谋。据说是秦人暗中埋伏，出其不意，伏击五丁，才有此变。现在秦王又重施故技，欲用美女诱惑大王，这是对巴国亦有所图谋也。秦王对蜀国与巴国虎视眈眈，曾与谋士多次策划攻取之策，早已是路人皆知。秦王阴险多谋，大王务必冷静，不要轻易上当！

关于蜀王派遣五丁迎娶秦女遭遇山崩遇难的故事，巴国的君臣都是知道的。冉达这么一说，自然引起了巴王的警觉与顾虑。

巴王颔首赞同说：爱卿所言有理，我也是这么想的。

大臣罗强说：启奏大王，秦王送美女，意欲巴结大王，大王可以不娶，但也不必和秦王把关系搞僵。小臣以为，大王不如虚与周旋，秦巴相安无事，方为上策。

巴王想了想，点头说：爱卿说的也有道理。对秦王既要提防，也要和平相处。

巴王这么说话，其实是折中了两种意见，本来是比较鲜明的态度，这时又显得有点模棱两可了。巴国的其他大臣，也大都倾向于罗强的主张，赞同与秦王搞好关系。只有冉达坚持认为，防备秦王是大前提，对秦王的虎狼之心，是绝不能放松警惕、掉以轻心的，对秦王的野心与霸权，更不能抱有任何幻想，对迎娶秦女之事当然要婉拒。巴王对此，心里自然是明白的，对秦王不能不防，但也不能轻易打仗啊。出于权宜之计，与秦王保持友好关系，以此使得秦巴相安无事，确实还是很有必要的。正是出于这种考虑，巴王对秦使热情款待，安排住在上等馆舍里面，照顾得颇为周到，还特地向秦使赠送了礼物。对于秦王要送美女给巴王为妃，巴王也未婉言拒绝，而是含糊其辞，没有立即表明态度。秦使很有耐心，就住在上等馆舍里面，每天好吃好喝，一点也不着急，慢慢等候巴王的答复。

苴侯很快得知了秦使来拜见巴王，又见巴王善待秦使，不由得暗自担忧起来。

没有多久，蜀王率兵而来，渡过巴水，兵锋直指巴国都城，又要再次进攻江城了。这次蜀王率领的大军，有数万人，在城外安营扎寨，旌旗招展，军威雄壮，声势浩大，大有先声夺人之势。巴王自从与苴侯交好，在巴蜀边境疏于防范，使得蜀王毫无阻挠，长驱直入，此时闻讯，登城观望，大为惊慌。巴王婴城固守，蜀王围城而攻，巴人势弱，蜀兵强盛，形势岌岌可危。

巴王召集了群臣，商议应对之策。大臣们对上次巴蜀之战，记忆犹新。这是蜀王第二次来攻打江城了，如果仅靠巴国的守城之兵，势单力薄，恐怕很难抵挡蜀王的大军，故而很多大臣都深表忧虑。上次是巴蔓子从楚国借来了战象与援兵，才击退了蜀兵。这次又怎么办呢？再向楚王求援，已不太现实。楚王势利，喜欢占便宜，巴蔓子许诺割让三城才求得援兵，获胜之后，楚王索要三城，巴蔓子只有自刎以谢楚王。这样的故事，当然不可能再重演了。况且楚王与秦王争夺商於之地，两军发生大战，秦军大胜，一举而灭掉了楚兵数万之众，楚王遭此重创，采取了守势，也不会再轻易出兵了。

大臣罗强说：启奏大王，蜀王此次率兵前来，凶焰万丈，势在必得。江城守兵少，难以长久坚守，若无外援，江城就危险了。

巴王忧心忡忡地说：敌强我弱，如果向楚王借不到援兵，那又如何是好呢？

罗强说：楚王不可靠也，不过，东方不亮西方亮，可以另想其他办法的。

巴王问道：其他有什么办法呢？

罗强说：小臣倒是有个想法，尚不知是否可行？

巴王说：爱卿有什么想法？请说来听听。

罗强揖手说：先请大王恕小臣无罪，小臣才敢畅所欲言。

巴王说：爱卿忠君爱国，请详言无妨。

罗强说：小臣觉得，巴国此时需要外援，若能向秦王借得一支援兵，可否一试？

巴王听了，有点发愣。众多大臣也颇感意外，都用诧异的眼光看着罗强。

冉达上前一步说：启奏大王，罗强此言差矣！若向秦王借兵，那是引狼入室，无疑玩火自焚，万万不可！

罗强争辩说：只是向秦王借一支援兵而已，有什么不可呢？

冉达：秦王对巴国虎视眈眈，企图吞并巴国，谋划久矣。秦王霸道，其心险恶，难以为友，路人皆知。怎么能向秦王借援兵呢？

罗强说：江城被蜀王重兵围困，情况危急，势若累卵。若无援兵，一旦城破，玉石俱焚。此时向秦王借援兵，以求解围，不过是权宜之计而已。

冉达正色说：虽然势不得已，那也不能饮鸩止渴啊。一旦借兵，被秦王利用，乘虚而入，夺我江山，那就糟了！

罗强说：大人所虑，是否有点过了？最近秦王遣使前来，欲结秦巴之好，可见秦王还是有诚意的。大王正好借此机会，遣使去见秦王，借一支援兵，难道不行吗？

冉达说：对秦王岂能抱幻想？向秦王借兵，无疑与虎谋皮，势必遭虎反噬。危险的事情不可为，这是三岁娃娃都懂的道理。既然其险难测，怎么可以做呢？

罗强说不赢冉达，只有说：大人言之有理，确实有风险。可是，眼前江城的危急也是明摆着的。既然不能向秦王借兵，又不能求援于楚王，那又如何破解江城的围困呢？大人是否有更好的办法？

冉达何其聪明，听罗强如此说话，等于是将了自己一军。又看到众臣面露忧虑，都把目光投向了自己，等着看他如何说话呢。冉达略一思索，揖手对巴王说：启奏大王，蜀王这次率兵前来围攻江城，实乃鲁莽冲动之举。小臣不才，愿意去见蜀王，晓以大义，说明利害，争取让蜀王退兵，以解江城之围。

巴王说：爱卿卓有见识，所言甚佳。但若蜀王蛮横无理，万一加害于你，如何是好？

冉达说：不管如何，还是要去见了蜀王，才知结果。当前形势急迫，小臣甘愿为国分忧，纵使牺牲，也义无反顾。请大王允准！

巴王颔首说：爱卿忠义可嘉，令人感动！随即答应了冉达的请求。

经过一番争论与商议，巴王决定派遣冉达出城去见蜀王，争取说服蜀王，缔结巴蜀合约，以求退兵解围。虽然结果如何难以意料，但对于巴国来说，值此多事之秋，时局变化莫测，除此之外，也确实没有更好的办法了。至于罗强建议向秦王借兵之事，风险实在太大了，也就暂时搁置下来。

第二十四章

　　秦惠王运筹帷幄，耐心等候时机，准备攻取蜀国。此时得到细作传回的消息，得知蜀王出兵问罪苴侯，进而讨伐巴王，围攻江城，不由得大为兴奋。所谓鹬蚌相争，渔翁得利，巴蜀相互争战，必然是两败俱伤，那得利的就是秦国了啊。发生这样的情形，正是秦惠王求之不得的，心中怎么能不高兴呢。

　　秦惠王根据形势判断，觉得出兵攻取巴蜀的时机很可能就要来了。在次序上，当然是要先攻取蜀国，然后顺带着也取了巴国。在用人与兵力安排方面，秦惠王也有通盘考虑，取蜀乃至关重要的大事，肯定要派遣大军，由智勇双全的将帅统领出征，倾全力为之，方能稳操胜券。同时在东面也要严密布防，严防合纵的六国来袭。除了加强函谷关等处险要关隘的驻守，还要尽量设法破坏苏秦的合纵，这也是秦惠王谋划较多的一件事情。秦惠王为此采取了很多步骤，比如使用远交近攻的策略，派舌辩之士游说列国，挑拨离间各国的关系，使各国攻城夺地相互争斗，或利诱连横，或联姻拉拢小国投靠秦国，诸如此类，都是常用手段。秦惠王曾派遣陈轸出使齐国，又派遣张仪出使楚国，都是出于这种战略谋划。陈轸与张仪都是口才超群的人物，巧舌如簧，果然不负所望，使得齐楚不再友好。在秦楚的较量上，更是重头戏，关键时刻甚至不惜一战，秦楚为争夺商於之地发生了激战，结果当然是秦国大获其利。有了这些铺垫，减轻了后顾之忧，秦惠王就可以倾力攻蜀了。

前不久，秦惠王还和燕文侯联姻，将女儿嫁给了燕太子为妃。燕国在六国之中，属于小国，但地理位置与战略地位相当重要，秦国和燕国联姻结亲，就可以利用燕国来牵制齐国与赵国了。还有一个重要原因，当时苏秦正客居燕国，与燕文侯的关系十分密切。秦惠王特地嫁女到燕国，如同在燕国王室内安插了一位最高明的卧底，随时都会将各种情况派人告诉父王，秦惠王由此而知己知彼，对苏秦的动静与所为可谓了如指掌。苏秦善辩而多谋，身为六国合纵之长，是秦惠王比较担心的敌对人物。现在通过这些巧妙的安排，有了畅通的情报，秦惠王从容运筹，自然棋高一着，对苏秦的阴谋也就不必过于忧虑了。

　　这天，秦惠王突然接到传来的消息，燕文侯患了急病，不治而亡。

　　燕国的君主死了，举国治丧，秦惠王也立即派了使者前去吊唁。对于燕文侯的病故，作为儿女亲家，秦惠王并无悲伤之感，现在最为关心的，是谁来继承王位。按理说，理所当然是要由燕太子继位，这样对秦国就会很有利，毕竟燕太子是秦惠王的女婿啊。但因为苏秦在燕国，燕文侯夫人与苏秦私通，关系非同一般，如果苏秦玩弄手段，从中作梗，另立他人，此事就会比较麻烦。值得庆幸的是，燕文侯夫人是燕太子的亲生母亲，爱子心切，没有搞什么花招，并未节外生枝，不久便由燕太子继承了王位。秦惠王担心的事情没有发生，为之而颇感欣慰，随即又派出使者，携带了礼物，向女婿燕太子道贺。

　　燕太子继位后，成了年轻的燕易王，秦惠王之女也就成了名正言顺的王妃。秦国与燕国的关系，自然更为密切了。这时又发生了意想不到的事情，齐宣王乘着燕国治丧之际，派兵进攻燕国，接连攻取了十座城池。燕易王刚刚坐上王位，缺少御敌作战的经验，自忖燕国兵力薄弱，难以与齐国进行生死较量，危急关头很自然地想到了岳父秦惠王，于是急忙遣使赴秦，向秦惠王求援。

　　秦惠王得知后，觉得事态严重，不敢掉以轻心，随即召集谋臣，来商议此事。秦国文武大臣中的张仪、陈轸、司马错、田真黄、张若等人，都应召而至，来到王宫，聚集在了大殿中。

秦惠王说：适才寡人得知，燕文侯病故之后，齐宣王攻燕，乘人之危，取燕十城。燕易王新立，遣使来秦，向寡人求援。寡人想派大军驰援，救助燕易王，以解燕国燃眉之困，诸位爱卿，以为如何？

司马错说：大王援燕，理所当然。在下愿率兵前往，击退齐王，助燕收复失地。

秦惠王颔首说：爱卿勇武，多谋善断，率军前往，必破敌矣。寡人甚是欣慰！

陈轸上前一步说：启奏大王，小臣以为，大王伐蜀在即，不宜分散兵力，东出函谷，去与齐王交战。燕国新丧，易王初立，遭到齐王攻袭，犹如趁火打劫，齐王不过是想捞些便宜罢了。大王当然不能坐视不管，但也不必为之焦虑。齐王为人，胆小贪利，并不愿意与秦为敌。大王不妨写信给齐王，责问他意欲何为，引而不发可也。大王同时也修书给燕易王，使他派苏秦去游说齐王，双管齐下，必然奏效。只要齐王退兵，燕国的危急也就解了。

秦惠王笑道：爱卿所言，见识超群，这是不想让司马将军立功了啊。

司马错揖手说：诚如先生所言，若能不费兵戈，而退齐王之兵，实乃上上之策。

秦惠王对张仪问道：爱卿以为如何？若以苏秦的辩才，去游说齐王，会奏效吗？

张仪做思索，答曰：苏子善辩，擅长权变，奇才之士。若要退齐王之兵，就要看他怎么去说了。但仅凭说辞还是不够的，还要靠大王的呼应才行。

秦惠王问道：寡人如何呼应呢？

张仪说：启奏大王，若能出兵，大张旗鼓，声称援燕，只需日行十里，虚张声势，就行了。苏秦就能借助大王的声威，说服齐王退兵，也就不在话下了。

秦惠王哈哈一笑说：这个好办，只要能使齐王退兵，寡人何乐而不为也！

张仪的建议，与陈轸的献策，其实是差不多的，可谓所见略同。秦惠王听了，大为赞同。秦国君臣经过商议，随即依计而行。秦惠王修书一封，派人送给齐宣王，责问他为何乘人之危入侵燕国，实乃不义，天下共愤，告诉他即将发大军援燕，与之决战。同时派遣使者赴燕，去见燕易王，请他敦促苏秦去游说齐宣王退兵。

燕易王刚刚继承王位，便遭遇了齐宣王的入侵，此时最需要的就是秦惠王的援助了。燕易王遣使赴秦求援之后，就天天盼望着秦国救兵的到来，等候了数日，未见援兵到来，只等来了秦惠王的使者。燕易王听了秦使所言，有点闷闷不乐，回到后宫，与王妃商议说：秦王不派援兵，却让我使苏秦去游说齐王退兵，这如何是好？王妃乃秦惠王之女，对父王的韬略与谋划心知肚明，当即对燕易王说：我听说，父王已经出兵，要与齐王决战了。因为苏秦合纵抗秦，苏秦是合纵之长，六国诸侯都要听从他的指挥，所以父王才这样说啊。大王应听从父王之言，此时使苏秦去游说齐王，要求还我十城，退兵而去，若能不战而胜，岂不善哉。燕易王觉得王妃说的颇有道理，不妨一试，但心中仍有点将信将疑。

燕易王召见了苏秦，用商量的口气说：齐王犯境，侵我国土，夺我十城，请问先生，如何退敌？有什么好的办法吗？

苏秦想了想说：齐王来犯，大王不是向秦王求援了吗？

燕易王听苏秦这样说话，显得很滑头，还意含嘲讽，心中大为不乐。顿时换了语气，正色说：往日先生来到燕国，得到了先王的厚待，资助先生车马金帛，去见赵王。先生说服了赵王，又获得赵王的支持，以约诸侯，这才有了六国的合纵。如今齐国先伐赵国，又入侵我燕国，坏了先生合纵之约，天下会不会以此而耻笑先生呢？先生作为六国合纵之长，有协同诸侯号令六国的约定，为何不去面见齐王，责其退兵？难道不能为我燕国讨回被侵之地乎？

苏秦没想到年轻的燕易王会有这样一番说辞，不由得大为惭愧。燕易王说的确实是实情，当初苏秦初出道，游说列国，曾碰了很多壁，后来得到了燕文侯的赏赐与资助，才得以施展宏图。也可以说，苏秦的合纵战略，最早就是从获得燕文侯的支持开始的，然后是赵王的追随，接着是其他诸侯国的赞同。苏秦的发迹，始于燕国，之后又长期客居燕国，现在燕国遭到齐王的侵犯，岂能坐视不管？这于情于理，都说不过去啊。

苏秦揖手说：在下不才，这就去见齐王，为大王取回十城。

燕易王说：好啊！那我就静候先生的佳音了。

苏秦带了随从，坐着马车，离开燕国都城，去见齐宣王。苏秦自从游说六国，合纵抗秦，佩了六国的相印，成了六国名誉上的丞相，为诸侯所遵从，其威望还是比较高的。齐宣王对苏秦也是比较敬重的，尤其佩服苏秦的见识与韬略。此时得知苏秦来了，立刻在大殿接见，优礼相待。

苏秦走进大殿，拜见齐宣王，先表示庆贺，俯身说：恭喜大王攻城略地，在下特地来向大王表示祝贺！紧接着，又仰面叹息说：唉，大王啊，灾祸就要来了，在下也是特地来向大王表示吊唁的！

齐宣王大为诧异，赶忙问道：先生为何又是庆贺，又是吊唁，相随之速也？变化这么快，其中必有缘故吧？请先生坦言，愿闻其详。

苏秦上前一步，侃侃而言：大王啊，在下听说，人饿了会饥不择食，但无论怎么饥饿也不会吃乌头的。为什么呢？因为乌头有剧毒啊，虽然吃了暂时可以充腹，而片刻之后便会毒发身亡，这与饥饿而死又有什么区别呢？现在燕国虽然弱小，燕易王却是秦王女婿。大王趁燕文侯之丧，攻取了燕国十城，燕易王求援于秦王，秦王的精兵已经出发在途了。燕国的十城犹如乌头，大王贪图燕国的十城而占之，就属于食用乌头之类也。取燕十城，不会使齐国变得强盛，但大王此举却惹恼了强秦，招致精兵来攻，其祸难测，令人忧虑，故而在下不得不向大王表示吊唁啊。

齐宣王不久前已接到了秦惠王的书信，正在考虑如何应对呢，此时听了苏秦之言，不由得愀然变色，曰：先生言之有理，事已如此，然则奈何？

苏秦说：据臣所知，古代那些有作为的君王，都善于转祸为福，因败为功。大王若能听臣计谋，即日退兵，归还燕国十城，就能化解危机。大王同时也不妨修书一封，善言此事，回复秦王。燕国轻松收复了十城，一定会很高兴。秦王得知，以为是因己之故而归燕之十城，也必然大喜过望。燕王和秦王都会心生感激，敬重大王。诚能如此，大王就能化敌为友，与燕王和秦王都成了至交。将来大王要号令天下，有了燕王和秦王的支持，谁敢不听呢？这样的话，大王以虚辞退了秦王之兵，以归燕十城而取胜于天下，既卸掉了包袱，又免除了忧患，真的是善莫大焉。大王啊，此乃霸王之业也！

齐宣王听了苏秦这番绘声绘色的讲述，大为兴奋，击掌说：好啊！当即决定，采纳苏秦的建议，写信回复秦王，并立刻从燕国退兵，将十城归还了燕易王。

苏秦巧舌如簧，不费吹灰之力，办好了这件事情，随即乘坐马车从齐国返回燕国。两国都城，相距颇遥，路上还是要走好多天。就在这段时期，有人向燕易王告发苏秦，说了苏秦的很多坏话，不仅揭露了苏秦的隐私，还指责苏秦德行不良，反复无常，左右卖国，将会作乱于燕国，要燕易王小心提防。燕易王听了，当然不会等闲视之，打算免掉苏秦的官位。苏秦的耳目还是很灵通的，很快就得知了。燕文侯的夫人与苏秦私通多年，等苏秦一回来，便迫不及待去见苏秦，也将这个情况告诉了苏秦。苏秦很担心，如果在燕国失去了官位，没了俸禄，成了闲人，那是很尴尬的，传出去以后还怎么混呢？苏秦略做思量，觉得与其被动，不如主动，干脆把话挑明了，看看燕易王究竟是什么态度，再说去留吧。

苏秦去见燕易王，禀报说他已经说服齐王，收复了十城。燕易王果然很高兴，向苏秦表示嘉勉。苏秦乘机进言说，臣乃东周之鄙人也，没有分寸之功，而得到先王优礼厚待，亲拜之于庙而礼之于廷。今臣为大王退了齐王之兵，收复了燕之十城，可是，臣却因为忠信而要得罪大王了。

燕易王问道，先生何为此言？岂有以忠信而得罪者乎？

苏秦说：我有位熟人在外地为吏，家中有一妻一妾，其妻与人私下相好。过了些日子，得知其夫就要回来了，其妻与相好商量，悄悄准备了药酒，打算毒害其夫。这天，其夫回到了家中，其妻使妾举药酒而进之。妾欲言酒中有毒，则恐主人会因此而休逐了主母；如果不说吧，则恐害死了主人，心中很是为难，只有佯装跌倒，将药酒泼洒在了地上。主人见状，很是气恼，将妾笞之五十。妾之所为，跌倒而泼掉了药酒，既保护了主人，也保全了主母，然而不免于笞，这就是忠信有时也会得罪于人的缘故啊。

燕易王说：先生讲的这个故事，是比喻先生的忠信，也受到了误解吗？

苏秦说：是啊，臣之忠信，始终如一。为了燕国，臣不辞辛劳，千里奔波。可是臣担心，有人乘机向大王进谗言，使得大王不相信臣了。

燕易王哈哈一笑说：先生不必疑虑，你有功于燕国，燕国怎么会亏待你呢？

燕易王随即颁令，赐给金帛，使苏秦官居原位，益加厚待之。

苏秦获得了燕易王的厚遇，颇感欣慰。燕文侯夫人也很高兴，私下与苏秦约会，往来更加频繁了。燕文侯夫人虽已中年，依然貌美，身体又好，性欲旺盛。当初因为燕文侯体弱多病，苏秦经常入宫与燕文侯晤谈，与燕文侯夫人也常有接触。夫人爱才，欣赏苏秦的才能，暗自动了芳心，便委身事之，悄悄地与苏秦私通了。燕文侯病故之后，夫人没有了顾忌，对苏秦更加情深意浓，恨不得天天都搂抱在一起。苏秦喜欢夫人的多情与浪漫，与夫人一起寻欢作乐，真的是很开心的事情。但这毕竟是不能公开的隐私啊，万一暴露了，就成了燕国的巨大丑闻。年轻的燕易王为了顾全脸面，肯定不会轻易放过苏秦的，甚至会取了他的首级，也很难说啊。苏秦每次与夫人私会，总是担心暴露，夫人与他约会越发频繁，他的心里便越加嘀咕。他知道，这事早晚都会传出去的，天下没有不透风的墙，说不准燕易王已经知道了呢。燕易王表面上对他厚待，不动声色，谁知心里打的什么主意？苏秦有点揣摩不透，因此而深怀忧虑。知祸而不能避祸，岂是智者所为？等到事情发作，那就晚了啊。

苏秦害怕被诛，开始考虑脱身之策。苏秦毕竟是天下少有的智谋之士，当然不会因为一个女人而丢了自己的性命，略一琢磨，便有了主意。

苏秦去见燕易王，筹划说：当今天下，诸侯争雄，大王想不想使燕国强盛起来？

燕易王说：燕国弱小，如何强盛？先生深谋远虑，有什么好的主意吗？

苏秦说：臣住在燕国，感激大王厚遇，深怀报效之心。观望今日世界，弱肉强食，实乃多事之秋，若无远谋，必有近忧。燕欲由弱变强，需要天时地利人和，若能获得大国支持，方为上策。臣居燕不能使诸侯重视燕国，不如臣去齐国。齐乃东方之大国也，只要齐国与燕国长久和睦相处，燕国就能安然无恙，可以免除忧患。臣有把握说服齐王，设法使齐王帮助燕国。这样的话，对燕国必然大为有利啊。

燕易王额首说：先生谋划深远，所言甚佳。就按先生说的办吧，悉听尊便。

苏秦的说辞获得了燕易王的赞同，于是收拾行装，佯装得罪了燕易王，告别了燕文侯夫人，匆匆离开燕国都城，坐着马车，带着随从，去了齐国。

齐宣王听说苏秦来了，立即派人迎接。齐宣王对苏秦的口才与韬略都深为敬佩，得知苏秦愿在齐国居住，当然求之不得，随即安排了上等客舍，请苏秦住下，并在衣食住行等方面都优礼相待。苏秦从此便以客卿的身份，住在齐国，成了齐宣王的贵宾。

秦惠王知道了燕国与齐国的情况变化，撤回援兵，继续关注巴蜀之争。

开明王率兵进攻巴国都城，气势汹汹，志在必得，围城已经数日。

巴王指挥将士，利用江城的险要地势，控扼关隘，严密防守。与此同时，派出了大臣冉达去见蜀王，希望能缔结巴蜀合约，说服蜀王退兵。冉达出了江城，带着礼物，走进了蜀兵营垒。

开明王在大帐里接见了冉达，问道：你是巴王派来送降书的吗？

冉达施礼说：非也！在下奉巴王之命，特来拜见大王，是要同大王讲和的。

开明王说：吾率大军而来，破城在即，巴王束手待擒，有什么资格与吾讲和？

冉达说：大王威武，令人敬佩。巴国虽小，亦有忠臣猛将，还有劲兵数万，部族听命，都效忠巴王，视死如归。巴国势力虽不如大王，可是巴国将士众志成城，大王想要打败巴国又谈何容易。更何况，巴蜀唇齿相依，世代友好，没有必要相互开战，弄得两败俱伤啊！

开明王说：巴王以前就戏弄于我，近来又勾结苴侯，谋乱于蜀，是可忍孰不可忍也！

冉达说：大王这是误会啊。巴蜀一直友好往来，巴王敬重大王，何曾戏弄过大王呢？苴侯是蜀国的忠臣，也是巴国的良友，所作所为，都是为了巴蜀友好，怎么会谋乱呢？大王不要听信奸佞挑拨离间，请大王明鉴！

开明王说：休得巧言，为其解脱。苴侯如不谋乱，为何要躲在巴国？

冉达说：大王生气，苴侯回避，其中必有误解。平心而论，蜀之强敌，乃是秦国。巴之强敌，也是秦国。巴蜀本是友好邻邦，联手抗秦，方为上策。无论如何，巴蜀都不宜相互敌视，而应和睦相处才对。和则两利，战则两败，与其相互伤害，不如化干戈为玉帛。巴蜀相安无事，才能不给秦国以可乘之机啊。巴王派臣拜见大王，诚心诚意要和大王讲和，对巴蜀都是利国利民的好事啊，恳请大王允准！

开明王摇头说：你想用虚辞使吾退兵，哪有这么简单！

冉达说：那么，大王的意思，要怎样才能讲和呢？

开明王说：巴王要讲和也不难，先要将苴侯捆绑了送来由我发落，其次要送美女和财宝作为赔偿，然后来同我签城下之盟。

冉达听了，觉得蜀王有点不近情理，但话已说到这个份上，若继续与蜀王舌辩就显得很无趣了。于是略做迟疑，揖手说：待我回去禀报了巴王，再做答复吧。

冉达回到江城，将蜀王的要求禀报了巴王。巴王马上召集众臣，商议此事。

大臣们议论纷纷，群情激愤，都说蜀王的要求太过分了，这是明显地在侮辱巴国啊。巴国又不是战败国，为什么要赔偿呢？巴国主动遣使讲和，那也是为了巴蜀两国都好。蜀王不领情，巴国也不怕，要打就打，看他能将巴国怎么样！巴王听着众臣的议论，还是比较冷静，不像有些大臣那样义愤填膺。

巴王说：若要赔送美女和财宝给蜀王，虽然有点过分，还是可以答应的，这些都好办，不是什么大问题。但要将苴侯捆绑了交给蜀王听候发落，这种背信弃义的做法，岂能为之？何况苴侯也没有做错什么啊，他在危难之际来到巴国，是信任我，视我为可靠朋友，我怎么能出卖他，害了他呢？

罗强说：不妨告诉苴侯，请他自己决定去留，是否可以呢？

巴王说：那也不妥。巴人重情，以信义为立身之本，此事无须再议。

冉达说：大王说的对，危难见真情，背信弃义不可为，巴人从来不出卖朋友。

罗强说：启奏大王，局势危急，我们应从实际考虑，不能意气用事啊。蜀王得不到苴侯，是不会解围退兵的。

冉达说：蜀王刚愎自用，过于任性和自负，难以说服。不过，蜀兵远道而来，粮秣军需不能持久，我军以逸待劳，只要坚守一个月，蜀兵必退无疑。

巴王说：好啊，能讲和，当然好。不能讲和，那就继续坚守！

巴王随即传令将士，加强防守，准备抵御蜀王的攻城。又从巴国其他城市召集兵力，增援江城，打算与蜀王长期拼耗下去，直至蜀王退兵为止。

这时苴侯已得知了巴国君臣的争论，思量了一番，主动来见巴王。

苴侯揖手施礼说：我这次冒昧来到巴国，给大王增添了麻烦。蜀王率兵而来，围攻江城，两军对垒，随时都会发生激战，这些原本都是不应该发生的。我想，我还是去见蜀王吧，要杀要剐，任由蜀王处置好了。

巴王摇头说：我已遣使去见过蜀王，蜀王火气很大，你若自己送上门去任其处罚，生死难卜，这是万万不行的！

苴侯说：蜀王因我而来，我去了，蜀王自然就退兵了。这样可以停息两国的争战，以免生灵涂炭。

巴王说：苴侯啊，你我推诚相交，为了巴蜀友好，相互视为挚友。人都有不顺和落难的时候，你能来巴国避难，那是信任我啊。你如今被奸佞诬陷，蜀王不辨是非，妄动兵戈，已经走火入魔。你此时若是去见蜀王，蜀王不会听你解释，绝不会有好的结果。你是我敬重的贵宾，请你安心住在这里，我不会让你去送死的。无论如何，你都不能意气用事。

苴侯说：因为我的缘故，引起了两国打仗，我于心不安哪！

巴王说：你并未做错什么，这都是蜀王轻信奸佞所致，错在蜀王的昏聩！

苴侯神色凝重，叹息说：时势如此，蜀王不退兵，吾之过也，如之奈何？

巴王恳切地说：我刚才说的，皆是肺腑之言。你是蜀国栋梁、巴国挚友，你若莫名其妙地被害了，那才是蜀国的不幸，也是巴国难以挽回的损失。请你少安毋躁，就在这里好好住着，相信局势总是会变化的，蜀王迟早是要退兵的。

苴侯听了巴王的这番坦言，心中很是感动，揖手说：好吧。感激大王推诚相待！诚意难违，在下只有听从大王的安排了。

巴王的分析，确实是很有道理的。如果为了解围而害了苴侯，不仅有悖于信义，也使蜀国失去了贤臣，使巴王失去了可信赖的挚友，都是难以弥补的损失。所以巴王力劝苴侯，不可草率而行。苴侯是明白人，当然懂得其中的利害关系，随即听从了巴王的劝解，继续住在江城的馆舍内，暂时不去见蜀王了。

开明王等了几天，不见巴王有任何答复，觉得又遭了巴王的欺骗，不由大怒，传令蜀兵，开始全力攻城。

蜀兵人多势众，攻势凌厉。蜀王亲自督战，下了决心，非要攻破江城不可。巴国将士全力防守，击退了蜀兵的几次进攻。但蜀兵继续猛攻，双方擂鼓呐喊，连续激战。这样过了数日，蜀兵的攻势越加猛烈了。江城守兵不足，形势岌岌可危。

巴王也穿了盔甲，带领众臣登上城墙，观看情形，指挥将士加强防守。

罗强说：大王啊，蜀王好像发疯了，攻城不止，形势越来越危急了。此时若无外援，江城危矣！

巴王说：如果有援兵，当然好了，可是援兵在哪里呢？

罗强说：揆时度势，还是遣使向秦王求援吧，以解燃眉之急。

巴王沉吟道：此事之前已经议过，秦王虎狼之辈，早有吞并巴蜀之心，岂能轻易向秦王求援？

罗强说：对秦王不可不防，但也可以利用啊。现在形势急迫，向秦王求一支援兵，不过是权宜之计耳。只要解了江城之围，就礼送秦兵出境，这样可以相安无事，继续和睦相处，又有何妨？

冉达听了，大声说：启奏大王，万万不可。又对罗强说：向秦王求援，无疑是饮鸩止渴，引狼入室，岂可为之？明知不可为，你却偏要为之，反复向大王进言，你究竟是何居心？

罗强争辩说：我是为了解江城之围啊，向大王献策，难道有什么错吗？

冉达正色说：那也要看你献的什么策，如果是灭国之策，那就大错特错，罪不可赦！

罗强反讥说：大人智谋超群，我说的不算，还是请大人献妙计解江城之围吧！

巴王说：言者无罪，不必再争了。诸位爱卿，有什么好的主意，坦言无妨。

群臣们相互观望，既然不能向秦王求援，又得不到楚王的援兵，与蜀王又无法讲和，一时还真想不出什么更好的办法来了。眼前江城的形势确实很危急，这也是明摆着的。究竟如何是好，众人见解不一，莫衷一是，使得巴王倍感焦虑。

又过了两天，蜀兵继续猛烈攻城，有几个地方出现了缺口，巴国将士顽强抵抗，好不容易才将缺口堵住。蜀王调动人马，打造攻城战具，制作了云梯与火球，准备采用火攻，摆出了一副不破江城誓不罢休的架子。巴王登城观望敌情，觉得情形很严峻，如此僵持下去，江城能否守得住，真的成了大问题。假若蜀王破城，结果肯定是不堪设想的。怎么办呢，巴王皱紧了眉头，反复思量着退敌解围之策，绞尽了脑汁，仍无计可施。巴王油然想到了罗强的建议，作为权宜之计，是否可以向秦王求援呢？大臣冉达对此则是坚决反对的，不能饮鸩止渴啊。巴王思量至此，不由得深深叹了口气，只能摇摇头，否定了这个想法。

这天下午，秦使前来拜见巴王。秦使被安排住在上等馆舍里，已经好多天了。秦使对巴王说：感谢大王的盛情款待，我是来向大王辞行的。

巴王说：招待多有不周，希望你多住些日子。

秦使说：在下奉命出使，来到贵国，大王待我若上宾，令人感动。

巴王说：巴人好客，善待朋友，历来如此。你来了，当然就是我们的贵客了。

秦使说：秦王想和大王联姻，要送美女给大王，大王是否愿意？尚未答复呢。大王现在能否告诉在下，等我回去了，也好禀告秦王。

巴王说：多谢秦王美意，现在巴国正打仗呢，需要的不是美女啊。

秦使说：在下明白大王的意思，大王是否需要秦王出援兵，来帮大王呢？

巴王没想到秦使也会这样主动提议，迟疑了一下，问道：秦王会出援兵吗？

秦使说：如果大王求援，秦王岂会坐视不救？会啊，肯定会出援兵啊。

巴王犹豫了一会儿，摇头说：不必了，暂时还用不着向秦王求援。

秦使说：秦巴乃友好邻邦，巴国有难，秦王救援，是理所当然的。大王不必客气啊！

巴王说：多谢了，暂时还不必。

秦使看出了巴王的犹豫，似乎明白了巴王的心思，于是又建议说：在下向大王辞行，就要回秦国了。秦巴友好，礼尚往来。大王是否也派遣一位使臣，随同在下赴秦，面见秦王，以表达友好之意呢？

巴王拒绝了向秦王求援，也不要秦王许诺的美女，但觉得同秦王友好交往还是应该的。巴王想了想，点头说：好啊。随即决定，派遣罗强为使臣，随同秦使一起前往秦国都城，去见秦王，表达婉谢之意，以此来加强同秦国的友好交往。

巴王的本意没有错，在用人上却有疏忽。他忽略了罗强是主张向秦王求援的，派遣罗强去见秦王，岂不是给了罗强一个机会吗？这似乎也暗示了巴王矛盾的心理。

秦使早已得知巴王君臣的争议，见巴王如此安排，当然很高兴。随即向巴王告辞，很快就启程了，陪同巴国的使臣罗强去了秦国。正在密切关注巴蜀形势的秦惠王闻讯大喜，立刻接见了巴国使臣，主动向罗强提到了出兵援巴之事。这也正是罗强希望的，很轻率地便答应了。秦国有了出兵的借口与理由，终于露出了虎狼的本性，迅速出动大军，开始向蜀国动手了。

蜀王此时还蒙在鼓里，仍在围攻江城。这场巴蜀之战，本来是不应该发生的。如果蜀王冷静一点，不轻信奸佞之言，就不至于君臣失和；或者接受了巴国的讲和，巴蜀依然友好，两国联手抗秦，蜀国北疆就会稳固如初，很多变故就都不会发生。可是刚愎自用的蜀王，却控制不了自己的情绪，如同他无法控制自己的欲望一样，对面临的形势与问题，做出了错误的判断和冲动的决定。一旦失去理智，就会变得昏聩与荒唐。于是，一些意想不到的突发事件便由此而引发了，更大的灾难也接踵而至。

第二十五章

秦惠王在秦都王宫中召集文武大臣，隆重接见了巴国使臣罗强。

罗强走进大殿，便感受到了秦惠王的威仪，秦国君臣都不动声色地看着他。虽然他受到了规格很高的接待，秦人的礼遇却给了他一种心理上的压力。秦国确实与巴国不同啊，巴人尚武，而秦人强悍，两者的气场不同，区别还是比较明显的。罗强本是板楯蛮之后，崇尚勇武乃是骨子里的东西，觉得秦惠王如此待他，并没有什么不快，反而有了某种欣喜之感。

罗强施礼说：在下奉巴王之命，特地前来拜见大王。

秦惠王说：寡人敬重巴王，想和巴王联姻。巴王派你来见寡人，寡人很高兴！

罗强说：巴王也尊敬大王，乐于和大王和睦相处，友好往来。

秦惠王说：巴王善解人意，寡人甚是欣慰。巴王近来一切都好吧？

罗强说：托大王的福，巴国无恙，巴王一切都好。

秦惠王说：寡人听说，巴国正和蜀国打仗呢，江城被围，形势吃紧，要不要寡人帮忙啊？

罗强怔了一下，没料到秦惠王刚见面就提到了这件事情，揖手说：大王的消息真是灵通，多谢大王的美意。巴蜀交战，巴国虽然形势不太有利，但是将士齐心，同仇敌忾，巴王暂时还没有向大王求援之意。

秦惠王说：秦巴既然友好，巴王为何要这么客气呢？

罗强说：倒不是因为客气，主要是不想增添麻烦啊。

秦惠王说：巴王是担心求援遭拒，还是有其他什么原因呢？

罗强刚才说的都是实话，此时当然不能说是害怕引狼入室了，只能委婉解释说：没有什么特别原因，就是不想麻烦大王罢了。

秦惠王说：这算什么麻烦，寡人为巴王解围，这是应该的啊。如果邻居着火了，岂能袖手旁观？当下睦邻有难，怎么能不帮忙呢？

罗强说：听大王的意思，真的想出兵援巴吗？

秦惠王说：寡人想帮巴王，一片诚意，岂是玩笑？

罗强见秦惠王如此表态，除了揖手示谢，一时也不知说什么好了。

秦惠王哈哈一笑说：君无戏言，寡人这就出兵，帮巴王解围，你看如何？

罗强想了想，目前巴国都城的形势确实非常紧张，虽然巴王没有让他求援，但秦惠王主动提出来要援助巴国，帮巴王解除江城的围困，岂不是一件好事吗？怎么能拒绝呢？于是便含糊地嗯了一声。

秦惠王霸气地做了个果断的手势，不容置疑地说：好，就这样定了！

秦人准备了丰盛的宴席，盛情款待罗强。酒席上，秦国的大臣们轮番向罗强敬酒。酒喝多了，话也就多了。秦人称赞罗强，说他为巴王解围，居功第一。罗强爱国心切，听了很是高兴。众人兴致勃勃，杯盏交错，罗强自恃酒量不差，此时与秦人相聚甚欢，不知不觉便喝高了，直至酩酊大醉。秦人的酒不如巴人的清酒醇美，却也是醉人的。罗强喝得迷迷糊糊，然后由随从搀扶着，送至馆舍休息。

秦惠王随即召集将帅与谋臣，再次商议出兵之事。此时的形势，与前些时已大为不同，自从苏秦离开燕国去了齐国之后，六国合纵逐渐松散，相互矛盾又多了起来。秦国不用担心六国联合攻秦，暂无后顾之忧，可以全力以赴攻取蜀国了。

秦惠王说：寡人欲出兵伐蜀，为此已谋划多年。当下巴蜀相争，巴王求援于寡人，寡人要出大军为巴王解围，乘势伐取蜀国，众爱卿以为如何？

司马错说：启奏大王，现在蜀有桀纣之乱，正是伐蜀的好时机也。臣训练将士，秣马厉兵，等待已久。请大王下令，臣愿率军出征，直捣蜀都，为大王伐取蜀国也！

都尉墨说：启奏大王，臣也愿率兵前往，伐取蜀国，为大王建功立业！

陈轸说：大王谋划深远，机会果然来了。当下出兵伐蜀，实乃天赐良机也！

张若说：启奏大王，此时蜀王出兵攻巴，后方空虚，若出大军袭击，出其不意断其归路，蜀兵必然慌乱溃逃。大秦将士犹如虎入羊群，以雷霆万钧之势挥师猛攻，一战而获全胜，伐取蜀国，如同探囊取物耳！

张仪也说：大秦兵将同仇敌忾，粮草早已准备妥当，全凭大王调遣。

秦惠王哈哈大笑，朗声说：寡人与众爱卿所见略同，可谓上下同心，众志成城也！巴蜀相争，蜀国内乱，天助我也！此时若不取蜀，更待何时？

众臣齐声说：臣等愿听从大王调遣！为大王赴汤蹈火，伐取蜀国！

秦惠王见群情激昂，都赞同出兵伐蜀，心里很是兴奋。秦国君臣耐心等待这个机会已经很久了，现在终于有了出兵的借口和理由。之前所有的筹划与布置，做好了充分的准备，早已蓄势以待，现在终于可以拔剑出鞘，施展锋芒了。秦惠王揆时度势，觉得机不可失，立即调兵遣将，颁布了出动大军伐蜀的命令。

在用人上，秦惠王派司马错为伐蜀主帅，率领秦军的主力部队由蜀道攻入蜀国，直捣蜀都；派都尉墨为伐蜀副帅，率领偏师由小道入蜀，在侧面给予呼应配合；派张仪负责三军的粮草军需供应。同时派张若随军出征，负责细作与用间，随时要将前方战况与情报禀报秦惠王，以确保信息畅通。在兵力上，司马错与都尉墨各率领数万人马，都是秦军中最强悍的精锐之师，久经战阵，军纪严明，战斗力极强。司马错与张若，非常熟悉蜀国的情况，两人皆智勇过人，是难得的将帅之才，对伐蜀取胜充满信心。在秦都与后方，还有田真黄等诸多将领，驻扎有数十万秦军，随时可以调动增援前方。秦惠王如此安排，可谓知人善任，确实是思虑周密，万无一失了。这也表明，秦惠王这次出兵伐蜀，是全力以赴，势在必得。

司马错接旨后，立刻向秦惠王陛辞，来到军营，传令三军，举行了誓师仪式。司马错深谙兵贵神速之道，先锋部队当日就出发了，翌日亲率主力随后跟进。秦军数万人马，沿着五丁力士开辟的蜀道，如同汹涌的山洪，杀气腾腾地扑向了蜀国。

苴侯很快就得知了秦惠王出兵的消息，大为震惊。苴侯在经营葭萌之时，曾派遣了一些细作，秘密安插在秦国境内，此时便将情报迅速传给了苴侯。

苴侯去见巴王，问道：是大王遣使去向秦王求援的吗？

巴王说：我没有向秦王求援啊。

苴侯说：难道大王没有遣使去见秦王吗？

巴王说：那是礼尚往来，秦王欲同巴联姻，派使者去表达婉拒之意。

苴侯说：现在秦王已派出大军，马上就要打过来了。

巴王也很惊讶，忙问：真的吗？秦军来了多少人马？

苴侯说：秦王派兵，有数万之众，说是来解围，实际是来夺城灭国的啊！

巴王惊问道：这太突然了，如何是好？蜀王仍在围城，如何应对？

苴侯说：蜀王会撤兵回防，抗击秦军，江城之围，自然就化解了。此时真正要防备的，乃是秦王啊。唉，当下情形变化莫测，灾难不期而至，危险已迫在眉睫，对蜀对巴都不是好事情啊。

　　巴王说：巴蜀本来就不该相争啊，螳螂捕蝉，黄雀在后，怎么办呢？

　　苴侯说：现在局势崩坏，凶险万分，我只有率部赶回葭萌，扼守要隘，阻挡秦军入侵。吾若战败，蜀国必危。一旦蜀国被侵，唇亡齿寒，巴国也危险了。请大王也立刻加强防备吧，不能掉以轻心啊。

　　巴王皱眉叹气说：唉！没有想到，也不愿如此。真的如君所言，那就糟透了！

　　苴侯也浩然长叹说：时势如此，奈何！奈何！在下向大王告辞了！

　　巴王知道，此时与苴侯分手，也许就是生死之别了，只觉得心情沉重，也不知说什么好了。

　　苴侯随即揖手而别，率领部下，离开江城，兼程倍道，赶往葭萌，去抗击秦军。苴侯启程时，匆忙修书一封，派了一名随从，去见蜀王，将秦军来犯，局势危急的情形告诉了蜀王。说自己已前往北疆，阻挡秦军的入侵，誓与葭萌共存亡，请蜀王赶紧调兵设防，准备与秦军决战。

　　这个时候，蜀王也接到情报，得知秦国大军杀向了蜀国，同时收到了苴侯的书信，方知局势不妙。蜀王此时才意识到，显然是错怪了苴侯啊，关键时刻苴侯仍以蜀国的安危为重，足见苴侯并无叛君作乱之意。这次进攻巴国，毫无所得，反而给秦王提供了可乘之机，也是犯了大错啊。如今大敌当前，后悔已经迟了，只有奋力去同秦军交战了。蜀王立即下令撤兵，解了江城之围，拔营而去，急忙返回了蜀国，去阻挡秦军的进攻。

　　巴王见蜀王退兵了，终于松了一口气。大臣们也都额手相庆。过了几天，罗强从秦国回来了，向巴王禀报出使经过与面见秦王的情形。巴王询问：你向秦王求援了吗？罗强说：没有啊。巴王又问：那秦王为何出兵？

罗强说：大王派臣出使秦国，去拜见了秦王，秦王很高兴。秦王早已得知蜀王围攻巴国都城的事情，是秦王主动提出来要帮大王解围的。然后，秦王便真的出兵了。我还问了秦人，既然秦王为巴解围，为何去伐蜀呢？秦人说，秦王伐蜀，蜀王必然从巴国撤兵而走，巴都之围不就解了吗？说这是秦王伐蜀救巴之意，大致就是如此吧。不出秦王所料，蜀王果然退兵了。罗强的脸上，颇有得意之色。

冉达冷眼问道：秦王出兵伐蜀，仅仅是为巴解围？还是别有所图呢？

罗强说：秦王当面说的，就是为巴解围啊。

冉达说：秦王是醉翁之意不在酒啊，伐蜀之后，巴亦危矣。

巴王听了，想起苴侯也是这么说的，沉吟道：秦蜀之战，结果如何，还不得而知。秦强蜀弱，是胜亦忧，败亦忧，只有静观其变了。

苴侯率领部下赶往葭萌，想利用蜀国北疆的要隘抗击秦军，但还是晚了一步。司马错的前锋部队，行动神速，已经攻入了蜀国境内，沿着蜀道，直捣蜀都。蜀王的人马从巴国撤退回来，正赶来防守，遭遇了入侵的秦军，随即发生了激战。秦军骁勇异常，蜀王指挥兵将拼死抵挡，双方相持不下。蜀兵毕竟人多，逐渐占了上风。这时入侵的秦军主力陆续赶来，迂回夹击蜀王，形势随即大变，蜀王吃了败仗，只有构筑营垒，凭险坚守，继续顽强抵抗秦军的进攻。

开明王长期沉湎于宫廷生活，过惯了舒适的日子，此时方才知道局势的严峻，完全超出了自己的想象。秦军犹如虎狼一般，已从左右两面对蜀王的人马形成了钳击之势。双方交战了几次，秦军越战越勇，蜀兵勉强招架，士气低落，已无还手之力。蜀王一边坚守，一边派了侍从，火速赶回蜀都调兵前来增援。蜀王又特地派人给近臣江非传达旨意，蜀兵急需粮草辎重，要他抓紧筹集，赶快押送至军中。蜀王想起当初率军狩猎与秦王在谷中相遇的情形，如果五丁力士健在，秦人早已惊慌而退了。可是，五丁力士不幸遇难了，蜀国没有了猛将，就难以抵挡凶悍的秦军。敌人凶焰嚣张，援兵迟迟不至，粮草辎重也日益短缺，情形万分危急，现在真的是到了生死存亡之际啊，蜀王不由得喟然长叹，心情分外沉重，不知如何是好。

就在最危急的关头，苴侯率领着敢死之士，冲破了侧面的秦军，赶来同蜀王会合了。苴侯穿着铠甲，经过浴血奋战，衣袍上沾染了很多血迹，来到蜀王军中，下了战马，上前拜见蜀王。蜀王正值危难之际，身陷困顿之中，急切地盼望着援兵呢，得知苴侯来了，颇为意外，又深感惊喜，顿时冰释前嫌，立刻起身相迎。

苴侯说：秦军来犯，大敌当前，臣弟冒死而来，愿协助王兄，与敌决战！

开明王说：你来得正好啊，有你相助，破敌就有希望了！

苴侯叩首说：臣忠心耿耿，誓死效忠于王兄，即使为国捐躯，也万死不辞！

开明王很受感动，上前一步，将苴侯扶了起来，热切地说：危难见真情，我错怪贤弟了！

苴侯说：这是奸佞挑拨，使大王受了蒙蔽，导致君臣相疑，危害国家。

开明王说：奸臣误国，坏了大事啊。等吾回朝，定将奸臣绳之以法，重惩不贷。

苴侯见蜀王有了幡然醒悟之意，也分外感动，揖手说：大王使贤任能，疏远小人，定能重振大业，复兴有望也！

开明王感叹说：吃一堑，长一智，经过了此番磨难，令吾感悟良多啊。

苴侯和蜀王见面后，经过这番推心置腹的交谈，弥补了裂痕，恢复了信任。毕竟是兄弟、君臣，虽然闹了矛盾，在外敌入侵之际，又团结起来，准备生死与共，合力抗敌了。苴侯深明大义，蜀王也知错而改，现在最重要的就是如何击退敌人，争取扭转局势，以求转危为安了。但情况明摆着，入侵的秦军凶悍善战，形势对蜀王和苴侯极为不利。蜀兵与秦军对垒，相持了数天，蜀都仍然没有派出增援的人马，而秦军的攻势则加强了，对蜀兵逐渐形成了包围之势，情形越加危急了。

开明王对苴侯说：吾已连派数人，催调援兵，为何迟迟不来？怎么办呢？

苴侯说：情形已十万火急，若秦贼迂回，绕出我后，断我归路，就更危险了。当今之计，不如大王率军突围，先回都城，亲自去调兵遣将，号召民众，合力御敌。我率部继续于此坚守，阻击秦贼。

开明王说：当下敌强我弱，吾若率军突围而去，你兵少势危，如何是好？

苴侯说：我兵虽少，部下将士都忠君爱国，会誓死而战。我死不足惜，只要大王能平安脱险，蜀国就能继续抵抗秦贼。

开明王知道，这是苴侯决心牺牲自己，来保全君王了，不由得心中发热，湿润了眼眶。路遥知马力，日久见人心啊。平常对此不以为然，如今到了最危急的关头，才终于明白了忠臣的可贵。蜀王做好了突围的准备，与苴侯洒泪而别。

司马错率领的秦军，遇到了苴侯与蜀王的顽强抵抗。

司马错对张若说：我军远道而来，利于速战速决。蜀之将亡，已露败象，我欲断蜀王归路，将其围而歼之。此战甚为关键，只要获胜，则伐蜀大局就赢定了。现在要防备的是，蜀都如果派兵来援救蜀王，将不利于我。你可知当下蜀都主事者是谁？能否抓紧用离间之法，阻挠其出兵？

张若说：据我所知，蜀王率兵进攻巴国，留太子驻守都城。但蜀王将重要事情都委派亲信近臣操办，实权乃在近臣江非手中。我已派人前往蜀都，去见江非了。估计江非会阻挠派兵的，请大人放心。

司马错说：江非乃蜀王信任的近臣，难道他不效忠于蜀王，而替秦人办事吗？

张若说：江非是识时务者，看到蜀王大势已去，自然就要投靠秦王了。

司马错说：如此甚好，此乃蜀之不幸，而秦之大幸也！

张若多次出使蜀国，对蜀国的内幕了如指掌，此时已经派遣了心腹使者潜入蜀都，去见江非了。张若说得不错，蜀王率兵讨伐苴侯和巴王时，吩咐太子春阳守国，而授权近臣江非负责粮草辎重的筹集供给，实际上是将很多军国大事都交予江非在操办。江非是蜀王信任之臣，也就成了手握实权之人，太子春阳只是名誉上驻守都城的主帅而已。

这个时候，秦兵大举入侵的消息已经传到都城，大臣们惊慌失措，百姓与商贾们都慌乱不堪，都城内外乱纷纷的，仿佛成了一锅粥。

太子春阳已经接到了蜀王调派援兵的旨令，急忙召集军队。但他以前都是深居宫中，从未独当一面，不熟悉军国大事，更无从政经验，遇到如此严峻的突发事件，难免手忙脚乱。除了守城之兵，他能调动的兵力相当有限，而且没有能征善战的将领来率兵出征。若以此区区之兵，如何去增援父王呢？这时蜀王催调援兵的旨令又来了，太子春阳焦虑万分，一下乱了方寸。

随着秦兵入侵，又传来了蜀王迎战不利的消息，使得蜀王宫廷内人心惶惶，蜀王的嫔妃们和年轻王子都有了大祸临头之感。平常安享荣华的大臣们，此时也都人人自危，一片慌乱。他们知道，一旦蜀王战败，蜀国就要败亡了，他们就成了亡国之臣，凶悍的秦兵就要砍他们的头了。为了保全身家性命，大臣们已顾不得挺身而出去救援蜀王了，各自在考虑避祸要紧，有的准备藏匿民间暂避战乱，有的想投奔王子安阳以求安全，有的打算逃往巴国躲过此劫，也有的想避居山林远离纷扰，还有个别心怀侥幸的大臣，不想逃亡，心理上已经准备投降了。

江非也接到了蜀王催调粮草辎重的旨令，正在匆忙筹集准备运往军中的时候，张若派出的心腹使者来到了他的府中。江非与张若交往较深，见过这位心腹，此时看到来人，有点惊讶，颇感意外。正是华灯初上时分，江非阴沉着脸，皱着眉头说：现在秦蜀交战，张大人为何派你来此？难道不怕我抓了你，砍了你的脑袋吗？

秦使揖手说：张大人派我来，是因为敬重江大人啊。现在蜀王败局已定，秦王大军席卷而来，破城在即。负隅顽抗者，玉石俱焚。识时务者，乃为俊杰。江大人是明白人，如果能改弦更张，及时效忠秦王，在改朝换代之后，依然身居高官，安享荣华富贵，岂不妙哉？

江非听了，大为心动，沉吟道：依汝所言，此话当真？

秦使说：张大人派我专程而来，说的都是真话，请江大人当机立断，不必犹豫。

江非说：当下秦蜀交战，胜负未定，万一秦军败退而去呢，那又怎么办？

秦使说：秦王派数十万大军，倾力而来，锐气方涨，犹如泰山压顶。蜀王兵少将寡，士气崩溃，岂有不败之理？蜀王气数已尽，蜀国将亡，大厦倾覆，胜负已定。江大人如果犹豫不决，继续为蜀王卖命，等到城破之时，则悔之晚矣。

江非神色有点紧张了，问道：张大人派你来，目的究竟是什么？

秦使说：请江大人不要再运送粮草武器给蜀王，等到蜀王溃逃而归，关闭了城门，不要让蜀王进都城就行了。

江非知道，这是张若要求他彻底背叛蜀王了。想到蜀王多年来待他不薄，现在蜀王有难，他不去效忠蜀王，却突然要降敌去做叛贼了，心中还真的有点犹豫。但他历来擅长投机取巧与明哲保身，本性如此，只会选择对自己有利的去做。揆时度势，现在除了投降秦王，以求保全富贵，难道还有更好的选择吗？可是，张若许诺的富贵能兑现吗？再说，万一蜀王反败为胜，击退了秦军，又如何是好呢？

秦使见江非沉默不语，又一针见血地说：江大人唆使蜀王讨伐苴侯，进攻巴王，其实已经帮了秦王大忙，给了大秦出兵伐蜀的可乘之机。如果蜀王回到都城，追究责任，必然要治江大人之罪，肯定是要斩了你的项上人头来出气的。蜀王喜怒无常，江大人难道不明白吗？还犹豫什么呢？

江非听了此语，悚然大惊，背上直冒冷汗。秦使说得不错，蜀王由于轻信了他的挑拨才贸然出兵的，等蜀王回过神来，肯定是要治他大罪啊。现在生死攸关，确实犹豫不得了。江非思虑至此，终于下了决心，对秦使说：好吧，吾意已决，就按张大人的吩咐办，不给蜀王增兵，也不给蜀王运输粮草，更不让败退回来的蜀王入城。

秦使高兴地说：好啊，江大人若能这样做，那就为秦王立大功了！

江非揖手说：请你禀告张大人，等秦王取蜀之后，希望兑现拜官封爵的诺言。

秦使说：这是必需的，请江大人放心好了。秦王赏罚分明，有言在先，蜀中降秦者给予重赏。江大人立了大功，必有高官厚爵封赐之，从此安享荣华富贵。

江非说：好，君子之言，金石可镂。那就一言为定了！

秦使说：君王无戏言，请江大人好自为之，就这样说定了。

秦使来访的目的已经达到，随即告辞，悄然出了蜀都，返回秦军，去禀报张若。

江非送走秦使后，仔细想了一下，对后面如何行动，便有了主意。

江非先去见太子春阳，商量说：秦人来犯，大王正与秦军交战，情形紧张，需要援兵，已刻不容缓。请殿下率兵去增援大王吧！小臣留守都城，遵照大王旨令筹集粮草，以保障军需供应。殿下以为如何？

太子春阳这几天为了援兵之事，已不胜焦虑，摇头说：父王出兵之时，当面传旨，命我守国。当下诸事纷扰，我应坐镇都城才对，岂能轻易率兵外出？还是派遣将领率兵前去增援吧，这样才不至于违背父王的旨意啊。

江非心想，这是太子春阳胆小怕事，害怕亲临战阵与敌鏖战。但如果让太子春阳留在都城，他就不好全权掌控都城的局势了。于是便鼓动说：这是殿下建功立业的好机会啊，殿下如果亲自率兵前去增援，大王必然喜出望外，将士们也都会感激殿下。等到击退秦兵，殿下的功劳最大，谁人能比？

太子春阳依然犹豫不决，沉吟道：大局纷乱，情况复杂，不宜草率行事。我已派人传书给王子安阳，请他率兵驰援。

江非说：王子安阳远在南疆蛮夷之地，哪里能赶回来？大王等待援兵，已迫在眉睫，只有殿下亲自出马才好。

太子春阳说：父王盼望援兵，情况是比较紧急，但还是要沉着，不能草率啊。

江非又激将说：殿下文韬武略，智勇双全，难道害怕与秦人交锋吗？

太子春阳脸色微微一红，慨然说：秦贼来犯，誓死反击，义不容辞。我这就率兵去增援父王！守卫都城，还有粮草供应，就拜托你了！

江非说：请殿下放心，小臣精忠报国，会尽心效力的。

太子春阳禁不住激将，此时形势复杂，也使他别无选择，只有亲自率领召集来的兵马前去驰援蜀王了。

江非暗自得意，太子春阳终于率兵走了，都城的防务现在已经由他控制了。等到蜀王战败之时，他就可以下令关闭城门，阻止蜀王入城，然后就要举城投降秦军了。接着，他又传令将筹集的粮草军需封存起来，准备献给秦军。为了效忠秦王，江非所为也算是不遗余力。

太子春阳率兵出发前，入宫去向王后辞行。王后对他说：这几天，宫内乱纷纷的，我心里也莫名烦躁，总觉得要出大事了。太子春阳说：秦王派兵打了过来，父王率军正与之交战呢，儿臣要率兵去增援父王，就要启程了。王后忧虑重重地说：打仗可不是好事情啊，出生入死，刀剑无情，你千万要小心。太子春阳说：母后叮嘱，儿臣记住了。王后又说：王子夏阳，还囚禁着呢，这兵荒马乱的，你把他放出来吧。太子春阳迟疑了一下说：没有父王的旨意，这样好不好呢？王后说：放他出来为大王效力，有什么不好啊？太子春阳点头说：好吧，还是母后想得周全。随即派人，去打开牢门，将王子夏阳释放了出来。太子春阳又吩咐王宫中的侍卫首领，要协助王子夏阳和留守宫中的几位小王子，务必加强对王宫的护卫，确保王后和王室家族的安全。做了这些安排之后，太子春阳这才放心不下地离开王宫，率兵走了。

王子夏阳被关久了，如同大病一场，此时得以重见天日，不由放声大哭。

江非得知王子夏阳放了出来，心里犯了嘀咕。他支走了太子春阳，却意想不到王子夏阳掌握了王宫兵权。现在都城里面，除了守城之兵，就是守卫王宫的卫士了，这可是精锐之兵啊。之前他因为替蜀王选妃之事，得罪了王子夏阳，成了他的死对头。王子夏阳肯定会与他对着干的，他想举城投降秦军就会遇到麻烦。怎么办呢？江非觉得，无论如何也要抓紧想个办法，赶快将王子夏阳除掉才好。江非琢磨了一会儿，终于有了主意。

江非在城楼布防，暗中埋伏了刀斧手，派人去请王子夏阳，来商量如何御敌。

王子夏阳重获自由，方知世事艰难，局势已发生了巨大的变化。这段时间的经历，使他饱受折磨，一下老成了许多。他从小养尊处优，被父王与母妃娇宠惯了，没有什么大的本事，也缺少应变能力。当前秦军入侵，蜀国危在旦夕，应该怎么办呢？选妃之事，使他大起大落，明白了父王不可信，对朝中的大臣与其他人当然也不可轻信。但总得找个人商量一下拿个主意啊，他油然想到了母妃。他询问宫女，淑妃还被蜀王软禁在冷宫中呢。王子夏阳立刻去见母妃，将淑妃接出了冷宫。母子相见，恍若隔世，不由得相拥而泣。

这时宫中侍卫向王子夏阳禀报，说江非派人请他去城楼视察，商议加强防御的事宜。王子夏阳嗯了一声，沉默未语。淑妃在旁边也听到了，对此倍加警觉，赶紧提醒说：江非乃奸佞之臣，就是他挑唆大王，给蜀国带来了祸乱啊，江非不除，蜀难未已！他此时请你，不怀好意，或有密谋，你务必提防，不能上当啊。王子夏阳霍然心惊，咬牙切齿地说：奸臣误国，我要杀了他，方解心头之恨！淑妃还是很有见识的，又提醒说：大敌当前，先保障王室安全，等候大王和太子击退入侵之敌。你少安毋躁，先攘外，再安内吧。

王子夏阳听从了淑妃之言，坐镇王宫，勒兵而守，当然不会轻易去见江非了。

江非见王子夏阳不上当，很是无奈。但若不除掉王子夏阳，他的降秦计划很可能会遭到阻挠，难以顺利实施。于是他又想派遣刺客前去暗杀。可是王子夏阳待在宫中，王宫戒备森严，使得他无计可施。

此时蜀国北部，蜀兵与秦军正在激战，各种消息不断传来，情形瞬息万变，也使得江非焦躁不安。蜀王又派人来催运粮草军需了，江非封存了粮草，继续拖延着不办。他现在最担心的是蜀王战胜了秦军，一旦凯旋，要拿他是问，那他就性命难保了，抗旨可是杀头的大罪啊。所以他盼望着秦军尽快打过来，希望秦军灭了蜀王与太子，然后他就顺理成章地投降秦王，像张若说的那样拜官封爵，从此安享荣华富贵。江非的降敌之心，取代了忠君爱国，变得异常热切。但他观望局势，又觉得胜负难料，总有些心神不定。他为了安慰自己，占卦卜算了一下，竟然是凶兆。连卜三次，都是大凶。江非自我解嘲，蜀国就要亡了，当然是大凶，而他降秦是弃暗投明啊，那就转凶为吉了。江非虽然这么思量，却无法克制焦虑，心里总是七上八下的，好像吞了只苍蝇，很难形容那是什么滋味。这个时候焦虑不安的，还有蜀国的众臣们，也都自顾不暇，惶惶不可终日。蜀都城内乱哄哄的，大难即将临头，有些人依然在钩心斗角。荒唐的事情每天都在发生，却从来没有现在这么严峻。

　　秦蜀大战，蜀王战局不利，开明王朝面临崩溃，人心惶恐，乱象丛生。

　　蜀国有史以来，最危急的关头，终于不可避免地来临了……

第二十六章

开明王与苴侯洒泪而别，准备率兵突围了。

这场秦蜀之战，秦军是有备而来，蜀王是仓促应战，秦军集中了精锐兵力，而蜀兵疲惫，士气低落，形势对蜀王极其不利。蜀都的援兵迟迟不来，蜀兵粮草即将耗尽，如果继续相持下去，一旦被秦军围而歼之，蜀王被擒或阵亡了，那蜀国就真的完了。苴侯的判断还是相当冷静的，当务之急，只有让蜀王突围而出，去召集兵力来反击秦军，或许还有转败为胜的机会。军情严峻，确实到了最危急的关头。突围之战，也可以说是一场决定蜀国命运的生死大战。

战斗在拂晓时开始，苴侯率领一批敢死之士，出其不意地向东边侧面向秦军发起了攻击。扼守营垒的蜀兵擂鼓呐喊，声势威猛，锐气逼人。这是苴侯故意虚张声势，用声东击西的战术来吸引秦军的注意力，以便掩护蜀王的突围。秦军果然被引诱了，调集了人马赶来应战。苴侯率领蜀中勇士们大喊杀敌，奋勇搏击。秦军蜂拥而至，凶悍反扑。喊杀声此起彼伏，战鼓咚咚，震耳欲聋，刀剑砍击，长矛与铁戟相互刺杀，两军拼命相搏，杀得难解难分。

开明王看到时机来临了，率兵向西南方开始突围。前锋是挑选出来的一批悍勇善战之士，蜀王向他们亲口许诺给予重赏，以激励他们的士气。蜀王亲率中军，由心腹侍卫们跟随左右，在战阵中贴身护卫。后面还有大队蜀兵，突围出去后，要阻击追杀的秦军，与秦军展开生死鏖战。蜀王这样安排，也是万般无奈，竭尽所能了。战场形势险恶，胜负难以意料，两军相逢勇者胜。面对气势凶悍的秦军，蜀王只有拼死一搏了。

这场突围之仗，同样打得异常激烈。秦军蜂拥阻击，蜀王亡命而战。因为出其不意，蜀兵的强势冲击，一下就将秦军的围困撕开了口子。蜀王骑着战马，在侍卫们的奋勇护卫下，如同溃堤泄洪，疾驰而出，终于冲出了敌人的包围，向着蜀都方向急速撤退。

司马错接到部下禀报，得知蜀王率兵突围了，立刻亲率秦军主力追杀。司马错本来是打算将蜀王与苴侯就地围歼的，现在情况发生变化，也是在他意料之中的。他传令副帅都尉墨继续与苴侯作战，负责将苴侯的人马围而歼之。他则率领精锐步骑，追击溃逃的蜀王，不给蜀王以喘息之机。

开明王挥鞭催骑，侍卫们紧随其后，拼命奔逃。司马错率领的秦军，很快就追了上来，与蜀王的殿后部队展开了厮杀。秦军锐气方涨，蜀兵疲于奔命，战场的优劣很明显，在这样的态势下，蜀兵的抵抗是坚持不了多久的。从蜀北到蜀都，相距颇远，有几天的路程呢。蜀王为了躲避秦军的追击，选择了间道而行，这样虽然略绕了一点，却可以迷惑追敌。这个时候，太子春阳率兵正从大道前来增援，与败退的蜀王恰巧就错开了，无缘相逢。两人错失了合兵的机会，从此只有各自为战，分别与追击的秦军进行周旋。

开明王在众多侍卫的保护下，策马狂奔，向南逃跑。小道崎岖，路途艰辛，历经颠簸，使得蜀王疲劳不堪。蜀王奔跑了一天，终于甩开了追杀的秦军。到了傍晚时分，已经人困马乏，侍卫们就近找了农舍，吃饭喂马，稍事休息。淳朴的乡民们得知蜀王驾到，都恭敬相待，拿出了粮食与草料，有的还宰了下蛋的鸡，筹集了很多好吃的，热情款待蜀王与侍卫们。蜀王正在危难之中，对于百姓的善良与敬意，很受感动。看到有这么多忠心可嘉的民众，可是蜀国的大好江山却危在旦夕，蜀王思量至此，不由得感慨万分。

晚秋之时，穷乡僻壤，炊烟袅袅，放眼望去，山川如画，都笼罩在了暮霭之中。此刻的静谧安详，不过是暂时的，等到秦军发现行踪尾追而来，所有的安静祥和便会变为刀光剑影。蜀王此刻的心情，就充满了焦虑与担忧，准备小憩片刻，便继续逃往蜀都。侍卫们不敢懈怠，在周围安排了岗哨。

这时候突然传来了马蹄声和吆喝声，使得侍卫们一下紧张起来。他们立刻派人查看，准备迎战。原来是一支商队过来了，为首的竟然是魏炎与魏安父子。侍卫将他俩带到了蜀王面前，两人上前拜见了蜀王。自从小卉被蜀王封为慧妃，魏炎被尊为国丈，获得了蜀王大量赏赐，成了蜀国的贵族。魏炎经营的山货生意大为畅销，商店规模随之扩大，往来运输货物的人员与马匹也增多了，组成了商队。慧妃病故之后，蜀王对魏炎父子照顾有加，兑现了对慧妃的承诺，也算是重情重义。最近得知秦军入侵，蜀都的贵族与商人们都纷纷出逃，各自携带着金银细软和贵重物品，希冀躲避战乱。魏炎父子也不敢在蜀都继续待下去了，匆忙收拾了一下，带着商队，离开都城，准备回武都故居去暂避，没想到在这里遇见了蜀王。

魏炎施礼说：在下魏炎，拜见大王。魏安也随之行礼说：小民魏安，叩见大王。

开明王见到两人，想起了慧妃，忙问道：你们怎么来了？

魏炎不便说是因为避乱离都，只能托口说：启禀大王，秋天是收山货的季节，我们离乡太久，想回去看看，顺便收些山货，运到都城。

开明王又问：你们刚从都城来，现在情况如何？

魏炎迟疑了一下说：听说大王在同秦人打仗，都城人心有些浮动。

开明王哦了一声，又问：我出兵在外，命太子守国，现在城防的情形怎样？

魏炎说：听说太子已经亲自率兵，北上增援大王了。

开明王有点诧异，皱眉说：我怎么没有看到太子和援兵呢？

魏炎猜测说：是不是走的道路不同，相互错过了，没能和大王会合？

开明王想，也只有这种可能了。又想到，如果太子与秦军遭遇，势单力薄，必然凶险，那又如何是好？现在的情形，强敌压境，自顾不暇，兵力分散，真的是糟糕透了。蜀王心绪怅然，不由得长叹了一声。

魏炎吩咐魏安取了携带的美酒，呈现给蜀王，请蜀王饮用。

开明王平常最喜欢美酒美女和音乐，这些日子亲历战阵，疲于奔命，早已久违了这些心喜之物。此时闻到美酒的香醇之味，心里颇为感动，同时也分外感慨。值此兵荒马乱之际，往日宫廷的享乐生活，已恍若隔世。蜀王很想畅饮几盏，却心绪不安，担忧着秦军随时都可能追杀过来，哪里还有心情饮酒呢？

魏炎见蜀王闷闷不乐，又恭敬地说：在下感恩大王厚遇，甘愿为大王效劳。大王若有吩咐，在下定努力为之，就是赴汤蹈火，也万死不辞。

开明王说：你忠君爱国，热忱感人啊。秦贼犯境，杀敌卫国乃当前要务。你若能组织乡民，助我御敌，匡扶社稷，那就是立了大功了啊。

魏炎说：在下遵命，回去就召集乡民，奋起杀敌，跟随大王，建功立业。

开明王领首说：好啊，你忠心可嘉，如此则甚好。随即颁旨，任命魏炎为柱国大将军，任命魏安为武都将军。蜀王的话自然就是圣旨。虽然是在荒郊乡野，不能拜坛封将，也无法授予印信之类，只是口头任命，但魏炎父子的身份顿时便不同了，立刻成了蜀王的顾命大臣。

魏炎和魏安同时叩谢：多谢大王，臣等不才，唯有全力以赴，杀敌驱虏，保家卫国，来报答大王了！

开明王又传旨说：你们可以便宜从事，以钦命柱国大将军的旗号，召集人马，多多益善，只要杀退秦贼，就是大功臣。

魏炎和魏安同时点头答应了，决心一回到武都，便立刻按照蜀王的旨意去办。

开明王临时任命，在败退途中做出了这个随机应变的安排之后，心情略好了一点。危难之际，毕竟还是有效忠于王命之人啊。也只有在这个时候，蜀王才深切感到了忠臣与良将的重要。他又油然想到了五丁力士，如果有五丁力士在身边，要击败入侵的秦贼，那是很容易的事情。可惜五丁力士遇难了，蜀国没有了猛士，更缺少良将，万不得已，才不得不让商贾出身的国丈来当大将军了啊。

天色已晚，开明王准备稍事休息，然后抓紧退回蜀都。秦军随时都会追来，此地不可久待。蜀王刚躺下，便做了一个噩梦，只见有成群的毒蝎在后面追他，他骑马狂奔，迎面又遇到了一条毒蛇，吐着血腥的信子，朝他扑来。蜀王大惊失色，呼叫了一声，从噩梦中醒来，发觉出了一身冷汗。梦见蛇蝎围攻，不是好兆头。蜀王心有余悸，不敢再睡了，吩咐侍卫备马，赶紧离开此地，连夜赶路，前往蜀都。

魏炎父子与蜀王分手后，于早晨启程，带领商队，继续前往武都。

这时司马错率领秦军，已发现了蜀王的行踪，正寻踪追来。

魏炎父子带着商队，沿着间道北行，恰巧遇上了秦军，躲避不及，被秦军抓获了，将二人带到了司马错面前。

司马错打量着魏炎父子，询问：你二人是干什么的？从实道来。

魏炎骤然遇敌，被秦军俘获，很是紧张。毕竟经商多年，见过的世面多，此时只有随机应变了，赶紧施礼说：小人是做生意的良民，路遇贵客，向大人请安了。

司马错说：看你衣着华贵，不是一般的商人，是蜀王的大臣和亲戚吧？

魏炎内心惊慌，背上冒出了冷汗，忙说：小人也是秦人，在蜀中经商而已。

魏炎是武都人，位于蜀国北疆，与秦国相邻，以前曾多次去过秦国贩卖山货，说话的腔调很自然带有秦人味儿。

司马错听出了他的口音，锐利的目光顿时变得随和了，问道：你们从蜀都来吗？那里的情况怎样？

魏炎说：是的，蜀都还是老样子。

司马错又问：你们看见奔逃的蜀王了吗？

魏炎不敢说没有遇见，只能撒谎说：看到一群人，慌忙奔逃，往西山去了。

司马错放眼眺望，西边群山连绵，沟深林密，那就是蜀国的西山了。蜀王为了逃命，带着残兵败将逃往西山也是很可能的。但转念一想，蜀都尚在，那是蜀王的老巢，蜀王应该逃回都城去调兵遣将，才符合常理啊。司马错明智过人，这么一想，便觉得魏炎没说实话，对魏炎的身份也有点怀疑了，当即下令扣押了商队，派兵看押了魏炎父子，等候取了蜀都，抓获了蜀王，再做处置。

魏炎父子成了秦军的俘虏，原想回武都暂避的，然后又想效力于蜀王，所有的计划顿时都化为了泡影。商队的马匹与携带的财富，也被秦军给征用了。他们被几名秦兵押解着，走在秦军的后面。魏炎暗自盘算着脱身之法，一路上用乡音与几名秦兵聊天套近乎，将身上的珠宝赠送给秦兵，博取了秦兵的好感。到了晚上扎营之后，聚在一起猜拳饮酒，已经成了可以相互调侃取笑的乡亲朋友。入夜之后，喝醉了酒的秦兵呼呼而睡，魏炎父子悄悄溜了出来，牵着马，带了几名心腹随从，匆匆逃离了秦军。这里离蜀国的都城已经不远了，他们不敢逃回都城，因为秦军很快就要攻取蜀都了。他们也不敢往北逃，怕遇到其他入侵的秦军。聪明的选择，只有辗转往南逃了，先躲避战乱，然后观望局势，再做其他打算吧。

魏炎父子脱离了秦军后，绕了一个圈，开始辗转南逃。也是命运使然吧，所谓人算不如天算，他们后来又遇上了败逃的蜀王，遭到了秦军的追杀。

开明王连夜奔逃，兼程南下，翌日终于看到蜀都了。

护卫着蜀王一路狂奔的侍卫们，此时已经人困马乏，疲惫不堪。跟随在后面撤退的蜀兵，已经七零八落，所剩无几了。

看到繁华的都城就在前面，使得蜀王和侍卫们又兴奋起来。蜀王喘了口气，对紧随在身边的侍卫们说：终于要回到都城了啊！进城之后，立刻调兵！不能耽搁！侍卫们都知道军情紧急，齐声答应了，只要蜀王传令，肯定是要立即传达执行的。

他们来到了蜀都城下，此时城门紧闭，外边堆放了鹿角蒺藜，如临大敌。

侍卫们放声大喊：快快打开城门！大王回来了！

守卫蜀都北边城门的，都是江非特地安排的亲信部众。此时紧闭城门，对侍卫们的呼唤置若罔闻。侍卫们又连声呼喊，依然毫无反应。蜀王很焦急，深感诧异，亲自喊话说：守城将领是何人？快快露面，前来见我！

又过了一会儿，江非终于在城楼上出现了，居高临下，面对蜀王，冷眼而视。

开明王看到了江非，大声说：爱卿为何不打开城门，快快让我入城？

江非说：大王入城，意欲何为？

开明王说：这是我的王城啊，我要入城，召集兵马，抵御秦贼！

江非说：大王还是不要入城吧，免得玉石俱焚。

开明王说：爱卿何出此言？这是什么意思？

江非说：为了免遭兵燹之灾，此城已归秦王。请大王鉴谅！

开明王大惊失色，扬鞭指着江非责问道：你已献城降敌了吗？

江非冷笑了一下说：并非降敌，而是弃暗投明也。

开明王怒骂道：我待你不薄，你竟然叛变！毫无忠信节义，真是奸佞小人！

江非不生气，反而皮笑肉不笑地说：大王骂得好，识时务者方为俊杰嘛。

开明王怒不可遏，命侍卫们放箭而射，恨不得立刻杀了江非。江非身边的卫士，用盾牌挡住了箭矢。守城的部众这时也开始放箭回射了，有几支箭矢差点射中了蜀王。侍卫们护卫着蜀王，赶紧回撤，离开了城门。蜀王没有想到会发生这种变故，平日最亲信的近臣在关键时刻却变成了叛贼，不让他入城，还放箭射他，好个奸佞贼子，心肠比蛇蝎还要歹毒啊！蜀王此时方才明白，用人不当，会招致什么样的恶果，可是时势如此已不可逆转，真的是悔之晚矣！

开明王不能入城，也无法调兵遣将，不由得仰天长叹。蜀国遭遇劫难，传了十二代的开明王朝，难道真的要亡了吗？在此大难临头、即将覆灭之际，蜀王悲愤不已，止不住热泪长流。看到蜀王伤心，侍卫们也都悲伤不已。

此时有侍卫对蜀王说：大王不要伤心，王子安阳驻扎在僰僚之地，兵力强盛，足以抗秦御敌。大王何不前去，调用其兵力，再号召天下，以图光复？

开明王听了，觉得颇有道理。此时别无良策，从大局考虑，也只有这个选择了。随即率领着侍卫和残余亲兵，绕过了蜀都，往南而逃，准备投靠安阳王子去了。

开明王撤离了城门不久，蜀都城内便发生了激烈的厮杀。

江非虽然控制了蜀都，并投降了秦王，但王宫中还有一支忠于开明王朝的精兵。王子夏阳勒兵守卫王宫，得知蜀王败退回来，被江非紧闭城门，拒于城外，不由得大怒。秦军尚未攻来，江非就举城降敌了，这还了得？这个时候，当然不能袖手旁观了。王子夏阳早已憋了一肚子的火，已经忍无可忍，当即率领卫兵，出了王宫，向城门杀来，江非刚刚指挥部众放箭射走了蜀王，突然遭到王宫卫兵的攻击，大为惊慌，赶紧率众反身抵挡。

王子夏阳率兵猛攻，江非倾力抵挡，双方混战，短兵相搏，激烈拼杀，城门处乱成了一团。王子夏阳恨江非入骨，铁了心要杀江非以解心头之恨，所以奋勇攻打，志在必得。江非已经降秦，此时如果失手，那就完蛋了，所以只有拼了老命反扑。对于两者来说，这真的是一场生死攸关的搏杀，打得难解难分。在兵力数量上，江非人多，占了上风，王子夏阳兵少，处于劣势；但在战斗力与士气上，王子夏阳却要强于江非。这样的拼杀，使得双方各有死伤，一时难分胜负，成了胶着状态。如果蜀王尚未绕城南逃，此时率领侍卫与亲兵从外面攻打城门的话，很可能就入城与王子夏阳会合了，然后可以调兵守城，或许还有重整旗鼓的机会。可惜蜀王错失了这个机会，与王子夏阳失去了呼应，也使得江非有了喘息之机，免除了被蜀王严惩的可能。这是江非的侥幸，也是蜀王与王子夏阳的不幸。

这场厮杀拖延到了傍晚，司马错率领的秦军追击而来，已经兵临蜀都城下了。

司马错身穿铠甲，骑着战马，挥兵而进。凶悍的秦军如同洪水，汹涌而至，包围了都城。江非得知秦军到了，喜出望外，立刻吩咐手下打开了城门。秦军争先恐后，蜂拥而入，迅速抢占城内的要点，开始沿着街道追杀溃逃的蜀兵。城内的店铺与府邸民居都已关门闭户，也有躲避不及慌乱奔逃的民众，呐喊与呼号此起彼伏，声音嘈杂，混乱不堪，一片乱象。

王子夏阳看到此时的形势已彻底崩坏，只有率着卫兵边战边退。城破国亡，这已经是最后关头了，反正也逃不出去了，与其被俘遭杀，不如英勇战死，王子夏阳奋力而战，卫兵们也都顽强拼杀。王宫是秦军入城后进攻的重要目标，涌向王宫的秦兵越来越多，王子夏阳和卫兵被阻断了退回王宫的道路，混乱中只有朝着另外的方向撤退，在路口又与追击的秦兵进行了厮杀。卫兵们竭力抵挡着秦兵，掩护着王子夏阳，让他赶紧逃走。拼杀到最后，这些忠勇的卫兵们都壮烈牺牲了，只剩下了王子夏阳独自一人。

此时夜幕降落，光线变得昏暗了。王子夏阳继续奔逃，也许是冥冥之中自有天意吧，他慌乱中来到了大臣彭玉的府邸门前。秦兵正沿着街道追寻而来，可以听到奔跑的脚步声，已经越来越近了。眼看着已无路可逃，他只有敲响了大门。门后有人透过门缝观望，过了一会儿，大门竟然开了，王子夏阳闪身而入，大门马上又关上了。王子夏阳看到，开门的不是别人，正是大臣彭玉。王子夏阳神色惶恐，喘着气说：秦兵在追我，只有在大人这儿先躲避一下了。

彭玉揖手说：看到是王子，我才开的门啊。请王子跟我来吧。随即领着王子夏阳，走进了府邸大堂。彭玉前两天已派遣家丁护送家眷回彭族老家暂避，他自己留下来陪伴生病的爱女瑶儿，此时府中已没有其他人了。

王子夏阳喘息未定，说：江非降敌了，秦兵破城而入，形势危急，如何是好？

彭玉问道：不知道大王和太子的情况现在怎样？

王子夏阳说：父王率兵回来，被江非阻挡，不能入城，已往别处而去。太子出兵后，便没了消息，现在情况如何，尚不得而知。

彭玉说：大王兵败他去，太子去向不明，情形不妙，局势崩坏，已无法收拾了。

王子夏阳说：秦兵鼓噪而来，都城被攻破了，王宫也要被占领了，唉！

彭玉说：一旦城破国亡，都在劫难逃。现在无计可施，只有听天由命了。

王子夏阳黯然神伤，长叹一声，流泪道：母后还在宫中呢，生死难卜。遭此劫难，真的都完了吗？

彭玉说：覆巢之下，岂有完卵？事已至此，无可奈何了啊。

王子夏阳说：秦兵很快就要来了，等秦兵进入大人府邸，你我也难幸免了啊。

两人正说着话，追击的秦兵已到了府邸门外。果不其然，秦兵开始狂躁地敲打大门，大声叫喊道：快快开门！休想逃脱！抗拒者格杀勿论！

王子夏阳闻声大惊，拔剑在手说，秦兵来矣，我只有拼死一战，死而后已！

彭玉说：我府中建有密室，请王子暂入密室躲避，我来应付他们。随即领着王子夏阳，来到大堂后面的假山处，按动机关，移开大石，将王子夏阳藏进了密室。又叮嘱说：不管外面有什么动静，都不要轻易出来，等躲过了此劫再说。然后关了密室，将大石恢复到了原处，这才返回大堂，匆匆走到前面，打开了大门。

秦兵一拥而入，高声斥骂道：为何迟迟不开门？看到有人逃来了，休要躲藏，快快交出来！彭玉被秦兵推搡着，一副不胜惶恐的样子，低头拱手，小声解释说：府中人都逃难走了，我是留下守门的。秦兵凶恶粗暴，凡是遇到抵抗的都被他们杀了，但也并非见人就砍，此时看到彭玉头发花白、手无寸铁，也就将他推在了一边。秦兵在府中各处搜查，没有发现什么人影，都觉得有点纳闷。他们明明看到王子夏阳逃了过来，却没有藏入府中，难道逃到别处去了？因为夜色昏暗，秦兵看不真切，也有点拿不准了。他们不能在这里久待，还要去继续追杀逃匿的蜀兵，于是准备离去了。他们走到大门口的时候，一位秦兵又返身对彭玉说：看你的模样、气度，与常人不同，住着这么气派的府邸，不像是守门之仆，应该是蜀王的大臣吧？还是带你去见一下我们的将军吧！随即押着彭玉，去见司马错和张若。

秦兵走了，彭玉的府邸中顿时安静下来。在王宫那边，秦兵还在与顽抗的卫兵厮杀，都城里面乱糟糟的声音，依然此起彼伏。

彭玉府邸中的密室，修建得非常隐秘而又精巧，原来是为了应对危难而设计的，没想到真的发挥了重要作用。这也是彭玉的先见之明，防患于未然，关键时刻方知其妙用。彭玉在密室中准备了食物、饮水和各种必需品，足够数人月余之用。得知秦军兵临城下，他就将爱女瑶儿藏入了密室，以躲避战乱，并安排了一位侍女陪伴服侍瑶儿。王子夏阳进入密室后，就看到了灯光，然后就看到了卧病于榻的瑶儿与守候在旁边的侍女。

瑶儿认得是王子夏阳，骤然相见，难免羞涩，双颊飞起了红云，低声问道：是王子啊，你怎么来了？

王子夏阳没想到会在这儿看到美艳如仙的瑶儿，恍若做梦一般，可谓又惊又喜。白天的激烈厮杀，奔逃时的惊恐万状，此时都被抛在了一边。美人的魅力，真的像施展了魔法似的，顿时侵入了他的灵魂，使他除了眼前的瑶儿，其他什么都视而不见了。看到王子夏阳直勾勾地看着自己，瑶儿的脸颊更红了。侍女在旁边小心翼翼地提醒说：王子请坐吧，请坐下说话。

王子夏阳这才恍然醒悟，嗯了一声，坐在了旁边，对瑶儿说：我逃避秦兵追杀，来到了府上，彭大人让我进来暂避。

瑶儿问道：父亲说秦人兵临城下了，此时都城已陷落了吗？

王子夏阳说：奸臣江非举城投敌，秦兵蜂拥而入，现在城里到处都是秦兵。

瑶儿说：蜀国的军队难道都不抵抗吗？危难之际，岂无一个是男儿？

王子夏阳说：蜀军迎战不利，父王已兵败他去。我率王宫卫士拼死而战，奈何敌强我弱，跟随我的壮士们都英勇战死了。

瑶儿叹息道：都城破了，蜀国岂不是要亡了吗？

王子夏阳长叹说：真的没有想到蜀国竟然会亡于一旦，奸臣害国，秦人可恨啊！

瑶儿感慨不已，摇头说：没想到会这样啊，以后怎么办呢？

王子夏阳黯然神伤，叹气说：国破家亡，结局难料，看天意吧。

两人待在密室中，低声说着话儿，心情都很低沉。因为情况突然，生死存亡之际，为了避难相处一室，也就超脱了拘谨与隔阂。人世间常有偶然，先前的选妃，将他们都折磨得够呛，没想到命运将两人又聚在了一起，也真的算是巧合了。

王子夏阳和瑶儿同居密室，促膝而谈，使得两人都有了患难之交的感受。此时的境遇，确实是他们都没有料到的。接下来会发生什么，谁也说不清楚，只有耐心等候，静观其变了。

张若随同司马错率兵进入蜀都，见到了举城降秦的江非。

江非谦卑地拜见了张若，施礼说：在下参见张大人！我已遵照张大人的吩咐，阻止了蜀王入城，封存了粮草，等候秦王大军的到来！

张若哈哈大笑道：好啊！秦王派我伐蜀，很高兴又见到江大人了啊！

江非说：这几天，在下都在盼望着张大人的到来。见到张大人率领威武之师来到蜀都，军威雄壮，真的令人振奋，在下也是万分高兴啊。

张若说：你弃暗投明，为秦王立了大功，秦王一定不会亏待你的！

江非说：能为秦王建功立业，那是在下的荣耀。也要感激张大人的提携！

张若说：你的投诚功劳很大啊，也为蜀臣降秦做出了表率，我会奏报秦王，以后肯定会重赏于你的。

江非听了张若的夸奖与许诺，心中分外欣喜，甚至有些激动，揎手称谢道：今后我唯张大人马首是瞻，张大人若有差遣，在下定当效劳，全力以赴，万死不辞。

张若颔首说：好啊，今后有很多大事情，都需要江大人效力呢。

江非连声说：那是应该的，若能为秦王和张大人效力，不胜荣幸。

两人寒暄了一会儿，张若带江非去见了秦军主帅司马错。江非向司马错施礼叩拜，神态格外谦卑，禀报说已将粮草封存，等候秦军的到来，现在秦军得了蜀都，这些粮草也可以供秦军取用了。行军打仗，粮草是大事，江非以此邀功，司马错当然是明白的，听了大为高兴，点头称赞，连声说道：好啊，好啊。江非见司马错高兴，不由得暗自得意，觉得自己以此降秦，是很聪明的抉择，颇有点沾沾自喜。

司马错率军伐蜀，因为江非降秦，使他不费吹灰之力，唾手而得蜀都，心中自然是高兴的。但蜀王尚在，必须俘获了蜀王，伐蜀才算成功。他现在最关心的就是蜀王的下落，随即询问江非：蜀王去了何处？江非推测说：蜀王被射退之后，绕城而去，可能是往南逃走了吧。司马错嗯了一声，调兵准备追击蜀王。江非很知趣，向司马错告退。由张若派了几名亲信秦兵，护送江非回府邸休息。

江非离开后，司马错对张若说：此人奴颜婢膝，投机取巧之徒也，蜀王重用此人，岂有不亡之理？张若说：大人锐眼识人，洞若观火，蜀王若有大人的见识，也不至于亡于一旦了。司马错感慨道：蜀之将亡，妖佞作乱，这也是天助大秦！张若也感叹说：大人所言极是，蜀之败亡，乱象丛生，实乃先亡于自己也，亦是天意如此吧！此时部下传来消息，秦兵已攻占王宫，正在城内搜查逃逸的蜀兵。蜀国的繁华大都城，至此已完全被席卷而来的秦军所控制，成了秦王的囊中之物。

张若和司马错奉命出兵以来，进展神速，顺利占领了蜀都，使他们都倍感兴奋。张若对司马错说：大人辛苦了，今晚可以畅饮庆功酒，好好庆祝一下了。司马错说：现在还没有到饮酒庆功的时候，擒贼先擒王，等抓获了蜀王，再开怀畅饮吧。张若敬佩道：大人不愧是我大秦的名将啊，如此睿智，冷静过人，何愁大功不成！司马错说：为将之道，不以小胜而喜，奉命伐蜀，务必斩草除根，顺势而为，不可大意也。张若点头称是，对此也是深有同感。

司马错和张若商量，由张若指挥秦兵肃清城内之敌，负责占领蜀都与王宫后的各种事宜；司马错亲自率领秦军中的精锐人马，继续追击逃跑的蜀王。同时派人去联络都尉墨，要他抓紧围歼苴侯，然后阻击蜀太子，倾力而攻，务求全胜。蜀王是蜀国的主心骨，苴侯与蜀太子是蜀国的核心人物，必须灭此三人，秦军伐蜀才算彻底大功告成。秦军进兵神速，现在正是抓住战机迅速扩展战果的时候。

司马错用兵雷厉风行，生怕战机稍纵即逝，让蜀王逃脱了。他做好了这些安排之后，不顾连日行军作战的疲劳，率军连夜就出发了。

第二十七章

开明王离开蜀都后，率领残余人马，绕城南去，兼程奔逃。

数日之间，蜀国发生的变化，真是天翻地覆。蜀王没有想到形势崩坏，如同山呼海啸，瞬息之间就变得不可收拾。奸臣降秦，都城已失，秦军从北边滚滚而来，现在只有向南逃走，争取尽快见到王子安阳，成了蜀王的唯一选择。

正如司马错所预料的，秦军占领蜀都后，如果拖延一两天，等到蜀王进入僰僚之地与王子安阳的人马会合，情况就不一样了。南夷地域广袤，王子安阳拥有一万多装备精良的蜀军，并得到了西南各部族的拥戴，有着相当广阔的回旋余地，蜀王败退于此，便有了喘息之机。那时秦军要追杀蜀王，就没有那么容易了。司马错亲率秦军骑兵追击，步兵紧随于后，这些都是秦军中的精锐人马，惯于连续行军打仗，作风强悍，骁勇善战，犹如疾风骤雨，呼啸而来，不可阻挡。蜀王逃得很快，但秦军的追击更快。第二天午后，秦军尾随蜀王逃跑的踪迹，很快就追了过来。

开明王连续几天都在骑马奔逃，已经疲惫不堪。跟随在蜀王身边的残余部众，也不断减少，只剩下了忠心护主的侍卫们和一些骑马的亲兵。蜀王长年累月养尊处优，过惯了荣华富贵的享乐日子，从即位称王以来一直平安无事，何曾有过这样的困顿与危险？正值晚秋时节，天色阴沉，即将下雨的样子。蜀王心情也如同阴沉的天气，乌云笼罩，极度悲观，精神已濒临崩溃。午后时分，蜀王又饥又渴，吩咐侍卫找个地方弄些吃的。他们恰好经过一片树林，看到有人在炙烤野味，侍卫上前准备讨要一些来给蜀王充饥。走近了方知竟然是魏炎父子带了几名商队的人奔逃至此，走得饥渴了，射猎了野兔与山雉，正在林中休息。见到蜀王来了，魏炎父子赶紧起身，上前拜见。

开明王诧异地问：你们不是去武都了吗？怎么会在这里？

魏炎简略地说了一下遭遇秦军的经过，逃脱之后，他们不敢北去，辗转来到了这里。也实在是巧合，没想到和蜀王再次不期而遇。

开明王很是感慨，世事变化，有的时候真的是难以意料啊。

魏炎请蜀王下马席地而坐，献上了炙烤好的野味，恭请蜀王享用。

开明王平常吃惯了山珍海味，王宫内的御用厨师都是精脍细作，有时尚嫌滋味不佳。此时确实饿坏了，虽然饥不择食，但心绪焦虑、精神惶恐，也严重影响了胃口，啃了几下匆匆炙烤半生不熟的野味，便放下了。附近都是荒野，没有农户，侍卫们也都饥肠辘辘，一时也弄不到其他吃的。只有稍事休息，然后继续奔逃了。坐骑也都疲惫不堪，侍卫们在旁边找到一处小溪，牵马过去饮水吃草。

他们刚刚休息了片刻，突然听到了奔跑的马蹄声，先是像细雨，继而似鼓点，声音由弱而强，由远而近，犹如疾风骤雨，正疾驰而来。越来越近的马蹄声，使人感到惊慌，也使人感到恐怖。不言而喻，那是秦军追杀的骑兵来了。

开明王闻声大惊，脸色骤变，赶紧起身，喊侍卫牵马过来，扶上了坐骑。侍卫们也都纷纷上马，紧随在蜀王身边，准备继续南逃。魏炎父子也上了马，带着几名随从，准备追随蜀王一起逃走。但蜀王的行动还是迟缓了一点，此刻追击而来的秦军前哨人马已经发现了他们，高声呐喊着，拔刀出鞘，蜂拥而来。秦军追兵中的弓箭手们，抢先射出了箭矢，有一支利箭竟然射中了蜀王的坐骑。蜀王的马中箭负伤，疼痛嘶鸣，原地盘旋，已无法奔跑。

魏炎见状，立刻下马，将自己的坐骑让给蜀王骑用。魏炎说：我这匹良骧跑得快，能日行六百里，请大王骑上赶快走吧！蜀王说：国丈将良骧给我，你怎么办？魏炎说：大王脱险要紧啊，我和将士们留下阻挡追兵吧，以报答大王的厚遇之恩！蜀王听了，心中发热，大为感动。在这关键时刻，尚有魏炎这样的忠君之士，宁愿牺牲自己保护君王，真的是难能可贵啊。蜀王在绝望之际又看到了一丝生机。

　　秦军的追兵越发迫近，蜀王神色慌张，惊恐不已。这时如果率众一起慌乱奔逃，恐怕很难逃脱被追杀的结局，只有让亲兵和侍卫们，与秦军追兵拼死一战了。魏炎父子也主动留了下来，要与侍卫们一起阻挡秦兵，来掩护蜀王脱险。蜀王吩咐侍卫与亲兵迎战追兵，自己带了几名心腹侍卫，骑着快马，穿过树林，加鞭催骑，朝着南面快速奔逃。后面随即传来了刀剑搏击与呐喊声，留下的侍卫们与秦军的追兵立刻展开了激烈的厮杀。

　　这是蜀王败逃途中的最后一战，侍卫们为了保护蜀王阻挡追兵，都奋不顾身，与秦军追兵前哨人马进行了顽强的拼杀。司马错率领的精锐骑兵，擅长野战，大队人马蜂拥而至，后面的步兵也正迅速赶来，在兵力上占了绝对优势，很快就形成了包围。这些蜀国的壮士们，都抱了为王而死的决心，在秦兵里三层外三层的重重围困中，毫无畏惧，浴血而战，有的负伤了依然殊死相搏，直至壮烈牺牲。凶悍的秦兵杀红了眼，为了争功，对陷入重围的蜀国卫士们一个都不放过。魏炎和魏安也在激烈的拼杀中，死在了秦兵的刀剑之下。魏炎父子的随从也大多战死了，还有两名商队的人，负伤之后，被留了活口，成了秦兵的俘虏。司马错率军伐蜀以来，打了很多仗，连续作战，所向披靡，此战亦毫无悬念，秦军大获全胜。但是蜀王却又趁机逃走了，已不知去向。鏖战结束后，司马错吩咐打扫战场，亲自查看被斩杀的蜀人。他要弄清，这些拼死不降的都是什么人？蜀王是不是也被杀了？或者又逃走了？

　　司马错看到了阵亡的魏炎父子，命人将两名俘虏带到面前审问：你们不是蜀中经商的秦人吗？竟然被你们逃脱了，却又在这里遇上了！你们究竟是什么人？如实供来，可饶你二人不死！

成了俘虏的魏炎随从，觉得主人已死，何必隐瞒呢，便一五一十将实情说了。

司马错又询问蜀王的去向，随从也如实说了，只知蜀王骑马向南逃走了，并不知逃向了何处。

司马错此时方知，魏炎原来是蜀王的国丈，魏炎的女儿曾被蜀王封为慧妃，可见魏炎并非是简单的商人，而是蜀国显赫的贵族，证明自己的敏感与怀疑还是对的。国丈不随蜀王逃走，却为蜀王力战而死，也使司马错颇为感慨。看来蜀王身边还是有人甘愿为他效忠卖命的啊，忠臣与奸臣，到了最后关头，方见分晓。司马错随即吩咐，就地挖坑建墓，将魏炎父子与那些牺牲的侍卫们都给好好埋葬了。

秦军稍事休息，然后搜寻踪迹，继续追击向南逃走的蜀王。

开明王骑马狂奔，跟随在身边的只有几名心腹侍卫了。

魏炎紧急关头赠送的这匹良骥，跑得确实快，后面的厮杀声渐渐远了，终于脱离了追兵。蜀王一口气逃出了数十里，这才缓辔而行。因为纵马奔逃，慌不择路，走入了荒僻小径，遇到樵夫，打问得知，已进入了武阳地界。这里与僰僚之地，相距颇遥，尚需继续向南行走数日，才可能与王子安阳会合。

开明王不敢停留，继续策马而行，又走了一程，来到了江畔。放眼望去，不见人烟，没有舟船可以渡江，四顾茫然，似乎又到了山重水复疑无路的地步。这时侍卫看到江畔悬崖附近有草庵，被林木掩隐，可能住得有人，便护卫着蜀王前去问路。

草庵中果然有人，蜀王看到老态龙钟的女巫正坐在里面，女巫的旁边有两名女弟子侍立于侧，不由得吃了一惊。蜀王以前曾亲自审问过女巫，因为慧妃之死，下令火焚了女巫。蜀王记得，江非禀报说已经烧掉了女巫，怎么会又出现在这里呢？蜀王有点不相信自己的眼睛，这未免太奇怪了吧，心中充满了惊讶和疑惑。

女巫闭目静坐，正调养精神呢。女巫自从离开蜀国都城之后，这几年一直云游各处，行踪不定。之前她在蜀道看到五丁力士遇难，便知道蜀国大乱将至，随即离开蜀北往南行走，来到了武阳，暂居于此。她也没想到再次与蜀王相见，颇感意外，也真的是巧合了。此时女巫微微睁开眼，看到了发愣的蜀王，哦了一声说：是大王吗？今日怎么会驾临此地？

开明王问道：你是何人？难道是女巫吗？

女巫说：大王好记性，在下正是神巫的嫡传女弟子，女巫是也。

开明王又问：奸臣江非没说实话啊，是他把你放走的吧？

女巫说：哪里用他放呢，烈焰无情，我自逍遥而去。

开明王诧异地问：你竟然能在火中遁走？岂能令人相信？

女巫说：神巫的本事，贯通天地，岂是凡俗者所能知道的。

开明王说：神巫还活着吗？神巫将本事都传授给你了？

女巫说：神巫归隐已久，我自幼跟随神巫，得其真传，不过只学得皮毛而已。

开明王看着眼前这位老女巫，对女巫所言将信将疑，觉得有点匪夷所思。

女巫又说：古代历朝蜀王，都尊崇神巫，故而传世久长。你是不信神巫的君王，如今大祸就要临头了，真是可惜啊。

开明王听了，感受非常复杂，强打精神，故作镇定说：何来此言？

女巫数落说：你即位称王以来，只知纵欲享乐，后宫佳丽无数，引得嫔妃争宠，不知引咎自责，却怪罪于他人，竟然下令焚巫，何其糊涂，又何其残忍也。秦王知你好色，故意送美女给你，你却不知是计，竟然派五丁前去迎娶，白白牺牲了五位壮士的性命。你不知尊贤，重用小人，乱了朝纲，祸起萧墙，而且不听规劝，不知改错，还妄动兵戈，终于大祸临头，这些都是你咎由自取啊。

开明王有点恼羞成怒了，斥责道：你说的这些，全是一派胡言！

女巫冷嘲说：我说的难道不是实情吗？请大王扪心自问，哪句是胡言？

开明王无语辩解，心中不胜惆怅，神情沮丧到了极点。

女巫又说：大王啊，蜀国有神巫，蜀国有忠臣，可是你不知尊重，也不懂重用。蜀国有良将和猛士，你也不懂得爱惜。你最喜欢的，就是几位妙龄女色而已啊。好色误国，贪欲害人，天道循环，盛衰变化，迟早终归是有报应的。哈哈，大王觉得，我是否又在胡说呢？蜀国的事情，都是大王你自己弄坏了啊。如今你已穷途末路，悔之晚矣。

开明王听了女巫这些犀利之语，话虽然尖刻难听，却点中了要穴，实际情形何尝不是如此呢？蜀王看着眼前这位神秘莫测的女巫，模样已经老态龙钟了，思维却无比清晰，对蜀国的事情似乎什么都知道，连变化结局都被她说中了，真是不可思议啊。蜀王此时已经悲观绝望到了极点，不由得浩然长叹，拔出了佩带的宝剑。蜀王执剑于手，看着寒光闪烁的锋利剑刃，神色悲愤，剑气逼人。

女巫睁大了眼睛，注视着蜀王说：大王忧心忡忡，又想杀了我吗？

开明王说：我此时杀你，又有何用？大势已去，不如自刎，一了百了。

跟随在蜀王身边的几名侍卫赶紧阻止，齐声劝谏：大王，万万不可轻生啊！

开明王说：局势败坏如此，都是我的过失所致，愧对列祖列宗啊。不如让我一死以谢天下。

侍卫们流泪跪劝道：大王啊，留得青山在，何愁没柴烧。为了蜀国的大好河山和百姓子民，请大王保重啊。我等拼死护卫大王脱险，只要和王子安阳会合，就转危为安啦。

开明王叹息说：世事难料，形势崩坏，奈何奈何！

女巫说：大王能幡然憬悟，亦实属不易。我可帮大王脱困，陪同大王去见神巫，大王是否愿意？

开明王问道：你如何帮我脱困？为何要去见神巫，见了神巫又怎样？

女巫说：从古以来，传承至今，神巫都是辅佐蜀王的。大王若得到神巫指点，便可修身养性，脱离困顿也。

开明王迟疑了片刻，摇头说：值此国破政亡之际，让我跟随神巫归隐，岂能心安理得？非我所愿，还是算了吧。

女巫本是一番好意，毕竟在古蜀历史上神巫一直是辅佐和支持蜀王的。女巫也怀着一丝善念，想在最后危急关头帮助蜀王一下，却遭到了蜀王的拒绝。女巫又想到先前被蜀王关进牢房，因为慧妃之死，惹恼了蜀王，被蜀王下令火焚，心中对蜀王的恨意便又冒了起来。女巫冷冷地看着蜀王，淡然一笑说：大王不愿意见神巫，那我也就帮不了大王了啊。此处为武阳，乃修仙之地也。大王与修仙无缘，只有悉听尊便吧。女巫看到蜀王情形狼狈，神色惨淡，又滋生了恻隐之心，停了一下又说：这里亦非久留之处，追兵就要来了。绕过山崖，前面就是南去之路，请大王好自为之吧。女巫言罢，仍旧闭目而坐，将蜀王置之度外，不再说话。

开明王离开草庵，由侍卫扶上了坐骑，只有继续往南逃亡了。蜀王策马走了几步，回头望去，草庵仍在，女巫与两名女弟子却不见了踪影，转眼之间，已不知去向。此处既不清静，也不安全，不能久留，女巫再次远遁了。女巫也许是去了蜀山神巫归隐之处吧？那就不得而知了。蜀王回味着与女巫的交谈，在战败逃亡途中竟然和女巫又不期而遇，世上之事真的难以意料啊，不由得感慨万千。

开明王回味着刚才与女巫的一番交谈，想到如果答应了女巫，随同女巫远遁，一起去跟随神巫归隐，即可摆脱追兵，岂不就安全了吗？但他不相信女巫，对神巫的了解也仅仅是传说而已，更何况他怎么能丢下这大好河山和抛弃蜀国王位呢？放不下的东西实在太多了啊，所以蜀王拒绝女巫，也是势所必然。天下诸事，经常阴差阳错，冥冥之中自有天意，这次似乎也不例外。

天空阴云密布，蜀王穷途末路，此时觉得分外懊丧，心绪烦躁如同乱麻。

秦军骑兵穷追不舍，已经越来越近，上苍留给蜀王的时间已经不多了。

这个时候，苴侯仍在蜀国的北面同秦军鏖战。

苴侯率领的蜀兵，仅有数千人，数量虽少，却非常顽强，与秦军英勇搏斗，厮杀得天昏地暗。苴侯也身先士卒，持剑而战，铠甲衣袍上沾满了敌人的鲜血。待到蜀王突围之后，秦军分兵追击蜀王，苴侯率兵趁机杀出了围困，退回营垒固守。此时秦军主帅司马错亲率精锐主力去追杀蜀王，由都尉墨指挥秦兵围攻苴侯。

都尉墨的部队，也是秦国军队中的精兵，有数万之众，包围了苴侯坚守的营垒，稍事修整，然后发起了轮番猛攻。苴侯自从经营葭萌，便加强了士卒的训练，此时坚守要隘与营垒，果然发挥了作用，仗打得异常艰苦，却众志成城，岿然不动。

都尉墨没有料到苴侯会如此顽强，就像一颗钉子，牢牢地扎在面前，无论秦军如何猛烈攻打，竟然拔除不去。苴侯拖住了都尉墨，使得都尉墨裹足难行，无法脱身去攻占蜀国都城，伐蜀的大功自然都归于了司马错，都尉墨不由得大为烦躁。蜀国太子春阳率兵增援蜀王，沿着大道向北而行，这时也逼近了秦军。都尉墨接到探报，立即分兵阻挡，同时更加紧了对苴侯的进攻。

苴侯坚守了数日，情形越发危急。在秦军的重重围困中，蜀兵没有军需供应，粮草已尽，箭矢也所剩不多了。苴侯原来计划是固守待援，只要蜀王突围回到都城，调兵遣将抗击秦军，就有可能扭转形势。但随着秦军攻势的加强，蜀国的援兵毫无踪影，转败为胜的可能越发渺茫，败亡的结局已经日益迫近了。苴侯回想当初和皋通等人畅议天下大势，分析蜀国忧患，本来很多事情都是可以未雨绸缪、从容预防的，可惜蜀王不听劝谏，终于弄得不可收拾。如今秦王大军入侵，蜀国无力抵挡，情形已彻底崩溃，他纵使忠君爱国，也无法力挽狂澜了。苴侯明白局势的严峻，心中充满了悲愤。

都尉墨久攻不下，知道苴侯粮草已绝，便写了书信，捆绑在箭矢上射入蜀兵营垒，许诺给予高官厚爵，意欲招降苴侯。又派人向蜀兵喊话，只要投诚，便可免于一死。苴侯召集将士，当众撕碎了书信，慷慨道：吾辈岂是贪生怕死之徒！秦贼可恨，誓不两立！血战到底，死而后已！命部下杀了心爱的战马，煮了让将士们饱餐，准备与秦兵决一死战。将士们大受激励，士气激昂，视死如归，都甘愿跟随苴侯同赴国难，没有一个胆怯或打算降敌的。

苴侯率领部下，在临近傍晚的时候，冲出了营垒，向围困的秦军发起了猛烈的反攻。这是悲愤绝望之战，也是拼命殊死之战。秦军骤然遭到冲击，竟然被冲开了口子，蜀兵跟着苴侯冲锋陷阵，向外突围。都尉墨有点惊讶，没想到这支势孤力单的蜀兵还有这么强的战斗力，随即指挥秦军奋力阻挡。秦军毕竟人多，正面被冲开之后，左右两边的秦兵蜂拥而至，开始猛攻突围的蜀兵。双方混战，场面激烈，战鼓声、呐喊声、战马的嘶鸣声、刀剑的砍杀声，长矛与戈盾的撞击声，交织在一起，乱成了一片。秦兵凶悍，蜀兵顽强，双方都是拼命厮杀，不断地有人被刺倒或砍倒在地，刀光剑影，鲜血飞溅，可谓惨烈无比。

激烈的厮杀持续了一个多时辰，大多数蜀兵都战死了。只有苴侯率着少数将士，冲出了敌阵，向着远处的蜀山方向撤退。都尉墨率领秦兵，尾随其后，紧追不舍。苴侯与部下边战边退，他们不能往南边蜀都方向去，怕遇上司马错的秦兵，也不能往东边巴国方向逃，都尉墨的秦军正从那边包抄过来，所以只能往西边走了。西边是蜀山所在，群山透迤，峰峦叠嶂，沟深林密，如果能逃进深山，或许还能脱险。

都尉墨的任务是围歼苴侯，当然不能让苴侯与残余人马逃走，故而乘胜狂追，志在必得。秦兵一边追击，一边放箭，又射倒了一些蜀兵。最后只剩下苴侯和几名卫士了，在暮色苍茫中拼命奔逃，不久便被都尉墨率领的骑兵追上了，再次陷入了围困。都尉墨对着苴侯喊道：你逃不掉了，快快束手就擒吧！你若投降秦王，可以保你爵位官职！你要抵抗，难免一死！

苴侯手握宝剑，披散了头发，神情悲愤，指着都尉墨说：吾乃顶天立地的大丈夫，岂能做降敌小人？来吧，我与你决一死战！

都尉墨骑在马上，手持铁戈，狞笑道：你已穷途末路，还要顽抗到底吗？

苴侯毫无惧色，悲叹道：蜀国亡矣，吾岂能偷生？死而后已！长啸一声，挥剑而上，朝着都尉墨猛扑过来。几名卫士也紧随在苴侯身边，英勇无畏，冲锋而上。

苴侯的悲壮气势，使得都尉墨的坐骑受了惊吓，嘶鸣一声，扬蹄直立，差点将都尉墨掀翻在地。都尉墨赶紧勒住马，呼喝一声，挥舞铁戈，上前迎战。旁边的秦兵凶狠放箭，将苴侯身边的几名卫士都射倒在地，苴侯也中箭负伤了。都尉墨力大善战，使用的铁戈乃是战斗利器，骑马搏斗，明显占了上风。苴侯势孤力单，突围以来拼死鏖战，已经精疲力竭，中箭后血流不止，与都尉墨交手三个回合，宝剑难敌铁戈，终于被刺倒，壮烈而死。

战斗结束了，都尉墨望着宁死不屈、英勇殉国的苴侯遗体，既有获胜的兴奋，又对苴侯深感敬佩和惋惜。蜀人的坚韧、顽强与毫不怕死，使得都尉墨甚是感慨。都尉墨身为秦国战将，这些年领兵作战，为秦王打了很多仗，很少遇到像苴侯这样视死如归、拼死而战的强悍对手。苴侯虽然战死了，却死得壮烈，是一位真正的英雄。蜀国如果多一些苴侯这样忠心报国的大丈夫，何至于亡国啊？可惜蜀王不懂计谋，加之战略失误，败亡也是在所难免啊。都尉墨心中大为感叹，随即吩咐士兵，将苴侯好好安葬，刻石立碑，以彰示其忠勇，从而表达对苴侯的敬重与纪念。

此时秦军与蜀国太子春阳的作战，也占据了绝对上风。太子春阳从未经历过战阵，率领的这支援兵中也缺少能征惯战的将军，遭遇秦军的凶悍阻击，交战之后，便节节败退。都尉墨杀了苴侯之后，随即亲率骑兵，开始追击败逃而去的太子春阳残余人马。

太子春阳在秦军的几路围追堵截下，也选择了向西逃亡的路线。在逃到白鹿山时，被都尉墨率领骑兵追上了，陷入了秦军的包围。太子春阳对跟随他出征的几位大臣说：这次出兵，未能增援大王，反遭秦贼追杀，鏖战不利，如之奈何？几位大臣都明白局势的严峻，在此生死存亡之际，无不忧心忡忡，面临绝境而回天乏力，谁也不知说什么好了。太子春阳长叹说：秦贼凶悍，今日战败，唯有一死。说罢，不由得心情悲愤，热泪长流。陪同在身边的几位大臣和属下们，也相顾而泣。覆败的命运，绝望的心情，犹如浓重的乌云，笼罩着他们，压抑得他们喘不过气来。

都尉墨没有给太子春阳喘息的机会，便指挥秦军发起了凶狠的攻击。

白鹿山之战，打得也很惨烈。太子春阳和属下没有束手待毙，率领残余人马进行了最后的顽强抵抗。经过激烈厮杀，大臣和属下都相继阵亡，太子春阳也战死了。

都尉墨追杀了苴侯，围歼了太子春阳，连战皆捷，大获全胜。他是奉命伐蜀的秦军副帅，连立两大战功，使他非常兴奋。都尉墨终于腾出手来，立即率军向蜀都进发，同时分兵占领了葭萌。他一边派人将战况告诉司马错，一边写了奏章，驰送秦都，禀报了秦惠王。

司马错亲自率军追击蜀王，昼夜兼程，穷追不舍。

司马错是秦国名将，精通兵法，行兵打仗，所向披靡。他奉命伐蜀，连获大捷之后，按道理说应该适可而止了。兵法说归师勿遏，围师遗阙，穷寇勿迫。但他却反其道而行之，在击败蜀王攻占了蜀都之后，仍对蜀王穷追不舍，志在必得。他是存了心的，无论如何也不能让蜀王逃逸，然后再卷土重来。他必须歼灭蜀王，以确保这次伐蜀的绝对成功。他率军进入武阳境内后，终于又发现了蜀王的踪迹。秦兵就像一群猎狗，嗅觉灵敏而又性情凶悍，为了争功，争先恐后，蜂拥而上。

开明王在逃跑途中，曾两次摆脱秦兵，但还是被秦兵追上了。蜀王的亲信部队，为了掩护蜀王脱险，已经阵亡殆尽。忠勇的侍卫们，也大都战死了，这时蜀王身边只剩了几名负伤的卫士。蜀王连日奔逃，已精疲力竭，狼狈不堪。由于慌张，蜀王没有找到女巫指点的南去之路，依然沿江而行，困在了山重水复之处。当秦兵尾追而至时，蜀王真的是穷途末路了，前有大江阻挡，后有追兵蜂拥而来，身陷绝境，再也无法脱逃。

开明王骑在马上，望着波浪翻滚的江水，心情绝望，悲叹道：可惜了这大好江山！天亡我也！奈何奈何！说罢，拔出了佩带的宝剑，长叹一声，再次准备自刎。

几名卫士见状，流泪苦劝道：大王啊，使不得！千万不要轻生啊！

开明王悲愤莫名，叹息道：王者尊严，岂能被俘受辱？时势至此，唯有一死！

卫士们此时心情悲壮，也都执剑在手。如果蜀王自刎而死，他们也决不偷生，肯定会追随而去，一死了之。

这时追击的秦军前锋骑兵已经追近，战马嘶鸣，杀声汹涌，如同雷雨乌云，席卷而来。这些争功心切的秦兵，挥舞着兵器，大声呼啸着，争先恐后地冲向了站在江边的蜀王与几名卫士。司马错骑着战马，率领部众，扬鞭催骑，也疾驰而至。

开明王看到杀气腾腾的秦兵汹涌而来，知道已无法脱逃，心中充满了绝望与悲愤。他想自刎，被侍卫劝阻。他不愿被俘受辱，也不愿死于乱兵刀下，于是勒转马首，长叹一声，纵马跃入了江中。几名忠心护主的卫士，也毫不犹豫，随之跳进了江中。江面宽阔，波涛汹涌，蜀王与几名卫士随波逐流，向下游漂浮而去。

秦兵见状，立刻放箭，射击蜀王。顿时，强劲的箭矢如同疾风骤雨一般，射向了江中，眼看着蜀王和坐骑以及几名卫士都中了箭。秦人的弓箭力道凶猛，只要射中，便难以幸免。蜀王与卫士中箭后，鲜血迸流，气息奄奄，依然随波漂浮，最终都难逃一死。

司马错当然不能眼看着让蜀王漂走，他勒骑岸边，用剑指着江中，大声下令道：抓获蜀王者重赏！活要见人，死要见尸！不能让蜀王逃脱了！

秦兵得令，会浮水的纷纷跳入了江中，争先恐后地去捉拿蜀王。有些秦兵从岸上骑马驰向下游，去拦截随波漂浮的蜀王。重赏之下必有勇夫，有些不懂水性的秦兵，也入水去抢夺争功，结果被淹死的不乏其人。经过一番折腾，秦兵终于抓获了蜀王，拖拽到了岸上。蜀王中箭后已经流血而死。几名卫士，也都牺牲了。

司马错纵骑而至，亲自验看了身穿王服的蜀王遗体，确认无误，心中很是兴奋。随即传令，班师返回蜀都，吩咐将蜀王的遗体也运回蜀都去安葬。秦军遵令而行，离开了武阳，浩浩荡荡地回到了蜀国都城。

司马错率军回到蜀都后，与张若、都尉墨等众将会合，得知苴侯与蜀太子皆已被杀，蜀国都城内外残余的蜀兵也大都清除了。司马错奉命伐蜀，才短短几个月，就把事情搞定了，至此大局已定，真是说不出的高兴。

张若向司马错汇报，指挥秦兵占领王宫之后，清点了王室财物，缴获了蜀王留下的珍宝与贵重之物不计其数。此外，还有都城内众多王公贵戚的财产，以及大量的辎重与丰富的粮草，也都归于秦军所有，这也使得司马错大为欣喜。司马错命张若写了奏报，派了快骑，前往秦都，将战况如实禀报了秦惠王。

秦惠王接到捷报，也是大喜过望。终于伐蜀成功了，这可是秦惠王多年梦寐以求的啊，自然是兴奋异常。在朝的群臣也都知道了，纷纷向秦惠王表示祝贺。秦国由此获得了蜀国的巨大财富，蜀国广袤的山川河流土地皆为秦国所有，秦国从此国力大增，秦国君臣无不笑逐颜开。

第二十八章

司马错自从率军进入蜀国以来，攻必克，战必胜，取了蜀都，灭了蜀王，终于大功告成，真的是可喜可贺，自然是要好好庆祝一下了。司马错吩咐张若设宴，与众多将领畅饮庆功，同时传令犒劳三军，让将士们都好吃好喝休息几天。因为随军出征的将领众多，张若将庆功宴会安排在王宫大殿举行。献城降秦的江非，也被请来，参加了这次宴会。

秦人喝酒，喜欢豪饮。多日来征战辛苦，难得相聚庆功，众多将领都放开了量喝酒。蜀国都城的酿酒业历来发达，蜀王宫中储备的美酒很多，此时都被秦人随意取用，成了秦人的庆功之酒。这些秦国武人，大都性情豪爽，喝着这么好的美酒，自然是高兴极了。酒喝多了，有的举杯划拳，有的弹剑而歌，相互敬酒喧哗，一副乱哄哄的样子。有人说：听说蜀王宫中歌舞之女甚多，何不喊来助兴？有人随之起哄说：好啊好啊，蜀王的酒我们喝了，蜀王的歌舞，也让大伙儿欣赏一下才好啊！可是谁也不敢自作主张，都看着坐于上席的司马错。秦军规矩严明，这是要主帅同意才行的。

司马错听见了众将要求，向坐在旁边的张若询问：宫中的歌舞之女还在吧？

张若说：我军入城，蜀宫大乱，混战中死伤者很多，跑散者也多。

司马错说：既然如此，那就算了吧。顿了一下又问：还有蜀王的妃子，怎样？

张若说：当时情形混乱，我军与宫中卫士激战，倾力追杀蜀兵，对女的网开一面，无暇多管。好像蜀王正妃已死，宫女与妃子四散而逃，跑掉了一些。只有蜀王的淑妃，还在宫中。

司马错说：宫女跑掉了，妃子逃走了，都不要紧。但不能让王子们脱逃。

张若说：蜀王与太子已死，只有王子夏阳不知去向。还有王子安阳在外领兵，驻扎于僰僚之地。我已派人在都城内外继续搜索王子夏阳的下落，同时也派了细作，去打探王子安阳的情况。待我军稍作休整，便可出兵将其剿灭。

司马错嗯了一声，点头说：蜀王已灭，僰僚之兵，不足虑也。

张若说：也可向其招安，若其降秦，则不动刀兵，便可囊括全蜀也。

司马错说：可以一试，先观其动向，再说是否兴师动兵吧。

这时酒已喝得差不多了，众将见主帅无意让大家欣赏歌舞，又在商议用兵之事，谁也不敢造次喧哗了，便相继告退，出宫回了各自的驻地。热闹的庆功之宴，至此也就结束了。司马错让张若与江非留了下来，要继续询问和商量一些事情。

司马错询问江非：你是蜀王近臣，久闻蜀王妃子众多，一旦大难临头，都四散而逃，只有淑妃仍在宫中，为何与众不同？

江非弯着腰，恭敬地说：启禀大人，淑妃是蜀王的宠妃，或许是心怀侥幸，盼望蜀王回宫呢。江非很有心机，这样说话，当然是别有用意的。他当初为蜀王选妃，招惹淑妃骑马登门责骂，对此一直心怀恨意。

司马错微眯着眼，瞅着江非，沉吟道：她不知道蜀王已经兵败了吗？

江非说：启禀大人，她可能是觉得蜀王英明，故而不会相信蜀王兵败。

司马错说：蜀王好色，纵欲无度，经常选妃，为何还要宠爱淑妃呢？

江非想了想说：启禀大人，这是因为淑妃貌美，懂得如何侍候蜀王，能让蜀王快乐的缘故吧。

司马错哦了一声，心中大为好奇，不由得想见一下这位与众不同的淑妃了。当即吩咐侍从，将淑妃传唤出来，以便当面询问蜀王宫中详情。他以前曾听说过很多关于蜀王的故事，但都是传闻而已，现在占领了奢华的蜀王宫殿，自然要了解一下真实情形了。侍从去了一会儿，回来禀报说：淑妃拒绝听命，宁愿引颈就戮，却不愿见大人。司马错颇为不解，问道：这是为何？侍从说，请示大人，她是敬酒不吃，可否将她捆押了来见大人？司马错皱了下眉头，摇手说：不必如此。亡国之妃，羞于见人，那就算了，无须勉强。

江非察言观色，暗自揣摩着司马错的话意，这时自告奋勇说：启禀大人，在下可以去传令淑妃，前来拜见大人。

司马错看着江非，略做迟疑，颔首说：好吧，那你去请她，来此见我吧。

江非觉得，司马错的态度与说的这个"请"字大有深意，随即心领神会，起身而去。他刚刚降秦，需要结交秦国的重臣与大帅，来巩固自己的地位。如果能把握机会，借此巴结司马错，那正是求之不得的。

江非走进内宫，找到了淑妃，看到淑妃仍像往常一样穿戴整齐，神色哀戚，坐在那里。宫中的东西颇为凌乱，几位服侍的宫女待在淑妃旁边，显得有点惶恐。江非瞅了一眼淑妃，揣手说：淑妃娘娘，随我去见秦军大帅吧！

淑妃见到江非，很是诧异，厌恶地问道：是秦军大帅派你来的？听说你已降秦，这么快就成秦军大帅的走狗了？

江非厚颜而笑，答曰：淑妃娘娘开玩笑了，识时务者乃为俊杰。我不是走狗，仍是大臣。我是特地来帮淑妃娘娘的，恭请淑妃娘娘随我去见司马错大帅吧。

淑妃冷笑道：你献城降秦，卖国求荣，竟然还来帮我？

江非说：如果我不帮淑妃娘娘的话，淑妃娘娘就性命难保了啊。

淑妃说：国已破，城已失，覆巢之下岂有完卵，我死何足惜？

江非说：话不能这么说，江山易主，也是天意如此。性命宝贵，活着总比死了好啊。更何况淑妃娘娘你是绝代美色，正当英年，后面享乐的日子还长着呢，怎么能轻易说死呢？我是真心要帮你啊。

淑妃鄙夷地说：以你的奸佞德行，能怎么帮我？

江非说：司马错主帅听说淑妃娘娘美貌绝伦，所以很想见你。我已向司马错主帅为你说了很多好话。若你能温柔顺从，侍寝于司马错主帅，从此依然是荣华富贵，享不尽的快乐啊。

淑妃愤然一笑说：想让我侍寝于敌，卖身求荣？你的主意果然不错啊！

江非赔笑说：淑妃娘娘明智过人，果然是个明白人啊。

淑妃自从都城陷落，王宫被占，便准备以死殉国。她从江非所言，知道自己终归难逃敌人魔爪，此时已心如死灰。于是毅然决然地说：你先回避，容我更衣，然后就随你去见他。

江非点头笑曰：好啊，穿得漂亮点，司马错大人就会更加喜欢你了。

淑妃随即在寝宫内沐浴更衣，由宫女侍候着，换了衣裳，梳妆打扮了，怀揣了准备自尽的锋利匕首。想了想，又觉得不妥，放弃了匕首，将小金块与一包毒药揣在了怀里。淑妃收拾停当，这才出来见江非。

江非耐着性子等候，看到淑妃更衣之后焕然一新，容貌妖媚如昔，很是高兴，随即起身。淑妃带了两名宫女，跟在后面，一起去见司马错。

司马错见到淑妃，不由得眼睛一亮。果然是一位艳丽超群的美妇人啊，蜀王好色，喜欢淑妃，宠爱不衰，应该是情理之中的事情，也就不难理解了。

江非向司马错躬身施礼，谦卑地说：在下遵命，请了淑妃前来拜见大人。

淑妃来到了司马错面前，不卑不亢地看着司马错，站在那里，没有施礼。虽然王宫已破，淑妃成了俘虏，但她并未显得惊慌失措，一副神情淡定的样子。这也使司马错感到好奇，觉得淑妃果然与常人有所不同。

司马错问道：你就是淑妃了？宫女与妃子都跑光了，你为何不逃？

淑妃说：在下就是淑妃。都城与王宫都被你们占了，逃有何用？

司马错说：这倒是实话，想得比较明智。

淑妃说：请问大人，蜀王现在何处？

司马错说：蜀王兵败被杀，已经死了。

淑妃料到蜀王难免一死，但真的得知噩耗，还是很震惊。淑妃轻轻啊了一声，顿时眼中噙了泪花，伤心欲绝。

司马错打量了一下淑妃，说：蜀王乱政，自取败亡。从此蜀地归我大秦，改天换地，万象更新，不必难过。

淑妃又问：还有太子春阳，王子夏阳，是否也被你们杀了？

司马错如实答曰：太子已死，王子夏阳尚不知下落。

淑妃垂泪说：覆巢之下岂有完卵，请问大人，蜀王遗体现在何处？

司马错说：我已下令，将蜀王遗体运回都城，随后就会礼葬蜀王。

淑妃说：王者之死，安葬入土，不失其礼，那就多谢大人了。

司马错说：蜀王乃末代之王，以礼葬之，也是应该的，足以彰显我大秦气度也。

淑妃说：我想再见一下蜀王遗体，大人能否允准？

司马错说：蜀王已死，何必再见？

淑妃说：待我面辞蜀王，然后顺从大人，难道不行吗？

司马错略做迟疑，觉得淑妃的要求乃人之常情，并不过分，便答应了。随即派人，带了淑妃前去见蜀王遗体。

淑妃来到停尸处，看到了蜀王遗体，不由得悲从中来，止不住热泪流淌。蜀王仍穿着王服，中箭之后，尽是血污，王冠已失，发须凌乱，看起来甚是凄惨。想当初蜀王荣华富贵，曾经无限风光，现在江山已失，奢华的王宫和数不清的财富皆为他人所有，竟然落得这样一个下场，岂不令人感慨万千？淑妃悲恸欲绝，跪拜在地，流泪而泣。她自从入宫封妃，一直陪伴蜀王，深得蜀王宠爱，对蜀王的感情自然与众妃不同。现在蜀王死了，王子夏阳也下落不明、凶多吉少，对淑妃来说犹如天塌地陷，痛哭之后更是万念俱灰。

淑妃说要祭奠蜀王，吩咐宫女取了酒来。她先倒了一杯，洒在了蜀王灵前。接着又倒了一杯，悄然将毒药放进酒中，举杯仰头，一饮而尽。然后又倒了一杯，将怀揣的金块也和酒一起吞了下去。淑妃摔了酒杯，哭道：大王啊，我来陪你了！

淑妃吞金之后，毒药很快就发作了，倒在地上，香消玉殒。

司马错接到禀报，得知淑妃自杀了，大为震惊。他没想到，蜀王宫中竟然还有淑妃这样的烈性妇人，甘愿为蜀王殉葬，而不愿降秦。他暗自叹息了一番，吩咐按照王侯礼仪，为蜀王与淑妃举行了葬礼，安葬在了蜀国王室的陵园中。

王子安阳驻兵于蜀国南疆，这几天各种消息纷至沓来，使他大为震动。

先是蜀王派来了使者，要他率兵驰援。接着便听到了秦军大举入侵、蜀王迎战失利、蜀都告急的消息。就在他召集人马，准备遵旨出兵的时候，情况已经发生了急速的变化。各种噩耗不断传来，蜀都已被秦军占领，苴侯与太子相继战死，然后蜀王也兵败被杀。这些凶讯，接踵而至，犹如山崩地裂，使他深感震惊与悲恸。

王子安阳在驻地设了灵堂，身穿孝服，举行祭奠，隆重悼念蜀王、苴侯与太子。

这是一场非同寻常的祭奠，浓重的悲伤气氛笼罩着灵堂。王子安阳没有想到，曾经繁华而又强盛的蜀国，突然之间就败亡了，恍如做梦似的。过去老是担忧，一旦忧患变成了现实，还是令人难以置信。蜀王之死，令人伤心，苴侯的牺牲，更是令人痛惜。王子安阳由于驻兵在外，得以避开了这场劫难，但他并未因此而觉得庆幸，只感到深深的难过。他未能及时出兵救援蜀王，也使他感到遗憾。现在他唯一能做的，就是祭祀与悼念了。王子安阳此时心中的悲伤，真的难以形容。参加祭奠的将士们，也都神情哀戚，悲愤不已。

祭奠之后，王子安阳邀请了皋通，开始商议应对之策。面对当前局势变化，接下来怎么办，如何对付入侵之敌，已刻不容缓，成为当务之急。

皋通对蜀国的覆败，虽然早有预感，也仍感到震惊与遗憾。他知道秦王谋划攻取蜀国，早已野心勃勃，但这么轻而易举就灭了蜀王占了蜀都，说明秦军的强悍确实了不得，之前真的是低估了秦人的威胁。蜀王的刚愎与好色，凡事任性而为，对秦国疏于防范，终于导致了灭顶之灾。皋通对此，唯有叹息。皋通当初建议王子安阳离开蜀都，脱离是非旋涡，还是很有远见的。等到王子安阳在蜀南招兵买马，立足已稳之时，皋通也应邀而来，成了王子安阳最为倚重的谋臣与贵宾。

王子安阳说：秦人猖獗，蜀都已失，请教先生，如何应对才好？

皋通说：秦王伐蜀，取了蜀都，接着就要出兵取巴，南取僰僚了。殿下现在拥兵二万余人，深得僰僚部族拥戴，但也不足与秦军抗衡。从传来的消息判断，秦军入蜀的兵力，大约有十多万，皆是精锐人马，号称虎狼之师。以殿下之力，若想复国，已无可能。若秦军来攻，殿下孤军作战，其势危矣。此处暂时无事，绝非久居之地。

王子安阳说：我也有此忧虑，以先生之见，怎么办才好呢？

皋通说：最好的办法，就是率部而走，举族远徙了。

王子安阳说：走为上策，是个好办法，那远徙何处呢？

皋通说：南有滇越，地广人稀，殿下率众而行，可以畅行无阻，远达南海。那里虽然蛮荒，足可耕牧。秦王鞭长莫及，可保无虞。殿下可以择地而居，降服其酋，善抚黎庶，建国立业，励精图治，此乃千秋宏图也。

王子安阳听了，大为振奋，击掌说：好啊，先生远见卓识，就按先生说的办！

从当时形势判断，皋通的分析与建议，确实是很有道理的。王子安阳拥有的兵力才二万多人，肯定抵挡不了秦军的攻击。秦王要将巴蜀全境都纳入囊中，是必然趋势，如同秃子头上的虱子，明摆着的。审时度势，唯有远徙，才可避祸，也是最安全的做法。除此之外，已经没有其他更好的选择了。秦军目前正在修整，还没有打算出兵夔僚，王子安阳暂时相安无事，使他可以从容谋划。两人商量已定，王子安阳随即传令部众，便开始着手做远徙的准备。

自从秦军大举入侵蜀国，蜀都人心惶惶，很多人便开始外逃。有些逃进了深山避乱，更多的则选择了往南逃亡。这些天，投奔王子安阳的王室亲属与官员商贾人数颇多，还有大量逃难的民众也相继涌来。这使得王子安阳的部众迅速增多，很快增加为四万人左右，后来又增添到了五万余人。在这么多人中，能够打仗的将士只有二万多人，其他也就是部属与闲散人员了。王子安阳决定率众远徙，将士们都遵令而行。部属中有些人怀恋故土，对远离蜀国心有不甘，依依难舍。但国已破家已亡，除了远徙避祸已经别无良策，所以只有个别人留在了青衣江畔等处隐居，绝大多数部众都选择了追随王子安阳，跟着远徙的大部队走。

经过一段时间准备之后，王子安阳便率众启程，开始了这次非同寻常的远徙。

王子安阳走得很及时，秦军此时还无暇顾及僰僚之地，使王子安阳率领这支拖老携幼的庞大队伍得以从容离开。幸好没有拖延时日，假若再过几个月，等到司马错率军来攻，那时再走的话，就晚了。这是皋通的明智，也是王子安阳的幸运。

由于部众人多，经由滇越，前往南海，行程遥远，沿途道路崎岖，男女老幼携带的东西又很多，迁徙的行动自然是格外缓慢。走上一些日子，遇到好的地方，还要驻扎休整数日。这种旷日持久的迁徙，是古蜀有史以来从未有过的壮举，堪称是名副其实的远征。

司马错驻兵蜀都，召集了几位将领，商议下一步军事行动。

司马错说：伐蜀之后，我欲乘胜取巴，诸位以为如何？

张若赞同说：蜀王大败被杀，巴王必然震动，已成惊弓之鸟。此时挥师而东，以迅雷不及掩耳之势攻取之，巴王望风披靡，肯定束手就擒。

都尉墨说：巴人勇武，不可小觑。若要取巴，必须全力以赴，方能大获全胜。

司马错点头说：你们所言极是，机不可失，全力攻巴，正当其时也！

司马错奉命伐蜀时，秦惠王授予他便宜从事的全权。何时取巴，全凭他决定。司马错用兵，从不拖沓，喜欢雷厉风行。他对形势与战局的判断，也非常敏锐，把握得相当准确。他和张若、都尉墨等将领商议之后，更加坚定乘胜攻取巴国的决心，立即调动人马，兵分两路，挥师东进。司马错亲自率领秦军主力部队，直捣巴国都城，都尉墨率领部队迂回配合，从而对巴都江城形成合围。张若奉命留在蜀都，负责镇守蜀国。誓师出发前，司马错和张若又做了晤谈。

司马错叮嘱说：蜀国的事儿，就交给你了。你的担子也不轻啊，不可大意。

张若说：请大人放心，我小心谨慎，诸事都会妥善处理。

司马错说：伐取蜀国大局已定，但如何治蜀，仍是大事情。要使蜀地百姓真正归顺大秦，从此为秦所用，才算达到目的。

张若说：大人说的对，我也是这么想的，治蜀实乃大事，我会努力为之。

司马错说：好，你尽力而为吧。对蜀王子煖僚之兵，你也不能掉以轻心，要防备他乘虚反攻。

张若说：蜀国已亡，蜀王子不会以鸡蛋来碰石头的。我已派人前去侦探，预做防范，不怕他反攻，也不怕他偷袭。他若贸然而来，正好将其剿灭之。

司马错见张若胸有成竹，也就没有什么好担忧的了。他对张若非常信任和倚重，深知以张若的能力和本事，来处理占领蜀国后的各种事务，肯定是游刃有余。做好了这些安排，没有了后顾之忧，司马错就可以放心率兵去攻取巴国了。

巴王得知秦军长驱直入，蜀王兵败被杀，真的是大为震惊。

最使巴王感到遗憾的，是苴侯在抗击秦军的时候，也英勇战死了。苴侯是一直力主巴蜀联合抗秦的，现在蜀国亡了，苴侯也死了，巴国势孤力单，那种唇亡齿寒的感觉，一下就变得格外强烈了。接下来，秦军会如何对待巴国呢？秦军乃虎狼之师，绝非善良之辈，更何况秦王早有吞并巴国之心，伐取蜀国之后，岂会放过巴国？巴王一想到秦军随时都会来进攻巴国，便忧心忡忡，焦虑不已。巴王赶紧召集了诸位大臣，商议应对之策。在巴王最为倚重的大臣中，冉达对时局也深感忧虑，觉得亡国的危险，已经迫在眉睫了。

冉达叹息说：蜀王无道，导致败亡，何其速也。可惜苴侯死了，令人扼腕。秦王伐蜀之后，乘势取巴，已势所必然。估计要不了多久，秦军就会打上门来了。

巴王说：若秦王派大军来攻，以我巴国之兵力，恐怕难以抗衡，如何是好？

冉达说：大王难道要不战而降，打算投降秦王吗？

巴王说：堂堂巴人，乃廪君之后，自古以来都是勇武传世，岂会轻易降敌？

冉达说：那就请大王加紧备战吧，先拒敌于边境。如果作战不利，则退守江城。只要将士齐心，同仇敌忾，利用江城的险要，便足以坚守。并请大王传旨各地，号召军民，做好抗秦准备，与江城相互呼应。

罗强说：启奏大王，据臣所知，秦王想与大王联姻，曾派使者来表达此意。臣奉命使秦，面见秦王时，秦王也说过这个话。现在秦巴依然友好，并未交恶。大王传旨备战固然好，但与其准备交战，不如化干戈为玉帛，答应秦王的联姻要求，可免除兵燹之灾，何乐而不为呢？

冉达指责说：秦王何人？笑里藏刀，虎狼之辈也。很快就要大敌压境了，你还对秦王抱幻想，何其幼稚，真乃小儿之见也！

罗强争辩说：智者千虑必有一失，愚者千虑或有一得。国之安危，刻不容缓，不能意气用事，而要从长计议。当前秦强巴弱，与其打仗，没有胜算，不如和谈，还比较可靠。请大王三思，然后酌定吧。

冉达呵斥说：尚未交战，你已萌降意，先灭了自己志气，何其卑劣也！

罗强说：我是着眼大局，真心为巴国和大王着想，难道也有错吗？

冉达说：竖子之见，不足与谋！

巴王听了两人争论，针锋相对，各执己见，不能相容，略做思索道：两位爱卿，都是为国献策，不用争吵。秦王已得蜀，对巴国的威胁，不能掉以轻心，还是先抓紧备战吧。

冉达与罗强见巴王如此表态，也就不好再说什么了。巴王赞同了冉达的意见，但也并未否决罗强与秦王联姻的提议，内心深处还是有些犹豫不决。面对强敌，备战肯定是必需的，但打仗没有胜算，为了不使巴国沦亡，联姻也不是不能考虑。不过，彼一时此一时也，秦王先前派使者来说联姻之事被婉拒了，如今形势已变，还会再提联姻吗？巴王思虑至此，当然只能将罗强的提议暂时放置到一边了。

巴王传令将士，开始备战，加固了江城的防守，从巴国各处调集粮草，来充实江城的军需储备。又派遣了部队，加强了巴蜀边境的防务。仅仅过了几天，备战与防务尚未完毕，司马错与都尉墨率领的秦军两路人马，已经出其不意渡过巴水，进入了巴国境内。巴国的边防部队无力抵挡，一交战就溃败了。司马错指挥秦军，以迅雷不及掩耳之势直扑江城，很快就兵临城下了。江城顿时风声鹤唳，大战在即，形势危急，人心惶惶。

巴王没有料到秦军来得这么快，而且来的兵力这么多。司马错率领的秦军主力，与都尉墨率领的秦军偏师，已经对江城形成了包抄合围。秦军切断了江城与外面的联络，使得江城成了一座孤城。巴王与大臣们登城观望敌情，看到秦军兵威雄壮，声势浩大，大有乌云压城城欲摧的架势，使人感到分外紧张。这些年，江城已经连续几次遭遇战争，之前曾遭到蜀王的进攻，现在又面临着秦军的围攻。相比较而言，秦军比蜀兵强悍，对江城的威胁也更大，只要秦军攻破江城，对巴国而言就是灭顶之灾。巴王神色忧郁，大臣们也都情绪低沉。形势很不乐观，接下来就是生死之战了，除了奋勇抵抗秦军的进攻，巴国君臣已别无选择。

秦军包围了江城，却并不急于攻城，连续三日，按兵不动。这使得巴王又有些纳闷了，秦军只围不攻，想干什么呢？搞不懂司马错的葫芦里究竟装的什么药。这时司马错派出了使者，来到江城，拜见巴王。

秦使对巴王说：前些时，蜀王攻巴，大王遣使求援于秦王。秦王派兵伐蜀，灭了蜀王，解了大王之困。大王为什么不感谢秦王，犒劳我们秦军呢？

巴王听了，沉吟道：秦王伐蜀，难道是为了巴国吗？现在兵临城下，又意欲何为？难道是为了来讨要犒劳吗？

秦使说：我们主帅大人，想面晤大王，请大王饮酒。

巴王说：多谢司马错将军的一番好意。我这就准备礼物，犒劳将军，请将军解围而去，那就不胜感激了。

秦使说：我们主帅和大王相晤饮酒，诸事皆可面谈，解围退兵，不成问题。

巴王听秦使这么说话，就不好拒绝了，只有勉强答应。至于见面饮酒的地点，巴王当然不会愿意去秦军营中，那等于把自己送上门去，一旦身陷敌军，只有任凭司马错处置了，巴王岂能轻易上当？巴王当然也不能让司马错入城来饮酒，司马错肯定要带侍卫人马而来，一旦被他控制了城门，秦军蜂拥而入，岂不是开门揖盗了吗？两者皆不可行，唯一的选择，就是在江城和秦军大营之间的开阔处见面了。秦使说：这样大家都方便。巴王也同意了，觉得这是一个双方都能接受的办法。

秦使随即告辞，回去禀报司马错。秦使走后，巴王立即和群臣商议此事。

罗强说：司马错主动请大王饮酒，要和大王面谈解围退兵，这是好事情啊。

冉达说：司马错率大军而来，江城犹如饿虎嘴边的肥肉，岂会轻易放弃，无功而退？天下哪有这样的好事？他欲请大王饮酒，此乃诈谋也，大王不可上当。

巴王说：我也不相信司马错会有善心，但若拒绝，似有不妥，实为两难。

罗强说：只要加强防备，与其见面饮酒，便可无虞。

冉达说：司马错乃秦之悍将，多谋善战，现在围了江城，不攻城却请大王饮酒，明显是在用计。大王出城与其见面，即使有所防备，也将防不胜防。臣以为，大王还是不去见面饮酒为好，万一出事，就不可收拾了。

巴王说：吾已答应秦使，若不去与司马错见面，便是失信，还是如约而行吧。

巴王斟酌再三，虽然明知与司马错晤谈要冒很大的风险，还是决定出城一见。为了防备不测，巴王挑选了百余名武艺高强的忠勇之士，配备了快刀利剑与盾牌，组成了卫队，以便贴身护卫。同时安排了精锐队伍，随同出城护驾。在城门内也安排了人马，便于接应，以防不测。在城墙上还安排了弓箭手，可以居高而射，万一有变，可以控制形势。做好了这些安排之后，巴王又挑选了几位大臣，让冉达、罗强等人陪同他出城，一起去与司马错见面晤谈。

秦军看不出有什么大的动静，其实也在紧锣密鼓做准备。司马错传令都尉墨，暗中调兵遣将，秣马厉兵，强弩与攻具皆已布置好了，已经备战就绪。一场非同寻常的大举动，很快就要开场了。

到了双方约定的见面日子，巴王先派人给秦军送去了猪羊等物品，以表示对秦军的犒劳与友好之情。然后巴王穿了软甲与王服，骑着马，由冉达、罗强等大臣陪同，率领侍卫与护卫人马，出了江城，来到开阔处，与司马错见面。

司马错穿着铠甲，全副戎装，骑着战马，这时也出了秦军大营，带领着大队秦军将士，前呼后拥来到了开阔处，勒骑伫立，与巴王相见。

巴王打量着司马错威风凛凛的样子，朗声说：将军请我饮酒，为何戎装相见？

司马错揖手说：军务在身，如有冒犯，请大王宽恕。

巴王说：秦巴友好，巴人安居，并未犯秦，将军为何率兵前来围城？

司马错说：秦王想与大王联姻，被大王婉拒。秦王不乐，故而遣军前来，责问大王。

巴王说：多谢秦王美意，联姻也须两相情愿，何必强人所难？

司马错说：那是大王不把秦王放在眼里，也就怪不得秦王用兵了。我奉命率军而来，大王若能降秦，便可相安无事。

巴王说：将军说请我喝酒是假，原来是要我降秦，这才是你的本意啊。

司马错说：我已奉命伐蜀，灭了蜀王。大王明智过人，岂能效尤蜀王？现在大王只有降秦，免得玉石俱焚，除此之外，已别无选择。

巴王见司马错态度强硬，话已说到这个份上，等于是当面宣告了最后通牒，不由得脸色骤变，大为震动。陪同的大臣们，也都深感震惊。这哪里是邀请喝酒啊，而是诱使巴国君臣出城，威逼他们立即投降啊。巴王当即挥手示意，准备率众退回城去。但此时要走，已经晚了。

司马错见状，当然不会让巴国君臣从眼前脱身而去，一声令下，随行的将士立即擂响了战鼓。秦军埋伏在两边的强弩，顿时千弩齐发，置身于江城外面开阔处的巴王与众臣，以及护卫人马如同箭靶，都暴露在秦军的强弩面前，成了被射杀的对象。

与此同时，都尉墨听到战鼓声，立刻指挥部众，从侧面发起了猛烈的攻城。刹那间，战鼓声、喊杀声，此起彼伏，响成了一片，大有惊天动地之势，以此扰乱和震撼了巴国守城将士，造成了莫名的恐慌。

秦军突然发起的攻击，如同疾风骤雨，使人猝不及防。巴王的护卫人马，纷纷中箭倒地。巴王逃避不及，坐骑也中了箭，将巴王掀翻在地。侍卫们赶紧手持盾牌，抵挡箭矢，护卫巴王。幸亏巴王出城前穿了软甲，有箭矢射穿了王服，被软甲挡住了，未能伤及巴王。随行的大臣们就没有巴王幸运了，纷纷中箭而死。

城墙上的巴国弓箭手，本来要掩护巴王撤退的，这时也遭到了秦军强弩的攻击，根本发挥不了作用。城内接应的人马，来不及出城护驾，局面已经崩溃。

在强弩雨点般的射击之后，秦军开始了冲锋攻击。前面是精锐骑兵，后边是手持长矛的步兵，如同凶悍的群狼，在疯狂的喊杀声中，朝着仓皇奔逃的巴王一行猛扑过来。巴王身边的忠勇侍卫们拼死抵挡，护卫着巴王边战边退，尚未撤回城门，已陷入了敌阵。在激烈的混战中，冉达亦中箭负伤，手持宝剑，与冲上来的秦军奋勇搏斗，连杀了数名秦兵，最后英勇战死了。秦军蜂拥而上，终于擒获了巴王。罗强跟着巴王奔逃，也负了伤，与巴王一起成了秦军的俘虏。

秦军大队人马继续冲锋，如同洪流一般，通过敞开的城门，乘势杀进了城去。这时都尉墨从侧面也攻入了城内，与秦军主力在城内会合了。转眼之间，江城便陷落了。巴王的宫殿与财富，以及囤积在城内的粮草辎重，都成了秦军的囊中之物。

司马错几乎不费吹灰之力，便攻取了江城。巴国的其他诸城，也望风披靡。秦军席卷了巴国，巴蜀从此都被纳入了秦国的版图。

第二十九章

张若驻守蜀都，负责处理伐取蜀国之后的各种事宜。

伐取蜀国，用战争手段就解决了。治理蜀国，就没有那么简单了。其中最关键的，还是人心向背。秦王获得了蜀国，不仅仅是要占有山川河流土地，还要蜀民从此都归顺秦王，心甘情愿地成为秦王的子民，才算真正达到目的。而要做到这些，绝非打仗那么简单，当然是大有学问的。张若对此，早有考虑，谋划已定，成竹在胸。

张若以前奉命出使，在蜀都小住多日，曾对蜀地的各种情形都做过深入了解，打探过蜀国的王室与贵族内幕，对蜀人的民俗民风也详细考察过，对蜀地的商贸交通与耕牧渔猎都了如指掌。张若这些事先的广为了解，都为他治蜀提供了便利。张若是个有心人，而且很有洞察力，提前做的功课，与他的善于谋划，都说明了他的非同寻常，显示了他的远见卓识。

张若治蜀，首先安定了蜀都的秩序，恢复了蜀都城内居民的正常生活，大大小小的商铺、客栈、饭店之类，又重新开始经营了。其次是整肃了军队纪律，当时驻扎在都城内外的秦军部队很多，常有散兵游勇侵犯百姓，张若下令将一名抢劫民财、强奸民女的秦兵斩首示众，使得秦军将士受到震慑，从此秋毫无犯，避免了对百姓的骚扰。再者是加强了对蜀中贵族阶层的招抚，希望他们都归顺秦朝，但此事比较复杂，还得有个过程方能奏效。与此同时，张若按照秦王的旨意，准备对蜀地划分郡县，然后派遣官员，各司其职，以加强对蜀地的统辖与管理。要做的事情很多，张若只能按部就班，先抓住主要的几件大事进行。当务之急，仍是要安抚人心，掌控大局，稳定形势，张若对此有着清醒而冷静的思考，也是他刻意和着重去做的。

在招降或者抓获的蜀国大臣中，江非是唯一一主动献城降秦之人。江非为秦人取蜀立了大功，按理说应给予重赏，但司马错不喜欢江非，出兵取巴之前曾指示张若，不要让江非这样的叛臣坏了治蜀大事。张若对此心知肚明，不过还想利用江非，继续招降纳叛。江非对张若十分巴结，言必称大人，一副毕恭毕敬的态度，而对秦人的心思则一无所知。秦人巧妙地利用江非，而江非则是真正被蒙在了鼓里。

这天上午，张若又召见了江非，向他询问关于蜀国王室与遗臣的一些事情。

江非拜揖说：启禀大人，蜀王与太子已灭，王子夏阳还藏匿在民间，很可能就躲在城内某处呢。

张若问道：如果他还在城内，你觉得他会躲藏在何处？

江非想了想说：城内的深宅大院比较多，大人何不下令，再彻底搜查一次。

张若说：若下令搜查，派兵出入民宅，势必骚扰居民，似有不妥。

江非说：启禀大人，也不妨张贴告示，藏匿者杀头，举报者重赏，必定会有效果。

张若略做迟疑说：哦，这倒是一个办法，可以试试。

江非察言观色，看出了张若的迟疑，又鼓动说：启禀大人，在下以为，如果不抓获王子夏阳，任其逍遥自乐，终究是个祸患。此人不除，蜀国的遗老遗少就会心存侥幸，蜀民也不会真心降秦。

张若听了，若有所思地说：如果王子夏阳愿意降秦，倒也不必杀他。

江非拱手说：启禀大人，王子夏阳已知蜀王遇害，此人即使降秦，也必然心怀仇恨，不会真心顺从。杀了他，就一了百了，斩草除根，断了遗臣遗民的念想，蜀中从此也就太平无事了。

张若特意问道：何必一定要杀他呢？你为什么觉得非杀他不可呢？

江非见张若责问，心中暗生紧张，立刻做出一副无限忠诚的样子，赶紧辩解说：启禀大人，我是为了秦王的千秋大业着想，故而直言，请大人明鉴。

张若见状，哈哈一笑说：好啊，等找到王子夏阳，抓获了再说吧。

江非见张若终于赞同了他的提议，也赔笑说：大人英明！安邦治蜀，功高盖世！

张若哈哈大笑，又问：蜀中遗臣颇多，有无德高望重者，可以招抚任用？

江非想了想说：启禀大人，老臣彭玉，略有声望。但其孤傲，恐难以任用。

张若是见过彭玉的，以前奉命出使蜀国，就知道彭玉是朝中的一位资深大臣。秦军进入蜀都之后，抓获了彭玉，带去见了张若与司马错。当时军务繁忙，无暇顾及俘虏，凡是不抵抗的蜀国遗臣都暂时宽以待之。张若没有关押彭玉，询问了几句，便将他放了，命他回府待命。一晃好几天了，彭玉深居简出，没有什么动静。蜀国的遗臣颇多，没有来得及逃走的，大都待在各自的府中听天由命。张若现在要安抚人心，自然想到了蜀国的这些遗臣们，如何促使他们归顺大秦，仍是一个颇费心思的问题。江非说到彭玉，也正好提醒了他。张若略做思量，说：我知道，彭玉是个人物，如果彭玉归顺大秦，秦王不会亏待他。

江非说：启禀大人，彭玉若能归顺，当然好啦。就怕他不愿降秦，那又怎么办呢？

张若说：你和彭玉有交往，你去问问他，争取说服他归顺吧。

江非起身说：谨遵大人吩咐，在下这就去彭府见他。

张若说：你去好好和他说，然后把情况禀报于我。

江非恭敬地答应了，随即告辞而去，骑马前去拜访彭玉。

　　彭玉这些天，一直待在府中，小心翼翼，静观其变，不敢贸然外出。

　　蜀国已经败亡，秦军占领了蜀都，外面随时都有巡逻的秦兵。城破的当天，秦兵将他抓去见主将大人。值得庆幸的是，司马错与张若都没有为难他，很简单地问了几句话就放他回府了。秦人凶悍地灭了蜀王，却对遗臣们礼貌待之，使得彭玉颇为纳闷，不知道秦人的葫芦里究竟装的什么药。他现在最担心的，就是蜀王子夏阳的安危了，藏在密室中终究不是办法，但又不敢轻易出城，怕被巡逻的秦兵发现。秦人对王室成员搜查得很严，如果发现他藏匿了王子夏阳，那麻烦就大了，秦人不仅会取了王子夏阳的性命，也会砍了他的项上人头啊。身为蜀国大臣，他当然不会出卖王子夏阳，纵使冒着生死风险，也要铤而走险，继续保护下去的。接下来怎么办呢？还是要想方设法，将王子夏阳转移到其他更安全的地方去才行。

　　就在彭玉绞尽脑汁，仍然拿不定主意的时候，江非突然来访了。

　　彭玉听到有人敲响了紧闭的大门，赶紧吩咐王子夏阳和瑶儿待在密室中，不要有任何动静，收拾妥当，这才去打开了大门。看到是江非来了，彭玉颇为疑讶，不由得暗自猜测，这个叛国投敌的奸臣，来这儿干什么呢？

　　江非走进彭府，揖手说：彭大人，为何紧闭大门，敲了好久才开门啊？

　　彭玉也揖手施礼，回答说：在下闭门思过，唯求自安。不知大人驾到，开门迟了。在下老矣，行动迟缓，请大人见谅。

　　江非哈哈大笑说：彭大人正当盛年，何曾老也？以后治国安民，都要仰仗彭大人呢。

　　彭玉说：江大人言重了！在下老朽，亡国之臣，只求安度余生，就是万幸了。

江非说：彭大人名声在外，连秦王都知道彭大人呢。彭大人若能为秦王效力，以后安享荣华富贵，好日子还长着呢。

彭玉听了此言，便已知道江非的来意了，讥讽道：那你是为秦王做说客来了？

江非说：你我老友，有福同享嘛。今日主要是来看看彭大人，聊聊天罢了。

彭玉说：你献城降秦，功劳很大。我贪生怕死，一无是处，苟活而已。

江非说：识时务者，方为俊杰嘛。彭大人满腹经纶，岂能埋没？

彭玉说：夏虫不可语冰，在下真的是老朽了，只求苟活，哪里还有什么奢望？

江非说：这是明摆着的富贵，哪里是什么奢望嘛。人生在世，图的什么？不就是荣华富贵吗！彭大人洞悉世故，秦王伐蜀，蜀已归秦，这是天意，只能顺应嘛。

彭玉叹息道：在下老矣，只能敬谢不敏了。

江非同彭玉聊了一会儿，竭力开导彭玉，希望彭玉能归顺秦王。彭玉则绕着圈儿，同他虚与周旋。江非有点无奈，便换了话题，问道：彭大人你的家人呢？府中为何如此冷清？

彭玉说：遭此战乱之际，前些时乱纷纷的，家人已回乡下暂避。

江非又问：大人女儿之病，是否痊愈？应该康复如初了吧？

彭玉说：仍在病中，没有康复，病得不轻呢。

江非哦了一声，想起彭玉之女貌美如仙，曾使蜀王怦然心动，欲纳娶为王妃。因为瑶儿突然患病，蜀王不得已而推迟了婚礼。没想到短短数月，天下局势大变，蜀王战败被杀，纳妃的美事也就成了虚幻。按时间推算，瑶儿是要康复了，彭玉却说仍在生病，也不知彭玉说的是真是假。

彭玉又说：实在抱歉，家人都走了，寒舍无人，来日再请江大人饮酒吧。

江非见彭玉含蓄地下了逐客令，也就不便久待，随即起身告辞。

江非离开彭府，骑马走在路上，仍在思量着这件事情。江非这次未能说服彭玉归顺秦王，怎么向张若禀报呢？江非琢磨了一会儿，突然灵机一动，觉得以彭玉之女的美貌，如果献给张若，一定能大获欢心。这样既可以巴结张若，也能促使彭玉仕秦，岂不是两全其美吗？自古以来，英雄难过美人关。不仅君王如此，将相也不会例外吧，这可是百试不爽的经验。江非这么一想，心中便有了主意。他降秦之后，必须要找个靠山，来巩固自己的地位。他先是巴结司马错，劝说淑妃侍寝，想以此来讨好司马错，没料到淑妃自殉了，司马错对他也似乎颇为提防，简直是弄巧成拙。现在江非将张若视为靠山，除此已别无选择。江非主意已定，自然就要在巴结上下功夫，大做文章了。

江非又去拜见张若，禀报说：启禀大人，在下去见了彭玉，好意劝他归顺大秦，他心存观望，犹豫不决。

张若说：彭玉乃蜀王重用之大臣，一旦天下大变，心存观望与犹豫，亦可理解。如今蜀已归秦，还是要好生劝他，使他归顺了大秦才好。

江非说：启禀大人，在下已想到了一个好办法，可以使他真心实意地追随大人，为秦王效力。

张若问道：是什么好办法？请说来听听。

江非说：彭玉有个女儿，年方二八，长得如花似玉，好似仙姬下凡。彭玉深爱这个女儿，视若掌上明珠。大人如果纳娶此女，与彭玉联姻结亲，岂不美哉？彭玉从此肯定听从大人，忠心仕秦，可谓两全其美也！

张若啊了一声，笑笑说：我也早听说过彭玉之女，美艳如仙，使得蜀王都想纳她为妃。现在你想让我娶她，是否合适呢？

江非说：蜀王无福消受，上天特意留给大人，大人娶她，实乃美谈也！

张若笑道：你的主意不错啊，蜀王好色误国，我若好色也会误事。此女现在何处呢？

江非琢磨着张若的话意，有点猜不透张若的真实想法，想了想说：启禀大人，不妨见一见此女，大人再做定夺。在下去和彭玉说，让他带了女儿来拜见大人。

张若颔首说：请彭玉来见见也好。

江非听了，很是兴奋。有了张若的首肯，接下来他去操作，事情就好办了。

彭玉深知江非的奸佞德行，见过江非之后，就知道会有麻烦了。不出所料，各种麻烦事儿果然接踵而至。

过了一天，江非又登门来访，说张若大人要召见他，并想见见他的女儿，请他准备一下。彭玉心里咯噔了一下，猜测着定是江非献媚张若，说他女儿貌美，又要打瑶儿的歪主意了，这可如何是好？彭玉只好推辞：女儿患病，已去乡下休养了，不在府中，无法去见张若大人。江非说：你去乡下把女儿接来不就行了吗。彭玉说：瑶儿病得厉害，尚未痊愈，折腾不起，不能见啊。江非不依不饶地说：张大人发话了，岂能违抗？无论如何也得见一下。彭玉无语，只能摇头叹息。

第二天，江非又来了，催促彭玉去接瑶儿，并拿来了令牌，是张若特地关照的，如果沿途遇到秦兵盘查，凭此令牌可以免受骚扰与刁难。彭玉很为难，又无法推脱，倍感无奈，看来张若是非见瑶儿不可了，怎么办呢？

江非这时又提到了王子夏阳，说秦军入城的当晚，有人看到王子夏阳逃到了这儿，后来就不见了，问彭玉是否知道王子夏阳的下落？又半开玩笑半认真地说：彭大人乃蜀王忠臣，是否将王子夏阳藏了起来啊？

彭玉心中大惊,背上都冒出了冷汗,竭力做出不动声色的样子,苦笑说:江大人真会开玩笑啊,我能把他藏哪儿呢?

江非肉笑皮不笑地说:这事儿开不得玩笑,请彭大人好自为之吧。

彭玉送走了江非,反复思量着应对之策,心中好生为难。目前面临着两件棘手之事,一是张若要见瑶儿,二是江非怀疑他把王子夏阳藏了起来。现在瑶儿与王子夏阳都躲在密室里呢,他当然不能将瑶儿轻易送去见张若,更不能出卖王子夏阳。但情况明摆着,江非这个奸佞小人,是不会善罢甘休的。怎么办?如何是好?彭玉万般无奈,只有和王子夏阳、瑶儿一起商量。当务之急,当然还是要先保护王子夏阳。

彭玉关严了大门,检查了门户,打开密室,将王子夏阳和瑶儿叫到客堂,商量此事。彭玉讲了一下大致情况,对王子夏阳说:秦人起了疑心,我很担心秦人再来搜查。寒舍密室,虽然隐秘,无人知晓,但终非殿下久居之地。我想趁此机会,请殿下化装随行,我有秦人的令牌,可以畅通无阻,正好护送殿下出城,先去乡下,然后远走高飞,找个安全的地方隐居,以后再施展宏图,另谋发展。

王子夏阳说:如果能安全出城,脱身而去,当然是再好不过了。

瑶儿担忧说:江非是个奸臣,心眼很坏,令牌是否假的?要提防他使诈啊。

彭玉说:瑶儿提醒了我,要先去试一下,如果令牌有诈,就算了。如果是真的,再说下文。

过了一天,彭玉出了府邸,来到城门口,果然有巡逻的秦兵,对出入蜀都的商贾行旅都要盘问。彭玉出示了令牌,秦兵一见,便立即放行了。彭玉知道,这个令牌肯定是真的了,随即回府,对王子夏阳和瑶儿说了,打消了顾虑,开始做化装出行的准备,要将王子夏阳送出城去。

自从秦军占领蜀都之后,为了预防不测,王子夏阳和瑶儿都藏在密室内。连续多日,白天与夜晚都同居一室,已经形同情侣,感情日渐浓郁。现在王子夏阳就要走了，瑶儿心中充满了恋恋不舍之感。

瑶儿说：外面兵荒马乱，我还是很担忧。一旦分别，谁知何时又见到殿下？

王子夏阳也舍不得离开瑶儿，动情地说：天下动乱，从此流离，只有多保重了。

瑶儿噙了泪花，依依不舍，心绪低落，一时也不知说什么好。

王子夏阳看到瑶儿这个样子，楚楚动人，惹人疼爱，一冲动，便将瑶儿揽在了怀里。瑶儿也是真心喜欢王子夏阳，早已渴望着肌肤之亲，两情相悦，水到渠成，便抛开了世俗礼仪，自作主张，成就了百年之合。两人当即宽衣解带，当天就睡在了一起，共享鱼水之欢。

王子夏阳和瑶儿青春年少，感情如同春水荡漾，相互缠绵，难舍难分。那种欲仙欲死的欢愉，患难之际的偷安，即将别离的忧伤，从此生死难料的顾虑，交织在一起，使得两人的感受都分外复杂。

两人欢度了良宵，很快就要分别了。瑶儿眷恋着王子夏阳，不想让他离开。第二天，当彭玉请王子夏阳更换服装，准备出发的时候，瑶儿鼓足勇气，壮着胆子对彭玉说：爹爹呀，孩儿已委身殿下，请爹爹再让我们相聚几天吧。彭玉似乎也料到了会是这样，对此并不感到惊讶。虽然没有父母之命媒妁之言，也没有拜天地没有任何礼仪，但危难时刻也只能从权了。瑶儿本来就是要选为王子夏阳之妃的，经历了灾难与曲折，终于好事成双，也是天意如此吧。彭玉便答应了，让他们两人再欢聚几天。瑶儿和王子夏阳待在密室中，如胶似漆，百般恩爱，暂时抛却了烦恼，尽情享受着两人在一起的亲密与欢愉。快乐的时光总是短暂的，转眼三天过去了，这次是真的到了分别的时候了。

江非又来催了。彭玉担心夜长梦多，不敢继续拖延了，也不愿放弃这次送王子夏阳脱险的机会，只好告诉王子夏阳，准备启程。又吩咐瑶儿，在他外出期间，仍旧待在密室中，由侍女照顾，切记不要轻易露面，以防不测。瑶儿很伤心，与王子夏阳洒泪而别。

五 丁 悲 歌 |

王子夏阳打扮成随从，跟着彭玉，骑马离开了彭府。他们走僻静的巷道，避开人多的大街，来到了南门口，果然有巡逻的秦兵，在盘查出入城门的行人。彭玉出示了令牌，秦兵看了一眼，便将他们放行了。他们出了蜀都，如同鸟儿飞出了牢笼，终于获得了自由，赶紧催骑而行。彭玉计划先回彭族老家，接着派家丁护送王子夏阳前往僰僚之地，希望王子夏阳能和王子安阳会合，那样就安全了。然后彭玉再返回蜀都，打算向江非与张若撒谎说瑶儿病故了，以此断了他们的非分之想。彭玉的谋划还是比较周到的，在当时无比险恶的情形下，这也是最为巧妙的办法了。

过了一个时辰，他们渐渐远离了都城。彭玉和王子夏阳都松了口气，骑马走在南去的大路上，眺望着两边的田野与远处的山影，紧张的心情终于松弛下来。就在他们暗自庆幸的时候，后面有一队骑兵，突然追来了。他们正顺着大道匆匆南行呢，听到急促的马蹄声，来不及躲避，骑兵已经追了过来。他们怎么也没有想到，领队的竟然是江非。也是过于凑巧了，江非正要找彭玉说事呢，听说彭玉带着一名随从出城了，便带着骑兵追来了。

江非尖声喊道：彭大人留步啊！你们要去何处啊，走得这么急？

彭玉大惊失色，这可如何是好。王子夏阳也大为紧张，心都跳到了嗓子眼。

江非率着骑兵很快就追到了面前，将彭玉与王子夏阳包围了起来。江非一下就认出了王子夏阳，冷笑道：果然被我猜到了，彭大人你好大胆啊，竟然隐藏王子，又陪同出逃，你们这是要逃到哪里去啊？

彭玉无语以答，只能横眉冷对。王子夏阳与江非仇人相见，分外眼红，恨不得一剑杀了江非，以解心头之恨，可是手无寸铁，无法拼搏，只有受制于人。

江非神色狰狞，连声冷笑，指挥手下亲兵，将两人捆缚起来，准备押回都城。

彭玉与王子夏阳此时陷入了重围，只有束手就擒。

江非抓获了王子夏阳，感到非常兴奋。秦人四处搜查王子夏阳的下落，已经好多天了，现在终于被江非抓到了，这可是大功劳啊。江非立刻派人疾驰而去禀报张若，然后押解着彭玉与王子夏阳，迅速返回了蜀都。

张若接到禀报，大为振奋，随即传令，将王子夏阳与彭玉关进了牢房。

江非向张若表功说：启禀大人，在下早就怀疑彭玉藏匿了王子夏阳，果然不出所料啊，竟然大胆陪同出逃，幸好我追得快，没有让他们逃脱。

张若说：你了解彭玉，判断没错，追得也快，做得好啊。

江非拱手说：多谢大人夸奖。彭玉不愿归顺，其罪难赦。王子夏阳仇恨秦人，请大人下令将其斩首示众，从此斩草除根，蜀人皆归秦王，大人威震天下，这可是青史留名的大功劳啊。

张若笑道：取蜀容易治蜀难，等我审问了他们再说吧。

江非很想鼓动张若杀掉王子夏阳，以除后患。听了张若所言，弄不清张若的真实想法，只有耐着性子，等候张若做出决定，然后再随机应变。

张若下令关押了王子夏阳与彭玉，又吩咐用好酒好肉侍候着，等于是软禁了两人。张若的目的，还是要使他们归顺秦朝，这是他谋划治蜀的一个韬略。他觉得，治蜀如同下一盘大棋，如何取舍，怎样制胜，都是大有讲究的，切不可随手落子，更不可草率而为、意气用事。按照张若的思路，江非不过是一枚棋子，王子夏阳与彭玉当然也是棋子。用得好，通盘皆活，用得不好，也许会满盘皆输。所以张若很慎重，下了决心要劝降王子夏阳与彭玉，不厌其烦，用心良苦。

这天下午，张若又见了王子夏阳，委婉地说：你若归顺大秦，就让你回王宫去住。让你暂时待在这里，委屈你了。你意下如何？

王子夏阳说：国已破，父王遇难，你们随时也会杀了我的，何必劝降？

张若说：秦王伐蜀，已取蜀地。只要你归顺大秦，一定善待于你。

王子夏阳说：覆巢之下岂有完卵？所言善待，用意何在？

张若说：秦王取蜀，乃是天意。天下归秦，也是势所必然。只要你归顺大秦，就让你安居王宫，享受蜀侯的荣华。

王子夏阳说：既然蜀已归秦，还要我这样的人有何用呢？

张若说：开明王朝统治蜀国，前后十二世，虽已亡国，影响尚在。你是蜀王之子，你若归顺大秦，秦王善待于你，遗臣遗民自然也就心平气和地归顺大秦了。从此相安无事，安居乐业，何乐而不为呢？

王子夏阳终于明白了张若的用意，慨叹说：原来如此啊！

张若说：我是实话实说，时势如此，相信你会明白我的好意。

王子夏阳说：要我归顺也不难，但我有条件，只要你能答应就可以。

张若说：是什么条件？请你坦言。只要我能办到的，皆可答应。

王子夏阳说：请你杀了江非，咔嚓一刀就办到了。

张若笑道：挥刀杀人不难，但你为何要我杀掉江非呢？他献城降秦，是大秦功臣呢。

王子夏阳咬牙切齿地说：江非奸佞害人，卖国求荣，人神共愤，我与他不共戴天。不杀他，不足以平民愤，也不能安慰死于国难的父王与将士们的在天之灵。不杀他，蜀国的遗臣遗民岂能心平气和归顺？

张若沉吟道：你说的倒也是有些道理，且等我商量了再说。

王子夏阳口气强硬地说：此事没有商量，必杀此人，才能使人心服。

张若哈哈一笑，觉得王子夏阳如此说话，直言无畏，倒也爽快，有些可爱。

张若又去见了彭玉，恭敬地说：彭大人别来无恙？在这里和彭大人见面，不敬之处，请彭大人见谅。

彭玉说：我乃蜀国遗臣，已老朽无用，要杀要剐，都任凭你了。

张若说：彭大人置生死于度外，敢于护送王子夏阳出城远走，倒也令人敬佩。

彭玉说：卖主求荣，不齿于人，岂是吾辈所为？大人当然不会赞赏我这样死心塌地的遗臣，所言敬佩不过是嘲讽罢了。

张若说：我向来敬重大人的声望，说的是实话，大人所为，真的很不简单。大人若能归顺大秦，秦王一定不会亏待大人。

彭玉说：世事无常，遇此浩劫，大难来临，生死已不足惜矣，何必劝降。

张若说：大人忠于国事，实属难得。如今蜀已归秦，大局已定。改朝换代，天意如此。大人明智过人，为蜀国已竭尽忠诚，可以问心无愧了。现在也该为自己，为家人着想了。归顺大秦，便可安享荣华，优哉度日，颐养天年，何乐而不为也？

彭玉觉得张若说的也有道理，不知如何回答才好，一时沉默无语。

张若又说：听说彭大人有个女儿，视若掌上明珠。彭大人纵使置个人生死于度外，也该为女儿着想啊。你若归顺大秦，便可确保家人平安无虞。

彭玉心中最放不下的就是爱女瑶儿了，张若的攻心之策，确实点中了要穴。彭玉想了想说：在下已经明白你的意思，你苦口劝我归顺，难为了你的一番好意啊。请问你们又如何对待王子夏阳呢？

张若说：我也在劝王子夏阳呢，只要他答应归顺，秦王一定善待于他。

彭玉说：若王子夏阳答应归顺了，我无话可说，当然也要跟随其后了。

张若笑道：好啊，彭大人果然明智，深明大义，咱们一言为定！

张若的劝降还是很有效果，现在他已清楚地知道了王子夏阳和彭玉的态度。王子夏阳的要求是杀了江非，就答应秦。彭玉的表态也很鲜明，只要王子夏阳降秦了，他自然也就跟着归顺。现在问题的关键，就看张若如何对待江非了。治蜀是盘大棋，着眼于大局来权衡利弊，弃子求胜，又有何难呢？

张若主意已定，随即准备了丰盛的酒宴，派人邀请江非前来饮酒。

江非很高兴，欣然赴宴。他将张若视为靠山，正要千方百计巴结张若呢，现在张若主动请他喝酒，当然格外兴奋。江非见到张若，赶紧揖手施礼，毕恭毕敬地说：多谢大人盛情相邀！

张若满面笑容地说：难得一聚，今日好好喝酒，开怀畅饮，一醉方休。

江非说：能和大人一起饮酒，不胜荣幸。

张若说：你献城降秦，功劳很大，早就想要请你喝酒了。

江非说：小臣献城，是弃暗投明，甘愿追随大人，效劳秦王。

张若说：难得你有这番见识，秦王不会亏待你的。

江非说：多谢大人奖勉，以后还要请大人多多关照。

张若向江非敬酒，连着饮了几杯。喝着美酒，吃着佳肴，酒过三巡，其乐融融。江非见张若殷勤劝酒，很是高兴，便有点得意忘形，又旧话重提，说到了彭玉之女美艳如仙，敦促张若纳娶之，希望成其好事。张若已经明白江非的用意，哈哈大笑说：这事不急，以后再说吧，现在要先办大事。

江非说：恕在下冒昧，大人说的大事，是指什么？

张若问道：你觉得，我待你如何？

江非揖手说：大人英明，待我甚好，在下对大人深为敬佩，衷心感激大人。

张若又问：你愿意效忠秦王吗？

江非躬身说：在下忠于秦王，绝无二心，日月为证，天地可鉴。

张若说：秦王传旨，要借用你一样东西。

江非说：秦王的旨意，只要小臣有的，一定遵旨照办。

张若说：好啊，你当然有的。

江非问：秦王要借用小臣什么东西？

张若说：秦王要借你项上人头一用。

江非闻言大惊，尴尬地挤出笑说：大人真会开玩笑，这怎么能借？

张若说：你懂的，秦王传旨，当然不是玩笑。

江非听了，顿时脸如土色，跪拜于地，顿首求饶说：我有功于秦，为何要杀我？

张若说：你为秦王取蜀立了大功，现在要你为秦王治蜀再立一功，不是很好吗？

江非叩头如捣蒜，哀求说：小臣追随大人，效忠秦王，忠心耿耿，并未做错什么，请大人饶了小臣吧。

张若说：这是秦王的旨意，大业为重，岂能违抗？

江非这次是真的吓尿了，继续求饶说：我愿解甲归田，不问政事，做个草民，求大人成全。

张若说：我是想成全你啊，来来，起来喝酒，不要这样丧魂落魄嘛。

江非心中又有了希望，赶紧起身就座，揖手说：大人成全小臣，在下感激不尽。

张若哈哈大笑，举杯说：来来来，喝酒喝酒！今日这酒席，是专门为你饯行的。

江非说：小臣糊涂了，大人说的饯行，又是什么意思？

张若说：你且开怀畅饮，如此美酒，多喝几杯。你我交往一场，也是难得。世事有盛衰，人生有聚散，这是千古常理。今日特地为你饯行，喝了美酒上路，也就没有什么遗憾了。

江非本是精明之人，从来都是算计别人，没料到自己也被算计了。此时他才终于知道，秦王不会奖励他献城归顺之功，却要拿他做牺牲了。江非如同丧家之犬，哪里还有心情喝酒呢？顿时说不出的恐慌，又跪下哀求说：求大人放过小臣，在下愿意做牛做马报答大人！

张若瞧不起江非这副模样，卖国求荣，贪生怕死，奸佞嘴脸，堪称典型。张若鄙夷地挥了下手，侍立于侧的几名武士随即上前，将江非反剪双手五花大绑，押往了大校场。江非面如死灰，腿都软了，只能任凭武士拖拽而行。张若又吩咐侍从，将王子夏阳和彭玉请了出来，前往大校场观看行刑。

若干年前，蜀王和苴侯曾在蜀都大校场内招兵选将，五丁力士赶来应聘，当时选拔的情景好不热闹。似乎转眼之间，五丁遇难，苴侯阵亡，蜀王被杀，蜀国江山归了秦王。真的是天翻地覆，恍若做梦似的，现在大校场又成了问斩江非的刑场。消息传出，城内的市民百姓，还有躲藏在家听天由命的遗臣们，都纷纷赶来观看。

张若神情威严，传令武士，当众斩了江非。在众目睽睽之下，武士手起刀落，咔嚓一声，血光飞溅，江非人头落地。江非至死都没有明白，张若为何非要杀他。众人都痛恨江非害了蜀王，此时亲眼看着江非被砍了脑袋，都觉得十分解气，同时又倍感震慑。秦人办事，所作所为，果然不一样啊。

张若对王子夏阳说：江非奸佞，误国害人，斩了他也是罪有应得。殿下的要求已经满足，现在殿下可以归顺了吧？

王子夏阳此时只有点头答应，归顺了秦朝。彭玉与其他遗臣，也都随之降秦了。

张若写了奏文，派人前往秦都，把详情禀报了秦惠王。秦惠王随即传旨，封王子夏阳为蜀侯，享受诸侯的待遇。蜀地从此不再有王，遗臣遗民都跟随蜀侯，接受了秦王的统治与管辖。

第三十章

司马错攻取了巴国，占领了江城，分兵驻扎，很快就控制了形势。

在很短的时间内，司马错率军伐蜀、取巴，都大获全胜，这与秦人的多谋和善战当然大有关系。接下来，就是如何统治与管理巴国的问题了。秦人依靠强盛的武力，夺人之国容易，要使人诚心降服就不是那么简单了，必须要有相应的措施与对策才行。司马错对此早有思考，准备先笼络巴王和降秦的贵族，以安抚民心，然后实施郡县制度，严格管理巴人，从而将巴国彻底融入秦国。

司马错在王宫准备了宴席，请巴王与降臣一起饮酒。巴王成了俘虏之后，便被关押了起来，失去了行动的自由。秦人对巴王还算客气，只是软禁，并未审问与虐待巴王。此时巴王被请了出来，由罗强等降臣陪同，与司马错相见。

司马错客气地说：这几天，委屈诸位了，今日聚会，与诸位开怀畅饮！

巴王坐于客位，罗强等人陪坐于侧。这儿本来是巴国的王宫，现在主客易位，一切都是秦人说了算，巴王很是感慨，心中充满了尴尬与苦涩。巴王精神不振，罗强等人也显得有点萎靡。如今生杀大权操在秦人之手，司马错突然优礼相待，请他们喝酒，谁也猜不透司马错葫芦里究竟卖的什么药，故而都不敢贸然说话。

司马错吩咐侍从给巴王与罗强等人斟上了美酒，举杯说：前些天说好了要相约饮酒的，推迟了数日，今日才践约相聚。巴人酿制的清酒，确实很醇美啊。如果每日能畅饮此酒，真的是其乐融融，堪称是人生一大乐趣啊。来来，先干了此杯。

巴王与罗强等人只能顺从，饮了杯中之酒。巴人清酒，确是好酒，曾是巴王与众臣的常饮之物，以前君臣相聚，都是兴高采烈，此时却垂头丧气，再美的酒喝在口中，也索然无味，成了苦涩之酒。身为秦虏，仰人鼻息，生死难料，心绪复杂，那种尴尬与无奈之感真的是难以言表。

司马错继续以美酒相敬，酒过三巡，才言归正题，对巴王说：秦王想与阁下联姻，嫁女给阁下，从此秦巴成为一家人，阁下以为如何？

巴王苦笑说：秦巴联姻本是好事，秦王执意要办的事儿，谁还能拒绝呢？

司马错哈哈一笑说：阁下果然是明白人，答应联姻，这才是明智之举啊。

巴王没有料到，司马错请他们喝酒，竟然又是为了联姻。秦巴如果能结为亲家，从此化敌为友，那肯定是好事啊。巴王此时，哪里还敢拒绝？但心中也很疑惑，此时巴国已被秦军占领，秦军强悍无敌，可以为所欲为，为什么还要继续和俘虏联姻呢？秦人的计谋，太深沉了，实在令人难以揣测。

罗强也在猜测司马错的用意，试探着问道：请问司马大人，秦巴联姻，成为亲家，秦王以后会如何对待巴王呢？

司马错扫了他一眼，放下酒杯说：当然是善待了。据我所知，以前武王伐纣，曾得巴蜀之师相助，武王克殷之后，嫁宗姬于巴，爵之以子。既然有先例可循，事情就好办了嘛。现在秦巴联姻，秦王也会以子爵之礼待之。

巴王和罗强都知道，司马错说的这个典故，一点不假，确实有过。廪君之后，曾联蜀助周，后来周朝王室与巴国联姻，嫁女给巴国君主，关系一直友好，不过那都是很久以前的事情了。

罗强说：适才听大人所言，按照秦王之意，巴王以后就是巴子了？

司马错说：秦巴一家，巴子依然安享荣华，有什么不好吗？

罗强又问：那以后巴国的庶民百姓呢，也仍旧听从巴子的统辖吗？

司马错说：秦王会选贤任能，派遣郡守，统治百姓。巴子安享其乐，可以不用操心了。

巴王与罗强终于听明白了，司马错的话意是只让巴王享受子爵的待遇，而将巴国的江山与百姓皆归秦王，巴国将改为秦国的郡县。从此之后，秦王才是真正的秦巴之王，一切都要尊崇秦王的旨意了。按照周礼，王者之下，爵位分为公、侯、伯、子、男五等，巴王从此不能称王，只能称巴子了，那是连降了数级啊。而且没有任何实权，爵位等于是个虚名。巴王战败被俘，丢掉了王位，失去了江山与百姓，也就成了被秦王牵着线玩的木偶了。不过，巴王依然是巴族的酋长，在巴人与蛮夷中并未改变其尊崇的地位。巴王此时虽然很无奈，但也不能不顺从啊。秦王没有将巴国的君臣斩草除根，依然让他们安享荣华，已经是分外大度，优礼相待了。

司马错目光炯炯地看着他们，又说：你们觉得怎么样啊？

巴王已是亡国之君，还能说什么呢，只能默然相许。

罗强说：请问司马大人，秦巴联姻之后，巴王住哪儿呢？

司马错说：还是住在江城吧，不用迁往别处，这样安排，觉得如何？

罗强喜欢把很多事情都问个明白，他很担心秦王如果将巴王迁往咸阳，如同人质一样对待，那就比较麻烦了。巴王与其他几位降臣也有这个顾虑，与罗强颇有同感。现在听了司马错的允诺，巴王以后仍居江城，那就是秦王的宽仁大度了，一颗悬着的心终于落了下来。罗强拱手说：大人思虑周全，只要善待巴王就好。

司马错笑道：诸位尽可放心，咱们一言为定。秦王善待诸位，诸位也要拥戴秦王。从此秦巴一家，这样才能长治久安。司马错脸色和善，话也说得很委婉，态度却异常威严，表达的意思也是既强硬又透彻。

巴王和罗强等人此时只能听命于司马错，只有点头称是，不敢有丝毫异议。

司马错用武力攻取了江城，又用美酒佳肴与联姻许诺降服了巴国君臣。在秦人取巴这件大事上，司马错举重若轻，一切都在掌控之中，可谓果断而又巧妙。

宴会之后，司马错写了奏章，派人回秦都，将详细情况如实禀报了秦惠王。

秦惠王既得蜀又得巴，捷报频传，大喜过望。秦惠王采纳了司马错的建议，传旨将巴王封为巴子，挑选了一名美艳聪慧的宗室之女，嫁给了巴王。秦惠王通过联姻，笼络了巴国的君臣与贵族，平息了秦巴之间的冲突与矛盾，迅速而有效地稳定了局势。接着，秦惠王又传旨，将巴国的地域划为巴郡，派遣了郡守，选拔任用了一批官吏，加强了对巴国的统治。在治蜀与治巴方面，相比较而言，治蜀较为复杂，治巴比较简明。巴人的性格与蜀人有所不同，秦人对此颇有了解，懂得其中的诀窍，故而事半功倍，取得了很好的成效。

张若治蜀，封了蜀侯，招降了遗臣，也是成效显著。

为了加强对蜀地的控制，张若打算修筑几座新城，一是成都城，二是郫城，三是临邛城，分别派兵驻扎。这几处都是蜀地人口较为集中的地方，也是军事交通要地。有了这些新城，秦人就有了军事堡垒，同时又便于商业贸易，方便征收税赋，可谓一举数得。但修筑新城需要花费人力物力财力，是非常大的事情，张若不敢独断专行，特地写了奏章，派人驰送秦都，禀报了秦惠王，请求批准。

秦惠王接到奏章，斟酌了一番，随即召集大臣，来商量此事。秦惠王对张仪、陈轸等人说，寡人遣军伐蜀取巴，连战皆捷，甚是欣慰。当下局势已定，张若献策，要在蜀地筑城驻守，你们以为如何？

陈轸说：启奏大王，张若此谋甚佳。蜀地千里沃野，物产富庶，如同米粮之仓。大王得巴蜀之地，分而治之，实乃天助大秦也。筑城治蜀，掌控形势，思虑周全，惠及长远，堪称妙策也。

秦惠王颔首说：爱卿所言有理，寡人也觉得此策可行。

陈轸说：据臣所知，蜀王以前有城，城墙颇矮，繁华有余而坚固不足。如今蜀地修筑新城，应仿照咸阳之城，夯实城墙，壮大规模，方利于驻兵扼守，威震蛮夷。

秦惠王说：此议甚好，就按咸阳城的样子，在蜀筑城，扬我秦威，镇守蜀民。

张仪这时说：启禀大王，如此则筑城工程浩大，非一日之功，恐急切难见成效。

秦惠王说：那不要紧，既已取蜀，筑城可以按部就班来，一年不成，两年也行。

张仪说：蜀地筑城，费用甚巨，臣之担心，实在于此。

秦惠王说：可以征调蜀民，就地取材，以蜀之赋税，筑城足矣。

张仪在遣军伐蜀过程中负责军需粮草供应，深知筑城需要巨大的费用，故而有所忧虑。见秦惠王已决定用蜀地的赋税来修筑新城，也就不好再说什么了。

陈轸继续说：启奏大王，现在蜀地戎伯尚强，蜀王虽灭，影响仍在。小臣以为，治蜀不仅要筑城，还应从秦移民入蜀，化其民俗，浸润秦风。假以时日，潜移默化，则蜀地归秦，难分彼此也。

秦惠王高兴地说：好啊，移民配合筑城，化蜀归秦，正合寡人之意。

陈轸又说：不仅蜀地筑城，巴地也应仿而效之，筑城驻兵，以利镇守。

秦惠王首肯道：爱卿说的对，寡人这就传令张若和司马错，即照此议办之。

陈轸拱手称贺说：大王英明，从善如流，从此巴蜀归秦，强我大秦根基。以后大秦统一天下，指日可待也。

秦惠王听了，哈哈大笑，甚是欣喜。经过这么一番商议，秦惠王采纳了陈轸的建议，决定在蜀地与巴地分别修筑新城，便于驻兵镇守。秦惠王同时决定，从秦国本土向蜀地移民万家，来改善蜀地的人口构成，这样可以将秦人的民俗民风融入蜀地，以利于化蜀归秦，从而加强对巴蜀地区的统治。

筑城与移民，都是非常重大的事情，也可以说是秦朝统治巴蜀的战略性举措。为了办好这几件大事，秦惠王特地派遣张仪前往蜀地，配合张若与司马错，联手统筹调拨人力物力，来协调督办其中的具体事宜。秦惠王的考虑，还是比较周到的，这样安排，可以让能臣名将都建功立业，各尽其能，又不至于擅权。由此可见，秦惠王对群臣的驾驭之术，还是相当独到的。

张仪遵令而行，很快就启程，从咸阳来到了蜀都。

王子夏阳归顺秦朝之后，被封为蜀侯，仍住在王宫中。

这些翻天覆地的变化，都是王子夏阳始料不及的。自从落入秦兵之手，王子夏阳就觉得自己非死不可了，结果却出人意料，张若不仅斩了江非，还奏报秦王将他封为了蜀侯。王子夏阳为此深感庆幸，江非被斩也使他终于出了一口堵在胸中的恶气。但蜀国已亡，蜀王与太子被杀，母妃也死了，这些都是难以抛开或忘掉的深仇大恨。秦人夺人之国，对他再好，也依然是仇敌啊，所以王子夏阳只有庆幸之感，却没有丝毫感激之情。更何况，王子夏阳虽是蜀侯，行动却受到很大的限制，只能在王宫之内活动，王宫前后大门都有秦兵把守，王宫四周还有秦兵巡逻，他若要外出，必须报告张若同意才行。这种处境，等于是将王子夏阳软禁在了王宫中。

王子夏阳住在王宫中，如同笼中的鸟儿，一点都不快乐。外面天高云淡，却不能展翅飞翔，那种感受，怎么能好？隔着宫墙，门禁森严，他想出宫去城内走走，都不容易，更不要说走出都城了。秦人给了他蜀侯的待遇，却对他严加防范，怕他逃匿。王子夏阳渐渐明白了秦人的心机，他已成为秦人利用的道具。这使他感到很无奈，也很惆怅，现实如此，只有逐渐适应，除此还能怎样呢？

王子夏阳开始思念瑶儿了，在王宫独居无趣，如果有佳人陪伴，情形可能就不一样了。他斟酌了一番，决定前往彭玉府邸，亲自向老臣彭玉求亲，然后将瑶儿迎娶入宫。王子夏阳沐浴更衣，换了新装，牵着马，准备出宫。在王宫大门口，他被守卫大门的秦兵拦住了。秦兵问他，蜀侯欲往何处？他说：要去彭玉府中。秦兵说：张若大人有吩咐，蜀侯不能随便出宫。王子夏阳大为恼怒，却又不便与秦兵争吵。

说来也巧，就在这时，张若率着几名侍卫，从城外归来，骑马而至。

张若问道：蜀侯牵着马呢，要去哪里啊？

王子夏阳说：我要去彭府，拜望一下老臣彭玉。

张若又问：蜀侯要去见彭大人，有什么事吗？

王子夏阳说：没有什么事，就是想去拜望一下而已。

张若说：蜀侯何必亲自上门，请彭大人来宫中一见，不是更好吗？

王子夏阳说：那不一样啊，彭大人是老臣，我应该去彭府拜望才对。

张若这时想起了一件事情，江非曾向他说过彭玉有一位貌美如仙的女儿，之前还听说过蜀王为王子选妃的传闻，便试探着问道：蜀侯去彭府，是要和彭大人商量什么事情吧？不知彭大人的女儿，现在痊愈没有？

王子夏阳有点惊讶，张若问的如此直白，好像什么都瞒不过张若啊。特别是张若那双锐利而又深沉的眼睛，似乎看穿了他的心思，更使他感到一种无形的压力。王子夏阳心想，一不做二不休，干脆直说吧，随即答曰：我打算向彭大人求亲，迎娶彭大人的女儿。

张若微笑道：原来如此啊，这是好事情嘛。

王子夏阳拱手说：多谢张大人赞同，待娶亲之日，请张大人畅饮喜酒。

张若哈哈大笑说：好啊，蜀侯的喜酒，当然是要痛痛快快喝的。

王子夏阳说：我这就去彭府，向彭大人求亲。

张若说：哪有自己求亲的？于礼不合啊。这样吧，蜀侯不必亲自出面，我来操办这件事。张若把话儿说得很客气，但意思很明确，仍然不让他离开王宫，也不同意他去彭府见彭玉。

王子夏阳很无奈，有些揣摩不透张若的用意，不知张若究竟是什么心计，只能揖手说：那就拜托张大人了。

张若微笑道：请蜀侯好好休息，静候佳音吧。

王子夏阳暗自叹了口气，心绪惆怅，只有返回宫中，耐心等候了。

张若如此表态，当然有他的考虑。首先是他对这位年轻的蜀侯不放心，必须置于监控之中，软禁在宫中当然就是最好的办法。其次是他对彭玉之女有好奇心，想亲眼看看是否真的美艳如仙。

张若与王子夏阳见面之后，当天便前往彭府，登门拜访了彭玉。

彭玉见张若突然来访，有些惊讶，施礼迎接道：张大人来寒舍，有何吩咐？

张若说：没有什么吩咐，只是想来拜望一下彭大人。

彭玉听张若这样说话，心中反而更加紧张了，油然想起了之前江非曾来劝说并催促他将女儿嫁给张若，现在张若突然亲自上门了，是否为此事而来呢？如果猜得不错，那怎么办呢？张若一旦开口，是拒绝，还是答应？拒绝是不行的，答应也肯定不好，这是很为难的事情啊。关键是瑶儿已经委身王子夏阳了，瑶儿性情与普通女孩不同，如果以死抗争，那又如何是好？这么一想，彭玉的心中七上八下，心情与思绪都复杂到了极点。

张若注意到了彭玉彷徨的脸色，笑道：彭大人在担心什么呢？

彭玉掩饰着说：在下老朽，仰仗张大人的照顾，闲居度日，有什么好担心的？

张若笑笑说：彭大人安享清闲，这是难得的福气呢。

彭玉揖手称谢说：多谢张大人的吉言。

张若话锋一转，问道：彭大人有个女儿，名叫瑶儿，视若掌上明珠，已到待嫁之年，是吧？

彭玉越发紧张，只能含糊点头说：是的。

张若说：我想为瑶儿做媒，大人以为如何？

彭玉克制着心中的尴尬，沉吟道：大人做媒，那是彭府的荣耀了。

张若说：做媒之前，还是要先见一下瑶儿才好。请大人传唤吧。

彭玉不敢拒绝，也不敢撒谎说女儿不在府中，心中虽然很不情愿，却又万般无奈，只有将瑶儿唤出来，拜见张若。

瑶儿穿着普通衣服，没有梳妆打扮，由侍女陪同，从内室出来，向张若施礼。

张若见到瑶儿，眼睛不由一亮。瑶儿虽然素颜无妆，却如出水芙蓉，那种天然去雕饰的清秀艳丽，真的美丽无比，令人叹为观止。面对这样的美人，赛似仙姬一般，天下男子哪有不动心的？张若也不例外，骤然之间，颇有点心旌摇动的感觉。张若暗自赞叹，面前的这位佳人，确实是人间难得的美色啊。他油然想起江非的献媚，欲用美色巴结他，也算是用心良苦了。又联想到传闻，难怪蜀王也想将她纳娶为妃呢。美色娱目，好色误国。蜀王就是因为好色而败亡了，殷鉴不远啊。张若思量至此，顿时便冷静下来。

张若对瑶儿说：男大当婚，女大当嫁，我想为你做媒，意下如何？

瑶儿也有些紧张，咬了咬牙说：请问大人，前来做媒，要将我嫁给何人？

张若故意说：若将你嫁给一个做大官的，你觉得怎样？

瑶儿摇头说：此议不妥，我不愿意。

张若又说：那把你嫁给家财巨万、金玉满堂的富商，又如何？

瑶儿说：如果我宁死不从，大人会生气，砍了我的头吗？

张若问道：难道你心目中已有人了吗？为何宁死不从？

瑶儿壮着胆子说：大人贤明，愿意听我说实话吗？

张若说：实话实说，当然好了，请畅言无妨。

瑶儿说：我已是王子夏阳的人了，除了他，谁都不嫁。

张若哈哈大笑道：原来如此，真是巧啊！我来彭府，就是为蜀侯做媒的啊。

彭玉一颗悬着的心，终于落了下来，赶紧施礼称谢道：多谢大人玉成！

瑶儿也喜极而泣，拜谢道：那就多谢大人了！不胜感激！

张若豪爽地笑着说：两相情愿，一言为定，抓紧把婚礼办了，畅饮你们的喜酒！

彭玉和瑶儿都没有想到张若会主动玉成此事，真是说不出的高兴。王子夏阳得知后，也是大喜过望。在张若的筹划与安排下，王子夏阳娶了瑶儿，办了一个简单而又热闹的婚礼，从此瑶儿便陪伴王子夏阳一起住在了王宫内。

蜀国的民众都知道了这件事情，归顺秦朝之后，觉得秦人还是不错的，特别是对张若产生了敬重感。张若懂得治蜀的诀窍，与民心向背的关系，可谓深谙其道。张若由此获得了蜀人的拥戴，在后来的日子里，为其建功立业提供了充裕的保障。

张仪来到蜀都后，与张若商量修筑新城的事。

张若已经谋划了一个筑城的方案，准备因地制宜，修筑一座新城，将蜀都改为成都。遵照秦王的旨意，筑城要仿照咸阳的模式，砌筑高大的城墙，要有坚固的城楼和城门，外面有护城河，城内有纵横交错的街道，有府衙，有粮仓，有商铺，有集市，有民居，也有驻军营房。以后郡守在城内主持政务，百姓或种田或商贸，安居乐业，如果遇到特殊情况，秦兵可以据城而守。待到新城建好之后，再对原来的王城加以改造。这样成都就有了两城，既有规模较大的新城，又保留了规模较小的旧城，郡守用新城，蜀侯仍居旧城，各得其所。张若的思路很清晰，谋划也很周到。张仪了解了详情，觉得可行，于是筑城方案便确定了下来。

张若陪同张仪，带了大队侍卫，骑马去临邛、郫邑等处巡视。这两处的位置都很重要，也是要修筑新城的。临邛面向西南夷，有商道途经，往西便是邛族聚居地了，往南可以通往其他蛮夷部落，在这里筑城驻兵，足以威震夷民，控扼诸多部族。郫邑在杜宇王时代就已有城了，因年代久远而被荒废，现于此重新筑城，可以和成都城互为犄角，遥相呼应，加强对蜀地的控制。在临邛与郫邑两个地方筑城，也将采取因地制宜的方式，规模自然要比成都城略小一点。巡视之后，张仪对张若的谋划并无异议，也表示了赞同。在筑城先后顺序上，当然以修筑成都城优先了。在筑城的物质保障方面，主要是依靠蜀地的人力物力。秦惠王已明确表示，在蜀地征收的税赋可以先用来筑城，等到筑城完成之后，征收的税赋就要上交朝廷，用来养兵和打仗了。

张仪接着又去巴国，见了司马错，商议修筑新城的事。除了扩大和改建江城，再修建一座阆中城，来加强对巴地的统辖和掌控。阆中有巴水环绕，是板楯蛮的重要聚居活动之地，在这里筑城驻兵，使之成为秦军坚固的堡垒，便于镇守，利于商贸，其重要性也是不言而喻的。司马错当时统兵驻扎在江城，修筑阆中城的事，就交给都尉墨去做了。

司马错与张仪的关系比较微妙，过去两人在伐蜀战略上有不同主张，曾在秦惠王面前相互争执，此时伐蜀取巴大功告成，司马错并未居功自傲，反而更加谨慎了。他觉得，秦王此时派张仪来，肯定是有用意的，商议筑城只是表面文章，实际是查看他的表现来了。他现在据有巴蜀之地，重兵在握，秦王对他有些不太放心，也是意料之中的。司马错的敏锐判断，使他小心翼翼，客气地接待了张仪，陪同张仪巡视，然后用美酒佳肴热情款待。张仪对司马错的谦恭与大度，感到高兴，觉得司马错确实是难得的大将之才，对司马错产生了敬佩。张仪之后回朝面见秦王的时候，当然也就不会说司马错的坏话了。

这个时候，秦惠王已传旨将张若任命为蜀郡守了。

张若成了郡守，这是地方最高行政长官，负责管理蜀郡的各项事情。最重要的职责，就是镇守疆土，治理民众，加快化蜀归秦，同时在蜀地大力发展农业与商贸，向蜀民征收税赋，以充国用。而当务之急，就是抓紧修筑成都新城了。

张若传令，征召了数千民工，按照规划方案，开始筑城。成都新城仿照咸阳模式，是一座周回十二里、城墙高达七丈的方形大城，其位置频临江畔，有郫江与检江流过，郫江在内因此称为内江，检江在外故而称为外江，两江由西而来，在城东交汇之后，浩荡东流汇入大江。两江水流宽阔，可行舟船，载人载物，十分便利。也可从上游放漂木筏竹筏，顺流而下，坐致材木，有事半功倍之效。张若选址于江畔修筑新城，聚两江之灵气，以后可以充分利用河流的便利，当然是很明智的决定。但没有料到的是，江畔土质松软，当天筑好的城墙，过了一天就坍塌了。民工们继续筑墙，情况依然如故，屡筑屡颓。张若得知后，深感纳闷，这究竟是怎么回事呢？

张若带了几名侍从，轻车简从，深入民间，询问蜀地的百姓，又特地请教当时的五老七贤，以前蜀王是如何筑城的？是否有什么规矩与诀窍？为何蜀王筑城可以成功，现在筑城却要坍塌呢？百姓与贤达们对此说法不一，有的说筑城是个大事情，得选择吉日和祷告天地神灵，有的说这样的重要事情得请教神巫才行。还有人说山川河流土地都是有神灵的，傍河筑城，工程浩大，现在这个新城有点水土不适，如果能得到水神与土神相助，肯定就成功了。张若听了各种说法，可谓众说纷纭，莫衷一是，但议论倾向还是比较一致的。他觉得蜀人比较重视巫术，尤其崇尚神巫，故而认为筑城也要得到神巫相助才行。难道神巫真的有超人的法术吗？因为从未见过神巫，一时难以判断，只有姑妄言之姑妄听之了。关于水土不适，也使他感到困惑与不解。同样都是筑城，旧城可成，新城不行，问题的关键与要害，究竟出在哪里？蜀人对此，似乎也没有什么定见，提出了许多玄妙的议论，却把答案推给了神巫。张若琢磨着，所谓祭祀与祷告，那是比较容易做到的，可是又去哪里寻找神巫呢？如果无法请教于神巫，筑城又如何进行呢？这时他想到了那些归顺秦朝的蜀国遗臣，何不听听他们的意见呢。譬如老臣彭玉，对此会有什么见解呢？

张若再次来到彭府，登门拜访了彭玉，对彭玉说：有件事情，要向彭大人请教。

彭玉恭敬相迎，揖手说：张大人客气了，有何事情，请尽管吩咐。

张若说：听说蜀中有位神巫，神通广大，法术超群，是否确有其人其事？

彭玉说：那是很早以前的事了，确实有位神巫，能出神入化，呼风唤雨，遁走无形，深得蜀人的尊崇。

张若说：我想拜访神巫，有些事儿，要向神巫请教。彭大人可知神巫现居何处？

彭玉说：神巫归隐已久，行踪莫测，无从查访，哪里还找得到呢？

张若说：神巫的归隐之地在何处？难道一点消息都没有吗？

彭玉说：传说神巫归隐于蜀山深处，千山万壑，鸟迹罕至，怎么寻找嘛？更何况光阴荏苒，神巫年事已高，即使还健在，也是老态龙钟了。

张若叹息说：不能拜见神巫，疑难无法解决，如何是好？

彭玉问道：大人适才所言，是什么疑难？

张若说：秦王传旨，修筑新城。城墙屡颓，不知是何缘故？

彭玉已经得知秦人筑城的事了，询问道：大人奉命筑城，用的什么方法？

张若说：就是取土夯墙，这是筑城的常用之法。

彭玉说：土有沙土与黏土之分，如果只用沙土不用黏土，就是夯实了，稍有碰撞，也会垮塌。

张若恍然醒悟说：彭大人提醒得好啊，看来土质是个关键问题。以前蜀王筑城，又是怎么做的呢？

彭玉说：据我所知，以前筑城，好像是要先垒砌墙脚，在潮湿之处要用竹笼装上石块，填上稻草与泥土，垒砌夯实之后，再用土坯逐层堆砌。这是蜀人的办法，可能与秦人筑城有所不同吧。

张若说：筑城之法，是不太一样啊。我看蜀都的城墙走向也不规则，弯弯曲曲的，这也有什么说法吗？

彭玉说：好像没有什么说法，就是顺其自然吧。

张若说：筑城要方正高大，才有宏伟气势。缺少规范，未免小家子气了吧。

彭玉说：凡事顺势而为，乃是成功之道。蜀人之法，或可参考，当然不必效仿。

张若沉吟道：彭大人说的有道理，蜀地筑城，岂能不参考蜀人之法？

彭玉揖手说：大人睿智，这些问题，都容易解决，不足为虑。

张若说：多谢吉言，遇到难题，还是要多问才对，兼听则明啊。

彭玉称谢说：大人不耻下问，又如此谦恭，实在令人敬佩。

张若又说：还有一件事，得向彭大人请教。关于祭祀，蜀人有何说法？

彭玉说：祭祀自古有之，就是祭祀天地神灵，祈求护佑而已。

张若说：蜀人的祭祀，具体如何进行呢？有没有什么规矩与要求？

彭玉说：这也不是什么奥秘，就是筑个祭坛，选择一个吉日，然后登坛祭祀，祷告祭拜天地神灵。以前常由神巫主持，蜀王也亲自主持过祭祀的，也曾委派大臣负责进行。届时百姓围观，人心振奋。大致情形，就是如此吧。

张若颔首说：蜀人的习俗，原来是这样啊。明白了，受益匪浅。

通过晤谈，张若了解了蜀人的祭祀习俗与砌墙之法，觉得收获甚大。彭玉是蜀中老臣，知道的事情果真很多啊。张若随即告辞，离开彭府，回到住地，对原来的筑城方案重新加以审视。他开始思考，根据实际情况，是否要做些适当的修改呢？

过了几天，张若借鉴蜀地的传统习俗，在两江之畔建了一座祭坛，举行了一个盛大的祭祀活动。老百姓都很好奇，前来观看热闹的民众甚多。在蜀人的心目中，祭祀历来都是非同寻常的大事情，以前蜀王每逢遇到重要事儿就会搞一次隆重的祭典。现在张若登坛主持祭礼，郑重其事地祭拜了天地神灵，秦人治蜀竟然仿效了蜀人的传承，也使得民众啧啧称奇，大为赞叹。当天风和日丽，观者云集，摩肩接踵，可谓盛况空前。

祭祀之后，当天夜里，张若做了一个奇特的梦。在梦境中，张若在江畔视察，正为筑城屡颓焦虑不已。这时月色朦胧，薄雾缭绕，江中波浪涌动，出现了一只庞然巨龟，从江中爬上了堤岸。巨龟体型壮硕，看样子有数百岁的年纪了，爬行起来却异常矫健。巨龟爬近了，抬头注视着张若，巨龟的目光祥和而又深邃，那是一个颇有深意的暗示性动作。然后巨龟顺着筑城的路线开始爬行，但巨龟走的并非直线，而是弧形，还略有弯曲，如同龟状。张若心有所悟，跟随在巨龟后面，亦步亦趋，仔细观察。巨龟之行，看似随心所欲，实则大有讲究，避开了土质松软与低洼之处，走的都是坚实之途。巨龟从容绕行一周，约有两个时辰，然后又回到了起点。仿佛到了黎明之际，薄雾渐渐变浓了，天地之间一片朦胧。突然一声雷响，巨龟直立起来，化为了神巫之相。张若大为惊讶，睁大了眼睛，仔细看时，只见波涛拍岸，巨龟已遁走无形，不知去向。

张若惊醒了，翻身而起，回忆梦境，如同亲身经历，所见所闻仍历历在目。梦中巨龟现身，为他领路，爬行一周，不正是筑城的路线吗？而这种弧形龟状，却与原先的筑城规划并不相同，这说明了什么呢？梦中的这些奇妙情景，究竟是要告诉他什么呢？后来巨龟又变幻为人形，难道是神巫显灵吗？张若起初深感纳闷，百思不得其解，琢磨了一会儿，心有灵犀，一下就豁然开朗了。他为了筑城而祭祀天地神灵，果然大有神效啊！梦中巨龟示范，不正是演示了新的筑城之法吗？

张若随即调整了筑城方案，按照神龟爬行的路线来修筑新城。他参考蜀中老臣彭玉所言，用竹笼垒石，夯实基础，并配以条石，交叉筑砌，坚固墙基。又从凤凰山取来黏土，与两江之畔的沙土混合，掺入了稻草，采用版筑之法，层层夯筑，来修建墙体。又开了砖窑，烧制了秦砖，专门用来修建高大的城门城楼。张若采取的这些做法，都非常有效。功夫不负有心人，张若筑城终于大获成功。

张若修筑的成都城，因为遵循神龟之迹而建，故亦称为龟化城。

原本是梦中故事，后来成了传说，在后世广为流传。

第三十一章

王子安阳率众撤退，离开了蜀国南疆，进入了滇越，准备远徙南海或交阯。

跟随王子安阳的部众有五万多人，其中两万多人是经过训练的精兵强将，其余三万多人为王室宗亲、官员、商贾、家眷等。由此而组成的这支大队伍，人员相当庞杂，可谓声势浩大。当时的滇越，地广人稀，散居于此的西南夷各族，都是一些聚邑而居的小部落。骤然遇到这样规模雄壮的大队伍，都有些不知所措。当时滇王的势力也比较弱小，闻讯大为紧张，调集了兵力，布置了防守，以防不测。王子安阳这次率众而来，只是过境，约束部众不要骚扰沿途居民，又特地派了使者，去见滇王，赠送了礼金。滇王见王子安阳礼节周到，没有为敌之意，自然也就相安无事了。沿途的小部落，对来自蜀国的这支大队伍，也还友好，通过交易买卖，提供了粮食与家畜，由此而满足了王子安阳的军需供应。

秦军伐蜀之后，司马错率兵攻取巴国，无暇顾及僰僚，对滇越与西南夷更是鞭长莫及，使得王子安阳充分利用了这个宽松的机遇，率众从容而行。按照原先的谋划，王子安阳采纳了皋通的建议，率众远徙，准备在南海之滨找个地方安身立足。这样就远离了秦国，也避免了诸侯的纷争，可以安居乐业，过逍遥日子。但南海之滨遥远而又广阔，王子安阳对交阯的情形了解不多，皋通也只是略知大概。大队伍远徙行走缓慢，王子安阳途中派出了细作，先行前往，了解情况。

过了数月，大队伍还在行走，已经快要临近南海了，这时消息传了回来。细作向王子安阳禀报说，南海之滨有南越国，往南面有交阯国。南越国有中土之人与土著混居，南越王拥兵自重，经常耀武扬威，较为强悍。交阯国有雒王、雒侯，住在王城内，吃喝玩乐，歌舞升平，过着享乐的生活。交阯国的王城有卫队和守兵，但兵力不多，总共只有数千人。交阯国较少有经商之人，庶民百姓都耕田捕鱼，饲养家畜，每年都要按季向雒王上贡缴纳税赋。交阯气候温暖，土地肥沃，开垦的稻田较多，种植的稻谷每年都丰收，还有各种水果蔬菜，物产比较丰富，民众衣食无忧，风俗也比较平淡淳朴。

王子安阳获得这些情报之后，随即和皋通商量谋划，觉得南越国不宜攻取，而交阯国则是个好地方，富庶安乐，疏于防范，可以攻而取之，作为立足之地。王子安阳麾下有两万多能征善战之士，在武器装备上有长矛、快刀和强弩，以此来攻打雒王、雒侯的数千人，兵力上具有绝对的优势，取而代之应该是毫无悬念的事情。但蜀兵扶老携幼远道而来，雒王据城而守以逸待劳，俗话说强龙难压地头蛇，一旦开战，如果攻城不利，胜负就难说了。所以王子安阳和皋通对攻取交阯之战，一点都不敢掉以轻心。皋通的思虑比较缜密，觉得与其强攻，不如袭取，用计总比用强好。现在趁着雒王还没有意识到威胁来临，正值交阯国防备松懈之际，可以预做谋划和精心布置，先袭取王城，然后占领全境。王子安阳对此也深有同感，对皋通言听计从，立刻挑选了一批机敏善战之士，乔装为行旅与商队，提前前往交阯境内，悄然进入王城，埋伏下来，准备接应攻城队伍。又组织了一万多精锐兵力，配置了强弩和长矛盾牌，由王子安阳与皋通亲自率领，兼程而行，准备攻取交阯。其余兵力，保护大队伍，随后而行。战略谋划已定，随即便付诸了行动。

王子安阳和皋通率领的精锐人马，晓行夜宿，倍道兼程，数日后进入了交阯国，很快就兵临城下了。这个时候，提前派出的乔装之士，已经潜伏在了王城内，做好了接应的准备。疏于防范的交阯国，对此浑然不觉，根本没有察觉到突然降临的巨大危险。下午时分，正在宫中饮酒作乐的雒王接到禀报，得知王城已被大军包围，顿时吃了一惊，还有点不太相信。

雒王带着几名卫士，赶紧登上城楼观望，看到蜀兵旌旗招展，军威雄壮，逼近城门，即将攻城，不由得大惊失色，吓出了一身冷汗。王子安阳与皋通这时骑马伫立阵前，正在观察敌情，看到了城楼上的雒王，雒王也看到了王子安阳与皋通。

雒王对着下面大声喊道：来者何人？为何要围我王城？

王子安阳扬鞭指着问道：你就是雒王了？

雒王说：我是雒王，你又是何人？

王子安阳说：我是天降神兵，特来取你王城！

雒王说：王城是我修建，你为何要来夺取？

王子安阳说：休得啰唆，快投降吧，免得玉石俱焚！

雒王说：你如此蛮横无理，天理何在？

王子安阳哈哈大笑道：强者为王，这就是天理！

雒王听了，大为惊恐，心慌意乱，不知如何才好。

王子安阳雄心勃勃，对交阯王城志在必得，懒得和雒王枉费口舌，随即传令，击鼓放箭，开始攻城。身旁的侍卫立刻擂响了战鼓，手持强弩的将士随即朝城楼射击。鼓声咚咚，骤然响起，好似春雷轰鸣，箭矢如雨，眨眼之间，已经将城墙上观望的数十名士兵射倒。雒王的肩膀上也中了一箭，被卫士搀扶着，俯下身子，仓皇而逃。这边将士们放声呐喊，冲向了城门。潜伏在城内的接应人员，这时突然冲出，格杀守卫城门的士兵，从里面打开了城门。攻城的将士们如同潮水一般，蜂拥而入，一路砍瓜切菜，追杀着溃逃的雒兵。不到一个时辰，便攻占了王城，并迅速占领了王宫。将士们擒获了负伤的雒王，随后又抓获了躲在府邸中的雒侯，暂时关押起来，听候王子安阳的处置。

王子安阳吩咐部下，控制住了王城与附近的交通要隘，然后打扫战场，清理街道，掩埋死者。又传令将士，整肃纪律，不得骚扰民众。王子安阳知道，顺利夺取王城只是第一步，后面还有很多事情要做呢。

当天晚上，王子安阳和皋通在王宫审问了雒王。侍卫们戒备森严，威武逼人。

王子安阳对雒王说：今日我来取王城，交阯已归我所有，此乃天意也。

雒王此时已成阶下囚，生死难料，垂首而听，神情分外沮丧。

王子安阳说：现在给你两种选择，你若愿意归顺，我不杀汝，可让你安享清闲，依然荣华。你如果不降，只有殉国了，赐汝自裁，或者斩首。你意欲选择哪种，悉听尊便。

侍立于侧的侍卫们，仗剑持戈，脸色冷峻，都虎视眈眈地瞅着雒王。

雒王这时还能选择哪种呢？好死不如赖活着啊，只有表示归顺了。

王子安阳哈哈大笑，不仅轻而易举就攻取了交阯王城，又很霸气地降服了雒王。雒王的兄弟雒侯，以及宗族成员，也都随之归顺了王子安阳。王子安阳随即张榜告示，安抚民众，凡是归顺、拥护新朝者，都给予奖励，减免当年税赋。消息传出，交阯国境内的庶民百姓都知道了，从此接受了新王的统治，依然种田捕鱼，安居乐业。

过了数日，后面的大部队陆续而至。王子安阳将这些从蜀地远徙而来的数万人，大部分安排在王城附近，也有一些分散在了交阯国境内择地而居。交阯国地广人稀，土地肥沃，为王子安阳提供了一个很好的发展空间。跟随王子安阳远徙而来的数万蜀人，经过千难万险，终于安定下来，从此有了理想的立足之地。蜀人带来了许多制作技术，譬如琢玉、冶炼、制陶、弓矢、酿酒、熬盐、织锦、织布等等，还带来了商贸，为交阯增添了勃勃生机，促使了交阯农业、手工业与商业的兴旺发展。蜀人的崇尚祭祀习俗，还有蜀人的饮食与生活习惯，也逐渐与交阯土著民俗相互融合，改变了原来的蛮荒之俗，形成了新的社会风气。

王子安阳听从皋通的谋划，将雒王、雒侯放逐到了海岛上。从部属中挑选了贤能之士，封官任职，配备了随从，派往交阯各地，建立官衙，来管理和统治民众。又对原来的王城加以扩建，以利驻兵防守。并对王宫也做了改造，重修了大殿与寝宫，便于商议军国大事和日常生活。王子安阳从此成了交阯国王，任命皋通为相，担任首辅大臣，又从亲属中选了几名官员，形成了一个朝廷的规模。在兵力方面，从蜀地带来的两万多将士，是交阯国新朝的主力部队，由王子安阳亲自统帅，驻扎在王城与附近。此后又征召了新兵，选将统领，经过训练，负责边境的防务。王子安阳采取的这些措施，使他掌控了局势，稳固了政权，效果甚好。

秦并巴蜀之后，王子安阳远徙南海，在交阯建国立业，也堪称是传奇佳话了。

苏秦客居齐国，与齐宣王的关系很好。

齐宣王敬佩苏秦的韬略与才能，对苏秦优礼相待，视若上宾。齐宣王经常宴请苏秦，凡有疑难之事，都要向苏秦请教。苏秦打算长期住在齐国，除了帮齐宣王出谋划策，与齐国的太子也谦恭相处，结下了友谊。齐国是东方大国，在当时的诸侯中，一直有称霸之心。齐宣王厚待苏秦，当然也是有用意的，就是想利用苏秦非同寻常的见识与韬略，为称霸诸侯做文章。苏秦乃智谋之士，对此当然心知肚明，而这也正是他可以从容利用齐王的一个筹码。苏秦一面帮齐宣王，一面也在帮燕易王。帮齐宣王是在明处，帮燕易王则是在暗中。当初苏秦离开燕国时，曾对燕易王有过许诺，要说服齐王帮助燕国，使齐国与燕国和睦相处，免除燕国的忧患。苏秦对燕国还是有感恩之心的，当年由于燕文侯的大力资助，才使他乘车游说列国，雍容优雅地周旋于诸侯之间，从容鼓吹合纵之术，得以身佩六国相印，说不尽的风光荣耀。还有燕文侯夫人与他有私情，对他一往情深，也使他铭感于心。这些诸多因素，都使苏秦难以忘怀，心甘情愿地非帮燕国不可。

　　苏秦做得很巧妙，当然不必直截了当地帮燕国说话，他只要使齐国多做一些大量耗费人力物力的事情就行了。这样，齐国无暇他顾，燕国自然也就相安无事了。苏秦拥有超一流辩才，凡事经他鼓吹，便会堂而皇之，加上他的巧妙逢迎恭维，使得齐宣王和太子对他都言听计从。

　　时光易逝，过了几年，齐宣王因病而卒。齐太子继承王位，称为齐湣王。苏秦向齐湣王进谏，说忠孝乃立国之本，请厚葬先王，以明孝道，则天下归心也。齐湣王采纳了谏言，为齐宣王举行了隆重的葬礼。苏秦又进言，请齐湣王大兴土木，修建高大的宫室，力求富丽堂皇；扩大御苑的面积，多栽奇花异草，以展现繁华强盛的新气象。齐湣王又欣然采纳，依计而行。这些都是要大量耗费人工与财力的大事情，齐国一旦忙碌于这些事情，就没有心思与精力对外扩张了，对燕国当然是大有好处的。

　　齐湣王和齐宣王一样，对苏秦也是敬重有加，待若上宾。苏秦的吃香，使得齐国的士大夫们对他暗生妒意，甚至对他萌生了忌恨。士大夫们一旦步入仕途，便都想施展抱负，盼望出人头地，也就免不了相互争宠。现在苏秦在齐国，接连两朝，独擅恩宠，阻挡了他人的晋升之路，争宠者无计可施，便只有对苏秦下狠手了。

　　这天下午，苏秦和齐湣王谈论天下大事，甚是欢洽，出宫回府的途中，突然遇到了刺客。苏先生，请留步！有人喊他。苏秦回头看时，一位蒙面汉子已旋风般来到跟前，挥袖伸手将一把锋利的短刀插入了他的肋部。这一切都发生得极快，苏秦躲避不及，一阵剧痛，挣扎着走了几步，栽倒在地。眨眼之间，那位刺客已扬长而去，不见了踪影。随从急忙救护，将苏秦搀扶起来，但苏秦被刺中了要害，伤得很重，眼看着快要不行了。

　　齐湣王接到禀报，吃了一惊，继而震怒，下令捉拿刺客，又派了宫中御医，去给苏秦治伤。过了几日，苏秦伤重难治，危在旦夕。而刺客不知去向，难以捉拿归案，究竟是谁在幕后策划谋害苏秦，也无从得知。齐湣王得知苏秦伤重，已奄奄一息，心怀悲戚，特地登门探望。

苏秦说：感激大王眷顾，为臣报仇，捉拿刺客，不知是否归案？

齐湣王说：贼人可恨，仍逍遥法外，尚未捉到，这如何是好？

苏秦说：臣命危浅，旦夕即死。请大王在闹市车裂臣，当众曰，苏秦为燕作乱于齐，故而车裂以徇。宣称要奖励举报者，如此则刺臣之贼必得矣。

齐湣王心情沉重地说：先生是吾最为敬重之人，于心何忍，岂能车裂先生？

苏秦请求说：恳请大王采用此法，方能为臣报仇雪恨也。

齐湣王深深地叹了口气，终于答应了苏秦的请求。为了替苏秦报仇，虽然于心不忍，也只有采用此法了。随即便遵照苏秦所言，在齐国都城最热闹的地方，当众车裂了苏秦。此事轰动了都城，消息四处哄传，那些忌恨苏秦者，无不拍手称快。先前暗中策划刺杀苏秦的人，也洋洋自得，放松了戒备，与人弹冠相庆。刺客也无所顾忌，不再藏匿，闹市饮酒，公开炫耀。果然不出苏秦所料，真相终于大白了。

齐湣王派人抓获了刺客，逮捕了幕后策划指使者，将他们当众斩首。然后为苏秦举行了祭礼，修建了墓园，郑重地安葬了。

燕国的君臣很快知道了这件事情，为苏秦之死深感惋惜，同时也为齐湣王的做法表示赞叹。不管怎么说，齐人害了苏秦，使人扼腕悲愤；而齐王为苏秦报了仇，又令人欣慰叹息。苏秦的传奇人生，从此也就画上了句号。

苏秦死了，世间失去了一位雄辩大才，六国也失去了一位奇谋之士。

苏秦创建与鼓吹的合纵之术，至此也就曲终人散，黯然落幕了。

秦惠王也得知了苏秦之死，大为兴奋。

在过去的若干年内，苏秦联合六国，用合纵之术对抗秦国，曾使秦惠王深感困扰。现在苏秦死了，少了一位战略对手，对秦国当然是一件求之不得的好事。

秦惠王攻取了巴蜀之后，疆域扩大了一倍以上，势力大为增强，纵观诸侯列国，已皆非秦国的对手。现在苏秦又死了，结束了六国的合纵，使得秦国更无忌惮，可以放开手脚继续扩张，大张旗鼓地来蚕食周边邻邦的领土了。秦惠王热衷于扩展势力，对攻城略地充满渴望，很快又瞄上了楚国，准备对楚国动手了。秦惠王召集了陈轸等谋臣，一起来商量此事。

秦惠王说：寡人已得巴蜀之地，欲顺江而下，乘胜伐楚，爱卿以为如何？

陈轸说：启奏大王，楚乃大邦也，拥有江汉之利，国力雄厚，不易轻取。大王若顺江先伐取其黔中、巫郡，则力有余，而必胜无疑矣。此时适可而止，然后等待时机，则稳操胜券也。

秦惠王高兴地说：爱卿所言，正合寡人之意。

陈轸又说：大王若顺江伐楚，可传令司马错率师先取黔中。同时遣将从汉中攻楚，大张旗鼓，壮大声威，以牵制楚国之兵力。此乃佯攻，楚王不明虚实，必然倾力防御。如此，则黔中无兵驰援，司马错挥师而攻，唾手可得也。

秦惠王大喜曰：爱卿此计甚妙，奇正结合，深得用兵诀窍，必胜无疑也！

秦惠王与陈轸等人谋划已定，随即传旨司马错，要他在巴蜀两地筹集粮草，调动兵力，打造战船，做好伐楚的准备。同时又命田真黄到汉中，调兵遣将，放出风声，摆出一副要进攻楚国的架子，以此来吸引楚国君臣的注意力。

秦惠王决意伐楚，考虑到楚国的实力，仅仅在军事上做准备还是不够的，还需要策略上的配合。这时很容易就想到了张仪的连横之法，之前曾用来对付苏秦的合纵之术，现在也可以联系各路诸侯，用来孤立楚国啊。秦惠王于是传旨张仪，离开巴蜀，返回秦都，准备派他出使齐与韩、魏等国，游说诸侯，追随秦国。

张仪得知苏秦死了，既为之惋惜，又深为感叹，感受颇为复杂。

张仪回顾往事，觉得时间过得真快，恍若白驹过隙，苏秦的风光与荣耀，已是昙花一现，真是世事难料啊。这个世上的很多事情，似乎都充满玄机，所有的荣华富贵，终究不过是一场梦幻啊。苏秦的宏图大略，已成过眼云烟，而张仪还要继续为秦惠王效力，这也使张仪感叹之余，又有点暗自庆幸。人生苦短，选择不同，结局也就不一样。

张仪遵照秦惠王的旨意，出使齐国，去见齐湣王。齐湣王盛情款待了张仪。

齐湣王说：久闻先生大名，今日相见，实乃幸会也。先生远见卓识，愿聆先生高见，请先生不吝赐教！

张仪说：大王敬贤爱才，令人钦佩。在下奉秦王之命，出使贵国，一是特地来拜见大王，向大王问好；二是顺便凭吊苏秦，以表达故人之情。

齐湣王说：感谢秦王美意。先生缅怀故人，情义深厚，也令人感佩啊。

张仪说：齐乃东方大国，君臣富乐，而忧患淡漠。实则，当今之世，诸侯相争，盛衰变化，稍有不慎，则亡国之患接踵而至矣。先前多有为齐国献计者，皆为一时之说，不顾百世之利。据在下所知，齐与鲁曾交战，楚也曾派兵攻齐，对齐国的威胁随时都存在啊。大王若掉以轻心，以后的麻烦与危险就大了。而秦国与齐国一直友好，现在秦国已得巴蜀之地，带甲百万，雄视天下，若大王能尊奉秦王，结为昆弟之国，则去危存安，此乃长治久安之策也。愿大王熟思之，然后早做定夺也。

齐湣王听了张仪的这番说辞，心有所感，颇为震撼，称谢说：齐僻居东海之滨，孤陋寡闻，未尝闻社稷之长利也。今日先生所言，堪称真知灼见也。愿遵先生所教，尊奉秦王，吾所愿也。

张仪没想到齐湣王如此轻易，便赞同了自己的说法，也倍感高兴。

宴会之后，张仪去墓园祭拜了苏秦，对故人表示了悼念。想到苏秦曾鼓动齐王和六国合纵对抗秦国，现在自己又游说齐王尊奉秦王，真是彼一时此一时也，世间的事情变化何其大焉。张仪感叹不已，以酒浇地，祭扫而归。张仪随即告辞了齐湣王，带着随从车骑，离开了齐国都城，往西而行，准备返回秦国。

张仪顺道去了韩国，拜访了韩王。在前些年，秦惠王谋划扩张势力的时候，张仪曾献策先攻取韩国，然后挟持周王室以号令天下，而司马错等人则力主先伐取蜀国。秦惠王权衡利弊，最终采纳了司马错的建议。此后秦并巴蜀大获成功，而韩国则安然无恙。张仪每逢回想此事，仍有些不以为然，如果秦惠王出兵取韩，犹如探囊取物，这里早已是秦国的地盘了。韩国的地理位置很重要，秦国一旦吞并了韩国，在战略上可以进退自如，对将来的发展必然大为有利。可惜秦惠王另有谋划，现在又专注于削弱楚国，张仪对此亦无可奈何，只能听命于秦惠王啊。不过静下来想一想，秦惠王的取舍也没有什么不妥。彼一时此一时也，也许是天意如此吧。天下事就是这样，常常有很多意想不到的变化。如今为了连横，张仪想看看韩王的态度，希望能说服韩王，趁机离间韩楚的关系，让韩王与楚绝交而追随秦王。

韩王对张仪也是久闻大名，看到张仪来访，立刻置酒备宴，给予了隆重款待。韩国在当时的诸侯列国之中，是个小国，缺少人才，谋士不多，难得遇到这样的机会，韩王当然是要抓住机会向张仪好好请教一番了。

韩王恭敬地说：先生大名，如雷贯耳，仰慕久矣。今日幸会，请先生赐教！

张仪说：大王愿意听实话吗？真言逆耳，或不中听，但有利于行也。

韩王正襟危坐，恳请说：请先生畅所欲言。

张仪说：韩国方圆不过九百里，山岭多而平原少，地形险恶，物产不丰，民无二岁之食，一旦遭遇灾荒，则食糠咽菜也。大王之卒，充其量不过二十万。万一强国来攻，则形势危急，难以自保，亡国之患，接踵而至矣。现在秦国有带甲将士百余万，战车千乘，骑兵万匹，虎贲之士不计其数。秦军善战，攻无不克，所向披靡，天下皆知。假若秦兵与大王之卒会战，就像孟贲与怯夫较力，好似乌获与婴儿比武，实力悬殊，不言而喻。秦王以孟贲、乌获之士进攻不服之弱国，犹如以千钧之重压于鸟卵之上，必无幸免矣。大王如果不尊重秦王，秦王随时可能派兵占据宜阳，然后向东攻取成皋、荥阳，这样韩国的上地与鸿台之宫、桑林之苑，皆非大王所有也。

韩王听了，顿时面露忧色，望着张仪，沉默无语，不知说什么才好。

张仪注视着韩王的神情变化，停了一会儿，这才继续说：故为大王谋划，不如尊奉秦王。先事秦则安，不事秦则危。现在秦王所欲，打算削弱楚国，而能助秦弱楚者莫如韩国，这倒不是因为韩国有什么优势，主要是地势使然也。大王若能尊奉秦王，配合秦王以攻楚，则秦王必喜。如此，则韩国与秦国友好，无覆亡之忧，还可以扩大地盘，大王何乐而不为也？

韩王觉得，张仪说的虽然不太中听，甚至语含恐吓，却都是实情。秦国强悍，韩国弱小，假如惹恼了秦王，秦王派兵前来攻城略地，韩国是难以抵挡的。秦王攻取巴蜀，就是令人恐惧的例子啊。当下楚国自顾不暇，齐国已与秦国相约结好，大势如此，韩国势孤力薄，除了尊奉秦王，还能有什么更好的选择呢？于是举杯称谢道：好啊，先生所言，振聋发聩，就按先生说的办吧。

张仪见韩王毫不犹豫便采纳了他的建议，答应尊奉秦王，自然是倍感高兴。于是与韩王开怀畅饮，宾主尽欢而散。

张仪使用连横之法游说诸侯，相继说服了齐湣王与韩王，进展得如此顺利，使他信心大增。随即写了奏章，派人先回秦都，将好消息尽快禀报了秦惠王，他自己则渡河北上，继续去游说赵王与燕王。张仪觉得，苏秦已死，合纵破灭，当下正值诸侯彷徨之际，真的是机会难得。这也正是他施展身手，为秦王建功立业的最佳时机啊，他当然要好好把握了。只要连横成功，诸侯列国都尊奉秦王，楚国也就孤立了，秦王就可以放手进攻楚国，此时攻取黔中之地当然也就不在话下了。

秦惠王接到禀报，大为欣喜，当即传旨，封张仪为武信君，赐给五邑。

张仪得知后，大喜过望。他的北上游说，也很快获得了成功。

司马错奉命在巴蜀地区筹集粮草，打造战船，招募新兵，准备进攻楚国。

当初攻取蜀都，获得了蜀王的屯粮，为秦军提供了充裕的军需。张若治蜀，顺应民意，在招抚遗臣和筑城等几件大事上都获得了成功，在农业生产方面也连获丰收。所以粮草供应毫无困难，司马错很快就筹集了大量稻米。蜀地的木材很多，造船的进展也很顺利。蜀人很早就利用舟船之利了，但过去使用的都是小船，这次打造体型较为庞大的战船，调集了很多民工来做这件事情。造好的船就停泊在大江之畔，绵延数里，声势浩大，蔚为壮观。接着，司马错在巴蜀两地又征召了很多新兵，加以训练，充实了兵力。司马错还制作了大量的箭矢和兵器，以保证作战时的需要。

司马错用兵，擅长步骑结合。这次进攻楚国，目的是要占领黔中之地，也主要是陆地之战。打造众多的战船，可以方便运兵和运粮，同时也可以壮大声威，做出一种顺江而下直捣楚国都城的姿态，给楚王制造假象。加上秦军在汉中大张旗鼓，意欲大举进攻楚国，以此来引诱楚王调兵北防，而松懈了黔中的防守。这样，秦军就可以乘虚而入了。经过紧锣密鼓的布置与准备，秦军已整装待发，楚王果然上当了，调兵加强了都城与北面的防守，与巴蜀相邻的黔中则成了防务最薄弱的地方。

司马错率军沿江而下，在临近楚国边境时，派部将攻打巫郡，自己亲率精锐主力，间道而行，出其不意地杀向了黔中。秦军的行军速度很快，途中没有遇到任何抵抗，数日之后，已兵临城下。黔中是楚国西南重镇，地理位置很重要，但防守的楚兵不多，看到威武雄壮的秦军大队人马突然包围了黔中城，楚兵大为恐慌。秦军立即发起了攻城，在秦军的强弩射击下，守城楚兵纷纷中箭而死，秦兵登城破门而入，转眼之间黔中城便陷落了。

司马错攻取黔中城后，随即分兵略地，清除楚王的势力，几乎没有遇到什么障碍，也没有打什么大仗，便毫无悬念地占领了黔中之地。与此同时，秦军部将攻打巫郡，则相持不下。司马错腾出手来，率军增援，迂回包抄巫郡。楚兵得知司马错大军来攻，害怕遭到围歼，只有弃城突围而逃，巫郡也就随之落入了秦军之手。此后巫郡与黔中之地，便成了秦国的黔中郡。

楚王失去了黔中之地和巫郡，方知中了秦王之计。但此时省悟太晚，已无法挽救。秦国获得了这两处地方，势力更为强盛，对楚国的威胁也更大了。楚王无力争夺失去的地盘，又不想长期与秦王为敌，只有忍气吞声，主动向秦王求和。

秦惠王连获捷报，非常高兴。此时见好而收，便答应了楚王的求和。

第三十二章

秦国都城喜气洋洋，王宫内张灯结彩，准备给秦惠王庆祝大寿。

秦惠王这些年发愤图强，使贤任能，运筹帷幄，谋划深远，相继取得了诸多重大胜利。派遣大军攻取了蜀国与巴国，又蚕食了楚国的巫郡与黔中之地，使得疆域扩大了一倍以上，人口数量也日益增多。此时的秦国如日中天，雄视天下，是秦国有史以来最为强盛的时候。正逢秦惠王寿辰即将来临，王公贵族与朝中大臣纷纷上奏称颂。驻守在外的亲信大臣们，也都献上了丰厚的寿礼，有的还提前回到了秦都，趁机向秦惠王述职，并参加热闹的祝寿活动。秦惠王踌躇满志，也想好好地庆祝一番，打算在祝寿之后，再与朝臣们好好谋划，先出兵攻取楚国的召陵，然后乘胜扩张势力，继续吞并其他弱小列国，将秦国的霸业推向巅峰。

大臣们为了给秦惠王祝寿，做了很多准备，从美酒到山珍海味，以及各种贺礼，琳琅满目，无所不有。群臣都想借此机会巴结君王，表达各自的忠心。张若为了表达对秦惠王的感恩之心，特地从蜀郡挑选了一些歌舞之女与乐师，亲自带兵护送，赶到秦都，献给了秦惠王，给秦惠王祝寿，增添喜庆气氛。蜀中歌舞，天下闻名，过去是蜀王享受的尤物，如今理所当然都归秦王所有了。轻歌曼舞，其乐融融，果然名不虚传。秦惠王欣赏之后，心中大为高兴。陈轸也很感激秦惠王多年来的厚待，还记得给蜀王选送五位绝色美女的经过，当初秦惠王过目审查，也是眼睛发亮、大为心动，现在伐蜀已经大获成功，秦惠王理所当然也应该好好儿享受一番了。于是又从米脂等地选了十多名天姿国色的女子，经过礼仪培训，然后送进王宫，献给了秦惠王。好色之心，人皆有之，秦惠王也不例外。对于陈轸的此番美意，秦惠王觉得，并无什么不妥，便欣然笑纳了。虽然秦惠王当初曾以社稷为重而婉拒美色，但如今心境已与往昔迥然不同，所谓彼一时此一时也，该享受时还是要尽情享受的。这些绝色美女果然非同凡响，温柔似水，将秦惠王侍候得心花怒放，甚是快乐。空前绝后的成功，使得秦惠王很容易就放纵了自己。美色加上美酒，就这样不知不觉便掏虚了秦惠王的身体。

到了祝寿这天，王亲国戚和大臣们都齐聚于王宫大殿，举行了隆重的拜贺。

秦惠王戴了王冠，穿着崭新的王服，坐在王榻锦席上，接受众人的朝拜和祝贺。

平日不常露面的王公贵族们几乎都来了。

王弟樗里子率先恭贺说：今日举国大庆，盛况空前，祝愿大王寿比南山，将来一统天下，万民同乐也！

秦惠王很高兴，哈哈一笑说：承蒙贤弟吉言，这也正是寡人所愿也！

朝臣们听了，都明白了秦惠王的雄心壮志，并未满足于吞并巴蜀，还有更为宏大的谋划呢，于是纷纷称颂秦王的文韬武略、丰功伟绩。秦惠王听了这些赞扬之声，迎合了他的宏图大略，滋润了虚荣之心，大为欣喜。

太子嬴荡上前拜贺说：今日恭祝父王大寿，儿臣愿率大秦力士，随时听从父王派遣，鞭挞六国，纵横天下！愿父王早日一统华夏也！

强悍好武之风，本是秦国传统，太子的霸气，也正好投合了秦惠王的心理。

秦惠王哈哈大笑说：壮哉此言！一统华夏，天下属秦，寡人所愿也！

大殿内，顿时情绪高涨，气氛热烈。王公贵族和大臣们都齐声称贺，山呼万岁。

隆重的祝寿仪式之后，是盛大的宴会。筵席很丰盛，秦惠王与众臣同乐，开怀畅饮，甚是欢欣。到了晚上，后宫灯火辉煌，嫔妃们也办了筵席，齐聚一堂，为秦惠王祝寿。嫔妃们竞相敬酒，歌女与舞姬表演助兴，比起白天的盛大场面，后宫的祝寿更多了一些温馨与情趣。秦惠王因为高兴，又喝了不少美酒，不由得有了醉意。几位绝色美女，搀扶着醉醺醺的秦惠王进了寝宫，尽心侍候，使得秦惠王情不自禁地又放纵了欲望，直至筋疲力尽，这才昏昏然睡去。

第二天是上林苑射猎，这也是为祝寿特意安排的活动。秦惠王历来强调武功，主张以武立国，雄霸天下，王室子弟每年都要演习武艺。这次安排了射猎，然后观赏力士比武，都是为了讨秦惠王的欢心。

秦惠王骑在马上，在一大群彪悍武士的护卫下，登上了高岗，大臣们随侍左右，王室子弟也骑马跟随于侧。这里地形高旷，放眼望去，视野开阔，景象万千。一切都已布置就绪，射猎很快就要开始了。以前每次到上林苑射猎，秦惠王都要亲自纵马驰骋一番，现在年纪大了，张弓搭箭，猎获肥鹿，只有让太子和其他王子代劳了。

号角吹响，鼓声响起，远处的丛林里已有鹿群与野兔在奔跑。太子与诸位王子已准备妥当，只等秦惠王挥手示意，便会跃马而出，驰下高岗，前去追逐猎物了。

这时有疾风吹来，突然尘土飞扬，秦惠王打了个冷噤，顿时头晕目眩，身体摇晃，差点栽下马来，站在近旁的贴身侍卫赶紧上前搀扶。看到秦惠王身体不适，随侍的文武大臣与王室子弟都有点慌乱，七手八脚地张罗着，将秦惠王扶下高岗，坐到了辇车上。秦惠王微闭了双目，此时呼吸不畅，神志已有点昏迷了。

发生了这个意外情况，射猎与观赏力士比武只有取消了。太子嬴荡赶紧派人传唤御医，又吩咐侍卫们起驾回宫。辇车载着秦惠王，离开了上林苑，在王室子弟与文武大臣的扈从下，浩浩荡荡地驰回了王宫。秦宫中的几位御医，已在宫门口迎候，将秦惠王扶进寝宫，迅速诊治。后宫的众多嫔妃与美女们也都得知了，慌忙前来探视，看到君王脸色苍白、神志不清，一个个都忐忑不安、慌乱不已。

秦惠王的病情有点严重，几位御医虽然医术高明，竭尽所能，依然昏迷不醒。

昨天的喜气洋洋和欢欣鼓舞，今日已荡然无存，整个王宫都被焦虑与恐慌的情绪笼罩了。

所谓乐极生悲，这一切发生得实在太突兀了，真的是天有不测风云，人有旦夕祸福。秦惠王从来都是老谋深算，却忽略了生活中暗藏的玄机。人世间的事情就是这样，往往是人算不如天算。纵使争强好胜，最终也恍若一梦。曾经叱咤风云、踌躇满志的一代雄主，突然之间就遭遇了死神的光顾，此时已走到了生命的尽头。

这时在蜀都王宫，王子夏阳也恰逢生日，准备办酒席，和家人一起庆贺寿诞。

自从降秦之后，被秦惠王封为蜀侯，一晃好多年了，王子夏阳仍住在蜀都原来的旧王宫中，那些降秦的遗臣们也仍住在原来各自的府邸中。此时蜀国已被秦惠王设置为蜀郡，蜀都也改称为成都，从城市规模到管理模式，都发生了很大的变化。张若仿照咸阳的规格修建了成都新城，设立了郡守府衙，属下官员平时就驻守于此，处理蜀地的各种事务。城市换了新的面貌，而王宫依然是旧时模样。新旧并存，相安无事。民众很快就习惯了这些变化，安居乐业，城外的百姓种田务农，城内的人做着各种生意买卖，贡赋纳税，婚丧嫁娶，百业兴旺。有些逃匿的王室成员，怀恋蜀都的繁华生活，也悄然回来了，会聚在蜀侯周围的旧臣渐渐多了起来。秦惠王表面上对蜀侯十分宽松，实则却从未放松过监控。为了加强对蜀侯与遗臣们的控制，秦惠王特地委派了一名叫陈壮的官员担任蜀相。按理说，蜀相应该听命于蜀侯，但陈壮比较强势，经常反客为主。凡是有什么重要事情，蜀侯都要和蜀相商量，而蜀相会秘密禀报秦惠王。这样一来，蜀侯的一切便都在秦惠王的掌控之中了。夏阳明白秦惠王的用意，凡事都很不得意，却又颇为无奈，只能委曲求全。光阴易逝，日月如梭，不知不觉，很多年就这样过去了。

夏阳蛰居王宫，过着舒适而又无聊的日子。因为有瑶儿的陪伴，虽然行动并不自由，倒也并不寂寞。夏阳和瑶儿成亲之后，生了两个儿子，都很聪明可爱。如今已到中年，恰逢生日来临，准备置酒祝寿，夏阳也是难得高兴一会儿。瑶儿也觉得应该为夫君好好庆贺一番，为此特地做了很多准备，安排了好酒好菜，还用锦缎缝制了华丽的新衣服，制作了新的冠帽。

就在蜀侯寿诞吉日前夕，传来了数日前秦惠王驾崩的消息。按照秦人的规矩，举国大丧之际，一切喜庆活动都要停止。蜀相陈壮知道夏阳要饮酒祝寿，于是入宫告知了蜀侯，不准庆贺寿诞，必须取消安排。夏阳听了，心中大为不快。秦惠王死了，举行丧礼，那是秦朝王公大臣们的事情，与他有什么关系呢？陈壮的态度也很过分，用的是警告的口气，一副很霸道的样子，也使得夏阳很不高兴，甚至有点恼怒了，但又不能公然违抗，只有点头答应，因而窝了一肚子的火。

看到蜀侯闷闷不乐，瑶儿宽慰说：饭总是要吃的，酒也是要喝的，他办丧礼，我们关起门来，家人悄悄小聚一下，有何不可呢？只要不声张，不让他知道就行了。

夏阳觉得，本来是想喜庆热闹一下的，现在只能暗中祝寿，真是窝囊到了极点。身为蜀侯，却寄人篱下，那种滋味，真的是难以形容。可是身不由己，又有什么办法呢？但总归还是于心不甘，想了想，便采纳了瑶儿的办法。到了寿诞来临的这天，便关闭了宫门，在宫中僻静之处，悄悄地办了一桌宴席，和家人相聚在一起，秘密地庆贺了一下。夏阳还特地穿上了瑶儿缝制的新衣服，戴上了新的冠帽。换了新的穿戴，人一下精神了许多，增添了喜庆的情调。

瑶儿向夏阳敬酒，两个儿子也都祝贺。美酒佳肴，亲情融洽，气氛甚好。看到妻儿欢欣，夏阳暂时抛开了烦恼，连饮了好几杯酒。因为联想到了往事，有感于当下处境，夏阳心中的郁闷又随着酒劲涌了上来，脸上露出了沉闷之色。瑶儿心细，注意到了他的神情变化，举杯问道：今日饮酒祝寿，高兴才好，你却满面忧容，为何如此愁闷呢？

夏阳说：没有什么，只是因为我刚才想到了母妃和父王。

瑶儿问道：你是因为过生日怀念母妃，想起了过去的事情吗？

夏阳说：唉，有很多事情，虽然过去好多年了，还是无法忘怀啊。

瑶儿劝解说：母妃已逝，往事如烟，还是过好当下，比较重要。

夏阳说：我想抽空去给母妃和父王扫墓，祭奠一下。

瑶儿说：有很多年没去扫墓了，是应该抽空去一下呢。

两人正商量着去蜀王陵园给母妃与父王扫墓的事情，这时有人敲响了紧闭的王宫大门。守门的隔着门缝看到是蜀相突然来访，赶忙入内向夏阳禀报。夏阳有点惊讶，立刻吩咐撤了酒席，自己匆匆赶到前面，去见陈壮。

陈壮见宫门迟迟不开，已很不开心。等了好一会儿，宫门终于开了，陈壮走进王宫，看到戴着新冠帽穿了华丽新衣的夏阳，不由得瞪圆了眼睛。夏阳因为从里面匆匆出来，竟然忘了更换穿戴。陈壮怒冲冲地责问道：举国大丧，天下悲伤，你却戴了新帽穿了新衣，这是什么用意？

夏阳这才发现自己疏忽大意了，只能搪塞解释说：夫人做了新衣，试穿了一下。一边说着，一边摘了新帽，脱了新衣。

陈壮哼了一声，又问道：看你的脸色，刚才饮了酒吧？

夏阳不便回答，反问道：你突然来此，有什么事吗？

陈壮说：我就是不放心，再来提醒一下，没想到你果然阳奉阴违啊。

夏阳说：我在宫中，深居不出，无非吃饭穿衣，难道也有什么不对吗？

陈壮说：国丧期间，你故意穿新衣，戴新帽，还饮酒，是何用心？岂不是大不敬吗？

夏阳说：没有故意，也没有不敬，蜀相言重了。

陈壮说：我是据实而言，你新衣在身，满嘴酒气，如此妄为，难辞其咎！

夏阳听了，心中窝火，只能隐忍着。

陈壮虎着脸，对蜀侯训斥了一番，这才拂袖而去。

夏阳吩咐关上了宫门，返回内宫，长叹一声，满脸恼怒，一肚子的不快。

瑶儿刚才跟出来，站在屏风后面，听了他们的对话，也觉得蜀相的态度实在太过分了。但此时不能火上浇油，只能对夏阳劝解说：蜀相盛气凌人，德行不好，你不要与他一般见识，就当他是鸡叫鹅叫罢了。

夏阳叹了口气说：蜀相是秦王走狗，我当然不会与这种小人一般见识。只是担心他不会善罢甘休，这些年也真是受够了他的狂妄无礼。唉！

本来是寿诞吉日，关起门来要和家人好好聚会一下的，没想到被蜀相搅黄了。夏阳受了窝囊气，却又不能发作，倍感无奈。这样过了两天，夏阳实在郁闷，便想去陵园给母妃与父王扫墓，顺便出宫走走，释放一下情绪。这事按照惯例是要和蜀相商量一下的，但夏阳赌气，就是不愿告诉蜀相，凭什么非要和他说呢！给父母扫墓本是天经地义之事，便自作主张，做了安排。

蜀王的陵园在蜀都郊外，历代蜀王驾崩之后都埋葬在这里，此处也是历代王妃与王室成员的安葬之地。开明王兵败而死后，遗体被运回了蜀都，随后便与殉难自杀的淑妃一起被葬入了陵园。这里因无人守护，荒置已久，野草丛生，满目苍凉。放眼看去，只有围墙如故，陵园中的诸多大石，依然在历代蜀王墓前耸立。

蜀侯平常都生活在王宫内，已经很久没有外出了。此日天气晴朗，蓝天白云，微风轻拂，阳光和煦。夏阳骑了马，携带了祭品，和家人一起离开王宫，出了蜀都，来到了蜀王陵园。一路上眺望山川城郭，仍旧是往昔的样子，但蜀国如今已是秦王的天下了。看到蜀王陵园的苍凉情景，夏阳很是感慨。遥想以前，可不是这样的啊，这里有专门看护陵园的吏卒，花草树木郁郁葱葱，有人浇水，有人整修，逢年过节都要举行祭祀。自从城破国亡之后，蜀兵遭到秦军追杀，吏卒都逃走了，陵园也就荒废了。夏阳一想到这些，埋藏在心底的亡国之恨，便油然涌起，惆怅不已。虽然此时的天气很好，但心情却有些灰暗。

夏阳找到了父王与母妃的墓，拔除了野草，摆上了祭品，做了祭拜。

瑶儿与两个儿子，也跟在后面，随之祭拜。看到夏阳神情伤感，瑶儿只有默默地陪伴在旁边。本来是想出来走动一下，心情会变得轻松起来，哪知道触景伤情，反而使人越发郁闷了。

这时传来了急促的马蹄声，陈壮带着一群护卫随从，疾驰而至。

陈壮看到了夏阳，呵斥道：你怎么不打招呼，就私自外出，竟然跑到这里来了？

夏阳站起身来，反问道：我给父母扫墓，有什么不妥吗？

陈壮冷笑道：秦王大丧，你却来祭奠蜀王，是何用意？想谋反吗？

夏阳忍无可忍，怒道：你这是无端指责，满口胡言！

陈壮瞪圆了眼睛，继续呵斥说：秦王待你不薄，你却心怀不满，随时都想叛秦。前几日你故意穿新衣饮酒，今日又私自来祭奠蜀王，你无视秦王大丧，犯了大不敬之罪，必遭严惩！

夏阳大怒道：你身为蜀相，岂能如此胡说八道？你究竟想怎样？

陈壮有恃无恐，冷笑道：我要奏报朝廷，严惩你的大不敬之罪！

夏阳多年来积压在心中的怨恨，此刻再也无法隐忍，终于爆发了。

五丁悲歌 | 489

他拔出随身佩带的宝剑，指着陈壮骂道：你这个目无尊长的狂妄小人，你不用奏报，想加害于我，现在就可以动手！

陈壮也怒了，拔剑在手，骂道：你这是真的要造反了吗？

双方剑拔弩张，互不退让。陈壮是霸道惯了，受秦惠王之命担任蜀相就是为了监管蜀侯，在他眼里，蜀侯就是个必须唯命是从的傀儡而已。夏阳忍受了多年的窝囊气，对陈壮早已怨恨到了极点，内在的阳刚与血性，加上亡国之恨，使他再也无法忍气吞声，犹如魔鬼附体，两人都冲动起来，真的动了手。瑶儿见状，想劝阻，已经来不及了。夏阳手握宝剑，怒发冲冠，大喝一声：贼子休得猖狂！挥剑朝着陈壮猛扑过去。

陈壮骑在马上，坐骑受了惊吓，扬蹄嘶鸣，蹦跳起来，差点将陈壮掀翻在地。这也使陈壮躲过了夏阳的致命一剑，随即挥剑反击。两人交手，相互厮杀，夏阳明显占了上风。陈壮的凶狠此时充分暴露出来，一边拼命抵挡，一边对着随从与护卫骂道：尔等怎么袖手旁观？喝令他们一起上前围攻助战。陈壮的护卫随从都是秦人，得了主人之令，对蜀侯就不再客气，如同群狼，一哄而上，痛下杀手。夏阳虽然勇武过人，也难以抵挡众多秦人的攻击，被陈壮的利剑刺中了要害，血流不止。

夏阳对陈壮骂道：你这贼子逆臣！今日害我，你会遭报应，不得好死！

陈壮也骂道：你对秦王大不敬，欲图谋反，罪不容赦！

夏阳流血太多，已经没有力气，轰然倒地，壮烈而死。

瑶儿扑上来，伏在夏阳身上，泪流满面，悲恸欲绝。两个儿子，也围在旁边，大哭起来。瑶儿对陈壮痛斥道：蜀侯何罪，遭你杀害？！你犯上作乱，干脆连我们母子也一起杀了吧！

陈壮见夏阳真的死了，才觉得事态确实严重了。想起张若赶赴秦都给秦惠王祝寿时曾交代过他，要他好生监督蜀侯，不要出事。但果真出事了，接下来怎么办呢？此事如何善后？陈壮刚才鲁莽凶狠，突然之间却又没了主意，甚至有点慌神了。他没有理由再继续杀害瑶儿母子，对蜀侯之死也只有不管了。反正错在蜀侯，是蜀侯自己找死啊。

他鼻孔里哼了一声，丢下瑶儿母子守着蜀侯遗体哭泣，带着随从护卫扬长而去。

这是个多事之秋，秦惠王得了急病，御医们无力回天，不治而亡。

秦惠王死后，举国大丧，举行了隆重的葬礼。太子嬴荡继承王位，称秦武王。

秦武王与秦惠王不同，年少气盛，好大喜功，是一位特别崇尚武力的年轻君主。嬴荡自幼就练武，体格健壮，有一身好力气。他曾骑马射虎，力能举鼎，在秦王朝的世袭君主中，确实非同一般。嬴荡不仅自己很有本事，伴随在他身边的特殊人才也很多，比如任鄙、乌获、孟说等人，都是秦国的大力士，名气很大，天下皆晓。嬴荡的崇武性格，与秦朝以武兴国的传统一脉相承，从小就深得秦惠王的鼓励与青睐。秦惠王希望将来一统天下，当然要依靠强盛的军事力量，所以对太子寄予厚望。嬴荡对此当然心知肚明，继位之后，更是雄心勃勃，渴望做一番大事业。

秦武王首先加强了对朝政的掌控，任命王叔嬴疾与甘茂为左右丞相，而解除了张仪的相位。秦武王不太喜欢张仪，觉得张仪不过是个空谈之士，而且有点反复无常，这样的人怎么能久居相位呢？秦朝的很多大臣也不喜欢张仪，认为张仪毛病太多，在秦武王面前说了很多张仪的坏话，这也加深了秦武王对张仪的反感，重新任命丞相也就在所难免。王叔嬴疾又名樗里子，博学诙谐，号称智多星，而且懂得兵法，曾领兵打过胜仗，是秦武王一直比较亲近和信任之人。甘茂也是一位博学之士，反应敏捷，能力很强。这两人担任左右丞相，处理政务，辅佐秦武王，果然是相得益彰。

秦武王接着便开始了军事行动，派遣樗里子率军督战，攻占了楚国的召陵。早在秦惠王的时候，就在谋划这件事情了，现在秦武王果断出兵，集中了精锐兵力，以雷霆万钧之势击败了楚军，将召陵纳入了秦国版图。楚国失去了召陵，只有往南退缩，沿江设防，不敢与秦军争锋。此战充分展示了秦武王的威猛，秦军锐气方涨，使得诸侯们都大为震慑。秦武王觉得，攻占召陵，主要是为了了却父王的遗愿，而对他的雄心壮志来说，不过是小试牛刀而已。召陵的位置很重要，以后扩大战果，进而攻取楚国统一华夏，也就指日可待。

就在秦武王与文武大臣们欢庆胜利之际，传来了蜀侯被杀的消息。秦武王很震惊，也很生气，立即召集群臣商议此事。朝臣们对此大都感到意外，觉得蜀侯之死事关大局，如果因此破坏了化蜀归秦的大计，那就糟糕了。

丞相甘茂说：启奏大王，此事在于蜀相陈壮，如此胡作非为，坏了先王怀柔之策，万一引发事变，后患无穷，不可姑息也。

秦武王说：陈壮竖子，不懂规矩，你去蜀都一趟，妥善处置吧。

甘茂说：启奏大王，蜀侯之位，不宜空着，就让蜀侯的公子继承吧。

秦武王说：准奏。

当时蜀郡守张若在秦惠王驾崩之后，也突然生病，留在了秦都，所以秦武王只有派遣丞相甘茂赴蜀，前去处理蜀侯被杀这个大事件。

甘茂接了旨令，随即动身，带了随从与一队精锐人马，迅速赶到了蜀都。

陈壮得知新任丞相来了，不敢怠慢，赶紧前去迎接。

甘茂见到陈壮，问道：蜀侯是怎么死的？

陈壮揖手施礼说：启禀丞相大人，因为蜀侯图谋造反，在大丧期间祭奠蜀王，意欲起事，我劝阻不听，他竟然拔剑攻击，被士卒阻挡，撞在了刀刃上，流血身亡。

甘茂责问道：蜀侯是先王所封，你为何要杀他？是何居心？

陈壮辩解说：不是小人要杀他，是他自己寻死，请大人明鉴。

甘茂又问：你说的是实话吗？不必撒谎！

陈壮跪下叩拜道：小人所言，句句是实，不敢欺骗大人。

甘茂冷笑一声，呵斥道：秦王派你做蜀相，寄予重任，你却不懂规矩，杀了蜀侯，造成蜀人恐慌，添乱于蜀，险些坏了大事！你说该当何罪？

陈壮抗辩说：小人忠于大秦，确实是蜀侯谋反，错在蜀侯呀，请大人明察。

甘茂怒斥道：你违背秦王旨意，杀蜀侯，坏大事，其罪难容！竟然还敢诡辩？

陈壮知道糟了，往日的蛮横刁钻此时已荡然无存，心中恐慌不已，跪在地上叩头求饶说：大人说的对，小人知错，不该鲁莽，今后一定改正！

甘茂冷笑道：大秦律令，有罪必惩，你犯罪当诛，休怪我铁面无私，不能网开一面，对你不客气了！当即吩咐侍卫将其拿下。陈壮死到临头，吓得尿了裤子，一下瘫软在地。几名彪悍侍卫，上前将其捆绑起来，等候问斩。

甘茂将刑场设在蜀都大校场，召集了民众与诸多遗臣，一起观看行刑。在中午时分，当众斩了陈壮。然后又当着众人之面，公开宣布了秦武王的旨令，由夏阳的长子继位，封了新的蜀侯。

前些天因为夏阳的突然被害，百姓议论纷纷，遗臣们大为不安。蜀地归秦之后，本来已是相安无事的局面，蜀侯被杀后，立刻出现了恐慌与骚动的苗头。有些人开始悄悄收拾财富，准备逃离蜀都，隐居到其他地方去。甘茂的到来与果断的处置很及时，暂时稳定了人心。遗臣们以前就痛恨陈壮的霸道与蛮横，一直敢怒不敢言，现在斩了陈壮，释放了压抑在心底的怨恨，也就平息了事变引起的骚动。

瑶儿将夏阳葬在了蜀王陵园内，举行了简单的葬礼。这场意想不到的变故，改变了她的心境与生活，虽然斩了陈壮也算报仇雪恨了，却抹不掉心中的悲伤。短短几天，她已面容憔悴，也无心再穿戴打扮，看起来一下子老了许多。接着，由大公子继任了蜀侯之位，在王宫中搞了一个仪式。很多遗臣都参加了，对新蜀侯表示恭贺。老臣彭玉也来了，他年事已高，身体尚好，不过走路说话都已给人老态龙钟之感。仪式结束之后，众人散去，彭玉留下和女儿说话。瑶儿在宫中办了家宴，款待父亲。

彭玉对瑶儿说：现在蜀侯年幼，正中秦人下怀，今后十余年，可保无事。你也不必太过伤心，凡事只能顺其自然也。蜀国多难，天意如此，不求多福，但求平安吧。

瑶儿点头答应了，时势是明摆着的，事已至此，她还能怎样呢？

彭玉还是比较有远见的，后来的蜀地局势，确实维持了很多年的平安无事。再后来，蜀地又发生了变故，但那时彭玉已经高寿仙逝了。

甘茂果断而利索地处置了蜀侯被害之事，由蜀地返回秦都，向秦武王做了禀报。

秦武王深感满意，觉得只要蜀地不发生骚乱，没有后顾之忧，便可以放开手脚，继续向东扩张势力了。他对甘茂说：寡人要略通三川，驱车中原，问鼎周室，取而代之，号令天下，死不恨矣！甘茂明白秦武王的抱负，要实现这个雄心壮志，那就要发动对韩国的战争了。甘茂说：启奏大王，若先取宜阳，则三川可通，中原可定也。秦武王兴奋地说：丞相所言，深合寡人心意！秦武王一向雷厉风行，当即决定派遣丞相甘茂为主帅，力士孟说为先锋，率领大军伐韩，去攻取宜阳。韩国是个弱小之邦，已经答应张仪尊崇秦惠王了，哪里料到秦武王又突然出兵来攻呢？顿时风声鹤唳，大为恐慌。面对秦武王的嚣张跋扈与咄咄逼人，韩王当然不会束手待毙，只有倾力进行抵抗。但秦军确实太强悍了，两军交战，秦军利用强弩与战车的优势，一下就歼灭了韩兵六万人。韩军兵败如山倒，秦军鼓噪而进，乘胜攻取了宜阳。此战秦军威风八面，再次震撼了四方诸侯。

胜利来得太容易了。捷报传回秦都，秦武王哈哈大笑。

且说张仪得知秦惠王突然去世，深感意外和悲伤。

　　当时张仪正在外游说列国，向诸侯们鼓吹与秦国连横的好处，这个噩耗使他愣了很久。秦惠王对他是有知遇之恩的，对他青睐与重用，使他身居相位，前不久还封他为武信侯，赐他五邑，这可是很少有的恩典啊。张仪对秦惠王也是知恩图报，这些年为秦王出谋划策，奉命出使，不辞辛劳，也真的是尽心尽力了。秦惠王驾崩，使他失去了明主，今后他在秦国还会不会继续得到重用，就很难说了啊。张仪思量至此，内心不仅悲伤，还充满了担忧。

　　不出所料，秦武王即位之后，便任命了新的左右丞相。张仪失去了相位，觉得很没有脸面，便派了亲信舍人，回秦都打听消息，得知朝臣中有很多人在秦武王面前说他的坏话。张仪回想当初，秦武王做太子的时候，就很不尊重他，似乎对他没有好感，现在听信了众臣的谗言，对他就更没有好印象了。张仪乃智谋之士，经历的事情多，明白人情的变化与世事的险恶，觉得秦武王的性格与秦惠王大不同，秦惠王老谋深算，懂得礼贤下士与重用贤能之才，秦武王年轻急躁，有点重武轻文，很容易做出草率的决定。万一秦武王偏听偏信，要拿他开刀，那就糟了啊。张仪害怕被诛，说什么也不敢回秦都了，便去了梁国暂避。但梁国亦并非久居之地，梁王待他也不够厚道，随后便去了魏国。魏王对他还是比较敬重的，将他待若上宾，并请他做了丞相。不过魏国也是小邦，在诸侯列国中没有逞强之心，难以施展张仪的才略与抱负。脱离了风云际会的大舞台，张仪的权变之术与雄辩之才，也就没有了表演的机会。张仪对此，很是失落，但也无可奈何。世事变化，兴衰更替，春去秋来，花开花落。继苏秦之后，张仪的人生，也临近结局了。

　　张仪在魏国身居相位，郁郁寡欢，碌碌无为，过了一年，便病故了。

　　还有陈轸，秦惠王驾崩之后，也被冷落了，从此隐居，退出了朝政。

第三十三章

秦武王年轻气盛，即位之后，出兵攻楚伐韩，连获大捷，大为振奋。

此时的秦国，正是势力强盛之际，秦军锐气十足，打起仗来战无不胜攻无不克。纵观天下，诸侯列国都不是对手。军事胜利来得实在太容易了，也滋长了秦武王的骄横之气。在秦武王的眼里，楚人也好，韩人也好，都是些脓包，不堪一击，只有聚集在他身边的诸多秦国力士，才是真正的英雄好汉。在秦国力士中，任鄙、乌获、孟说是最为杰出的，三人都力大无穷，深得秦武王的信任，皆位至高官，获得了重用。他们追随秦武王，也是忠心耿耿，不遗余力。每当秦武王与他们在一起时，除了讨论武略与军事攻防，就是观赏角斗比武。有时秦武王兴趣来了，也会亲自上阵，玩一下角力之类的游戏。

适逢初夏，秦武王在宫中避暑，闲得有点无聊。奉命领兵伐韩的孟说派人向秦武王报告，说获得了一只大鼎，是乡民掘井灌溉农田时发现的，献给了秦军，很可能是周室迁都时遗失的重器。秦武王闻讯大喜，传旨孟说将此鼎尽快运回秦都，以便一睹为快。秦人对鼎有着特殊的喜好，因为鼎是国家最高权力的象征。周室拥有九鼎，以此号令天下，周鼎也就成了诸侯霸主们竞相觊觎的国之重器。以前秦惠王就仿铸过周鼎，由于铸鼎的质量不佳，被五丁力士手裂大鼎，使得秦惠王恼羞成怒，下令杀掉了铸鼎的工匠。现在突然听到这个好消息，如果秦国获得了周鼎，那就是象征着天下归秦了，这可是从未有过的大吉兆啊。对于雄心勃勃、急欲问鼎周室的秦武王来说，怎么能不倍感兴奋呢？

过了几天，孟说率领亲兵侍从，驾着战车，将获得的这只大鼎运回了秦都。

孟说指挥侍从将大鼎搬进了王宫，恭请秦武王观赏。侍从们已经将大鼎清洗过了，除去了鼎身的泥垢与锈迹，使大鼎显示出了真实的面目。这只大鼎气势不凡，从造型到工艺，都散发着王者之气。

秦武王目睹了这只大鼎，觉得果然非同一般，不由得啧啧称奇。

孟说大声说：恭喜大王，获此宝鼎，实乃天意也！天下归秦，指日可待也！

秦武王哈哈大笑，欣喜地说：天下归秦，寡人所愿也！宝鼎吉相，太好了！

秦武王实在太兴奋了，传旨朝臣们都来观赏。同时也请那些见多识广的大臣好好鉴定一下这只宝鼎是不是真正的周鼎。大臣们围绕着大鼎，仔细观看了，对大鼎的来历虽然有点怀疑，但谁也不敢说是假的。这只大鼎的铸造工艺如此精湛，显得气势非凡，除了周朝王室所铸，民间百姓哪有这个能力呢？更何况秦武王已经认定这是周鼎了，众臣当然也只有随声附和了。于是纷纷向秦武王表示祝贺，赞美秦武王获得了宝鼎，实在是天遂人意，大吉之兆。秦武王听了，更是心花怒放，喜不自禁。

孟说想取悦于秦武王，上前说：启奏大王，小臣欲举此鼎，聊博一粲！

秦武王说：好啊，那就让众臣都欣赏一下爱卿的神力吧！

孟说撸起袖子，双手抓住了鼎足，大喊一声：猛然发力，果真将宝鼎举了起来。

秦武王哈哈大笑道：爱卿果然好神力也！

众臣见状，也都随口附和，齐声喝彩。

孟说还想表现一番，为了让大家高兴，举着宝鼎走了一圈，到了秦武王面前，这才将宝鼎放了下来。孟说炫耀了自己的神力，意犹未尽，拱手对众臣说：献丑了，献丑了！让诸位见笑了！

秦武王此时也来了兴致，兴奋地说：寡人也想举此鼎，爱卿以为如何？

孟说答曰：大王神勇，天下无敌，举鼎乃小戏耳，何足道哉。

秦武王技痒，听了孟说的奉承之言，更是跃跃欲试，便起身离座，走到了宝鼎前，也准备举一下这只宝鼎，向群臣显示自己的神力。

群臣中有想劝阻者，作为秦国的君主，怎么能玩这种危险的游戏呢？但谁也不敢贸然劝谏，害怕扫兴，使得君王不快，那就不好了啊。何况大家都知道，秦武王自幼练武，力大超群，喜欢和力士们角力，不止一次玩过举鼎游戏，这次也只能随君王之意了。故而众臣表情不一，都成了捧场的观众。

秦武王双手先抓住鼎耳，左右晃了晃，又提了提，知道了此鼎的分量，觉得这只宝鼎虽重，但凭着自己非凡的力气，要举起来应该是没有问题的。秦武王信心十足，撸起了衣袖，站稳了脚跟，随即双手抓住鼎足，猛喝一声，用尽了平生之力，将宝鼎举到了胸前，又继续用力，举过了头顶。

孟说大声称赞道：大王好神力！小臣自叹不如也！众臣也都跟着喝彩。

秦武王很兴奋，也想举鼎走几步，但此鼎确实太重了，举着已经很吃力，身体已有点摇晃，要想移步，谈何容易。秦武王不自量力，犯了一个致命的错误，刚一抬脚迈步，身子晃动，往后倾倒，宝鼎便砸了下来。秦武王闪避不及，只听得咔嚓一声，双腿已被宝鼎砸断。众臣见状，大惊失色。宫廷侍从们惊慌失措，一片惊呼。孟说箭步上前，用力搬开了宝鼎。宫廷侍从们涌上来搀扶秦武王，又急忙传呼御医前来救护。

秦武王双腿已断，脸色惨白，疼痛难忍。御医慌忙诊治，看到秦武王的膝盖骨被鼎足砸碎，小腿骨被砸断，赶紧包扎止血，给秦武王服用了止疼药丸。但断骨剧痛，使得秦武王难以忍受，满头虚汗，呻吟不止。御医从未遇到过这种情况，手忙脚乱。这个时候，药丸与包扎都起不了什么作用，只能眼睁睁地看着秦武王疼到极点陷入了昏迷。谁也没有料到，雄心勃勃、睥睨天下的秦武王，刚才还谈笑风生，转眼之间便被一只宝鼎给弄翻了，遭到了死神的嘲讽，生命垂危。

这场突然发生的事故，犹如飞来横祸，使得秦朝宫廷再次陷入了紧张与混乱。

秦武王伤得实在太重了，他的健壮与神力，瞬间就被击垮了。往日的骄横与霸气，此刻已烟消云散，荡然无存。人世间的事情，真的是祸福无常。最强悍的，有时也是最脆弱的，过度争强好胜，结果导致了灭顶之灾。秦武王伤重难治，过了几天，便驾崩了。在秦惠王死后，仅仅过去了四年，秦朝再一次举国大丧。

秦朝的王公大臣们对秦武王之死倍感惋惜与悲恸，聚在一起，商议举办丧礼的事情。本来众臣还盼望着早日统一华夏呢，秦武王猝然而死，梦想也就破灭了，那些谋划已久的军事扩张也随之搁浅，这真的是秦国的不幸啊。大家觉得，秦武王之死，因举鼎造成大祸，而罪魁祸首便是孟说。如果不是孟说向朝廷献鼎，又鼓动秦武王举鼎，秦武王怎么会遭此横祸而死呢？可见孟说罪大恶极，必须严惩。众臣对孟说都痛恨不已，于是当即决定，斩了孟说，并诛灭了孟说的家族。王公大臣们对孟说采取了这个极端残酷的惩罚之后，才平息了怒气。

王公大臣们随后谋划拥立新的君主，秦武王在世时娶魏女为王后，尚未生子，只有拥立秦惠王的另一名王子嬴则即位，称为秦昭襄王。

秦国再一次换主，历史由此而揭开了新的一页。

王子安阳在交趾建国立业，很多年过去了，迁徙至此的蜀人与当地土著交融杂居，相安无事。百姓安居乐业，商贸兴旺繁荣，农耕风调雨顺，交阯成了一个名副其实的富庶之国。

安阳王住在王宫内，也像从前的蜀王一样，过上了享乐的日子。大殿与寝宫都装饰得很华丽，宫廷内的一切设施都异常精致。宫廷饮食也比以前讲究了，山珍海味，美酒佳肴，精脍细作，应有尽有。喜欢歌舞娱乐，是蜀人的传统，安阳王自幼就耳濡目染，现在成了一国之主，当然在生活中也要有音乐歌舞才好。于是宫廷中也有了乐师，有了歌姬舞女。每当安阳王举行宴会时，便会安排乐师奏乐，歌舞助兴。跟随安阳王远徙而来的一些王公贵族，都拥有了各自的府邸，生活也逐渐变得奢华起来。

安阳王的女儿眉珠，随军远征时还幼小，现在也长大了，明眸皓齿，亭亭玉立，到了待嫁之年。安阳王特别喜欢这个女儿，不仅因为眉珠长得清秀，英姿飒爽，而且从小机敏，好文习武，颇有英武之气。眉珠经常骑马射箭，不像那些娇生惯养之女，因而有一副矫健的好身材，也养成了泼辣而任性的性格。安阳王对眉珠视若掌上明珠，想在王公大臣子弟中为眉珠挑选一位乘龙快婿，但眉珠很挑剔，对那些平庸的凡俗之辈瞧不上眼，这事不好勉强，只能随她了。

在安阳王的大臣中，皋通身居宰辅之位，是最重要的军师。皋通与众臣不同，从来不说赞颂之词，经常提醒安阳王要居安思危，不可懈怠，避免重蹈覆辙。对于皋通的远见卓识与深谋远虑，安阳王敬重有加，深表赞赏。但提醒与劝谏的话听得多了，渐渐地就有点不以为然了。安阳王觉得，交阯国在南海之滨，远离秦国与诸侯国，不像以前的蜀国会遭到秦王的威胁，怎么会重蹈覆辙呢？皋通的话，是否有点危言耸听了？更何况安阳王统帅有两万多精锐军队，原来的雒王、雒侯已被移居海岛，土著皆臣服于麾下，举国上下，政通人和，社会安定，哪来的内忧外患呢？安阳王这么思量着，渐渐地便疏远了皋通。皋通也觉察到了安阳王的冷落，不由得萌生了退隐之意。天下很大，趁着未老，还可以到处走走，去找个幽静的地方过神仙日子。

皋通发明了一种连弩，可以连续发射箭矢，力道非常强大，是克敌制胜的法宝，称之为神弩。安阳王挑选了一批亲信卫士，专门使用这种神弩，组建了神弩营。这是安阳王的嫡系武装，驻扎在王城内，负责保卫王宫，同时也保障王城的安全。皋通准备离开交阯，临去之前，将精心制作的一张神弩之王交给了安阳王。皋通说：此弩可连发百矢，威力无穷，请大王善用此弩，若遇外敌入侵，持此弩御敌可保无虞，若无此弩则危矣。安阳王接受了神弩之王，亲自在校场演习了一番，果然神奇无比。安阳王很兴奋，对皋通说：先生是当世高人，有此神弩利器，可立于不败，无敌于天下也！皋通说：请大王经常居安思危，方能有备无患矣！安阳王听了，哈哈一笑，吩咐宫廷侍从安排了歌舞与美酒佳肴，宴请皋通与王公大臣，以示庆祝。赴宴的王公大臣们，都对安阳王称赞有加。皋通不喜欢这种饮酒作乐、歌功颂德的生活，觉得安阳王已经没有了忧患意识，听不进远见卓识的进谏之言了，表面仍是和谐的君臣关系，实际上对他已经明显地疏远与冷落了。凡事都有聚散，皋通去意已决，这次宴会之后，过了几天，便离开了交阯，如同闲云野鹤，云游天下去了。

皋通确实是很有先见之明的非凡人物，认为交阯很可能遭到外敌侵犯，并非是随口虚言。相邻的南越国，就是交阯最大的潜在威胁。南越王尉佗是个胸怀大志、雄心勃勃之人，这些年一直在增添兵员，不断扩张势力。在皋通走后不久，南越王尉佗便率领兵马，倾巢出动，开始进攻交阯。尉佗对交阯的富庶垂涎已久，早有吞并之心，见安阳王疏于防范，又得知安阳王的军师与智囊离去了，终于按捺不住，出其不意地发动了攻击。尉佗的兵马人数众多，势如破竹，击败了交阯的边境守兵，很快就兵临城下，包围了王城。

安阳王闻讯大惊，立即调集军队，加强王城的防守，准备迎击来犯之敌。

尉佗指挥军队开始攻城，战鼓声与喊杀声此起彼伏，震耳欲聋。站在王城上放眼望去，城外全是南越兵马，声势极其浩大，气焰十分嚣张。尉佗对交阯国志在必得，这次攻城之战，可谓倾尽了全力。安阳王没有料到会有强敌入侵，更没料到王城会遭到如此猛烈的攻击，真的是突然之间就到了最危急的生死关头。好在还有神弩营，可以用连弩利器来御敌。他又吩咐侍卫取出了神弩之王，亲自来对付尉佗。

当南越兵马潮水般涌来时，安阳王一声令下，神弩营连弩齐射，顿时箭矢如雨，冲锋在前的南越士卒纷纷中箭倒下。安阳王亲自使用神弩之王，朝着骑马指挥攻城的尉佗发射，强劲之矢如同狂蜂一般，呼啸而至，将尉佗身边的侍卫与将士射倒了一片，尉佗坐骑也中箭倒毙，把尉佗掀翻在地。尉佗大惊失色，没有料到安阳王的神弩如此厉害，眨眼之间众多将士都阵亡了，这样的仗还怎么打呢？急忙鸣金收兵，撤了围城之兵，败退而去。

这场南越王尉佗挑起的攻城之战，就这样匆匆结束了。交阯王城又恢复了往日的安定与平静。但故事并未结束，潜伏的威胁也并未消失。尉佗图谋攻取交阯，虽然遭此挫折，却没有死心。他派遣王子尉始，乔装成经商之人，带着货物大摇大摆进入了交阯王城，设法去了解神弩的详情，以便制定破敌之策。

尉始高大英俊，沉着机敏，进入王城后，找了一家临近王宫的客栈住了下来。然后派随从送礼给公主，主动向眉珠求婚。眉珠很好奇，从未遇到这样的事情，决定见见这位远道而来的年轻商人。眉珠化了装，穿戴成民女模样，去客栈购买货物，见到了尉始。尉始将货物拿出来请她挑选，眉珠选了珠宝香料丝绸之类，都是名贵东西，对尉始说她忘了带钱。尉始豪爽地说：选好了就拿走吧。眉珠说：你不担心我骗了你的宝货不付钱吗？尉始笑道：你能挑选这些，可知眼力非凡，非等闲之人也，这是缘分，区区小钱，何足道哉？眉珠也笑了，随即将挑选好的货物打了个包袱，拿在手里，扬长而去。尉始的目光何其锐利，早已看出了眉珠的真实身份，将眉珠送出客栈，站在门口，注视着眉珠离去的背影。眉珠回头，看到尉始还站在那里深情地望着她呢，不由得会心一笑。尉始的英俊潇洒，举止豪爽，使得眉珠大为动心。第二天，眉珠便派人将尉始请进了王宫，将购买货物的钱加倍付给了尉始。尉始说：我怎么能要公主的钱呢，就算是向公主求婚的礼物吧。眉珠笑了，对尉始说：选货购物，赠礼求婚，不能混为一谈。尉始说：好嘛，我听你的，全凭公主说了算！眉珠笑容满面，很是开心。

眉珠不由自主地爱上了尉始，央求父王招尉始为婿。安阳王觉得这是好事，但对尉始的来历有点不放心，说要多了解一下，再举办婚礼也不迟。眉珠只知道尉始是远方来的经商之人，并不知尉始是南越王子，更不会知道尉始来交阯王城的真实目的。爱会使人盲目，眉珠动了真情，对尉始情深意切，不久便委身于尉始，对尉始已毫无防范。尉始在和眉珠亲热时问道：听说交阯有神弩，一发可射杀三百人，厉害得不得了，是不是真的？眉珠说：传说有点夸张了，没有那么吓人，可以连射百人倒是真的。尉始说：究竟是什么武器，有这么厉害吗？真的是如此神奇吗？眉珠为了满足尉始的好奇心，去拿来了神弩之王，让尉始观赏。尉始拿在手中把玩，仔细欣赏，啧啧称奇，如此再三，暗中做了手脚。尉始将一种神秘的液体悄悄涂在了弓弦上，此液取蟒蛇胃液调制而成，无色无味，不易觉察，却能腐皮蚀骨。只需数日，神弩之王表面看起来仍完好无损，实际上无比强韧的弓弦已废掉了。尉始后来又利用眉珠，观赏了神弩营的连弩，也悄然操作，用此液毁掉了很多连弩的弓弦。眉珠沉湎于爱情，哪里料到尉始的阴险。安阳王也粗心大意了，被蒙在了鼓里。

尉始利用眉珠的多情与麻痹，设下了惊天阴谋，过了两天，悄然而去。眉珠去客栈找尉始，不见人影，又在王城内四处寻访，也无踪迹。眉珠在热恋中，不见了情人，很惆怅也很着急，为之焦虑不已，不知道尉始为什么突然离开了她，担心着尉始是否发生了意外。她哪里知道，尉始此时已回到了南越国，向尉佗禀报了详情。尉佗大喜，立刻亲率大军，再次大举进攻交阯，以迅雷不及掩耳之势朝王城扑来。

安阳王见南越兵马又来攻城了，急令神弩营御敌，又命侍卫取来了神弩之王，准备痛击来犯之敌。尉佗率领大军包围了王城，一鼓作气，开始攻城。安阳王看到敌兵气势汹汹，如同潮水一般，蜂拥而至，立刻下令放箭射击。没有想到的是，神弩营的连弩，这时弓弦竟然纷纷断了。安阳王亲自使用神弩之王，弓弦也突然断了。往昔的神弩利器，关键时刻成了无用之物，所有的箭矢都无法射出，还怎么杀敌呢？安阳王惊慌失措，只有使用刀剑长矛与滚木礌石，拼死抵挡攻城之敌。这次攻防之战，与上次迥然不同，明显是敌强我弱，情形险恶到了极点。尉佗亲自擂鼓督战，南越兵马奋勇争先，攻势凌厉，王城形势危殆。安阳王与部众迎战不利，奋力拼杀，伤亡很大。坚守了一天，情形越加危急，如果继续困守王城，等到城破之时，势必玉石俱焚。安阳王很无奈，形势明摆着，只能弃城而走了，于是率领侍卫与王宫亲属，放弃了王宫内多年积累的财富，从王城南门冲出，向南突围而去。那些守城的蜀中老兵，还是很骁勇的，跟随着安阳王一路冲杀突围，挡者披靡。南越兵马没有阻拦和追杀，似乎有意网开一面，眼睁睁地看着安阳王率众远去了。

眉珠骑马突围的时候，看到了全副戎装的尉始，率领着众多南越将士，如同送客一般站在路边。眉珠勒马问道：你不告而辞，这些天我到处找你，你却和来犯之敌在一起，你究竟是何人？尉始答曰：实不相瞒，吾乃南越国王子也。眉珠恍然大悟，怒目圆睁，呵斥道：原来是你毁了神弩，夺我王城！尉始微笑道：吾受父王之命，势不得已，出此下策，请公主谅解！眉珠恨声说：怪我盲目轻信，你乃天下最可恨之人！遭你欺骗羞辱，我还有何面目苟活于世？说罢拔出宝剑，自刎而死。尉始想阻止，已来不及了。性情刚烈的眉珠，由于被爱欺骗，毁了父王的大业、丢了家园，羞愤交加，万念俱灰，就这样怀着怨恨，自绝在了尉始的面前。尉始内心大为震动，为之懊丧不已。这事成了尉始终生的歉疚，如同拂之不去的魔影与噩梦，始终纠缠着他，过了几年，便病故了。

尉佗攻取了王城，获得了大量财富，将交阯并入了南越国的版图。安阳王神弩被毁，兵败弃城，率众突围之后，为了躲避战祸，只有乘船出海，再一次远徙他乡。后来传说安阳王率领蜀人进入了暹罗，或传说到了海外某地，重新开创了一方乐土，那是后话了。

秦昭襄王的时候，司马错和张若都老了，任命李冰为蜀郡守。

李冰是张若的部下，曾多次往返秦蜀与西南夷，对蜀地人文地理与风俗人情都非常熟悉。李冰治蜀，继承了张若的传统，懂得尊重蜀人，体恤民情，采取了很多措施，进一步加强了化蜀归秦的力度。经过多年磨合，蜀人已经习惯了秦朝的郡县制度，蜀王的影响越来越淡了。那些蜀王故事，渐渐变成了模糊的历史。又过了数年，蜀侯也被秦王废除了，那些遗臣也差不多老死殆尽。外来移民入蜀的人数则不断增多，不仅有来自陕南陕北与陇西的秦人，还有被秦朝君王从其他地方迁徙而来的人口，其中不乏商人、财主，以及贵族后裔。随着秦朝的军事扩张，每征服一个地方，便会将一些俘虏遣送到蜀地，这种方法可以有效削弱原来诸侯的势力，加强秦朝对新占领地区的统治，同时也充实了蜀地比较稀少的人口，对发展蜀地的经济生产大有好处。蜀地由于外来人口的增多，从风尚到习俗都发生了很多变化，进一步加强了蜀文化与秦文化的交融。秦朝在这方面的措施与做法，既有立竿见影的效果，又有深谋远虑的意义，可谓用心良苦。

秦朝历代君王都在发愤图强，竭力使秦国变得更加强盛，最终目的就是要兼并列国，取代周朝，一统天下。要实现这个宏大目标，采取军事征伐是最佳手段，发动战争征服诸侯，则是最强悍也是最直接的途径。打仗需要大量的人力、物力，需要充裕的粮食与军需供应，在当时秦朝的版图内，蜀地是生产稻米的大后方，向秦军提供粮食与物资也就成了治蜀者的重要任务。李冰是一位很有大局观念与战略头脑的人，对此当然有着清醒的认识，大力发展蜀地的农业生产，也就成了李冰努力做好的头等大事。

就在李冰走马上任，继任郡守不久，蜀地大雨连绵，发生了洪涝灾害。这次水灾的情形比较严重，很多农田都被淹掉了。特别是岷江的洪水，从上游汹涌奔泻而下，泛滥成灾，使得两岸百姓都深受水患之苦。治水曾是古蜀的一个重要话题，现在又成了李冰治蜀的当务之急。李冰带了随从，到各处实地了解灾情。老百姓中有人对李冰说：山川都有神灵，江神不高兴了，就会发洪水。李冰问道：那怎么办呢？乡民说：所以每年都要祭祀江神，还必须向江神贡献祭品。李冰又问：献什么祭品呢？乡民说：要献牛羊给江神，如果江神还不高兴，发大水，就要挑选一位年轻美貌的童女献给江神。李冰问：怎么个献法呢？乡民说：就是将祭品与童女投进江中。李冰问：童女从何处挑选？乡民说：就从民间挑选。李冰问：被选中的童女，父母会同意吗？乡民说：总是哭哭啼啼的，不同意也不行啊。李冰问：今年也会选吗？乡民说：今年发洪水了，到了祭祀江神的时候，肯定会选的。李冰不由得皱了眉头，略做思索，又问：你们见过江神吗？江神长什么模样？乡民说：据说江神住在水府之中，会变化成蛟龙的样子，是个很厉害的角色，我们都是乡间凡人，见不到江神的。只有女巫会法术，能操控蛟龙，可以同江神相见。李冰问：谁来主持祭祀和献祭呢？乡民说：当然是女巫了，祭神的事，都是女巫说了算。李冰了解到这些情况之后，发觉问题有点严重。蜀地的崇巫风俗，自古以来就比较浓厚，如今变得似乎更甚了。这些年女巫搞了很多祭祀与献祭，岷江仍然发大水，经常泛滥成灾。可见蜀人是被女巫忽悠了，水患必须治理才能根除，这是显而易见的道理啊。李冰身为蜀郡的地方长官，对此当然不会放任不管。他觉得当前首要大事就是治水，而纠正尚巫陋习也是刻不容缓。李冰很沉着，胸有成竹，不动声色，先慰问了乡民，然后继续了解各地的灾情。

李冰风尘仆仆，在各地往返行走，通过对蜀地众多河流与地理情况的系统调查，终于对情况有了一个整体的把握。李冰觉得，蜀地水患的根源在于岷江，因为岷江经常泛滥，所以常闹水灾，只要将岷江治理好了，蜀地的水患也就消除了。至于女巫的荒诞做法，也就不攻自破了。所谓凡事抓住要害，问题就能迎刃而解，治水也是这个道理。那么，又如何来彻底治理岷江呢？李冰又沿着岷江仔细察看，发现关键在于岷江从连绵的群山中奔流而出，经过玉垒山，进入平原的地方。要驯服岷江，就必须在此处着手。早在杜宇王时代，鳖灵就在这里治理过岷江水患，开凿过离堆，修筑过堤坝，可惜并不完善，起的作用有限，并不能根除水患。但鳖灵治水的遗迹，给了李冰很大的启示，使他的思路豁然开朗，由此而激发了一个宏大而缜密的想法。李冰经过仔细策划，决定在这里重新修筑堤坝，采取壅江作堋，用分水堤将岷江分为内外两江，外江为岷江干流，用以泄洪排沙，内江则以引水灌溉为主。然后在玉垒山开凿灌口，以便控制进入内江的水量。这样可以使流入平原灌溉农田的水量保持均衡，免除水灾之害。

天下的事情都是说起来容易做起来难，治水更是如此。李冰的治水方案非常高明，可是难度也极大，首先是调集人力，李冰采用减租免赋的办法，很快召集了大量民工；其次就是开凿灌口，这里的岩体异常坚固，要开凿出一个宽大的水道何其难也。但只有坚固的灌口才不会被洪水冲毁，才可以确保一劳永逸，所以必须在这里开凿，除此别无选择。好在当时已有冶铁，可以锻造和打制各种结实、锋利的铁制工具，为凿开岩石提供了很大的便利。李冰还借鉴鳖灵的做法，砍伐灌木、柴草、火烧岩石，使岩石发生脆变与裂缝，便于开凿，也取得了很好的效果。功夫不负有心人，经过漫长而艰苦的努力，灌口终于凿通了。李冰采用竹笼填石筑坝的方式，将分水堤也筑好了。施工已毕，只等砍开阻挡水流的杩槎，就可以发挥分水堤坝的作用与灌口控制内江水量的功效了。

李冰修筑都江堰，大功告成之时，特地举行了盛大的祭水仪式，地点就安排在江神庙的旁边。时间也很凑巧，正是每年都要祭祀江神的日子。以往传说岷江有江神，有人在岷江之畔建了江神庙，每年都由女巫在这里搞祭祀。古蜀的时候，神巫曾辅佐蜀王，每年都要祭祀山川河流，这是众人皆知的事。神巫之后，嫡传弟子中有女巫，那个女巫也很老了，早已遁入蜀山归隐，不再过问世事。但她的再传弟子们却不甘寂寞，仍有在外招摇者。祭祀江神的女巫，便是老女巫的隔代弟子。李冰早就听说过神巫的故事，觉得古蜀之事太遥远了，难以深究，也无可厚非；而如今女巫的行为则实在不能容忍，特别是对女巫挑选童女做祭品抛入江中的做法深感愤慨。李冰认为，女巫表面是为民禳灾祈福，其实却是蛊惑乡民，有害无益，现在终于到了纠正的时候。

李冰带着随从与属下官员，来到了岷江之畔。消息提前就传播出去了，当地的民众纷纷赶来，人群摩肩接踵。那位女巫，穿了盛装，带了几名女弟子，待到众人聚集已毕，才大摇大摆地来到江畔。按照过去的惯例，祭祀都是由女巫主持的，女巫自以为这次也不会例外，故而摆足了架子，穿过人群，直接走到了主祭的位置。女巫环目四顾，先眺望了流淌的岷江，然后扫视了参加祭祀的官员与围观的民众，最后才傲慢地与李冰施礼相见。

女巫说：今日献祭江神，大人能够亲临光顾，小巫深感荣幸。

李冰注视着这位自负而又故作神秘的女巫，嘴角浮起了一丝嘲讽的微笑。

女巫向左右问道：祭祀盛典即将开始，祭品是否准备妥当？

女弟子答曰：皆已准备妥当。随即传唤下去，庙祝用门板抬来了准备献祭的牛羊，用滑竿抬来了穿着红袄绿裤的童女，其父母家人神色悲戚，哭哭啼啼地跟在后面，相随而来。等一会儿祭祀开始，就要将献祭的牛羊与童女投入江中了。

李冰看到了那位童女，摇头说：此女不合适，让她回去吧。吩咐随从，立即放了那位童女，把她交给父母领回家去。

女巫诧异不已，急忙问道：献祭即将开始，大人为何放走此女？

李冰说：此女太一般，怎么能献给江神呢？理当挑选一个更好的啊。

女巫着急地说：献祭时辰已到，这如何是好啊？

李冰说：不妨，让你弟子先去和江神说一声，告知原委，不就行了吗？

李冰随即传令，将女巫的一名女弟子投入了江中。李冰神色肃穆地望着江水，过了一会儿不见江中有什么动静，吩咐又投了一名女弟子到江中。片刻之后，又投了一名。如此连投数人，到了江中便都没有了踪影。女巫见状，吓得脸色都变了。慌忙暗中作法，希望用法术来唬住李冰。

李冰对女巫说：你这些弟子都不会办事，去了水府就忘了回来。只有麻烦你亲自走一趟，去告诉江神，我在此恭候回音！随即吩咐随从，抓住身穿盛装的女巫，抬到江边，也投进了波涛翻滚的江中。女巫挣扎着，被漩涡卷入江底，也没了踪影。

庙祝吓坏了，面如土色，扑通跪在了李冰面前。围观的众人，也都大为震惊。

这时江中出现了蛟龙，张牙舞爪，凌波而来。女巫虽已沉入江中，刚才施展的法术还是起了作用。李冰拔剑在手，对部下说：此乃巫术也，何足虑哉！下令用弩箭射之，眨眼之间，便破了巫术，幻象消失，蛟龙不见了，江面又归于平静了。

李冰对围观的民众说：你们都看到了，没有了江神与女巫，以后就不用再祭祀了！治水不靠祭神，要靠修堰。从此大家都安居乐业吧！

人群中一片欢呼，对李冰充满了敬佩。被救的女童与家人，更是感激不已。

李冰指挥部下，砍开了杩槎，放水分流，正式启用了分水堤与灌口。这个内江进水口，后人又称为宝瓶口，犹如瓶口一样控制着内江流量，长年累月保持稳定状态。岷江水由灌口进入内江之后，顺应地势不断分流，形成扇形灌溉系统。每当雨季发洪水时，灌口的进水量一旦饱和，无论多大的洪水都无法涌入，外江则可以充分发挥泄洪的作用。遇到干旱时，灌口仍从岷江吞进充足的水量，以充分保障灌溉和生活用水。这真的是因地制宜，堪称天然佳构。李冰修筑的都江堰，彻底改变了过去的旱涝无常，真正做到了水旱从人。

李冰治蜀的时间比较长，家喻户晓的事迹很多，在水利、交通、农耕、盐业等诸多方面都做出了杰出的贡献。李冰的非凡作为，不仅有功于当世，更造福于子孙后代，是一位非常了不起的蜀郡太守。传说李冰后来羽化成仙，变成了一位备受尊崇的神奇人物。传说不可深究，但李冰的英名和他那泽被后世的伟大工程则一直流芳于世。蜀人从此不再相信江神，特地为李冰修建了祠庙，塑了李冰的神像。李冰修建的都江堰，对岷江因势利导，化害为利，根除了蜀地的水患之苦。古蜀之地受益无穷，从此风调雨顺，物产富庶，成了名副其实的天府之国。

李冰治水，彪炳于史，泽润百代，为古蜀传奇谱写了最令人赞叹的一页……

后　记

　　千百年来，神秘的古蜀历史激发了无数文人墨客的丰富想象，并引起了后世学者们的浓厚兴趣。唐代大诗人李白在著名的《蜀道难》中写道："蚕丛及鱼凫，开国何茫然。尔来四万八千岁，不与秦塞通人烟。西当太白有鸟道，可以横绝峨眉巅。地崩山摧壮士死，然后天梯石栈相钩连……"当我们读到这些瑰丽的诗句，感受到的不仅仅是古人对"蜀道之难，难于上青天"的惊叹，更会油然联想到许许多多的古蜀历史文化之谜。比如古代蜀人究竟是什么时候在成都平原建都立国的？古蜀王国的疆域和文明发展状况，以及社会生活情形到底怎样？古蜀历史文化的特点是什么？古蜀与中原和周边区域的关系与交往又如何？古蜀历史上经历了哪些朝代？历代蜀王有些什么故事？后来的开明王朝是如何开通蜀道的？传说的五丁力士为何遇难了？秦并巴蜀又是怎么回事？诸如此类，未解之谜甚多。对于这些一连串的疑问，尽管文人学者历来已有各种不同的解释，但其真实情形却一直笼罩在迷雾之中。

　　自 20 世纪以来，学者们对古蜀历史已做了较多的探讨。特别是四川广汉三星堆遗址、成都金沙遗址、成都平原多座史前古城遗址、成都商业街船棺葬遗址等诸多重大考古发现，为学术研究增添了翔实而丰富的出土资料。四川境内和成都平原上的大遗址与一系列重大考古发现清楚地告诉我们，传说中的古蜀历史并非子虚乌有，古蜀历史上的历代王朝与代表性人物也显然是真实存在的。早在三千多年前甚至更早，长江上游的岷江流域和四川盆地确实出现过繁荣的古蜀王国，古蜀先民曾在成都平原上相继修建了多座王城，孕育和发展了灿烂的古蜀文明。这些年来，对古蜀文明进行的学术研究也取得了丰硕的成果，不仅出现了多部很有分量的学术专著，更有众多学者发表了大量的学术文章。这些研究与探讨，使得学界对古蜀文明有了全新的认识，也使我们对古蜀历史有了越来越清晰的了解。

从文学的角度来描绘古蜀历史，讲述古蜀的兴衰与人物故事，却是一个空白。正是有感于此，笔者想发挥自己文史两栖的专长，将"古蜀传奇"列入了创作计划。但说起来容易，真正做起来，难度还是相当大的。这不仅因为古蜀历史上的著名人物在传世文献记载中过于迷茫，对他们的经历、重大事件、曾经发生过的故事情节，都所知甚少。而且古蜀历史的跨度很长，历经了好几个朝代，古蜀历史上又小邦林立、部族众多，要将这个漫长而丰富多彩却又十分迷茫的历史过程用文学的形式描述出来，确实不是一件很容易就能做到的事情。当然，文学是可以虚构的，包括人物生平与故事情节，都可以通过虚构来加以描述。但作为重大历史题材，所有的虚构必须有所依据，必须建立在真实可信的史实基础上，而决不能不负责任地胡编乱造。这不仅是作者必须具备的责任心，也是起码的良知所在。古蜀文明曾经如此辉煌，古蜀历史也是那样的灿烂多彩，如果将其写成了无厘头的低俗之作，那就真的是愧对这个重大历史题材了，甚至会玷污美丽、贻误后人。所以对"古蜀传奇"这个重大历史题材，必须慎重待之，精心构思，潜心创作，将其写成生动精妙的文学精品，才是真正应该努力去实现的目标。正是基于这个思考，笔者为这三部曲的酝酿构思到投入创作进行了长期的准备。在学术方面，笔者已出版多部研究古蜀文明与考古发现的专著，发表了数十篇关于探讨古蜀文明、研究三星堆与金沙遗址考古发现的学术文章，有了相当深厚的积淀。在生活积累方面，多年来，笔者曾多次去岷江上游河谷、嘉陵江流域、蜀道与南方丝路、藏彝走廊、考古发现中的古城与大遗址等，做实地考察，获得了很多真切而丰富的感受。这些都为"古蜀传奇"三部曲的创作，提供了坚实的基础。其实更重要的还是在人物情节构思上，笔者在这上面花费的时间也很长，开始是一些粗线条的思考，在篇章结构上有了一个轮廓，后来从主题到情节才逐渐深入与细化，列出了较为详细的创作提纲。但真正投入创作以后，提纲也只是一个参考，又有了很多新的思考，构思才更加成熟和完善。创作的过程很辛苦，但当创作完成之后，有了丰硕收获的时候，又觉得很快乐。因为写出了自己真正想写的作品，顺利完成了自己的一个夙愿，那份欣慰之感，真的是令人分外高兴的。

"古蜀传奇"三部曲，由《梦回古蜀》《金沙传奇》《五丁悲歌》三部长篇小说构成，对古蜀的历史、人文、社会、环境、民俗、民风、祭祀、崇尚、商贸、交往、宫廷、歌舞、宴飨、射猎、水患、灾害、政变、战争、兴衰等诸多方面，做了全景式的生动而立体的描述。小说对古蜀历史上的著名人物、传奇故事、悲欢离合、爱情与阴谋、兴旺与衰亡，做了深入的刻画与描绘。这三部曲是按照古蜀历史的先后发展顺序来排列的，《梦回古蜀》讲述的是蚕丛开国、柏灌继位、鱼凫兴邦的故事；《金沙传奇》描述的是杜宇与鳖灵时代的王朝更替；《五丁悲歌》叙述的是末代开明王朝的衰亡，最后被秦王朝统一了。三部曲既独立成篇，又脉络相连，组成了一个完整的系列。

三部曲中，最先创作和完成的是《金沙传奇》。为什么要先写这一部？其实也是有原因的。原因之一，是文献中对杜宇与鳖灵的记载相对要多些，他们之间的重大事件与故事情节也相对较为清晰。原因之二，是文献记载透露杜宇与鳖灵之妻的情爱关系，很容易使人联想到荷马史诗中关于海伦的故事。古代爱琴海沿岸的古希腊人和特洛伊人为了美丽的海伦而发生了长达十年的战争，古蜀时代杜宇和鳖灵之妻的风流故事虽然没有爆发战争，却也诱发了政变，导致了两个王朝的更替。由此来看，杜宇与鳖灵之间的王朝更替，在一定意义上也可以说具有史诗的性质。原因之三，是考古发现对杜宇与鳖灵时代有较多的揭示和印证，比如岷江之畔的古城遗址，比如古蜀早期的治水遗迹，又比如出土的船棺葬与象牙等等，这些都为《金沙传奇》长篇的构思提供了充足的依据。当构思成熟之后，便先投入了创作。这部长篇小说的构思时间较长，开始写作后，花费了约一年的时间才完成。接着投入创作的是《梦回古蜀》，这是"古蜀传奇"三部曲中的第一部，关于这部长篇小说的构思与创作感想，已经在《梦回古蜀》后记说了。这部长篇小说的写作，花费了两年多的时间，才得以完成。最后创作完成的是《五丁悲歌》，这是"古蜀传奇"三部曲中的第三部。从动笔到完成，也花费了两年多的时间。越是写到后面，写作的速度越慢，对每一个章节都反复斟酌，如履薄冰，不敢掉以轻心。好在自己的创作心态非常稳定，质量第一，决不草率，宁愿多花费一些时间，也决不急于求成。经过漫长而又艰苦的跋涉，又如同坚持不懈的慢跑，三部曲终于全部脱稿了。

《梦回古蜀》《金沙传奇》《五丁悲歌》三部长篇小说在主题与结构上，虽然保持着历史发展脉络的一致性，但也有一些各自的不同特色。比如对人物命运、情感纠葛、性格特征、心理状态的描写，就各有侧重。《梦回古蜀》着重描述了蚕丛创国历经的艰辛与非同凡响，以及后来柏灌与鱼凫之间惊心动魄的王位之争。权力的诱惑与人性的复杂，以及善恶的较量，在古今中外的历史上都是曾经屡次发生的事情，古蜀时代当然也不例外。蚕丛创国、柏灌继位、鱼凫兴邦，这三代蜀王都是非常杰出的人物，但都不是完人。由于王位之争，发生了一系列传奇故事，会给我们带来很多深刻的思考。《金沙传奇》讲述了杜宇与鳖灵的传奇故事，对人物的心理也做了较多的刻画。在这部作品中，不仅叙述了爱情与阴谋，而且着重对人性中的光明与阴暗、伟大与卑鄙、贪欲与复仇，做了深入的描绘。杜宇与鳖灵也都是古蜀历史上了不起的人物，堪称是真正的英雄豪杰，但也并非完美，都有各自的遗憾。《五丁悲歌》

对开明王朝末代蜀王的宫廷生活，以及秦并巴蜀前后的历史故事，做了纵横结合的全景式描述。因为有较多的史料记载，这些历史故事相对来说都比较真实，同时也做了一些浓缩。对于这个时期的古蜀传说，也尽可能给予了合情合理的正解。末代蜀王的败亡，其历史教训还是很深刻的。这些故事，同样会给我们带来很多重要的思考。

这里要着重谈一下三部曲中第三部的创作，《五丁悲歌》主要是写开明王朝末代蜀王与秦并巴蜀的故事。根据史料记载，开明王朝末代蜀王统治蜀国时期，曾发生过一些很有名的故事。在秦并巴蜀的过程中，也有一些非常重要的情节。这些故事与情节，都是创作《五丁悲歌》的关键素材，也是构思这部作品的重要依据。所以笔者首先对这些史料与传说进行了梳理，并做了必要的探讨。现列举于下，对读者朋友了解这段真实的历史，会有益处。

一、关于开明王朝末代蜀王纳妃

关于开明王朝，自从鳖灵取代杜宇建立开明王朝之后，一共延续了十二代。

从文献史料记载看，前期的开明王朝，是比较奋发图强的。扬雄《蜀王本纪》说："鳖灵即位，号曰开明帝。帝生卢、保，亦号开明。""开明帝下至五代，有开明尚，始去帝号，复称王也。"[1]常璩《华阳国志·蜀志》也说："开明（位）〔立〕，号曰丛帝。丛帝生卢帝。卢帝攻秦，至雍，生保子帝。帝攻青衣，雄张僚僰。九世有开明帝，始立宗庙，以酒曰醴，乐曰荆，人尚赤，帝称王。时蜀有五丁力士，能移山，举万钧。每王薨，辄立大石，长三丈，重千钧，为墓志，今石笋是也，号曰笋里。未有谥列，但以五色为主，故其庙称青、赤、黑、黄、

---

[1] 见《全汉文》卷五十三，［清］严可均校辑《全上古三代秦汉三国六朝文》第1册第414页，中华书局影印出版，1958年12月第1版。

白帝也。开明王自梦郭移，乃徙治成都。"①这些记载就讲述了开明王朝开疆拓土的历史，后来建都于成都，修筑了王城，经过数代蜀王的努力，形成了社会的繁荣，达到了国力的鼎盛。

末代蜀王的时候，已经不图进取，只求享乐了。蜀王喜欢音乐歌舞，而且比较好色，看到喜欢的女子，就会纳以为妃。文献记载蜀王娶武都女子的传说，就是一个比较典型的例子。扬雄《蜀王本纪》中就说到了这件事情："武都人有善知蜀王者，将其妻女适蜀。居蜀之后，不习水土，欲归。蜀王心爱其女，留之。乃作伊鸣之声六曲以舞之。"又说："武都丈夫化为女子，颜色美好，盖山之精也。蜀王娶以为妻。不习水土，疾病欲归。蜀王留之。无几物故。蜀王发卒之武都担土，于成都郭中葬之。盖地三亩，高七丈，号曰武担。以石作镜一枚，表其墓，径一丈，高五尺。"②《蜀王本纪》的这两条记述都提到了蜀王喜爱武都女子，所谓"丈夫化为女子"可能是女扮男装，也许是为了出游的方便吧。女子装扮成男子，在古代还是比较常见的，《古本竹书纪年》说周武王时，曾"有女子化为丈夫"③，《墨子·非攻下》也有"有女为男"④的记述。

常璩《华阳国志·蜀志》对此也有记述："武都有一丈夫，化为女子，美而艳，盖山精也。蜀王纳为妃。不习水土，欲去。王必留之，乃为《东平》之歌以乐之。无几，物故。蜀王哀之。乃遣五丁之武都担土，为妃作冢，盖地数亩，高七丈。上有石镜。今成都北角武担是也。后，王悲悼，更作《臾邪歌》《陇归之曲》。"⑤扬雄记述的是两种说法，常璩选取了其中的一种说法。曹学佺《蜀中名胜记》卷三引《蜀

① 见［晋］常璩撰，刘琳校注《华阳国志校注》第185~186页，巴蜀书社，1984年7月第1版。
② 见《全汉文》卷五十三，［清］严可均校辑《全上古三代秦汉三国六朝文》第1册第414页，中华书局影印出版，1958年12月第1版。
③ 见《古本竹书纪年》第78页，载《帝王世纪·世本·逸周书·古本竹书纪年》，齐鲁书社，2010年1月第1版。
④ 见《二十二子》第241页，上海古籍出版社，1986年3月第1版。
⑤ 见［晋］常璩撰，任乃强校注《华阳国志校补图注》第123页，上海古籍出版社，1987年10月第1版。

记》，也有相同记载："武都山精，化为女子，美而艳。蜀王纳为妃，不习水土，欲去。王必留之，乃作《东平》之歌以悦之。无几，物故。王乃遣武丁于武都担土为冢，盖地数亩，高七尺。上有一石，圆五寸，径五尺。莹澈，号曰石镜。王见，悲悼。遂作《臾邪》之歌，《龙归》之曲。"又引《路史》说："开明妃墓，今武担山也。有二石阙，石镜。武陵王肖纪掘之，得玉石棺，中美女容貌如生，体如冰，掩之而寺其上。"①

　　这些记载的大意是，武都有一个女子，美貌如仙，有人传说是山精变的，来到了蜀都，被蜀王纳为妃子。蜀王喜其美艳，宠爱无比，可是好景不长，这位爱妃不久就因为水土不适而病故了。蜀王非常悲痛，派五丁力士到武都担土筑墓，上立石镜，寄托思念。石镜，又名蜀镜，在后人撰述的一些著述与诗词中也都有提及，《路史》云"镜周三丈五尺"，《太平寰宇记》卷七十二云"厚五寸，径五尺，莹澈可鉴"。唐代诗人苏颋《武担山寺》和杜甫《石镜》之诗，都说石镜平坦圆滑，比喻为月轮，薛涛诗将石镜比之为妆镜。后人推测，此石圆形光洁，半埋土中，似为人工琢磨之墓石。②唐代大诗人杜甫曾游览过武担山，赋《石镜》诗曰："蜀王将此镜，送死置空山。冥漠怜香骨，提携近玉颜。众妃无复叹，千骑亦虚还。独有伤心石，埋轮月宇间。"③据说蜀王为了和爱妃享乐，在成都的王宫里还特地建造了奢华的楼阁。据曹学佺《蜀中名胜记》引李膺记云："开明氏造七宝楼，以珍珠为帘，其后蜀郡火，民家数千与七宝楼俱毁。"④

　　总之，末代蜀王是位好色的君王，发现了武都女子的"颜色美好"，便将其"娶以为妻"了。蜀王的好色，并不是一件好事情，后来

---

① 见［明］曹学佺著《蜀中名胜记》第 32 页，重庆出版社，1984 年 10 月第 1 版。
② 见四川省文史馆编《成都城坊古迹考》第 325～326 页，四川人民出版社，1987 年 1 月第 1 版。
③ 见《全唐诗》上册第 553 页，上海古籍出版社，1986 年 10 月第 1 版。
④ 见［明］曹学佺著《蜀中名胜记》第 17 页，重庆出版社，1984 年 10 月第 1 版。

秦人正是利用了蜀王的这个毛病，策划了巨大的阴谋。当时对蜀国虎视眈眈、一心想吞并蜀国的秦惠王，据此了解到了蜀王的性格，"于是秦王知蜀王好色，乃献美女五人与蜀王。蜀王爱之，遣五丁迎女"①。蜀王由此而落入了秦惠王的圈套，五丁在归蜀途中遇难而死，使得蜀国遭到了难以挽回的损失。

二、关于古蜀五丁力士的传说

古蜀有五丁的传说，扬雄《蜀王本纪》记述说："天为蜀王生五丁力士，能徙蜀山。"五丁力士身怀移山之力，犹如古希腊神话中的英雄，那简直就是超人了。

常璩《华阳国志·蜀志》对五丁也有记载，说开明王朝"九世有开明帝，始立宗庙，以酒曰醴，乐曰荆，人尚赤，帝称王。时有五丁力士，能移山，举万钧"。到了末代蜀王的时候，秦惠王做石牛五头，说牛能便金，蜀王"乃遣五丁迎石牛"。蜀王的爱妃因不习水土病故后，蜀王"乃遣五丁之武都担土为妃作冢"。之后，秦惠王"知蜀王好色，许嫁五女于蜀，蜀遣五丁迎之"②。《太平御览》卷五五八援用了《华阳国志》的记述，也说："蜀有五丁，能移山，举万钧，其王薨，辄立大石，长三丈，重千钧，为墓志。""又曰：蜀遣使朝秦，秦惠王许嫁五女于蜀，蜀遣五丁力士奉迎。蛇山崩，同时压杀五丁及秦五女。蜀王痛伤，命曰五妇冢，今其人或名五丁冢。"《太平御览》卷八八八又说："秦王知蜀王好色，乃献美女五人与蜀王，爱之，遣五丁迎女，还至梓潼，见一大蛇入山穴中，五丁共引蛇，山崩，压五丁，五丁大呼秦王五女及送迎者上，化为石。蜀王登台望之不来，因名五妇埃台。蜀王亲理作冢，皆致方石以志其墓。"③

---

①见［宋］李昉等撰《太平御览》第 4 册，第 3945 页，中华书局影印出版，1960 年 2 月第 1 版。
②见［晋］常璩撰，刘琳校注《华阳国志校注》第 185~190 页，巴蜀书社，1984 年 7 月第 1 版。
③见［宋］李昉等撰《太平御览》，第 3 册第 2524 页，第 4 册第 3945 页，中华书局影印出版，1960 年 2 月第 1 版。

这些记载的传说色彩比较浓郁，其中既有一定的真实性，也有比较夸张的描述，同时也有较为明显的疑问。古蜀历史上是否确实有五丁力士？五丁力士的故事是否可信？学者们对此曾有不同的解释与分析看法。

蒙文通先生认为："《常志》说开明九世，'蜀有五丁力士能移山，举万钧。每王薨，辄立大石，长三丈，重千钧，为墓志'。秦惠王时，蜀'遣五丁迎石牛'。从开明九世到十二世应该有百年，前后服劳役的都是五丁。显然十二世三百余年间，都有五丁服沉重的劳役，可见五丁就不是偶然天降的五个大力士了。《春秋繁露·王道》说：'梁内役其民，使民比地为伍，一家亡，五家杀。'蜀的五丁，想来和梁一样，是一种劳役组织形式，可能是一种奴隶社会制度。"①

任乃强先生认为，"五丁力士，丁与个字古文无区别，犹云五大力士也。可能是此蜀王有忠勇奴隶，编为五军。"②按照任乃强先生的推测，认为五丁应该是开明王朝末代蜀王的五支部队，能力超群，战斗力极强，属于特种部队的性质。但古代部队皆有主帅或将领，有的部队称号就是以主帅或将领之名而来的，譬如历史上的岳家军、戚家军，就是例子。由此可知，如果说末代蜀王有五支部队，那么五丁力士也应该是率领五支部队的将领之名才对，这样才比较合情合理。

春秋战国时期，因为科技不发达，属于冷兵器时代，谁的力气大、武艺高强，谁就能称雄于世，所以古人赞赏大力士也就不足为奇了。据司马迁《史记·秦本纪》记载，秦惠王时就有任鄙、乌获、孟说三人，都是力能举鼎的大力士。秦武王继位后，尤其崇尚武力，"武王有力好戏，力士任鄙、乌获、孟说皆至大官。王与孟说举鼎，绝膑。八月，

① 见蒙文通著《巴蜀古史论述》第65页，四川人民出版社，1981年8月第1版。
② 见［晋］常璩撰，任乃强校注《华阳国志校补图注》第124页注⑤，上海古籍出版社，1987年10月第1版。

武王死，族孟说。"①司马迁记载的人物与事件，应该是比较真实可信的历史故事。既然秦惠王有大力士，蜀王身边也同样有五丁这样的大力士，而且力气更大，更忠勇更威猛，也是符合情理的。总而言之，五丁力士是古蜀的传奇人物，他们的经历与遇难都充满了传奇色彩，他们的传说为后人津津乐道，也留下了许多费人猜测的难解之谜。

三、关于秦惠王的石牛计与美人计

蜀国与秦国相邻，关系比较微妙。蜀国强盛的时候，曾向北扩张。常璩《华阳国志·蜀志》说："开明（位）〔立〕，号曰丛帝。丛帝生卢帝。卢帝攻秦，至雍，生保子帝。"末代蜀王的时候，蜀王与秦惠王曾在边界见面。扬雄《蜀王本纪》说："蜀王从万余人东猎褒谷，卒见秦惠王。秦王以金一笥遗蜀王。蜀王报以礼物，礼物尽化为土。秦王大怒。臣下皆再拜贺曰：'土者地也，秦当得蜀矣。'"②蜀王的狩猎，颇有耀武扬威之意，却没有吞并秦国的野心。但秦惠王就不同了，对蜀国一直虎视眈眈，表面对蜀王表示友好，暗中则秣马厉兵，随时都准备出兵攻蜀。

秦国经过卫鞅变法，改革图强，到秦惠王时已成为北方强国。据史书记载，秦惠王曾与众臣多次商议如何攻取蜀国。当时秦朝的文武大臣中主要有两种意见，张仪主张先取韩，司马错主张先伐蜀。《战国策·秦策一》对此就有实录，"司马错与张仪争论于秦惠王前"，秦惠王"请闻其说"，然后司马错就分析了蜀国的情形，将蜀国的众多部族比喻为群羊，说："以秦攻之，譬如使豺狼逐群羊也。取其地，足以广国也；得其财，足以富民；缮兵不伤众，而彼已服矣。"认为蜀国具有地广财多容易攻取的特点，秦惠王大为赞许，于是采纳了司马错的意见，决定

---

①见〔汉〕司马迁撰《史记》第1册第207页，中华书局校点本，1959年9月第1版。
②见《全汉文》卷五十三，〔清〕严可均校辑《全上古三代秦汉三国六朝文》第1册第414页，中华书局影印出版，1958年12月第1版。

起兵伐蜀。①

司马迁在《史记·张仪列传》中，对此也做了相同而详细的记载："秦惠王欲发兵以伐蜀，以为道险狭难至，而韩又来侵秦，秦惠王欲先伐韩，后伐蜀，恐不利，欲先伐蜀，恐韩袭之敝，犹豫未能决。司马错与张仪争论于惠王之前，司马错欲伐蜀，张仪曰：'不如伐韩。'王曰：'请闻其说。'仪曰：'亲魏善楚，下兵三川，塞什谷之口，当屯留之道，魏绝南阳，楚临南郑，秦攻新城、宜阳，以临二周之郊，诛周王之罪，侵楚、魏之地，周自知不能救，九鼎宝器必出。据九鼎，案图籍，挟天子以令于天下，天下莫敢不听，此王业也。今夫蜀，西僻之国而戎翟之伦也，敝兵劳众不足以成名，得其地不足以为利。臣闻争名者于朝，争利者于市。今三川、周室，天下之朝市也，而王不争焉，顾争于戎翟，去王业远矣。'司马错曰：'不然，臣闻之，欲富国者务广其地，欲强兵者务富其民，欲王者务博其德，三资者备而王随之矣。今王地小民贫，故臣愿先从事于易。夫蜀，西僻之国也，而戎翟之长也，有桀纣之乱。以秦攻之，譬如使豺狼逐群羊。得其地足以广国，取其财足以富民缮兵，不伤众而彼已服焉。拔一国而天下不以为暴，利尽西海而天下不以为贪，是我一举而名实附也，而又有禁暴止乱之名。今攻韩，劫天子，恶名也，而未必利也，又有不义之名，而攻天下所不欲，危矣。臣请谒其故：周，天下之宗室也；齐，韩之与国也。周自知失九鼎，韩自知亡三川，将二国并力合谋，以因乎齐、赵而求解乎楚、魏，以鼎与楚，以地与魏，王弗能止也。此臣之所谓危也，不如伐蜀完。'惠王曰：'善，寡人请听子。'卒起兵伐蜀，十月，取之，遂定蜀，贬蜀王更号为侯，而使陈壮相蜀。蜀既属秦，秦以益强，富厚，轻诸侯。"②

---

① 见《战国策·秦策一》，参见王守谦等《战国策全译》第82~84页，贵州人民出版社，1992年9月第1版。

② 见[汉]司马迁撰《史记》卷七十"张仪列传"，中华书局校点本，第7册第2281~2284页，1959年9月第1版。

常璩《华阳国志》对此亦有记述，"秦惠王方欲谋楚，群臣议曰：'夫蜀，西僻之国，戎狄为邻，不如伐楚。'司马错、中尉田真黄曰：'蜀有桀、纣之乱，其国富饶，得其布帛金银，足给军用。水通于楚，有巴之劲卒，浮大舶船以东向楚，楚地可得。得蜀则得楚，楚亡则天下并矣。'惠王曰：'善。'周慎王五年秋，秦大夫张仪、司马错、都尉墨等从石牛道伐蜀。蜀王自于葭萌拒之，败绩。王遁走，至武阳，为秦军所害。其相、傅及太子退至逢乡，死于白鹿山，开明氏遂亡。凡王蜀十二世。冬十月，蜀平，司马错等因取苴与巴。"[①]《蜀中名胜记》卷四引张咏《创设记》说："按《图经》秦惠王遣张仪、陈轸伐蜀，灭开明氏。"[②]需要注意的是，在秦惠王的文武大臣中，张仪是丞相，陈轸是重要谋臣，司马错与都尉墨是将领。率领和指挥大军当然要用名将，显而易见司马错应该是伐蜀的主帅，而张仪与陈轸应该只是参与了伐蜀。

秦惠王谋划攻占蜀国，并非突然决定，而是老谋深算，有一个较长的准备过程。秦惠王在出兵之前，曾对蜀王使用了计谋。先使用了石牛计，接着又使用了美人计。为什么要策划这两条计谋？主要是想利用蜀王的贪财好色，使五丁力士来开通蜀道，为以后秦军攻打蜀国埋下了伏笔。同时又暗中设下埋伏与陷阱，借机除掉五丁力士，为以后攻蜀扫除了障碍。秦惠王的计谋，虽然狡狯而又毒辣，破绽还是很明显的。可惜蜀王不察，或者是不听劝谏，竟然草率地派五丁力士去拖运石牛，又派五丁力士去迎娶秦国的五位美女，结果上当受骗，中了秦人的圈套。

扬雄《蜀王本纪》记述说："秦惠王欲伐蜀，乃刻五石牛，置金其后。蜀人见之，以为牛能大便金，牛下有养卒，以为此天牛也，能便金。蜀王以为然。即发卒千人，使五丁力士拖牛成道。致三枚于成都。秦道得通，石牛之力也。后遣丞相张仪等，随石牛道伐蜀焉。"又说："秦王知蜀王好色，乃献美女五人于蜀王。蜀王爱之，遣五丁迎

①见［晋］常璩撰，刘琳校注《华阳国志校注》第191～192页，巴蜀书社，1984年7月第1版。
②见［明］曹学佺著《蜀中名胜记》第42页，重庆出版社，1984年10月第1版。

女。还至梓潼，见一大蛇入山穴中，一丁引其尾不出，五丁共引蛇，山乃崩，压五丁。五丁踏地大呼秦王，五女及迎送者皆上山，化为石。蜀王登台，望之不来。因名五妇候台。蜀王亲埋作冢，皆致万石，以志其墓。"①

常璩《华阳国志·蜀志》也记述了这两件事情："周显王之世，蜀王有褒汉之地。因猎谷中，与秦惠王遇。惠王以金一笥遗蜀王。王报珍玩之物，物化为土。惠王怒。群臣贺曰：'天承我矣！王将得蜀土地。'惠王喜。乃作石牛五头，朝泻金其后，曰'牛便金'。有养卒百人。蜀人悦之，使使请石牛，惠王许之。乃遣五丁迎石牛。既不便金，怒遣还之。乃嘲秦人曰：'东方牧犊儿。'秦人笑之，曰：'吾虽牧犊，当得蜀也。'"②关于石牛计，《水经注》卷二十七引来敏《本蜀论》是这样记述的："秦惠王欲伐蜀而不知道，作五石牛，以金置尾下，言能屎金，蜀王负力，令五丁引之，成道。秦使张仪、司马错寻（循）路灭蜀，因曰石牛道。"③《艺文类聚》卷九十四引《蜀王本纪》说蜀王对秦国诈称五头能屙金的石牛信以为真，"即发卒千人，使五丁力士拖牛成道，致三枚于成都，秦得道通，石牛力也。后遣丞相张仪等，随石牛道伐蜀"④。《华阳国志》与《十三州志》的记述大致相同，可知这是一个广为流传、比较可信的历史事件。

常璩《华阳国志·蜀志》又记述说，"周显王（二）〔三〕十二年，蜀（侯）〔使〕使朝秦，秦惠王数以美女进，蜀王感之，故朝焉。惠王知蜀王好色，许嫁五女于蜀，蜀遣五丁迎之。还到梓潼，见一大蛇入穴中。一人揽其尾掣之，不禁，至五人相助，大呼拽蛇，山崩。时压杀五人，及秦五女并将从。而山分为五岭，直顶上有平石。蜀王痛伤，乃登

① 见《全汉文》卷五十三，〔清〕严可均校辑《全上古三代秦汉三国六朝文》第1册第414页，中华书局影印出版，1958年12月第1版。

② 见〔晋〕常璩撰，任乃强校注《华阳国志校补图注》第123页，上海古籍出版社，1987年10月第1版。

③ 见〔北魏〕郦道元撰，王国维校《水经注校》第881页，上海人民出版社，1984年5月第1版。

④ 见〔唐〕欧阳询撰《艺文类聚》，第4册第1626页，上海古籍出版社，1982年1月第1版。

之，因命曰'五妇冢山'，（川）〔于〕平台上为望妇堠，作思妻台。今其山或名五丁冢。"①剔去记述中的荒诞色彩，五丁力士因为某种突然原因而同时葬身于梓潼县的山谷中，应该是可信的。秦惠王使用的石牛计与美人计，利用了蜀王的贪财好色与昏庸，终于获得了成功。

五丁力士的突然遇难，究竟是什么原因所致，是一个很大的谜。传说曰五丁拽蛇山崩，对此事说得有点玄妙。其中很可能有自然原因，譬如遭遇了泥石流，或者遇到了突然发生的地震与山崩等。此外，也不能排除是秦人使用了阴谋。根据史料分析，蛛丝马迹颇多，这种可能性应该是存在的。秦国长期谋划吞并蜀国，五丁力士个个力大超群，在使用冷兵器的时代，无疑是秦国出兵伐蜀的最大障碍。秦国只有先除掉五丁，才能确保取胜，所以不择手段使用各种阴谋，是毫不奇怪的，这也是情理之中的事情。总之，由于天灾人祸，五丁遭遇了不幸，在归蜀途中突然遇难了。五丁之死，犹如折断了蜀国的栋梁，开明王朝大厦失去了最有力的支撑，顿时变得岌岌可危了。

四、关于巴与蜀的矛盾关系

巴与蜀在先秦时期的关系是比较密切的，常璩《华阳国志·巴志》记述，大禹治水、划分九州的时候，就"命州巴、蜀，以属梁州"，后来大禹"会诸侯于会稽，执玉帛者万国，巴、蜀往焉"。又说"周武王伐纣，实得巴、蜀之师"②。这些记载说明，先秦时期的巴、蜀，属于同一战线的同盟国，所以常常一起参加很多重要的政治军事行动。

巴、蜀是邻邦，唇齿相依，虽然友好，但也常闹矛盾，甚至发生过战争。巴国有巴蔓子的故事，很可能就是因为巴蜀打仗，不得已才向楚国求援的。末代蜀王与巴王的关系比较紧张，矛盾已有扩大与加剧的趋势，可能因为某件事情结下了仇恨，双方已势若水火。其实，当时巴、

---

① 见〔晋〕常璩撰，刘琳校注《华阳国志校注》第190页，巴蜀书社，1984年7月第1版。
② 见〔晋〕常璩撰，刘琳校注《华阳国志校注》第20~21页，巴蜀书社，1984年7月第1版。

蜀都面临着强秦的威胁。在蜀国与巴国关系友好的时候，可以联手抵御强敌，共同抗击秦军的侵犯，秦国是无隙可乘的。一旦蜀国与巴国的友好关系发生了重大裂痕，麻烦也就来了。但蜀王与巴王都掉以轻心，对此没有清醒的认识，缺少这方面的战略思考。常璩《华阳国志·蜀志》说开明王朝后期"巴与蜀仇"，记录的便正是这种情形。蜀王的弟弟苴侯，倒是比较重视巴、蜀友好，却招致了蜀王的愤怒。后来，"蜀王别封弟葭萌于汉中，号苴侯，命其邑曰葭萌焉。苴侯与巴王为好，巴与蜀仇，故蜀王怒，伐苴侯。苴侯奔巴，求救于秦"[1]。因为苴侯私下与巴王亲密往来，蜀王竟然草率出兵打苴侯，并贸然进攻巴国，由此可见蜀王的糊涂与昏聩。秦惠王对此当然是求之不得了，谋划多年不就是在等待这样的时机吗？于是立刻露出了虎狼的獠牙。

无论是从当时的局势，或是从历史的角度来看，蜀王草率出兵攻打巴国肯定是个很大的错误，苴侯和巴王仓促之际向秦国求援也是严重错误，双方都犯了大错。当时秦国君臣正在谋划攻取巴、蜀，认为蜀王与苴侯的内部矛盾而导致了蜀王对巴国的征伐，犹如历史上的"桀、纣之乱"，是一个不可多得的机会，同时也有了可以充分利用的借口与理由，于是秦惠王便果断出兵了。公元前316年秋天，秦惠王派遣张仪、司马错、都尉墨率领大军从石牛道南下伐蜀，一路势如破竹，在短短的几个月内便攻占了蜀国。传了十二世的开明王朝，就这样灭亡了。司马错统率秦军紧接着又占领了葭萌，攻取了巴国，将巴、蜀都纳入了秦国的版图。

五、关于巴国和楚国的故事

巴与楚的关系，也比较微妙。从春秋时期开始，巴与楚虽是长江中上游地区相邻的两个大国，而在中原各诸侯国的眼中，仍为蛮夷之国，

---

[1] 见［晋］常璩撰，刘琳校注《华阳国志校注》第191页，巴蜀书社，1984年7月第1版。

所以巴与楚常常结成同盟，以维持各自的地位和利益。譬如楚与巴曾联合讨伐位于河南南阳一带的申国，在鲁文公十六年（公元前611年）又联手灭掉了位于鄂西（今湖北竹山一带）的庸国。由此可知，巴国曾和楚国结成联盟，主要是为了兼并江汉流域的小国，联盟带来的好处，是使双方都获得了壮大。

但巴与楚也经常发生矛盾，后来又反目为仇，甚至相互打仗。譬如双方出兵伐申时，楚文王使巴军惊骇，而导致了巴与楚关系的破裂。《左传》与《华阳国志》都记载了此事，究竟是什么原因则没有详说，总之巴人非常生气，转而出兵伐楚，在津地（今湖北江陵一带）将楚军打得大败，楚文王也因此而病死了。这是鲁庄公十八年（公元前676年）发生的事件，到了鲁哀公十八年（公元前477年），巴人又再次伐楚，包围了楚国的鄾邑（今湖北襄阳附近），这次巴人就没有那么幸运了，楚国派出了三位能干的将领，击败了巴军。这是巴、楚之间两次比较大的战役，其他各种小型摩擦可能就更多了，《华阳国志·巴志》说："巴、楚数相攻伐，故置扞关、阳关及沔关。"[1]《水经注·江水》也有"昔巴、楚数相攻伐，藉险置关，以相防捍"[2]的记载，就如实地反映了这种状况。《华阳国志·巴志》又说"巴子时虽都江州，或治垫江，或治平都，后治阆中"，巴国多次迁徙都城并建立了陪都，很可能也与巴、楚战争而引起的形势强弱变化有关。由此可知，春秋战国时期，巴国因为受到楚国的威胁侵逼，在四川盆地东部曾五易其都，先后在江州（今重庆）、垫江（今合川）、平都（今丰都）、阆中（今四川阆中）、枳（今涪陵）建立都城。由于楚国的进攻，巴王只有迁避都城，退保阆中，而由巴王子据守枳城（涪陵）。这种情形，后来因为两国通婚，才有了改变。

打仗要消耗国力，对双方都没有什么好处，所以最明智的做法仍

---

① 见［晋］常璩撰，刘琳校注《华阳国志校注》第58页，巴蜀书社，1984年7月第1版。
② 见［北魏］郦道元撰，王国维校《水经注校》第1064页，上海人民出版社，1984年5月第1版。

是和为贵。后来巴与楚便采用了联姻的方式，来改善两国的关系。《史记·楚世家》与《左传》昭公十三年，均说楚共王有巴姬，并有巴姬埋璧立嗣的记述，巴姬就是巴国嫁于楚国的宗室女。据《华阳国志·巴志》记载"战国时，尝与楚婚"，说明巴国与楚国的这种联姻通婚关系，从东周春秋一直延续到了战国时期。

《华阳国志·巴志》又说"周之季世，巴国有乱，将军有蔓子请师于楚，许以三城。楚王救巴"。当时巴国可能遭到了蜀国的攻伐，巴国的国内可能也发生了动乱，形势极其危急，巴国不得已才派遣将军巴蔓子向楚国求救。因为巴楚两国王室通婚，加上有获得三城的巨大诱惑，所以楚王立即派兵援助，很快就解围平乱，使巴国度过了危难。接下来楚王便要求巴蔓子兑现诺言，割让三城。"巴国既宁，楚使请城。蔓子曰：'藉楚之灵，克弭祸难。诚许楚王城，将吾头往谢之，城不可得也！'乃自刎，以头授楚使。王叹曰：'使吾得臣若巴蔓子，用城何为！'乃以上卿礼葬其头；巴国葬其身，亦以上卿礼。"常璩称赞曰"若蔓子之忠烈，范目之果毅，风醇俗厚，世挺名将。"[1]巴蔓子是巴国的忠勇之臣，当然不会将巴国的领土拱手送给楚王，于是自刎以谢楚使，被称为是巴国历史上典型的千古忠烈人物。

巴蔓子的故事在后世曾广为流传。《宋本方舆胜览》卷六一就转载了《华阳国志》中关于巴蔓子事迹的记述，说施州（今湖北恩施）迄今仍有巴蔓子庙，又说巴人"士颇尚气"，便显示了"有巴蔓子代节死义之遗风"的缘故。《大明一统志》卷六九也转引了巴蔓子的事迹，卷六六说楚"葬其头于荆门山之阳"，巴国葬其身于施州清江县都亭山。[2]《蜀中名胜记》卷十九也记述说，忠州附近有蔓子冢，"忠之名，以巴蔓子"，又说"巴王庙在州东一里，神即蔓子将军也"[3]。此

---

① 见〔晋〕常璩撰，刘琳校注《华阳国志校注》第 32 页，第 101 页，巴蜀书社，1984 年 7 月第 1 版。
② 见〔明〕李贤等撰《大明一统志》，下册第 1084 页、1030 页，三秦出版社，1990 年 2 月第 1 版。
③ 见〔明〕曹学佺著《蜀中名胜记》第 271~272 页，第 275 页，重庆出版社，1984 年 10 月第 1 版。

外，传说重庆通远门内亦有巴蔓子墓。这些都已成为古代巴、楚关系的佐证。

顺便说一下关于楚人使用战象的故事。古代的长江流域曾是大象的栖息地，从文献记载看，《诗经·鲁颂·泮水》有"憬彼淮夷，来献其琛，元龟象齿，大赂南金"之咏。淮夷将象牙作为进献之物，说明江淮流域也曾是产象之地。《左传》定公四年记载说，楚昭王在长江中游与吴王阖庐的人马作战失利，逃避吴国军队追击时，曾将火炬系于象尾，使部下"执燧象以奔吴师"，才得脱险。[①]这说明楚国驯养有大象，危急时候才能驭象作战，利用象的猛悍，冲击吴军，取得奇效。在《国语·楚语》中有"巴浦之犀、犛、兕、象，其可尽乎"的记述，也透露了长江中游曾是多象之地。通常解释，巴浦是指巴水之浦。[②]徐中舒先生认为，巴浦当即汉益州地。联系到与之相关的一些记述，如《山海经·中山经》说"岷山，江水出焉……其兽多犀、象"，《山海经·海内南经》则有"巴蛇食象"之说，《楚辞·天问》曰"有蛇吞象，厥大何如？"《路史·后记》罗苹注云"所谓巴蛇，在江岳间"[③]。徐中舒先生则认为"此皆益州产象之证"[④]。尽管解释有所不同，但大范围的地理环境则是一致的，可知古代的江淮流域和四川盆地都曾是产象之地。《华阳国志·蜀志》也提到"蜀之为国，肇于人皇……其宝则有璧玉……犀、象"，反映的可能正是这种真实情况。[⑤]从出土资料看，属于鱼凫时代的三星堆遗址出土了67根象牙，属于杜宇时代的金沙遗址则出土了更多的象牙，这些象牙都是本地所产。可见当时的蜀地与长江

---

① 见王守谦等译注《左传全译》下册第1429~1431页，贵州人民出版社，1990年11月第1版。

② 见黄永堂译注《国语全译》第628~631页，贵州人民出版社，1995年2月第1版。

③ 见《楚辞·天问》今本作"一蛇吞象"。郭璞注《山海经》引文作"有蛇吞象"，王逸注引作"灵蛇吞象"。参见袁珂《山海经校注》增补修订本第331页，巴蜀书社，1993年4月第1版。

④ 见徐中舒《殷人服象及象之南迁》，《徐中舒历史论文选辑》上册63页，中华书局，1998年9月第1版。

⑤ 见［晋］常璩撰，任乃强校注《华阳国志校补图注》第113页、116页，上海古籍出版社，1987年10月第1版。

流域，确实是有象群出没的。由此推测，楚军援巴解围，为了对付蜀王大军与五丁力士，是否也使用了战象？因为史料没有记载，只有发挥我们的想象了。

六、关于秦并巴蜀后的移民与筑城

秦惠王派兵攻取蜀国之后，便开始了对蜀地的经营。在政治措施上，秦朝采用了分封制与郡县制并用的统治方式，在蜀地驻防了大量军队，但对蜀地的控制仍不放心，于是又实施了从秦国本土往蜀地大量移民的措施。常璩《华阳国志·蜀志》说秦人认为"戎伯尚强，乃移秦民万家实之"，就真实地记述了这一状况。按一家最少三口人计算，迁移入蜀的秦民至少有数万人之多，从当时的人口数量来看，这绝非小数字。当时经历了战争之后，战死者应该不少，加上安阳王子率众远徙又带走了数万人，导致蜀地人口锐减，所以秦人通过移民来补充蜀地人口，也是一个比较重要的原因。移民入蜀的这些家庭都是秦国的百姓，以此来改变蜀地的人口结构，以增强秦人对蜀地的控制，足见秦朝用心良苦，是下了决心要彻底将蜀与秦融为一体了。

此后秦人又从新占领地区不断移民入蜀，以此来充实蜀地，促使蜀地的经济与商贸发展。特别是秦灭六国之后，仍继续实行这种移民措施，从山西、河北、山东等地将六国的贵族与富豪大量迁往蜀地。这种做法，既扩充了蜀地人口，又削弱了六国势力，对秦朝的统一大业来说可谓一举数得。这些移民中有善于铸造与经商者，将中原地区的铁器铸造技术与农耕方法带到了蜀地，不仅对蜀地的经济发展起到了积极的作用，同时在客观上也加速了区域文化之间的融合。譬如《史记》与《汉书》记述的临邛卓氏，便是秦汉之际从北方迁到蜀地移民中的代表。《史记·货殖列传》说："蜀卓氏之先，赵人也，用铁冶富。秦破赵，迁卓氏……致之临邛，大喜，即铁山鼓铸，运筹策，倾滇蜀之民，富至僮千人。田池射猎之乐，拟于人君。"又说："程郑，山东迁虏也，亦冶铸，贾椎髻之民，富垺卓氏，俱居临邛。"①常璩《华阳国志·蜀志》也记载说："秦惠文、始皇克定六国，辄徙其豪侠于蜀，资我丰土。家有盐铜之利，户专山川之材，居给人足，以富相尚。故工商致结驷连骑，豪族服王侯美衣，娶嫁设太牢之厨膳，归女有百两之徒车。""若卓王孙家僮千数，程郑（各）〔亦〕八百人……富侔公室，豪过田文，汉家食货，以为称首。盖亦地沃土丰，奢侈不期而至也。"②通过这些记载，可知秦朝的移民，持续了较长的时期，确实取得了很大的成功。

秦朝对巴人主要采取了联姻与怀柔的策略，来加强对巴地的控制。《后汉书》说"及秦惠王并巴中，以巴氏为蛮夷君长，世尚秦女，其民爵比不更，有罪得以爵除"③，便真实地记载了这一情形。秦朝对待巴人中的经商致富者，也很有策略，比如巴寡妇清就是一个比较典型的例证。还有秦朝对待板楯蛮的态度也很友好，据《后汉书·南蛮西南夷列传》和《华阳国志·巴志》记述，秦昭襄王时白虎为患，在秦、蜀、巴、汉境内伤害千余人，秦王乃重募能射虎者，"时有巴郡阆中夷人，能作白竹之弩，乃登楼射杀白虎"④。秦王原来悬赏，能杀虎者邑万家、金帛称之，却又因为射杀白虎者是夷人，不欲加封，乃刻石为盟，给予了减轻租赋等许多优惠政策，"夷人安之"⑤。秦朝的这些做法，微妙而又讲究，既笼络了人心，又强化了对巴人的控制，手段可谓高明。这说明秦朝对治理巴、蜀有着清醒的认识，采用了一系列有效的策略，并取得了较好的效果。

为了加强对蜀地的控制，秦采取的另一个重大措施，是仿照咸阳的模式修筑成都城。我们知道，成都早期城邑在商周时期就出现了，到了

①见［汉］司马迁撰《史记》，中华书局校点本，第10册第3277页、3278页，1959年9月第1版。
②见［晋］常璩撰，刘琳校注《华阳国志校注》第225页，巴蜀书社，1984年7月第1版。
③见［南朝·宋］范晔撰《后汉书》卷八十六"南蛮西南夷列传"，中华书局校点本，第10册第2841页，1965年5月第1版。
④见［南朝·宋］范晔撰《后汉书》卷八十六"南蛮西南夷列传"，中华书局校点本，第10册第2842页，1965年5月第1版。
⑤见［晋］常璩撰，刘琳校注《华阳国志校注》第34~35页，巴蜀书社，1984年7月第1版。

开明九世的时候，成都已成为蜀国的都城，经过长期的营建发展，其规模是相当可观的。有意思的是，坐落在开阔的成都平原上作为蜀国统治中心的都城，并没有中原古城那样高大的城墙，是一座开放的城市。在秦人的眼里，这是不可思议的。于是秦人对蜀都进行了大规模改造，主要是修筑高大的城墙与城楼，改建街道府舍等。由于不熟悉成都的气候与土质，最初几次夯筑的土墙一遇大雨洪水就毁坏了。

干宝《搜神记》说，"秦惠王二十七年，使张仪筑成都城，屡颓。忽有大龟浮于江，至东子城东南隅而毙。仪以问巫。巫曰：'依龟筑之。'便就。故命龟化城。"[①] 这个记载属于民间传说，附会的色彩很重。《太平御览》卷一六六引《九州志》曰："益州城初累筑不立，忽有大龟，周行旋走，因其行筑之，遂得坚固。故曰龟城。"[②]《太平御览》卷九三一六引《华阳国志》曰："秦惠王十二年，张仪司马错破蜀克之。仪因筑城，城终颓坏。后有一大龟，从硎而出，周行旋走，乃依龟行所筑之，乃成。"[③] 这段文字可能是传抄的佚文，今本《华阳国志》中是没有这个记载的。后来曹学佺在《蜀中名胜记》中也记述了这个传说，引《周地图记》云："初，张仪筑城，城屡坏，不能立。忽有大龟，出于江，周行旋走。巫言依龟行处筑之，城乃得立。"又引《古今集记》说："张仪筑城，虽因神龟，然亦顺江山之形，以城势稍偏，故作楼以定南北。"又引张咏《创设记》云："按《图经》秦惠王遣张仪、陈轸伐蜀，灭开明氏，卜筑蜀郡城，方广十里，从周制也。分筑南北二少城，以处商贾。少城之迹，今并湮没。"[④]

常璩比较严谨，不相信这个传说，在他撰写的地方志书中只记载了史实，《华阳国志·蜀志》说："秦惠王封子通国为蜀侯，以陈壮为相。

①见［晋］干宝撰《搜神记》（汪绍楹校注）卷十三等记述，第161页，中华书局，1979年9月第1版。
②见《太平御览》第1册，第808页，中华书局，1960年2月第1版。
③见《太平御览》第4册，第4140页，中华书局，1960年2月第1版。
④见［明］曹学佺著《蜀中名胜记》第4页、第15页、第42页，重庆出版社，1984年10月第1版。

置巴郡。以张若为蜀国守。"又说，秦"惠王二十七年，仪与若城成都，周回十二里，高七丈；郫城周回七里，高六丈；临邛城周回六里，高五丈。造作下仓，上皆有屋，而置观楼射兰。成都县本治赤里街，若徙置少城内（城）。营广府舍，置盐、铁、市官并长丞；修整里阓，市张列肆，与咸阳同制"[1]。值得注意的是，常璩着重提到了张若，可见张若在修筑成都城的过程中发挥了重要作用。左思《蜀都赋》注曰"秦惠王讨灭蜀王，封公子通为蜀侯。惠王二十七年，使张若与张仪筑成都城。其后置蜀郡。以李冰为守"[2]，也认为是张若在主持筑城。据史书记载，张仪在秦惠王派遣大军伐蜀之后不久便出使齐国，之后又游说韩国与赵、魏等国，不可能在蜀地久待。由此可知，张仪筑城不过是传说而已。秦军伐蜀后第一任蜀守是司马错，其职责主要是领兵打仗；第二任蜀守是张若，负责修筑成都城才是顺理成章的事。

　　秦并巴蜀之后，据载还修筑了江州（今重庆）城和阆中城。这些城市的修建，给秦朝提供了驻守和控扼蜀郡与巴郡政权的便利，同时也促进了巴蜀地区盐铁等工商业和农业经济的发展。

七、关于秦王三封蜀侯

　　秦惠王为了加强对蜀地的统辖控制，除了驻兵和委派蜀守，还封了蜀侯。

　　司马迁《史记·秦本纪》记载说，秦惠王"九年，司马错伐蜀，灭之"。"十一年……公子通封于蜀"，"十四年……蜀相壮杀蜀侯来降"。秦武王元年，"诛蜀相壮"。到了秦昭襄王时，"六年，蜀侯煇反，司马错定蜀[3]。《史记·张仪列传》对此也有记载，说秦惠王听从司马

　　[1] 见［晋］常璩撰，刘琳校注《华阳国志校注》第194页，第196页，巴蜀书社，1984年7月第1版。
　　[2] 见［南朝·梁］萧统编，［唐］李善注《文选》，上册第75页，中华书局影印出版，1977年11月第1版。
　　[3] 见［汉］司马迁撰《史记》第1册第207~209页，第210页，中华书局校点本，1959年9月第1版。

错的谋划，"卒起兵伐蜀，十月，取之，遂定蜀，贬蜀王更号为侯，而使陈壮相蜀"[1]。《战国策·秦策》也说"蜀主更号为侯"。

常璩《华阳国志·蜀志》说："周赧王元年，秦惠王封子通国为蜀侯，以陈壮为相。置巴郡。以张若为蜀国守。戎伯尚强，乃移秦民万家实之。三年，分巴、蜀置汉中郡。六年，陈壮反，杀蜀侯通国。秦遣庶长甘茂、张仪、司马错复伐蜀，诛陈壮。七年，封子恽为蜀侯。""赧王十四年，蜀侯恽祭山川，献馈于秦（孝文）〔昭襄〕王。恽后母害其宠，加毒以进王。工将尝之，后母曰：'馈从二千里来，当试之。'王与近臣，近臣即毙。（文）王大怒，遣司马错赐恽剑，使自裁。恽惧，夫妇自杀。秦诛其臣郎中令婴等二十七人。蜀人葬恽郊外。十五年，王封其子绾为蜀侯。十七年，闻恽无罪冤死，使使迎丧入葬之郭内。初则炎旱，三月后又霖雨；七月，车溺不得行。丧车至城北门，忽陷入地中。蜀人因名北门曰咸阳门，为蜀侯恽立祠。其神有灵，能兴云致雨，水旱祷之。三十年，疑蜀侯绾反，王复诛之，但置蜀守。"[2]

通过《史记·秦本纪》与《华阳国志·蜀志》的记载，可知秦并巴蜀之后曾三封蜀侯，三任蜀侯又先后遇害或被杀。这段史实因为有文字记载，应该是比较真实可信的，同时又有较为明显的疑问。譬如，秦王为什么要封蜀侯？所封蜀侯究竟是什么人？是秦王子弟，还是蜀王后裔？蒙文通先生研究巴蜀古史，就指出"秦灭蜀后，三封蜀侯，三个蜀侯又都被杀，这事真是可疑"。分析认为："从秦灭蜀后三十年，到诛蜀侯绾才算定蜀。秦三次封的蜀侯，都是因反叛而被诛。六国和秦都不把土地来分封子弟，《史记·李斯列传》说'秦无尺土之封，不立子弟为王、功臣为诸侯'。但秦对蜀却是几次反，又几次封，这是很难理解的。秦既置蜀相，又置蜀国守，这在当时的制度上也很特殊。但从汉代越巂、牂柯诸郡来看，很多县既有县令，又还有邑君……这就可见秦汉

---

① 见［汉］司马迁撰《史记》第7册第2284页，中华书局校点本，1959年9月第1版。
② 见［晋］常璩撰，刘琳校注《华阳国志校注》第194页，第199~200页，巴蜀书社，1984年7月第1版。

对少数民族的政策，和对内地不同，虽设置郡县，但邑郡侯王依然存在。蜀侯、蜀相之外又置守，也就是这个缘故。所说'秦封其子'，想来都是从前蜀王之子，而不是秦人之子。"①蒙文通先生的分析是很有见地的，秦王将蜀王之子封为蜀侯，应该是一种策略。秦王同时还派遣了蜀相，任命了蜀郡守，对蜀侯加以监管，可见蜀侯并没有什么实际的权力，享有的主要是名义上的优待而已。

杨宽先生也认为，秦兼并巴、蜀之后，采用了羁縻政策，"秦虽然在进攻中杀了蜀王，俘虏了巴王，也还改封蜀王子弟为'侯'，改封巴的原来统治者为'君长'。""公元前三一四年秦惠王封公子通为蜀侯（《史记·秦本纪》；《六国年表》记在次年，作公子繇通；《华阳国志》作公子通国），公子通即蜀王之子而非秦王子弟。尽管秦派遣蜀相和蜀国守，蜀还是不断发生内乱。公元前三一一年'丹犁臣蜀，相庄杀蜀侯来降'（《史记·秦本纪》）。丹犁是蜀西南的部族，这时臣服于蜀侯，说明蜀侯还在扩大其势力。蜀相陈庄把蜀侯杀死，该是与蜀侯发生冲突的结果。次年秦武王为了安定蜀地，又派甘茂等人伐蜀，杀死陈壮，又讨伐丹犁。公元前三〇八年秦武王又封子辉为蜀侯，子辉也该是原来蜀侯的子弟。公元前三〇一年秦昭王又派司马错入蜀，迫使蜀侯辉自杀，并杀其臣郎中令婴等二十七人。次年秦昭王又封辉的儿子绾为蜀侯。公元前二八五年秦怀疑蜀侯绾反叛，把他杀死，从此只派张若为蜀守，设置蜀郡（《华阳国志·蜀志》）。秦先后杀了三个蜀侯，才巩固了对蜀的统治。"②查《史记·秦本纪》记载："十四年，更为元年……伐楚，取召陵。丹、犁臣，蜀相庄杀蜀侯来降。秦惠王卒，子武王立……诛蜀相壮。"③杨宽先生此处引文断句似有误，丹、犁应是向秦称臣，而杀蜀侯应是蜀相陈壮之错，所以秦武王下令诛灭了蜀相陈壮。这事发生在

---

① 见蒙文通著《巴蜀古史论述》第56页，第58页，四川人民出版社，1981年8月第1版。

② 见杨宽著《战国史》第325~326页，上海人民出版社，1980年7月第2版。

③ 见［汉］司马迁撰《史记》第1册第207页，208页，中华书局校点本，1959年9月第1版。

秦惠王突然去世、秦武王继位不久。

总之，秦早期相继分封的三位蜀侯（按常璩《华阳国志·蜀志》所述是：王子通国、公子恽、公子绾）三十余年内皆死于非命，而秦初置的巴、蜀、汉中三郡三十一县则不断添置达四十一县。这说明随着时间的推移，秦王的化蜀归秦策略终于取得了成功，蜀侯之位也就顺理成章被秦朝终结了。

八、关于蜀国王子安阳率众远徙的故事

据史料记载，蜀王在秦国大兵压境时，仓促应战，在葭萌战败后逃至武阳（今眉山市彭山区东北），被秦军追杀。太子与太傅丞相等败死在白鹿山（今彭州市北）。蜀王的其他儿子与王室成员，都逃离了蜀都，流散于西南各地。

王子安阳是蜀王的儿子，当时可能领兵驻扎在外。见蜀国败亡，秦军势力强盛，无法抗争，只有率众远走南中，其后又辗转远徙，前往交阯。关于此事，史料中有一些记载。《史记·南越列传》记述南越王尉佗的故事，索隐引《广州记》云："交阯有骆田，仰潮水上下，人食其田，名为'骆人'。有骆王、骆侯。诸县自名为'骆将'，铜印青绶，即今之令长也。后蜀王子将兵讨骆侯，自称为安阳王，治封溪县。后南越王尉他攻破安阳王，令二使典主交阯、九真二郡人。"[1]《旧唐书·地理志》也有记述，先说"隋平陈，置交州。炀帝改为交阯"，又引《南越志》曰："交阯之地，最为膏腴。旧有君长曰雄王，其佐曰雄侯。后蜀王将兵三万讨雄王，灭之。蜀以其子为安阳王，治交阯。其国地，在今平道县东。其城九重，周九里，士庶蕃阜。尉佗在番禺，遣兵攻之。王有神弩，一发杀越军万人，赵佗乃与之和，仍以其子始为质。安阳王以媚珠妻之，子始得弩毁之。越兵至，乃杀安阳王，兼其地。"[2]

---

[1] 见［汉］司马迁撰《史记》第9册第2969~2970页，中华书局校点本，1959年9月第1版。
[2] 见［后晋］刘昫等撰《旧唐书》第5册1750~1751页，中华书局校点本，1975年5月第1版。

《太平御览》卷三四八引《日南传》曰："南越王尉佗攻安阳，安阳王有神人皋通，为安阳王治神弩一张，一发万人死，三发杀三万人。佗退，遣太子始降安阳。安阳不知通神人，遇无道理，通去。始有姿容端美，安阳王女眉珠悦其貌而通之。始与珠入库，盗锯截神弩，亡归报佗。佗出其非意，安阳王弩折兵挫，浮海奔窜。"[1]尉佗进攻安阳王，应该是确有其事的；而派王子尉始去卧底，诱惑了安阳王女儿眉珠，暗中锯断了神弩，则属于传说了。总之，由于安阳王自己的粗心大意，尉佗终于得手了。安阳王战败之后，只有再次率众远徙。

《水经注》卷三十七引《交州外域记》对此也有较为详细的记述："交阯昔未有郡县之时，土地有雒田，其田从潮水上下，民垦食其田，因名为雒民。设雒王雒侯，主诸郡县，县多为雒将，雒将铜印青绶，后蜀王子将兵三万，来讨雒王雒侯，服诸雒将，蜀王子因称为安阳王。后南越王尉他举众攻安阳王，安阳王有神人名皋通，下辅佐，为安阳王治神弩一张，一发杀三百人。南越王知不可战，却军住武宁县。按《晋太康记》县交阯，越遣太子名始，降服安阳王，称臣事之。安阳王不知通神人，遇之无道，通便去，语王曰：能持此弩王天下，不能持此弩亡天下。通去，安阳王有女名曰眉珠，见始端正，珠与始交通，始问珠，令取父弩视之，始见弩便盗，以锯截弩讫，便逃归报越王，越进兵攻之，安阳王发弩，弩折遂败，安阳王下船，径出于海，今平道县后王宫城，见有故处。"[2]

通过这些记述可知，蜀王之子安阳率众远徙交阯，是比较真实的历史故事，同时也颇具传奇色彩。关于神弩的传说，未免夸大其词，但古代蜀人是最早使用弓箭的部族，却是不争的事实。四川广汉三星堆遗址出土的金杖上，就刻画有长杆箭矢射穿鸟颈射入鱼头的情景，成都金沙遗址出土的金冠带上也刻画有同样的画面，说明早在三千多年前的商周

---

　①见《太平御览》第 2 册，第 1603 页，中华书局，1960 年 2 月第 1 版。

　②见[北魏]郦道元撰、王国维校《水经注校》第 1156~1157 页，上海人民出版社，1984 年 5 月第 1 版。

时期甚至更早，古蜀先民已经熟练地使用弓箭了。弓箭可以射猎鸟兽或射鱼，也可以武装军队，用于进攻打仗或防御杀敌。古代有十日神话与射日的传说，就起源于长江上游和蜀地。《山海经》中记述说帝俊与羲和生十日，三星堆出土的青铜神树，便使人很容易联想到《山海经》中关于太阳神鸟与扶桑神树的记述。《楚辞·天问》有"帝降夷羿，革孽夏民"之说，《山海经·海内经》说"帝俊赐羿彤弓素矰，以扶下国"[1]，唐代成玄英注疏《庄子·秋水篇》时曾引用古本《山海经》云："羿射九日，落为沃焦。"[2]过去学界有人将"夷羿"说成是东夷之天神，显然是误解。其实关于"夷"，商周时代已形成"四夷"观念，东夷只是上古以来"四夷"之一，更多的则是指西南夷。譬如《史记》与《汉书》皆称西南地区的各民族为西南夷，而称沿海地区为吴、越，对于南方则称南蛮与滇越或骆越，可知"夷"主要是指长江流域上游地区。上古夷人就以制造弓矢出名，有学者认为："夷"字的写法，就表示一个背着弓箭的人。任乃强先生认为，"'夷'字，本取负弓引矢，狩猎民族之义。《西南夷》之夷字，用此义；非同《尔雅》'东方曰夷'之义。"[3]可见西南夷擅长狩猎，很早就以制作弓箭闻名于世了。弩是连射的弓箭，威力更为强大，《帝王世纪》就有黄帝"梦人执千钧之弩"[4]的记述，至迟在战国时期已经开始使用弩箭了。王子安阳来自蜀地，善于使用威力强大的弩箭，也就不足为奇了。

关于王子安阳率众远徙的人数以及到达的地区，蒙文通先生在《越史丛考》中曾做过考证，认为《交州外域记》言"蜀王子将兵三万来讨

---

① 见袁珂《山海经校注》增补修订本，第530页，第241页，巴蜀书社，1993年4月第1版。

② 见袁珂《中国神话传说词典》，第303页，上海辞书出版社，1985年5月第1版；参见袁珂《中国神话大词典》，第434页，四川辞书出版社，1998年1月第1版；参见《庄子集释》（郭庆藩辑，王孝鱼整理），第3册第565页，中华书局，1961年7月第1版。

③ 见[晋]常璩撰，任乃强校补《华阳国志校补图注》，第231页注释③，上海古籍出版社，1987年10月第1版。

④ 见[晋]皇甫谧撰《帝王世纪》第7页，见《帝王世纪·世本·逸周书·古本竹书纪年》，齐鲁书社，2010年1月第1版。

雏王"，《南越志》亦谓"蜀王之子将兵三万讨雄（当为'雒'之讹）王"，是蜀兵三万之数当为可据。指出"蜀王子孙之南迁，实为一民族之迁徙，此一迁徙流离之集团中胜兵者三万人，推其不胜兵者当亦不下三万人，则南迁之蜀人略为六万"①。在战国时代，率领三万军队，再加上随军南迁的家属三万人，可不是一个小数字。王子安阳率领这支庞大的队伍，征服了雒王雒侯，在交阯建国称王，也是情理中事。后来，南越王进攻交阯，用计破城后，安阳王兵败而逃，传说乘船出海了。总而言之，安阳王的故事，也可称之为是古蜀历史上的一个传奇了。

九、关于李冰治水

秦并巴蜀之后，到李冰担任蜀郡守的时候，蜀地大局已定，治理水患、兴修水利、大力发展农业生产，便成了李冰要做的头等大事。

李冰是继司马错、张若之后的第三任蜀郡守，其上任时间大概在秦昭王三十年（公元前 277 年）张若离蜀调任黔中郡守的时候，下限时间应在其后任"金"于始皇九年（公元前 238 年）接任蜀郡守之前。② 李冰长时间担任蜀郡太守，为其在蜀中施展才能大干一番事业提供了条件。《华阳国志·蜀志》说"秦孝文王以李冰为蜀守。冰能知天文地理"，是一位具有真才实学的奇才。"冰乃壅江作堋，穿郫江、检江，别支流双过郡下，以行舟船。岷山多梓、柏、大竹，颓随水流，坐致材木，功省用饶；又溉灌三郡，开稻田。于是蜀沃野千里，号为'陆海'。旱则引水浸润，雨则杜塞水门，故记曰，水旱从人，不知饥馑，时无荒年，天下谓之'天府'也。"③李冰治蜀事迹甚多，涉及经济建设诸如水利、交通、盐业等许多领域，都有非凡的建树，特别是在水利建设方面，更是功绩卓著。不论是当时或是两千多年后的今天来评价李冰，都称得上

---

① 见蒙文通著《越史丛考》，第 76 页，人民出版社，1983 年 3 月第 1 版。
② 见罗开玉著《四川通史》第二册，第 8-10 页，四川大学出版社，1993 年 10 月第 1 版。
③ 见［晋］常璩撰，刘琳校注《华阳国志校注》第 201~202 页，巴蜀书社，1984 年 7 月第 1 版。

是古代中国最有作为最有贡献最富影响的一位地方官员，是世界水利史上一位青史流芳的了不起的人物。李冰的非凡作为和杰出贡献，为蜀地民众带来了福祉，开创了新的繁荣兴旺局面，使蜀地从此成为名副其实的天府之国。

…………

关于末代蜀王与秦并巴蜀的资料较多，这里只是略举大概而已。阅读一下这些史料，可以使我们了解当时的真实状况。《五丁悲歌》的构思，就是依据记载，发挥想象，力求正解。作品中描述的文学画卷，是否真实生动地反映了当时跌宕起伏的历史，还是请读者自己阅读和评判吧。

2019 年初夏　于天府耕愚斋